A ESTRELA DA MEIA-NOITE

Leia também de Marie Lu

TRILOGIA JOVENS DE ELITE
JOVENS DE ELITE
SOCIEDADE DA ROSA

TRILOGIA LEGEND
LEGEND
PRODIGY
CHAMPION

MARIE LU

A ESTRELA DA MEIA-NOITE

TRADUÇÃO
RACHEL AGAVINO

ROCCO

Título original
THE MIDNIGHT STAR
THE YOUNG ELITES NOVEL

Copyright © 2016 *by* Xiwei Lu

Todos os direitos reservados. Nenhuma parte desta obra
pode ser reproduzida ou transmitida por qualquer forma ou meio eletrônico
ou mecânico, inclusive fotocópia, gravação ou sistema de armazenagem
e recuperação de informação, sem a permissão escrita do editor.

Edição brasileira publicada mediante acordo com a
G.P. Putnam's Sons, uma divisão da Penguin Young Readers Group,
um selo da Penguin Group (USA) LLC, uma empresa da Penguin Random House Company.

Direitos para a língua portuguesa reservados
com exclusividade para o Brasil à
EDITORA ROCCO LTDA.
Rua Evaristo da Veiga, 65 – 11º andar
20031-040 – Rio de Janeiro, RJ
Passeio Corporate – Torre 1
Tel.: (21) 3525-2000 – Fax: (21) 3525-2001
rocco@rocco.com.br | www.rocco.com.br

Printed in Brazil/Impresso no Brasil

Preparação de originais
SOFIA SOTER

CIP-Brasil. Catalogação na publicação.
Sindicato Nacional dos Editores de Livros, RJ.

L96e Lu, Marie, 1984-
A estrela da meia-noite / Marie Lu; tradução de Rachel Agavino.
– 1ª ed. – Rio de Janeiro: Rocco, 2021.
(Jovens de Elite; 3)

Tradução de: The midnight star
ISBN 978-65-5532-175-3
ISBN 978-85-7980-350-5 (e-book)

1. Ficção chinesa. I. Agavino, Rachel. II. Título. III. Série.

21-73568
CDD-895.13
CDU-82-3(510)

Esta é uma obra de ficção. Nomes, personagens, lugares e incidentes são
produtos da imaginação da autora ou foram usados de forma ficcional, e qualquer
semelhança com pessoas reais, vivas ou não, empresas comerciais,
companhias, eventos ou locais é mera coincidência.

Camila Donis Hartmann – Bibliotecária – CRB-7/6472

Este livro obedece às normas do
Acordo Ortográfico da Língua Portuguesa.

*Para aqueles que, apesar de tudo,
ainda escolhem o bem*

"Eu a vi uma vez.

    Ela passou por nossa aldeia, por campos cheios de soldados mortos após suas forças derrotarem a nação de Dumor. Seus outros Jovens de Elite vieram em seguida e depois fileiras de Inquisidores vestidos de branco, empunhando as bandeiras brancas e prateadas da Loba Branca. Aonde quer que fossem, o céu escurecia e o chão rachava – as nuvens se agrupavam atrás do exército como uma criatura viva, preta e trovejando com fúria. Como se a própria deusa da Morte tivesse vindo.

    Ela parou e olhou para um de nossos soldados agonizantes. Ele tremeu no chão, mas seu olhar se manteve nela. Ele cuspiu alguma coisa nela. Ela apenas o encarou de volta. Não sei o que ele viu em sua expressão, mas seus músculos enrijeceram, as pernas se debateram contra a terra enquanto tentava, em vão, se afastar. Então o homem começou a gritar. Um som de que nunca me esquecerei enquanto viver. Ela acenou para o Criador da Chuva, e ele desceu do cavalo para cravar uma espada no soldado agonizante. O rosto dela em nada mudou. Ela simplesmente seguiu em frente.

    Nunca mais a vi. Mas, mesmo agora, que estou velho, eu ainda me lembro dela, claramente, como se estivesse aqui de pé na minha frente. Ela era a personificação da frieza. Houve uma época em que a escuridão cobriu o mundo, e a escuridão tinha uma rainha."

    – Relato de uma testemunha sobre o cerco
    da Rainha Adelina à nação de Dumor
    Aldeia de Pon-de-Terre
    28 Marzien, 1402

Tarannen, Dumor
As Terras do Mar

Moritas foi presa no Submundo pelos outros deuses. Mas Amare, o deus do Amor, mostrou compaixão pela jovem deusa de coração sombrio. Ele lhe trouxe presentes do mundo dos vivos, raios de sol guardados em cestas, chuva fresca em jarras de vidro. Amare se apaixonou – como fazia com frequência – por Moritas, e suas visitas resultaram no nascimento de Formidite e Caldora.
- Uma Exploração de Mitos Antigos e Modernos, *por Mordove Senia*

Adelina Amouteru

Eu tive o mesmo pesadelo o mês inteiro. Toda noite, sem falhas.

Estou dormindo em meus aposentos reais no palácio de Estenzian quando um rangido me acorda. Sento na cama e olho ao redor. Chuva bate nos vidros das janelas. Violetta dorme ao meu lado – ela foi, silenciosamente, aos meus aposentos para fugir dos trovões e, sob os cobertores, seu corpo está enrolado ao meu lado. De novo, ouço o rangido. A porta do meu quarto está encostada, mas começa a se abrir devagar. Do outro lado da porta surge algo horrível, uma escuridão cheia de presas e garras, algo que nunca vejo, mas sei que está sempre ali. As sedas que uso se tornam frias, insuportáveis, parece que estou mergulhada até o pescoço no mar de inverno, e não consigo parar de tremer. Sacudo Violetta, mas ela não se mexe.

Então pulo da cama e corro para fechar a porta, e não consigo – o que quer que esteja do outro lado é muito forte. Viro-me para minha irmã.

– Me ajude! – chamo desesperadamente. Ela ainda não se mexe, e percebo que não está dormindo. Está morta.

Acordo assustada, na mesma cama e nos mesmos aposentos, com Violetta dormindo ao meu lado. *Foi só um pesadelo*, digo a mim mesma. Deito ali por um momento, tremendo. Então ouço aquele rangido, e vejo que a porta está começando a se abrir mais uma vez. Novamente, pulo da cama e corro para fechá-la, gritando por Violetta. Mais uma vez, percebo que minha irmã está morta. Mais uma vez, acordo com um pulo na cama e vejo a porta se abrindo.

Vou acordar cem vezes, perdida na loucura desse pesadelo, até que a luz do sol que atravessa minhas janelas finalmente queime a cena. Mesmo assim, horas depois, ainda não consigo ter certeza de que não estou mais no sonho.

Tenho medo de que, certa noite, eu não acorde mais. Serei condenada a correr para aquela porta repetidamente, fugindo de um pesadelo em que estou sempre, para sempre, perdida.

Um ano atrás, teria sido minha irmã, Violetta, cavalgando ao meu lado. Hoje, é Sergio e minha Inquisição. Eles são o mesmo exército implacável, de túnica branca, que Kenettra sempre conheceu – exceto, é claro, que agora servem a mim. Quando olho para trás, tudo o que vejo é um rio branco, seus mantos imaculados contrastando com o céu sombrio. Eu me viro na sela e volto a olhar para as casas queimadas pelas quais passamos.

Estou diferente de quando assumi o trono. Meu cabelo está comprido outra vez, prateado como uma folha ondulante de metal, e já não uso máscaras ou ilusões para esconder o lado marcado do meu rosto. Em vez disso, meu cabelo está preso em um coque trançado com joias. Minha capa longa e escura ondula atrás de mim e desce pelas ancas de meu cavalo. Meu rosto está completamente exposto.

Quero que as pessoas de Dumor vejam sua nova rainha.

Finalmente, quando passamos por uma praça do templo abandonada, encontro quem estou procurando. Magiano tinha me deixado com o restante das minhas tropas de Kenettra logo depois de entrarmos na cidade de Tarannen, sem dúvida para vagar por aí em busca de tesouros largados em casas abandonadas pelos cidadãos que fugiram. É um hábito que ele adquiriu pouco depois de eu me tornar rainha, quando voltei pela primeira vez minha atenção para os estados e nações ao redor de Kenettra.

À medida que nos aproximamos, ele cavalga pela praça vazia e diminui o passo do seu cavalo até trotar ao meu lado. Sergio lhe lança um olhar aborrecido, embora não diga nada. Magiano apenas pisca de volta. Suas tranças compridas hoje estão amarradas no alto de sua cabeça, sua confusão de roupas descombinadas substituídas por um peitoral de ouro e uma capa pesada. Sua armadura é ornamentada, salpicada de pedras preciosas, e algum desavisado poderia supor, à primeira vista, que *ele* era o governante aqui. As pupilas de seus olhos parecem fendas, e sua expressão é preguiçosa sob o sol do meio-dia. Carrega um sortido de instrumentos musicais pendurado em seus ombros. Alforjes se sacodem nos flancos do seu cavalo.

– Vocês estão todos magníficos esta manhã! – grita ele alegremente para meus Inquisidores. Eles apenas inclinam a cabeça à sua chegada. Todo mundo sabe que mostrar abertamente qualquer desrespeito por Magiano significa morte instantânea em minhas mãos.

Levanto uma sobrancelha.

– Caça ao tesouro?

Ele dá um aceno provocativo.

– Levei toda a manhã para cobrir um distrito desta cidade – responde, a voz indiferente, os dedos deslizando distraidamente pelas cordas de um alaúde amarrado na sua frente. Mesmo este pequeno gesto soa como um acorde perfeito. – Teríamos que passar semanas aqui para eu poder coletar todos os objetos de valor deixados para trás. Olhe para isto. Nunca vi um trabalho tão fino em Merroutas. Você já?

Ele aproxima seu cavalo. Agora vejo, envolto em um pano na frente de sua sela, cachos de plantas. Cardo amarelo. Margaridas azuis. Uma raiz negra pequena e retorcida. Reconheço as plantas imediatamente e contenho um pequeno sorriso. Sem dizer uma palavra, solto o cantil do lado da minha sela e o entrego a Magiano, para que os outros não vejam. Apenas Sergio percebe, mas ele desvia o olhar e bebe avidamente a água de sua própria garrafa. Sergio tem se queixado de sede há semanas.

– Você dormiu mal ontem à noite – murmura Magiano enquanto começa a trabalhar, esmagando as plantas e as misturando em minha água.

Essa manhã tive o cuidado de tecer uma ilusão sobre minhas olheiras. Mas Magiano sempre sabe quando tenho pesadelos.

– Vou dormir melhor hoje à noite, depois disso. – Indico a bebida que ele está preparando para mim.

– Encontrei um pouco de raiz negra – diz ele, me entregando de volta o cantil. – Ela cresce como erva daninha aqui em Dumor. Você deve tomar outra esta noite, se quiser manter as... Bem, *elas* afastadas.

As vozes. Eu as ouço constantemente agora. Sua tagarelice soa como uma nuvem de ruído bem atrás das minhas orelhas, sempre presente, nunca em silêncio. Elas sussurram para mim quando acordo pela manhã e quando vou para a cama. Às vezes, o que falam não faz sentido. Outras vezes, me contam histórias violentas. Neste momento, estão zombando de mim.

Que bonitinho, elas zombam enquanto Magiano puxa o cavalo um pouco para longe e volta a tocar seu alaúde. *Ele não gosta muito de nós, não é? Sempre tentando nos manter longe de você. Mas você não quer que nos afastemos, não é, Adelina? Somos parte de você, nascemos em sua mente. E por que um rapaz tão doce amaria você, afinal de contas? Você não vê? Ele está tentando mudar quem você é. Exatamente como sua irmã.*

Você ao menos se lembra dela?

Trinco os dentes e tomo um pouco do meu tônico. As ervas são amargas em minha língua, mas recebo bem o gosto. Eu devo parecer uma rainha invasora hoje. Não posso me dar ao luxo de perder o controle das minhas ilusões na frente de meus novos súditos. Imediatamente, sinto as ervas entrando em ação – as vozes são abafadas, como se fossem empurradas bem para trás – e o resto do mundo entra em foco.

Magiano toca outro acorde.

– Tenho pensado, mi Adelinetta – continua ele, de seu modo usual, alegre –, que coletei muitos alaúdes, bugigangas e essas deliciosas moedinhas de safira. – Ele faz uma pausa para se virar na sela e pegar um pouco de ouro de um de seus pesados farnéis novos. Ele segura algumas moedas com pequenas joias azuis incrustadas no centro, cada uma equivalente a dez talentos de ouro kenettranos.

Eu rio dele e, atrás de nós, vários Inquisidores se surpreendem com o som. Só Magiano consegue me deixar alegre assim tão facilmente.

– O que foi? O grande príncipe dos ladrões de repente está sobrecarregado por riquezas *demais*?

Ele dá de ombros.

– O que vou fazer com cinquenta alaúdes e dez mil moedas de safira? Se eu usar mais ouro, vou cair do cavalo. – Então baixa um pouco a voz: – Eu estava pensando que você poderia usá-las para fazer caridade com seus novos cidadãos. Não precisa ser muito. Algumas moedas de safira para cada, alguns punhados de ouro de seus cofres. Eles estão transbordando, especialmente depois de Merroutas se render a você.

Meu bom humor instantaneamente azeda, e as vozes em minha cabeça começam. *Ele está dizendo para você comprar a lealdade de seus novos cidadãos. O amor pode ser comprado, você não sabia disso? Afinal, você comprou o amor de Magiano. Essa é a única razão pela qual ele ainda está aqui com você. Não é?*

Tomo outro gole do meu cantil e as vozes desaparecem um pouco outra vez.

– Você quer que eu demonstre gentileza a esses dumorianos.

– Acho que isso poderia reduzir a frequência dos ataques contra você, sim. – Magiano para de tocar o alaúde. – Houve o assassino em Merroutas. Então, quando suas forças puseram os pés em Domacca, vimos a formação daquele grupo rebelde... os Saccoristas, não é?

– Eles nunca chegaram a uma légua de mim.

– Mesmo assim, mataram vários de seus Inquisidores no meio da noite, incendiaram suas tendas, roubaram suas armas. E você não os encontrou. E o incidente no norte de Tamoura, depois de você ter conquistado aquele território?

– A qual incidente você está se referindo? – pergunto, minha voz ficando cortante e fria. – O intruso esperando na minha tenda? A explosão a bordo do meu navio? O menino marcado morto deixado na beira dos nossos acampamentos?

– Esses também – responde Magiano, acenando com a mão no ar. – Mas eu estava pensando em quando você ignorou as cartas da realeza tamourana, a Tríade de Ouro. Eles lhe ofereceram uma trégua, mi Adelinetta. A faixa norte do território deles em troca da libertação de seus prisioneiros e a devolução das terras agrícolas perto do rio principal. Eles propuseram um negócio muito generoso. E você enviou o embaixador deles de volta com sua insígnia encharcada do sangue dos soldados mortos deles. – Ele me lançou um olhar aguçado. – Eu me lembro de ter sugerido algo mais sutil.

Balanço a cabeça. Nós já discutimos isso, quando cheguei a Tamoura, e não vou debater o assunto outra vez.

– Eu não estou aqui para fazer amigos. Nossas forças conquistaram seus territórios do norte, independentemente de suas propostas. E agora vou tomar o restante de Tamoura.

– Sim, à custa de um terço do seu exército. O que acontecerá quando você tentar dominar o que restar de Tamoura? Quando os beldaínos a atacarem de novo? A rainha Maeve está de olho em você, tenho certeza. – Ele respira fundo. – Adelina, você é a rainha das Terras do Mar agora. Você anexou Domacca e o norte de Tamoura às Terras do Sol. Em algum momento, seu objetivo terá que ser manter a ordem nos territórios que *tem*, não conquistar mais territórios. E você não vai conseguir isso mandando seus Inquisidores arrastarem civis sem marcas para as ruas e os marcarem com um ferro quente.

– Você me acha cruel.

– Não. – Magiano hesita por um longo momento. – Talvez um pouco.

– Não estou os marcando porque sou *cruel* – digo calmamente. – Estou fazendo isso como um lembrete do que eles fizeram *conosco*. Com os marcados. Você se esquece muito rápido.

– Eu nunca me esqueço – responde Magiano. Desta vez, seu tom está ligeiramente ríspido. Sua mão paira ao lado de seu corpo onde sua ferida de infância ainda o atormenta. – Mas marcar os não marcados com seu emblema não os fará mais leais a você.

– Faz com que tenham medo de mim.

– O medo funciona melhor com um pouco de amor – diz Magiano. – Mostre a eles que você pode ser aterrorizante, mas generosa. – As faixas de ouro em suas tranças tilintam. – Deixe as pessoas a amarem um pouco, mi Adelinetta.

Minha primeira reação é amargura. Sempre o *amor* com este ladrão insuportável. Devo parecer forte para controlar meu exército, e a ideia de distribuir ouro às pessoas que antes queimaram os marcados na fogueira me enoja.

Mas o argumento de Magiano faz sentido.

Do meu outro lado, Sergio, meu Criador da Chuva, cavalga sem fazer comentários. Sua pele está pálida e parece que ele ainda não se recuperou completamente do resfriado que pegou há várias semanas. Mas, apesar de seu silêncio e do modo como enrola o manto em seus ombros mesmo neste clima ameno, ele tenta não mostrar.

Eu desvio o olhar de Magiano sem dizer nada. Ele olha para frente também, mas um sorriso brinca nos cantos de seus lábios. Ele sabe que estou considerando sua sugestão. Como ele lê meus pensamentos tão bem? Isso me irrita ainda mais. Pelo menos estou grata por ele não mencionar Violetta, por não confirmar em voz alta por que estou fazendo meus Inquisidores arrastarem os não marcados para as ruas. Ele sabe que é porque estou procurando. Procurando por *ela*.

Por que você ainda quer encontrá-la? Os sussurros me provocam. *Por quê? Por quê?*

É uma pergunta que eles repetem sem parar. E minha resposta é sempre a mesma. *Porque sou eu que decido quando ela pode ir embora. Não ela.*

Mas não importa quantas vezes eu responda aos sussurros, eles continuam perguntando, porque não acreditam em mim.

Chegamos aos distritos internos de Tarannen agora e, embora pareça deserto, os olhos de Sergio se focam nos edifícios que cercam a praça principal. Ultimamente, os insurgentes conhecidos como Saccoristas – derivado da palavra domaccana para anarquia – têm atacado nossas tropas em várias ocasiões. Isso o levou a uma busca constante pelos rebeldes escondidos.

Um alto arco conduz à praça principal, com suas pedras gravadas com uma elaborada cadeia de luas e suas diversas formas, crescentes e minguantes. Passo debaixo do arco com Sergio e Magiano, então paro diante de um mar de prisioneiros dumorianos. Meu cavalo pisoteia o chão, impaciente. Sento-me mais reta e levanto o queixo, me recusando a mostrar minha exaustão.

Nenhum desses dumorianos aqui é marcado, é claro. Os que estão acorrentados são os que não têm marca nenhuma, o tipo de pessoa que costumava jogar comida podre em mim e entoar o coro pedindo minha morte. Levanto uma das mãos para Sergio e Magiano; eles guiam seus garanhões para longe de mim, posicionando-se nas extremidades da praça, de frente para o povo.

Meus Inquisidores também se espalham. Nossos prisioneiros recuam ao nos ver, seus olhares hesitantes fixos em mim. Está tão silencioso que, se eu fechasse os olhos, poderia fingir que estou sozinha nesta praça. Ainda assim, posso sentir a nuvem de terror que os cobre, ondas de sua relutância e incerteza batendo contra meus ossos. Os sussurros em minha cabeça se agitam como cobras famintas diante de ratinhos correndo, ansiosos para se alimentar do medo.

Incito meu garanhão a dar vários passos à frente. Meu olhar se desloca do povo para os telhados da praça. Mesmo agora, eu me pego procurando instintivamente por um sinal de Enzo, agachado lá em cima como costumava ficar. A ligação entre nós, a amarra que o liga a mim e eu a ele, se tensiona, como se de algum lugar nos mares ele soubesse que Dumor se curvou ao meu exército. Bom. Espero que sinta meu triunfo.

Minha atenção se volta para os prisioneiros.

– Povo de Dumor – minha voz soa através da praça –, eu sou a rainha Adelina Amouteru. Eu sou a *sua* rainha agora. – Meu olhar vai de uma pessoa para outra. – Vocês todos são parte de Kenettra e podem se considerar cidadãos kenettranos. Orgulhem-se, pois pertencem a uma nação que em breve governará todas as outras. Nosso império continua a crescer, e vocês podem crescer com ele. Deste dia em diante, vocês devem obedecer a todas as leis de Kenettra. Chamar uma pessoa marcada de *malfetto* é punível com a morte. Qualquer abuso, assédio ou maus-tratos a uma pessoa marcada, por qualquer motivo, trará não apenas a sua própria execução, mas a de toda a sua família. Saibam disto: os marcados foram marcados pelas mãos dos deuses. Eles são seus mestres e são intocáveis. Em troca de sua lealdade, cada um de vocês receberá um presente de cinco safftons dumorianos e cinquenta talentos de ouro kenettranos.

As pessoas murmuram, ligeiramente surpresas, e, quando olho para o lado, vejo Magiano me olhar com apreciação.

Sergio salta do cavalo e avança com uma pequena equipe de seus ex-mercenários. Eles atravessam a multidão, pegando uma pessoa aqui e outra ali, e as arrastam para a frente, onde ele as obriga a se ajoelharem diante de mim. O medo se derrama sobre os escolhidos. Como deve ser.

Baixo o olho para eles. Como é de se esperar, todos os escolhidos por Sergio e sua equipe são fortes, homens e mulheres musculosos. Eles tremem, as cabeças baixas.

– Vocês têm a chance de se juntar ao meu exército – digo a eles. – Se o fizerem, vão treinar com meus capitães. Viajarão comigo para as Terras do Sol e as Terras do Céu. Receberão armas, alimentos e roupas, e cuidaremos de suas famílias.

Para confirmar o que digo, Magiano desce de seu garanhão e se aproxima deles. Diante de cada um, faz uma cena, enfiando a mão em sua bolsa e deixando cair sacos pesados de talentos de ouro kenettranos na frente deles. As pessoas apenas olham. Um deles pega seu saco tão freneticamente que as moedas caem, brilhando na luz.

– Se recusarem minha oferta, vocês e suas famílias serão presos. – Meu tom se torna mais grave. – Não tolerarei possíveis rebeldes entre nós. Jurem lealdade, e vou garantir que essa promessa valha a pena.

Pelo canto do olho, vejo Sergio se remexer, inquieto. Seus olhos se voltam para o contorno da praça. Enrijeço. Fiquei muito boa em saber quando ele pressente perigo. Ele murmura para vários de seus homens, e eles se dirigem para as sombras, desaparecendo atrás de uma porta.

– Vocês juram? – pergunta Magiano.

Um por um, eles respondem sem hesitar. Peço que se levantem, e uma patrulha de Inquisidores vem para levá-los embora. Mais homens e mulheres fisicamente aptos são trazidos a mim. Repetimos o mesmo ritual com eles. E então com outro grupo. Uma hora se passa.

Alguém em um dos grupos se recusa a jurar. Ela cospe em mim, então me chama de alguma coisa em dumoriano que não entendo. Volto meu olhar para ela, mas ela não recua. Em vez disso, curva os lábios. *Uma desafiante.*

– Você quer que tenhamos medo de você – rosna ela para mim, falando um kenettrano com sotaque. – Acha que pode vir aqui e destruir nossas casas, matar nossos entes queridos... e depois nos fazer rastejar a seus pés. Você acha que vamos vender nossa alma por algumas moedas. – Ela levanta o queixo. – Mas não tenho medo de você.

– É mesmo? – Inclino a cabeça para ela, com curiosidade. – Você deveria ter.

Ela me desafia com um sorriso.

– Você não consegue nem derramar nosso sangue com as *próprias mãos*. – Ela acena na direção de Sergio, que já começou a desembainhar sua espada. – Manda um de seus lacaios fazer isso. Você é uma *rainha covarde*, escondida atrás de seu exército. Mas você não pode esmagar nosso espírito sob os saltos de suas Rosas... você não pode vencer.

Houve um tempo em que eu poderia ter me deixado intimidar por palavras como essas. Mas agora apenas suspiro. *Está vendo, Magiano? Isso é o que acontece quando mostro generosidade.* Assim, enquanto a mulher continua seu discurso, desmonto do meu garanhão. Sergio e Magiano me observam em silêncio.

A mulher ainda está falando, mesmo quando paro diante dela.

– Chegará o dia em que a derrubaremos – diz. – Escreva minhas palavras. Vamos assombrar seus pesadelos.

Cerro os punhos e lanço uma ilusão da dor através de seu corpo.

– Eu *sou* o pesadelo.

Os olhos da mulher se arregalam. Ela solta um grito sufocado ao cair no chão e arranha a terra. Atrás dela, toda a multidão se encolhe em sincronia, olhos e cabeças se desviando daquela visão. O terror que flui deles corre diretamente para mim, e as vozes em minha cabeça explodem em gritos, enchendo meus ouvidos com seu deleite. *Perfeito. Continue. Deixe a dor obrigar o coração dela a bater cada vez mais depressa, até explodir.* Então eu escuto. Aperto mais os punhos – eu me lembro da noite em que tirei a primeira vida, quando pairei sobre o corpo de Dante. A mulher tem convulsões, seus olhos piscando descontroladamente, vendo monstros que não estão lá. Gotas escarlates pingam de seus lábios. Dou um passo para trás, de modo que seu sangue não atinja a bainha do meu vestido.

Por fim, a mulher congela, caindo inconsciente.

Viro-me calmamente para o restante de nossos prisioneiros, que estão imóveis como estátuas. Eu poderia cortar seu medo com minha faca.

– Mais alguém? – Minha voz ecoa na praça. – Não? – O silêncio persiste.

Eu me abaixo. O saco de moedas que Magiano tinha jogado aos pés da mulher está intocado ao lado de seu corpo. Pego o saco delicadamente, com dois dedos. Então caminho de volta para o garanhão e pulo para a sela.

– Como podem ver, eu mantenho minha palavra – grito para o resto da multidão. – Não abusem da minha generosidade, e não abusarei da sua fraqueza. – Jogo o saco de moedas da mulher para o Inquisidor mais próximo. – Acorrente-a. E encontre sua família.

Meus soldados arrastam a mulher para longe, e um novo grupo é trazido a mim. Desta vez, cada um deles aceita seu ouro em silêncio e inclina a cabeça para mim, e eu aceno minha aceitação em troca. O procedimento continua sem incidentes. Se aprendi alguma coisa com meu passado e com meu presente, foi o poder do medo. Você pode dar a seus súditos toda a generosidade do mundo e eles ainda vão exigir mais. Mas aqueles que têm medo não reagem. Sei muito bem disso.

O sol se eleva, e mais dois grupos juram lealdade ao meu exército.

De repente, um objeto afiado cintila na luz. Meu olhar se move. *Uma lâmina, uma arma parecida com uma agulha, atirada dos telhados.* Por instinto, puxo minha energia e teço uma ilusão de invisibilidade ao meu redor. Mas não reajo depressa o bastante. Um punhal passa voando pelo meu braço, cortando profundamente minha carne. Meu corpo se inclina para trás com o impacto, e minha invisibilidade oscila.

Gritos dos prisioneiros, então o som de cem espadas raspando contra suas bainhas quando meus Inquisidores sacam suas armas. Magiano está ao meu lado antes mesmo que eu possa sentir sua presença. Ele estende a mão para mim enquanto eu balanço em minha sela, mas aceno para afastá-lo.

– Não – consigo dizer, engasgada. Não posso permitir que esses dumorianos me vejam sangrar. É tudo o que eles precisam para se insurgir.

Espero mais flechas e punhais voarem dos telhados, mas isso não acontece. Em vez disso, no canto mais distante da praça, Sergio e seus homens reaparecem. Arrastam quatro, cinco pessoas. Saccoristas. Estão vestidos com roupas cor de areia para se camuflarem nas paredes.

Minha raiva ressurge, e a dor em meu braço sangrando só alimenta minha energia. Não espero Sergio trazê-los a mim. Simplesmente ataco. Estendo a mão para o céu, tecendo, usando o medo na multidão e a força dentro de mim. O céu se transforma em um azul estranho, profundo, depois vermelho. As pessoas se afastam, gritando. Então estendo a mão para os rebeldes e lanço uma ilusão de sufocamento ao redor deles. Eles se inclinam para frente nas garras dos homens de Sergio, então arqueiam as costas enquanto sentem o ar sendo puxado para fora de seus pulmões. Trinco os dentes e reforço a ilusão.

O ar não é ar, mas água. Vocês estão se afogando no meio desta praça, e não há nenhuma superfície para alcançarem.

Sergio os liberta. Eles caem de joelhos, lutando para respirar, e se sacodem no chão. Amplio minha ilusão, estendendo a mão para o restante dos prisioneiros na praça. Então ataco com todo o meu poder.

Uma rede de dor cobre os prisioneiros ainda sentados no chão. Eles gritam ao mesmo tempo, agarram a pele como se atiçadores de brasa os estivessem queimando, puxam seus cabelos como se formigas rastejassem pelos fios, picando a cabeça. Eu os vejo sofrer, deixando minha própria dor virar deles, até que finalmente desfaço a ilusão.

Soluços ecoam na multidão. Não me atrevo a segurar meu braço sangrando – em vez disso, foco o olhar duro no povo.

– Aí está – digo. – Vocês viram pessoalmente. Não aceitarei nada menos que sua lealdade. – Meu coração bate em meu peito. – Traiam-me, ou a qualquer dos meus, e vou me certificar que vocês implorem por sua morte.

Aceno com a cabeça para que minhas tropas se aproximem e rodeiem os rebeldes que choram. Só então, com as vestes brancas dos Inquisidores girando ao meu redor, viro meu cavalo e saio da praça. Minhas Rosas me seguem. Quando finalmente estou fora de vista, deixo meus ombros caírem e desço do cavalo.

Magiano me alcança e me recosto em seu peito.

– De volta às barracas – murmura ele enquanto passa o braço em volta de mim. Sua expressão é tensa, cheia de uma compreensão silenciosa. – Você precisa costurar esse corte.

Eu me apoio nele, exaurida depois da súbita perda de sangue e do turbilhão de ilusões. Outra tentativa de assassinato. Algum dia, talvez eu não tenha tanta sorte. Da próxima vez que entrarmos em uma cidade conquistada, eles podem me pegar numa emboscada antes que qualquer uma de minhas Rosas possa reagir com rapidez suficiente. Eu não sou Teren – minhas ilusões não podem me proteger do corte de uma lâmina.

Precisarei extirpar esses insurgentes antes que eles se tornem uma ameaça real. Precisarei fazer da morte deles um exemplo mais duro. Precisarei ser mais implacável.

Esta é a minha vida agora.

Raffaele Laurent Bessette

O som das ondas lá fora faz Raffaele se lembrar de noites tempestuosas no porto de Estenzian. Aqui na nação de Tamoura, nas Terras do Sol, porém, não há canais nem gôndolas que se soltam de suas amarras e oscilam ao lado das paredes de pedra. Há apenas uma praia de areia vermelha e dourada, e terra pontilhada de arbustos baixos e árvores esparsas. No alto de uma colina, um palácio largo tem vista para o mar, sua silhueta negra na noite, sua famosa entrada iluminada pelo brilho das lanternas.

Esta noite, uma brisa morna do início da primavera sopra pelas janelas de um dos apartamentos do palácio, e as velas queimam, fracas. Enzo Valenciano senta-se em uma cadeira dourada, sua figura curvada, os braços descansando em seus joelhos. Ondas de cabelo escuro caem sobre seu rosto e seu queixo está trincado. Seus olhos permanecem fechados com a dor, suas bochechas úmidas de lágrimas.

Raffaele se ajoelha diante dele, desatando cuidadosamente as bandagens de pano branco que sobem até os cotovelos do príncipe. O cheiro de carne queimada e o odor forte, doce e ruim de pomada enchem a sala. A cada vez que Raffaele tira o curativo de uma parte do braço, puxando a pele ferida, a mandíbula de Enzo se contrai. Sua camisa está solta, ensopada de suor. Raffaele enrola as bandagens. Ele pode sentir a agonia pairando sobre o príncipe, e a sensação inunda seu coração como se ele próprio estivesse ferido.

Sob as bandagens, os braços de Enzo são uma massa de queimaduras que parecem nunca se curar. As cicatrizes e as feridas originais que sempre cobriram as mãos do príncipe se espalharam para cima, agravadas pela sua exibição espetacular durante a batalha contra Adelina no porto de Estenzian. Incendiar quase toda a marinha Beldaína da rainha Maeve cobrou seu preço.

Um pedaço de pele rasga com as bandagens. Enzo solta um gemido suave.

Raffaele se encolhe ao ver a carne carbonizada.

– Você quer descansar um pouco? – pergunta.

– Não – responde Enzo com os dentes cerrados.

Raffaele obedece. Lenta e meticulosamente, remove a última bandagem do braço direito de Enzo. Os dois braços do príncipe estão expostos agora.

Raffaele solta um suspiro, depois pega a tigela de água fresca e limpa pousada ao seu lado. Põe a tigela no colo de Enzo.

– Aqui – diz ele. – Molhe.

Enzo enfia os braços na água fria e exala lentamente. Eles ficam em silêncio por um tempo, deixando que os minutos se arrastem. Raffaele observa Enzo com atenção. Dia a dia, o príncipe tem se afastado mais; com frequência seus olhos se voltavam para o mar, desejosos. Há uma nova energia no ar, que Raffaele não consegue identificar.

– Você ainda sente a atração dela? – pergunta Raffaele por fim.

Enzo assente. Ele se volta instintivamente para a janela mais uma vez, na direção do oceano. Outro longo momento se passa antes de ele responder:

– Alguns dias a atração fica quieta. Não hoje.

Raffaele espera que ele continue, mas Enzo cai de novo em seu profundo silêncio, sua atenção ainda no oceano lá fora. Raffaele se pergunta em quem Enzo está pensando. Não é em Adelina, mas em uma menina morta há muito tempo, de uma época mais feliz de seu passado.

Depois de um tempo, Raffaele recolhe a tigela de água e limpa suavemente os braços de Enzo, depois aplica uma camada de unguento na pele queimada. É um antigo bálsamo que Raffaele costumava solicitar na Corte Fortunata, quando Enzo o visitava à noite para que enfaixasse suas mãos. Agora a Corte acabou. A rainha Maeve voltou a Beldain para lamber suas feridas e refazer sua marinha. E os Punhais vieram para cá, para Tamoura – o que resta de Tamoura, pelo menos. Os Inquisidores de Adelina pontilham as colinas no norte de Tamoura, guardando o território.

– Alguma notícia de Adelina? – pergunta Enzo enquanto Raffaele procura novas ataduras.

– A capital de Dumor caiu diante de seu exército – responde Raffaele. – Ela governa todas as Terras do Mar agora.

Enzo olha de volta para o mar, como se procurasse novamente a eterna ligação entre ele e a Loba Branca, e seu olhar parece muito distante.

– Não vai demorar muito até que a atenção dela se volte para cá, para o restante de Tamoura – diz ele por fim.

– Eu não ficaria surpreso se seus navios aparecessem em nossas fronteiras – concorda Raffaele.

– A Tríade Dourada vai nos encontrar amanhã?

– Sim. – Raffaele olha para o príncipe. – A família real tamourana diz que seu exército ainda está enfraquecido pelo último ataque de Adelina. Eles querem tentar negociar com ela novamente.

Enzo move cautelosamente os dedos de sua mão esquerda, depois geme.

– E o que você acha disso?

– Vai ser uma perda de tempo. – Raffaele balança a cabeça. – Adelina recusou sua última tentativa sem hesitação. Não há nada a negociar. O que a realeza pode lhe oferecer que ela não possa simplesmente tomar à força?

O silêncio cai sobre eles de novo, talvez a única resposta à pergunta de Raffaele. Enquanto ele continua enfaixando os braços de Enzo em bandagens novas, tenta ignorar as ondas lá fora. *O som do mar além da janela. Um par de velas brilhando na escuridão. Uma batida na porta.*

A lembrança surge, espontânea e implacável, quebrando os muros que Raffaele construiu ao redor de seu coração desde a morte e ressurreição de Enzo. Ele não está mais cuidando das feridas do príncipe, mas de pé, esperando assustado em seu quarto na Corte Fortunata anos antes, olhando para um mar de pessoas mascaradas.

Parecia que toda a cidade tinha vindo para a apresentação de Raffaele. Homens e mulheres nobres, suas vestes de seda tamourana e renda kenettrana, se espalhavam pela sala, os rostos parcialmente escondidos atrás de máscaras coloridas, o riso se misturando aos sons de vidro tinindo e sapatos se arrastando. Outros consortes moviam-se entre eles, silenciosos e graciosos, servindo bebidas e pratos de uvas geladas.

Raffaele estava no centro da sala – um jovem recatado vestido e preparado para o auge da perfeição, os cabelos uma cortina de cetim escuro, as vestes leves douradas e brancas, o pó preto contornando os cantos de seus olhos com cor de pedras preciosas –, olhando para o mar de pretendentes curiosos. Ele se lembra de como suas mãos tremiam, de como ele pressionava uma contra a outra para estabilizá-las. Ele tinha sido treinado para permitir certas expressões em seu rosto, mil sutilezas dos lábios, sobrancelhas, bochechas e olhos, independente de refletir suas verdadeiras emoções. Então, nesse momento, sua expressão tinha sido de calma e serenidade, tímido fascínio e alegria suave, silenciosa como a neve, seu medo ausente.

De vez em quando, a energia parecia mudar na sala. Raffaele virava a cabeça mecanicamente nessa direção, incerto do que estava sentindo. De início achou que talvez sua mente estivesse lhe pregando peças – até que percebeu que a energia se concentrava em um jovem desconhecido que deslizava entre a multidão. Os olhos de Raffaele o seguiram, hipnotizados pelo poder que parecia correr em seu rastro.

O leilão começou alto e o preço subia cada vez mais. Elevou-se até que Raffaele não conseguia mais distinguir os números; as imagens e os sons que o rodeavam começaram a embaçar. Outros acompanhantes sussurravam uns para os outros na plateia. Ele nunca tinha ouvido valores tão altos aos berros em um leilão, e a estranheza de tudo isso fez seu coração bater mais rápido, suas mãos tremerem mais. Nesse ritmo, ele jamais conseguiria estar à altura do pagamento do vencedor.

E então, quando o leilão começou a se reduzir a poucas pessoas, um jovem criado escondido na multidão dobrou a oferta mais alta.

A expressão calma de Raffaele vacilou pela primeira vez enquanto os murmúrios se espalharam como ondas pelo cômodo. A alcoviteira perguntou mais uma vez se alguém cobria a oferta, mas ninguém o fez. Raffaele continuou de pé, em silêncio, obrigando-se a permanecer imóvel quando o criado venceu o leilão.

Naquela noite, Raffaele acendeu algumas velas com as mãos trêmulas e depois se sentou sozinho na beira da cama. Os lençóis eram de seda, adornados com fios de ouro e rendas, e o aroma de lírios noturnos perfumava o ar. Os minutos se arrastaram. Ele ouviu o som de passos se aproximando de seus aposentos e repetiu para si mesmo as lições que outros acompanhantes mais experientes tinham lhe dado ao longo dos anos.

Depois do que pareceu ser uma eternidade, ele ouviu no hall do lado de fora o som pelo qual estava esperando. Momentos depois, houve uma batida suave na porta.

Vai ficar tudo bem, sussurrou Raffaele, sem ter certeza se era verdade. Levantou-se e ergueu a voz:

– Entre, por favor.

Uma criada abriu a porta. Atrás dela, um jovem mascarado entrou em seus aposentos com a graça de um predador experiente. A porta se fechou atrás dele, bem no momento em que ele ergueu a mão para tirar a máscara do rosto.

Os olhos de Raffaele se arregalaram de surpresa. Era o mesmo desconhecido que ele havia notado na multidão. Ele percebeu, envergonhado, que o desconhecido era bem bonito – cachos escuros presos num rabo de cavalo baixo, longos cílios pretos emoldurando os olhos, traços escarlate nas íris. Ele era confiante, e não sorria. A energia que Raffaele sentira durante o leilão agora envolvia o desconhecido em camadas. *Fogo. Chamas. Ambição.* Raffaele corou. Ele sabia que devia convidar o visitante a se aproximar, a sentar-se na cama. Mas, nesse momento, não conseguia pensar.

O jovem deu um passo à frente. Quando parou diante de Raffaele, cruzou as mãos atrás das costas e assentiu uma vez. Raffaele sentiu a energia mudar novamente, o chamando, e não pôde deixar de retribuir o olhar do jovem. Obrigou-se a dar um sorriso, um que tinha sido treinado para dar durante anos.

Foi o desconhecido que falou primeiro.

– Você me notou na multidão – disse ele. – Vi seu olhar me seguindo pela sala. Por quê?

– Suponho que fui atraído por você – respondeu Raffaele, baixando os olhos e deixando o calor subir às bochechas outra vez. – Qual é o seu nome, senhor?

– Enzo Valenciano. – A voz do jovem era suave e profunda, seda escondendo aço.

Os olhos de Raffaele se voltaram para ele. *Enzo Valenciano*. Não era esse o nome do príncipe deserdado de Kenettra? Somente agora, à luz fraca da câmara, Raffaele percebeu que o cabelo do rapaz brilhava com um toque vermelho-escuro, tão profundo que parecia preto. Uma marca.

O antigo príncipe herdeiro.

– Vossa Alteza? – sussurrou Raffaele, tão assustado que ele pensou em se curvar.

O jovem assentiu.

– E temo que não tenha intenção de consumar sua estreia.

A cena se evapora quando soa uma batida na porta. Raffaele e Enzo olham para ela ao mesmo tempo e Raffaele solta um longo suspiro, empurrando a lembrança para o fundo de sua mente enquanto pousa as ataduras.

– Pois não? – grita.

– Raffaele? – diz uma voz tímida. – Sou eu.

Ele esconde as mãos nas mangas.

– Entre.

A porta se abre e Violetta entra, hesitante. Seus olhos primeiro encontram os de Raffaele, então correm para onde Enzo está sentado com os cotovelos apoiados nos joelhos.

– Lamento interromper – diz ela. – Raffaele, algo estranho está acontecendo na praia. Achei que você poderia querer dar uma olhada.

Raffaele ouve com o cenho franzido. Então Violetta também sentira algo estranho. Ela está pálida esta noite; a pele morena, acinzentada, os lábios cheios, cerrados em uma linha apertada, os cabelos presos em um lenço tamourano. Usando o próprio poder, ela encontrara os Punhais havia quase um ano. Tinha levado uma semana para escolher as palavras certas para contar a Raffaele o que havia acontecido entre ela e sua irmã, e então mais uma semana antes de implorar, entre lágrimas, que eles encontrassem uma forma de ajudar Adelina. Desde então, ela permaneceu ao lado de Raffaele, trabalhando com ele, testando seus alinhamentos e aprendendo a concentrar sua capacidade de sentir a energia dos outros. Ela era uma boa aluna. Uma aluna *fantástica*.

Ela o lembrava muito de Adelina. Se ele se permitisse, Raffaele podia imaginar que estava olhando para uma versão mais jovem da Rainha das Terras do Mar, antes de ela lhe virar as costas. Antes que fosse impossível ajudá-la. Esse pensamento sempre o deixava triste. *É minha culpa Adelina ter se tornado o que se tornou. Minha culpa que seja tarde demais.*

Raffaele assente para Violetta.

– Vou em um instante. Espere por mim lá fora.

Enquanto Violetta se retira para o corredor, ele termina de enfaixar os braços de Enzo, depois esfrega seu próprio pescoço em exaustão. Passou muitas noites seguidas assim, semanas que se prolongaram em meses, tentando em vão curar as feridas de Enzo. Mas a cada vez que começavam a se curar, elas pioravam outra vez.

– Tente dormir – diz Raffaele.

Enzo não responde. Seu rosto está repuxado, pálido por causa da dor. Ele está aqui e ao mesmo tempo não está.

Há quanto tempo eles o perderam na arena pela primeira vez? Dois anos? Parece ter sido há uma vida, uma era, desde que Raffaele vira pela última vez seu príncipe vivo de verdade, o fogo nele brilhando escarlate. Ele não quer dar a Enzo mais motivos para sofrer agora, deixá-lo saber quanto sua presença – metade no mundo dos vivos, metade no Mundo Inferior – machuca aqueles que o amam. Em vez disso, Raffaele caminha até a porta e sai silenciosamente.

A noite é quente, um prelúdio para verões da Terra do Sol, e o calor do dia ainda persiste nos corredores. Raffaele e Violetta caminham em silêncio sob as lanternas, passando pela luz e pelas sombras. A cada porta, ele pode sentir a energia de cada um de seus Punhais dentro dos apartamentos. Michel, que, depois da morte de Gemma, se trancou por dias seguidos, perdendo-se em suas pinturas. Lucent, cujos aposentos têm um ar de perturbação. Raffaele pode sentir que ela ainda está acordada, talvez olhando pela janela para a praia lá embaixo. Os ossos de Lucent continuaram a enfraquecer, e agora ela sente dores constantemente, um fenômeno que a tornou amarga e mal-humorada. Maeve tinha ficado no início, implorando a Lucent que voltasse a Beldain com ela, tentou até suborná-la e dar ordens, mas Lucent se recusara. Ela ficaria com os Punhais e lutaria ao lado deles até seu último suspiro. Depois de um tempo, Maeve foi obrigada a levar seus soldados para casa. Mas as cartas da rainha beldaína ainda chegam semanalmente, perguntando sobre a saúde de Lucent, às vezes enviando ervas e remédios. Nada ajudou. Raffaele sabe que *nunca* ajudará, pois a doença de Lucent é causada por algo profundamente inerente à sua energia.

A última câmara tinha pertencido a Leo, o rapaz careca que Raffaele recrutara recentemente para os Punhais e que tinha o poder de envenenar. Agora a câmara está vazia. Leo morreu há um mês. O médico disse a Raffaele que foi por causa de uma persistente infecção pulmonar. Mas Raffaele considerava outro possível motivo – porque o corpo de Leo tinha se voltado contra ele próprio, envenenando-o por dentro.

Que fraqueza em breve se manifestará nele?

– Ouvi falar da última conquista de Adelina – diz Violetta quando finalmente chegam à escada que leva para fora do palácio.

Raffaele apenas assente.

Violetta olha para ele furtivamente.

– Você acha que...?

Como ela tenta! Raffaele pode sentir seu coração tentando alcançar o dela, desejando confortá-la, mas tudo o que pode fazer é pegar sua mão e acalmá-la temporariamente, puxando os fios de seu coração. Ele balança a cabeça.

– Mas... ouvi dizer que ela está oferecendo generosos pagamentos aos cidadãos de Dumor – responde Violetta. – Ela tem sido mais generosa do que poderia. Talvez se pudéssemos encontrar uma forma de...

– Ela não pode ser ajudada – Raffaele fala baixinho. Uma resposta que já deu muitas vezes. Ele não tem certeza se acredita nisso, não inteiramente, mas não consegue suportar alimentar as esperanças de Violetta apenas para vê-las esmagadas. – Sinto muito. Precisamos nos concentrar em defender Tamoura do próximo passo de Adelina. Devemos nos posicionar em algum lugar.

Violetta olha de volta para a costa e assente.

– Claro – diz ela, como se tentasse convencer a si mesma.

Ela não é como os outros. Ela se alinha com as pedras, é claro – com medo, empatia e alegria –, mas não tem marcas aparentes. Sua capacidade de tirar os poderes dos outros o deixa desconfortável. E ainda assim, Raffaele não pode deixar de sentir um vínculo com ela, um conforto em saber que ela, também, pode *sentir* o mundo ao seu redor.

Nenhuma das três luas nem estrelas estão visíveis hoje à noite; apenas nuvens cobrem o céu. Raffaele oferece seu braço à Violetta enquanto eles escolhem cuidadosamente que caminho seguir entre as pedras. Uma pontada de energia resiste nos ventos quentes, arrepiando sua pele. À medida que eles fazem seu caminho ao redor da propriedade, a costa aparece, uma linha de espuma branca caindo no espaço negro.

Agora ele sente o que incomodou Violetta. Bem ao lado da costa onde a areia se torna fria e úmida, a sensação é incrivelmente forte, como se todos os fios do mundo estivessem puxados com força. As ondas salpicam água salgada nele. A noite é tão escura que eles não conseguem distinguir nenhum outro detalhe em torno deles. Há uma enorme massa de pedras ali perto, nada mais que silhuetas negras. Raffaele olha para elas, sentindo uma sensação de pavor. Há um perfume pungente no ar.

Algo está errado.

– Há morte aqui – sussurra Violetta, com a mão trêmula no braço de Raffaele. Quando ele olha para ela, percebe que seus olhos parecem assombrados, o mesmo olhar que tem sempre que fala de Adelina.

Raffaele perscruta o horizonte. Sim, há algo muito errado, uma energia antinatural permeia o ar. Ela é tão intensa que ele não pode dizer de onde vem. Seus olhos caem em uma área escura ao longe. Olha para lá por um tempo.

Uma série de relâmpagos corta o céu, abrindo trilhas das nuvens para o mar. Violetta se encolhe, esperando que o trovão venha em seguida, mas não há nenhum barulho, e o silêncio arrepia os cabelos na nuca de Raffaele. Finalmente, depois de uma eternidade, um barulho baixo sacode o chão. Seu olhar viaja pelas ondas quebrando ao longo da costa e para novamente sobre as silhuetas negras de pedra.

O relâmpago brilha novamente. Desta vez, o brilho ilumina a costa por um breve momento. Raffaele dá um passo para trás, absorvendo a vista.

As silhuetas negras não são pedras. São baliras, pelo menos uma dúzia delas, atoladas e mortas.

As mãos de Violetta correm para sua boca. Por um momento, tudo o que Raffaele pode fazer é ficar onde está. Muitos marinheiros contaram histórias sobre aonde iam as baliras quando morriam – alguns disseram que iam muito longe no mar aberto, onde nadavam mais e mais para baixo até caírem nas profundezas do Submundo. Outros diziam que saltavam da água e voavam cada vez mais alto, até serem engolidas pelas nuvens. Uma costela levada para a margem de vez em quando, gasta e branca. Mas nunca tinha visto uma balira morta antes. Certamente não assim.

– Não se aproxime – sussurra Raffaele para Violetta. O cheiro no ar torna-se mais pungente à medida que ele chega mais perto, agora inconfundivelmente cheiro de carne podre. Quando chega à primeira balira, estende a mão para ela. Ele hesita, então põe os dedos gentilmente contra seu corpo.

O animal se contorce uma vez. É apenas um bebê, e ainda não está morta.

A garganta de Raffaele se aperta e as lágrimas enchem seus olhos. Algo terrível matou essas criaturas. Ele ainda pode sentir a energia venenosa percorrendo suas veias, pode sentir sua fraqueza, enquanto ela mais uma vez suspira, tomando uma lufada ríspida de ar.

– Raffaele – grita Violetta.

Quando ele olha por cima do ombro, a vê entrando nas ondas que quebram na praia. A bainha de seu vestido está encharcada, e ela treme como uma folha. *Saia daí*, Raffaele quer avisá-la.

– Parece a energia de Adelina – diz Violetta por fim.

Raffaele dá um passo hesitante em direção ao oceano, depois outro. Ele anda até que seus chinelos afundam na areia molhada. Inspira bruscamente.

A água está fria de um modo que ele nunca sentiu, fria como a *morte*. Mil fios de energia puxam seus pés quando a água retrocede, como se cada um tivesse um pequeno gancho, procurando um ser vivo. Faz sua pele se arrepiar do mesmo modo como uma fruta podre repleta de larvas faria. O oceano está cheio de veneno, profundo, escuro e vil. Sob ele agita-se uma camada de energia furiosa e assustadora, algo que ele só tinha sentido uma vez em Adelina. Ele pensa na estranha distração de Enzo esta noite, o olhar distante em seus olhos meio vivos. A maneira como ele parecia atraído para o oceano. Raffaele se lembra da tempestade que assolou a noite quando trouxeram Enzo de volta das profundezas do mar, onde o mundo dos vivos acaba e começa o mundo dos mortos.

Ao lado dele, Violetta permanece imóvel enquanto a água bate contra suas pernas.

Raffaele dá mais alguns passos no oceano, até que as ondas chegam a sua cintura. A água gelada o entorpece. Ele olha para cima novamente, para a tempestade silenciosa e furiosa, e as lágrimas começam a escorrer.

De fato, parece a energia de Adelina. Medo e fúria. Trata-se de energia proveniente de outro reino, fios sob a superfície, de um lugar imortal que nunca teve a intenção de ser perturbado. Raffaele treme.

Algo está envenenando o mundo.

> Mesmo agora, décadas depois, meu maior medo é o mar aberto à noite, com a escuridão se estendendo em todas as direções à minha volta.
> – Os Diários de Reda Harrakan, *traduzido por Bianca Bercetto*

Adelina Amouteru

Uma semana inteira depois, a ferida no meu braço ainda lateja quando me mexo rápido demais. Uma grossa camada de bandagens a cobre. Estremeço enquanto caminho pela rampa até o porto de Estenzian, esperando não ter aberto o corte outra vez.

O porto hoje está impregnado com o fedor de peixe apodrecendo. Torço o nariz enquanto soldados nos levam a uma série de carruagens aguardando nossa chegada. Ao meu lado, Sergio anda com uma das mãos descansando permanentemente no cabo da espada. Ele se inclina para mim.

– Vossa Majestade – diz. O título flui tão naturalmente dele que é como se eu tivesse nascido no trono. – Meus homens capturaram vários cidadãos acusados de tentar invadir os portões do palácio. Eles estão na Torre da Inquisição agora, mas prefiro não correr riscos.

Olho para ele.

– Por que eles estão tão infelizes?

– Por terem que ceder suas terras para os marcados. Seu novo decreto.

– E o que você pretende fazer com esses prisioneiros?

Sergio dá de ombros. Ele ajusta seu manto para que fique mais confortável nos ombros, em seguida, toma um longo gole de água de seu cantil.

– O que você quiser. Você é a rainha.

Eu me pergunto se sua ideia a meu respeito é diferente da que ele tinha a respeito do Rei da Noite de Merroutas. Gostaria de acreditar que Sergio me considera melhor do que isso. O Rei da Noite era fraco, um inimigo dos marcados, bêbado e tolo. Pago a Sergio muito mais do que ele jamais pagou. A armadura de Sergio é revestida com fios de ouro, o manto tecido com as sedas mais finas e pesadas do mundo, com as iniciais de seus criadores bordadas.

Os sussurros riem de mim. *Tome cuidado, lobinha,* dizem. *Inimigos surgem de onde menos se espera.*

Tento obstinadamente, porém em vão, afastar suas palavras. Sergio continuará leal a mim, assim como Magiano. Dei-lhes tudo o que poderiam querer.

Mas você não pode dar-lhes tudo o que eles querem – eles sempre vão querer mais do que têm.

Lembro-me de preparar outra bebida de ervas quando voltar ao palácio. Minha cabeça começou a vibrar com seu ruído incessante, tagarelando, ecoando em minha mente durante todo o caminho de volta para casa.

– Faça com que sejam executados publicamente – respondo, tentando abafar os sussurros com a minha voz. – Enforcados, por favor. Você sabe como me sinto sobre fogueiras.

Sergio, como de costume, nem pisca. O Rei da Noite lhe ordenara que fizesse coisas muito piores.

– Considere feito, Vossa Majestade. – Ele me espera entrar na carruagem e então aproxima o rosto do meu. – Passe nas masmorras quando chegar ao palácio – diz.

– Por quê?

Um traço de dúvida cruza o rosto de Sergio.

– Recebi uma mensagem do carcereiro dizendo que tem algo errado com Teren.

Uma sensação de arrepio desce pela minha espinha. Sergio nunca gostou da ideia de eu ir visitar Teren nas masmorras – então ele dizer que eu deveria ir lá agora é surpreendente. Os sussurros instantaneamente desenterram um pensamento irracional. *Ele quer que você visite*

Teren porque a quer morta. Todo mundo quer você morta, Adelina, até mesmo um amigo como Sergio. Ele está atraindo você para lá para que Teren possa cortar sua garganta. Eles gargalham e, por um momento, acredito genuinamente neles. Prendo a respiração e me obrigo a pensar em outra coisa.

O que quer que tenha acontecido com Teren deve ter sido muito sério para que Sergio queira que eu o veja. Só isso.

– Vou mandar as carruagens darem a volta pelo portão dos fundos – digo.

– E você deve seguir um caminho diferente para o palácio. Um mais discreto.

Eu faço uma careta. Não vou me acovardar em meus próprios becos só porque algumas pessoas tomaram a decisão idiota de atacar meus portões.

– Não – respondo. – Já conversamos sobre isso. Seguirei meu caminho público, e as pessoas me *verão* na carruagem. Elas não são governadas por uma rainha covarde.

Sergio solta um grunhido irritado, mas não discute comigo. Ele apenas se curva novamente.

– Como desejar.

Então ele segue para a frente da nossa procissão.

Olho pela janela, na esperança de ver Magiano. Ele devia estar andando atrás de mim, mas não está. Continuo olhando enquanto minha carruagem avança e gradualmente deixamos o píer para trás.

Meses se passaram desde a última vez que pisei em Estenzian. É o início da primavera e, enquanto seguimos, noto primeiro o que me é familiar – as flores brotando em grupos nos peitoris das janelas, as videiras espessas penduradas ao longo de estreitas ruas laterais, pontes arqueadas sobre canais, cheias de pessoas.

Depois, há as mudanças. *Minhas* mudanças. Os marcados, já não chamados de *malfettos*, são proprietários de terras e lojas. Outros abrem caminho enquanto passam pelas multidões. Vejo dois Inquisidores arrastando uma pessoa não marcada através de uma praça, mesmo com ele lutando e gritando. Em outra rua, um grupo de crianças marcadas cerca um não marcado, jogando pedras, empurrando-o com força para o chão enquanto ele grita. Os Inquisidores parados ali perto não os detêm, e também desvio o olhar com desinteresse. Quantas pedras foram jogadas em mim quando criança? Quantas crianças marcadas foram queimadas vivas nas ruas? Como é irônico ver esses soldados vestidos de branco que tanto temi agora obedecendo a todas as minhas ordens.

Viramos numa rua pequena, e então paramos. À frente, ouço um grupo de pessoas gritando, suas vozes se aproximando da minha carruagem. Manifestantes. Minha energia se agita.

Uma voz familiar vinda de fora chega até nós. Um instante depois, algo cai com um baque no teto da carruagem. Eu me inclino para fora da janela e olho para cima – bem na hora em que um manifestante atravessa a rua estreita na minha direção.

Logo, a cabeça de Magiano aparece no teto da carruagem. Não tenho ideia de onde ele veio, mas percebo que foi ele quem caiu no teto. Ele me lança um rápido olhar antes de voltar sua atenção para a multidão. Em seguida, segura uma faca em uma das mãos e salta da carruagem bem na frente do primeiro manifestante, colocando-se entre mim e a multidão.

– Acho que você está indo na direção errada – diz Magiano para ele, dando-lhe um sorriso ameaçador.

O manifestante hesita por um instante ao ver a adaga de Magiano. Então estreita os olhos e aponta para mim.

– Ela está nos matando de fome! – grita. – Esse *demônio*, *malfetto*, falsa rainha!

Eu mudo o foco para o manifestante e suas palavras vacilam ao ver meu rosto. Então sorrio para ele, puxo seus fios de energia e teço.

Uma sensação de queimação ao longo dos braços e pernas, um sentimento que se transforma em fogo. Você olha para baixo e o que vê? Aranhas, escorpiões, monstros de pernas espinhosas, agitados e rastejando por todo o seu corpo. Há tantos que você não consegue mais ver sua pele.

O homem baixa os olhos para si mesmo. Abre a boca em um grito silencioso e cambaleia para trás.

Estão entrando em sua boca e saindo pelos seus olhos. Vão comê-lo vivo, de fora para dentro.

— Agora, diga-me outra vez — falo, quando ele finalmente encontra sua voz e berra. — O que foi que você falou?

O homem cai no chão. Seus gritos enchem o ar. Outros manifestantes atrás dele param ao ver sua figura contorcida. Continuo a tecer, fortalecendo cada vez mais a ilusão, até que o homem desmaia de agonia. Então meus Inquisidores — mantos brancos voando, lâminas empunhadas — descem sobre o restante deles, empurrando para o chão os que conseguem pegar. Diante de nós, vislumbro o pesado manto de Sergio e o rosto sombrio, gritando ordens para sua patrulha, furioso.

Você pode acabar com ele agora, rugem os sussurros, me incitando a olhar para o homem que eu tinha atacado. *Vamos lá, faça isso, você quer tanto.* Eles dançam com alegria no ar ao meu redor, suas vozes se misturam num turbilhão. Fecho os olhos, subitamente tonta por causa do barulho deles, e minha repentina fraqueza só fortalece seus gritos. *Você quer, você sabe que quer.* Um suor frio explode em meus braços. Não, faz pouco tempo desde que matei em Dumor. Desde que tirei a vida de Dante naquele beco estreito, não muito longe daqui, aprendi que quanto mais eu mato, mais minhas ilusões crescem e mais fogem ao meu controle enquanto se alimentam da força do pavor de uma pessoa agonizante. Se eu acabar com outra vida agora, sei que vou passar a noite afogada em meus pesadelos, agarrando-me, impotente, a uma parede de minhas próprias ilusões.

Eu deveria ter ouvido o aviso de Sergio.

— Adelina. — Magiano está chamando meu nome. Ele está de pé sobre o homem inconsciente, punhal ainda desembainhado, me lançando um olhar interrogativo.

— Tire-o da rua — ordeno. Minha voz soa fraca e rouca. — E mande-o para a Torre da Inquisição.

Magiano não hesita. Ele arrasta o manifestante para o lado da rua, fora do caminho da carruagem, e depois levanta a mão para os dois Inquisidores mais próximos.

— Vocês ouviram a rainha — grita. Quando passa pela minha janela, eu o ouço murmurar algo a um dos soldados da Inquisição atrás de minha carruagem. — Tenha mais atenção ao caminho — diz — ou vou garantir que todos vocês sejam julgados por traição.

E se alguns dos meus próprios homens estiverem começando a afrouxar em suas responsabilidades? E se eles me quiserem morta? Volto à cena do lado de fora, recusando-me a mostrar insegurança, ousando-os a me desafiarem.

– Melhor assim. – A voz de Magiano volta a soar do lado de fora e, um instante depois, ele pula pela janela e se senta ao meu lado na carruagem, trazendo consigo o cheiro do vento. – Eu não me lembro de protestos acontecendo com tanta frequência – acrescenta. Seu tom é alegre, mas reconheço que é o tom que assume quando está preocupado.

A lateral do meu corpo está pressionada contra o dele, e eu me pego esperando que ele fique aqui comigo pelo o resto da viagem.

– Quando chegarmos ao palácio – digo baixinho –, mande os Inquisidores para a torre para interrogatório. Não quero um rato entre nós, conspirando pelas minhas costas.

Magiano me observa com atenção.

– Vai ser impossível pegar todos os ratos, meu amor – diz. Sua mão roça na minha. – Mais cedo ou mais tarde, um vai se esgueirar pelas rachaduras. Você precisa ter mais cuidado.

Que coisa engraçada de dizer. Talvez ele *seja o rato*. Os sussurros se desfazem em risos.

– Em pouco tempo – respondo –, não teremos que usar violência para que as coisas sejam do nosso jeito. As pessoas finalmente perceberão que os marcados estão aqui agora, que permaneceremos no poder. Então poderemos viver em paz.

– Paz – diz Magiano, ainda alegre. Ele dá um pulo e se agacha no assento. – Claro.

Arqueio uma sobrancelha para ele.

– Ninguém o está obrigando a ficar aqui a meu serviço, é claro. Você é livre para ir e vir quando quiser. Afinal, é um Jovem de Elite. O maior da humanidade.

Magiano franze a testa.

– Não. Ninguém está me obrigando a ficar – concorda ele.

Há outra emoção enterrada em suas palavras. Eu coro. Estou prestes a acrescentar alguma coisa, mas então ele acena com a cabeça educadamente e salta pela janela novamente.

– Boa viagem, Majestade – grita. – Estarei nas termas, limpando a sujeira desta viagem.

Fico tentada a sair da carruagem com ele e permitir que me leve junto para as termas, mas em vez disso eu me afundo em meu assento. Há agora um aperto no meu peito que luto para desfazer. Vou encontrar Magiano mais tarde, pedir desculpas a ele por desprezar sua companhia tão descuidadamente, agradecer-lhe por sempre me observar de longe.

Talvez não seja você quem ele está protegendo, provocam os sussurros, *mas sua própria fortuna. Por que ferir a rainha que segura as cordas de sua bolsa? Por que outro motivo ele fica?*

Talvez eles estejam certos. Os sussurros penetram em minha mente, cravando suas pequenas garras mais profundamente, e o resto da viagem passa em silêncio. Finalmente, chegamos ao portão dos fundos do palácio, e as carruagens entram no terreno real.

Sou rainha de Kenettra há um ano. No entanto, entrar no palácio ainda me parece estranho e surreal. Foi aqui que Enzo, quando criança, duelara com um jovem Teren nos pátios, onde Teren observara a princesa Giulietta de seu esconderijo nas árvores. Os passos de Enzo agraciavam esses caminhos, apontavam para a sala do trono onde ele deveria estar sentado, o que eu tinha querido ajudá-lo a alcançar. Agora ele se foi, uma aberração em algum lugar do outro lado do oceano. Até sua irmã já foi para o Submundo há muito tempo, e Teren é meu prisioneiro.

Sou eu que estou sentada na sala do trono.

Sozinha. Do jeito que você gosta. Tenho de afastar a imagem do rosto de minha irmã, as lágrimas que eu tinha visto em suas faces enquanto me virava as costas pela última vez. Afasto a visão de Enzo e seu olhar de puro ódio quando nos enfrentamos no convés do navio da rainha Maeve. Como se respondesse a isso, a ligação entre nós se retesa por um momento, fazendo-me ofegar.

Às vezes me pergunto se é Enzo tentando me alcançar através das milhas que nos separam, tentando me controlar. Eu reajo da mesma forma. Mas ele está muito longe.

Sergio abre a porta da minha carruagem, oferecendo-me seu braço enquanto eu desço. Vários Inquisidores estão esperando para nos receber e, quando me veem, abaixam a cabeça. Antes de entrar no palácio, paro por um momento e olho para cada um deles.

– Tivemos uma vitória impressionante. Vão se lavar, beber e descansar. Vou dizer a seus capitães que cancelem seus horários de treinamento para hoje. Lembrem-se, vocês são parte da minha guarda pessoal agora, e receberão todo luxo. Se alguém não atender às suas expectativas, me digam, e eu cuidarei para que essa pessoa seja removida imediatamente.

Seus olhos se iluminam. Deixo-os antes que possam responder. Que eles me conheçam como sua benfeitora, aquela que lhes deu tudo o que poderiam desejar. Isso deve mantê-los leais.

Enquanto os Inquisidores se dispersam, caminho com Sergio em direção a uma pequena entrada lateral. Ele acena para dois de seus ex-mercenários me seguirem. Passamos pela frente da procissão e, quando avançamos, vejo Magiano descansando perto da entrada dos fundos do palácio, vestido como se estivesse pronto para ir para as termas, enquanto uma das empregadas reais lhe entrega o manto. É uma garota que já vi falar com ele em várias ocasiões. Hoje, algo que ela diz o faz rir. Magiano sorri e balança a cabeça para ela antes de ir em direção às termas.

Eles estão zombando de você pelas suas costas, dizem os sussurros. *Você os ouviu rir, não ouviu? O que a faz pensar que seu precioso ladrão ficará ao seu lado?* Enquanto eles falam, a cena a que acabei de assistir se transforma em minha memória, de modo que imagino ter visto a criada passando a mão pelas tranças de Magiano, beijando-lhe os lábios e ele respondendo com um aperto no braço dela, murmurando um segredo em seu ouvido. Meu peito queima, enchendo-se de fogo e dor.

Talvez você deva mostrar a eles do que é capaz. Eles não vão fazê-la de tola outra vez.

– Isso não é real – digo em voz baixa. – Não é real.

Aos poucos, a ilusão desaparece e a verdadeira cena a substitui. Meu coração martela no peito enquanto os sussurros recuam, rindo de mim.

– O carcereiro me disse que eles prepararam Teren para sua visita hoje – conta Sergio, arrancando-me de meus pensamentos. Eu me viro para ele, aliviada. Com base em sua expressão, é a segunda vez que diz isso. – Ele foi limpo, a barba raspada, e também recebeu um novo conjunto de roupas.

– Que bom – respondo. Teren matou vários guardas da Inquisição nos últimos meses, aqueles que não tinham sido cuidadosos em sua presença. Agora é muito raro que se aproximem dele, deixando-o desleixado. – Como ele está agora?

– Calmo – diz Sergio. Ele bate o punho da espada ao seu lado. – Fraco.

Fraco? Ficamos em silêncio novamente quando entramos no palácio e seguimos nosso caminho por um corredor mal iluminado. O terreno se inclina ligeiramente até chegar a uma escada que serpenteia na escuridão, e aqui Sergio assume a liderança. Eu o sigo, enquanto outros soldados caminham atrás de mim. Nossos passos ecoam nas profundezas.

– Há boatos de que os Punhais podem estar escondidos nas Terras do Céu – diz Sergio depois de algum tempo.

Olho para ele, mas seus olhos evitam os meus.

– Beldain? – pergunto. – A rainha Maeve está planejando nos atacar de novo?

– Não ouvi nada. – Sergio permanece em silêncio por um instante e seu rosto fica grave, com expressão estranha. – Embora alguns digam que sua irmã pode estar com eles também.

Violetta. Aperto com mais força as bordas do meu vestido. Claro que Sergio sente falta dela – há meses ele vem fazendo comentários sutis sobre onde ela poderia estar. Minha rota de conquistas – Merroutas, Domacca, norte de Tamoura, Dumor – não é coincidência. É a sequência dos países onde Sergio ouviu falar que Violetta poderia estar.

– Mande um batedor e uma balira na direção de Beldain – digo por fim.

– Sim, Majestade – responde Sergio.

A Torre da Inquisição original ainda está de pé, exatamente a mesma que Teren usou uma vez para prender minha irmã, aonde eu tinha ido em várias ocasiões para vê-lo em meu desespero. Fiquei tentada a mantê-lo na mesma cela, mas o palácio tem um nível inferior de masmorras destinadas aos mais importantes prisioneiros, os que devem ser mantidos próximos.

E eu quero Teren muito, muito perto.

As masmorras são um cilindro que desce em espiral para a escuridão, mal iluminadas por raios de luz que entram pela grade no alto. Quanto mais descemos, mais úmidas se tornam as pedras e as paredes. Enrolo meu manto com força em volta de mim enquanto o ar frio pinica minha pele. Os degraus tornam-se mais estreitos e entre suas rachaduras crescem estranhos musgos e ervas daninhas, plantas que se alimentam de alguma forma da luz fraca e da água que goteja. Sobreviventes. Lembro-me de meus primeiros dias com a Sociedade dos Punhais, da velha caverna onde todos nós costumávamos treinar. *Nós*, como se isso ainda existisse. Afasto a lembrança da suave orientação de Raffaele, de seu sorriso. A lembrança de Michel me ensinando a criar uma rosa do nada, de Gemma me mostrando seu poder com os animais. De Enzo, secando uma lágrima em meu rosto. *Não chore. Você é mais forte do que isso.*

Ele está a atraindo para lá para que Teren possa cortar sua garganta.

A lembrança de Enzo se desfaz, reivindicada pelos sussurros, e se transforma na imagem dele me enfrentando no navio de Maeve, a espada apontada para a frente, desejando-me morta. Meu coração gela. *Você é apenas um fantasma*, eu me lembro, puxando o familiar laço entre nós com uma ilusão de gelo, neve, frio. Espero que ele sinta, onde quer que esteja. *Você já está morto para mim.*

Um homem está nos esperando no nível mais baixo, um soldado marcado com uma mecha pálida no cabelo louro escuro, um brilho de suor no rosto, o uniforme da Inquisição manchado e sujo de cinzas. Ele acena para Sergio e depois se inclina para mim.

— Vossa Majestade — diz. Então estende um braço em direção às masmorras e nos incita à frente.

As celas do palácio são cômodos separados, sem grades nem janelas. Ele nos conduz por um amplo corredor com portas de ferro alinhadas dos dois lados, cada uma guardada por dois Inquisidores.

Algumas das portas são mais afastadas que outras. Quando nos aproximamos do final, chegamos a várias, tão distantes umas das outras que não consigo ver a porta ao lado da que acabamos de passar. Finalmente, o carcerciro para na última porta à nossa direita.

Do lado de fora desta cela, há seis inquisidores em vez de dois. Eles se alinham em formação quando me aproximo, me curvo e faço um gesto para o carcereiro. Ele pega uma chave enquanto o Inquisidor sênior pega uma segunda. Para abrir essa fechadura é preciso inserir duas chaves ao mesmo tempo.

Sergio e eu trocamos um breve olhar. A última vez que vi Teren foi há vários meses, antes da nossa expedição para conquistar Dumor. Gostaria de saber como ele está agora.

A fechadura range, depois faz um clique – e a porta se abre. Eu entro atrás dos Inquisidores.

A câmara é grande e circular, com o teto alto, iluminado por oito tochas ao longo das paredes. Há um fosso, com água suja vinda das termas. Os soldados se enfileiram nas paredes. O fosso envolve uma ilha de pedra, e sobre esta ilha encontra-se uma figura, acorrentada por uma dúzia de pesados elos ancorados nas extremidades e guardada por dois soldados que se revezam a cada hora, designados para subir e baixar uma ponte de corda entre a ilha e o resto da câmara. A figura se agita quando nos ouve nos reunirmos no lado mais distante do fosso. À luz das tochas, seus cabelos brilham dourados, e, quando ele levanta o rosto em nossa direção, seus olhos reluzem uma loucura familiar. Pálido, pulsante, incolor. Mesmo agora, com nossos papéis invertidos, seu olhar fixo envia uma onda de energia através de mim, uma mistura de medo, ódio e emoção.

Teren sorri para mim. Sua voz ecoa na câmara, baixa e rouca.

– Mi Adelinetta.

Maeve Jacqueline Kelly Corrigan

Uma carta de Raffaele deveria ter chegado pela pomba hoje, mas não chegou. Maeve se pergunta se o pássaro foi morto em voo ou atrasado por tempestades. Os mares *têm* estado estranhos ultimamente. Seja qual for a razão, ela ainda não recebeu resposta sobre a condição atual de Lucent – então permanece no campo de treinamento muito depois da meia-noite, balançando, inquieta, sua espada de madeira.

Alguns de seus guardas estão espalhados ao redor do campo. Seu irmão Augustine está aqui também, ajudando-a a treinar. Ele lhe dá um olhar simpático enquanto balança lentamente sua espada e tropeça na terra.

– Você deve estar cansada o suficiente agora para dormir – diz Augustine enquanto empurra gentilmente Maeve um passo para trás e espera que ela mude de posição. Ele usa sua espada para gesticular para os apartamentos. – Vá, Majestade. Você não faz bem a ninguém ficando aqui fora desse jeito.

Maeve balança a cabeça e franze o cenho. Ela levanta a espada outra vez.

– Eu vou ficar – responde.

Augustine avança para ela. Ela bloqueia o ataque, se esquiva e balança a arma acima de sua cabeça. Ela abaixa na direção dele, que a apara com sua lâmina de madeira. Enquanto Maeve aperta os dentes, Augustine se inclina mais para ela e franze a testa.

– Você precisa ir até Lucent – diz ele. – Estou cansado de ver você assim.

Os olhos de Maeve piscam, irritados.

– Não vou deixar o meu país só para visitar uma velha companheira de equitação.

Os lábios de Augustine se apertam em uma linha.

– Oh, pelo amor dos deuses, pequena Jac – diz ele. – Sabemos que Lucent não era apenas sua companheira de equitação. – Com sua expressão aturdida, Augustine ri. – Você é boa em muitas coisas, mas você é horrível em manter seus interesses amorosos em segredo.

O temperamento de Maeve brilha. Ela empurra Augustine e balança a espada para ele novamente. A lâmina de madeira o atinge na lateral do corpo antes que ele possa bloquear o ataque. Ele geme com o golpe e se dobra. Maeve aproveita a oportunidade, o empurra de costas e põe o joelho contra seu peito. Aperta a espada contra seu pescoço e Augustine ergue as mãos, derrotado.

– Não vou deixar meu país – repete Maeve com os dentes cerrados – para visitar *uma velha companheira de equitação*. Não depois da nossa última batalha. Adelina está em movimento. Ela *virá* para o norte.

Augustine empurra a espada dela para longe.

– Então você vai apenas esperar que ela chegue à nossa costa? – retruca. – Dizem que ela conquistou Dumor. Deve estar de olho em Tamoura agora, mas em breve *vai* voltar sua atenção para as Terras do Céu.

Maeve suspira, baixando a espada. Ela salta para trás e observa enquanto Augustine se levanta.

– Não posso ir – repete, mais calma dessa vez. – Tristan.

Ao mencionar o nome de seu irmão mais novo, o humor de Augustine se suaviza.

– Eu sei.

– Você o viu ontem?

– Está na mesma, dizem os médicos. Nenhuma mudança.

Maeve se força a erguer a espada e se concentrar em Augustine novamente. Ela precisa dessa distração. Tristan não diz uma palavra há semanas – o período mais longo até hoje – e seu olhar está sempre fixo na direção do mar, voltado para o sul. A pequena centelha de luz que lhe restava nos olhos desapareceu por completo, deixando apenas piscinas planas e um olhar vazio e sem vida. Uma vez, quando ela o trouxera para os festivais de inverno com ela, ele a atacara, em um estado de confusão. Ele tinha feito isso de forma meio indiferente, como se uma parte dele soubesse que não queria, mas mesmo assim foi preciso que Augustine e outro homem o dominassem. Desde então, não dormia mais. Em vez disso, ficava perto da janela, os olhos virados para o mar.

Os rumores sobre ele rodam em Hadenbury. *O príncipe Tristan está louco. Ele atacou a rainha, sua própria irmã.*

Maeve ataca Augustine outra vez com sua espada de madeira, e os choques das armas soam pelo jardim. Ela tentou chegar ao Submundo ontem à noite, procurando pistas. Mas a energia lá era muito forte, mesmo para ela, a escuridão escaldando seus dedos, deixando uma camada de gelo em seu coração. Ela sabe, por algum instinto de sobrevivência, que, se tentasse usar seu poder, isso a mataria.

– Teremos mais quatro navios prontos em apenas algumas semanas – diz Maeve, mudando de assunto enquanto se afasta do golpe de Augustine. – Nossa marinha vai se recuperar completamente até o final do ano. Então podemos voltar a pensar em Adelina.

– Ela não tem mais Enzo à sua disposição – lembra Augustine a ela. – Ele está com os Punhais em Tamoura. Ela estará mais fraca.

Há um intervalo entre suas palavras, no qual nenhum deles quer mencionar os rumores da descida de Adelina à loucura.

– Ela pode ser assassinada antes mesmo de chegarmos até ela – diz Maeve por fim. – Podemos ter esperança.

Ambos erguem o olhar ao som de um portão se abrindo. A princípio, Maeve acha que é um mensageiro que vem trazer-lhe um pergaminho de Raffaele – e seu humor melhora imediatamente. Ela começa a caminhar em direção à figura.

– Augustine – chama por cima do ombro. – Pegue a tocha na cerca. Recebemos uma mensagem.

Então a figura dá um passo, ficando iluminada pelo luar, e ela hesita. Vários dos guardas ao longo da parede se movem em direção a ela também, embora nenhum tenha desembainhado suas espadas. Maeve estreita os olhos, tentando reconhecer quem é.

– Tristan? – sussurra ela.

Parece Tristan. Ela pode sentir a ligação entre eles, o elo fraco que liga suas energias. Maeve franze o cenho. *Alguma coisa não está certa.* Ele caminha de um jeito estranho e desarticulado, e uma sensação de repugnância surge no estômago dela. Tristan tem sua própria patrulha de uma dúzia de homens que rondam sua cela, assegurando que ele fique em segurança onde possa ser observado. *Como saiu?*

Quando um guarda chega até ele, Tristan se vira enquanto um braço dispara e agarra o pescoço do homem, apertando-o. O guarda enrijece, chocado com o ataque. Engasgando, procura a espada ao lado do corpo, mas Tristan está apertando seu pescoço com muita força. O guarda luta desesperadamente para se soltar. Maeve mal percebe que ela deixou cair sua espada de madeira e sacou a de verdade.

Atrás de Tristan aparecem dois guardas, correndo sem fôlego para o campo de treinamento. Maeve sabe o que aconteceu antes mesmo de eles gritarem. *Tristan matou seus guardas.* Ela aponta a espada para seu irmão mais novo.

– Pare! – grita.

Ao lado dela, Augustine se levanta e também saca sua espada de verdade. Tristan não faz um som – em vez disso, joga de lado o homem que segurava pela garganta e, em seguida, avança para o próximo guarda mais perto dele. Torce o braço do homem para trás das suas costas com tanta força que ele quebra.

– Tristan! – grita Maeve, correndo para ele. – Pare!

Ela estende o braço, tentando controlá-lo. Mas de alguma forma, dessa vez, ele resiste a ela. Seus olhos giram para a irmã de uma forma que lhe provoca um arrepio na espinha. A escuridão que se agita nele explode, empurrando o poder dela para longe, e Maeve sente o familiar toque de frio e morte em seu coração. O efeito é tão poderoso que o entorpecimento a faz congelar no lugar por um instante. *Isso não está certo.*

Maeve salta para frente e chega a Tristan antes que ele possa atacar outro guarda. Ela ergue a espada, mas o que vê nos olhos dele a assusta.

Não há nenhuma parte branca. Em vez disso, seus olhos são poças de escuridão, completamente desprovidos de vida. Ela hesita por uma fração de segundo – e nesse momento Tristan mostra os dentes como se fossem presas e avança para ela com as mãos estendidas.

Maeve consegue erguer sua espada a tempo – a lâmina corta profundamente uma das mãos dele. Tristan grunhe e a ataca de novo e de novo. Ele é incrivelmente forte. É como se toda a força do Submundo agora rastejasse sob sua pele, ansiosa para se atirar contra ela. A ligação entre eles puxa com tanta força que dói, e Maeve estremece.

Quando Tristan ataca de novo, Augustine surge entre eles e levanta a espada para proteger a irmã. Tristan rosna – seu braço se move em um borrão, agarrando a adaga no cinto de Augustine – e se vira para o irmão mais velho. Apesar de sua estrutura menor, seu ataque faz Augustine perder o equilíbrio. Ambos caem no chão em uma nuvem de terra.

Maeve se encolhe quando os fios entre ela e Tristan se esticam novamente. A dor a deixa tonta. Com a visão embaçada, vê Augustine lutando desesperadamente para manter o punhal de Tristan afastado. Ela busca dentro de si os fios que a ligam a Tristan, presos dentro de seu coração, e que o mantêm vivo e sob seu controle. Hesita novamente. Uma lembrança de Tristan, antes do acidente, antes de ela trazê-lo de volta, brilha em sua mente – um garoto sorridente e risonho, o irmão que não conseguia parar de falar mesmo quando ela o empurrava amorosamente, o irmão que gostava de surpreendê-la nos arbustos altos e de sair em longas caçadas com ela e Lucent.

Este não é Tristan, ela de repente se permite pensar enquanto olha para a criatura que ataca Augustine.

Por fim, Augustine consegue virar Tristan para o chão. Ele pega sua espada e a aponta para o coração do irmão. Tristan cospe nele, mas mesmo assim Augustine hesita. Sua espada treme no ar.

Aproveitando o momento, Tristan o apunhala com a espada.

Não. Maeve se move antes mesmo de pensar. Ela avança, empurrando Augustine para longe do perigo, e enterra sua própria espada no peito de Tristan.

Ele solta um suspiro terrível. As poças escuras de seus olhos se encolhem por um instante, deixando aparecer um garoto de olhos arregalados e confuso. Ele pisca duas vezes, olha para a lâmina enterrada em seu peito e depois para Maeve acima dele, o olhar fixo nela pela primeira vez.

Maeve busca instintivamente o fio que os liga, mas agora ela o sente desaparecer. Tristan continua a olhar para ela pelo que parece uma eternidade. Ela sente que pode ler seu olhar. Seus lábios se abrem em um soluço silencioso.

Então, com um suspiro, Tristan fecha os olhos – o brilho de luz que restava em sua alma, a imitação de uma vida que uma vez existira, finalmente se apaga – e cai morto no chão.

> Quando os clarins soaram através do mar, ainda assim, ele os ignorou.
> Quando a cavalaria chegou às portas, ainda assim, ele dormiu.
> Quando seu povo gritou, ainda assim, ele pediu calma.
> Mesmo quando o inimigo varreu seu reino com fogo e se reuniu às portas de seu castelo, ele andou de um lado para outro em seu quarto, recusando-se a acreditar.
> – A Segunda Queda de Persenople, *por Scholar Natanaele*

Adelina Amouteru

A memória é uma coisa engraçada. Minha primeira lembrança de Teren permanece cristalina até hoje – aquele manto branco cintilante, a silhueta iluminada pela luz do sol em um dia azul brilhante, o perfil de um rosto esculpido, um rabo de cavalo cor de trigo enrolado em ouro caindo abaixo dos ombros, as mãos cruzadas atrás das costas. Como ele parecia intimidador. Mesmo agora, quando olho para esta figura acorrentada, vestida como prisioneiro, feixes de luz contornando seus músculos, não posso deixar de ver, em vez disso, aquela primeira imagem dele.

Sergio nos conduz para frente, até o fosso. Quando chega a ele, se inclina para a água e puxa uma ponte de corda ancorada ao chão. Ele a arremessa para os dois guardas na ilha. Um deles engancha a outra extremidade da ponte em duas alças no chão da ilha, e Sergio pisa na ponte. Eu o sigo.

Quando chegamos à ilha, Sergio e os outros guardas se espalham para os lados, abrindo caminho para mim. Sigo em frente e paro a vários passos de onde Teren está acorrentado.

– Olá – digo.

Teren permanece agachado no chão, o olhar fixo em mim. Ele não pisca. Em vez disso, ao me ver, parece estar desfrutando a visão. Suas roupas de fato foram trocadas por um conjunto limpo de vestes, e seu cabelo está amarrado para trás, o rosto liso. Ele está mais magro agora, mesmo que o tempo não tenha desgastado a aparência cinzelada de seu rosto ou as linhas duras de seus músculos. Ele não diz nada. *Há algo de errado com Teren*. Eu o olho, intrigada.

– Você parece bastante bem – afirmo. Inclino a cabeça ligeiramente para ele. – Menos sujo do que quando o visitei pela última vez. Andou comendo e bebendo. – Houve várias semanas em que ele recusou toda comida, e achei que ele poderia se matar de fome. Mas ele ainda está aqui.

Ele não diz nada.

– Ouvi dizer que você não estava bem – continuo. – Será que o grande Teren alguma vez fica doente? Não achei que isso fosse possível, então vim ver com meus próprios o...

Sem aviso, Teren avança para mim. As correntes pesadas não diminuem sua velocidade. Elas se retesam pouco antes de onde estou e, por um instante, ficamos face a face, separados apenas pela respiração. Minhas visitas anteriores me ensinaram onde ficar em segurança, mas mesmo assim meu coração parece pular na garganta. Atrás de mim, ouço Sergio e os outros soldados sacarem suas espadas.

– Então dê uma boa e longa olhada, pequena *malfetto* – grunhe Teren. – Você gosta do que vê? – Ele balança a cabeça em um gesto sarcástico. – O que é hoje em dia, Adelina? Rainha das Terras do Mar?

Digo a mim mesma para ficar calma, para encontrar os olhos de Teren com firmeza.

– *Sua* rainha – respondo.

Nesse momento, a dor atravessa seu rosto. Ele procura meu olhar, então dá um passo para trás. As correntes ficam frouxas.

– Você não é minha rainha – resmunga ele entre os dentes.

Sergio guarda a espada novamente e se inclina para mim.

– Olhe – sussurra, acenando para os braços de Teren.

Meu foco oscila dos olhos de Teren para seus pulsos. Algo chama minha atenção, algo profundo e vermelho. Gotejando de seus pulsos e escorrendo por seus dedos há um rastro de sangue que deixa um pontilhado na pedra logo abaixo.

Sangue? Olho para ele, tentando seguir a trilha. Parece sangue fresco, escarlate e molhado.

– Sergio, ele atacou um guarda? Por que há sangue em seu braço?

Sergio me lança um olhar sombrio.

– Ele está sangrando por causa do roçar das correntes em seu pulso. São as feridas *dele*.

As feridas dele? Não. Balanço a cabeça. Teren é quase invencível; seu poder garante que seja assim. Qualquer ferida que ele sofresse se fecharia antes que o sangue pudesse escorrer. Cruzo os braços e olho para ele.

– Então é verdade. Algo *está* errado com você. – Eu aceno para o pulso sangrando de Teren. – Quando isso começou?

Teren estuda meu rosto novamente, como se tentasse ver quão sério estou falando. Então começa a rir. É um barulho baixo em sua garganta, que cresce até sacudir seus ombros.

– Claro que alguma coisa está errada comigo. Algo está errado com *todos nós*. – Seus lábios formam um sorriso largo que me arrepia até os ossos. – Você sabe disso há muito tempo, não sabe, lobinha?

Faz mais de um ano que a rainha Giulietta morreu, mas ainda me lembro bem do rosto dela. Invoco essa memória agora. Aos poucos, teço a ilusão de seus olhos profundos e escuros, a boca pequena e rosada sobre a minha, sua pele lisa sobre meu rosto marcado, suas ondas de cabelo fartas e escuras sobre o meu, liso e prateado. A expressão de Teren endurece quando vê minha ilusão tomar forma, seu corpo congelado no lugar.

– Sim – respondo. – Eu sempre soube.

Teren caminha em minha direção até que não possa ir mais longe. Posso sentir sua respiração na minha pele.

– Você não merece usar o rosto dela – sussurra.

Eu sorrio amargamente.

– Não vamos esquecer quem a matou. Você destrói tudo o que toca.

– Bem – ele sussurra de novo, retribuindo meu sorriso. – Então temos muito em comum.

Ele observa o rosto de Giulietta. É incrível ver sua transformação. Seus olhos se suavizam, ficando úmidos, e é como se eu pudesse ver as lembranças passando por sua mente, seus dias com a falecida rainha, curvando-se aos seus comandos, passando noites em seus aposentos, de pé ao lado de seu trono, defendendo-a. Até se voltarem um contra o outro.

– Por que você está aqui? – pergunta Teren. Ele se endireita e se afasta de mim novamente.

Olho para Sergio, depois aceno com a cabeça.

– Sua espada – digo.

Sergio dá um passo à frente. Ele saca a espada, o som do metal ecoa na câmara, e então se dirige para Teren, que não tenta resistir, mas vejo seus músculos tensos. Ele costumava lutar durante os primeiros meses de prisão, seus gritos furiosos soando pela masmorra, as correntes chacoalhando. Sergio teve que bater em Teren várias vezes, com todas as armas, de hastes a espadas e chicotes, até que Teren começou a recuar quando ouvia seus passos se aproximando. É cruel, pensariam alguns. Mas são os pensamentos de alguém que nunca conheceu as más ações de Teren.

Agora ele apenas espera enquanto Sergio se aproxima dele, agarra seu braço, e faz um corte rápido no antebraço. O sangue jorra, e eu assisto, esperando a visão familiar de sua carne se fechando.

Mas... isso não acontece. Não imediatamente. Em vez disso, Teren continua sangrando como qualquer homem, o sangue escorrendo pelo braço até encontrar as feridas dos grilhões em seus pulsos. Teren olha para o sangue com admiração, virando o braço de um lado para outro. Enquanto observamos, a carne aos poucos, bem lentamente, começa a se curar, a ferida se tornando menor, o fluxo mais leve, até que o corte se fecha.

Não admira que seus pulsos ainda estejam sangrando. O atrito abre as feridas constantemente. Franzo o cenho para Teren, recusando-me a acreditar nisso. As palavras de Raffaele – as palavras de Violetta – me vêm correndo à mente, como quando as ouvi pela primeira vez há meses, uma das últimas coisas que minha irmã me disse. *Todos nós, todos os Jovens de Elite, estamos em perigo. Nossos poderes estão lentamente dilacerando nosso corpo mortal.*

Não. É tudo mentira. Os sussurros estão irritados agora, sibilando para mim. Transfiro essa raiva para o carcereiro quando disparo para ele:

– Achei que tivesse lhe dito para mantê-lo saudável. Quando isso começou?

O carcereiro abaixa a cabeça. Seu medo de mim o faz tremer.

– Há algumas semanas, Majestade. Pensei que ele tivesse atacado alguém também, mas nenhum dos guardas parecia estar ferido nem se queixou de nada.

– Isso é um erro – digo. – Impossível.

Mas o que Violetta me dissera há tanto tempo continua voltando: *Estamos condenados a ser sempre jovens.*

Enquanto Teren olha para mim e ri, eu me viro. Atravesso o fosso de volta para o outro lado da cela e saio tempestuosamente, com meus homens atrás de mim.

Raffaele Laurent Bessette

Alguns dias depois da tempestade, quando Violetta alertou Raffaele pela primeira vez sobre a estranha energia do oceano, os outros Punhais o seguiram até a costa. Uma pequena multidão se reuniu perto dos cadáveres de balira, sussurrando e murmurando. Algumas crianças brincam perto dos corpos, se desafiando a tocar a pele apodrecida, gritando diante do tamanho das criaturas. O oceano continua a bater contra os corpos, tentando em vão arrastá-los de volta para a água.

– É incomum – diz Lucent a Raffaele enquanto seguem seu caminho pelas rochas em direção à areia. – Mas não *inédito*. Beldain já viu encalhes em massa antes. Pode ter sido causado por qualquer coisa, aquecimento ou resfriamento da água, um ano com pouca migração de peixes, uma tempestade. Talvez seja o mesmo aqui. Apenas uma mudança temporária nas marés.

Raffaele dobra os braços nas mangas e olha as crianças correrem em torno dos corpos. Uma simples tempestade ou mudança de maré não poderia explicar a energia que sentira no oceano ontem à noite, que tirou Violetta da cama e o fez ofegar. Não, isso não foi causado por nenhum fenômeno natural. Há veneno penetrando no mundo. Em algum lugar, há uma fenda, uma ruptura na ordem das coisas.

A energia misteriosa permanece, mas Raffaele não tem como explicá-la àqueles que não conseguem senti-la. Seu olhar se mantém fixo na água. Ele não dormiu, tendo passado a noite em sua escrivaninha, estudando os papéis que ainda restam de seus registros, tentando solucionar o enigma.

Lucent parece estar se esforçando para não demonstrar a dor que sente nos ossos.

— Bem, alguns dos aldeões estão dizendo que há relatos de um evento semelhante na costa de Domacca. — Ela encontra um lugar confortável entre as rochas e se senta. — Parece que não está concentrado só aqui.

Raffaele sai do lado de Lucent e se dirige para a beira da água. Ele puxa a manga e mergulha um cantil na onda, deixando-o encher. O toque do oceano faz seu estômago se embrulhar tanto quanto na noite da tempestade. Quando o cantil está cheio, Raffaele sai depressa da água para afastar seu toque venenoso.

— Você está pálido como um menino beldaíno — exclama Michel quando Raffaele passa por ele.

Raffaele segura o cantil com as duas mãos e começa a voltar para o palácio.

— Estarei no meu quarto — responde.

Quando ele volta a seus aposentos, despeja o conteúdo do cantil em um copo claro. Em seguida, o coloca em sua mesa de modo que seja inundado pela luz da janela. Ele abre as gavetas da mesa e pega uma série de pedras preciosas. São as mesmas que usava para testar os outros Punhais, as que tinha usado em Enzo e Lucent, Michel e Gemma. Em Violetta. Em Adelina.

Raffaele cuidadosamente forma um círculo com as pedras ao redor do copo de água do mar. Então se afasta e observa a cena. Estende a mão com fios de sua energia, procurando uma pista, persuadindo as pedras.

No início, nada acontece.

Então, lentamente, *muito* lentamente, várias das pedras começam a brilhar de dentro pra fora, iluminadas por algo diferente da luz solar. Raffaele puxa os fios de energia como faria ao testar um novo Jovem de Elite, sua testa franzida de concentração. As cores piscam, acendendo e apagando. O ar brilha.

Pedra da noite. Âmbar. Pedra da lua.

Raffaele olha fixamente as três pedras brilhantes. Pedra da noite, para o anjo do Medo. Âmbar, para o anjo da Fúria. Pedra da Lua, para a própria Moritas.

Qualquer que seja a presença que Raffaele sentiu no oceano, é isso. O toque do Submundo, a energia imortal da deusa da Morte e suas filhas. Raffaele franze a testa enquanto se aproxima da mesa e olha a água no vidro. Ela é transparente e brilha com a luz, mas, por trás disso, está o fantasma da própria morte. Não é de admirar que a energia pareça tão *errada*, tão fora de lugar.

O Submundo está se infiltrando no mundo dos vivos.

Raffaele balança a cabeça. Como pode ser? O reino dos deuses não toca o mundo da humanidade – a imortalidade não tem lugar no reino mortal. A única ligação que a magia dos deuses tem com o mundo dos vivos é por meio de pedras preciosas, os únicos resquícios de onde as mãos dos deuses tocaram o mundo tal como o criaram.

E os Jovens de Elite, Raffaele acrescenta para si mesmo, fazendo seu coração disparar. *E nossos próprios poderes divinos.*

Mesmo lá, passando e repassando o mistério em sua mente, ele se pega olhando na direção dos aposentos de Enzo, onde o fantasma de seu príncipe ainda persiste depois de ter sido puxado do Submundo. *Depois de ter sido arrancado do Submundo.*

Um Jovem de Elite, arrancado do reino imortal e arrastado para o mortal.

Os olhos de Raffaele se arregalam. O dom da rainha Maeve, a ressurreição de Tristan, a de Enzo... Poderia ter causado tudo isso?

Ele vai até seus baús e pega vários livros, empilhando-os de forma precária em sua mesa. Sua respiração se torna superficial. Em sua mente, repete a ressurreição de Enzo – a noite tempestuosa na arena de Estenzian, a aparição de Adelina disfarçada de Maeve, envolta por um manto e capuz, a explosão de energia sombria que ele sentiu nas águas da arena que vinha de algum lugar além dali. Ele pensa na ausência de luz nos olhos de Enzo.

A deusa da Morte tinha castigado exércitos antes, tinha se vingado de príncipes e reis que se tornaram arrogantes demais diante da morte certa. Mas o que aconteceria se um Jovem de Elite, um corpo mortal condenado a exercer poderes imortais, um dos Jovens de Elite mais *poderosos* que Raffaele já havia encontrado, fosse tirado de seu domínio? Isso arrancaria o tecido que separava os vivos e os mortos?

Raffaele lê até tarde da noite. Ignorou as batidas dos outros em sua porta o dia todo, mas agora está em silêncio. Livros espalhados ao seu redor, volumes e volumes de mitos e histórias, matemática e ciências. Toda vez que ele vira uma página, a vela em sua mesa oscila como se pudesse se apagar. Ele está procurando por um mito específico – a única referência que já ouvira de um tempo em que o reino imortal tocou o mortal.

Finalmente, encontra. Laetes. O anjo da Alegria. Raffaele desacelera e lê em voz alta, sussurrando as palavras:

– Laetes, o anjo da Alegria, era o filho mais precioso e amado dos deuses. Era tão amado que se tornou arrogante, pensando que só ele próprio era digno de louvor. Seu irmão Denarius, o anjo da Ganância, fervia de amargura. Certa noite, Denarius expulsou Laetes do céu, condenando-o a andar pelo mundo como um homem por cem anos. O anjo da Alegria caiu da luz dos céus pela escuridão da noite no mundo mortal. O estremecimento de seu impacto enviou ondulações por toda a terra, contudo demoraria mais de cem anos para as consequências disso se manifestarem. Há um desequilíbrio no mundo, o veneno do imortal tocando o mortal.

A voz de Raffaele falha. Ele lê novamente. *Há um desequilíbrio no mundo. O veneno do imortal tocando o mortal.* Seu dedo se move para baixo da página, lendo por alto o resto da história.

– ... até que Laetes pudesse olhar para os céus do lugar onde eles tocavam a terra, e adentrá-lo novamente, com a bênção de cada um dos deuses.

Ele pensa na febre do sangue, nas ondas de praga que deram origem aos Jovens de Elite. *A febre do sangue.* Ondulações por toda a terra. Essas pragas foram consequências da imortalidade que encontrou a mortalidade – foram causadas pela queda de Laetes. Ele pensa nos poderes dos Jovens de Elite. Então pensa em Enzo, voltando ao mundo mortal depois de ter visitado o imortal.

Como não tinha visto isso antes? Como não tinha feito essa conexão até agora? Até que o veneno no oceano lhe desse essa pista?

– Violetta – murmura Raffaele, levantando-se da cadeira.

Ela vai entender – ela sentiu o veneno no oceano primeiro. Ele veste sua túnica, então se apressa para a porta. À medida que caminha, ele pensa em quando testou os poderes de Adelina, como seu alinhamento com o Submundo quebrou o vidro de sua lanterna e fez voar os papéis em sua mesa.

Essa energia parece com a de Adelina, disse Violetta quando seus pés tocaram a água do oceano.

Se o que ele pensa é verdade, então não teriam que enfrentar Adelina outra vez... Iam precisar de sua ajuda.

Quando Raffaele vira no corredor onde fica o quarto de Violetta, ele para. Lucent e Michel já estão do lado de fora da porta dela. Raffaele diminui o passo. Mesmo de longe, pode sentir uma perturbação atrás da porta de Violetta.

– O que foi? – Raffaele pergunta aos outros.

– Ouvimos um choro – diz Lucent. – Não parecia um choro humano normal... Raffaele, foi o som mais assustador que eu já ouvi.

Raffaele volta a atenção para a porta de Violetta. Agora também pode ouvir, um gemido baixo que faz seu coração apertar. Definitivamente, não parece Violetta. Ele olha para Michel, que balança cabeça.

– Eu não quero ver – murmura, a voz suave. Raffaele reconhece o medo em seus olhos, o desejo de evitar a imagem do que está ouvindo.

– Fique aqui – diz Raffaele delicadamente, colocando uma das mãos no ombro de Michel. Então ele acena para Lucent e entra no quarto.

Violetta está acordada – ou parece estar, à primeira vista. Seu cabelo ondulado e escuro está encharcado de suor, fios colados na testa, e seus braços estão nus e pálidos em contraste com a camisola, as mãos agarrando seus lençóis desesperadamente. Seus olhos estão abertos, observa Raffaele, mas ela não percebe que ele e Lucent agora estão ao seu lado no quarto.

Mas o que mais lhe interessa são as marcas que cobrem seus braços.

Esta menina, uma Jovem de Elite que antes não tinha marcas, agora as tem, e elas se estendem por toda a sua pele. Parecem hematomas, pretos, azuis e vermelhos, mapas irregulares que atravessam seus braços e se sobrepõem uns aos outros. Elas se estendem até seu pescoço e desaparecem sob a camisola. Raffaele reprime o gemido em sua garganta.

– Ela não parece totalmente consciente – diz Lucent. – Ela estava bem ontem, andando, falando, sorrindo.

– Ela estava cansada – responde ele, correndo a mão no ar sobre seu corpo, pensando em seu sorriso cansado. Os fios de sua energia estão emaranhados, tecendo e desmanchando. – Eu devia ter sentido isso ontem à noite.

Mas nem mesmo ele poderia ter adivinhado quão drasticamente isso poderia acontecer, como Violetta poderia ir para a cama uma Jovem de Elite sem marcas e acordar esta manhã como se tivesse sido espancada. Isso tinha sido provocado por ela ter entrado no oceano envenenado? *Está acontecendo.* O pensamento inunda sua mente, mesmo quando ele tenta ignorá-lo. *É o mesmo fenômeno que está esvaziando os ossos de Lucent, que matou Leo voltando seu poder venenoso contra ele próprio, e que vai acabar acontecendo com o restante de nós. Um efeito colateral diretamente relacionado ao seu poder.* Pois Violetta, cuja habilidade certa vez a protegera de ter marcas como as dos outros, agora está enfrentando o oposto – seu poder se virou cruelmente contra ela.

Raffaele balança a cabeça enquanto estuda a energia de Violetta. *Ela vai morrer. E vai ser antes de qualquer um de nós.*

Tenho que contar para a Adelina. Não há outra escolha.

Ele se endireita e respira fundo. Quando fala, sua voz é calma e inabalável:

– Traga-me uma pena e um pergaminho. Preciso enviar uma pomba.

> E dizem que ela detestava a todos no mundo inteiro,
> exceto o menino do campanário.
> – Dias da Senhora da Escuridão, *de Dahntel*

Adelina Amouteru

É só o início da tarde, mas uma chuva fria se instalou sobre a cidade, trazendo consigo uma camada de névoa que obstrui a luz. Sergio se retirou para seu quarto, queixando-se de tonturas e sede, com os lábios ressecados. Saio sozinha para as ruas da cidade, vestida com uma capa branca com capuz protegendo meu cabelo da umidade. Estou completamente escondida por uma ilusão de invisibilidade. A chuva pontilha meu rosto com pedaços minúsculos de gelo e fecho meu olho, saboreando a sensação.

Adquiri o hábito de visitar as termas depois de minhas visitas a Teren, para lavar as manchas de seu sangue em minha pele e me limpar da lembrança de sua presença. Mesmo assim, a imagem de seus olhos pálidos persiste muito depois de eu deixar sua cela. Agora sigo na direção das termas do palácio. Eu poderia chegar lá pelos corredores de dentro do palácio – mas aqui fora o terreno é tranquilo, e posso ficar sozinha com meus pensamentos sob o céu cinzento.

Dois homens estão de pé em frente à ponte que conduz à entrada do palácio, o olhar fixo nos portões principais. Estão conversando em sussurros. Diminuo o passo e me viro para vê-los. Um é alto e louro, talvez muito louro para ser kenettrano, ao passo que o outro é baixo e de cabelos escuros, com pele morena e queixo fraco. Suas roupas estão úmidas da chuva, como se houvesse muito tempo que estavam ali fora.

O que eles estão sussurrando? As palavras saem das sombras da minha mente, suas garras estalando. *Talvez estejam sussurrando sobre você. Sobre como matá-la. Até mesmo seu doce ladrão avisou sobre ratos que poderiam escapar através das rachaduras.*

Eu me desvio do caminho que leva às termas e decido seguir os homens. Enquanto atravesso a ponte, ainda escondida atrás da invisibilidade, eles terminam a conversa e seguem seu caminho. Minhas bandeiras da Loba Branca, as novas bandeiras do país, pendem das janelas e varandas, o pano branco e prateado manchado e encharcado. Apenas um punhado de pessoas andam pelas ruas hoje, todas curvadas sob capas e chapéus de abas largas, chutando lama ao passar. Eu as observo com desconfiança, até mesmo quando me aproximo dos dois homens.

Enquanto caminho, o mundo à minha volta se torna brilhante. Meus sussurros ficam mais altos e, quando isso acontece, o rosto das pessoas por quem eu passo começa a parecer distorcido, como se a chuva tivesse borrado minha visão e manchado traços molhados em suas feições. Pisco, tentando focalizar. A energia em mim avança e por um momento me pergunto se Enzo está puxando nossa ligação através dos mares. Os dois homens que sigo agora estão perto o suficiente para que trechos de sua conversa cheguem a mim, e eu acelero o passo, curiosa para ouvir o que eles têm a dizer.

– ... para enviar suas tropas de volta a Tamoura, mas...

– ... difícil assim? Eu acho que ela nem se importaria se...

Eles *estão* falando de mim.

O homem louro balança a cabeça, uma das mãos estendida enquanto explica algo, obviamente frustrado:

– ... e é isso, não é? A Loba não se importa nem um pouco que os mercados nos vendam verduras e legumes podres. Não me lembro do sabor de um figo fresco. Você lembra?

O outro homem assente com simpatia.

– Ontem, minha filha mais nova me perguntou por que os comerciantes de frutas agora têm duas pilhas de produtos. E por que entregam a comida fresca a compradores *malfetto*, e a podre para nós.

Um sorriso frio e amargo torce meus lábios. Claro que eu tinha criado essa lei precisamente para me certificar de que os não marcados sofressem. Depois que a ordem entrou em vigor, passei um tempo andando pelos mercados, me deleitando com a visão de pessoas não marcadas fazendo caretas para o alimento podre que levavam para casa, empurrando-o em sua boca por causa da fome e do desespero. Quantos anos esperamos ser tratados com justiça? Quantos de nós foram atacados nas ruas com repolho podre e carne cheia de larvas? A lembrança da minha própria fogueira há tanto tempo volta e, junto com ela, o cheiro do alimento estragado que me era comum. *Recolham suas armas podres*, juro em silêncio, *e encham sua boca com elas. Comam isso até gostarem.*

Os homens continuam, sem saber que estou ouvindo cada palavra. Se eu me revelasse para eles agora, cairiam de joelhos e pediriam perdão? Eu poderia executá-los aqui, derramar seu sangue direto nas ruas, por ousarem pronunciar a palavra *malfetto*. Deixei-me desfrutar dessa ideia quando dobramos uma esquina e entramos na praça de Estenzian onde acontecem as corridas de cavalo anuais do Torneio das Tempestades. A praça está quase vazia esta manhã, pintada de cinza pelas nuvens e pela chuva.

— Se eu a visse agora — diz um dos homens, sacudindo a água do seu capuz —, eu enfiaria essa comida podre de volta em sua boca. Deixe que ela mesma prove isso e veja se vale a pena comer.

Seu companheiro solta uma risada.

Tão corajosos quando acham que ninguém mais está ouvindo. Paro na praça, mas, antes de deixá-los continuar seu dia, abro a boca e falo:

— Cuidado. Ela está sempre olhando.

Ambos me escutam. Eles param e giram ao redor, os rostos tensos de medo. Procuram quem poderia ter dito isso. Permaneço invisível no centro da praça, sorrindo. Seu medo cresce, e quando isso acontece eu inalo profundamente, saboreando a faísca de poder por trás de sua energia. Estou tentada a estender a mão e agarrá-la. Em vez disso, apenas olho enquanto os homens ficam pálidos como fantasmas.

— Vamos — sussurra o homem louro, sua voz sufocada de terror. Ele começou a tremer, embora eu duvide que seja de frio, e há uma sugestão de lágrimas nos seus olhos. A cara dele fica borrada em minha visão, manchada como o resto do mundo, e por um instante tudo que posso ver são listras de preto onde seus olhos devem estar, um traço do rosa no lugar de sua boca. Os dois correm pela praça.

Olho ao redor, divertindo-me com meu pequeno jogo. Espalharam-se pela cidade rumores de como a Loba Branca assombra o ar, que ela pode ver dentro da casa e da alma deles. Isso plantou uma permanente sensação de inquietude na energia da cidade, uma constante corrente de medo que mantém minha barriga cheia. Bom. Quero que os não marcados sintam este perpétuo mal-estar sob o meu governo, para saber que estou sempre os observando. Isso tornará mais difícil organizar qualquer rebelião contra mim. E fará com que eles compreendam o medo que os marcados tiveram por tanto tempo.

Outras pessoas passam por mim, sem saber da minha presença. Os rostos parecem pinturas destruídas. Tento superar a falta de foco, mas surge uma dor de cabeça fraca e, de repente, me sinto exausta. Uma patrulha de meus Inquisidores de manto branco passa marchando, seus olhos procurando pessoas sem marcas que poderiam estar quebrando minhas novas leis. Sua armadura parece uma onda em minha visão. Faço uma careta, apertando a cabeça, e decido voltar ao palácio. A chuva encharcou meu próprio manto, e um banho morno parece sedutor.

Quando chego aos degraus que levam às termas, a garoa se transformou em uma chuva constante. Meus pés descalços fazem um barulho fraco contra o chão de mármore enquanto entro. Lá, finalmente desfaço minha invisibilidade. Normalmente, há duas criadas atrás de mim quando venho aqui, mas só quero afundar nas águas mornas e deixar minha mente vagar.

À medida que me aproximo da sala de banho, ouço um par de vozes vindo lá de dentro. Diminuo o passo por um momento. As termas não estão vazias como imaginei. Eu deveria ter enviado um criado na minha frente para esvaziar as salas. Hesito um pouco mais, depois decido continuar. Afinal, eu sou rainha – sempre posso mandar quem quer que seja sair.

A piscina se estende em um retângulo longo, de onde estou até o outro lado da sala. O vapor quente paira no ar, e posso sentir a umidade. Da outra extremidade da piscina vêm as vozes que eu tinha ouvido um momento antes. Quando deixo cair minhas vestes úmidas e mergulho meus dedos dos pés na água quente, ouço um barulho baixo de riso que me faz parar. De repente, reconheço quem é – Magiano. Ele *disse* que estaria nas termas.

Ele está de costas para mim, e é difícil vê-lo claramente através do vapor quente no ar. Mas sem dúvida é ele. Suas costas morenas estão nuas e lisas, seus músculos brilham, e suas tranças estão amarradas com um nó no alto de sua cabeça. Ele se inclina casualmente sobre a borda da piscina, e nas pedras está a mesma criada que eu tinha visto com ele pelo palácio. Ela está ajoelhada, o cabelo caindo sobre um ombro, um sorriso tímido em seu rosto enquanto lhe entrega um copo de vinho temperado.

Ah, dizem os sussurros, se agitando. *E nós achamos que ele era o seu brinquedinho.*

Novamente, a amargura cresce em meu peito – e minhas ilusões mais uma vez tecem uma imagem diante de mim. A donzela, já sem roupa, banhando-se com Magiano, a água brilhando em sua pele, ele estendendo a mão para ela, correndo suas mãos pelo contorno de seu corpo. *Ilusão.* Fecho meu olho, respiro fundo, e conto mentalmente, tentando conter meus pensamentos. É preciso muito mais esforço do que antes. Sinto um desejo violento de sair da piscina, vestir minhas roupas de volta, e correr para o meu quarto, para deixá-los aqui para fazer o que quiserem. Mas também sinto uma necessidade esmagadora de machucar a criada. Meu orgulho reage. *Você é a rainha de Kenettra. Ninguém deveria forçá-la a sair.* Então, em vez disso, levanto meu queixo e entro na água, deixando o calor envolver meu corpo.

Ao som de minha aproximação, a criada olha em minha direção. Então congela ao me reconhecer. Reparo que seu olhar vai imediatamente para o lado do meu rosto com a cicatriz. Uma onda de medo emana dela, e tenho que controlar meu desejo de assustá-la ainda mais, de provocá-la com meu poder. Em vez disso, apenas sorrio. Ela pula de pé e se curva numa reverência.

– Vossa Majestade – diz.

Com isso, Magiano se vira ligeiramente em minha direção. Ele deve ter percebido minha energia no instante em que entrei no salão, me dou conta – ele devia saber que eu estava aqui. Mas finge estar surpreso.

– Vossa Majestade – diz ele, imitando a criada. – Desculpe, não ouvi você entrar.

Faço um gesto de mão para a criada. Ela não precisa de um segundo comando. Corre para a porta mais próxima, sem se atrever a se despedir de Magiano.

Ele a observa e depois se vira para mim. Seu olhar vai do meu rosto para a água que bate em meus ombros nus.

– Quer tomar banho sozinha, Majestade? – pergunta. Ele faz um movimento para sair e, ao fazer isso, tira metade do corpo da piscina. A água escorre por sua barriga rígida.

Nunca vi Magiano sem roupa. Minhas bochechas ficam quentes. Percebo também, pela primeira vez, sua marca totalmente exposta. É uma cicatriz vermelho-escura que corre pela lateral de seu corpo, onde os padres das Terras do Sol, tanto tempo atrás, tentaram tirar sua marca, numa tentativa de consertá-lo. A primeira vez que tive um vislumbre dessa antiga cicatriz, foi na noite em que nos sentamos junto à fogueira, quando Violetta ainda estava comigo. Lembro-me dos lábios de Magiano nos meus, o silêncio que cercava o crepitar do fogo.

– Fique – respondo. – Eu gostaria de companhia.

Magiano sorri, mas há uma certa desconfiança em seus olhos.

– Apenas de *companhia*? – provoca. – Ou da minha?

Balanço a cabeça uma vez, tentando manter o sorriso longe do meu rosto enquanto nos movemos para a borda da piscina.

– Bem – digo. – Você certamente é uma companhia melhor que Teren.

– E como está nosso louco favorito?

– Ele... não está se curando como costumava fazer. Há feridas em seus pulsos que estão sangrando constantemente.

Com isso, a atitude despreocupada de Magiano muda.

– Você tem certeza?

– Eu mesma vi.

Magiano fica em silêncio, mesmo sabendo que ele está pensando a mesma coisa que eu. A previsão de Raffaele para todos nós.

– E como você tem se sentido ultimamente? – pergunta com calma.

– Suas ilusões?

Os sussurros em minha mente murmuram entre si. *Não somos uma fraqueza, Adelina. Somos sua força. Você não devia resistir tanto a nós.* Eu desvio o olhar e me concentro na água que nos rodeia.

– Estou bem – respondo. – Navegaremos para Tamoura em algumas semanas e, como sempre, quero você ao meu lado.

– Já invadindo o grande império de Tamoura – diz Magiano. – Inquieta tão rápido? Eu mal tive oportunidade de desempacotar todos os meus pertences.

Percebo imediatamente que a leveza em sua voz não é real.

– Você não está animado. Pensei que o grande Magiano ficaria fascinado com todo o ouro que as Terras do Sol guardam.

– *Estou* fascinado – diz ele. – E, aparentemente, você também. Só hesito, meu amor, por causa do pouco tempo desde que chegamos em Dumor. Tamoura não é uma nação fraca, mesmo depois de perder o território do norte para você. Eles são um império, com três reis e uma marinha forte. Seus homens já descansaram o suficiente para outra invasão?

– Tamoura será minha joia da coroa – explico. Então olho para ele. – Você ainda tem pena de Dumor, pelo que fiz com eles.

O sorriso de Magiano finalmente some, e ele me lança um olhar sereno.

– Tenho pena deles por terem perdido seu país. Mas não tenho pena deles por inferiorizarem os marcados. O fogo em você arde tão ferozmente quanto quando eu a conheci. Você fará de Dumor um lugar melhor.

– Quando o seu coração se tornou tão doce? – pergunto-lhe enquanto deslizo os dedos pela superfície da água, criando minúsculas ondas. – Quando o conheci, você era um ladrão endurecido que gostava de tomar os pertences dos outros.

– Eu roubava de nobres vaidosos e rainhas arrogantes. Bêbados e tolos.

– E sente falta daquela vida?

Magiano fica em silêncio. Eu posso sentir sua proximidade, o calor de sua pele quase roçando contra a minha.

— Tenho tudo o que eu poderia querer aqui, Adelina – diz finalmente. – Você me entregou o que parecem ser as maiores riquezas do mundo, um palácio, uma vida de luxo. – Ele se aproxima. – Posso ficar ao seu lado. Do que mais preciso?

Mas eu *tirei* algo dele. Está na ponta de sua língua, e posso ouvi-lo com tanta clareza quanto se ele tivesse dito em voz alta. *Todo mundo precisa de um propósito, e eu tirei o dele. O que ele pode fazer, agora que tudo lhe foi dado?* Não há mais a emoção da caça, a excitação da perseguição.

Magiano levanta uma das mãos da água e toca meu queixo por um momento, inclinando-o, deixando uma gota de água correr ao longo da minha pele.

— Estou ansioso para ver você se tornar rainha das Terras do Sol – diz ele, o olhar vagando em meu rosto.

O que você vê agora, Magiano? Eu me pergunto. Quando ele me conheceu, eu era uma menina abandonada por seus amigos, aliada com sua irmã, com a intenção de se vingar da Inquisição. Agora eu *controlo* a Inquisição. *O que você vê quando olha para mim? É a mesma garota que você beijou diante da fogueira crepitante?*

Pouco a pouco, um brilho antigo, travesso, aparece em seus olhos. Tremo quando seus lábios roçam minha orelha, e não posso deixar de pensar na metade submersa dele, corando ao saber que eu também estou nua abaixo dos ombros.

— Encontrei um lugar secreto – sussurra. Sua mão encontra a minha na água, puxando meu pulso. – Venha comigo.

Sou incapaz de reprimir uma risada.

— Aonde você está me levando? – pergunto numa voz de falsa repreensão.

— Eu imploro seu perdão mais tarde, Vossa Majestade – brinca de volta, abrindo um sorriso enquanto nos puxa para a extremidade da piscina.

Aqui, a água se ramifica em duas bifurcações mais estreitas, cada uma conduzindo a uma câmara mais privada. Uma das câmaras esteve fechada nos últimos meses, porque parte do arco desmoronou na água e a deixou intransitável. Quando nos aproximamos da curva, acho que Magiano vai nos levar para a câmara privada ainda aberta à direita. Mas não. Em vez disso, ele nos guia para a esquerda, em direção ao arco desmoronado. Paramos diante dele, um rastro de água mexida atrás de nós.

– Observe. – Magiano estende os braços num gesto de pretenso triunfo. – Deleite-se em sua majestade.

Franzo o nariz.

– Você está tentando me impressionar com um arco desmoronado?

– Sem fé. Absolutamente nenhuma fé. – Ele está de volta ao seu antigo eu, e isso manda um raro fio de alegria para meu coração. – Siga-me – murmura. Então ele respira fundo e mergulha, agarrando minha mão enquanto desce.

No início, hesito. Ainda há algumas coisas de que tenho medo na vida. Fogo. Morte. E da última vez em que mergulhei, em um canal em Merroutas quando minhas ilusões me traíram pela primeira vez, não fiquei bem. Quando resisto, Magiano ressurge.

– Não tenha medo – diz com um meio sorriso. – Você está comigo. – Sua mão aperta meu pulso, novamente me puxando para baixo, brincalhão. Desta vez, sinto-me segura o suficiente para respirar fundo e fazer o que ele diz.

A água quente acaricia meu rosto, e, conforme vou mais fundo, o mundo desaparece em tons de luz e som abafado. Através da água, vislumbro o corpo nu de Magiano, deslizando como uma balira em direção ao arco quebrado. Então vejo o que ele quer que eu veja. No fundo, o arco não bloqueou por completo a câmara privada atrás dele. Há ainda uma estreita entrada sob a água, que parece apenas grande o suficiente para uma pessoa nadar.

Magiano vai primeiro. Seus movimentos enviam uma nuvem de bolhas. Eu o sigo. A luz na água escurece, ficando negra, e, por um momento, tenho uma sensação sufocante de medo. *E se eu tiver entrado no Submundo? E se eu nunca mais emergir?* Os sussurros na minha cabeça se agitam, tagarelando. *E se ele estiver trazendo você aqui para que possa afogá-la?*

Então sinto a mão familiar de Magiano se fechar em meu pulso outra vez, me puxando para cima. Subo à superfície, com um engasgo. Enquanto tiro o cabelo molhado e a água do meu rosto, olho para cima e vejo uma câmara iluminada apenas pelo leve brilho azul do musgo nas paredes.

Magiano me observa enquanto olho ao redor. Ele se vira na pequena câmara secreta, gesticulando para as paredes onde plantas começaram a crescer.

– Não é incrível como a vida logo encontra um lugar para si quando ninguém está por perto para mantê-la afastada? – diz ele.

Olho admirada para o brilho fraco do musgo.

– O que é isso? – pergunto, estendendo a mão para a vegetação azul-esverdeada. Parece felpuda como a melhor das peles.

– Musgo de fadas – responde Magiano, admirando a vista comigo. – Também floresce em cavernas úmidas em Merroutas. Uma vez que encontra uma boa fenda na parede onde possa semear, se espalha por toda parte. Eles terão seu trabalho destruído quando consertarem o arco e reabrirem esta câmara. – Ele sorri. – Vamos torcer para que demore muito.

Eu sorrio. O brilho acrescenta uma tonalidade azul à borda da pele de Magiano, suavizando suas feições. Ele pinga água. Eu me aproximo dele, de repente mais ousada.

– Imagino que você venha aqui muitas vezes, então – digo, meio provocando. – Trazendo suas criadas e admiradoras?

Magiano franze o cenho. Balança a cabeça.

– Você acha que eu vou para a cama com cada criada com quem converso? – Ele dá de ombros. – Fico lisonjeado, Majestade. Mas você está muito enganada.

– Então, o que está me dizendo é que veio a este lugar secreto sozinho?

Ele inclina a cabeça de um jeito galante.

– O que há de errado com um ladrão querendo um pouco de tempo sozinho de vez em quando? – Ele se aproxima. Sua respiração aquece minha pele como o vapor que paira sobre a água. – Claro, aqui está você. Suponho que eu não esteja sozinho, no fim das contas.

Um rubor sobe em minhas bochechas quando tomo consciência de minha pele nua, tanto acima como embaixo da água. Minha energia congela, como tende a fazer perto dele, e eu me pego ansiando por seu toque. Ele se inclina para que seus lábios fiquem apenas a uma respiração dos meus, e assim ficamos, suspensos no tempo.

– Você ainda se lembra da fogueira? Sob as estrelas? – pergunta ele, de repente tímido, e eu me sinto inocente pela primeira vez em um longo tempo.

– Eu me lembro do que estávamos fazendo – respondo com um pequeno sorriso.

Um riso escapa de seus lábios. Então sua expressão se torna séria.

– Você me perguntou se sinto falta da minha antiga vida – sussurra ele, sua voz agora rouca. – Você sabe do que mais sinto saudades? Daquela noite.

Meu coração para por um instante, doendo com uma súbita tristeza.

– E a garota ao lado de quem você se sentou naquela noite? Sente falta dela também?

– Ela ainda está aqui – responde ele. – É por isso que eu fico.

Então ele cobre a distância entre nós, e seus lábios tocam os meus. Em torno de nós, não há nada além do som da água batendo suavemente contra a pedra e o brilho suave do musgo. Suas mãos deslizam pelas minhas costas nuas, desenhando a curva da minha coluna. Ele me puxa para que nossos peitos fiquem colados. Seu beijo passa dos meus lábios para meu queixo, dali cada vez mais para baixo, criando um caminho suave ao longo do meu pescoço. Eu suspiro, sem querer neste momento nada além de nós, satisfeita em ficar aqui para sempre. A ligação que me conecta a Enzo some da minha mente e por um instante posso esquecer completamente que estamos ligados. As mãos de Magiano correm pelas minhas costas, sem querer me soltar. Minha respiração está entrecortada. Pouco a pouco, percebo que nos dirigimos para a beira da piscina, onde ele me aperta firmemente contra a pedra. Uma de suas mãos se enterra no meu cabelo, puxando-me para a frente, para ele. Seus beijos voltam aos meus lábios, mais urgentes agora, e mergulho neles, ansiosa. Um gemido baixo ressoa em sua garganta. Pergunto-me, por um segundo selvagem, se ele vai nos levar mais longe, e meu coração dispara no meu peito.

– Vossa Majestade – sussurra ele, sem fôlego. Uma nota de diversão brinca em sua voz. – Você vai acabar comigo. – Então ele me puxa para si, de modo que cada centímetro de nossos corpos fiquem colados. Eu me inclino contra ele, mergulhando no prazer da água morna. Não quero perguntar o que ele está pensando.

Uma voz fraca soa, abafada, do outro lado do nosso espaço secreto. Eu a ignoro enquanto Magiano me afoga em outro beijo. Através da névoa de meus pensamentos, a voz vem flutuando novamente.

– Vossa Majestade? Vossa Majestade!

A água ondula contra nosso corpo.

– Vossa Majestade – continua a voz, se aproximando. Agora a reconheço como um dos criados que entregam minhas mensagens. – Chegou uma carta urgente para você.

– Ela não está aqui – reclama outra voz. – As termas estão vazias. – A voz suspira. – Ela provavelmente está cortando a garganta de um pobre tolo.

As palavras me trazem de volta da minha névoa. Afasto-me de Magiano quando seus olhos tornam a se abrir. Ele também olha para a entrada desmoronada, então me lança um olhar interrogativo.

Eu me endireito e lhe dou um sorriso, sem querer lhe mostrar que a observação do criado me incomodou. Em vez disso, exalo e tento conter o rubor em minhas bochechas.

– É melhor você ir – sussurra Magiano, suas palavras ecoando no espaço. Ele acena com a cabeça em direção ao arco desmoronado. – Longe de mim interromper algo urgente.

– Magiano, eu... – começo a dizer. Mas o restante das palavras não quer sair, e paro de tentar forçá-las. Respiro fundo antes de me esquivar sob a água morna e nadar pelo espaço que leva de volta à sala de banho principal.

Rompo a superfície jogando água para o alto. Um grito de surpresa vem de algum lugar da câmara. Enquanto afasto a água do meu rosto, vejo dois mensageiros à beira da piscina, os olhos arregalados, o medo pairando sobre eles.

– Pois não? – digo friamente, erguendo a cabeça para eles.

Isso tira os homens de seu estupor aterrorizado. Saltam para trás ao mesmo tempo e se curvam em reverências.

– Majestade, eu... – diz um deles com a voz trêmula. Foi o que falou de mim com sarcasmo. – Eu-eu-eu-espero que você tenha tido um bom banho. Eu...

Suas palavras se desfazem em uma confusão incoerente quando Magiano surge atrás de mim, sacudindo a água de seu cabelo. Se ele não estivesse aqui, eu poderia me entregar ao desejo de punir esse mensageiro por falar de mim tão descuidadamente. Os sussurros se agitam, encantados com o medo que emana do homem. Mas eu os afasto. Ele tem sorte desta vez.

– Você mencionou uma carta urgente – digo por fim, interrompendo o fluxo disperso do pensamento do mensageiro. – O que é?

O segundo homem, menor e mais magro, se aproxima da água. Ele me estende um pergaminho enrolado. Caminho na direção dele e levanto uma das mãos para pegá-lo.

O selo de cera carmesim tem o emblema real de Tamoura. Eu o rompo, abro o pergaminho... e congelo.

Conheço essa letra. Ninguém mais sabe escrever de forma tão elegante, com floreios tão cuidadosos. Atrás de mim, Magiano se aproxima e olha por cima do meu ombro para a mensagem. Ele sussurra o primeiro pensamento em minha mente:

– É uma armadilha.

Mas não consigo falar. Apenas leio a mensagem repetidamente, me perguntando o que ela realmente significa.

A Vossa Majestade de Kenettra,

Sua irmã está morrendo. Você deve vir a Tamoura imediatamente.

Raffaele Laurent Bessette

> Aonde você irá, quando o relógio bater às doze?
> O que você fará, quando enfrentar a si mesmo?
> Como vai viver, sabendo o que você fez?
> Como vai morrer, se sua alma já se foi?
> - Trecho do monólogo de Compasia & Eratosthenes,
> *interpretado por Willem Denbury*

Adelina Amouteru

Amanhã, partimos para a costa de Tamoura. Por isso, esta noite, todo o palácio está vibrando com as festas em comemoração a nossa próxima invasão.

Há longas mesas cheias de comida em todos os corredores do palácio, enquanto os pátios brilham à luz das lanternas, repletos de danças. Eu me sento com Sergio em um dos jardins. Em minhas mãos está o pergaminho de Raffaele, no qual já mexi tanto, que agora mal consigo ler as letras. Meu estômago está vazio e doendo. Não consegui nem terminar minha bebida de ervas, e agora, sem nada para mantê-los afastados, os sussurros começaram a murmurar incessantemente no fundo da minha mente.

Violetta está com os Punhais, no fim das contas. Seus inimigos. Que traidora!

Por que você ainda se importa com ela? Esqueceu como ela a abandonou?

Sim, ela tentou nos arrancar de você.

É melhor que ela morra.

Ao meu lado, a cadeira de Magiano está vazia. Ele pegou seu alaúde e agora está sentado na entrada arqueada do jardim, tocando uma canção que compôs hoje. Abaixo dele, uma multidão se reuniu. Todo mundo já está bêbado – eles se balançam em suas danças, tropeçando por toda a parte, rindo alto. Pelo canto do olho, surge uma ilusão de

Violetta. Eu a vejo morrendo no chão, o sangue se derramando em uma poça ao seu redor, enquanto as outras pessoas da festa passam por cima de seu corpo. Forço minha atenção de volta para Magiano, esperando que ele possa me distrair.

Ele está espetacular esta noite, vestindo sedas douradas e brancas e com adornos brilhando entre suas longas tranças, todas puxadas por cima de um ombro. Ele se inclina para frente e abre um sorriso brilhante ao ver as pessoas ouvindo sua música; de vez em quando, para de tocar para convidar as pessoas para desafios. Elas gritam nomes de velhas canções folclóricas para ele, depois aplaudem e vibram quando as toca. Coro ao me lembrar das gotas de água em suas tranças, sua pele nua contra a minha em nossa piscina secreta, iluminada pelo fraco brilho azul do musgo de fadas. Talvez ele esteja pensando nisso também.

Ignorar-nos não vai mudar nada, Adelina. Sua irmã ainda vai morrer. E você vai ficar feliz com isso, não vai?

Os sussurros insistem em minha mente até eu fazer uma careta, segurando a cabeça.

– Vossa Majestade?

A voz de Sergio ao meu lado empurra os sussurros, agitados, para os recessos da minha mente outra vez. Eu relaxo um pouco em meu assento e olho para ele, que retribui meu olhar com evidente preocupação.

– Não é nada – digo. – Estou pensando na carta de Raffaele. – Eu a levanto para mostrar a Sergio.

Ele solta um grunhido de aprovação quando morde uma perna de lebre assada.

– Talvez ele tenha ouvido rumores de que você e ela se separaram e queira usar isso contra você. Violetta pode nem estar com ele.

Uma parte de mim ainda se agita ao pensar em Raffaele – e, imediatamente, eu o imagino no convés do navio da rainha Maeve, cercado por chamas, com a testa pressionada contra a de Enzo, acalmando o príncipe, olhando para mim com os olhos trágicos e cheios de lágrimas, balançando a cabeça em desespero. *Se a justiça é o que você procura, Adelina... Não vai encontrá-la assim.*

– Eles estão em Tamoura – digo um pouco alto demais, em uma tentativa de silenciar os sussurros. – Sem dúvida trabalhando com a Tríade de Ouro. Seus governantes devem pensar que usar minha irmã contra mim me fará agir de forma descuidada.

– Eles estão tentando enredá-la para um encontro – responde Sergio e, embora ele me lance um olhar cuidadoso, isso não combina com suas palavras ousadas. – Para pegá-la sozinha em um quarto. Mas o que vão encontrar em vez disso é um exército.

Ele vira o resto da bebida em sua caneca, visivelmente reagindo a quão forte ela é, e então abre espaço na mesa diante de nós. Pega um pergaminho enrugado e o desenrola. Tem carregado isso consigo para todos os lugares ultimamente, então já estou familiarizada com ele. É seu plano de batalha para Tamoura.

– Estive pesquisando todos os mapas que pude encontrar da área ao redor de Alamour. A cidade está cercada por muros altos, mas, se conseguirmos chegar aqui – ele aponta um estranho afloramento de falésias que serpenteiam pelo lado leste da cidade –, podemos encontrar uma maneira de passar por cima das muralhas.

– E como faremos isso? – pergunto, cruzando os braços. – Baliras não podem voar toda essa distância para longe da costa, não em um deserto das Terras do Sol. Elas vão sufocar no ar seco.

No instante em que digo isso, sei a resposta. Olho para Sergio, que me dá um sorriso malicioso enquanto se serve de um copo de água em vez de vinho.

– Acho que conheço alguém que pode nos trazer uma boa tempestade – responde ele.

Retribuo seu sorriso.

– Deve funcionar – digo, inclinando-me para a frente em meu assento para observar mais de perto os cálculos de Sergio. Estou impressionada com a forma como ele dividiu o restante dos nossos homens. – Vamos surpreender os tamouranos em sua própria casa.

Por hábito, o olhar de Sergio varre uma vez as festividades. Sigo seu olhar. No canto, um caminho está sendo aberto através da multidão, provocando aplausos e vaias. A diversão chegou.

– Faremos mais do que surpreendê-los – responde Sergio. – Vamos derrotá-los tão completamente que em breve a Tríade de Ouro estará esfregando seus pisos de mármore.

Nossa conversa para enquanto a procissão segue para a clareira principal. É liderada por dois jovens Inquisidores que agora empurram alegremente várias pessoas de braços dados. Eles tropeçam e caem, então se curvam na minha direção, no que parece uma reverência. Ao redor deles, a multidão aplaude. O vinho se derrama das taças.

– Vossa Majestade! – chama um dos Inquisidores. Seu cabelo brilha na luz, revelando um vislumbre de vermelho escarlate contra o preto. – Encontrei esses quatro nas ruas e os trouxe para você. Ouvi um deles usando a palavra *malfetto*. Outro estava tentando se passar por um de nós com marcas falsas.

Com isso, a multidão – todos marcados – começa a gritar xingamentos contra as pessoas amarradas no chão. Eu os observo mais atentamente. Um deles é um homem idoso, enquanto outra é uma mulher começando a envelhecer. O terceiro é um menino, mal saído da infância, enquanto o quarto é uma moça recém-casada, ainda usando faixas duplas em torno de um de seus dedos. Sei que a menina é quem estava tentando usar marcas falsas – a cor de seus cabelos e uma mancha em sua pele parecem falhadas, onde um Inquisidor deve ter passado a mão.

– Queime todos eles! – alguém grita, e recebe em resposta um incentivo barulhento.

– Vamos nos divertir! – grita outro.

Por cima do arco, o olhar de Magiano encontra o meu. Ele não está mais sorrindo. *O medo e o ódio deles enchem este lugar.* Os sussurros tagarelam de novo, completamente acordados agora, e o terror que emana dos quatro prisioneiros enche os meus sentidos, me alimentando. Eu os observo e sinto pouca piedade. Afinal de contas, não se passou muito tempo desde quando eles ficavam parados vendo os marcados serem arrastados pelas ruas e queimados, nossas famílias serem apedrejadas até a morte por multidões de espectadores entusiastas. Costumávamos ser os únicos a contrabandear pós e poções de boticários, desesperados para esconder nossas marcas. Como nossos antigos inimigos logo tentaram adotar nossa aparência! Como se mancham, ansiosos, com cores, numa tentativa de ser mais parecidos conosco.

Por que não devemos comemorar sua punição agora?

Ao meu lado, Sergio também ficou em silêncio. Observo enquanto um Inquisidor acende uma tocha de uma das lanternas, então olha para mim com expectativa – assim como todos os outros. O barulho silencia enquanto aguardam meu comando.

Eu sou a rainha deles. Dos *malfettos*, dos deformados, dos marcados. Eu lhes dou o que querem, e eles me dão sua lealdade. É o que quero também. Meu olhar se volta para os prisioneiros trêmulos no chão. Foco no mais novo, o menino. Ele me fita com olhos vazios. Ao lado dele, o velho levanta o rosto manchado de lágrimas o suficiente para que eu veja o ódio cego nele. *Rainha demônio*, sei que ele está pensando.

Os sussurros em minha mente aumentam até um estrondo entorpecente. Inclino a cabeça e fecho o olho, tentando em vão silenciá-los. Em outra noite, eu seria mais cruel – no ano passado, ordenei que prisioneiros fossem executados na minha frente, então isso não seria novidade. Mas esta noite meu coração está pesado por conta da mensagem de Raffaele. Visões de Violetta continuam a encher meus pensamentos.

Um olhar na direção de Magiano é suficiente. Ele balança a cabeça para mim de forma muito sutil, e suas palavras retornam à minha mente, como se sussurradas em meu ouvido. Talvez ele esteja usando meu poder. *Deixe as pessoas a amarem um pouco, mi Adelinetta.*

– Solte-os – ouço-me dizendo enquanto esfrego as têmporas. – E que continuem os festejos.

Os aplausos raivosos da multidão silenciam quando eles compreendem o que eu disse. Os prisioneiros olham para mim num silêncio atordoado, assim como meus Inquisidores.

– Eu não fui clara? – grito, minha voz ecoando na câmara.

Os cantos do espaço escurecem e um lamento assustador ecoa pelo ar. A multidão solta uma série de suspiros assustados enquanto se afasta da escuridão que avança. Meus soldados entram em ação, desatando as cordas que prendem os braços dos prisioneiros, e os forçam a ficar de joelhos para me agradecer. Eles balançam, piscando, confusos, e eu observo, me perguntando como minha irmã tem o poder de influenciar minhas decisões, mesmo quando não está aqui.

— Saiam da minha frente — ordeno aos prisioneiros ajoelhados. — Antes que eu mude de ideia.

Eles não precisam que eu fale duas vezes. A moça se levanta primeiro, então corre para o velho e o ajuda a ficar de pé. A mulher o segue. O garoto é quem demora mais, perplexo com minha expressão, antes de também se apressar atrás dos outros. Os olhos da multidão se voltam de mim para eles e, enquanto os músicos tentam atacar as canções de novo, o canto disperso começa a romper o silêncio constrangido.

Meu foco se volta para o arco, mas Magiano não está mais lá.

Sua ausência rasga a crescente maré de escuridão em meu peito, deixando-me exausta — neste momento, tudo que quero é fugir daqui e encontrá-lo. Teço uma ilusão de invisibilidade ao meu redor enquanto a multidão tenta voltar a comemorar. Apenas Sergio percebe que me fui, embora ele não tente me impedir.

Balanço a cabeça com desgosto enquanto caminho. Toda essa questão em torno de Violetta me deixou mole hoje à noite.

Sigo meu caminho para fora dos jardins e entro em um corredor escuro. Também há multidões de novos nobres aqui, pessoas marcadas a quem concedi títulos aristocráticos depois de tê-los tomado de seus mestres não marcados. Sigo por entre eles. Um dos nobres derrama seu vinho quando passo. Desço depressa o corredor até chegar a uma escada caracol guardada por inquisidores, e então subo a um andar vazio. Finalmente, paz.

Paro e apoio a cabeça contra a parede. Os sussurros giram em uma nuvem em volta de mim, e sua fúria aumenta minha tontura. Tento me equilibrar.

— Magiano — chamo, imaginando se ele poderia estar por perto, mas minha voz ecoa pelo corredor.

Você não deveria tê-los deixado ir, dizem os sussurros. Eles sempre respondem quando ninguém mais o faz.

— Por que não? — rebato, entre os dentes cerrados.

Os inofensivos crescem e se tornam os portadores da ira. Você sabe disso melhor do que ninguém, sua idiota.

– Um casal de idosos e um par de crianças – murmuro com um sorriso sarcástico. – Eles não podem me machucar. – Fecho meu olho e, na escuridão, os sussurros avançam, mostrando suas presas para mim.

Oh! Como você se tornou arrogante, lobinha. Minha raiva se acende quando eles usam meu velho apelido e, em resposta, os sussurros aplaudem, deleitados. *Sim. Isso a deixa furiosa, não é? Você é arrogante, minha rainha. Ora, veja. O garoto já voltou para você.*

Abro o olho novamente e olho ao redor. Lá, de pé no corredor bem na minha frente, está o menino com seus olhos graves. Ele olha para mim sem dizer nada.

Minha raiva se acende novamente, e os fantasmas das ilusões piscam no canto da minha consciência.

– Achei que tivesse mandado você ir embora.

O menino não responde. Em vez disso, dá um passo à frente. São lágrimas de sangue saindo de seus olhos? *A febre do sangue.* Minha raiva se transforma em incerteza. Então o menino dá um grito e me ataca com uma faca.

Grito, cambaleio para trás e instintivamente cubro o rosto com os braços. Através da névoa de meus pensamentos, vejo o menino desaparecer. Ele é substituído por um monstro arrogante. Bolhas negras cobrem suas costas encurvadas, e suas longas garras batem no chão. Ele avança para mim, os dentes se estendendo por toda a sua cabeça. A personificação dos meus sussurros.

Qual é o problema, Majestade? Está com medo de seus próprios corredores?

Ele avança para mim de braços estendidos, a boca aberta. É uma ilusão, apenas uma ilusão. Não está aqui de verdade. A carta de Raffaele me distraiu, perturbando minha energia, então perdi o controle novamente. É só isso. Se eu ficar parada, ele desaparecerá numa nuvem de poeira quando chegar perto de mim. Ele não pode me machucar.

Contudo não consigo me fazer parar. Estou em perigo. Preciso *correr*. Então faço isso. Corro enquanto o monstro me persegue, suas garras rasgando as pedras do chão. Posso sentir sua respiração quente em minhas costas. O corredor se estende infinitamente diante de mim, como uma boca aberta, e quando pisco braços saem das paredes do corredor, tentando me pegar.

Acorde, grito para mim mesma enquanto corro. *Acorde. Acorde!*

Eu tropeço. Tento me amparar, mas caio sobre as mãos e os joelhos. O monstro me alcança e olho para ele, horrorizada.

Porém, não é mais uma fera. Vejo o rosto de meu pai, contorcido em uma imagem de raiva. Ele pega meu pulso e me puxa para a frente, arrastando-me pelo chão.

— Onde você pôs sua irmã, mi Adelinetta? — pergunta ele com sua voz misteriosa e tranquila enquanto tento me libertar. — O que você fez com ela?

Ela me deixou. Não foi minha culpa. Ela me deixou para trás, de livre e espontânea vontade.

— O que eu fiz para ter uma filha como você? — Meu pai balança a cabeça. Nós fazemos uma curva e entramos no espaço cavernoso da cozinha da antiga casa de nossa família. Aqui, meu pai pega uma faca de açougueiro no balcão. *Não, não, por favor.* — Você abre a boca e derrama mentiras. Com quem você aprendeu isso, hein, Adelina? Foi com um de nossos cavalariços? Ou você nasceu assim?

— Desculpe. — Lágrimas escorrem pelo meu rosto. — Eu sinto muito. Não estou mentindo. Não sei onde Violetta está...

Sei que eu não sou uma criança presa em minha antiga casa. Estou no palácio de Estenzian e sou a rainha. Quero voltar para as festividades. Por que não consigo acordar?

Meu pai baixa os olhos para mim. Ele estica meu braço e bate com minha mão no chão. Estou chorando tanto que quase engasgo. Ele posiciona a faca de açougueiro em cima do meu pulso, depois a eleva até o alto de sua cabeça. Fecho bem o olho e espero o golpe.

Por favor, deixe-me acordar agora, imploro.

Os sussurros riem de minha súplica. *Como quiser, Majestade.*

— Vossa Majestade? *Adelina.*

A mão segurando meu braço de repente afrouxa o aperto. Olho para cima para ver que pertence a Magiano. A cozinha desapareceu, e estou outra vez deitada no chão do salão do palácio. Magiano me puxa para ele enquanto continuo soluçando. Apesar de sua expressão preocupada, ele parece aliviado por finalmente fazer contato visual comigo. Eu o abraço e o seguro com força. Meu corpo treme contra o dele.

– Como você sempre consegue achar o pior corredor para se deitar? – pergunta, sua brincadeira soando desanimada. Ele traz o rosto para junto do meu ouvido e murmura repetidamente algo que mal posso entender, até que os sussurros na minha cabeça somem para as sombras.

– Eu estou bem – digo por fim, balançando a cabeça contra seu ombro.

Ele se afasta o suficiente para me lançar um olhar cético.

– Você não estava bem agora há pouco.

Respiro fundo, trêmula, e passo a mão pelo meu rosto.

– Por que você veio aqui? Você me ouviu chamá-lo? Foi por causa do que aconteceu lá fora?

Magiano pisca.

– Você estava me chamando? – pergunta, e então balança a cabeça. Sua boca se aperta em uma linha fina. – Eu tinha a esperança de que você viesse me procurar.

Estudo seu rosto, me perguntando se ele ainda está zombando de mim, mas parece sério agora. Pela primeira vez, percebo que há Inquisidores atrás dele. Há uma patrulha inteira com ele, procurando por mim.

De repente, sinto-me exausta. Magiano me vê cair e passa um braço pelas minhas costas quando isso acontece, me levantando sem esforço. Eu deixo. Ele murmura alguma coisa aos Inquisidores, e eles começam a sair. Fecho os olhos depois disso, contente em deixar que Magiano me leve de volta ao meu quarto.

> Estoque -
> pão preto para 2 dias
> carne seca para 2 dias
> água para 6 dias
> Lixo -
> pão para 12 dias, bichado
> água para 12 dias, imprópria para beber
> – Do diário de um soldado desconhecido durante a Batalha da Ilha Cordonna

Adelina Amouteru

Embarcamos para Tamoura no dia seguinte, sob um céu azul brilhante, melhor assim.

As semanas no mar me obrigarão a me concentrar em nossa nova missão, a esquecer a perda de controle sobre minhas ilusões no corredor ontem à noite. Magiano também não menciona o ocorrido. Tratamos de nossos assuntos no navio, agindo como se tudo estivesse bem. Temos reuniões de estratégia com Sergio como se ninguém se lembrasse do meu incidente. Mas sei que os rumores se espalharam entre meus Inquisidores. De vez em quando, vejo-os murmurando nas sombras, me olhando com cautela.

Nossa rainha está ficando louca, devem estar dizendo.

Às vezes não sei se é minha loucura que está conjurando essas imagens, abalando minha confiança. Então tento ignorá-las, como sempre. Que importa se sou louca? Tenho cem navios. Vinte mil soldados. Minhas Rosas ao meu lado. Eu sou *rainha*.

Minha nova bandeira é branca e prateada, é claro. No centro dela, há um símbolo preto, estilizado, de um lobo, cercado por chamas. Sou uma criatura que devia ter morrido na fogueira – mas não morri, e quero ser lembrada disso toda vez que olho para esta imagem. A cada dia no mar, as bandeiras brancas e prateadas se destacam mais contra o cinza profundo e estranho do oceano, como um bando de pássaros voando em direção a novos ninhos. Uma semana se funde com a seguinte, e depois com uma terceira, com ventos solitários nos retardando e nos obrigando a contornar as Cataratas de Laetes.

Ao final da terceira semana, fico de pé no convés e olho para o mar de navios atrás de nós. Em cada um deles tremula minha bandeira. Sorrio diante dessa imagem. O pesadelo dentro do pesadelo me visitou novamente ontem à noite, dessa vez mudando para que eu acordasse repetidamente na minha cama a bordo do navio. É um alívio que meu exército me distraia dessa lembrança.

– Estamos nos aproximando da costa de Tamoura – avisa Sergio, andando em minha direção.

Ele está vestido com armadura completa esta manhã, com facas amarradas ao peito e punhais cruzados em suas costas, punhos despontando de suas duas botas. Seu cabelo está penteado para trás, fora do rosto, e ele parece inquieto, ansioso para entrar em ação.

– Você quer que eu dê a ordem de mudar bandeiras?

Assinto.

– Sim, faça isso.

Também estou vestida para a guerra. Minhas vestes foram substituídas por armadura, e meu cabelo está amarrado para trás em uma série de tranças apertadas, um penteado kenettrano. Deixei meus lenços tamouranos para trás. Era uma ideia tentadora, voar sobre Alamour parecendo uma garota tamourana, mas quero que eles saibam que nação os está atacando.

– Como quiser, Majestade – responde Sergio.

Olho para ele. Um vinco profundo se formou entre suas sobrancelhas. *Ele está pensando em Violetta também?*

– Desta vez, conseguiremos – digo. *Conquistaremos Tamoura. Encontraremos minha irmã.*

– Conseguiremos – repete ele. Faz um aceno contido, o rosto inexpressivo.

O céu acima de nós, surpreendentemente azul quando saímos de Kenettra, agora é de um cinza ameaçador. Nuvens negras cortam o horizonte na nossa frente. Sergio aperta mais o manto em volta do corpo, seus olhos treinados concentrados na tempestade que se aproxima. Ele vem trabalhando nessa tempestade desde que partimos, e agora ela está forte o suficiente para que eu sinta as faíscas no ar, os braços formigando.

– Mares negros – murmura Sergio, apontando para as águas escuras. – Um mau presságio.

– Vossa Majestade! – A voz de Magiano grita da gávea. Nós dois olhamos para o alto. – Terra à vista! – Seu braço surge na lateral da gávea para apontar para o horizonte e, quando o sigo, vejo uma faixa de terra cinza aparecendo sob o céu escuro. Mesmo desta distância, a silhueta vaga de um muro alto pode ser vislumbrada, fortificada por uma lateral que não passa de um penhasco íngreme.

Um instante depois, Magiano pula do nosso lado. Eu nem percebi que ele estava descendo do mastro principal.

– É Alamour, meu amor – diz ele, apontando para o penhasco e para a muralha.

A última vez que minhas forças puseram os olhos em Tamoura foi quando conquistamos seus territórios do noroeste. Agora vou entrar em sua capital. O trovão percorre o oceano, e relâmpagos fazem as nuvens brilharem. Passo os braços em volta do meu corpo e estremeço. Minha mãe me contou histórias deste lugar, de onde vieram meus antepassados, e quantas vezes os exércitos não conseguiram penetrar em suas muralhas.

No entanto, comigo vai ser diferente.

Se Violetta estivesse aqui, ela estaria tremendo por causa do trovão. Será que está fazendo isso agora, em algum lugar de Tamoura?

Sergio pousa a mão no punho da espada.

– Não ouvi o soar dos clarins deles. Mas, se ainda não nos viram, em breve verão. Metade da nossa frota vai navegar para a baía ocidental. – Ele desenha uma imagem invisível no ar, gesticulando para as duas baías da cidade e para os penhascos que correm ao longo da costa norte. – O oeste é o seu porto principal, difícil de entrar por causa da passagem estreita. O leste é uma baía de mais fácil acesso, mas cheia de pedras afiadas. Este é o lugar por onde a outra metade da nossa frota, inclusive nós mesmos, entrará. Podemos entrar, mas não podemos atracar. Então, em vez disso, vamos chamar nossas baliras. – Sergio faz uma pausa e olha para mim. – Espero que você se sinta descansada, porque vamos precisar que conjure uma enorme ilusão de invisibilidade para nós.

Eu concordo. Mesmo se os tamouranos puderem vislumbrar nossos navios agora, não esperarão que todos desapareçam no ar. A invisibilidade, apesar de todo o meu domínio, ainda é a mais difícil das minhas ilusões – tornar-me invisível numa cidade geralmente requer muita concentração, pintando sobre minha aparência qualquer coisa que esteja ao meu redor, constantemente, enquanto me movo. Mas aqui, em mar aberto, tudo que preciso fazer é tecer uma ilusão de ondas repetidas e céu sobre nossos navios. Ainda que eu cometa alguns erros, os tamouranos estarão observando de longe. Deve ser fácil enganá-los. Se eu puder tecer a invisibilidade sobre toda a frota, eles não nos localizarão até que estejamos sobre eles.

– E as baliras estão prontas? – pergunto, aproximando-me da grade para olhar para o oceano.

Sergio assente.

– Estão prontas. – Todavia sinto um desconforto imediato nele e olho para cima. Quando ele vê minha expressão, suspira e balança a cabeça. – As baliras passaram a noite toda inquietas. Não sou especialista em seu comportamento, mas alguns dos outros membros da tripulação me dizem que elas parecem estar doentes. Alguma coisa na água, talvez.

– Sempre soube que o peixe deste estreito tinha um sabor estranho – diz Magiano, mas quase não parece uma piada. Eu estudo as baliras que deslizam pela superfície da água enquanto nadam. Não sei dizer quão saudável estão, mas as palavras de Sergio me assustam.

– Será que elas estão fortes o bastante para atravessarmos a baía do leste? – pergunto quando uma delas explode através das ondas com um grito assustador.

Sergio cruza os braços.

– Dizem que as baliras voam alto para nos levar acima da muralha. No entanto, não sei se vão sobreviver a uma longa batalha.

– Então precisamos fazer com que seja rápida – emenda Magiano.

– Basicamente, sim.

Magiano ergue uma sobrancelha para mim. Ele não diz nada, mas sei que gostaria que tivéssemos alguém como Gemma conosco. Talvez tenhamos tido, uma vez. Mas Gemma está morta. *De qualquer forma, ela odiava você*, acrescentam os sussurros e eu endureço meu coração antes de me permitir pensar nela por muito mais tempo. Os Punhais estarão à nossa espera, junto com o exército tamourano. A ideia de forçá-los a se render me dá uma sensação da satisfação. *Até que enfim*, suspiram os sussurros.

Ao mesmo tempo, todas as nossas bandeiras brancas e prateadas se transformam em pretas e se misturam ao céu escurecido. Nossos tambores de guerra ecoam profunda e ritmadamente pelo do mar. A costa de Tamoura se aproxima, e eu posso ver as torres da capital. Navios se reuniram no porto, alguns aglomerados na entrada estreita, prontos para nos deter. Mas a tempestade de Sergio já está fazendo seu trabalho. O oceano bate forte contra as rochas do porto, enviando uma pulverização branca no ar e balançando a frota de Tamoura.

As ondas também atingem nossos próprios navios e, quando uma quebra na nossa lateral, eu me inclino em direção ao peitoril. Minhas mãos o encontram e o agarram, em busca de segurança. Atrás de mim, Magiano dá um salto para a ponta da vela e sobe por ela num piscar de olhos. Ele gira pelos degraus da escada, que levam ao alto do mastro principal.

– Você vai precisar de uma visão melhor – grita ele. – Quer se juntar a mim?

Ele tem razão. Pego sua mão e ele me puxa para o primeiro degrau. Lentamente, subo enquanto o navio avança. A escuridão cobre quase todo o céu, deixando apenas uma faixa de azul sobre a capital, cercada por nuvens de tempestade que se agitam. Grandes gotas de chuva começaram a cair sobre nós. Um estrondo de trovão nos sacode. Daqui de cima, posso ver toda a extensão do litoral de Tamoura – a baía menor de um lado da cidade, e a baía mais ampla, de onde navegamos perigosamente perto. A boca da baía se abre à nossa frente, e as rochas que a cercam são afiadas e irregulares, como as presas de um monstro emergindo do oceano. Logo atrás delas, há uma fileira de navios de guerra tamouranos, todos de frente para nossa frota e prontos para a batalha. Enquanto olhamos, uma explosão de tiro de canhão dispara de um dos navios. Um tiro de alerta.

Observo o oceano atrás de nós. Meus navios de guerra kenettranos esperam nosso comando.

Magiano me dá um sorriso perfeito.

– Vamos, Loba Branca?

Viro-me para a vasta baía e para os navios tamouranos, levanto as mãos e concentro minha energia. Os sussurros na minha cabeça acordam, animados com sua liberdade, e a energia ao meu redor brilha em uma teia de fios. Por dentro, sou escuridão, e minha escuridão se estende, procurando o medo no coração de nossos soldados inimigos, a ansiedade no coração daqueles em minha própria frota. Ela cresce no meu peito até que eu não possa mais contê-la.

Então eu a solto – e teço.

As nuvens sobre nossa frota brilham um azul fraco. Então, uma criatura fantasmagórica sai da água, uma figura de fumaça negra que se transforma no fantasma de um lobo branco, cada um de seus dentes tão grandes quanto um de nossos navios, seus olhos vermelhos brilhantes contra a tempestade. Ela paira sobre nossa frota com seu brilho voltado para os navios tamouranos. Deixa escapar um rugido exatamente quando outro trovão ecoa pelo céu.

A frota tamourana dispara uma grande quantidade de tiros de canhões para nós, mas eu sorrio, porque posso sentir o súbito pico de terror no coração de seus soldados. Para eles, estão olhando o rosto de um demônio.

Olho para Magiano e pergunto:

– Pronto?

Ele pisca. A chuva nos encharcou, caindo em cascatas, e a água escorre do nó alto de suas tranças.

– Estou sempre pronto para você, meu amor.

Coro um pouco, sem conseguir controlar, e me viro rapidamente antes que ele perceba. Então volto a concentração para minha ilusão. Magiano junta sua energia à minha agora – ele assume a ilusão do lobo branco e, enquanto a mantém no lugar, eu teço um enorme cobertor de invisibilidade sobre todos os nossos navios, transformando-os na imagem de oceano negro e do céu tempestuoso. Desaparecemos de vista nas ondas agitadas.

Os navios tamouranos continuam a atirar, mas agora noto que eles estão agindo cegamente, mirando apenas na direção de seu último ataque. Estamos bem perto da entrada da baía, e posso ver os soldados tamouranos correndo de um lado para outro no convés dos navios, seus turbantes encharcados de chuva. As batidas de meu coração se agitam de empolgação ao vê-los. *Venho por todos vocês. Venho pela minha irmã.*

Lá embaixo, a voz de Sergio soa:

– *Fogo!*

Nossos canhões explodem em uníssono. Eles rasgam os lados dos navios tamouranos, e fumaça e gritos distantes enchem o ar. Eles atiram de volta, mas eles ainda não podem nos ver. Nosso navio chega à boca da baía, ainda protegido pela invisibilidade, e Sergio nos guia, evitando as pedras irregulares de cada lado.

Magiano de repente pega meu pulso e me puxa para baixo na gávea. Eu me agacho instintivamente com ele. Um instante depois, vejo o que chamou sua atenção – baliras, vestidas com armaduras de prata, voando em nossa direção. Levo um momento para reconhecer um de seus condutores. E o reconhecimento só acontece por causa das chamas que disparam em nossa direção.

Enzo.

Os Punhais estão aqui.

Nossa bandeira pega fogo por um instante, antes que uma enorme onda caia sobre nós de novo e apague o fogo. Mas o vislumbre de chamas expõe momentaneamente onde está nosso navio, e os canhões dos tamouranos apontam em nossa direção. Eles explodem, lançando balas de canhão em nós.

Estou apoiada em Magiano quando um de seus canhões rasga a lateral do nosso navio. Minha concentração vacila, e minha ilusão oscila o suficiente para mostrar outra vez nossos navios, fantasmas se movendo contra a tempestade, antes de eu rapidamente encobri-los. Lá de cima, Enzo envia outra explosão de fogo. Dessa vez, atinge um dos navios atrás de nós, e suas velas dianteiras ficam em chamas.

Outras baliras inimigas começam a disparar flechas contra nós. Trinco os dentes e me aconchego contra Magiano para me aquecer na gávea, ouvindo o som das flechas cortando o ar. Nosso navio, assim como dois outros, conseguiu entrar na baía, mas não estamos nos movendo rápido o suficiente para repelir a frota tamourana que nos aguarda. A ligação com Enzo aperta forte no meu coração, e posso senti-lo me procurando enquanto o chamo instintivamente. Ele sabe exatamente onde estou. Mesmo agora, posso vê-lo dando voltas, um cavaleiro separado dos outros, me caçando.

Príncipe bastardo.

– Preciso voar – murmuro para Magiano enquanto cambaleio e fico de pé. – Precisamos estar no ar.

Assim que as palavras saem de minha boca, uma explosão de vento nos atinge. Sua resposta fica perdida enquanto agarra minha cintura e nos aperta contra a gávea, protegendo nosso rosto do impacto. É um vendaval tão forte que ameaça nos tirar do chão. Somente Magiano, que se segura à gávea, nos impede de sermos soprados direto para o oceano. Ao mesmo tempo, uma onda bate contra o navio atrás de nós com uma força muito maior do que as ondas da tempestade.

– Estou vendo a Caminhante do Vento! – grita Magiano para mim.

Quando levanto a cabeça para olhar, ele aponta para uma balira que passa correndo, aproximando-se o suficiente para que eu possa ver os cachos louro-acobreados voando atrás de sua cavaleira. Lucent tem outra pessoa com ela, e sua postura está curvada, como se estivesse exausta. Mas isso não a impede de olhar em nossa direção e, quando o faz, outra explosão de vento nos atinge.

O impacto arranca meus pés do chão. Eu desmorono enquanto outra onda atinge a lateral do nosso navio, então me esforço para ficar de pé, piscando para tirar a água do olho. Magiano agarra meu braço novamente e o mundo fica um pouco mais nítido. A ação de Lucent dispersou toda a minha concentração e agora meu manto de invisibilidade desapareceu por completo, deixando meus navios expostos. Afasto minha frustração, puxo os fios novamente e teço.

Pouco a pouco, os navios voltam a desaparecer na tempestade. Ao longe, os pilotos de Tamoura se dirigem para nossa segunda frota, à medida que ela se aproxima da fronteira ocidental da capital. Minha invisibilidade derrotou a fileira de navios tamouranos que defendia a baía principal e, quando olhamos, vários de nossos navios contornam essa fileira, disparando seus canhões nos lados vulneráveis dos navios inimigos mais próximos.

Magiano nos guia para a lateral do navio. Ele acena furiosamente para uma de nossas baliras.

– Nossa! – grita para o soldado montado nela.

A balira gira em nossa direção. Voa mais baixo à medida que se aproxima do navio, então mergulha até a superfície da água com um enorme respingo. A onda nos faz balançar. Magiano sobe no parapeito do ninho, se equilibra e eu o sigo. Enquanto a balira nada bem ao lado do navio, saltamos da borda para suas costas. O cavaleiro original sai, mergulhando na água e subindo pela lateral do casco.

Magiano me puxa para perto nas costas da balira. O animal está escorregadio por causa da chuva, e fico grata pelas correias que nos dão apoios seguros para os pés. A balira se agita, inquieta na água. Ela vira bruscamente e avança, se preparando para voar.

Quando decola, uma onda da água do oceano molha minhas pernas. Respiro fundo.

Sergio tinha mencionado anteriormente que alguma coisa na água parecia estar deixando as baliras doentes. Agora sei o que ele quis dizer. O oceano parece estar *errado*. Há uma presença venenosa aqui, uma escuridão que parece ao mesmo tempo familiar e doentia. Tremo com a sensação e franzo as sobrancelhas, tentando identificar o que é. Já senti essa escuridão antes em meus pesadelos. Eu a conheço. Os sussurros em minha cabeça se agitam, empolgados.

Meus pensamentos se dispersam quando o elo entre mim e Enzo se retesa de repente. Suspiro. Ao mesmo tempo, Magiano puxa os arreios da balira e nos lança para o céu. Ele nos vira bruscamente para a direita, um de seus braços firmes em volta da minha cintura. Estou prestes a gritar quando uma explosão de fogo atinge o espaço onde tínhamos estado um momento antes.

Enzo aparece no céu a uma curta distância de nós. Seus cabelos escuros chicoteiam para trás, ao vento e na chuva, encharcados, e eu me lembro instantaneamente da última batalha entre nós, quando encarei o vazio de seus olhos. Meu coração dói, mesmo quando o odeio. Engasgo novamente enquanto seu poder pressiona contra o meu, cravando suas garras. Os sussurros estalam os fios enquanto eles ameaçam me transformar em uma marionete.

Então Magiano reage ao ataque de Enzo. Ele imita a energia do Ceifador, e vejo fios de faíscas saírem das mãos de Magiano e chicotearem em direção a Enzo, estourando em linhas de fogo com o impacto. A balira de Enzo vira a cabeça para longe das chamas, levando-o para mais longe de nós, e a pressão contra a minha energia diminui. Respiro outra vez. Então o ataco.

Enzo não pode matar você sem matar a si mesmo. Ele só quer derrotá-la. Mantenho esse pensamento por perto, e isso me dá força.

Eu nos viro bruscamente para encará-lo. Ao mesmo tempo, puxo nossa ligação e a inundo com minha escuridão, meus fios se ancorando em seu coração, afogando sua energia. Ele estremece visivelmente, apertando os olhos – puxa com força as rédeas de sua própria balira, e a criatura se afasta de mim. Ele começa a mergulhar. Sua energia empurra a minha, quente e abrasadora, o fogo queimando minha escuridão. Eu me encolho. Nós voamos cada vez mais baixo, até Enzo deslizar pela água. A chuva bate no meu rosto e eu limpo desesperadamente meu olho para recuperar a visão.

Através da corrente, a energia de Enzo corre para mim. As bordas da minha visão ficam turvas, escurecendo por um momento, e um vislumbre de silhuetas sombrias avança. *Não.* Não posso me dar ao luxo de sucumbir às minhas ilusões agora. Em meio ao caos, posso sentir a voz de Enzo como se ele estivesse falando comigo.

Você não pertence a este lugar, Adelina. Recue.

Suas palavras enviam uma onda de raiva através de mim, e nos faço ir mais rápido. Estamos muito perto da costa agora, e muitos de nossos navios quebraram as defesas tamouranas. A imagem da vitória dança em minha mente. *Eu pertenço ao lugar que eu quiser. E tomarei Tamoura, assim como tomei Kenettra de você.*

Mas o fogo de Enzo queima minhas entranhas, envolvendo meu coração, fechando-o em um punho de seus fios. Outra camada de suor explode por todo o meu corpo e minha visão fica ainda mais borrada. Posso me ver estendendo a mão e começando a tecer algo no ar. *Não. Não posso permitir que ele me controle.*

Você é minha, Adelina, Enzo rosna. *Use seus poderes contra sua própria frota.*

Não consigo detê-lo. Minhas mãos se levantam, prontas para cumprir suas ordens. Então sinto o mundo me rasgar e jogo a cabeça para trás, em agonia. Um manto de invisibilidade se estende sobre a frota de Tamoura, escondendo-os dos meus soldados. Ao mesmo tempo, crio um véu de dor imaginária e o atiro sobre meus cavaleiros no ar.

Eles gritam. Olho, impotente, incapaz de respirar através de minha onda de poder, enquanto meus cavaleiros caem de suas baliras. Luto, buscando ar. O mundo torna-se nebuloso. Eu me obrigo a me concentrar na ligação. É como se as mãos de Enzo estivessem fechadas ao redor do meu coração, apertando e espremendo até que eu estivesse prestes a explodir. *Preciso me libertar de seu aperto.*

Uma voz clara chama acima de nós.

– Adelina! Pare! – Mesmo antes que eu possa levantar a cabeça e vê-lo, sei que é Raffaele.

Mas ele não está sozinho. À sua frente, nas costas da balira, está uma figura pequena e delicada, deitada de costas contra a pele da criatura gigante. É Violetta, seus cabelos uma faixa escura de seda ao vento. Os braços de Raffaele estão em volta dela, para mantê-la segura.

Ela está *aqui. Com eles.*

Por um momento, tudo ao meu redor desaparece. Tudo o que posso fazer é olhar enquanto Raffaele se vira em minha direção e abre a boca para dizer alguma coisa.

Algo atravessa minha visão. Uma capa branca. *Um dos meus Inquisidores.* Só tenho tempo de olhar para o lado antes de ver um dos meus soldados numa balira, que se aproxima de nós com um taco erguido. Não tenho tempo para pensar – nem mesmo para levantar os braços em defesa. Ninguém tem. O Inquisidor balança seu taco e me atinge com força no ombro, o golpe me arrancando da minha balira. Os sussurros na minha cabeça gritam. O mundo se fecha, ficando cada vez mais escuro, até eu não ver nada e apenas ouvir os gritos de Magiano vindo de algum lugar distante.

Então, tudo fica preto.

Assim, concordamos que, se o dia chegar, minhas tropas, os aristanos, tomarão posse da Amadera oriental até a foz do rio, e as suas tropas, os salanos, tomarão posse da Amadera ocidental até o mesmo ponto.
Nenhum sangue será derramado.
– Acordo entre os aristanos e os salanos antes da
Segunda Guerra Civil de Amadera, 770-776

Adelina Amouteru

Acordo ao som de correntes tilintantes. Levo um momento para perceber que as correntes estão em meus pulsos. O mundo entra e sai de foco repetidamente, então só posso dizer que tudo ao meu redor é cinza-escuro e prateado, que a pedra embaixo de mim é fria e úmida. Por um instante, estou de volta às masmorras da Torre da Inquisição; meu pai acaba de morrer, e estou destinada a ser queimada na fogueira. Eu posso até ouvir sua risada no canto da sala, ver uma miragem nebulosa dele apoiado contra a parede, o corte em seu peito aberto e sangrando, sua boca retorcida em um sorriso.

Tento me afastar dele, mas minhas correntes me impedem de ir muito longe. Alguns murmúrios ecoam a uma distância acima de mim.

– Ela está acordando.

– Leve-a para a Tríade. Tenha cuidado... essas correntes. Onde está o Mensageiro? Precisamos de sua ajuda...

Eles estão falando em tamourano. Não consigo entender o restante do que dizem. As vozes desaparecem e, um momento depois, tenho a sensação de ser levantada. O mundo gira. Tento me concentrar em alguma coisa, qualquer coisa, mas minha mente está muito nebulosa. Os sussurros enchem a minha cabeça de bobagens, depois se dispersam.

Há um corredor, escada e a brisa fresca da noite. Ali perto, uma voz que conheço muito bem. Magiano. Eu me viro, ansiando por ele, mas não consigo identificar onde ele está. Ele parece zangado. Sua voz flutua perto e depois longe, até que eu não o ouço mais. *Eles vão machucá-lo.* O pensamento envia cada grama da minha energia para a superfície, rugindo, e eu rosno, atacando às cegas. *Vou matá-los se o machucarem.* Mas meu ataque parece fraco e descoordenado. Os gritos soam ao meu redor, e os laços nos meus braços apertam dolorosamente. Minha força se dissolve novamente.

Onde estão todos os outros? O pensamento me ocorre e eu tento me agarrar a ele. Onde está Sergio? Minha frota? Onde estou? *Estou perdida em outro dos meus pesadelos?*

A lembrança da batalha vem rastejando de volta, pedaço por pedaço. O poder de Enzo tinha dominado o meu. Fui atacada por um dos meus Inquisidores. Disso eu me lembro. O pensamento parece confuso, mas permanece por tempo suficiente para que eu o processe. *Os Saccoristas, a rebelião contra mim.*

Um rato, dizem os sussurros. *Eles sempre se esgueiram por entre as rachaduras.*

A noite vira escada novamente. Estamos do lado de fora, e os soldados – *inimigos* – estão me conduzindo degraus acima. Levanto a cabeça, fraca. A escada se estende infinitamente para cada lado e parece levar ao céu. Torres se erguem, velas queimando, douradas, nos peitoris, e diante de nós, uma série de arcos enormes se elevam. Eu olho para o alto, para onde a escada dá lugar a uma entrada grandiosa, elaboradamente esculpida, emoldurada por pilares e coberta com milhares de círculos e quadrados repetidos. Há palavras esculpidas em seis dos pilares mais altos.

FIDELIDADE. AMOR. CONHECIMENTO. DILIGÊNCIA. SACRIFÍCIO. PIEDADE.

As palavras estão em tamourano, mas eu as reconheço. São os famosos seis pilares de Tamoura.

Então tropeço nos degraus, e alguém me ergue. Minha cabeça pende.

Quando acordo de novo, estou deitada no centro de uma vasta câmara circular. Um burburinho de vozes ecoa ao meu redor. Fileiras de velas delineiam o perímetro da sala, e a luz vem de algum lugar acima de mim, o suficiente para iluminar todo o espaço. Uma pressão terrível empurra meu peito – o elo familiar entre mim e Enzo se retesa, a energia nele pulsando e tremendo. Ele deve estar na sala. Minhas mãos ainda estão algemadas e minha cabeça lateja, mas desta vez o mundo entra em foco o suficiente para eu pensar direito. Ergo-me até ficar sentada.

Estou no meio de um círculo desenhado no chão, as bordas adornadas com círculos menores. Há três tronos ao redor dele, equidistantes, todos virados na minha direção. Em cada trono está uma figura alta vestida com as melhores sedas de ouro, o cabelo escondido atrás de um turbante tamourano. *A Tríade Dourada*. Estou na sala do trono tamourano, sentada diante de sua trinca de reis.

Pisco, afastando o resto de nebulosidade da minha mente, e olho rapidamente ao redor da sala. Soldados se agitam e se mexem cautelosamente com meu movimento. Imediatamente, por instinto, busco minha energia – os fios de medo e incerteza na câmara agora me chamam – e crio com uma teia de ilusões. A câmara cai em uma escuridão repentina, gritos enchem o ar, e um chicote de agonia se enrola em torno dos soldados tamouranos mais próximos a mim. Vários deles gritam. Mostro os dentes, apontando em seguida para os reis.

– Fique quieta, Adelina. – É a voz de Raffaele.

Eu me viro no chão, até que minhas correntes não me deixem mover mais, e o procuro. Ele está de pé ao lado de um dos tronos, com as mãos cruzadas nas mangas. Parece sério, mas sua expressão não tira nem um pouco de sua beleza. Seu cabelo está solto e liso esta noite, preto com fios de safira que captam a luz das velas. Exatamente como me lembro dele. Ele retribui meu olhar calmamente. As cores dos seus olhos mudam na luz.

Ao lado dele há vários arqueiros, suas bestas apontadas para mim.

– Desfaça suas ilusões – diz Raffaele. – Você está aqui à mercê do Rei Valar, do Rei Ema e do Rei Joza, os governantes do grande império de Tamoura. Levante-se, contenha seus poderes e dirija-se a Suas Majestades.

Minha raiva brota, embora eu saiba que Raffaele está certo. Meus poderes ainda são apenas ilusões – não poderei avançar rápido o bastante para evitar que aquelas bestas acertem seu alvo. Estarei morta em segundos. Pensamentos atravessam minha mente. Por que Raffaele me trouxe aqui? Por que ele ainda não me matou? Ele poderia tê-los deixado disparar as flechas sem me avisar.

E o pensamento mais urgente: se Violetta está aqui em Tamoura, por que ele não usou a habilidade dela contra mim? Por que não tiraram meus poderes?

Mas o que realmente me impede de atacar de novo é uma figura sombria a vários metros de Raffaele, os olhos treinados em mim e as mãos descansando sobre o cabo da adaga em sua cintura. Quando encontro o olhar de Enzo, a ligação entre nós puxa com tanta força que ofego. Nunca senti nossa conexão tão forte, tão *perversa*. Ele parece sentir isso também – mesmo daqui, posso sentir a contração em sua mandíbula, a mudança de seus músculos.

Os olhos de Enzo estão o mais escuro que eu já os vira. Eles não têm o brilho da vida que os olhos devem ter. São entorpecidos e profundos, desprovidos do fogo escarlate que costumava preenchê-los, duros de tão vazios. Ele olha fixamente, como se mal me conhecesse. Não diz uma palavra. Estremeço novamente quando nossa ligação fica mais apertada, afrouxa e puxa novamente. Assim como durante nossa batalha nos céus, ele está tentando dominar meu poder. Contudo também sinto dor na ligação, entrelaçada com a minha própria energia. Enzo foi ferido na batalha, posso dizer.

Fico tensa de raiva. *Como você ousa tentar me controlar?*

Lentamente, libero minhas ilusões sobre os soldados e concentro minha energia dentro do meu peito, protegendo-a de Enzo. Vários soldados caem de joelhos, ainda trêmulos por conta da dor fantasma. Então estico cuidadosamente as duas mãos, para que Raffaele possa ver. Se ele está estudando a mudança de minha energia agora, saberá que eu não estou prestes a atacar.

Mas eu não vou me curvar diante de uma potência estrangeira. Meu olhar desliza para um dos reis, e fico satisfeita quando ele o retribui. Fico tentada a olhar para o restante da câmara outra vez, para encontrar os olhos dos outros dois reis, mas isso exigiria que eu me virasse no chão como uma mendiga. Não vou fazer isso aqui.

— Minha frota — digo em vez disso, erguendo meu queixo para o rei. — Minhas Rosas.

— *Choursdaem* — Raffaele traduz para o rei. — *Rosaem*.

O rei diz algo a Raffaele em resposta. Não entendo a maior parte, mas pesco um traço de zombaria junto ao meu nome.

Raffaele inclina a cabeça para o rei, depois se vira de novo para mim.

— A guerra continua enquanto conversamos, rainha Adelina — traduz. — Nossos exércitos estão numa trégua tênue, porque as suas forças sabem que você está sob nossa custódia. Outro de seus Rosas também está em nossas mãos. Ileso... por enquanto.

Outro prisioneiro. *Deve ser Magiano*. Afinal, era ele quem montava a balira comigo, e eu tinha ouvido sua voz mais cedo. Minha energia brilha de novo, e Raffaele me lança um olhar de advertência. Com grande dificuldade, engulo em seco e me controlo. A vida de Magiano depende de como me comporto.

— Parece que você foi traída por um de seus Inquisidores — diz Raffaele.

Um dos meus. O fato de Raffaele ter visto isso acontecer bem diante de seus olhos me deixa cega de fúria.

— Você plantou um rebelde entre os meus — disparo. — Não foi?

— Eu não precisei — responde ele. — Você teria perdido essa batalha.

— Não acredito em você.

A expressão de Raffaele permanece calma.

— Um de seus homens atacando você. Isso é incomum?

Não. Não é incomum. Tentativas anteriores começam a se acender em minha memória, mesmo enquanto tento em vão mantê-las afastadas. *Os rebeldes estão em toda parte.* Trinco os dentes. Vou esfolar esse traidor vivo.

O rei volta a falar enquanto Raffaele traduz:

— O que você faria, em nosso lugar? — O fantasma de um sorriso aparece nos lábios do rei tamourano. — Você mandaria nos decapitar, tenho certeza, e exporia as cabeças para nossos exércitos. Ouvi dizer que é o que você faz em outras cidades conquistadas. Talvez devêssemos fazer o mesmo, pendurar seu corpo dos mastros de nossos navios. Isso deve acabar com a guerra bem rápido.

A batida do meu coração acelera, mas me recuso a deixá-lo ver meu medo. Minha mente gira. Como vou me libertar daqui? Olho para Raffaele novamente. Que acordo os Punhais fizeram com Tamoura?

E Violetta.

– Onde está minha irmã? – exijo saber, a raiva fazendo minha voz tremer.

Raffaele dá um passo em minha direção.

– Ela está descansando.

Ele quer dizer que ela não está passando bem. Faço uma careta.

– Você está mentindo. Eu a vi com você na batalha.

– Ela não estava em condições de lutar com você – responde Raffaele. – Eu a levei comigo apenas para que você pudesse vê-la.

Então o motivo para Violetta ainda não ter tirado meus poderes é porque... ela está fraca demais para fazer isso?

– Você mentiu tantas vezes, Mensageiro – digo com calma deliberada. – Por que pararia agora?

– Pelo amor dos deuses, ela não merece isso – murmura Michel das sombras. Ele parece diferente do que me lembro, mais magro, o rosto fino, e seus olhos estão fixos em mim com um ódio ardente. – Cortem a cabeça dela e a mandem de volta para Kenettra. Joguem o resto de seu corpo no mar para os peixes. Ela sempre pertenceu ao Submundo. Talvez isso conserte tudo.

Franzo as sobrancelhas, surpreendida por palavras tão duras e pelo fato de elas virem do mesmo rapaz que uma vez elogiou minha ilusão de rosa. Ele gostava tanto de Gemma; qualquer amizade que ele pudesse ter por mim acabou no dia em que a fiz cair dos céus. A garota que eu costumava ser se remexe dentro de mim, tentando abrir caminho através da rainha das sombras para reavivar outras lembranças. Percebo que não consigo me lembrar do som da risada de Michel.

Raffaele não tira os olhos de mim. Para minha surpresa, os três governantes parecem estar esperando que ele fale. Depois de um breve momento de silêncio, ele dá um passo à frente.

– Há mil coisas que *poderíamos* fazer, com você aqui sob nossa custódia – diz ele. – Mas o que *vamos* fazer é deixá-la ir.

Eu pisco uma vez para ele.

– Me deixar ir? – repito, franzindo a testa, confusa.

Raffaele concorda com a cabeça.

Mais uma vez, ele está me manipulando. Nunca diz exatamente o que quer dizer.

– O que você realmente quer, Mensageiro? – pergunto bruscamente. – Fale claramente. Estamos em guerra. Sem dúvida você não espera que eu acredite que você e os tamouranos estão me libertando pela bondade em seu coração.

No silêncio, um dos reis se vira para Raffaele e ergue uma mão cheia de joias.

– Bem, Mensageiro – diz ele, sua voz ecoando na sala. – *Sa behaum.* – *Diga a ela.*

Raffaele se aproxima.

– Adelina – começa devagar –, estamos libertando você porque precisamos de sua ajuda.

Pensei que ele poderia dizer qualquer coisa, menos *isso*. Eu só posso olhar para ele com descrença. Então começo a rir e os sussurros se juntam a mim. *Você realmente deve estar ficando louca.*

Algo na expressão de Raffaele finalmente faz meu riso diminuir.

– Você está falando sério – digo, inclinando a cabeça em uma imitação simulada de seu gesto familiar. – Você deve estar desesperado para pensar que eu trabalharia com você e os Punhais.

– Você não terá muita escolha. A vida de sua irmã depende disso, assim como a nossa. – Ele acena com a cabeça para mim. – Como a *sua*.

Mais mentiras.

– Foi por isso que você me contou sobre ela? Por isso que quis que eu visse Violetta com você? Para que pudesse usá-la contra mim? – Balanço a cabeça para ele. – Cruel, até mesmo para *você*.

– Eu a acolhi – responde Raffaele. – O que *você* fez?

Como sempre, suas palavras parecem verdadeiras. *Isto é o que você queria, Adelina,* os sussurros me persuadem. *Você queria encontrar Violetta, por suas próprias razões. Agora você encontrou.*

Raffaele continua no silêncio:

– Sua irmã uma vez tirou alguns documentos meus do navio real beldaíno. Você se lembra do que eles diziam?

Ele está se referindo aos pergaminhos que Violetta me mostrou no dia em que me deixou. Que todos os Jovens de Elite estão condenados a morrer jovens, destruídos por dentro pelos nossos poderes. Como sempre, pensar em sua teoria me arrepia. Lembro-me do ferimento persistente de Teren, da sede constante de Sergio. De minhas próprias ilusões, saindo constantemente do meu controle.

– Sim – respondo. – E o que eles têm a ver comigo?

Raffaele olha para os governantes, um de cada vez. Eles assentem uma vez em silêncio, dando-lhe uma espécie de permissão não dita. Enquanto o fazem, os soldados tamouranos se aproximam de mim, de onde eles estavam guardando as bordas da sala. Enrijeço quando se aproximam. Raffaele inclina a cabeça para mim e começa a caminhar até a entrada da sala.

– Venha comigo – diz.

Enzo se mexe onde está, como se também fosse nos acompanhar, mas para quando Raffaele balança a cabeça.

– O poder dele afeta muito o seu – diz Raffaele. – Você precisa estar sozinha para isso.

Outros seguem em seu rastro. Sou posta de pé pelos soldados, desacorrentada do chão e conduzida. Saímos da sala e entramos num corredor, depois saímos dos recessos do palácio e descemos na direção da costa. A pressão em meu peito se alivia, e eu cedo a esse alívio quando paredes e colinas ficam entre o elo que me liga a Enzo. É uma noite escura; a única luz vem de dois feixes de luar espreitando através das nuvens. A tempestade que Sergio tinha conjurado sobre os oceanos já se dispersou, mas o cheiro de chuva ainda paira pesado no ar, e as plantas estão molhadas e brilhantes. Viro o pescoço, procurando. Em algum lugar lá fora nas ondas estão meus navios e Sergio. Eu me pergunto o que ele está pensando. Gostaria de saber para onde Magiano foi levado.

Seguimos até finalmente chegarmos ao litoral. Aqui, Raffaele vem até nós e murmura algo aos soldados. Eles me puxam para a água.

Tenho um súbito pressentimento de que pretendem me afogar – é disso que se trata todo este ritual. Eu luto por um momento, mas não adianta.

Eu cambaleio para frente. Para minha surpresa, Raffaele vem ao meu lado. Agora estamos em areia molhada, e olho enquanto as ondas se dirigem para nós. A água e a espuma do mar sobem pela praia – prendo a respiração quando a água fria atinge meus pés. Raffaele a deixa correr pelas suas pernas também, molhando a barra de suas vestes.

Instantaneamente, sinto de novo. Eu tivera apenas um vislumbre rápido da escuridão estranha do oceano durante a batalha, e então tinha deixado isso de lado. Mas agora, com o mundo ao meu redor tranquilo o suficiente para que eu possa me concentrar, posso sentir a morte na água. O oceano recua e então avança novamente. Mais uma vez, envolve a metade inferior das minhas pernas. Mais uma vez, suspiro com a energia fria girando nas profundezas.

Raffaele olha para mim, seus olhos brilhando cores diferentes na noite.

– Você, mais do que ninguém, deve estar familiarizada com essa energia.

Franzo a testa. O sentimento faz meu estômago embrulhar, a incoerência daquilo me enjoando – mas, ao mesmo tempo, percebo que estou ansiosa por cada onda do oceano, na esperança de outra dose desta energia escura.

– Sim – digo automaticamente, quase contra a minha vontade.

Raffaele assente.

– Você se lembra do dia em que testei seus poderes pela primeira vez? – pergunta. – Lembro-me bem dos seus alinhamentos. Ambição e paixão, sim... mas, acima de tudo, medo e fúria. Você continua sendo a única pessoa que conheci nascida dos dois anjos que guardam o Submundo. Sua energia está ligada ao Submundo mais do que a de qualquer outro que conheço.

Este poder que eu sinto na água – esta é a energia do Submundo.

A expressão de Raffaele é grave.

– Os Jovens de Elite existem *apenas* por causa de um desequilíbrio entre os reinos mortal e imortal. A febre do sangue em si eram consequências causadas em nosso mundo por uma antiga ruptura entre esses reinos. Nossa existência desafia a ordem natural, desafia a própria Morte. A rainha Maeve ter trazido Enzo de volta só acelerou o processo. Há uma fusão dos dois reinos que está lentamente envenenando tudo em nosso mundo.

Eu estremeço. A água vem novamente, e fecho o olho, ao mesmo tempo repelida e atraída pela energia escura.

– A razão pela qual convenci os membros da família real de Tamoura a soltá-la, sob a condição de uma trégua – prossegue Raffaele, com os olhos focados no horizonte da noite –, é porque precisamos de sua ajuda para consertar isso. Tamoura já está sentindo os efeitos ao longo de suas costas. Se não fizermos algo logo, não somente todos os Jovens de Elite perecerão, mas também o mundo.

Olho para o horizonte, sem querer que Raffaele esteja certo. Claro que isso é ridículo.

– O que meus alinhamentos têm a ver com isso? – pergunto por fim.

Raffaele suspira e inclina a cabeça.

– Acho melhor levar você até sua irmã.

> Eu tentei cada raiz, folha e remédio que conheço, mas nada funcionou em nenhum dos meus pacientes. Apenas dois sobreviveram, ambos com mãos descoloridas. Você mencionou um menino de seis anos com cicatrizes no rosto. Ele ainda vive?
> – Carta de Dr. Marino Di Segna ao Dr. Siriano Baglio, 2 Juno, 1348

Adelina Amouteru

Violetta.

Eu mal a reconheço.

Sua pele, antes morena, macia e bonita, parece cinza-pálida, e manchas roxo-escuras cobrem seus braços e suas pernas, se estendendo até seu pescoço. Seus olhos estão fundos por causa da doença, e seu corpo está muito mais magro do que eu me lembro. Ela se agita com a movimentação da gente entrando em seu quarto. Eu me pergunto se ela ainda pode sentir nossos poderes por perto.

Raffaele caminha para o lado dela, depois se senta cuidadosamente na beira da cama. Depois de um tempo, me aproximo também. Talvez essa não seja minha irmã, mas uma garota que eles confundiram com ela. Violetta não tem marcas. Ela não tem a pele pálida. Não pode ser ela. Eu me aproximo até estar olhando fixamente para seu rosto, estudando suas feições. Seu cabelo está úmido, a pele pontilhada de suor. Seu peito sobe e desce rapidamente, como se não conseguisse recuperar o fôlego.

Olha o que eles fizeram, os sussurros sibilam, e eu me viro para Raffaele.

– Você fez isso com ela – digo em voz baixa e sinistra. Minhas correntes tilintam. Os soldados enfileirados nas paredes do quarto de Violetta sacam suas bestas, as flechas clicando enquanto apontam para mim. – Essas contusões nos braços e nas pernas dela – paro e olho de novo para as marcas em minha irmã –, você mandou espancá-la, não foi? Você *está* usando Violetta contra mim.

– Você sabe que isso não é verdade – responde Raffaele. E mesmo que eu não queira acreditar nele, posso ver em seus olhos que ele está certo. Engulo em seco, tentando suprimir meu próprio medo e a repulsa pela aparência dela.

– Há quanto tempo Violetta está assim? – pergunto.

Eu esperava que ele não pudesse sentir a mudança na minha energia, mas ele inclina a cabeça para mim em um gesto sutil, familiar, um leve franzido em seus lábios.

– Quando lhe escrevi aquela carta, as marcas tinham aparecido na noite anterior.

Mal passou um mês.

– É impossível que ela tenha mudado tão rapidamente.

– Nossos poderes afetam cada um de nós de maneiras diferentes, muitas vezes agindo de modo oposto ao que nos dá força – responde Raffaele, permanecendo numa calma exasperante. – As habilidades de Violetta a mantinham imune às marcas da febre do sangue, assim como o poder de voar de Lucent a tornava leve e forte. Agora isso se inverteu. O encontro do mundo imortal com o nosso é venenoso.

Meu olhar retorna à Violetta. Ela se remexe, como se pudesse senti-lo, e enquanto a observo ela vira a cabeça no travesseiro em minha direção. Suas pálpebras tremem. Então ela abre os olhos por um momento, e eles se concentram em mim. Engasgo ao ver a cor de suas íris. Estão *cinza*, como se as cores ricas e escuras que sempre estiveram lá estivessem desaparecendo lentamente. Ela não diz nada.

Sinto uma onda de repulsa. Raffaele não pode sentir pena da condição de Violetta – sua compaixão sempre tem um preço, um pedido. *Porque precisamos de sua ajuda*, diz ele. Assim como precisava de mim quando eu era membro da Sociedade do Punhal e depois me expulsou quando eu já não lhe servia mais.

Então por que eu deveria ajudar um mentiroso e traidor? Depois de tudo o que os Punhais me fizeram passar, Raffaele realmente pensa que vou lutar pela vida deles só porque ele está usando a minha irmã morrendo contra mim? Eu sou a Loba Branca, Rainha das Terras do Mar – mas, para Raffaele, sou apenas útil de novo, e isso despertou seu interesse em mim mais uma vez.

Um dos outros Punhais fala antes que eu possa dizer qualquer coisa. É Lucent, e ela esfrega os braços incessantemente, como se tentasse afastar a dor.

– Isso é absurdo – murmura. – A Loba Branca não vai nos ajudar, nem mesmo por causa de sua irmã. Mesmo que o faça, ela vai nos trair, como sempre fez. Ela só se interessa por ela mesma.

Olho para ela, e ela retribui o olhar. Somente quando Raffaele lhe lança um aceno firme, ela desvia o olhar, cruza os braços e solta um grunhido. Raffaele se vira para mim.

– Você conhece a lenda de Laetes, não é? O anjo da Alegria?

– Sim.

Os corredores da Corte Fortunata eram decorados com pinturas do belo Laetes caindo dos céus. Teren uma vez a recitou para mim, quando o confrontei na Torre da Inquisição e tirei Violetta dele. *Você se lembra da história de Denarius expulsando Laetes do céu, condenando-o a andar pelo mundo como um homem até que sua morte o enviou de volta aos deuses?* Isso me faz pensar em Magiano e seu alinhamento com a alegria, que Magiano provavelmente está em algum lugar nas masmorras agora, onde não posso alcançá-lo.

– As estrelas e os céus se movem em um ritmo diferente do nosso – explica. – Algo que acontece aos deuses não será sentido em nosso mundo por gerações. A queda da Alegria para o mundo mortal rompeu as barreiras entre o imortal e o mortal. Foi sua queda que causou as ondulações da febre do sangue que varreu a terra. E que deu origem aos Jovens de Elite. – Raffaele suspira. – O prateado inconstante do seu cabelo. As mechas de safira no meu. Meus olhos. São toques permanentes das mãos dos deuses sobre nós, bênçãos deles. E é o veneno que está nos matando.

O fantasma das palavras de Teren me volta com tanta força que sinto como se estivesse de pé novamente na Torre da Inquisição, olhando para seus olhos cor de gelo. *Você é uma aberração. A única maneira de curar a si mesma dessa culpa é expiá-la salvando seus colegas, também aber-*

rações. *Não devíamos existir, Adelina. Nós nunca devíamos ter existido.* E, de repente, sei por que Raffaele precisa da minha ajuda. Entendo antes que ele possa dizer.

– Você precisa da minha ajuda para fechar a brecha que se abriu entre nossos mundos.

– Tudo está conectado – diz Raffaele, uma frase que Enzo me disse uma vez quando estava vivo. – Estamos conectados ao local onde Laetes caiu, onde a imortalidade encontra a mortalidade. E, para corrigir o que deu errado, precisamos selar o lugar que nos deu origem, com os alinhamentos que cada um de nós carrega.

Precisamos devolver nossos poderes.

– Somos filhos dos deuses – conclui Raffaele, confirmando meu medo. – Somente nós podemos entrar no reino imortal como mortais.

– E se eu me recusar? – questiono.

A natureza tranquila de Raffaele sempre me acalmou e me irritou. Ele baixa os olhos.

– Se você não fizer isso – responde ele –, então, em questão de poucos anos, o veneno do mundo imortal matará tudo.

Olho para minha irmã. O corpo de Violetta, desmoronando sob o peso de seus poderes. Os ossos de Lucent se esvaziando. A sede eterna e a exaustão de Sergio. As feridas de Teren que nunca se curam. E eu. Minhas ilusões piorando, meus pesadelos dentro de pesadelos, os sussurros em minha cabeça. Mesmo agora, eles estão tagarelando, tagarelando, tagarelando.

– Não – digo. As vozes assobiam sobre o corpo de minha irmã. *Você não deve nada a ela*, rosnam, se agitando agora e saindo de suas cavernas.

Raffaele me observa.

– Você está ficando sem tempo – diz ele. – Ela não vai durar muito assim.

Olho para ele.

– E o que faz você pensar que me importo se ela morrer?

– Você ainda a ama. Posso sentir isso.

– Você sempre acha que sabe tudo.

– É? Você não a ama?

– Não.

Raffaele estreita os olhos.

– Então por que vir a Tamoura para encontrá-la? Por que perguntar por ela? Por que caçá-la em todo o mundo, enquanto conquista suas novas terras?

Nesse momento, os sussurros se transformam em gritos. *Porque ela não pode virar as costas para mim.*

Eu ataco com minhas ilusões tão de repente que os arqueiros ao longo das paredes nem têm tempo de reagir. Meus poderes se derramam sobre os outros como uma onda – facas no coração deles, se retorcendo, pontudas, rasgando – que mal posso controlar. Eu mesma posso sentir a dor, como se ela tivesse se voltado contra mim também e procurado meu próprio coração. Lucent ofega em agonia, tropeçando para trás com os olhos arregalados, enquanto Raffaele agarra o peito com uma das mãos, empalidecendo. As bestas recuam.

– Depressa! – Raffaele consegue gritar.

Algo pesado me atinge. *Não uma flecha*, consigo pensar antes de ser derrubada no chão. Todo o ar sai de mim. Luto para respirar e, neste instante, meus poderes vacilam, se dispersando de meu controle. *Alguém conseguiu jogar uma rede*, percebo, tonta. Não, ela caiu do teto – Raffaele tinha adivinhado como eu poderia reagir. Mãos ásperas agarram meus braços e os puxam dolorosamente para minhas costas. Eu me esforço para reunir meu poder outra vez e atacar, mas os sussurros se tornaram tão altos e desnorteantes que eu não consigo me focar.

Saia deste lugar e termine sua conquista, incitam os sussurros. *Mostre a ele por que vai se arrepender do que fez a você.* Violetta se remexe, inquieta, em sua cama, alheia a nossa presença e perdida em seu próprio pesadelo.

Eu odeio você. Atiro o pensamento para ela, desejando que ela ouça. Penso em como ela foi covarde na nossa infância, incapaz de me proteger, e como tinha se virado contra mim antes de me deixar, tentando tirar algo que é meu por direito. Tento segurar essas imagens em minha cabeça quando Raffaele ordena que os soldados tamouranos me levem embora. No último ano me tornei muito boa em lembrar esses momentos, deixar que me fortaleçam – recontando as falhas de Violetta a fim de elevar meu poder a novos níveis.

Mas agora as imagens que inundam minha mente são de um tipo diferente. Vejo Violetta e eu correndo pela grama alta atrás de nossa antiga propriedade, nos escondendo à sombra de árvores gigantes nas tardes de verão. Violetta passando os braços ao meu redor em um chão iluminado pela lua, segurando-me enquanto eu soluçava por Enzo. E Violetta se curvando ao meu lado durante uma tempestade de trovões, tremendo. Suas mãos no meu cabelo, colocando flores entre as tranças.

Não quero ver isso. Por que eu não posso tirar isso de minha visão?

Se ela morrer, você se perde. Desta vez não é a voz dos meus sussurros... É minha própria voz. *Se você não for, você também morrerá.*

Quando os soldados me põem em pé, Raffaele dá um passo para perto de mim.

– Nós não devíamos existir, Adelina – diz ele. – E nunca mais existiremos. Mas não podemos levar o mundo conosco. – Ele sustenta meu olhar. – Não importa como ele nos prejudicou.

Então ele acena com a cabeça para os soldados. Tento atacar novamente, desta vez com Raffaele em meu campo de visão, mas alguma coisa atinge a parte de trás da minha cabeça e o mundo fica escuro.

Raffaele Laurent Bessette

Quando Raffaele vai ver Violetta novamente naquela noite, ela está acordada e a febre baixou um pouco. Embora estivesse inconsciente enquanto Adelina estava na sala, parece que a presença de sua irmã havia oferecido a Violetta algum conforto, por menor que fosse. Algo que a ajudou a lutar contra a deterioração de seu corpo.

É o efeito oposto ao que Adelina parece ter sobre Enzo. Raffaele tinha deixado o príncipe andando de um lado para outro, inquieto em seus aposentos. A energia sombria que o cercava tinha crescido com a proximidade de Adelina, agitada e pronta para atacar.

– Ela nunca vai concordar – diz Lucent a Raffaele enquanto eles e Michel olham para o navio tamourano no porto, ainda movimentado com marinheiros embarcando a carga. – E, mesmo se concordar, como vamos viajar com a Loba Branca? Eu mal consigo suportar ficar perto dela. Você consegue?

– É uma pena que eu tenha ensinado a ela como concentrar suas ilusões – diz Michel. – Você viu o que aconteceu no quarto de Violetta. Ela atacou os soldados e até tentou matar *você*. – Ele acena para Raffaele. – Você mesmo disse que não é mais possível ajudá-la. O que o faz acreditar que uma viagem com ela vai dar certo?

– Eu não acredito – admite Raffaele. – Mas precisamos dela. Nenhum de nós se liga à fúria, e não seremos capazes de entrar no mundo imortal sem cada um dos alinhamentos dos deuses... não se as lendas forem verdadeiras.

– Isso pode ser apenas perda de tempo – diz Lucent. – Você está apostando suas fichas em uma teoria de algo que, de acordo com as lendas, aconteceu centenas de anos atrás.

– Sua vida depende disso, Lucent – responde Raffaele. – Tanto quanto a de qualquer um de nós. É tudo o que podemos fazer, e temos pouco tempo.

Michel suspira.

– Então, depende se Adelina acha que a vida *dela* depende disso também ou não.

Raffaele balança a cabeça.

– Se Adelina se recusar, teremos que forçá-la. Mas esse é um jogo perigoso.

Lucent parece pronto para responder, todavia neste instante um jovem guarda se apressa até eles. Em sua mão está um pergaminho recém-chegado.

– Mensageiro – diz, balançando a cabeça uma vez para Raffaele antes de lhe entregar o papel. – Uma nova pomba. É de Beldain, da rainha.

Rainha Maeve. Raffaele troca um olhar com Lucent e Michel, então abre a mensagem. Lucent permanece em silêncio, e seus olhos se arregalam enquanto olha para o papel com os outros.

Raffaele lê a mensagem. Então lê outra vez. Suas mãos tremem. Quando Lucent lhe diz alguma coisa, ele não ouve – em vez disso, a voz soa abafada, como se estivesse debaixo d'água, vindo de algum lugar distante. Tudo o que ele pode ouvir são as palavras escritas no pergaminho, tão claras quanto se Maeve estivesse de pé ao lado deles e dizendo pessoalmente:

Meu irmão Tristan está morto.

Raffaele olha de volta para o palácio. Uma onda de medo corre em seu corpo. *Não.*

– Enzo – sussurra ele.

E, antes que os outros possam chamá-lo de volta, ele se vira em direção ao palácio e corre.

> Perdeu a vida com uma facada, sacrificando-se pelo bem de seu filho.
> Que descanse nos braços de Moritas, à deriva na paz eterna do Submundo.
> - Epitáfio na lápide de Tu Sekibo

Adelina Amouteru

Estou sozinha na minha cela na masmorra. As ilusões são inúteis se eu não tiver ninguém para afetar além de mim mesma, assim não faço nada além de me enrolar no chão enquanto os soldados estão do outro lado da parede, depois da porta de ferro. Fora do meu alcance. Diferente das masmorras de Estenzian, minha cela fica suspensa acima da cidade em um labirinto de torres em espiral que canalizam o vento através de suas passagens, como turbilhões. Há uma única janela acima de mim. Através dela, feixes fracos de luz da lua iluminam partes do chão onde agora estou encolhida. Fico muito quieta. O vento lá fora uiva, no mesmo tom dos sussurros na minha cabeça. Tento me balançar para dormir. Faz muitos dias desde a última vez que tomei as ervas para acalmar os sussurros, então posso sentir a loucura se aproximar rastejando outra vez, ameaçando assumir o controle sobre mim.

Desejo desesperadamente que Magiano estivesse comigo.

Algo range. *A porta da minha prisão.* Levanto a cabeça para olhar para ela. Os guardas, eles devem estar trazendo meu jantar cedo. Uma dor aguda espeta meu peito. Franzo a testa enquanto a porta se abre lentamente – e então percebo, de alguma forma, no último momento, que do outro lado da porta não estão os guardas, mas Teren e seus Inquisidores.

Impossível. Ele é meu prisioneiro, preso nas masmorras de Estenzian.

Sinto o coração bater na garganta. Pulo de pé, cambaleio para frente e tento fechar a porta. Mas não importa com quanta força eu me jogue contra ela, Teren entra pouco a pouco, até que eu possa ver seus olhos loucos e seus pulsos encharcados de sangue. Quando olho para longe e de volta dentro da cela, vejo o corpo de minha irmã deitado em um canto, o rosto pálido de morte, os lábios sem cor, os olhos fixos em mim.

Acordo com um salto. Lá fora, o vento uiva. Tremo contra as pedras do chão da minha cela – até que ouço a porta se abrir novamente. Outra vez, eu me apresso para ela numa tentativa de manter os Inquisidores do lado de fora. Mais uma vez, eles me empurram para trás. Novamente, desvio o olhar e vejo Violetta morta no chão, os olhos voltados para mim. Acordo com um salto.

O pesadelo se repete de novo e de novo.

Finalmente, acordo com um suspiro terrível. O vento ainda está uivando do lado de fora da porta da prisão, mas sinto o assoalho frio debaixo de mim com uma solidez que me diz que devo estar acordada. Mesmo assim, não tenho certeza. Sento-me ereta, tremendo, enquanto olho em volta da minha cela. *Estou em Tamoura*, lembro. *Violetta não está aqui comigo. Teren está em Estenzian.* Minha respiração se condensa no ar iluminado pela lua.

Depois de um tempo, encolho os joelhos e os puxo até o queixo, tentando parar de tremer. No canto da minha visão, fantasmas de figuras com garras e cascos se movem nas sombras. Olho para o céu noturno através da janela gradeada e tento imaginar meus navios esperando por mim no mar.

Apenas concorde com o pedido de Raffaele. Concorde em ajudar os Punhais.

A indignação cresce em meu peito diante do simples pensamento de ceder às exigências de Raffaele. Mas se eu não fizer isso, ficarei impotente nesta cela, esperando que Sergio conduza meu exército a atacar o palácio. Se eu simplesmente disser que vou ajudá-los, eles terão que concordar com uma trégua e me deixar livre. Vão libertar Magiano. A ideia gira em minha mente, ganhando força.

Raffaele traiu você muitas vezes no passado. Por que não usar isso como uma chance de traí-lo? Concorde. Apenas concorde. Então você pode atacá-los quando eles menos esperarem.

Parece fácil demais para ser verdade, mas é a única saída para a prisão. Olho para cima e tento calcular quando a próxima troca de soldados se postará à minha porta.

As cordas puxam novamente, com força. Uma pontada de dor me atravessa. Aperto meu peito, franzindo a testa – isso foi o que senti no meu sonho, com a corrente me puxando para baixo. Mas meu pesadelo já acabou. Um súbito medo me atinge, e eu fecho bem os olhos. *Talvez eu ainda esteja em um pesadelo.*

O puxão novamente. Desta vez dói o bastante para fazer meu corpo estremecer. Olho para a porta. *O puxão vem de Enzo.* Agora reconheço o fogo de sua energia, suas farpas em meu coração como as minhas no dele. *Algo está errado.* Quando o puxão acontece de novo, a porta range... E então se abre.

Os guardas não estão esperando ali. Em vez disso, é Enzo, envolto em sombras. Minha respiração fica presa na garganta. Seus olhos são poças de preto, completamente desprovidos de qualquer centelha de vida. Seu rosto é inexpressivo, seus traços aparentemente esculpidos em pedra. Meu olhar se dirige para seus braços. Eles estão expostos esta noite, uma massa de carne arruinada. Meu coração congela.

Raffaele o mandou aqui? Ele deve ter dito aos guardas que se afastassem para deixá-lo entrar. Olho para ele, sem saber o que fazer em seguida.

– Por que você está aqui? – sussurro.

Ele não responde nada. Nem sei se me ouviu. Em vez disso, continua a caminhar para frente. Seu andar parece desconexo, embora eu não consiga dizer exatamente o que parece estranho. Há algo... irreal nele, algo rígido e desigual, *desumano.*

Ele está segurando adagas em ambas as mãos.

Ainda devo estar em um pesadelo. Enzo estreita as piscinas negras de seus olhos. Tento forçar nossa ligação para ler seus pensamentos, mas desta vez não sinto nada, exceto uma escuridão que consome tudo. Vai além do ódio ou da fúria – não é uma emoção, mas a falta de toda e qualquer emoção e vida. É a própria Morte, estendendo-se através do corpo vazio de Enzo e me puxando para frente por meio dos fios de energia que nos unem. O toque é gelado. Eu estremeço, me pressionando com força contra a parede. Mas as garras frias da energia renovada de Enzo continuam a me alcançar, me puxando cada vez para mais perto, até que me agarram e apertam.

Minha energia treme. Os sussurros na minha cabeça explodem e rugem em meus ouvidos. Eu grito com a sensação irresistível. O controle que tenho sobre minha energia começa a diminuir, e os sussurros aos poucos assumem a voz de Enzo – e, em seguida, um novo tom, um tom do Submundo.

– O que você quer?

Eu me arrasto para trás no chão, puxado minhas correntes comigo, até que eu não possa ir mais longe. Enzo se aproxima de mim até que estamos separados por nada mais que sua armadura e minhas vestes. Seus olhos sem alma me encaram enquanto ele embainha suas adagas. Suas mãos apertam as correntes que cercam meus pulsos e, em um momento que me lembra do dia em que ele me resgatou da fogueira, ele aquece as correntes até que elas se tornam brancas. Elas caem no chão com um ruído. Seus lábios se curvam.

– *Você tem algo que é meu* – murmura Enzo, com uma voz que não é sua. Ela ressoa no fundo de mim e imediatamente a reconheço como a voz de Moritas, falando através do Submundo.

Ela veio atrás de Enzo. A ligação entre nós se retesa e puxa novamente, fazendo-me gritar de dor. *Ela vai me matar para levá-lo de volta.*

– Por que você não pula, lobinha? – sussurra ele.

E, de repente, sinto o desejo de sair de minha cela, subir até a muralha e me atirar da torre. *Não.* O pânico vibra em minha mente enquanto minha energia gira em mim e Enzo ganha controle. Uma ilusão me envolve – não estou mais no topo desta torre, mas agarrando as mãos esqueléticas da própria deusa da Morte, pendendo desesperadamente enquanto flutuo nas águas do Submundo, tentando não me afogar. Mãos frias puxam meus tornozelos.

– Você pertence a este lugar – diz Moritas, seu rosto carrancudo inclinando-se para mim. *Sempre pertenceu.*

– Não me solte – imploro. As palavras saem silenciosas aos meus ouvidos. *Magiano!* Grito. Isto deve ser um pesadelo, mas não consigo acordar. Não pode ser real. Talvez ele esteja por perto e me salve da minha ilusão, como sempre faz.

Magiano, me ajude! Mas ele não está aqui.

Eu pisco, e agora estou de volta à torre da prisão, saindo pela porta entreaberta da minha cela para ficar nos degraus castigados pelo vento do lado de fora. Enzo vem atrás de mim enquanto sigo em frente. As mãos da Morte prendem meu coração através de nossa amarração, e o gelo de seu toque me queima. Fogos protegidos dentro de lanternas coloridas iluminam o caminho com pontos de luz. Aperto o olho na escuridão, depois viro meu rosto para onde a escada em espiral sobe, contornando minha cela. Dou um passo à frente, um após outro. Um espaço estreito entre as celas aparece, onde uma amurada estreita domina a paisagem noturna e, para além dela, o oceano. Eu me esforço para ver qualquer sinal de meus navios, mas está muito escuro. O vento deixa meus dedos dormentes. Aproximo-me da amurada e agarro a borda com ambas as mãos. A ligação me empurra para frente, me incitando sobre a parede.

Os sussurros gritam mais alto que o vento. *Por que você não pula, lobinha?*

– Enzo!

Uma voz clara corta minha ilusão – o Submundo oscila, então desaparece em um turbilhão de fumaça. Estou de volta à torre, agachada na borda da amurada. Enzo se vira para ver Raffaele de pé na escada atrás de nós, com uma besta nas mãos. Ele está pálido, seu rosto retorcido pelo medo, os lábios apertados em uma linha firme. O vento chicoteia seu cabelo em um rio furioso, e seus mantos pálidos flutuam atrás dele em ondas de seda e veludo. Teria acordado, também, com a estranheza da energia de Enzo? Seu olhar corre em minha direção antes de retornar ao príncipe.

Raffaele levanta a besta mais alto. Ele não está apontando para mim.

– Enzo – diz novamente. Seus olhos brilham úmidos na noite. – Deixe-a.

No passado, Enzo teria vacilado. Seus olhos ficariam mais claros, as piscinas de escuridão sombria abririam caminho para aqueles que eu conheço tão bem, escuros e quentes, com traços brilhantes de escarlate. Mas mesmo a presença de Raffaele desta vez não faz nada para limpar a morte do olhar de Enzo. Não sinto absolutamente nada de Enzo em nossa ligação.

Antes que eu possa pensar em mais alguma coisa, Enzo se afasta de mim, pega uma adaga, e se joga em Raffaele. As mãos da Morte se afrouxam de meu coração por um instante, e eu recuo com horror da amurada. Raffaele faz uma pausa por um breve instante... Depois aperta a mandíbula e dispara a besta. A flecha atinge Enzo no peito. Ele tropeça, mas não cai. Raffaele levanta os braços para se defender, mas sua hesitação o prejudica. A força de Enzo está muito além da de qualquer humano. Ele agarra Raffaele pela garganta e o joga contra a parede. Raffaele solta um grito sufocado. O punhal de Enzo brilha no ar.

Eu não penso – apenas ajo. Estendo a mão através de nossa ligação e pego com força os fios da energia de Enzo. Então os puxo para mim.

Enzo solta um grunhido de irritação que mal soa humano. Ele vira seus olhos negros para mim outra vez. Mil pensamentos correm em minha mente. Os fios de sua energia que estou segurando são tão frios que parecem queimar minha consciência, tão retesados que parecem prestes a se romper. Penso no momento em que Maeve o convocou do Submundo, como ela o prendera a mim. Agora a tensão das cordas de sua energia cortava minha mente.

Este não é ele.

Raffaele recarrega, reforça o aperto em sua besta e dispara de perto. A flecha atinge Enzo nas costas. Ele dispara novamente. Outra flecha. Enzo se curva, finalmente retardado pelo ataque, mas a expressão em seu rosto não muda. Sua atenção se volta para mim e, mais uma vez, sinto as mãos de Moritas através de nossa ligação.

Eu ainda não sou sua, penso em meio ao caos, resistindo a ela, desafiadora. A escuridão dentro de mim agita meu peito, lutando contra o poder de Enzo – ele estremece uma vez ao meu toque. Os degraus que nos rodeiam ficam negros e estão manchados de ilusões de sangue, e o céu acima de nós assume um matiz escarlate.

Mas não posso controlá-lo desta vez. Os olhos sem alma de Enzo se fixam nos meus – seus punhais brilham em minha direção.

Então, abruptamente, ele cai sobre um joelho. Sua cabeça se curva. Atrás dele, Raffaele abaixa a besta, e vejo uma última flecha enterrada nas costas de Enzo, a que o atingiu de verdade. O sangue pinga nas pedras sob nossos pés. Um suspiro baixo, difícil, emana dele enquanto seu segundo joelho cai, e as adagas caem de suas mãos fazendo barulho. A ligação entre nós treme violentamente e, por um instante, eu posso sentir a dor de suas feridas como se fossem minhas. Eu me ajoelho no chão diante dele, incapaz de desviar o olhar.

Ele está morrendo.

Não importa mais. O Enzo que conheci morreu há muito tempo.

Ele olha para mim. De repente, a escuridão em seus olhos parece desaparecer, substituída pelo familiar castanho quente de suas íris, os traços vermelhos, o brilho da vida. Tenho um vislumbre do seu velho eu ali, lutando através da escuridão do Submundo para me olhar uma última vez. É o mesmo olhar que ele me dava quando dançávamos.

Este é o verdadeiro Enzo.

— Deixe-me ir — sussurra. É a voz *dele*. É a voz que uma vez me confortou, me deu força. E, enquanto tento absorver suas palavras, os últimos fios do elo que nos une se desenrolam de meu coração, me libertando.

Enzo cai. À medida que os últimos traços da minha vida e minha luz o deixam, ele parece ficar cinza, como se não pudesse mais conter as cores do mundo dos vivos. Ele vira a cabeça com fraqueza na direção do oceano. As piscinas negras em seus olhos finalmente desaparecem, e um nome sai de seus lábios. Ele o pronuncia tão baixinho que quase não entendo. Não é meu nome, mas o de outra garota, uma que ele conheceu e amou há muito tempo.

Então, ele fecha os olhos e fica estirado no chão. Seu corpo fica imóvel. Sei, sem dúvida, que ele se foi.

Raffaele não diz nada. Permanece contra a parede, os olhos fixos em Enzo. Então, puxa o corpo de Enzo para si e se inclina sobre sua cabeça. O silêncio continua. Avanço, tonta, indo me ajoelhar ao lado deles. Agora estou perto o suficiente para ouvir o choro silencioso de Raffaele. Ele não presta atenção em mim. Na verdade, é como se eu não estivesse aqui.

Depois de um longo momento, ele se afasta e levanta os olhos em tons de pedras preciosas para mim, as cores verde e dourada lavadas com lágrimas. Nós olhamos um para o outro. Posso ver a confusão em seu olhar tão claramente como ele deve vê-la no meu.

Você não precisava me salvar.

Estou tonta. Não sei o que fazer. A ausência de minha ligação com Enzo é um abismo, um vazio que senti pela primeira vez quando Teren tirou a vida de Enzo na arena de Estenzian. Por quanto tempo ele fez parte do meu mundo? Como tinha sido minha vida antes dele entrar nela? Tudo em que consigo pensar é que o estou perdendo de novo, só que já o perdi.

Eu não estou pronta para morrer.

Essa percepção me parece difícil. O terror que eu sentia ao me agachar contra a amurada faz com que eu trema incontrolavelmente, assombrando meus sentidos. Não, eu não estou pronta para morrer, e há apenas uma maneira de impedir que isso aconteça.

Enquanto o sol começa a nascer, vejo como Raffaele se curva sobre o corpo de Enzo, nós dois chorando o príncipe que ambos amamos.

> Querida Mãe, estou com medo, pois há algo que ele não está me contando.
> Não se trata de nossa dívida, creio, nem de sua conversa com o rei.
> Mas isso o leva a ter terríveis ataques de mau humor à meia-noite.
> – Carta de Ilena de la Meria para sua mãe, a Baronesa de Ruby

Adelina Amouteru

Em primeiro lugar, tenho condições.

Eu irei com Raffaele e os Punhais em sua viagem – *se* eu puder levar minha própria tripulação e meu próprio navio. Navegar sozinha em um navio deles está fora de questão.

Magiano deve ser libertado, vivo e ileso.

Violetta fica comigo.

Esses são os meus termos.

Tamoura concorda em ficar conosco em troca de uma trégua. Ainda não terminei minhas conquistas, embora com Violetta de volta e nossa vida em jogo – com *minha* vida em jogo –, minha atenção tenha se afastado de jogar meu exército contra os tamouranos. Pode ser bom ter um aliado, para variar.

Raffaele e a Tríade Dourada concordam com todos estes termos. Então, um dia depois, soldados tamouranos me levam da minha cela para a casa de banho, onde duas criadas me lavam e amarram meu cabelo com sedas. Depois sou levada para um quarto de verdade no palácio, onde me enrolo na cama e não volto a me mexer até a tarde seguinte. Minhas mãos ficam acorrentadas, apertadas junto ao meu peito, como para preencher o novo vazio. Enzo tinha estado ligado a mim por tanto tempo e a força dessa conexão era tão persistente que sua ausência agora me deixa tonta, como se estivesse caindo no ar.

Em meu estado sonolento e meio acordado, posso ver um fantasma de Enzo caminhando ao nosso lado, uma ilusão que desaparece no instante em que tento me concentrar nele. Enzo se foi, voltou para o Submundo, que é o seu lugar. *Quando Violetta se juntará a ele?*, perguntam os sussurros. *Ou Magiano? Quando você vai?*

Finalmente, dias depois, Raffaele chega cercado por soldados. Eles me libertam. Meus pulsos se sentem estranhamente leves sem as correntes fazendo peso. Caminhamos lado a lado pelos corredores do palácio sem dizer uma palavra. Algo parece diferente na energia entre nós agora... como se houvesse uma barreira levantada ou uma tensão aliviada, não tenho certeza. Não se engane – nós não confiamos um no outro, de jeito nenhum. Talvez Raffaele esteja brincando com minhas emoções, como muitas vezes o fez. Ele certamente seria capaz disso.

Claro que ele está, os sussurros disparam em mim. *Não seja tola. Ele vai esperar até que você dê as costas.*

Mas, pela primeira vez, foi fácil ignorar os sussurros. Há algo no sofrimento compartilhado que simplifica as coisas, que corta a discórdia. Mesmo se Raffaele estivesse me manipulando, a mudança podia ser genuína. Lembro-me do que ele me disse uma vez.

Adelina, eu também o amava.

E eu também.

Mantenho uma distância justa entre mim e Raffaele enquanto caminhamos. Ele parece fazer o mesmo, e não olhamos um para o outro quando descemos os grandes degraus dos portões principais do palácio de Tamoura, onde os cavalos nos esperam. De lá, cavalgamos sob um céu nebuloso que ameaça mandar mais chuva.

Vários dos meus navios kenettranos atracaram na baía oeste de Alamour. Há uma extensão larga das planícies aqui, pontilhada com arbustos do deserto e gramas baixas, o corte afiado das rochas alinhadas no horizonte onde a cidade começa. O sol nascente pinta uma névoa vermelha em toda a paisagem, fazendo a espuma do mar ficar vermelha e laranja. À beira-mar, as bandeiras dos meus navios tremulam ao vento. Sinto a carga no meu peito aliviar ao ver isso, e os sussurros se agitam alegremente. Já não sou uma prisioneira. Sou uma rainha outra vez.

A procissão fica mais lenta à medida que nos aproximamos. Agora posso ver minhas tropas alinhadas ao longo da costa, esperando por nós. As vestes brancas dos Inquisidores também parecem laranja e creme nessa luz do início do dia – e, na frente delas, Sergio espera, ainda com a armadura vermelho-escura das Rosas. Ao me ver, eles se endireitam.

A poucos passos das minhas tropas estão os soldados tamouranos, liderados por um dos três reis e flanqueados por Michel e Lucent. Então, vejo Violetta. Ela está longe de mim, rodeada por uma patrulha de soldados tamouranos. Um deles, um enorme homem barbado, a carrega nos braços. Ela está acordada esta manhã, e mais alerta do que quando a vi pela primeira vez. Seus olhos estão focados em mim.

Não posso desviar meu olhar do dela. *O que ela está pensando enquanto me olha?* Uma estranha onda de alívio nasce em meu peito, rapidamente seguida por um golpe de raiva. Passei a maior parte de um ano levando minhas tropas a outros territórios, imaginando como seria encontrar Violetta escondida entre estranhos. Agora que a encontrei, ela olha para mim com cautela. Ela tem a capacidade de arrancar os poderes dos Punhais, mas escolhe não fazer isso. Marcas escuras percorrem seu pescoço, desaparecendo debaixo de suas vestes. A visão delas me lembra do que está acontecendo com ela, de por que estamos todos aqui. Isso me faz tremer.

Violetta me observa. Por um instante, acho que vai estender a mão para meus poderes e arrancá-los, como fez uma vez. Sinto uma súbita onda de pânico – mas então ela desvia o olhar. Não diz uma palavra.

Deixo escapar um pequeno suspiro. *Ela tem medo de você*, dizem os sussurros, mas também desvio o olhar.

Então vejo Magiano. Ele estava envolto sob uma túnica pesada, esperando com os tamouranos, mas agora me vê e desce do cavalo em que estava montado. Um sorriso espontâneo se abre em meu rosto e, instintivamente, viro o meu cavalo em sua direção. Ao meu lado, Raffaele observa em silêncio, sem dúvida, sentindo minhas emoções. Mas não me importo. Magiano está aqui. Mesmo de longe, posso ver seus lábios se curvarem, a alegria familiar em seu rosto.

Nossas procissões finalmente se encontram. Raffaele acena com a cabeça para as tropas tamouranas, e elas permitem que Magiano dê um passo à frente enquanto eu desço de minha própria sela. Mantenho as mãos entrelaçadas na minha frente enquanto ele se aproxima. Paramos prestes a tocar um no outro. Magiano parece estar bem, apesar de cansado, como todos nós. Suas longas tranças estão soltas hoje e ondulam na brisa.

– Bem, Majestade – diz ele, o tom de brincadeira de volta à sua voz. – Parece que eles a pegaram.

– E a você – respondo, incapaz de conter meu próprio sorriso.

Raffaele é o primeiro que se apresenta, completamente desprotegido, e acena para Sergio.

– Olá, Criador da Chuva – diz ele.

Sergio olha para ele com frieza.

– É um prazer vê-lo novamente, Mensageiro.

Raffaele olha para nós, depois para ele.

– Os tamouranos decidiram libertar sua rainha. Temos algumas coisas para discutir.

Naquela noite, enquanto nossa frota permanece ancorada, Raffaele junta-se a Sergio, Magiano, Lucent e a mim para uma reunião em meus aposentos reais.

– Vamos ter que fazer essa viagem juntos – diz Raffaele. Sua expressão é sombria, mas a voz permanece calma e serena. – Mas não podemos fazer isso se não confiarmos uns nos outros. – Seu rosto endurece outra vez. – A confiança virá lentamente, para ambos os lados. Nós damos um pouco; vocês dão um pouco.

– E quem vai nesta jornada? – pergunta Magiano, inclinando-se para frente como se para me proteger.

Lucent reage a seu gesto com outro, voltando-se para Raffaele.

– Todos os Jovens de Elite do mundo estão alinhados com os deuses de alguma forma – responde Raffaele, cruzando as mãos nas costas. A luz laranja das velas cintila contra suas vestes. – O grupo de Jovens de Elite que vai conosco deve compreender todos os doze deuses. Se faltar um alinhamento que seja, não teremos a combinação de energia necessária para alcançar além do mundo mortal. O contato com a imortalidade poderia nos sobrecarregar. Seria fatal.

As pedras preciosas. A maneira como Raffaele testou cada um de nós. A lembrança volta a mim – como ele me rondou lentamente, observando minha energia acender a pedra da noite e o âmbar, diamante, roseita e veritium. O que ele tinha encontrado em minha irmã? Ele também deve tê-la testado. Ele também testou Sergio há muito tempo, quando ainda era membro dos Punhais. Quem irá conosco?

Raffaele olha para mim. Seus olhos, brilhantes e com cor de pedras preciosas, mel-dourado e verde-esmeralda, parecem ver direto através de mim.

– Eu me lembro das suas vividamente, Adelina – diz ele. – Medo e fúria. Ambição. Paixão. Sabedoria. Cinco dos doze. – Ele acena com a cabeça para mim. – Sua irmã também se alinha com o medo.

Medo. Não estou de todo surpresa. O medo é de fato algo que Violetta e eu compartilhamos desde que éramos crianças.

– Além disso, ela se alinha com alegria e empatia, com felicidade e sensibilidade.

Alegria. Sensibilidade. Eu penso nas piruetas infantis de Violetta, no seu riso, na maneira como costumava trançar meu cabelo com cuidado. Ela é todas essas coisas; não duvido de Raffaele nem por um segundo. Meu coração dói quando penso nela. Violetta está descansando agora em sua câmara no navio. Ela ainda não me disse uma palavra.

– Quais são os seus? – Sergio pergunta a Raffaele, incapaz de manter a aversão afastada de sua voz. – Você nunca os mencionou.

Raffaele lhe dá um ligeiro aceno de cabeça.

– Sabedoria – responde. – E beleza.

Claro. Sergio resmunga, não querendo reconhecer as palavras de Raffaele enquanto ele continua:

– Contando com o alinhamento de Lucent com o tempo, temos nove dos doze deuses. Sergio, seus alinhamentos são repetições desses, como os de Michel. Então precisamos encontrar outros com os três alinhamentos restantes, a morte, a guerra e a ganância. – Ele faz uma pausa e olha para Magiano. – Eu gostaria de fazer com você o mesmo teste que fiz com os Punhais.

Magiano cruza os braços, de repente indignado, mas então cede a um olhar meu. Raffaele gesticula para ele, que se levanta da mesa relutante e se posta de pé no chão no meio da sala.

– Suponho que você não ia acreditar em mim se eu apenas adivinhasse meus alinhamentos para você – murmura Magiano.

Raffaele pega uma bolsa contendo uma série de pedras brutas, não lapidadas, exatamente como tinha feito uma vez comigo. Põe calmamente as doze pedras em um círculo ao redor de Magiano. Este permanece imóvel, o corpo rígido. Posso sentir uma nota de medo sobre ele, uma nuvem de cautela diante das intenções de Raffaele, mas ele não se move. Quando Raffaele termina, ele caminha em torno de Magiano uma vez, vendo qual das pedras responde à sua energia. Depois de um tempo, três das pedras começam a brilhar.

Diamante, um branco pálido. Prásio, um verde sutil. E safira, um azul tão profundo como o oceano.

Raffaele começa a convocar cada uma das pedras de Magiano, da mesma forma que ele havia convocado as lembranças do meu passado quando me testou. Era por isso que Magiano tinha tanta preferência por safiras, por que tentou roubar todo um tesouro delas no passado, por que queria tão desesperadamente o pingente do Rei da Noite?

Magiano estremece ligeiramente enquanto Raffaele acessa a primeira de suas memórias. Gostaria de saber o que Raffaele vê e, por um momento, gostaria de ver esse vislumbre no passado de Magiano também. Magiano reage a cada um dos testes de Raffaele, mas permanece calmo durante todo o exercício. Eles enfim chegam à última pedra, o prásio verde pálido.

De repente, Magiano reage e sai do círculo. Ele está tremendo todo – a minúscula nota de medo pairando sobre ele explodiu em uma chuva de faíscas, o suficiente para agitar meu próprio poder. Raffaele recua.

– Fique longe de mim – Magiano dispara para ele.

Eu nunca o vi tão chateado. Passa por mim, sem olhar, se lança para além da mesa e vai se colocar diante da vigia, olhando para o oceano da meia-noite. Franzo o cenho e meu coração tenta alcançá-lo. Sua reação me lembra tanto de quando Raffaele finalmente chamou o medo e a fúria em mim, desencadeando uma tempestade de energia e memórias feias. O que ele desenterrou em Magiano?

– Cuidado, Mensageiro – digo, estreitando os olhos para Raffaele. – Nossa aliança não é tão sólida a ponto de eu não matar você se feri-lo.

No silêncio que se segue, Raffaele suspira e cruza os braços novamente. Ele retribui meu olhar.

– Não consigo controlar como ele responde aos seus alinhamentos. Magiano alinha-se com alegria e a ambição. E ganância. Ele precisa vir conosco, se estiver disposto. – Ele não menciona mais nada sobre o teste ou a reação de Magiano.

Deixo escapar um suspiro curto, aliviada por ter Magiano comigo nesta viagem. Começo a perguntar o que Raffaele deve ter visto, mas paro logo. Vou falar com Magiano sobre isso mais tarde. Alegria, ambição, ganância. Dez dos doze agora.

– Precisamos de um alinhamento com Moritas e com Tristius – responde Raffaele. – Com a morte, para a mortalidade da humanidade, e com a guerra, para a eterna selvageria do coração.

Guerra e morte. Sei imediatamente que não encontraremos essas características nos Jovens de Elite entre nós, se elas já não existem em mim.

– A rainha Maeve – diz Lucent com a voz calma, olhando de lado para Raffaele. – Ela vai se alinhar com Moritas.

Um silêncio desconfortável. Pelas expressões de todos, posso dizer que sabemos que Lucent está certa, mesmo sem o teste de Raffaele; Maeve, cujo poder a conecta com a própria morte, é, sem dúvida, uma filha de Moritas. Contudo, ela vai viajar com o nosso grupo, comigo, que destruí sua frota não faz muito tempo?

– E a guerra? – pergunta Raffaele. – O que fazemos quanto a isso?

Lucent balança a cabeça.

– Isso, eu não sei.

De repente, percebo uma coisa. Isso me atinge com tanta força que me deixa ofegante. Raffaele olha em minha direção.

– O que foi? – pergunta.

Eu sei. Tenho uma certeza absoluta e ardente de qual Jovem de Elite se alinha com o deus que falta. Mas ele não é meu aliado – nem de ninguém. E ele está esperando acorrentado em Kenettra.

– Teren Santoro – respondo, virando-me para Raffaele. – Ele vai se alinhar com a guerra.

Magiano

Na primeira lembrança, o menino tinha sete anos. Quando perguntou à sua sacerdotisa qual era seu nome, ela lhe disse que ele não precisava de nome. Ele era o Menino de Mensah, um dos jovens *malfettos* escolhidos para viver no templo Mensah em Domacca, e este era o único nome de que ele precisaria.

Ele seguiu atrás da sacerdotisa e observou enquanto ela lhe mostrava o jeito certo de amarrar e matar uma cabra no altar em frente ao templo. Ela foi gentil e paciente com ele, e o elogiou por empunhar a faca de forma correta. Lembrou-se de olhar para a carne com desejo, querendo poder comê-la para preencher o vazio de seu estômago. Mas os *malfettos* nos templos domaccanos tinham que ser muito pouco alimentados. Isso os mantinha acordados e alertas, fazendo com que seus sentidos estivessem sempre à espreita, à procura de comida. Quando ele perguntou por que tinha que ser assim, a sacerdotisa lhe disse gentilmente que era para fortalecer sua ligação com os deuses, para que os sacerdotes pudessem se comunicar através dele.

Na segunda lembrança, o menino tinha nove anos, e a marca escura em seu lado agora descia em curva do início de suas costelas até o osso de seu quadril. Ele se tornara amigo da Menina de Mensah, a segunda jovem *malffeto* do templo, e os dois brincavam juntos quando os sacerdotes não estavam ali. Eles se esgueiravam para os pomares ou assustavam as cabras em um frenesi. Ela brincava com as longas tranças dele, amarrando-as em desenhos elaborados.

Um dia, quando ambos estavam particularmente famintos, roubaram pêssegos da taça de frutas deixada diante de um dos altares. Oh, como eram *gostosos*! Maduros, carnudos e explodindo de tanto suco. Eles riam e passeavam quando os sacerdotes estavam ocupados. Afinal, havia três altares, e eles podiam circular entre eles. Tornou-se um hábito entre a menina e o menino, e eles ficaram bons nisso – até o dia em que roubaram não um fruto cada, mas dois. Naquela noite, o menino viu sua sacerdotisa murmurando sobre ele para três outros sacerdotes no templo. Então foi buscá-lo, o arrastou para fora da cama e ordenou que os outros o prendessem. Ele gritou quando ela murmurou versos suaves para ele e enfiou a lâmina na ponta de sua marca.

Na terceira lembrança, o menino estava prestes a completar doze anos. A menina o encontrou e contou-lhe sobre Magiano, uma vila de pescadores ao longo do rio Vermelho de Domacca. Ela lhe contou sobre um barco que partia uma vez por semana para as Ilhas Ember, carregado de especiarias. *Você vai me encontrar lá? Esta noite?*, perguntara a ele. Ele assentiu, ansioso para ir com ela. Ela segurou suas mãos e sorriu, dizendo-lhe: *Não importa o que aconteça, nós olhamos para frente. A alegria está lá fora, além dessas paredes.*

Naquela noite, ele envolveu algumas frutas e tâmaras em um cobertor e saiu do templo. Estava quase cruzando os portões quando ouviu os gritos da menina vindo de perto do altar. Ele se voltou, desesperado para salvá-la – mas já era tarde. O menino e a menina de Mensah não precisavam de nomes porque seriam sacrificados aos doze anos, o número sagrado.

Então ele fez a única coisa que podia. Fugiu do templo enquanto os sacerdotes o procuravam e não parou de correr até chegar à aldeia de Magiano. Lá, se amontoou na escuridão com a carga até que o barco chegou. Enquanto navegava para o amanhecer, fez duas promessas.

Primeira: ele sempre teria um nome, e esse nome seria Magiano.

E segunda: não importava o que acontecesse, levaria a alegria com ele. Quase como se ele estivesse *a* carregando.

> Se um navio consegue vencer os mares tempestuosos a caminho das Ilhas Ember para as Terras do Céu, ele se encontrará velejando nas águas mais calmas, tão calmas que ele pode correr o risco de encalhar.
> – *Trecho dos diários do Capitão Morrin Vora*

Adelina Amouteru

As manhãs seguintes nascem cinzentas enquanto as últimas nuvens da tempestade de Sergio persistem no céu. Navegamos por cinco dias antes de chegarmos às Cataratas de Laetes, que separam as Terras do Sol das Terras do Mar. Então seguimos o abismo por mais um dia até que chegamos ao ponto onde o oceano se fecha de novo, e aqui finalmente contornamos a borda. As baliras voam de vez em quando pela boca aberta do abismo – tão majestosas quanto me lembro –, mas elas também parecem esgotadas, o voo mais lento, o brilho do corpo translúcido um pouco mais escuro. Olho para a água caindo no abismo. Parece tão estranha quanto quando saímos, uma misteriosa cor quase negra, como se os matizes da vida estivessem sendo sugados de suas profundezas.

Embora Violetta e eu estejamos no mesmo navio, e embora Sergio a visite constantemente todos os dias... ela nunca pergunta por mim. Eu certamente não pretendo ir até ela, para lhe dar o prazer de me repelir. Todavia cada vez que Sergio sai de sua cabine, estou lá esperando, vigiando. Toda vez, ele olha para mim e balança a cabeça.

Não consigo dormir esta noite. O silêncio do mar aberto é alto demais, dando muito espaço para os sussurros em minha mente. Tomei duas canecas da bebida de ervas e eles ainda tagarelam, suas vozes me despertando do meu sono repetidamente até que enfim desisto e saio de meus aposentos.

Ando sozinha para o convés. Mesmo os marinheiros que cuidam dos mastros estão dormindo a esta hora, e os mares são tão calmos que mal consigo ouvir a ondulação da água batendo contra o casco do navio. Não muito longe de nós navega o navio tamourano transportando Raffaele e os Punhais, onde agora brilham lanternas espalhadas pela noite. Meu olhar vai de seu navio até o céu. É uma noite clara. Estrelas pontilham a escuridão acima, constelações familiares de deuses e anjos, mitos e lendas de muito tempo atrás, camadas e camadas tão grossas que o céu brilha com elas. O oceano reflete sua luz esta noite, de modo que estamos navegando através de um mar de estrelas.

Meu olho se fixa numa constelação que compreende meio círculo e uma longa linha. A Queda de Laetes. Se o que Raffaele nos disse é verdade, então não vamos durar muito neste mundo com nossos poderes. Não importa o que aconteça, se nossa viagem for bem-sucedida ou se perecermos ao longo do caminho, deixarei este mundo impotente. Os sussurros na minha cabeça recuam violentamente com esse pensamento. Minhas mãos apertam e se afrouxam contra a grade. Tenho que encontrar um modo de evitar esse destino – deve haver um caminho que me permita viver e preservar o que me faz forte.

Você ainda pode virar as costas para eles. Você pode...

O som de passos me faz girar. Na fraca luz das tochas, percebo que Violetta se aproxima de mim, uma capa pesada enrolada nos ombros. Ela parece esquelética e doente, com os olhos fundos, mas está sozinha. Ela congela quando me mexo.

– Adelina – diz.

É a primeira palavra que ouço dela desde que me deixou, há meses. Até mesmo sua voz soa diferente agora – frágil e rouca, como se pudesse quebrar a qualquer momento. Hostil. Distante.

Eu me enrijeço e dou as costas para ela.

– Você está acordada – murmuro. Depois de tanto tempo, essas são as únicas palavras que consigo pensar em dizer em troca.

Ela não responde imediatamente. Em vez disso, aperta mais o manto em torno de si, aproxima-se da grade e olha para o céu noturno.

– Sergio disse que você foi a Tamoura para me encontrar.

Fico quieta por um longo momento.

– Eu fui por muitas razões. Uma delas por acaso tinha a ver com você e um boato de que você estava lá.

– Por que você queria me encontrar? – Violetta vira o rosto do céu para mim. Quando não respondo, ela franze a testa. – Ou você só se lembrou de mim quando sua invasão não deu certo?

O gelo em sua voz me surpreende. Suponho que não deveria.

– Eu queria lhe dizer para voltar a Kenettra – respondo. – Que é seguro para você lá, e que o que eu fiz...

– Você queria me *dizer* para voltar? – Violetta ri um pouco e balança a cabeça. – Eu teria recusado, se você me encontrasse em circunstâncias diferentes.

Os sussurros me dizem para não me preocupar com suas palavras, que elas não têm sentido. Mas a alfinetada delas ainda me dói.

– Olhe para você – murmuro. – Novamente pensando em como é nobre.

– E você? Dizendo a si mesma que está melhorando esses países sobre os quais marcha... achando que está fazendo algo de *bom*...

– Eu nunca pensei isso – disparo, cortando-a. – Eu faço isso porque *quero*, porque eu *posso*. Isso é o que todos *realmente* fazem quando ganham poder e o chamam de altruísmo, não é? Eu só não tenho medo de admitir. – Suspiro e desvio o olhar outra vez. Meio que espero que Violetta comente minha explosão, mas ela não o faz.

– Por que você queria me encontrar? – Violetta pergunta novamente, sua voz calma.

Eu me inclino pesadamente contra a grade, procurando uma resposta honesta.

– Eu durmo mal quando você não está por perto – murmuro por fim, irritada. – Há... vozes que me distraem quando estou sozinha.

Violetta aperta os lábios.

– Não importa. Aqui estou, e aqui está você. Está feliz agora? – Ela deixa passar outro instante de silêncio entre nós. – Raffaele me disse que tenho delirado há semanas, e que só acordei depois que você chegou.

Ela diz isso com amargura, como se não quisesse admiti-lo. Mas isso me faz olhar para ela outra vez, estudando sua expressão enquanto tento descobrir o que ela realmente pensa. Contudo ela não diz mais nada. Gostaria de saber se suas palavras significam que lamentou minha ausência, que talvez também ficasse acordada à noite, olhasse para o lado de sua cama e ponderasse por que eu não estava lá. Eu me pergunto se seu sono é cheio de pesadelos.

Espero que ela saia do meu lado e volte para seus aposentos. Mas, por alguma razão, ela decide ficar no convés comigo, nenhuma de nós disposta a pedir desculpas, cada uma tentando decifrar as mensagens escondidas nas palavras da outra, sem querer passar a noite sozinhas. Então, esperamos juntas, enquanto nos movemos silenciosamente pelas estrelas.

Quando chegamos ao porto de Estenzian, minha frota kenettrana cercou nossos navios de ambos os lados e meus Inquisidores nos guiam para o porto. Violetta está quieta esta manhã. Ela voltou a me ignorar, e fico satisfeita em fazer o mesmo. Magiano permanece ao meu lado e olha, com a testa franzida, para o porto que se aproxima. Mesmo que sua postura seja calma, posso sentir a corrente de medo escondida sob ela. Ele se inclina ligeiramente em minha direção.

– Se Teren não for o que precisamos...

– Ele é. – Endireito minhas costas e levanto a cabeça. Este é o coração do meu império. Aqui, sou uma rainha novamente, e eu não vou ser questionada.

– Teremos que assistir a mais uma rodada dos testes de Raffaele. – Magiano faz uma careta e eu me pergunto o que ele deve ter revisitado durante seu teste.

Nuvens pesadas cobrem a cidade enquanto nos dirigimos ao palácio. Até o ar está sufocante hoje, algo como uma tarde úmida, porém mais escura, mais insidiosa, os sinais de um tipo diferente de tempestade. Os Punhais viajam atrás de nós, guiados por uma patrulha de soldados tamouranos. Eles também estão inquietos. *Você pode matar todos eles aqui*, os sussurros me dizem, impacientes. *Eles estão em seu país, cercados por seus Inquisidores. Por que você não age, lobinha?*

Eu deveria. Parte de mim se anima com a ideia de ver a traição no rosto de Raffaele. Mas, em vez disso, eu os guio para o palácio e para as masmorras. Enquanto nos aproximamos da câmara de Teren, Raffaele parece retardar seus passos, como se o próprio ar ao nosso redor o esgotasse. Ele deve ser capaz de sentir o turbilhão escuro da energia de Teren, e seu efeito está pesando sobre ele.

Ao seu lado está Violetta. Ela parece cansada do tempo passado no convés ontem à noite, porque não consegue ficar em pé sozinha esta manhã. Sergio a carrega. Ele faz isso sem muito esforço, enquanto Violetta se agarra a ele como se fosse desmoronar. Pelo menos ela está acordada. Eu me forço a olhar para longe dela.

Quando chegamos à porta da masmorra de Teren, Sergio afasta os guardas postados de ambos os lados.

– Não – diz a eles quando começam a nos seguir, como normalmente fariam. – Nós iremos sozinhos.

Os guardas trocam um olhar hesitante, mas Sergio apenas lhes faz um gesto sombrio. Ele baixa a cabeça e não os desafia.

Entramos na câmara.

Sergio tinha mandado avisar, antes da nossa chegada, que os Inquisidores a postos dentro da masmorra deviam sair hoje. Assim, a câmara está vazia, os sons da água do fosso amplificados pela ausência deles. A única figura ali dentro está agachada no centro da ilha rochosa, suas vestes esfarrapadas da prisão espalhadas ao redor dele em um círculo. Ele olha para cima quando entramos. Suas olheiras parecem ainda mais profundas do que me lembro, dando-lhe um olhar assombrado. O sangue seco cobre seus pulsos, e quando me aproximo posso ver a aparência mais brilhante, mais molhada de sangue fresco também.

– Você tem certeza que quer fazer isso? – pergunta Magiano enquanto nos reunimos na borda do fosso. – Você pode falar com ele daqui, não pode?

– Posso – respondo, embora ambos saibamos a verdadeira resposta. – Mas não podemos viajar com alguém que precisa ser separado de nós por correntes e um fosso.

Magiano não discute. Em vez disso, aperta de leve minha mão. Seu toque envia uma faísca de calor através de mim.

Raffaele olha para Violetta. Olho para minha irmã descansando contra os ombros de Sergio. Ela se agita, o rosto cinza, pálido, então deixa Sergio ajudá-la a ficar de pé com cuidado. Sua energia oscila enquanto ela se aproxima de mim, e uma nuvem de medo paira sobre ela. Não posso dizer se seu medo é por causa de Teren, de mim ou dos dois. Ainda assim, ela não se afasta. Volta sua atenção para Teren, fecha a mão em um punho, e *puxa*.

Os olhos de Teren se arregalam. Ele solta um suspiro agudo, depois se curva, as mãos agarrando a rocha sob ele. Eu recuo mesmo enquanto assisto a isto. Conheço bem o sentimento – é como se o ar tivesse sido repentinamente sugado de meus pulmões, e os fios que compõem meu corpo são puxados até que ameaçam arrebentar. Teren solta um gemido baixo, depois nos encara de novo com ódio nos olhos.

Violetta abaixa o braço e respira fundo. Ela está tremendo um pouco; a luz da lanterna aqui destaca o tremor de suas vestes. *Será que ela ainda tem força suficiente para usar seu poder?*

– Ele está pronto – sussurra.

Sergio baixa a ponte de corda que nos levará pelo fosso. Teren observa nossa aproximação, seus olhos primeiro em mim, depois em Raffaele. Seu olhar se demora no rosto do Mensageiro. Olho de relance para Raffaele, procurando uma reação em sua expressão, mas, fiel à sua formação de acompanhante, ele retomou um estado de calma, seu medo agora escondido sob um véu de aço. Ele sustenta o olhar de Teren. Se notou as feridas no pulso, não dá para perceber.

– Bem, Vossa Majestade – diz Teren em seu habitual tom de provocação, dirigindo-se a mim sem tirar os olhos do rosto de Raffaele. Um pequeno sorriso brinca em seus lábios, enviando um frio pela minha espinha. – Você trouxe um inimigo mútuo desta vez. Seu gosto no que diz respeito à tortura parece ter evoluído.

– Ele está até mais amigável do que me lembro – murmura Magiano do outro lado do fosso.

Não digo nada. Em vez disso, espero até nos reunirmos a poucos metros dele, acomodando-nos a uma distância segura que Teren não pode cobrir com suas correntes.

Os olhos de Teren me encontram de novo.

– Por que ele está aqui? – pergunta em voz baixa.

Viro-me para Sergio e aceno com a cabeça.

– Solte-o.

A surpresa cintila no rosto de Teren. Ele se enrijece quando Sergio se aproxima, uma das mãos apoiada no punho de sua espada, e se inclina para os pulsos de Teren. Sergio torce uma chave nos grilhões. Eles estalam e caem no chão.

Eu me preparo. Teren avançou para mim a última vez que o visitei nas masmorras – ele pode fazer isso outra vez, mesmo sem seus poderes. Mas, em vez disso, apenas fica de pé e olha para mim.

– O que você quer agora, lobinha? – diz.

Na margem do fosso, Magiano se remexe. Eu posso sentir seu mal-estar, e minha energia o alcança. Deixo isso me fortalecer. Já menti para Teren antes; posso fazer isso de novo.

– Você sempre odiou a existência dos Jovens de Elite, não é, Teren? – pergunto. – Você não quis sempre nos ver destruídos, levados para o Submundo?

Teren não responde. Ele não precisa, é claro, todos sabem suas respostas para essas perguntas.

– Bem – respondo –, eu acho que os deuses podem conceder seu desejo, afinal.

O sorriso misterioso de Teren desaparece.

– Não brinque com os deuses, Adelina – diz.

– Quer ouvir mais?

Teren me olha com desprezo. Ele dá um passo mais perto, perto o suficiente para que, se quisesse, pudesse estender a mão e agarrar meu pescoço.

– E eu tenho escolha?

– Podemos ir embora, é claro. Você pode voltar para suas correntes. Você pode se encolher aqui por toda a eternidade, sem nunca mais ver a luz do dia nem nunca morrer. Isso também é parte do seu poder, não é? Forte e invencível demais para morrer e acabar com seu próprio sofrimento? Que ironia. – Inclino a cabeça para ele. – Então, quer ouvir mais?

Teren continua a olhar.

– Sempre fazendo joguinhos – diz por fim.

Olho para Raffaele.

– Você vai ter que confiar em nós por um momento.

Teren ri disso. Balança a cabeça.

– O que a confiança alguma vez importou para qualquer um de vocês?

No entanto, quando Raffaele caminha à frente para posicionar suas pedras preciosas em um círculo largo em torno de Teren, ele não reage. Observa, olhando cada uma das pedras. Quando Raffaele termina, ele recua e cruza os braços. Estico meu pescoço, também, de repente curiosa. Quais lembranças Raffaele verá no passado de Teren? Com o que ele se alinha?

E se, no fim, ele não se alinhar com o que precisamos?

A câmara fica em silêncio. Raffaele franze as sobrancelhas, concentrado, quando estuda cada uma das pedras. Enquanto olhamos para a escuridão, três das pedras assumem um brilho sutil. Uma delas é branca, que reconheço instantaneamente como diamante, ambição; então, um azul forte e brilhante; por fim, um escarlate tão intenso que a pedra parece estar sangrando. Solto a respiração. Reconheço o brilho azul – é o mesmo que um dos meus próprios alinhamentos –, o alinhamento com Sapientus, para sabedoria e curiosidade. Mas o escarlate...

Quando Raffaele estende a mão, Teren endurece e depois ofega. Seus olhos tornam-se desfocados, como se ele estivesse revivendo uma lembrança – então ele estremece, fecha os olhos bem apertados e se afasta. Assisto, fascinada, lembrando meus próprios testes. Nunca vi Teren vulnerável desta forma antes, sua mente aberta não só para outra pessoa, mas para um inimigo. Uma e outra vez, Raffaele estende a mão e, de novo e de novo, Teren se encolhe e se afasta dele. *Ambição. Sabedoria. E...*

De repente, ele solta um grunhido e avança para Raffaele, que se afasta depressa enquanto Sergio se posta entre eles. Sua espada é sacada antes que eu possa piscar. Ele bate com força no peito de Teren com o punho da espada, em seguida, o empurra rudemente para trás. Teren tropeça e cai de joelhos. Eu espero, o coração na boca, enquanto Teren permanece lá com cabeça baixa. Ele está respirando com dificuldade. Não diz nada.

Raffaele está pálido agora. Ele balança a cabeça, confirmando o que já imaginávamos.

– Rubi – diz, sua voz ecoando na masmorra. – Para Tristius, filho do Tempo e da Morte. – Seu olhar vaga até mim. – O anjo da *Guerra*.

Suspiro novamente. Teren tem o alinhamento que nos faltava.

– Por que vocês estão aqui? – sibila Teren. Todas as sugestões de sua natureza provocante desapareceram agora, substituídas pela raiva crua. – O que vocês querem? *O que vocês querem?*

Dou um passo para ele e me curvo até o nível dos seus olhos.

– Teren – digo baixinho. – Há algo acontecendo com o mundo. Com você, comigo, com todos aqui. O Submundo imortal está penetrando no mundo real, envenenando tudo nele. – Explico o que Raffaele me contou, o veneno nas águas escuras, as baliras agonizantes, suas feridas que agora se curam mais devagar do que nunca. – Acreditamos que somos os únicos que podem deter isso. Os Jovens de Elite. E você se alinha com o mundo imortal de uma maneira que ainda precisamos. – A cabeça de Teren permanece curvada e, de alguma forma, uma parte de mim sente dor ao compreendê-lo. O que Raffaele tinha trazido de volta de seu passado? – Quero que você venha conosco.

Teren solta um riso fraco. Ele levanta a cabeça, e prendo a respiração enquanto seus olhos incolores encontram os meus, janelas cheias de loucura e tragédia.

– Temos uma história desagradável juntos, lobinha – diz ele. – O que faz você pensar que tenho qualquer interesse em ajudá-la?

– Da última vez que trabalhamos juntos, havia outro obstáculo no caminho – respondo.

Teren se inclina para frente. Ele está tão perto que posso sentir sua respiração contra a minha pele.

– O único obstáculo é você – diz ele. – Nós só podemos ser inimigos.

Suprimo meu ódio por ele.

– Quando nos conhecemos, você me disse que eu merecia voltar às águas do Submundo. Que todos os Jovens de Elite são aberrações, que nunca deviam caminhar neste mundo. – Estreito meu olho para ele. – Mas diga-me, Teren. Se você é um demônio, e eu sou um demônio, aberrações aos olhos dos deuses, então por que os deuses me deram o trono de Kenettra? Por que eu dirijo as Terras do Mar, Teren, e todos os exércitos caem diante de mim? Por que, Teren, os deuses continuam me recompensando?

Teren olha para mim.

– Você nasceu filho de um Inquisidor-chefe – digo. – Durante toda a sua vida lhe ensinaram que você é inferior a um cão, e você acreditou. Até a mulher que amou dizia que você não era nada. Ela virou as costas para você, de um modo que me faz parecer inocente em comparação. – Então levanto a cabeça e olho diretamente para ele. – E se você estiver errado? E se os deuses o enviaram, e também o restante de nós, não porque não devíamos existir, mas porque *sempre* devíamos existir?

– Não é possível – responde Teren com calma. Mas ele não responde à minha pergunta.

– É possível que os deuses tenham nos criado para salvar o mundo, em vez de destruí-lo? – pressiono, sabendo as palavras que o enfraquecerão. – É possível que eles tenham nos criado para consertar algo quebrado, para que possamos um dia nos sacrificar?

Teren fica em silêncio.

– Então – diz ele finalmente –, você quer que eu me junte a vocês nesta busca para consertar a ruptura entre os mundos? Por que eu faria isso?

– Porque precisamos de você – respondo. – E você ainda é o Jovem de Elite mais forte que conheço.

Sem aviso, Teren avança e pega meu pulso com uma de suas mãos. Seu aperto é de ferro, doloroso, incansável. Inspiro rapidamente ao seu toque. Sergio tira metade da espada da bainha; Magiano solta um alerta agudo.

– Eu poderia matar você agora mesmo, Adelina – sussurra Teren. – Eu poderia quebrar cada osso em seu corpo, poderia transformá-los em pó, e não há nada que seus homens possam fazer para me deter. Deixe que lhe provem que os deuses não estão do seu lado. Você ainda é a mesma garotinha trêmula que amarrei na fogueira naquela manhã.

Meu ódio por Teren ferve, escuro e agitado, falando mais alto que o meu medo e a dor em meu pulso. Atrás de mim, a energia de Magiano se agita. Olho fixamente para Teren.

— E, ainda assim, aqui estou diante de você. *Sua rainha.*

Minhas palavras suscitaram dúvidas nele – há uma luz em seus olhos que eu nunca vi antes. Ele está se perguntando se eu poderia estar certa. E eu *estou* certa, não estou? Os deuses me abençoaram. Eles livraram este mundo do rei kenettrano que nos desprezou, depois de sua rainha que nos usou e manipulou. Os deuses puseram no trono uma menina nascida de um pai que a desejava morta. Eles pouparam minha vida repetidamente. Eles me deram tudo.

E você afastou sua irmã. Assassinou um homem que amou. Você é uma carcaça vazia. Nada. Os deuses lhe deram um poder que está matando você.

— Teren, vamos entregar nossos poderes de volta aos deuses. Consertaremos o mundo abrindo mão de nossas aberrações. É a única forma, e é o único mantra que você sempre seguiu. – Digo isso como se eu também estivesse tentando me persuadir a participar desta jornada, como se não temesse perder meu poder, se ainda não estivesse tentando evitar o inevitável. – Não tenho outro motivo para ficar ao lado de Raffaele. Nem você. – Respiro fundo. – Isso é o que você sempre quis.

Teren me observa por um momento. Sua expressão muda de um extremo para o outro, estabelecendo-se finalmente num olhar que não consigo entender. Há uma luz lá, atrás de sua loucura, um brilho de algo que o atrai. *Foi isso que você sempre quis, não foi, Teren?*, penso.

Ele me solta. Sergio afrouxa o aperto em sua espada, e os outros na câmara voltam a se mexer. Eu relaxo, soltando minha respiração, tentando manter a compostura. Meu coração martela no peito.

Teren me dá um sorriso lento.

— Veremos quem está certo, mi Adelinetta – diz.

Teren Santoro

Na primeira lembrança, Teren tinha sete anos.

Ele estava com uniforme de aprendiz da Inquisição, uma túnica cinza simples e calças, um aluno treinando para se juntar às capas brancas que seu pai comandava. Seu cabelo estava cortado e limpo, e seus olhos ainda tinham a cor do oceano. Ele está em uma fileira com uma dúzia de outros, olhando para uma multidão de jovens aprendizes reunidos em um pátio do palácio, cercados por altas estátuas dos doze deuses e anjos. Seu pai se dirigia a todos. Teren estava ereto, com a cabeça erguida. Ele era o único filho do Inquisidor-chefe de Kenettra, e isso o tornava melhor do que os outros – assim dizia seu pai.

– Nossa ordem sempre existiu para proteger a coroa de Kenettra – dizia seu pai –, para proteger a superioridade do nosso povo acima de todos os outros e para proteger a pureza de nossa herança. Jurando sua vida à ordem da Inquisição, vocês prometem dedicar-se para sempre à família real e proteger o trono com sua vida.

Teren sentiu seu peito inchar de orgulho. A Inquisição era o exército mais estimado do mundo – e seu líder os conduzia. Ele esperava que, um dia, pudesse parecer tão régio quanto seu pai, com sua armadura e capa de Inquisidor-chefe.

– Nós travamos uma guerra nobre contra aqueles que são impuros. Lembrem-se disso, e sigam com isso em mente: Protejam seu país, custe o que custar, não importa o sacrifício.

Teren fechou os olhos e respirou fundo, interiorizando aquelas palavras. *Uma guerra nobre contra aqueles que são impuros.*

– Teren Santoro. – Seu pai estava chamando seu nome agora. – Venha para a frente.

Teren não precisava de um segundo chamado. Saiu imediatamente de sua fileira e caminhou para a frente. Quando chegou a seu pai, o homem acenou com a cabeça para que ele se ajoelhasse, entregou-lhe sua primeira espada e lhe disse para olhar para a multidão. Teren obedeceu. Os outros aprendizes, que receberam espadas de treino, de madeira, em vez da espada de aço de Teren, seguiram seu exemplo e se ajoelharam. Teren inclinou a cabeça e fechou os olhos quando seu pai leu o juramento da Inquisição.

Ele era puro. Superior. E seguiria os passos do pai.

Teren tinha onze anos na segunda lembrança.

A febre de sangue tinha varrido Kenettra mais cedo naquele ano, então seus olhos não eram mais de um azul puro como o oceano, mas pálidos, tão pálidos que eram desumanos, uma completa falta de cor. Ele se levantou com a cabeça inclinada e o coração pesado diante da pira funerária sobre a qual estava o corpo de seu pai. O fogo se espalhava agora do leito para a roupa do falecido Inquisidor-chefe. Teren permaneceu em silêncio enquanto as chamas rugiam. Seu pai havia ficado doente depois dele, mas, ao passo que Teren tinha conseguido sobreviver, a febre do sangue matara seu pai em apenas dois dias.

Teren sabia que a culpa era dele. Tinha que ser. Os deuses não cometiam erros, e ele sabia que havia sido marcado pela febre por uma razão.

Mais tarde naquela noite, Teren saiu de suas câmaras e fugiu para o templo do palácio. Lá, nos recessos escuros e nas poças de luz de velas, ele se ajoelhou diante dos deuses e soluçou. A doutrina da Inquisição ensinou especificamente que os sobreviventes da febre do sangue eram aberrações, uma punição dos deuses.

Ele era um demônio agora. O que ele tinha feito? Sussurrou para o chão do templo enquanto se ajoelhava. Diante dele estava uma estátua de São Sapientus, o deus da Sabedoria. *Por que meu pai? Por que você não me levou também?*

Ajoelhou-se ali por três dias, até que ficou sedento e morrendo de fome. *Quão longe eu caí*, pensou repetidamente, até que o pensamento parecia embutido em seu próprio ser. *Eu já fui superior – e agora não sou nada. Meu pai morreu por minha causa. Lixo. Imundo.*

De repente, em um ataque de desespero, Teren agarrou o punho de sua espada e sacou-a. Era a mesma espada que seu pai lhe dera no dia em que se juntou à Inquisição como aprendiz. Ele pegou a espada, pôs sua lâmina contra um de seus pulsos e cortou com toda a força que podia. Ele gritou com a pancada de dor. O sangue brotou instantaneamente de sua pele.

Mas então... a ferida se fechou. Teren *viu* de perto, observou com a boca aberta quando um lado da carne cortada se juntou com o outro, fechando-se. A dor desapareceu.

Teren piscou ao ver isso. Então, tentou cortar o pulso outra vez.

E, outra vez, o sangue brotou da ferida – antes de ela se fechar.

Não pode ser. Teren tentou algumas vezes mais, apertando os dentes com a dor e depois com horror, a dor desaparecendo quase instantaneamente. Cortou-se cada vez mais frenético, tentando derramar mais sangue. Mas não conseguia. A cada vez, a ferida curava-se tão certamente como se nunca tivesse acontecido.

Por fim, Teren atirou a espada para longe. Ele caiu aos pés de Sapientus, chorando. Não podia sequer acabar com sua vida. Ele foi amaldiçoado para sempre pela febre do sangue.

Ficou no templo por mais um dia. E depois outro. Alguns amigos, outros jovens aprendizes, vieram vê-lo. Ele os afastou, recusando-se a responder a suas perguntas. Não queria dizer-lhes a razão pela qual não falaria com eles – porque ele não era mais um igual, mas um cão que ousava falar com um homem. Ele não queria falar porque estava apavorado com o poder horrível e secreto que a febre do sangue lhe deixara.

A pergunta o perseguia todas as noites em que ele permanecia no templo. Por que os deuses o deixariam sobreviver à febre do sangue, marcado e desonrado, e depois tirariam sua capacidade de acabar com sua vida? Para que o queriam aqui? Por que o forçavam a ficar?

Em sua última noite no templo, ele socou o chão, frustrado. Para seu choque, o mármore do chão rachou sob os nós de seus dedos, deixando cem linhas irregulares na pedra. Teren olhou fixamente, congelado. Ergueu a mão ao luar, observando que seus nós dos dedos tinham cicatrizado e não havia restado nenhuma marca ou lesão.

Os deuses haviam feito dele uma aberração – e então lhe deram uma força quase invencível.

Talvez tenham me castigado por uma razão, pensou Teren. Ajoelhou-se em silêncio diante de Sapientus pelo resto daquela noite, pensando. Na manhã seguinte, deixou o templo.

⁂

Teren tinha dezesseis anos na terceira lembrança.

Embora o legado de seu pai o protegesse do castigo, ele havia sido expulso da Inquisição por ser uma aberração, mas isso não o impedia de permanecer fiel à coroa, tentando sempre encontrar uma maneira ou outra de provar que ele queria dedicar o pouco valor que tinha para servir ao trono, para servir aos deuses.

Assim, ele patrulhava sozinho, ajudando secretamente a Inquisição a erradicar *malfettos* sem se deixar descobrir. Ele seguia aqueles de quem suspeitava pela cidade, observando-os falar e rir com suas famílias. Sempre que encontrava um *malfetto*, arrastava-se à sua porta à noite e a marcava com o símbolo da Inquisição. Os inquisidores não sabiam que ele fazia isso, mas deviam ficar gratos por sua espionagem secreta.

Então, uma tarde, encontrou um boticário.

Era uma loja pequena e encantadora, dirigida por um velho de cabelos brancos e sua filha alegre, uma bela garota tamourana, com um sorriso fácil e a risada contagiante. Teren passava por lá várias vezes por semana para vê-los anotar os pedidos dos clientes. Alguma coisa na garota chamou sua atenção. Seu nome era Daphne. Às vezes, Teren a via entregar encomendas na cidade. Ela pegava tantos caminhos sinuosos que ele sempre a perdia nas ruas movimentadas. Quando ela voltava para o boticário à tarde, Teren se perguntava onde ela havia se enfiado.

Até ouvir um boato sobre um grupo chamado Sociedade do Punhal, uma suposta equipe de *malfettos* demoníacos com poderes assustadores que não eram deste mundo. Aparentemente, Daphne usava a loja de seu pai como um lugar para criar pastas que cobririam marcas de *malfettos*. Ela ajudava os Punhais e outros a pintarem suas marcas. Teren achava que Daphne era a responsável por manter os Punhais escondidos.

Uma noite, Teren seguiu Daphne quando ela deixou a loja do pai e se dirigiu à Universidade de Estenzian. O que uma garota estava fazendo na rua a uma hora dessas? Ela sumiu por um longo tempo na universidade, mas Teren finalmente a encontrou em um beco estreito. Ela estava conversando com uma figura encapuzada e lhe entregou uma pequena mochila.

Teren a delatou imediatamente. Vários dias depois, a Inquisição veio buscar Daphne. Eles a arrastaram para a Torre da Inquisição, não muito longe do cais – e, mesmo que ele não pudesse ver o que aconteceu com ela, sabia o que esses soldados faziam nas masmorras quando queriam tirar informações de alguém.

Daphne deveria queimar na fogueira. Mas ela não viveu o suficiente para sair das masmorras.

Mais tarde, Teren foi convocado pelo rei de Kenettra e pela jovem rainha, Giulietta. Teren se ajoelhou diante dos tronos enquanto o rei elogiava sua lealdade por identificar um traidor no meio deles. O rei o reintegrou à Inquisição, dizendo ao povo que Teren não tinha uma marca, afinal. Que ele não era um *malfetto*.

Naquele momento, Teren soube. Soube por que os deuses haviam escolhido mantê-lo vivo, por que tinham lhe tirado a opção de morrer.

Ele era uma aberração enviada para livrar o mundo das aberrações, para impedir esses demônios de corromper o reino de Kenettra. Ele tinha a intenção de expiar seus pecados protegendo tudo o que era puro e bom.

Esta era sua razão de viver.

Esta era a razão, e agora os deuses lhe deram uma chance de provar.

> Eu sou o vento, calmo, feroz e profundo.
> Eu sou a alma da vida, o uivo das tempestades, o sopro do sono.
> – Imodenna, o Grande, *de Sir Elias Mandara*

Adelina Amouteru

Quando embarcamos em nosso navio, Teren ainda está acorrentado. Confiamos nele apenas no que diz respeito a ter concordado em nos acompanhar, mas sabemos que isso não o impedirá de nos atacar enquanto dormimos. Então ele continua sendo nosso prisioneiro, cercado por guardas em todos os momentos. Enquanto navegamos, partindo do porto de Estenzian, ele é o único que permanece abaixo do convés, acorrentado a seu beliche. Fico na proa do navio e tento não pensar em sua presença debaixo de nós. Navegando ao nosso lado está o navio tamourano de Raffaele, deslizando em sincronia sobre as ondas. Magiano sobe e desce o mastro principal com sua facilidade habitual. Da costa, ainda posso ver Sergio no cais com uma tropa de Inquisidores atrás dele, nos observando partir.

Ele tinha beijado Violetta antes de sairmos. Foi a primeira vez que o vi finalmente agir seguindo os sentimentos sutis que sempre demonstrou por minha irmã. Agora Violetta está na popa, seus olhos fixos no pontinho que é Sergio no cais. Com a ajuda de seus mercenários, ele vai comandar o exército enquanto eu estiver fora. Ainda assim, não posso deixar de me preocupar. E se ele falhar? E se eu retornar ao meu império arduamente conquistado apenas para descobrir que houve uma revolta – ou que ele me abandonou?

Todo mundo te abandona, zombam os sussurros alegremente. Seu veneno acaricia meus pensamentos. *É melhor você abandonar primeiro.*

– Estamos navegando para o nordeste – diz Raffaele na primeira noite, enquanto nos reunimos em torno da mesa de jantar. Ele tinha atravessado para nosso navio por uma prancha, para se encontrar conosco. Violetta fica perto dele, enquanto tento manter a maior distância possível entre nós. – Levará várias semanas se seguirmos o caminho mais curto, enquanto as gaivotas do norte migram.

– Como você sabe para onde ir? – pergunto. – Você mencionou a origem dos Jovens de Elite. Onde é isso?

Raffaele corre um dedo pela mesa, desenhando uma linha invisível que representa a fronteira das Terras do Céu e do mar, e indica um ponto ao norte da costa.

– No norte de Amadera, no fundo da cadeia de montanhas. – Ele olha para nós, um de cada vez. – O Escuro da Noite.

– Como nos mitos? – pergunta Magiano, com a boca cheia de carne seca. Também já ouvi as lendas, e agora levanto uma sobrancelha para Raffaele.

Ele assente, os fios de seu cabelo sedoso deslizando sobre o ombro enquanto prossegue:

– Há quatro lugares onde os espíritos ainda vagam – diz, citando um livro antigo. – O Escuro da Noite coberto de neve, o paraíso esquecido de Sobri Elan, os Pilares de Vidro de Dumon e a mente humana, aquele reino eternamente misterioso onde os fantasmas caminharão para sempre.

– Dizem que o Escuro da Noite é um vestígio dos deuses – acrescenta Lucent. – É uma terra sagrada. Os sacerdotes fazem peregrinações para lá.

– Se você estudar a cronologia dos mitos – continua Raffaele –, verá que as primeiras menções ao Escuro da Noite coincidem com a queda de Laetes do céu. É conhecido como um lugar sagrado, sim. – Ele acena com a cabeça para Lucent. – Creio que foi criado pela ruptura entre o mundo imortal e o mortal. É um lugar de noite eterna, não destinado aos mortais. Os sacerdotes que você mencionou, Lucent, visitam as terras ao redor. Mas não *entram* de fato no Escuro da Noite. Não há relatos sobre o que há dentro desse lugar.

Uma terra mitológica, nosso destino baseado puramente nas previsões de Raffaele.

– Você acredita que é um lugar onde só os Jovens de Elite podem entrar – respondo.

Raffaele assente.

– É uma terra de deuses.

– E a Rainha Maeve vai nos encontrar no caminho? – pergunta Magiano. Ele está sentado ao meu lado, sua mão tocando a ponta da minha. – Assim que entrarmos nas Terras do Céu?

Raffaele olha para ele.

– Vamos encontrá-la na passagem entre Beldain e Amadera.

– Depois de nosso último confronto? – Magiano estala a língua. – Tem certeza que ela vai querer se juntar a nós? Difícil acreditar que a rainha beldaína nos deixe passar ilesos por seu território depois que destruímos toda a sua frota... muito menos se sentar em um cavalo ao nosso lado por semanas.

– Nosso sucesso é de interesse de Maeve – responde Raffaele friamente.

Enquanto Magiano dá de ombros, eu olho para o mapa. Kenettra é uma nação pequena vista daqui, assim como as outras nações das Terras do Mar. As Terras do Sol, incluindo Domacca e Tamoura, parecem se estender indefinidamente. Ainda mais vasto do que todas elas é o mar, a grande divisão entre o mundo vivo e o Submundo.

A extensão do meu próprio poder de repente parece insignificante. Nossa jornada fracassará e nós pagaremos por ela com nossa vida.

No dia seguinte, navegamos na penumbra de um amanhecer escuro. O oceano adquiriu uma cor estranha de azeviche. Da escotilha de minha cabine, vejo nuvens se empilhando uma sobre a outra até que parece nunca ter existido céu, e ouço um grunhido baixo de trovão ecoando de algum lugar distante. Se Sergio estivesse a bordo, ele poderia ter nos contado sobre essa tempestade que se aproximava – e ter feito algo a respeito. Mas esta não é uma tempestade que escolhemos ter. Foi criada pelos deuses.

Meu estômago revira enquanto o navio corta as ondas. Um fio de medo escorre pela minha espinha e os sussurros se agitam. *O Submundo está chamando você para casa, Adelina.*

Quando subo a escada até o convés, o céu ficou ainda mais escuro. Olho para o horizonte e vejo que há raios se estendendo ao longo da borda do céu. O trovão continua rugindo. Magiano está ajudando dois tripulantes a amarrarem barris e fixarem os canhões. Suas vestes hoje são de um linho grosso, um manto pesado sobre uma túnica escura, calças e botas, e suas tranças estão amarradas em um nó alto da cabeça.

– Ainda estamos à frente da tempestade – diz ele quando me aproximo. – Mas seus braços alcançam longe. Se tivermos sorte, vamos nos afastar antes que a pior parte nos atinja.

Perscruto o horizonte em busca de qualquer sinal de terra, mas não vejo nada, exceto nuvens escuras agitadas. Essa tempestade é diferente daquela que enfrentamos enquanto lutávamos contra os tamouranos, na qual eu podia conjurar imagens que despertavam terror nos soldados contra os quais lutávamos. Porém, de que valem as ilusões quando o inimigo é a própria natureza? Da água, ouço ecoar outro lamento das baliras. Há um bando nadando a alguma distância de nós, seguindo na direção oposta à da tempestade.

– Onde está Violetta? – pergunto. – Você a viu esta manhã?

– Ela não subiu. – Magiano acena com a cabeça para a escada. – Você também deveria ficar embaixo do convés. Posso cuidar de tudo aqui. A tempestade pode ser violenta.

Talvez ela esteja morta, os sussurros cacarejaram. *Problema resolvido. Agora você pode finalmente ficar livre de seu tormento.*

Gotas pesadas de chuva começaram a cair. Balanço a cabeça, tentando afastar um borrão de ilusões incontroláveis, e me viro para descer a escada. À medida que o ar se torna mais pesado, os sussurros ficam mais altos, até gritarem em meus ouvidos. O medo da minha tripulação paira no vento, alimentando minha energia até que eu sinta que meu peito está prestes a explodir. No canto do navio, meu pai se inclina contra o peitoril de madeira e me encara com olhos selvagens. Engulo em seco e baixo o olho. Minhas ilusões não podem me dominar agora, não aqui.

Os primeiros pingos de chuva se transformam em torrentes. Da gávea, um dos nossos tripulantes grita:

– Amarrem-se!

Enquanto tropeço em direção à escada que conduz ao deque inferior, vislumbro o navio de Raffaele se lançando contra as ondas, quase perdido nas águas que borrifam do mar. Mal consigo me manter na escada. No nível mais baixo, lanternas balançam nos corredores estreitos e eu acho que ouço gritos vindos do chão. Faço uma pausa. Os sussurros em minha mente estão inquietos – mas aquilo soava real. Ainda assim, não consigo ter certeza de nada. Caminho mais pelo corredor até chegar à minha porta. Aqui, tudo parece abafado e distante, além do uivo do vento lá fora e do estrondo do oceano contra a madeira.

Chego à porta de Violetta, bato uma vez, entro.

Ela se remexe na cama, mas não olha para mim. Só de olhar sei que ela está com febre, suas pálpebras trêmulas, o cabelo escuro úmido e emaranhado contra sua cabeça. Suas marcas destacam-se proeminentemente ao longo do pescoço e dos braços, azuis e roxas e pretas. Ela murmura alguma coisa baixinho. Mesmo inconsciente, ela se move, inquieta, quando o trovão ruge lá fora.

Ela está piorando, percebo enquanto estou de pé diante dela. Raffaele tinha pensado que talvez a proximidade comigo retardasse sua deterioração... Mas agora ela parece ainda mais frágil do que quando a vi pela primeira vez em Tamoura. Observo por um momento enquanto ela vira na cama, a testa lisa de suor, e então me sento e acaricio sua mão com meus dedos.

E se ela não conseguir nem chegar à origem, para nos ajudar a completar nossa jornada?

Você está perdendo seu tempo aqui, dizem os sussurros.

Um barulho alto sacode os assoalhos. Eu me assusto e olho para a porta. Não parecia ter vindo do convés, mas do nosso corredor. Espero ouvir a passagem das botas da Inquisição, um grupo de vozes – mas, em vez disso, o navio cai de novo em silêncio.

Franzo o cenho. Por um momento, quero ignorar, mas me levanto e saio do lado de Violetta. Volto para o corredor de lanternas balançando.

Não há ninguém aqui.

Eu aperto minha cabeça e me apoio contra a parede. Tudo ao meu redor parece estar se movendo e, apesar de minhas tentativas de me concentrar, as paredes e o chão se confundem, e o chão e o ar também, as luzes das lanternas se esfumando em rostos e formas. Os sussurros se transformam em gritos. Aperto a mão contra a orelha, como se isso pudesse abafá-los, mas só piora, bloqueando o som do oceano quebrando e enfatizando minhas ilusões enlouquecidas.

Pense em Magiano. Lembro-me de sua mão no meu pulso naquele corredor escuro no palácio, a luz refletida contra sua pele na casa de banho. Então obrigo minha respiração a ficar regular. Um, dois, três. As garras cravadas em minha mente param, mesmo que só por um momento, e o chão e as paredes entram em foco novamente. O som de ondas e gritos de homens voltam a se fazer ouvir no convés superior.

Então, outro baque.

Vem do deque abaixo. Onde Teren está preso.

Um sentimento de pavor rasteja em meu estômago. Algo aconteceu – posso sentir. Hesito por um instante, me perguntando se minhas ilusões sairão de controle outra vez. Porém, o mundo parece estável o bastante, e os sussurros diminuíram para um murmúrio. Sigo em direção à escada do convés inferior e então começo a descer. O navio balança violentamente, fazendo-me tropeçar no último degrau. Um trovão abafado soa do lado de fora. A tempestade está piorando rapidamente.

O fim do corredor está escuro como breu e, enquanto o navio desliza, uma lanterna apagada rola pelas tábuas, o vidro quebrado. Procuro, hesitante, com meu poder. Há medo aqui, o medo que vem com a dor. Ao caminhar mais para perto, percebo que há duas formas deitadas no chão, uma delas imóvel, a outra gemendo baixinho. Os guardas a postos para vigiar Teren.

A porta de Teren está aberta.

Meu coração pula, aterrorizado, e sinto a pulsação latejar na garganta. *Ele está solto*, penso, bem na hora em que um trovão ensurdecedor sacode o navio. Eu dou meia-volta e me apresso para a escada. Minha nuca formiga, o pânico aumentando enquanto me pergunto se Teren está escondido nas sombras. Mas eu sei que ele não está mais aqui embaixo.

Eu subo a escada depressa e disparo pelo corredor de nossos outros quartos.

– Violetta? – grito enquanto corro. – Magiano! Teren sumiu!

Ninguém responde. Enquanto o navio aderna, fazendo as lanternas ao longo das paredes balançarem descontroladamente, eu me apresso para a escada que leva ao convés e começo a subir. Aonde Teren iria, em uma tempestade como esta? Não podemos perdê-lo. Precisamos dele nesta jornada. Nós...

Ouço o zumbido de uma lâmina cortando o ar antes mesmo de vê-la. Algo – o destino, meus instintos – me salva, e eu me esquivo no último instante. Um punhal se enterra profundamente na madeira da escada. Olho para trás e vejo um dos meus Inquisidores me atacando, dentes à mostra. *Um rebelde.*

Jogo os braços para cima e lanço uma ilusão de invisibilidade sobre mim. Sumo da vista e corro para fora de seu caminho. O Inquisidor apunhala o ar vazio, então pisca em confusão e gira ao redor. Agora também está com medo, e seu terror alimenta minha força.

– Mostre-se, demônio! – grita ele.

Meu coração bate forte. Então... outro rebelde, exatamente como o que me atacou durante nossa batalha. Trinco os dentes e lanço uma ilusão de dor para ele. Mas minha concentração vacila e eu fico à vista por uma fração de segundo. É suficiente para que o Inquisidor me veja. Ele atira outra adaga em mim, mesmo enquanto uiva de dor por causa de minha ilusão.

Eu passo escondida por ele e começo a subir a escada. Ele tinha sido um dos guardas que pus do lado de fora da porta de Teren? Ele o havia liberado, pensando que Teren me mataria? Teria sido leal a Teren durante seus dias como Inquisidor-chefe?

O homem avança para mim de novo. Reajo às cegas, agarrando a adaga presa na madeira, e então giro e o ataco. Minha lâmina atinge sua carne. Os olhos do homem se arregalam e ele abre a boca. Olha para o meu rosto marcado por um instante, depois cai aos meus pés.

Outra tentativa de assassinato.

Aperto a adaga em uma das mãos e luto para chegar ao convés. Um vento gelado sopra com a chuva. Congelo e olho para o céu para ver as nuvens pairando tão baixas que parecem poder tocar a gávea, tão negras e ameaçadoras que me sinto como se estivesse olhando para a boca aberta da própria Morte.

– Adelina! – grita um Magiano encharcado, perto da proa do navio, onde se pendura desesperadamente ao cabo das velas.

Ele está apontando na direção em que o navio de Raffaele deve estar. Frenética, olho ao redor do convés. Tudo parece um borrão – uma massa de tripulantes cinzentos lutando contra a tempestade, água por toda parte. Eu giro, como se o homem que tentou me matar pudesse estar atrás de mim.

– Teren! – grito de volta para Magiano. – Ele sumiu! Ele...

No momento em que as palavras saem da minha boca, eu o vejo. Sob o brilho de um raio, vejo Teren caminhando na direção de Magiano. Os pulsos de Teren ainda estão presos em correntes e, enquanto ele se move, elas tilintam ruidosamente. Um suspiro me escapa. *Não*. Grito outra vez e me preparo para atacar com minha energia, mas uma onda enorme bate do lado do navio e cambaleio com o impacto. Uma corda se solta de algum lugar e acerta Magiano com força na lateral do seu corpo – em sua marca que nunca cicatriza.

Magiano se curva em agonia e perde o equilíbrio. Suas mãos agarraram os cabos. Salto para o convés bem na hora em que Teren o alcança. *Teren vai matá-lo*. A ideia me atravessa como um relâmpago – e meus poderes crescem, rugindo para a superfície quando encaro Teren.

Mas Teren pega a corda – e a joga para Magiano com todas as suas forças. Apesar da dor, Magiano consegue pegá-la. Ele balança de volta para o mastro e bate na viga com um baque suave, por pouco evitando ir ao mar. Ele se encolhe no convés, segurando a lateral do corpo.

Tiro a água do olho. Teren acabou de salvar a vida de Magiano?

Ao mesmo tempo, outra onda estoura no convés, inundando-o. Ela joga um dos meus Inquisidores no mar. Tropeço e caio de joelhos. Diante de mim, Teren perde o equilíbrio e cai. Eu me apresso. Em algum lugar no vendaval, Magiano grita para mim.

– Adelina... não!

A água arremessa Teren por sobre o peitoril. *Nós precisamos dele é tudo que consigo pensar. Precisamos de Teren se quisermos viver.* Chego ao peitoril e olho para baixo para ver Teren agarrado à lateral do navio. Suas correntes batem ao vento. Ele olha para cima e me vê.

Deixe que ele se afogue, dizem os sussurros. *Deixe o Submundo levá-lo. Deixe-o afundar. Ele merece.*

Eu hesito, tremendo pelo esforço de ouvir as vozes. Ele *merece*. Por um momento, o pensamento cresce em minha mente e os sussurros vibram como se tivessem vencido. O rosto de Teren se mexe e muda, ondulando com uma ilusão fora de controle, mudando de um rosto humano para o de um demônio irreconhecível, o monstro debaixo de sua pele.

Então me lembro de por que estamos aqui. Estico a mão, fecho-a com firmeza em volta de seu pulso, e puxo com o máximo de força que consigo. Teren sobe lentamente, um passo de cada vez. Seus olhos refletem o relâmpago e a chuva torrencial. *Quando ele estiver de volta a bordo,* penso, *precisaremos proteger seus aposentos com mais rigor.*

– Cuidado! – grita alguém. Olho para cima a tempo de ver Magiano pular em minha direção. Mas é tarde demais – um instante depois, uma onda atinge a lateral do navio como um atirador e sou lançada por cima do peitoril. Tudo o que vejo é uma precipitação de céu negro e mar. Magiano ainda está parado no convés, o braço estendido para mim. Então ele some de vista enquanto a chuva e os respingos do oceano passam por mim. Olho para baixo e vejo o oceano escuro se aproximando.

O Submundo veio te buscar, gritam os sussurros.

Então bato na água. E o oceano me engole.

> Disse o homem ao sol: "Como eu desejo que você pudesse brilhar sua luz em cada dia da minha vida!" Disse o sol ao homem: "Mas só com a chuva e com a noite você poderia reconhecer o valor da minha luz."
> – *Poema domaccano, traduzido por Chevalle*

Adelina Amouteru

O mundo está ensurdecedor e silencioso. Claro e escuro. Penso ver Caldora nas profundezas, suas longas e monstruosas barbatanas cortando a água. O trovão soa abafado por debaixo dessas marés negras. Eu flutuo por um tempo, incerta de onde estou ou se estou mesmo viva. A corrente me arremessa, estou submersa, e meu coração lateja em meus ouvidos. Eu luto para respirar.

Subo à superfície arquejando. Chuva e água do mar se derramam em minha boca aberta. Eu engasgo, tusso e procuro o navio. Ele se agiganta atrás de mim. Tento nadar em sua direção, mas outra onda me engole e sou jogada de volta. Consigo emergir novamente, só para ver o navio afastando-se mais.

– Magiano! – grito. – Violetta!

Contudo minha voz se perde na tempestade. Outra onda me atinge e afundo para as profundezas mais uma vez.

Não vou morrer aqui. Não assim. O pensamento se torna uma batida de tambor que me enche de raiva, e a raiva me fortalece. Obrigo meus membros a continuarem se agitando, forço minha cabeça acima da água mais uma vez. A tempestade ruge com sua fúria acima de mim – raios brilham entre as nuvens e a chuva cai como lençóis sobre mim. Sou engolida por outra onda e, cada vez que volto à superfície, o navio parece mais distante. Começo a perder a sensibilidade em meus membros. A energia do Submundo escorre sob minha pele e desce pela minha garganta. Monstros parecem nadar neste mar, suas grandes silhuetas negras emolduradas pelo azul profundo, que parece se estender para sempre.

Ele sentirá minha falta? Imagino o rosto de Magiano, contorcido de medo enquanto me observava cair no mar. *Ele está em segurança?*

Violetta vai sentir minha falta?

Então, uma mão. Os dedos são ásperos, as unhas se cravam em minha carne, o aperto tão forte que acho que meus ossos vão se quebrar. Abro a boca para gritar, mas o esforço é silencioso no mar. Através da escuridão, vislumbro olhos selvagens, brancos, loucos e um brilho de cabelo louro. *Teren*. É Teren na água, lutando ao meu lado para subir, me puxando pelo braço.

Nós rompemos a superfície no meio da tempestade. Eu arquejo, engasgando com a água do mar – através de uma neblina embaçada de chuva, vejo nosso navio adernando a várias dezenas de metros de distância. Dos mastros, Magiano aponta, ordenando que os outros nos procurem nas águas. *Estou aqui.* Tento acenar, mas o mar engole meu braço.

– Não é invencível afinal, lobinha? – grita Teren.

Ilusões escurecem o mundo ao redor. Estou lutando para respirar na Torre da Inquisição e Teren segura sua espada pressionada contra minha garganta. Ele vai me matar; ele vai me abrir com sua espada. Uma onda de terror selvagem se aloja em minha garganta – e eu entro em pânico, lutando para me afastar dele.

Teren resmunga e só aperta meu braço com mais força. Tenho uma vaga consciência do oceano que nos rodeia. Outra onda bate contra nosso corpo, e água do mar invade minha boca. Eu cuspo. *Ele está afogando você*, gritam os sussurros. Qualquer outra pessoa teria me largado em um mar tão feroz, mas Teren – ainda de posse de seus poderes – consegue ficar preso a mim como um grilhão.

– Solte-me – gaguejo, lutando cegamente contra Teren. O cheiro penetrante de sangue enche de repente minhas narinas, e percebo que é de seus pulsos, espalhando um tom de escarlate ao nosso redor. Em algum lugar à frente, a silhueta do nosso navio se aproxima. Estamos chegando perto.

– Eu gostaria de poder fazer isso – dispara Teren, respingando veneno. – Não há nada que eu gostaria mais de ver do que você no Submundo, Adelina.

Suas palavras provocam minha fúria. *Ele nunca teve a intenção de terminar esta viagem com você.* Teren aperta meu braço com tanta força que eu grito de dor. Ele está nos puxando para o navio, seu rosto em uma determinação sombria.

Então o ouço gritar:

– Mas não vou.

Mas não vou. Minha fúria vacila, transformando-se em perplexidade.

Estamos muito perto do casco de nosso navio agora, tão perto que Magiano nos vê. Posso ouvi-lo gritar mais alto que o vento, seu braço apontando para onde estamos. Teren acena de volta para eles e enquanto a tripulação se agita no convés, sinto um súbito movimento na água abaixo de mim. Um turbilhão o afasta e, por um instante, uma cratera se forma no mar ao nosso redor. O vento nos suspende. Assustada, olho na direção do navio de Raffaele, que surge atrás do nosso. Lucent está em cima dos mastros, braços estendidos em nossa direção. O vento fica mais forte, e o mundo desvanece à medida que somos elevados mais e mais alto, por cima do peitoril do convés do navio, um funil de água do mar chovendo no navio ao subirmos.

Então caímos. Bato no convés com força suficiente para perder o ar. Teren finalmente solta meu braço, e subitamente me sinto mais leve sem seu aperto de ferro em mim. Inquisidores se aglomeram ao nosso redor. Magiano, ainda segurando o lado ferido de seu corpo, grita por cobertores. No meio deles, vejo o rosto de Violetta. Braços quentes envolvem meu pescoço frio, e sou puxada para a frente, assustada, em um abraço. Seu cabelo cobre meu ombro.

– Achei que tínhamos perdido você – diz ela, e eu me pego passando os braços em volta de minha irmã em retorno, antes mesmo de perceber o que estou fazendo.

Ao meu lado, Inquisidores cercam Teren, forçando seus braços nas costas novamente. Ele me olha com o rosto encostado contra o chão. Seus lábios ainda estão torcidos em um sorriso torto. Seus olhos pulsam com algo instável.

Olho para ele, tentando compreender o que ele fez. *Salvou Magiano de cair ao mar. Depois* me *salvou*. Ele está levando esta missão a sério, por mais que nos odeie.

– Talvez da próxima vez – me diz com aquele sorriso – você não tenha tanta sorte.

> Laetes não tinha nem uma única moeda em seu nome – mas isso não importava. Tal encanto exalava, tal alegria trazia a cada transeunte que conhecia que o convidavam a entrar em suas casas, lhe davam pão e guisado, protegiam-no de ladrões e vagabundos, passando pela fronteira entre Amadera e Beldain sem danos.
> – Queda e Ascensão de Laetes, *por Étienne de Ariata*

Adelina Amouteru

O Inquisidor traidor era um novo recruta de Dumor. Depois de uma dica de Teren e de uma breve caçada a bordo do navio, Magiano trouxe todos os membros da nossa tripulação diante de mim no convés superior, onde eles estremeceram e se enrijeceram aos meus pés. Magiano quase nunca tem um semblante de raiva fria em seu rosto – mas tinha nessa ocasião, as pupilas de seus olhos tão fendidas que pareciam agulhas.

Eu poderia matar essa tripulação, se eu quisesse. Eu poderia ter seu sangue cobrindo o convés deste navio ao anoitecer.

Mas não posso me dar ao luxo de fazer uma coisa dessas. Não haveria pessoas suficientes para guiar o navio, nem para nos proteger, se eu me livrar de todos eles. Então, em vez disso, mostrei-lhes o cadáver do aspirante a assassino. Então ordenei que fosse lançado ao mar sem cerimônias.

– Que isso seja um aviso para aqueles de vocês que ainda querem me desafiar – falei, a cabeça erguida. – Alguém mais?

Apenas o silêncio me recebeu, seguido pelos sussurros na minha cabeça. Eles pareciam estar se divertindo.

É só uma questão de tempo, não é, Adelina, antes de pegarem você.

É estranho ver o oceano tão calmo esta noite, quando apenas horas antes nossos navios tinham sido quase devorados pelas ondas.

Sento-me encolhida em uma cadeira, enrolada em cobertores, mesmo depois de ter tomado o banho mais quente possível, tremendo com uma caneca de chá amargo. Para minha irritação, minha mente continua em Violetta. Depois de sua súbita exibição emocional no convés, ela voltou ao seu silêncio habitual, tensa na minha presença, embora tenha me lançado um olhar preocupado antes de se retirar para seus aposentos. Não sei o que fazer com isso, mas estou cansada demais esta noite para pensar no assunto. Agora só vejo Magiano, perto da escotilha mais próxima, enquanto Teren está encolhido em sua cadeira, silenciosamente comendo sua ceia.

Ele ainda tem correntes nos pulsos e dois Inquisidores ao lado – todavia as correntes não restringem muito seus movimentos, permitindo que ele coma livremente. Seus pulsos também estão enfaixados com pano limpo e há um cobertor em torno dele. Parece praticamente ileso, apesar de nossa provação no oceano. Suponho que seus poderes ainda não o tenham abandonado.

– Por que você me salvou? – pergunto a Teren, minha voz quebrando o silêncio.

– Provavelmente pela mesma razão que aquela Punhal salvou nossa vida. A Caminhante do Vento, não foi? – Teren não se preocupa em erguer os olhos do prato enquanto fala. É sua primeira refeição quente e digna em muito tempo, e ele parece a estar saboreando.

– E qual é a razão?

– Como você disse, só estou aqui para realizar os desejos dos deuses. E serei condenado se suas ações tolas tornarem esta viagem sem sentido.

Deixe que ele a mantenha segura. Meus sussurros estão surpreendentemente calmos esta noite, talvez subjugados pelas ervas que Magiano misturou ao meu chá. Aceno com a cabeça para Teren.

– Tirem as correntes dele – ordeno aos Inquisidores de pé ao seu lado.

– Vossa Majestade? – responde um deles, piscando.

– Preciso repetir? – rosno. O Inquisidor empalidece com meu tom, então se apressa para cumprir minha ordem. Teren me olha enquanto suas correntes caem, aterrissando com um forte baque no chão. Então ele dá uma risadinha. O som é familiar, e aguça minha memória.

– Confiar em mim – murmura Teren – é um jogo perigoso, mi Adelinetta.

– Estou fazendo mais do que isso – respondo. – Pelo resto desta viagem, *você* será meu guarda pessoal.

Com isso, os olhos de Teren brilham de surpresa e raiva.

– Não sou seu lacaio, *Majestade*.

– E eu não sou Giulietta – rebato. – Você poderia ter me matado a bordo do navio, quando se libertou. Você poderia ter me afogado no oceano. Mas não fez nada disso. E isso torna você mais confiável do que minha própria tripulação. É claro que não posso confiar em todos os meus homens, e, pelo menos desta vez, temos os mesmos objetivos. Assim, pelo resto desta viagem, *você* será meu guarda pessoal. Isso atende aos interesses de nós dois.

A menção de Giulietta, como sempre, parece atingir Teren. Ele se encolhe, depois volta para a comida.

– Como quiser, Majestade – responde. – Suponho que veremos como nos saímos juntos.

Eu respiro fundo.

– Tudo isso acabará logo – digo. – E o seu dever para com os deuses será cumprido.

Teren pousa seu prato. Trocamos um olhar demorado.

Finalmente, ele se levanta da cadeira e se vira para um dos Inquisidores. O homem engole em seco enquanto Teren pega a bainha de sua espada e a arranca do cinto. Teren olha para Magiano, depois para mim.

– Vou precisar de uma arma – murmura, erguendo a espada no ar antes de sair da cabine.

Não percebo como sua presença me deixa tensa até que sai do cômodo. Meus ombros relaxam em sua ausência.

– Eu vou ficar de olho nele – diz Magiano, se aproximando e oferecendo sua mão para eu me apoiar enquanto me levanto. – Um ato heroico não torna um homem digno de confiança. E se ele decidir virar sua espada contra você?

Sigo Magiano para fora da cabine principal e viro no corredor em direção a nosso quarto.

– Você não pode me vigiar o tempo todo – respondo, cansada. – Confiar em Teren é melhor do que me deixar à mercê de qualquer outro rebelde que possa estar a bordo.

Magiano aperta os lábios, mas não discute. Seus olhos buscam meu rosto, parando por um instante em minha cicatriz. Suas tranças estão amarradas em uma confusão grossa, despenteadas de exaustão, e a luz das lanternas do corredor realça o brilho dourado em seus olhos.

– Você não está bem esta noite – diz ele baixinho.

Antes que eu possa responder, os sussurros sibilam novamente, lutando contra o chá de ervas, e eu esfrego as têmporas numa tentativa de aliviar minha dor de cabeça.

Magiano pega minha mão e me leva para dentro de meus aposentos.

– Venha – diz ele.

Sigo-o até a cama, onde me sento com cautela, enquanto ele vai à escrivaninha, acende uma vela e me prepara outra xícara de chá. Do lado de fora da minha escotilha, uma estranha lamentação ecoa pelo oceano. Permaneço imóvel na cama por um tempo e escuto. É um som baixo e persistente, como o murmúrio de um fantasma no vento, e, enquanto continuo a ouvir, sinto-o vindo da direita, debaixo das ondas. Minha energia treme com o chamado, mesmo que algo pareça familiar, até conhecido, aos meus ouvidos. Este é um som do Submundo.

As sombras nos cantos dos meus aposentos parecem se dobrar e mudar, mesmo com Magiano a poucos metros de distância. Devo estar alucinando de novo, minhas ilusões saindo do controle. As sombras se transformam em formas com garras e dentes, minúsculos globos oculares vazios e, enquanto observo, as formas vão se focando até que seus rostos assumem as características de pessoas há muito desaparecidas. Elas lutam para rastejar para fora das sombras e para o luar que pinta os pisos. Eu me afundo mais na cama, tento ignorar o som lá fora, e puxo meus cobertores até o queixo. Tenho que encontrar uma maneira de recuperar o controle sobre os fios da minha energia. Tento respirar profundamente – inspirando e expirando.

O lamento lá fora enfraquece, depois ganha força, e em seguida enfraquece novamente. Depois de um tempo, mal posso ouvi-lo. As sombras contra as paredes perdem suas formas ameaçadoras, estabelecendo-se em uma escuridão plana.

– Adelina – murmura Magiano. Eu nem sequer tinha notado que ele se aproximara e sentara na beira da minha cama. Estende uma caneca para mim.

Eu a pego, aliviada.

– Você ouviu o lamento? – pergunto.

Ele se inclina e olha cuidadosamente para fora da escotilha, sua mão apoiando seu lado marcado. Se as luas fossem novas hoje, o oceano seria uma massa negra, refletindo apenas um céu cheio de estrelas. Mas hoje à noite as nuvens de tempestade desapareceram, a água está iluminada e, quando olhamos, vejo espirais de água criadas por um bando de baliras nadando.

– Nunca ouvi um uivo assim antes – digo enquanto elas passam.

– Eu as ouvi há várias noites – responde Magiano. – Raffaele me disse que ouviu também, quando chegou a bordo do nosso navio. É o som de uma balira agonizante envenenada por esta água.

Suas palavras apertam meu coração. Olho pela escotilha outra vez para ter uma visão dos últimos animais nadando por ali, até que não reste nada além de triângulos de ondulações em seu rastro. *Deixe-as morrer*, dizem os sussurros. *Quando tudo estiver feito, você pode virar as costas para eles. Para todos. Fuja com seus poderes. Você não pode desistir deles.*

Sim, eu poderia fazer isso. Vou esperar até chegarmos ao encontro de Amadera e Beldain, e começar a navegar em direção ao norte. Então Magiano e eu podemos voltar para Kenettra. Balanço a cabeça, franzindo a testa, e bebo mais um gole do chá de ervas. Violetta voltaria comigo? Posso partir sem ela? Abandonarei os outros? Fico imóvel, concentrando meus pensamentos em seguir com este plano. Imagino-me voltando para meu país e para meu trono. Eu me obrigo a ficar feliz com isso.

Imagino Raffaele e Lucent, que salvaram minha vida, e depois Teren, que se voltou contra todas as crenças que ele tem para fazer o que pensa ser certo.

Magiano olha para mim. Seu corpo está pressionado contra o meu, sua pele quente e cheia de vida.

– Eu tenho medo – finalmente sussurro para ele. – Todos os dias, acordo pensando se este será ou não o último dia em que vou viver na realidade. – Eu olho para ele. – Ontem à noite, meu pesadelo voltou. Durou mais tempo do que nunca. Mesmo agora, quando você estava de pé tão perto, eu podia ver as sombras nos cantos, estendendo suas garras em minha direção. Mesmo neste exato momento. Minhas ilusões estão ficando mais fortes, saindo completamente do meu controle. – Faço uma pausa enquanto os sussurros me repreendem por falar contra eles.

Este garoto vai trair você, assim como todos os outros. Ele está aqui pela bolsa de ouro que você lhe dá. Ele vai desaparecer no instante em que você chegar a terra, indo procurar melhores companheiros.

– Então é melhor encontrarmos uma forma de consertar isso – responde Magiano, seu olhar voltado para mim. Suas palavras soam como brincadeira, mas sua voz é grave, o rosto sério. – Não vai ser assim para sempre.

Nenhuma resposta me vem aos lábios. Depois de um tempo, descanso minha mão sobre a dele.

– Você ainda está com dor.

– É só minha velha ferida agindo de novo – responde ele rapidamente. – Mas estou decaindo mais lentamente do que você, meu amor. Posso aguentar.

– Deixe-me ver – murmuro baixinho. – Talvez você precise enfaixá-la.

Primeiro, Magiano se afasta; mas quando lhe lanço um olhar aguçado, ele suspira e cede. Ele se desloca um pouco para virar as costas para mim, e então levanta a mão e puxa a camisa sobre a cabeça, expondo o tronco. Meu olhar vai direto para a enorme marca na lateral. Ela se estende da parte inferior das costas até a parte de cima de seu peito. Mordo o lábio. Hoje à noite, parece inchada, vermelha e irritada da pancada no mastro.

– Talvez Raffaele possa dar uma olhada amanhã – digo, franzindo a testa. Meus pensamentos voltam-se para os sacerdotes da infância de Magiano, os que fizeram essa ferida tentando cortar a marcação em sua pele. A imagem faz minha raiva ferver.

– Estou bem. Não se preocupe.

Encontro seu olhar. Ele parece vulnerável e gentil, com suas pupilas redondas e escuras.

– Magiano, eu... – começo a dizer, então paro, insegura.

Mesmo depois dos beijos que trocamos, de nosso encontro na casa de banho, nunca confessei meus sentimentos por ele. *Não, garota tola. Ele só usará isso contra você.* Mas decido continuar:

– Talvez não voltemos dessa viagem. Nenhum de nós. Podemos todos acabar com nossas vidas quando chegarmos ao fim disso, e nunca saberemos se nosso sacrifício melhorou alguma coisa.

– *Vai* melhorar – responde Magiano. – Não podemos simplesmente morrer, não sem tentar. Não sem lutar.

– Você realmente acredita nisso? – pergunto. – Por que estamos fazendo isso, afinal? Para preservar minha própria vida e a sua... mas o que o mundo já fez por nós para merecer nosso sacrifício?

As sobrancelhas de Magiano arqueiam por um momento, então ele se inclina para mais perto.

– Nós existimos porque este mundo existe. É uma responsabilidade nossa, não importa se alguém vai ou não se lembrar. – Ele acena com a cabeça para mim. – E eles vão. Porque vamos voltar e nos certificar disso.

Ele está perto o suficiente agora para que eu possa sentir sua respiração contra meus lábios.

– Você é tão cheio de luz – digo depois de um momento. – Você se alinha com a alegria, e eu com o medo e a fúria. Se você pudesse ver meus pensamentos, certamente se afastaria. Então por que ficaria comigo, mesmo que voltássemos para Kenettra e retomássemos nossa vida?

– Você me pinta como um santo – murmura ele. – Mas eu me alinhei com a ganância só para evitar isso.

Mesmo agora, ele consegue fazer meus lábios tremerem em um sorriso.

– Estou falando sério, Magiano.

– Eu também. Nenhum de nós é santo. Eu vejo sua escuridão, sim, e conheço sua luta. Não vou negar. – Ele toca meu queixo com uma das mãos. A esse gesto, os sussurros parecem se assentar, indo para longe, onde não posso ouvi-los. – Mas você também é passional, ambiciosa e leal. Você é mil coisas, mi Adelinetta, não apenas uma. Não se reduza a isso.

Olho para baixo, sem saber o que sentir.

– Nenhum de nós é santo – repete Magiano. – Todos nós podemos fazer melhor.

Todos nós podemos fazer melhor. Eu me inclino para ele. Cada fibra do meu corpo anseia manter este garoto seguro, sempre.

– Magiano... – começo a dizer. – Eu não quero deixar este mundo sem nunca ter estado com você.

Magiano pisca uma vez. Ele procura meu rosto, como se tentasse entender o verdadeiro significado de minhas palavras.

– Estou com você agora – cochicha.

– Não – digo calmamente, levando meus lábios aos dele. – Ainda não.

Magiano sorri. Ele não diz nada. Em vez disso, se inclina para a frente e cobre o espaço entre nós, pressionando os lábios nos meus. A luz em sua energia inunda meu interior, afastando para longe as sombras escuras e substituindo-as por calor. Mal consigo respirar. Arquejo quando ele toca minhas costas e me puxa mais forte para ele. Seu movimento me faz perder o equilíbrio, e eu caio para trás na cama, trazendo-o comigo. Magiano cai em cima de mim. Seus beijos continuam, seguindo a cavidade do meu pescoço. Seus dedos puxam as cordas do meu corpete e elas se soltam. Ele o puxa por cima da minha cabeça e o joga aos pés da cama. Minha pele está nua contra a dele, e percebo que estou tremendo.

Magiano faz uma pausa por um momento para me olhar, procurando um sinal de minhas emoções. Observo seu rosto na escuridão.

– Fique comigo – sussurro. – Esta noite. Por favor. – As palavras ditas em voz alta de repente me assustam, e eu me afasto, me perguntando se eu deveria ter me aberto a ele assim. Mas a ideia de dormir sozinha, cercada por minhas ilusões, é demais para suportar.

Ele toca meu cabelo com uma das mãos, alisa os fios, olha para o lado esquerdo do meu rosto. Beija a cicatriz com delicadeza. Seus lábios tocam minha testa, depois minha boca. E então, como se ele me entendesse melhor do que qualquer pessoa no mundo, cochicha:

– Isso vai tornar esta noite um pouco menos escura.

> Naquela noite, ele sonhou com um lugar cheio de pilares, branco-prateado, chegando até o céu. E naquela manhã os soldados de seu inimigo atravessaram os portões internos.
> – *Trecho do* Réquiem dos Deuses, *vol.* XVII, *traduzido por* Chevalle

Adelina Amouteru

Nenhum sussurro se esconde em minha mente. Minha energia é muito tranquila. Não tenho pesadelos. Remexendo-me quando a pálida luz do amanhecer entra em meus aposentos através da escotilha, eu meio que espero que a noite passada não tenha sido apenas uma ilusão... Mas Magiano ainda está aqui, sua pele macia e morena pressionada contra a minha, sua respiração suave e ritmada no sono.

Eu me estico contra ele, um sorriso genuíno nos lábios. O ar é frio, e eu gostaria de poder ficar aninhada para sempre sob estes cobertores grossos. As lembranças da noite juntos ainda permanecem, a respiração quente de Magiano no meu pescoço, ele sussurrando meu nome, sua inalação aguda. Quando o conheci naquela noite em Merroutas, ele parecia uma figura misteriosa, invencível, um garoto selvagem com um cabelo bagunçado e um sorriso de mercúrio. Agora, parece tranquilo. Vulnerável. Seus dedos permanecem entrelaçados com os meus, segurando firme mesmo enquanto dorme. Observo seus longos cílios. Por um momento, me pergunto o que ele viu nas memórias que Raffaele descobriu durante seu teste.

Todos os dias, avançamos mais para o norte. Todos os dias, o ar fica mais frio. Logo tenho que colocar uma capa pesada e botas resistentes a cada vez que subo para o convés. Magiano parece desconfortável aqui, neste clima gélido. Seu sangue é mais fino que o meu, e sua ascendência das Terras do Sol se faz mostrar em sua carranca profunda.

Esta manhã, quando vemos as primeiras sugestões de terra no horizonte, ele se junta a mim no convés com dois mantos bem apertados ao redor de seu pescoço. Seu braço roça o meu.

– Por que a origem dos Jovens de Elite não pode ser em um paraíso tropical? – reclama.

Mesmo agora, olhando para este oceano sombrio, escuro, tenho que sorrir diante de suas palavras. Ele compartilhou meus aposentos todas as noites desde a primeira vez juntos e, como resultado, os sussurros ficaram mais silenciosos nas últimas semanas. Mas agora que nos aproximamos das Terras do Céu, as vozes voltaram com força.

– Chegaremos a Beldain hoje, pelo menos. Ficarei feliz de voltar a pisar em terra firme – afirmo.

Magiano resmunga. Pergunto-me de que pobre soldado ele roubou a segunda capa.

– Pequenas vitórias – concorda.

Ali perto está Teren, que observa a terra se aproximando sem uma palavra. Ele não nos causou nenhum problema durante as semanas em que ficou sem correntes e, fiel à sua nomeação, se manteve perto de mim, uma das mãos sempre no punho de sua espada. No entanto, as novas bandagens brancas em torno de seus pulsos estão vermelhas novamente. Suas feridas são persistentes.

Um barulho de vozes atrás de mim chama minha atenção. Violetta fala em sussurros com Raffaele enquanto se sentam juntos em pilhas de carga, apontando para a faixa de terra crescendo diante de nossos olhos. Eu os observo por cima do ombro. Raffaele juntou-se a nós logo após meu acidente ao mar e tem estado conosco desde então. Violetta aos poucos relaxa perto de mim, desde aquela noite, mas ainda mantém distância e confia em Raffaele mais do que em mim. Ela se inclina pesadamente contra ele e treme, seus lábios secos e rachados. Sua voz está mais fraca do que nunca, e suas bochechas estão fundas demais agora, resultado de seu parco apetite. Vê-la faz minha energia se agitar sombriamente, não com raiva, mas com tristeza.

Queria que fosse a mim que ela procurasse para confortá-la.

– Você disse que os beldaínos nos encontrariam aqui com suas próprias tropas – grito para Raffaele. – Não vejo bandeiras beldaínas em nenhum dos navios no horizonte. – Faço uma pausa para acenar para o porto que se aproxima. – Alguma notícia da rainha Maeve?

– Ela estará aqui – responde Raffaele. Como Magiano, ele tem um ar de infelicidade, e se enrola mais em seu manto pesado. Ele não deve ter gostado de passar semanas em Beldain na última vez em que fugiu para cá. – Mas temos que sair rapidamente desta cidade.

– Que cidade é esta?

– Laida, uma das cidades portuárias mais populosas de Amadera. – Raffaele junta seu cabelo preto em um rolo grosso em um ombro. – Rumores dizem que os Saccoristas têm uma base aqui e podem estar esperando por você.

Sorrio amargamente para ele, então teço uma ilusão de seu rosto sobre o meu. Raffaele pisca de surpresa por um momento antes de se acomodar em seu mar de calma.

– Eles podem ter dificuldade de me encontrar – respondo.

Raffaele me dá um sorriso apertado em troca.

– Não subestime seus inimigos, Majestade – diz ele.

Arqueio uma sobrancelha para ele. Com a minha raiva se remexendo, os sussurros despertam. *Ah, sim. Você sabe disso melhor do que ninguém, não é?*

– Isso é uma ameaça, Raffaele?

Minhas palavras trazem um silêncio teimoso entre nós. Raffaele balança a cabeça, então me lança um olhar grave.

– Você está procurando conflitos nos lugares errados, Majestade – responde.

Não digo nada. Em vez disso, me volto para o mar e tento controlar minhas emoções. Ao meu lado, Magiano pressiona a mão em meu braço. *Fique firme*, parece dizer. Mas mesmo ele não pode manter os sussurros ao longe para sempre.

Talvez eu esteja piorando, assim como Violetta.

O porto está cheio de navios de todas as cidades e nações, e suas bandeiras formam um arco-íris na baía, refletido nas águas. Nossas próprias bandeiras estão escondidas sob uma ilusão, imitando uma bandeira amaderana, e, para meu alívio, ninguém parece nos dar atenção. Quando nossos dois navios atracam, respiro fundo e olho para o cais movimentado. O sal do mar e o cheiro de sangue e peixe impregnam o ar. As gaivotas circundam o céu acima de nós, mergulhando para buscar as tripas jogadas na água. Grupos de homens com barba pesada carregam o que parecem martelos afiados pendurados nas costas e rolos de cordas em torno dos ombros. Mulheres de pele e saia grossa se amontoam ao longo dos vários píeres, cozinhando ensopados em pequenas fogueiras. Elas seguram tigelas e moedas amaderanas, gritando em uma língua estranha que não consigo entender. As pessoas aqui são grandes e robustas, tão pálidas que sardas destacam-se em sua pele. Apenas Lucent se mistura completamente, e Teren parece aceitável com seus olhos claros e cabelos louros. Mesmo que meus Inquisidores e companheiros não estejam vestidos com sedas kenettranas, atraímos alguns olhares para nossas figuras mais magras, de pele mais escura.

Você está em terra inimiga, os sussurros me lembram. *Você se lembra das histórias das guerras civis de Amadera? Quando o povo aristano conquistou os salanos, levaram tudo com eles: suas joias; sua honra; e seus filhos, às vezes diretamente do útero. O que eles vão fazer com* você, *quando descobrirem quem você é?*

Raffaele afirma que Maeve vai nos encontrar aqui, mas ainda não há sinal da rainha beldaína e de seus homens. À medida que descarregamos alguns de nossos suprimentos em um cavalo, teço mudanças em minha aparência – clareio minha pele, pontilho meu nariz com sardas, enrolo meus cabelos, escondo minha cicatriz. Responder rispidamente a Raffaele não significa que não levo suas palavras a sério. Se os Saccoristas estiverem aqui, então encontrarão uma maneira de nos procurar na cidade. Quando termino meu disfarce, trabalho em alterar a aparência de Magiano, Raffaele e Violetta.

– Deixe os outros – diz Magiano calmamente para mim quando nos preparamos para deixar os píeres. Ele sutilmente gesticula para onde nossos Inquisidores e soldados tamouranos esperam. – Vamos continuar daqui para encontrar a rainha Maeve.

Ele tem razão, é claro – ter uma patrulha de soldados atrás de nós chama muita atenção, mesmo em uma movimentada cidade portuária. Eu concordo com a cabeça.

– Vamos sozinhos – respondo.

Mas, à medida que avançamos com os Punhais, eu me vejo temendo o ar aberto às minhas costas. Os sussurros só alimentam minha paranoia, fazendo silhuetas negras aparecerem e sumirem na multidão. *Você é caçada aqui, lobinha. Como se sente sendo a presa?* Apenas saber que Teren anda ao meu lado me lembra de que ele está, pelo menos, pronto para me defender. Magiano também está por perto.

Trinco os dentes e sigo Raffaele. Deixe-os vir. Já cortei gargantas antes, e posso fazer isso de novo.

Violetta está fraca demais para andar por muito tempo, então a primeira parada que fazemos é para comprar um cavalo para ela. Ela descansa suas costas de olhos fechados. Clareio o cabelo dela até que a ilusão dele pareça vermelha. Ela está tão doente agora que sua pele é quase tão pálida quanto a de um nativo das Terras do Céu. Ela não se mexe enquanto nós caminhamos para dentro da cidade.

Magiano cheira o ar enquanto passamos por altos prédios de pedra de cal, com janelas minúsculas cobertas de cortinas.

– Você está sentindo esse cheiro? – pergunta.

Estou. Cheira a ovos cozidos, bem como algo picante e azedo, como uma planta triturada que uma vez comi nos portos de Dalia, em Kenettra. Meu estômago ronca. De repente estou cansada das semanas de carne seca e pão velho a bordo do navio.

– Cheira a café da manhã – respondo, virando na direção dos aromas. – O que cairia bem.

Magiano sorri para mim. Ao fazer isso, seu rosto de repente se transforma em um diferente – o de meu pai, escuro e sorrindo, as linhas duras de suas rugas profundas e proeminentes. Eu suspiro, depois me viro e fecho o olho. *Agora não*, repreendo-me enquanto minha energia incendeia-se com o medo. Não posso perder o controle de minhas ilusões no meio desta rua lotada.

– Você está bem? – murmura Magiano. Quando reúno coragem para me virar para ele outra vez, voltou a ser ele mesmo.

Meu coração bate fraco em meu peito. Endireito meus ombros e tento esquecer as imagens.

– Não se preocupe – digo. – Estou impaciente para encontrar os beldaínos.

Ali perto, Violetta franze o cenho, preocupada, mas não diz nada. Raffaele diminui o ritmo para caminhar ao meu lado. Ele balança a cabeça na direção em que a cidade enfim termina.

– Suas ilusões – diz ele. – Para nos disfarçar. Estão esgotando você, não é?

A energia em meu peito tensiona enquanto continuamos seguindo pela cidade. Gostaria que não houvesse tantas pessoas aqui. As constantes mudanças de seu movimento, cores e formas tornam difícil manter a ilusão sobre mim e os outros.

– Eu vou ficar bem – murmuro para Raffaele.

– Estamos perto da origem, chego a sentir sua ligeira atração. Lembre-se, tudo está interligado. – Ele balança a cabeça e franze o cenho. – Essa energia perturbará todas as nossas. Seja cuidadosa.

Só agora vejo que há certa tensão no rosto de Raffaele também, como se a fonte de sua exaustão não fosse apenas a nossa viagem. Olho em volta, me perguntando quem mais está sentindo os efeitos. Magiano parece estar bem, além de seu humor azedo, mas o rosto de Violetta parece esgotado, e Lucent está estranhamente silenciosa.

Enquanto seguimos, continuo a afastar pedaços de ilusões. O céu parece escurecer, e um peso paira sobre a cidade. Rostos mascarados aparecem e desaparecem de becos estreitos por que passamos, o brilho de prata me lembrando de como eram os Punhais antigamente. Os sussurros se agitam, surgindo nos cantos das ruas e nas sombras das varandas.

Por que não abandona essa jornada, Adelina?, dizem eles. *Volte para Kenettra. Volte e governe seu império.* Desvio meu olhar e tento manter a concentração à minha frente. *É uma boa ideia.* Afasto o pensamento da mente. Estamos todos cansados, e quanto mais cedo pudermos ter uma boa noite de descanso, mais forte nos sentiremos pela manhã. Talvez Maeve nos encontre até lá.

Mas e se ela não nos encontrar? E se ela enviar tropas para nos atacarem? E se ela não tiver interesse em se unir a nós nesta jornada? Raffaele deve acreditar nela de boa-fé, que ela virá porque ama Lucent, mas isso é tudo. Olho para o meu lado onde Lucent anda em silêncio. E se essa é a forma de Maeve buscar vingança pelo que fiz à sua marinha, retirando-se e tornando nossa jornada inútil?

Isso é o que eu faria, se fosse ela. Então por que ela não escolheria isso também?

Saímos da estrada principal e descemos por um caminho estreito com degraus, seguindo ao redor de uma colina em direção à taverna. À medida que passamos por um pequeno beco transversal, os rostos mascarados aparecem e desaparecem. Ao meu lado, Magiano franze o cenho, enrijece e estica o pescoço para o beco para dar mais uma olhada.

– Você viu alguma coisa? – pergunto.

Magiano assente, seu olhar ainda no beco pelo qual passamos.

– Um brilho prateado – diz depois de um momento. – Como uma máscara. – Ele encontra meu olhar. Meu estômago revira.

Não era apenas uma ilusão criada por mim.

De repente, Raffaele para. À nossa frente há várias pessoas de pé, bloqueando o caminho. Mesmo que minhas ilusões permaneçam no lugar, parecem reconhecer que não somos locais. O líder deles sai da multidão. Este homem não parece ser das Terras do Céu – sua pele é marrom-clara, e seus olhos são profundos e escuros. Ele ergue uma faca em uma das mãos.

– Então – diz. – Uma trupe estrangeira que atravessa nosso território.

Os sussurros aumentam em minha cabeça.

– Não queremos problemas, senhor – consigo dizer, mantendo o queixo erguido e a voz calma, trabalhando para manter estáveis as ilusões que teci sobre nosso rosto.

O homem acena com a cabeça para mim.

– De onde você é?

Mate-o. Faz tanto tempo. Vai ser tão fácil. As vozes são persuasivas. Eu poderia envolvê-lo em agonia agora, fazê-lo acreditar que estou arrancando seu coração do peito. Mas não posso me dar ao luxo de fazer isso aqui, não sem saber se há mais deles além desta rua estreita, e não com Violetta tão doente.

Magiano me salva de responder, mostrando ao homem um sorriso cheio de dentes brancos.

– De um lugar muito mais amigável do que esta cidade, posso lhe garantir – declara. – Você cumprimenta todos os estrangeiros que passam com facas? Isso deve tomar muito do seu tempo.

O olhar do homem se aprofunda, mesmo quando ele nos olha em dúvida. Raffaele se junta a Magiano.

– Temos uma amiga que está muito doente – diz ele, acenando com a cabeça para Violetta. – Pode nos dizer onde fica a estalagem mais próxima?

O homem permanece em silêncio. Mais de seus homens vieram atrás de nós agora, pessoas que eu tinha tomado como vendedores de peixes e transeuntes, reunidos nos degraus para bloquear o caminho por onde viemos. Há medo no ar, aguçado e sombrio, gritando para mim – e eu tenho fome de gritar de volta, agarrar os fios ao nosso redor e tecer. A ilusão da minha aparência vacila por um instante.

O homem estreita os olhos para mim.

– Eles disseram que você estaria disfarçada, Loba Branca. Sabemos que você é a rainha Adelina de Kenettra.

Pisco em falsa surpresa.

– O quê? – respondo, mantendo minha voz surpresa. – Nós viemos de Dumor para...

O homem me interrompe com uma risada.

– Dumor – responde. – Você quer dizer de um de seus estados fantoches.

Magiano desembainha duas de suas armas. Suas pupilas se estreitaram em fendas e seu corpo está tenso. Perto de Raffaele, Teren está de pé com a espada meio esticada, pronto para atacar. Pela primeira vez, estou grata por tê-lo conosco.

Não faz sentido arrastar isso por mais tempo. Basta.

— Deixe-nos passar – digo, avançando. Minha raiva está começando a crescer e essa energia se torna minha defesa. – E vamos poupar a vida de seus homens.

O grupo se agita. O líder saca uma segunda faca do cinto. Sob sua fachada de coragem, posso sentir as marés de terror. Ele está com medo de morrer hoje.

— Pelas Terras do Mar – sussurra. – Pelas Terras do Sol.

Então ele dá um aceno de cabeça, e seus homens avançam sobre nós de ambos os lados.

Magiano se move tão rápido que mal o vejo pular para a luta. Suas adagas brilham, prateadas, na luz. Diante de nós, Teren se joga sobre dois dos primeiros homens com um grunhido furioso, desencadeando sua raiva reprimida sobre eles. Ele os corta facilmente.

— Ande! – Raffaele dispara, nos apressando. Nós avançamos enquanto Teren abre uma brecha. Mas a rua estreita continua se enchendo de mais pessoas, forçando-nos a parar outra vez. Quantos deles há aqui? Eles devem estar esperando nossa chegada há meses. O cavalo de Violetta pula no meio do caos, solta um guincho e a derruba de suas costas. Lucent a pega – por pouco – com uma cortina de vento. Violetta cai nos degraus e, instintivamente, eu a empurro para trás de mim e a protejo contra a parede. Ela está acordada agora, seu corpo tremendo como uma folha.

Um dos homens se agarra a ela, mas Lucent ataca com a espada, cortando-o no estômago. Diante de nós, Teren abre o caminho, ignorando o crescente número de pessoas chegando. Lâminas o atingem, cortando sua carne, mas ele parece não notar os ferimentos, seu corpo pouco a pouco, com esforço, tenta curar cada golpe. Agora fica evidente que ele se cura bem mais devagar do que me lembro. Atrás de nós, Magiano salta contra a parede do prédio e se retorce no ar, cortando um homem na garganta e outro no peito. O cheiro de sangue e medo enche os meus sentidos, e sinto as vozes se alimentando na escuridão, cada vez mais altas, fortalecendo-me mesmo enquanto me afastam do que posso controlar. Cambaleio para a frente, tentando evitar a onda de ilusões que ameaçam me dominar. Os sorrisos de nossos atacantes se tornam esqueléticos, suas formas monstruosas. Suas mãos estendem-se como garras, como se fossem árvores mortas em uma floresta, e de repente estou lutando contra seu controle, tentando respirar. *Continue andando. Isso não é real.* Digo a mim mesma repetidamente. Teren nos faz avançar em meio à luta e, atrás de nós, Magiano os mantém afastados. Tento me concentrar neles. Temos de encontrar uma forma de sair desta rua.

Então, à nossa frente, Raffaele tropeça. Ele faz uma careta de dor, então cai de joelhos.

Lucent corre para seu lado. Enquanto observo, ela agarra seu braço e tenta ajudá-lo a ficar de pé – mas ele se encolhe, aperta a cabeça e tropeça novamente. Fica de joelhos, agachado de dor, seus cabelos caindo sobre seus ombros como um lençol preto.

Seu medo é um cobertor sobre ele, e minha energia se move em sua direção. Olho ao nosso redor. Há muito caos aqui para eu fazer todos nós desaparecermos atrás de uma cortina de invisibilidade, e eu quero poupar meu poder – mas já posso ver dois dos atacantes olhando para Raffaele, enfraquecido. Se eu não escondê-lo agora, ele não vai sobreviver a esta luta.

Concentro minha energia em Raffaele. Então teço a invisibilidade sobre ele, que desaparece. Eu me apresso para ele e Lucent enquanto lâminas brilham ao nosso redor. Quando os alcanço, passo um dos braços de Raffaele pelo meu ombro e o ajudo a se levantar. Magiano olha em nossa direção de onde está bloqueando um atacante.

Alguns passos à frente, Teren de repente recua quando um grupo ataca de uma vez. Um deles consegue passar por Teren. Nós estamos invisíveis agora, mas mesmo que o atacante não possa nos ver, agita sua lâmina em um arco em nossa direção. Tudo o que consigo é ter um vislumbre de sua máscara prateada.

Uma flecha canta através do ar, vinda dos telhados. Atinge nosso atacante diretamente na garganta. Ele congela no meio do movimento, atordoado, e então deixa cair sua arma e estende a mão em vão, para apertar o próprio pescoço. Enquanto olho, ele cai para trás nos degraus.

Mais flechas cortam o ar, vindas dos telhados. Cada uma delas encontra seu alvo. Perscruto os telhados até ver um borrão de armadura passando. Atrás de nós, Magiano solta um grito animado – num piscar de olhos, ele saltou para uma das placas penduradas na frente de uma porta e se balançou para a frente, lançando um punhal nos atacantes.

Quando olho para cima e vejo outra figura dançando pelos telhados, finalmente vislumbro uma jovem alta com tranças no alto da cabeça, os fios meio negros e meio louros, agachada com um cotovelo apoiado no joelho. Ela tem um arco esticado para trás e apontou na direção de um de nossos atacantes. Dispara a flecha.

A rainha beldaína finalmente chegou.

Mais e mais soldados aparecem nos telhados. Os Saccoristas, agora reconhecendo a bandeira de seus homens, começam a se separar na confusão. Vários dos guardas de Maeve aparecem no fim da rua. A visão deles parece ser a última gota para os Saccoristas. Alguém grita uma ordem para recuar, e os atacantes remanescentes se dispersam, deixando cair suas armas e correndo. Teren continua a lutar, mas a batalha já terminou. Os atacantes somem tão rapidamente quanto apareceram, até que tudo o que resta na rua são os caídos.

Tiro a ilusão de todos nós. Perco as forças e de repente Raffaele parece esmagadoramente pesado. Magiano corre para o nosso lado e toma o corpo de Raffaele em seus braços. Minha atenção se volta para Violetta. Ela ainda está agachada contra a parede onde a deixei, enrolada em uma bola apertada e parecendo estar se concentrando em ficar consciente. Ando até lá e estendo a mão para ela.

Violetta vira o rosto para mim. Um pouco do medo persistente e da distância em seus olhos que definiram nossas últimas semanas juntas desapareceu, substituídos por um vislumbre familiar. É uma luz da qual me lembro da época em que ela costumava caminhar ao meu lado através de Merroutas, quando éramos a única companhia que precisávamos no mundo.

Os sussurros ainda assombram o ar ao meu redor, mas me recuso a ouvi-los, deixando-os de lado. Violetta pega minha mão e eu a ajudo a levantar. Ela se inclina contra mim, mal conseguindo ficar de pé.

– Teren – digo, quando ele se aproxima de nós. Há cortes em sua túnica e manchas de sangue em sua armadura, mas, fora isso, ele parece ileso. Ele lança um olhar frio para Violetta, então a ergue sem esforço em suas costas, sem dizer uma palavra.

– Temos um acampamento – grita Maeve para nós dos telhados. Um pó preto pesado delineia seus olhos, e uma faixa de pintura de guerra dourada cobre suas faces. – Vocês todos parecem que precisam de um descanso.

Vejo Maeve procurando por mim de onde está, e, quando nossos olhos se encontram, nos encaramos por um longo momento. Eu enrijeço – há um ar de incerteza pairando em torno dela em minha presença. Penso na última vez em que olhamos uma para a outra, quando ela me observou invocar o poder de Enzo para destruir uma quantidade devastadora de sua frota. Mesmo agora, posso imaginar as chamas rugindo ao nosso redor.

Ela se endireita e balança a cabeça na direção da cidade.

– Meus homens nos levarão até lá. – Então ela desaparece sobre a borda do telhado.

> *A tragédia segue aqueles que não podem aceitar seu verdadeiro destino.*
> – Crime e Castigo na Amadera Reunificada, *de Fiennes de Marta*

Adelina Amouteru

A rainha Maeve está mais magra do que me lembro, e seu rosto endureceu nos meses desde nosso último encontro. A Jovem de Elite que se alinha com a morte. Com meu ar cansado, as bochechas fundas e o olhar duro, imagino que ela pensa o mesmo quando olha para mim. Ela e seu batalhão percorreram as montanhas de Karra, a extensão tortuosa de vulcões mortos há muito tempo que separa Beldain de Amadera, e montaram um acampamento de tendas de pele de ovelha aqui nos arredores de Laida, onde a humanidade termina e começa um horizonte completamente cercado por montanhas cobertas de gelo. As tochas iluminam os trechos de neve entre as barracas do acampamento. O ar tornou-se frio e cruel, perpassando pelo meu material de equitação. Quando a noite pinta a paisagem desoladora de azul e púrpura, a rainha beldaína atravessa as poças de lama no caminho de sua barraca até a nossa, ladeada por seus soldados.

Eu me pergunto pelo que ela passou desde que nos enfrentamos no mar, e qual seria o estado de sua marinha. Uma parte de mim calcula se vale a pena invadir Beldain no futuro ou não. Sem dúvida, ela quer fazer o mesmo com Kenettra – mas nós duas mordemos nossa língua agora enquanto ela se aproxima. Ela faz um gesto de saudação para mim.

– Partimos ao amanhecer – diz ela para mim. – Se sua irmã não acordar, carregue-a.

Eu retribuo sua saudação, mesmo que meus sussurros sibilem. Este é o mais próximo que chegaremos da civilidade.

– Estaremos prontos.

Maeve passa por mim sem responder. Eu me viro e a vejo desaparecer dentro de nossa barraca. *Mostre-lhe o que você pode fazer, e então ela vai respeitá-la.* A rainha de Beldain e eu podemos ser aliadas forçadas por agora, mas haverá um tempo depois disto quando todos voltaremos para nosso lado, voltaremos a ser inimigos.

Atrás de seus soldados caminha Magiano. Quando ele me vê, tira seu manto e o joga em torno de meus ombros. Eu relaxo quando isso bloqueia a força do vento. O calor de Magiano impregnado no manto contra o meu corpo é relaxante.

– Não consegui convencê-lo a entrar na tenda – diz ele, gesticulando por cima do ombro enquanto cristais de gelo caem de suas tranças. A alguma distância das tendas, onde a terra se desfaz na escuridão das montanhas, posso ver uma figura loura solitária ajoelhada ao vento, a cabeça abaixada em oração. Teren.

Ponho a mão no braço de Magiano.

– Deixe-o ficar – respondo. – Ele vai falar com os deuses até se sentir reconfortado. – Mas meu olhar permanece em Teren por mais um momento. Será que ele, assim como Raffaele, sente agora o puxão da origem dos Jovens de Elite chamando de algum lugar no fundo das montanhas? Posso sentir uma pulsação no fundo da minha mente agora, um nó de poder e energia em algum lugar além do que posso ver.

Magiano suspira, exasperado.

– Eu disse aos homens de Maeve para ficarem de olho nele – diz. – Não chegamos até aqui para perdê-lo para um congelamento. – Então se vira e anda ao meu lado enquanto voltamos para nossa barraca.

Está quente lá dentro. Lucent se senta a um canto, fazendo uma careta enquanto envolve seu braço em um pano quente. Feriu o pulso outra vez durante a batalha, mas, quando me pega olhando, ela rapidamente desvia o olhar. Ali perto, Raffaele levanta-se de sua cadeira e inclina a cabeça na direção de Maeve. A rainha fica perto da entrada da tenda, seu corpo se virou inconscientemente na direção de Lucent, seus olhos na cama de Violetta.

Até mesmo à luz da lanterna, Violetta ainda parece mortalmente pálida. Suas pálpebras vibram de vez em quando, como se estivesse perdida em um pesadelo, e um brilho de suor cobre sua testa. Suas ondas escuras de cabelo se espalharam pela capa dobrada sob sua cabeça.

– Há neve vindo do norte – alerta Maeve, quebrando o silêncio. – Quanto mais tempo ficarmos aqui, mais arriscaremos ficar sem nossas rotas. Os corta-neve já estão indo para as montanhas.

– Corta-neve? – pergunta Magiano.

– Homens enviados para a neve. Eles quebram a neve em pequenas avalanches controladas, a fim de evitar avalanches maiores. Você provavelmente os viu na cidade, com suas picaretas de gelo. – Maeve acena para Raffaele. – Mensageiro. – Ao mencionar o nome dele, seu rosto duro suaviza um pouco. Estou surpresa com a pontada de inveja que sinto, por Raffaele poder atrair tão facilmente os outros para si. – Você está bem agora?

– Melhor – responde Raffaele.

– O que aconteceu? – pergunto. – Nós vimos você congelar... cair de joelhos.

Os olhos em tons de pedras preciosas de Raffaele captam a luz, brilhando uma dúzia de tons diferentes de verde e dourado.

– A energia ao meu redor foi esmagadora – explica. – O mundo se tornou um borrão. Eu não conseguia pensar, nem respirar.

A sensação o sobrecarregou. O poder de Raffaele é sentir todo e qualquer fio de energia do mundo, tudo que se conecta com tudo o mais. Deve ser assim que os poderes de Raffaele estão se deteriorando, o equivalente às minhas ilusões espontâneas, fora de controle, às marcas horríveis de Violetta e aos frágeis ossos de Lucent. A menos que possamos ter sucesso em nossa missão, seu poder será sua ruína, como o restante de nós.

Eu sei pelo olhar no rosto de Raffaele que ele está pensando no mesmo que eu, mas ele só dá a Maeve um sorriso cansado.

– Não se preocupe. Estou bem.

– Parece que você encontrou nosso grupo em viagem exatamente no momento certo – diz Magiano para Maeve.

No silêncio que se segue, Lucent se levanta, estremecendo, e se dirige à abertura da barraca.

– Devemos todos descansar um pouco, então – murmura. Ela hesita um instante quando passa por Maeve. Um vislumbre de uma expressão um tanto solitária, saudosa, atravessa seu rosto, mas nada além disso, e, antes que Maeve possa reagir, Lucent sai da tenda e desaparece.

Maeve a observa ir, depois a segue. Seus soldados saem em seu rastro.

Raffaele encontra meu olhar e senta-se de volta em sua cadeira.

– Sua irmã está ficando mais fraca – diz ele. – Nossa proximidade com a origem da queda de Laetes intensificou nossas conexões com os deuses, e está devastando nosso corpo. Ela não vai aguentar muito mais tempo.

Olho para o rosto de Violetta. Ela franze as sobrancelhas, como se estivesse ciente da minha presença perto dela, e eu me pego pensando em quando, uma vez, ficamos lado a lado em camas idênticas, atingidas pela febre do sangue. De alguma forma, a doença nunca nos deixou.

Olho para Magiano, depois para Raffaele.

– Deixe-me a sós com ela um momento – digo.

Agradeço a Magiano por seu silêncio. Ele aperta minha mão uma vez, depois se vira e sai da tenda.

Raffaele me encara, a dúvida estampada no rosto. *Ele não confia em você sozinha com ela. É isso que você inspira, lobinha, uma nuvem de suspeita.* Talvez seja isso que sua expressão significa – ou talvez seja culpa, algum indício persistente de pesar por tudo o que aconteceu entre nós, tudo o que poderia ter sido evitado. Independentemente do que signifique, desaparece na próxima respiração. Ele aperta o fecho de seu manto, cruza as mãos dentro das mangas e se move em direção à abertura da barraca. Antes de sair, ele se vira para mim.

– Permita-se descansar – diz. – Você vai precisar, mi Adelinetta.

Mi Adelinetta.

Minha respiração fica presa; os sussurros silenciam. A lembrança volta, clara como água, de uma tarde há muito tempo, quando me sentei com ele perto de um canal estenziano e o ouvi cantar. Com a lembrança vem uma onda de alegria melancólica, seguida de uma tristeza insuportável. Eu não tinha percebido quanto senti falta desse dia. Quero pedir-lhe para esperar, mas ele já saiu. Sua voz parece permanecer no ar, porém, palavras que eu não ouvia dele havia anos... E em algum lugar, no fundo do meu peito, se agita a presença de uma garota enterrada há muito tempo.

Na cama, Violetta solta um suave gemido e se remexe, rompendo o tumulto de meus pensamentos. Eu me inclino para mais perto dela. Ela respira profundamente, ríspida, e então seus olhos se abrem.

Seguro a mão dela, entrelaçando meus dedos aos dela. Sua pele é escaldante ao toque, escurecida por marcas sobrepostas e, através dela, posso sentir o vínculo de sangue entre nós, fortalecido por nossos poderes de Elite. Seus olhos vasculham o quarto, confusos, e então vagam até meu rosto.

– Adelina – sussurra ela.

– Estou aqui... – começo a responder, mas ela me interrompe e fecha os olhos.

– Você está cometendo um erro, Adelina – diz ela, sua cabeça agora virada para o lado.

Eu pisco, tentando entender o que ela quer dizer – até que percebo que está falando em um estado febril, e talvez nem tenha consciência de onde está.

– Eu quero voltar – sussurra ela. – Mas seus Inquisidores estão procurando por mim em todos os lugares. Eles desembainharam as espadas. Acho que você deve ter ordenado que me matem quando me encontrarem. – Sua voz estala de secura, rouca e fraca. – Eu quero ajudar você. Você está cometendo um erro, Adelina. – Ela suspira. – Eu também cometi um erro.

Agora eu entendo. Ela está me contando o que aconteceu depois que fugiu do palácio, depois que minhas ilusões me dominaram e ela se virou contra mim – depois que *eu* me virei contra *ela*. Um nó se forma na minha garganta. Sento-me na cadeira de Raffaele, e então me inclino para ela outra vez.

– Eu ordenei a meus soldados que a trouxessem de volta – murmuro. – Ilesa. Procurei você por semanas, mas você já tinha me deixado para trás.

A respiração de Violetta soa superficial e instável.

– Peguei um navio para Tamoura, à primeira luz – sussurra. Sua mão aperta a minha.

– Por que você se juntou aos Punhais? – Eu soo amarga agora, e minhas ilusões cintilam, pintando ao meu redor uma cena dos dias após Violetta ter saído de meu lado pela primeira vez. Como me sentei no trono, segurando a cabeça, recusando bandejas de ceia dos criados. Como evoquei a escuridão sobre os céus de Kenettra, bloqueando o sol por dias. Como eu queimei pergaminhos no fogo depois que minhas patrulhas da Inquisição me escreveram, uma após outra, dizendo que não conseguiram encontrá-la. – Como você pôde?

– Eu segui a energia de outros Jovens de Elite pelo mar – murmura Violetta em transe. O suor goteja pelo lado de seu rosto enquanto ela se move inquieta novamente. – Eu segui Raffaele, e o encontrei. Ele me encontrou. Ah, Adelina... – Ela silencia por um momento. – Eu achei que ele poderia ajudá-la. Implorei a ele de joelhos, com o rosto colado ao chão. – Seus cílios estão molhados agora, mal contendo as lágrimas. Debaixo das pálpebras, seus olhos movem-se inquietos. – Eu implorei a ele todos os dias, mesmo quando ouvimos que você enviou sua nova marinha para invadir Merroutas.

Minha mão aperta mais forte a de Violetta. *Merroutas*, eu pedira aos meus homens. *Domacca. Tamoura. Dumor. Atravessem os mares, arrastem os não marcados de suas camas, tragam-nos para as ruas diante de mim.* Minha fúria ardia, dia após dia.

– Eu não conseguia encontrar você – disparo, irritada com as lágrimas que brotam em meus olhos. – Por que não me mandou uma pomba? Por que não me avisou?

Violetta está em silêncio por um longo momento, perdida em seu mundo de febre. Seus olhos se abrem de novo, vazios e cinzentos, perdendo a cor, e me encontram.

– Raffaele diz que você está perdida para sempre. Que você não pode ser ajudada. Acho que ele está errado, mas ele derrama lágrimas por você e balança a cabeça. Estou tentando convencê-lo. – Seus sussurros se tornam urgentes. – Acho que vou tentar amanhã outra vez.

Estico a mão e furiosamente seco minhas lágrimas.

– Eu não entendo você – sussurro de volta. – Por que tem que continuar tentando?

Os lábios de Violetta tremem de esforço.

– Você não pode endurecer seu coração para o futuro apenas por causa de seu passado. Você não pode usar a crueldade contra si mesma para justificar a crueldade com os outros. – Seu olhar cinzento desliza para baixo, se afastando de meu rosto e repousando sobre a lanterna que queima perto da abertura da barraca. – É difícil. Eu sei que você está tentando.

Toda a minha vida, eu tentei proteger você.

O quarto fica borrado atrás da minha cortina de lágrimas.

– Me desculpe – sussurro.

Minhas palavras flutuam no ar, tranquilas e persistentes. Diante de mim, Violetta suspira e suas pálpebras se fecham outra vez. Ela murmura mais alguma coisa, mas é baixo demais para que eu possa ouvir. Aperto sua mão, sem saber o que estou segurando, esperando que ela vá acordar e me reconhecer não em um delírio febril, não em um pesadelo, mas aqui ao seu lado. Fico muito tempo depois de sua respiração se normalizar. Finalmente, quando a lanterna se consumiu tanto que a tenda está quase coberta de escuridão, ponho minha cabeça na cama dela e escuto o vento uivar até que o sono enfim, misericordiosamente, me reivindica.

Maeve Jacqueline Kelly Corrigan

Maeve ouve Lucent chamando por ela, mas só quando chega à entrada de sua tenda Lucent finalmente a alcança. Maeve se vira para encarar sua antiga companheira. Na frente de sua tenda, os guardas pessoais da rainha põem as mãos no cabo de suas espadas, os olhos seguindo os movimentos de Lucent.

Maeve hesita ao ver os graves olhos de Lucent. Elas tinham rompido seu relacionamento havia um ano, nas falésias brancas de Kenettra. Deveria ter deixado para lá; afinal, Lucent lhe dissera então que não concordaria com os desejos de Maeve. *Não posso ser sua amante*, tinha dito. Então por que Lucent parece tão desesperada para falar com ela agora?

– Pois não? – diz Maeve friamente. A garota parece doente, e a visão de sua pele macilenta e membros doloridos torce o coração de Maeve.

Lucent hesita, de repente insegura sobre o que dizer. Ela passa uma das mãos pelos seus cachos louro-avermelhados, então se apressa em fazer uma reverência para Maeve.

– Você está bem? – pergunta finalmente, a voz vacilando.

– *Você* está? – Maeve devolve. – Você está horrível, Lucent. Raffaele mencionou em sua última carta que você estava... sofrendo.

Lucent balança a cabeça, como se sua saúde não fosse importante.

– Ouvi falar do que aconteceu – responde. – Tristan. Seu irmão. – Ela inclina a cabeça novamente, e o silêncio se arrasta.

Tristan. É por isso que ela está aqui. A fraqueza de sua voz quebra a determinação de Maeve, e ela se pega menos defendida, mesmo contra sua vontade. Como sentiu falta da presença de Lucent, quão rapidamente tinham se separado novamente depois da última batalha contra Adelina. Ela vira a cabeça e acena uma vez para seus guardas. Com um barulho de armadura, eles se afastam e deixam as duas sozinhas.

– Ele nunca devia ter ficado tanto tempo – responde Maeve depois de um instante. Ela afasta a imagem dos olhos mortos de seu irmão, a natureza estúpida de seu ataque. Não era ele, é claro. – Ele já estava no Submundo.

Lucent estremece e olha para longe.

– Você ainda se culpa – continua Maeve, mais gentil agora. – Mesmo depois de todo esse tempo.

Lucent não diz nada, mas Maeve sabe o que deve estar passando por sua cabeça. É a memória do dia em que Tristan morreu, quando os três decidiram ir caçar juntos nos bosques de inverno.

Tristan se afastara do lago. Ele sempre tivera medo da água.

Maeve fecha os olhos e, por um instante, volta a reviver o momento – Lucent, desajeitada e rindo, arrastando Tristan para a frente pelo mato para ver o cervo que ela havia rastreado para eles; Tristan, olhando para o cervo que tinha chegado à metade do lago congelado; Maeve, ajoelhando-se silenciosamente, erguendo o arco para mirar. Estavam muito longe da criatura. *Um de nós terá que se aproximar*, sugerira Maeve. E Lucent tinha incitado e encorajado Tristan.

Você deveria ir.

Elas brincavam no gelo com frequência, sem qualquer acidente. Assim, finalmente, Tristan pegou seu arco e flecha e rastejou de barriga sobre o lago congelado. Eles brincaram com a morte mil vezes, mas esse dia teria um resultado diferente. Havia uma rachadura em um ponto fatídico. Talvez os cascos dos cervos fossem a causa, pois o peso da criatura tornava o gelo instável, ou talvez o inverno não estivesse frio o bastante para congelar totalmente o lago. Talvez fossem as mil vezes que eles enganaram a morte, todas voltando para eles.

Eles ouviram o gelo quebrar um instante antes de Tristan cair. Deu apenas para ele olhar para as duas antes de afundar na água sob seus pés.

– Foi minha culpa – diz Maeve. Ela estende a mão, prestes a levantar o queixo de Lucent, e então para. Em vez disso, dá a Lucent um sorriso triste. – Eu o trouxe de volta. – Olha para baixo. – Não posso mais alcançar o Submundo. O toque dele vazou para o mundo mortal, sua dura presença como gelo em meu coração. Meu poder vai me matar, se eu decidir usá-lo de novo. Talvez – acrescenta em voz baixa –, parte de tudo isso seja minha punição por desafiar a deusa da Morte.

Lucent a observa por um longo momento. Faz tanto tempo assim desde que eram jovens? Maeve se pergunta se esta será a última viagem que farão juntas, se todas as previsões de Raffaele se realizarão, se eles entrarão nos caminhos da montanha e nunca mais voltarão.

Por fim, Lucent se inclina.

– Se todos nós devemos ir – diz ela, com os olhos fechados –, então fico honrada em seguir com você, Vossa Majestade.

Então ela se vira para sair.

Maeve estende a mão e pega o braço de Lucent.

– Fique – determina ela.

Lucent congela. Seus olhos se arregalam para a rainha. Maeve pode sentir o calor subir em suas bochechas, mas não desvia o olhar.

– Por favor – acrescenta, mais calma. – Só hoje. Só desta vez.

Por um momento, parece que Lucent vai se afastar. As duas permanecem paradas no lugar, nenhuma delas disposta a se mover primeiro.

Então Lucent dá um passo em direção à rainha.

– Só desta vez – repete.

> Toda a minha riqueza, poder, territórios, força militar...
> Nada disso importa agora. Ela se foi, e com ela eu irei.
> – *Última carta do rei Delamore ao seu general*

Adelina Amouteru

Nuvens cinzentas cobrem o céu na manhã seguinte, avisos claros de neve, estendendo-se até o horizonte. Enquanto Maeve leva dois cavaleiros à frente para verificar o caminho, eu me sento com Magiano, mastigando tiras de carne seca e pão duro. Junto de uma fogueira ali perto, Raffaele senta-se com sua capa apertada em volta do corpo, falando em voz baixa com Lucent. Teren permanece sozinho, ignorando todos nós.

Magiano está de mau humor, sem dúvida por causa do frio e da escuridão. Sem a sua alegria, me pego afastando os sussurros na minha cabeça com mais frequência do que nunca, lutando para me manter sã. *Vocês se perderão na neve e na selva*, dizem eles. *Vocês nunca vão voltar.* Ao meu lado, Violetta permanece inconsciente, tremendo incontrolavelmente, debaixo de uma pilha de peles e cobertores. Por mais difícil que seja vê-la assim, fico feliz que esteja tremendo. Significa que ainda está viva. Estendo a mão e a repouso nas peles.

– Do jeito que vai – murmura Magiano, arrancando-me dos meus pensamentos –, não voltaremos a ver o céu azul até deixarmos este lugar. – Ele vira os olhos para o céu e solta um suspiro alto e triste. – O que eu não daria por um pouco do calor e da alegria de Merroutas.

Maeve e seus cavaleiros regressam quando estamos terminando o nosso desjejum.

– Os caminhos estão cobertos de gelo – diz ela, enquanto carregamos nossos cavalos. Ela cruza olhares com Lucent por um momento, e algo não dito corre entre elas. – Mas fora isso estão limpos. Os corta-neve já passaram.

Percebo que a rainha tocou brevemente a bota de Lucent antes de se dirigir para sua montaria. Há uma nova proximidade entre elas.

Ali perto, Magiano e Raffaele me ajudam a acomodar Violetta em uma maca atrás de dois dos cavalos de Maeve. Ela se remexe, inquieta, enquanto fazemos isso, murmurando algo que não consigo entender. Suas marcas parecem mais escuras agora, quase pretas, como se Moritas estivesse lentamente arrastando seu corpo para o Submundo. Trinco os dentes ao ver isso.

Magiano me observa enquanto estou ao lado da maca de Violetta.

– Ela vai conseguir – diz ele, colocando a mão em meu braço, mas posso ouvir a dúvida em sua voz.

À medida que nos aproximamos dos caminhos que conduzem às primeiras montanhas, os vales estreitos começam a canalizar o vento, que corta nossa face e atravessa por cada brecha de nossa roupa. Amarro meu capuz apertado sobre minha cabeça e tento puxar meu manto para cobrir a metade inferior do meu rosto. Mesmo assim, minha respiração congela contra o pano, criando uma camada de geada branca. Com o vento, vêm os sussurros, uivando em meus ouvidos a cada rajada. Suas palavras são tão confusas que não consigo entender o que eles estão dizendo, mas fazem meu coração disparar, até que meus ombros se afundam de exaustão. De vez em quando, acho que vejo silhuetas escuras em pé nas fendas das montanhas, nos observando com olhos cegos. Só posso vê-las pelo canto do olho – quando viro a cabeça, elas desaparecem. Magiano continua a franzir o cenho para o céu.

– É impressão minha ou o céu está ficando mais escuro? – Ele acena para as nuvens. – As nuvens não estão ficando mais grossas... parece que o dia está passando mais rápido do que deveria.

Olho para cima também. Ele tem razão. O que devia ser a luz de um sol do meio-dia escondido atrás das nuvens parece já o pôr do sol. As sombras no vale se aprofundam enquanto seguimos, estendendo-se ao nosso redor em formas obscuras, e as cordilheiras que nos rodeiam se tornam mais íngremes. O caminho sob os cascos de nossos cavalos estala por causa do gelo.

Perco a noção de quantas horas viajamos neste estranho crepúsculo. Todos nós ficamos em silêncio. Monto atrás da maca de Violetta para que eu possa vigiá-la. De vez em quando, ela abre os olhos, cinzentos e inquietos, mas nunca parece se concentrar em nada nem em ninguém. É como se ela já tivesse ido para outro lugar.

Ela ainda está aqui, digo a mim mesma. Contudo os sussurros em minha mente agora parecem o vento, afogando meus pensamentos, e minha exaustão e preocupação se estabelecem em uma batida frenética em meu coração. Deve ser assim que a proximidade da origem está me afetando.

Naquela noite, que parece cair prematuramente, nós paramos em uma depressão que nos protege parcialmente dos elementos. O vento está furioso nesta passagem estreita, tornando impossível para nós montar um acampamento adequado. Nossos cavalos também estão apáticos, encolhidos juntos para se aquecer, perto da fogueira que acendemos.

– Vai anoitecer cada vez mais cedo nos próximos dias – diz Raffaele enquanto todos nos reunimos ao seu redor. Ele desenha uma linha curva na terra com uma vareta, e depois mostra vários pontos ao longo dela, incluindo a nossa localização. – Estamos chegando mais perto. – Ele indica um ponto no alto do caminho, aninhado entre duas montanhas. – O Escuro da Noite.

Raffaele fala com calma e graça, como sempre faz, mas sua voz denuncia, involuntariamente, uma corrente de dúvida. Minha mão permanece sobre os cobertores de pele de Violetta, que se agita inquieta em seu sono febril. Estamos indo em direção a um reino conhecido apenas em lendas e contos populares. O que acontecerá quando chegarmos?

– As leis de nosso mundo podem se deformar lá – diz Raffaele após um momento. – As coisas podem não ser como parecem. Precisaremos ter cuidado. – Ao dizer isso, ele olha na minha direção. – Eu sinto a atração deste lugar. Vocês sentem?

Assinto. Ao meu redor, os outros fazem o mesmo. Meu olhar se dirige para onde Teren está sentado, a uma curta distância, com o manto aberto, aparentemente alheio ao frio. Ele está afiando sua espada e suas facas metodicamente. Meus sussurros estão ficando mais fortes, enquanto um ar de escuridão parece pairar em torno de Magiano. Violetta está enfraquecendo, e os sentidos de Raffaele estão sendo dominados por fios de energia de todas as direções. O que Teren deve sentir aqui, tão perto da origem? Será que essa jornada o aproximará ainda mais da loucura?

Antes de nos acomodarmos para descansar à noite, peço a Maeve que ponha sentinelas extras ao redor de Teren. Mesmo assim, ainda me vejo despertando em horários estranhos e olhando na direção dele, sem saber se vou vê-lo me atacar.

No dia seguinte, o amanhecer parece nunca chegar. Em vez disso, o mundo só se ilumina no crepúsculo que tínhamos experimentado no dia anterior, deixando a paisagem assustadora em sua escuridão. Flocos de neve começaram a cair, polvilhando tudo ao nosso redor com uma camada branca. Magiano dorme apertado contra mim, um braço sobre meus ombros. Meus sussurros estão altos esta manhã, inquietos e rugindo sem parar. Quando olho para trás, não vejo nada além do rastro de nossas pegadas que desembocam nas montanhas solitárias. Vejo o mesmo à frente. Pelo canto do olho, ilusões de silhuetas escuras continuam a pairar, meus próprios fantasmas se recusam a me deixar em paz.

Eu sacudo a neve fresca do meu cabelo, então me levanto com cuidado para não acordar Magiano. Estico meus membros doloridos. Apenas algumas sentinelas postadas junto de Maeve também estão acordadas, paradas a alguma distância, a atenção fixa no terreno sombrio que nos rodeia. Eu olho ao redor, percebendo que, se eu quisesse, poderia eliminar todos eles neste momento de fraqueza.

Faça isso.

Os sussurros estão tão fortes esta manhã que quase sigo suas ordens. Franzo a testa, balanço a cabeça e aperto as têmporas com as mãos. Por que de repente estão tão insistentes? Devemos estar muito perto do Escuro da Noite. Tentando ignorá-los, esfrego as mãos e decidido dar uma volta pelo acampamento. Teren não está em sua área de dormir – isso faz o pânico percorrer meu corpo antes de eu notá-lo de pé vários passos atrás das sentinelas, seu rosto inclinado para o céu, em oração. Eu o observo por um curto período, então me dirijo para onde Violetta está dormindo.

Quando chego perto de sua cama, ajoelho ao lado dela. Seu cabelo escuro está congelado em cachos, e sua pele pálida parece quase congelada também. Está muito frio aqui para ela; precisamos encontrar peles extras. Ela pode ficar com as minhas antes que precisemos parar novamente, mas mesmo assim não tenho certeza se isso será suficiente.

– Violetta – cochicho, tocando gentilmente seu ombro.

Ela não se mexe.

Hesito, tiro uma de minhas luvas e toco o seu rosto com as costas da mão. Sua pele está gelada. Nenhuma respiração quente vem dela.

Os sussurros me cercam, mas eu os expulso violentamente. Sem dúvida ela está respirando – isso deve ser uma ilusão. Estou criando um pesadelo para mim mesma outra vez. Vou acordar várias vezes até Magiano me despertar deste sonho. Eu a sacudo de novo, desta vez com mais força.

– Violetta – digo, mais alto. Minha voz chama a atenção de Raffaele ali perto. Ele se senta e olha na minha direção. Então seus olhos vão para Violetta. A expressão imediata em seu rosto confirma meus piores medos.

Não. É impossível – eu adormeci ontem à noite vendo o subir e descer ritmado de seu peito. Ela estava murmurando algo que eu não conseguia entender. Gotinhas de suor salpicavam sua testa, e sua pele estava quente ao toque. Isso não é real. Eu a sacudo novamente, minhas mãos agarrando seus ombros com força.

– Violetta! – grito.

Desta vez, todos os outros acordam e as sentinelas olham para mim, mas não me importo. Continuo sacudindo Violetta até que sinto as mãos de alguém em mim, forçando-me a parar. É Raffaele. Ele se ajoelha ao meu lado, seus olhos no corpo imóvel de Violetta. A tristeza em seu rosto despedaça meu coração de novo.

– Você pode reanimá-la? – pergunto a ele.

– Vou tentar – murmura Raffaele, mas o modo como fala me diz o que eu desesperadamente não quero ouvir.

Tudo ficará bem. Vou acordar disso, quantas vezes precisar, até que eu volte à realidade. A ilusão desaparecerá, como sempre acontece, e passarei outra manhã com Violetta.

Agora Maeve se levanta também, assim como Lucent e Magiano, e se dirigem para mim.

– Majestade – digo a ela. É a primeira vez que me dirijo a ela corretamente. – Você se alinha com Moritas. Pode trazê-la de volta, se necessário.

Eu olho para Raffaele.

– Acorde-a – digo com raiva, minha voz uma ordem agora.

– Adelina – murmura Magiano.

A mão de Raffaele aperta o ombro frio de Violetta. Ele levanta a mão e a põe, em concha, sobre bochecha dela. Gostaria de saber se ele está fazendo sua mágica nela, o puxão suave de sua energia sobre as cordas do coração dela, talvez a agitando com seu toque calmante. Fico agachada enquanto ele está ali, meu olhar fixo no rosto de Violetta, esperando que seus olhos cinzentos se abram.

– Adelina – Magiano diz outra vez. Sua mão toca a minha, e a aperta com firmeza.

Maeve balança a cabeça.

– Ela se foi – diz calmamente, curvando a cabeça.

– Então, traga-a de volta – disparo. A escuridão em mim sobe das profundezas do meu peito. – Eu vi você fazer isso.

Maeve me encara com olhos frios.

– Eu não posso.

– Mentira – digo estridente. – Nós precisamos dela. Não podemos entrar no Escuro da Noite sem ela. Eu...

Olho para o lado, onde Teren ainda tem o rosto voltado para o céu. Ele é o único de nós que não se reuniu aqui em um círculo. O ruído caótico dos sussurros agora explode em um redemoinho ao meu redor. *Ele*, dizem, suas vozes se fundindo com a minha própria voz. *Teren a matou. Ele é a única explicação – você sabia que ele não era confiável.*

– Você – digo, tremendo com toda a raiva e escuridão em meu coração. Teren abaixa a cabeça e se vira para encontrar meu olhar. – Isto é coisa *sua*.

Neste momento, não vejo meu ex-prisioneiro. Não vejo o homem que me salvou de me afogar no mar agitado. Tudo o que vejo é o Inquisidor-chefe que certa vez riu de mim com seus venenosos olhos brancos, que roubou Violetta de mim e a usou contra mim. Os sussurros repetem as velhas ameaças de Teren, palavras que ele uma vez cuspiu com uma lâmina pressionada em minha garganta. *Você tem três dias.* Sua voz sarcástica ecoa através do tempo. *Se voltar atrás em sua palavra, vou atirar uma flecha no pescoço da sua irmã, e ela vai sair pela parte de trás do seu crânio.*

Ele a matou quando estávamos todos dormindo. Raffaele tinha avisado que poderíamos nos comportar de maneira diferente aqui, que nossos poderes poderiam ser instáveis. Teren sempre quis que Violetta morresse para que ele pudesse me ferir. O mundo inteiro ao meu redor agora se torna escarlate com a minha fúria. *Foi ele.*

Teren olha para mim, inexpressivo.

– Adelina. – A voz de Magiano soa novamente, mas ele parece distante.

A energia escura em mim explode, se libertando.

Lanço uma ilusão de dor em Teren. *Sua pele arrancada, seu coração puxado do peito, seus olhos sangrando nas órbitas. Eu vou destruí-lo.* Os outros parecem desaparecer de minha vista – tudo o que posso ver diante de mim é Teren caindo de joelhos ao meu ataque. Corro para ele. O caminho de montanha onde estamos se torna preto e escarlate; silhuetas demoníacas se elevam da neve, suas presas à mostra. Eu aperto a ilusão em torno de Teren com fúria e puxo uma adaga do meu cinto. Então o ataco.

Teren mostra os dentes – está com a espada nas mãos antes que eu possa piscar. Ele a balança na minha direção em um arco brilhante. Eu giro para um lado e reforço o aperto de minha ilusão nele. Teren solta um grito de dor enquanto minha ilusão o cobre em uma rede. Eu o golpeio com minha adaga, mas sua mão dispara para cima e agarra meu pulso. Sua força, mesmo em agonia, quase quebra meus ossos. Estremeço e me desvencilho de seu aperto – minha adaga cai no chão com um barulho. Mal consigo enxergar direito através das minhas ilusões. Estou cercada por silhuetas e noite, capas brancas e fogo.

Então um garoto de olhos dourados e tranças escuras aparece na minha frente. Entre mim e Teren. Suas pupilas estão estreitadas em fendas pretas, e sua mandíbula, cerrada com determinação. Ele caminha em minha direção sem medo.

– Adelina, pare! – diz.

– *Saia. Do. Meu caminho!*

Eu o chicoteio com minhas ilusões, mas ele estreita os olhos, levanta o braço e as tira do caminho. Elas se dissipam numa nuvem de fumaça à minha volta. Ele continua vindo em minha direção.

– Adelina, *pare*.

É Magiano. Magiano. Pare. O nome é uma pequena luz, mas está lá, e eu me agarro a ela na tempestade ao meu redor. Hesito quando ele me alcança e me puxa para um abraço rígido.

– Ele não matou Violetta – Magiano está sussurrando. – Pare. Pare. – Sua mão aninha a parte de trás da minha cabeça.

Minha força me deixa depressa. O mundo à nossa volta se acende, as silhuetas dos demônios desaparecem. Teren se agacha diante de mim sobre um joelho, apoiando-se pesadamente contra a espada, respirando com dificuldade. Seu olhar pálido está fixo no meu. Olho para longe dele e me concentro nos braços de Magiano segurando-me com força. *Teren não matou Violetta.*

Mas ela se foi. É tarde demais.

Começo a chorar. Minhas lágrimas congelam em meu rosto. Em minha exaustão, me afasto de Magiano e cambaleio de volta para onde o corpo de Violetta jaz no chão frio. Os outros observam em silêncio quando caio de joelhos. Pego minha irmã em meus braços, afastando seu cabelo duro de seu rosto, repetindo seu nome sem parar até que se torne um eco constante em minha mente. Uma nota de angústia me escapa entre os soluços. Tenho uma visão da noite em que fugi da nossa casa, quando unimos nossa testa. Faço isso agora, descansando minha testa sobre a dela, e a balanço para frente e para trás, implorando-lhe mais uma vez, em vão, para não me deixar.

> É o mais sagrado dos lugares, onde as estrelas brilham contra a rocha e
> o crepúsculo nunca termina. Seja cauteloso, pois os peregrinos podem ser
> tão atraídos pelo seu poder que podem se perder por completo.
> - Caminhos mapeados das Montanhas Karra, *vários autores*

Adelina Amouteru

Se Violetta tivesse morrido em Kenettra, teríamos enterrado suas cinzas no labirinto de catacumbas embaixo da cidade. Mas aqui, nos caminhos gelados das Montanhas Karra, sem madeira suficiente para criar uma pira funerária e o chão congelado demais para cavar, só podemos cobri-la sob um monte de pedras, viradas na direção de nossa pátria. Antes de fazer isso, cobri seu corpo com seu manto e me curvei para tocar seus cabelos. Quão brilhosos e escuros eram seus cachos, quanto eu os invejava quando éramos crianças – agora parecem desbotados, como se sua luz tivesse partido deste mundo junto com minha irmã.

Devíamos ter andado mais rápido. Eu deveria ter discutido menos com Raffaele quando negociava em Tamoura. *Eu deveria ter sido mais gentil.* Os sussurros me perseguem com estas palavras e, desta vez, não os faço parar.

Os outros estão ao meu lado, as mãos cruzadas dentro das mangas. Até Teren está aqui, com o rosto vazio. Sem dúvida ele não chora por minha irmã, mas, para minha surpresa, não diz isso em voz alta. Ele parece perdido em seu próprio mundo, fazendo orações silenciosas aos deuses. A cabeça de Raffaele está curvada de dor, e seus olhos estão úmidos de lágrimas.

– O que vamos fazer agora, Mensageiro? – murmura Maeve, sua mão descansando no cabo de sua espada. É a pergunta que todos nós temos em mente. – Nós a perdemos. Tudo isso é inútil?

Raffaele não responde imediatamente. Talvez, para variar, ele *não* saiba a resposta. Em vez disso, continua a olhar para o monte de pedras, as mechas de seu cabelo sendo sopradas em seu rosto. A pergunta está entorpecida em minha própria mente. Deixo os sussurros girarem ao meu redor, sua presença muito familiar agora.

A culpa é sua. É sempre culpa sua.

– Nós prosseguiremos – responde Raffaele finalmente. E nenhum de nós diz nada diferente. É tarde demais para voltar agora, mesmo que não seja possível entrar no nosso destino, depois de termos chegado tão longe.

Eu deveria ter ouvido Violetta, todos aqueles meses atrás. Quando ela tentou tirar meus poderes, eu deveria ter deixado. Talvez ela ainda estivesse viva, se eu tivesse feito isso. Talvez pudéssemos ter agido mais cedo, de alguma forma. Talvez pudéssemos ter tido mais tempo juntas. A culpa se instala como um peso no meu peito.

Eu deveria ter escutado, contudo isso não importa mais. Nada disso parece importar mais.

À medida que os soldados começam a acumular mais pedras aos seus pés, retiro uma faca enfiada no cinto, estendo a mão e corto uma mecha do cabelo de Violetta. O calor da minha mão derrete o gelo nos fios. Eu a entrelaço com uma mecha de meu próprio cabelo prateado, observando o contraste por um momento, pensando nas tardes preguiçosas quando ela costumava trançar meu cabelo. *Eu amo você, Adelina*, ela costumava dizer. As lágrimas secas em meu rosto racham quando eu me mexo.

Ficamos o máximo que podemos, até que por fim Maeve nos manda seguir. Olho para trás e tento manter a lápide de Violetta à vista, até que ela desaparece em uma curva.

Uma manhã se mistura a outra. O crepúsculo torna-se mais escuro a cada dia, e a neve agora é constante. Ninguém atravessa nosso caminho. É como se estivéssemos viajando à margem do mundo. Nossa viagem decorre em longos silêncios, nos quais nenhum de nós se sente disposto a falar. Até Magiano anda silenciosamente ao meu lado, sua expressão sombria. A energia deste terreno nos puxa para a frente, nos chamando. Vejo ilusões durante a noite e durante os dias de crepúsculo, essas visões espantadas apenas pela luz de nossas fogueiras. Às vezes, o fantasma de Violetta anda ao lado do meu cavalo. Seu cabelo escuro não se move no vento, e suas botas não deixam impressões na neve. Ela nunca olha para mim. Nosso caminho torna-se estreito, se ramificando em uma dúzia de caminhos diferentes a cada poucas horas, cada um conduzindo profundamente para outro conjunto de montanhas. Sem a orientação de Raffaele, não tenho dúvidas de que nos perderíamos aqui no frio.

Então, um dia, paramos na frente da entrada de uma caverna.

É uma entrada sinistra, cheia de pedras irregulares, conduzindo à total e absoluta escuridão. Ainda assim, nunca teríamos encontrado este lugar sem a força de sua energia. Aqui, posso sentir a presença tangível do poder pulsante que nos chama, a força dele como mil fios que puxam contra todos os músculos do meu corpo.

– Temos que ir sozinhos – diz Maeve enquanto trota ao nosso lado. – Meus homens, eles não podem nos seguir por esse caminho.

Ela acena com a cabeça para nossos cavalos, alguns dos quais têm finas gotas de sangue escorrendo de suas narinas. Seu sofrimento fica pior quanto mais perto chegam da entrada. Meu próprio garanhão se recusa a dar outro passo. Olho para trás, para as tropas de Maeve. Eles também relaxam. Nunca pensei em como uma energia tão poderosa capaz de afetar cada um dos Jovens de Elite pudesse acabar afetando também homens comuns, mas agora posso ver no rosto deles. Alguns têm um brilho de suor frio na pele, enquanto outros parecem pálidos e fracos. Eles chegaram o mais longe que puderam. Se eles entrarem nesta caverna conosco, morrerão.

Maeve desce do seu cavalo e acena para um de seus soldados.

– Leve-os de volta com você – orienta ela.

O soldado hesita. Atrás dele, os outros se remexem também.

– Você será deixada em um deserto congelado, Vossa Majestade – responde ele, olhando para nós. – Você... você é a rainha de Beldain. Como vai voltar?

Maeve encara com um olhar duro.

– Nós vamos encontrar o nosso caminho – diz ela. – Se você se juntar a nós, não vai sobreviver. Isso não é um pedido. É uma ordem.

Mesmo assim, o soldado demora um pouco mais. Eu me pego olhando com desejo e inveja, amargura e tristeza. Será que algum de meus soldados em Kenettra seria tão fiel a mim? Eles me seguiriam por amor, se eu não usasse o medo contra eles?

Finalmente, ele balança a cabeça e a abaixa.

– Sim, Majestade. – Põe a mão sobre o peito, então se ajoelha na neve diante dela. – Vamos esperar por você no final da passagem. Não sairemos até vermos você voltar. Não nos peça para deixá-la por completo, Majestade.

Maeve assente. Sua dura compostura se quebra, o único momento que vi isso acontecer. De repente ela parece muito jovem.

– Muito bem – responde.

O soldado se levanta e grita uma ordem para as tropas. Eles saúdam sua rainha antes de girar com seus cavalos, voltando pelo caminho que seguimos até ali. Fico em silêncio, observando-os partir. Meus soldados algum dia me saudariam com honra?

Quando o som dos cascos se torna um ruído fraco, Maeve retorna para se juntar a nós na entrada da caverna. Não importa quanto eu me esforce para olhar para ela, não consigo ver nada além de preto – é como se não houvesse nada do outro lado, e nós cairíamos se entrássemos. Raffaele fica na borda e fecha os olhos. Ele respira fundo, depois treme. Ele não precisa falar para eu saber o que vai dizer. Posso sentir a atração. *Todos* nós podemos.

O Escuro da Noite fica no final desta caverna.

Teren tira sua espada e uma faca longa, enquanto Lucent e Magiano fazem o mesmo. Eu fico perto de Magiano quando começamos a entrar. A ausência de Violetta é um vazio ao meu lado. Se ela estivesse aqui, eu lhe diria para se manter perto de mim. Ela me daria um aceno de cabeça. Mas ela não está.

Então eu me viro para enfrentar a escuridão sem ela e entrar. Estou com medo de me perguntar se seremos capazes de sair.

Não consigo ver nada a princípio, e isso me faz hesitar a cada passo. Nossos passos ecoam na escuridão, junto com o som do metal raspando de vez em quando contra a pedra. Os outros devem estar usando suas espadas como guia pela parede da caverna. O ar está amargamente frio aqui e cheira a algo antigo – sal, pedra e vento. Engulo em seco uma e outra vez, tentando me impedir de pensar que as paredes estão caindo sobre nós. Se ao menos eu pudesse enxergar – *se ao menos eu pudesse enxergar*. Meu antigo medo da cegueira agora ganha vida, assumindo uma forma própria nessa escuridão, e acho que posso ver os olhos de monstros aqui, seus olhares fixos em mim.

Você nunca vai sair daqui, os sussurros cantam, satisfeitos com o meu terror crescente. *Você vai viver na escuridão para sempre, exatamente como merece.*

Dou um salto quando a mão de alguém, quente e calejada, toca a minha.

– Você está bem.

A voz de Magiano brilha na escuridão como um farol, e eu me viro para ele. *Você está bem. Você está bem.* Obrigo os sussurros na minha cabeça a repetirem isso e, aos poucos, o mantra me dá a força para dar um passo após outro.

Depois do que parece ser uma eternidade, minha visão enfim começa a se ajustar. Posso ver os sulcos sutis da pedra no teto da caverna, vários metros acima, e de dentro dos sulcos surge um fraco brilho azul-gelo. Lentamente, conforme a caverna entra mais em foco, posso ver o brilho emanando de quase cada fenda no teto. Meus passos ficam mais lentos enquanto tento obter uma visão melhor daquilo.

A luz vem de milhões de pequenos grânulos de gelo pendentes. Eles brilham e cintilam, pulsando em um padrão, e parecem aumentar a intensidade quando passamos. Por um momento, esqueço o medo e fico parada ali, incapaz de desviar o olhar da sua beleza.

– Fadas do gelo – diz Raffaele, sua voz ecoando para nós de algum lugar à frente. – Pequenas criaturas do norte. Elas devem ter acordado com a ondulação do nosso movimento no ar. Eu vi descrições sobre elas nos relatos dos sacerdotes em suas peregrinações aqui. Este é o lugar que os viajantes adoram como o Escuro da Noite, mas não vão além.

O brilho ilumina o nosso caminho, levando-nos ao longo de uma trilha pintada por poeira de estrelas.

Minutos passam. Horas. Em algum momento, sinto a leve ardência de uma brisa fria contra meu rosto. Devemos estar perto da saída da caverna. Eu fico tensa, me perguntando o que há do outro lado. O fantasma de Violetta me acompanha, entrando e saindo das sombras, desbotado e cinzento. O vento fica firme, até que fazemos uma curva na caverna e nos pegamos olhando para uma saída.

Prendo a respiração diante do mundo cintilante de neve além dela.

Eu ouvi os mitos sobre este lugar, o Escuro da Noite. Mas estou de pé diante dele agora, olhando para um mundo intocado, mágico. Esta é a entrada que liga o nosso mundo ao dos deuses. E não podemos entrar sem o alinhamento de Violetta, seu vínculo com a empatia.

Raffaele para na entrada e estende a mão, hesitante. Ele estremece, e eu também – a energia além desta entrada é esmagadora, um milhão de fios para cada um no mundo mortal, algo tão intenso que temo que possa me esmagar se eu me atrever a entrar. Quando os sacerdotes procuram este lugar, é aqui que eles param? Sentam-se sob a luz das fadas do gelo e admiram os grânulos congelados que pendem na caverna? Talvez os meros mortais nem sequer saibam que esta entrada existe. Talvez a energia aqui seja tão forte que se perde neles.

Raffaele permanece ali por um longo momento, pairando entre um espaço e outro. Então olha para nós. *Ele vai atravessar.*

– Nós já somos fantasmas – sussurra.

Abro a boca, querendo detê-lo, mas depois a fecho. Ele está certo, como sempre. Se é assim que devemos terminar, então que seja. Raffaele respira profundamente, e eu estudo sua silhueta nesta luz azul, este reino mágico, delineado em um halo como se fosse a última vez. Magiano balança a cabeça e pega minha mão. Maeve e Lucent estão juntas. Teren olha para a frente sem medo.

Há um espaço ao meu lado onde Violetta teria ficado. Sem ela, tenho menos medo de morrer. Sem ela, o mundo é muito mais escuro.

Raffaele atravessa. E nós o seguimos.

> Diz-se que o Escuro da Noite só pode ser acessado por aqueles que conhecem e sofreram a verdadeira perda – que só através da sobrevivência da tal agonia um mortal pode entender o que é pôr os pés em um reino dos deuses.
> – Contos de viajantes ao Escuro da Noite, *compilado por Ye Tsun Le*

Adelina Amouteru

Minhas botas afundam na neve fresca que parece intocada por quilômetros. Uma floresta de árvores congeladas se avulta ao nosso redor, seus galhos nus cobertos de um espesso manto branco. O que nos congela onde estamos, porém, é a visão das três luas no céu noturno. Elas são enormes, douradas e frias, cobrindo metade dele, tão grandes que sinto como se eu pudesse esticar a mão e roçar os dedos em suas superfícies de mármore. Um lençol de estrelas cobre o céu, as constelações incrivelmente brilhantes. *Estamos perto do céu aqui.* Enquanto olho, uma cortina verde-claro dança contra as estrelas, ondulando, aparecendo e desaparecendo em completo silêncio. Nunca vi uma noite como esta. É como se o reino dos deuses estivesse chegando para nos cumprimentar, e nosso mundo mortal estivesse ansioso.

– Deuses. – Magiano suspira ao meu lado.

Nós entramos, afinal.

Como isso é possível? Não deveríamos ter entrado. Isso deveria ter nos matado. Ao meu lado, Raffaele olha em assombro.

Quando olho por cima do ombro, percebo Teren. Como o restante de nós, ele está congelado no lugar. Seus olhos claros estão arregalados, e sua boca, aberta. Há lágrimas em seus olhos, e traços congelados em seu rosto. Posso ouvi-lo sussurrando uma oração enquanto observa emocionado com a beleza desta entrada dos deuses.

Seguimos nosso caminho pela neve intocada. A atração da origem é uma batida constante, guiando cada um de nós. A neve estala baixinho sob nossas botas. Eu tremo no frio. Os sussurros na minha cabeça explodem em vozes caóticas a cada passo que dou, ficando mais altos quanto mais perto da origem chegamos. Tento mais uma vez mantê-los afastados, mas pouco a pouco eles começam a sobrepujar o silêncio em torno de mim, até que não consigo ouvir nem mesmo nossos passos ou nossa respiração. Os sussurros falam coisas sem sentido agora, em uma língua muito antiga, que não entendo. As árvores nesta floresta parecem borrar e mudar cada vez que eu pisco. Eu esfrego meu olho, tentando manter o foco.

De vez em quando, algo pisca na minha visão. Uma forma, uma figura, não tenho certeza. Outras vezes, vejo casas abandonadas, cobertas de neve e vidros quebrados. Na mesma hora, balanço a cabeça e afasto isso da minha mente, dizendo a mim mesma para me concentrar. Posso controlar minhas ilusões. Este é o *meu* poder, mesmo que estejamos no reino dos deuses.

Outra forma corre entre as árvores e desaparece. Eu paro a fim de procurá-la. Não adianta – já se foi. Olho para Magiano.

– Há algo na floresta – sussurro.

Ele franze a testa, depois olha para os espaços entre as árvores.

E neste momento eu paro. Meu olhar vai até as árvores. Fico congelada onde estou. Ao meu lado, Magiano se vira e me dá um olhar alarmado.

– O quê? – pergunta.

Mas não posso responder. Tudo o que posso fazer é olhar para os corpos mortos pendurados nas árvores.

Eles pendem dos galhos ao nosso redor, pendurados em cordas pelo pescoço. Os corpos e rostos são cinza, e, quando olho horrorizada, começo a reconhecer cada um deles. O mais próximo de mim é meu pai. Seu peito é esquelético como sempre, afundado, e gotas de sangue mancham a neve branca embaixo. Perto dele está Enzo, os cabelos de um escarlate profundo, escuro, o pescoço quebrado, as mesmas gotas de sangue debaixo do seu corpo balançando. Atrás, está Gemma, seu rosto familiar ainda meio coberto por sua marca roxa. Há o Rei da Noite de Merroutas, que cortei com uma espada. Dante, o rosto contorcido de dor. Há guardas da Inquisição que matei, soldados de terras estrangeiras que conquistei e rebeldes que executei por ousarem desafiar meu governo. E há minha irmã, minha última vítima.

Estão todos aqui, seus olhos abertos e focados em mim, seus lábios rachados, expressões solenes. Os sussurros na minha cabeça tornam-se um rugido, e percebo que as vozes sempre foram deles, as vozes daqueles que matei, crescendo e crescendo ao longo dos anos à medida que mais pessoas morriam.

Que loba? Você é uma cordeirinha. Esse sussurro era a voz de Dante.
Tão facilmente derrotada. Enzo.
Os mortos não podem existir neste mundo por conta própria. Gemma.
Você não vai embora até eu dizer que pode ir. O Rei da Noite de Merroutas.
Vá em frente. Termine o trabalho. Meu pai.

Todo esse tempo, as vozes eram os sussurros dos mortos, crescendo em número, me provocando, me assombrando, me levando à loucura por seu sangue que manchava minhas mãos.

Cambaleio para trás com um arquejo. Magiano corre para me pegar antes que eu caia na neve.

– Adelina! – exclama ele. Os outros param e olham para mim também. – O que está acontecendo? O que você está vendo?

– Eu vejo todos – eu soluço. – Enzo. Gemma. Meu pai. Minha irmã. Estão todos aqui, Magiano. Oh, deuses, eu não posso fazer isso. Não posso continuar.

Meus joelhos cedem e eu afundo, ainda incapaz de desviar meu olhar da visão. *Isso não é real,* tenta dizer minha parte racional. *É tudo uma ilusão. Apenas uma ilusão. Apenas um pesadelo. Isso não é real.*

Só que é real. Todas essas pessoas *realmente* estão mortas. E estão mortas por minha causa.

– Não me faça entrar lá – sussurro, agarrando-me aos braços de Magiano enquanto ele se inclina sobre mim.

Raffaele se aproxima e se ajoelha na neve ao meu lado, enquanto, mais adiante, Maeve, Lucent e Teren observam. Raffaele pega uma das minhas mãos. Enquanto eu luto para recuperar o controle sobre o meu poder, ele começa a usar o seu. Posso sentir seus fios se entrelaçando em meu coração, buscando o pânico e o medo dentro de mim e os afastando suavemente. Meu olhar desesperado vai dos corpos pendurados ao belo rosto de Raffaele, sua pele morena, seu cabelo preto emoldurado pela neve, o gelo que reveste seus longos cílios, o verde e dourado de seus olhos.

– Respire, mi Adelinetta – sussurra. – Respire.

Tento fazer o que ele diz. Raffaele não é Violetta – ele não pode me salvar de meu poder. Mas lentamente, pouco a pouco, sua tranquilidade começa a suavizar as marés furiosas de energia no meu peito que ameaçam me enlouquecer. Sinto a energia se acalmar e, com ela, os corpos começam a desaparecer. Parecem fantasmas, translúcidos e flutuantes. Então eles se tornam muito fracos, e não posso mais vê-los. Minha respiração se condensa no ar. Meus membros estão fracos, como se eu estivesse nadando há horas. Eu me apoio pesadamente em Magiano.

Finalmente, Raffaele para. Ele parece exausto demais, como se fosse mais difícil usar aqui sua magia contra a minha. Respiro fundo, depois aceno e me afasto de Magiano.

– Eu estou bem – digo, tentando me convencer. – A energia aqui me sobrecarrega.

Raffaele assente uma vez.

– Ela me puxa também – diz gentilmente. – Em um milhão de direções diferentes. Este não é um lugar fácil de estar, um reino entre nós e os deuses.

Lucent caminha até mim e me oferece a mão. Olho, surpresa. Quando a pego, ela me ajuda a ficar de pé. Ao seu lado, Maeve acena para mim uma vez. Há algo iluminando seu rosto, um súbito reconhecimento.

– Sua irmã – diz ela. – Você disse que a viu lá, como uma ilusão. Um fantasma dos mortos.

– Sim – sussurro.

– Então é por isso – murmura Maeve. – Claro.

Ela olha para Raffaele.

– Você disse que todos os nossos alinhamentos com os deuses deviam estar no reino imortal para que pudéssemos estar aqui.

Maeve olha para mim.

– Conseguimos entrar sem os alinhamentos de Violetta.

– Porque a alma dela *já* está no mundo imortal – conclui Raffaele, compreendendo. Seu olhar suaviza, e se dirige a mim. – No Submundo.

Ela já está aqui, percebo. E, de alguma forma, este pensamento espalha uma onda selvagem de esperança pelo meu corpo. *Ela já está aqui. Talvez eu possa vê-la outra vez.*

– Não podemos estar longe. A atração continua ficando mais forte – diz Maeve, afastando-se pelo caminho coberto de neve da floresta.

Todos os outros também sentem isso; não estou sozinha. *Não estamos longe. Estamos quase lá.* Repito para mim mesma, deixando que me conforte e acalme minha energia. Não estamos longe de Violetta, onde ela nos espera no reino de Moritas.

Os outros se distanciam, e começo a andar atrás deles. Magiano fica ao meu lado, sua mão agora entrelaçada com a minha. Tento me concentrar no calor que vem dele. Estou com muito medo de olhar para a copa das árvores, com medo de ver os corpos pendurados de novo. Tenho medo que desta vez eu possa ver corpos daqueles ainda vivos, aqueles que ainda podem morrer.

À medida que avançamos, as luas parecem se mover no céu, se aproximando cada vez mais, crescendo cada vez mais, até parecerem que vão nos tocar. Elas vão se alinhar, percebo, cada uma se sobrepondo à outra, quando chegarmos à entrada do ponto da origem. Nos cantos da minha visão, formas escuras ainda correm pela floresta, desaparecendo quando tento olhar diretamente para elas. Agarro os fios em meu peito e depois tento segurar o mais forte que posso, a fim de parar de tecer inconscientemente. As figuras vacilam e desaparecem por um tempo. Mas não vão embora por completo.

Enfim, à nossa frente, Maeve e Teren diminuem o ritmo. Através da floresta e da noite, um fino raio de luz brilha em uma clareira. Sou a primeira a ver. Ela brilha contra a casca das árvores, e ao fazer uma curva o feixe se intensifica, lavando a paisagem terrestre em uma luz etérea azul-esbranquiçada. Estreito o olho. As árvores ficam esparsas, depois terminam por completo. Saímos em uma enorme clareira de neve. A partir daqui, podemos ver um vale profundo cercado de cordilheiras íngremes e pontudas, com florestas selvagens em cada lado.

No meio deste vale está a fonte da luz azul-esbranquiçada, um feixe estreito que parece estar se derramando de outro reino.

Ao mesmo tempo, a atração de energia que tenho sentido nos últimos dias, de repente, se intensifica uma dúzia de vezes, enviando uma punhalada de dor no meu peito que me faz lembrar do modo como Enzo tinha me puxado. Eu suspiro. Os outros também – eles devem ter sido afetados de maneiras semelhantes. Magiano geme e segura a cabeça, enquanto Raffaele se aproxima e se encolhe. À nossa frente, Maeve cai de joelhos, enquanto Teren enterra a espada na neve e se inclina contra ela. Minhas ilusões disparam, enviando faíscas de silhuetas escuras dançando pela neve ao nosso redor.

Esta é a origem, o ponto onde Laetes desceu do céu para se tornar mortal, onde a energia do mundo imortal rasgou originalmente, infiltrando-se em nosso mundo, onde o Escuro da Noite se formou ao redor dela, torcido pela energia divina. Onde a história dos Jovens de Elite começou. Mesmo sem Raffaele, posso sentir a energia que emana deste lugar, feita de fios de todos os deuses – Guerra e Sabedoria, Medo e Fúria, Ambição e Paixão.

Fico mais perto de Magiano, toco seu braço e me movo na direção de Raffaele. Quando faço isso, algo pisca nas florestas do vale. A princípio, acho que devem ser minhas ilusões novamente. Formas escuras, silhuetas que parecem monstros.

Só que Teren também se vira para olhar para elas. Ele levanta sua espada ao mesmo tempo que Maeve.

– O que é isso? – pergunta ele.

Quando as palavras saem de sua boca, uma das sombras sai da floresta e entra na clareira. Faz um ruído agudo, trincando os dentes. Eu recuo, horrorizada. A criatura não tem olhos, apenas duas órbitas vazias onde eles poderiam ter estado, e uma boca larga cheia de presas. Ele avança em quatro patas, deixando impressões na neve intocada. Em seu rastro paira um manto de fúria, uma energia tão sombria e vil que me deixa doente. Atrás dele vem outro. Então, um terceiro. Eles saem de todos os cantos da floresta, lambendo os beiços.

– Eles são atraídos pela nossa energia – sussurra Raffaele, com os olhos arregalados.

Monstros, os sussurros dos mortos me dizem. *Monstros do Submundo.*

Olho para trás, para o caminho por onde viemos. Mais sombras se agitam nas florestas atrás de nós. De repente eles estão em toda parte, atraídos pelos nossos poderes. O trincar de seus dentes ecoa através das árvores.

Corra.

Corremos para o feixe de luz. Nosso movimento súbito faz com que várias das criaturas virem suas cabeças em nossa direção – elas farejam o ar, então abrem a boca para revelar presas afiadas. Elas correm.

Minha respiração se torna suspiros ofegantes enquanto o ar gelado queima meus pulmões. Na minha frente, Lucent tropeça na neve – eu estendo a mão e a pego antes que ela caia. Maeve avança na nossa frente, deixando algum espaço entre ela e Teren, e gira sua espada. Seus olhos se estreitam em fendas. Ela mostra os dentes, levanta a arma enquanto uma das criaturas se aproxima e a balança em sua direção.

A criatura rosna e se aproxima dela. A espada de Maeve atinge sua mandíbula aberta, cortando profundamente cada lado de sua boca. A criatura grita – o som é ensurdecedor. Um arrepio de fúria e medo ondula em meu corpo com o ataque. É como se Maeve tivesse me cortado junto com a criatura. Maeve também se encolhe.

Nós duas nos alinhamos com o Submundo. Essas criaturas *são* monstros do reino imortal, são uma parte de nós, conectadas a nós.

Maeve golpeia a criatura novamente. Desta vez, acerta seu lado e a derruba na neve. Ali, ela se contrai, enquanto Maeve continua a correr.

– Depressa! – grita. Atrás dela, a criatura começa a se levantar de novo.

Teren corre para nosso outro lado. Enquanto corremos entre as árvores em direção ao feixe azul, ele ataca duas criaturas que vêm para nós pela direita. Seu ataque é tão poderoso que corta o pescoço da primeira criatura, decapitando-a, antes de penetrar profundamente no peito da segunda. A primeira cai se contorcendo na neve, derramando sangue negro em todas as direções, enquanto a segunda grita e se agita. Eu suspiro com a onda da dor de sua morte, tropeço, e seguro meu pescoço. Lucent faz o mesmo. Maeve cambaleia para nós, nos levanta, e gesticula para continuarmos. Corremos mais rápido.

Magiano se afasta do meu lado. Ele gira para enfrentar uma criatura rosnando atrás de nós, saca dois punhais, e os enterra profundamente no rosto da criatura. Outra onda de dor me atravessa. Ele puxa as lâminas. Continuamos correndo enquanto a criatura desmorona, gritando.

Eu alcanço o vale primeiro. Aqui, as árvores são tão próximas que parecem formar um labirinto que leva ao centro do ponto de origem. Enquanto corremos, olho entre os troncos e vejo meu reflexo em pequenos blocos de gelo na neve, fugaz e distorcida. Meu rosto é pálido, meus cabelos uma onda prateada. Pareço em pânico.

– Cuidado! – grito para Raffaele quando uma criatura vem em nossa direção pelo labirinto de árvores. Ele salta para trás a tempo de a criatura mostrar o rosto entre um tronco dividido. Ela rosna e estende as patas para nós através da abertura estreita, os dentes estalando. Raffaele tropeça para trás e cai na neve. Uma espada surge do nada para cortar a criatura quase pela metade. É Teren, ambas as mãos segurando o cabo de sua espada firmemente, de pé sobre Raffaele como um guardião estranho. Mais criaturas saltam para ele. Teren as golpeia, forçando-as a recuar. Outra criatura morre por sua espada.

– *Ande* – Teren dispara para Raffaele por sobre o ombro. – Não me faça salvar você de novo.

Raffaele não precisa de um segundo aviso. Ele pula e continua correndo para o feixe de luz. Eu faço o mesmo. Atrás de nós, Teren saca uma faca longa e apunhala mais uma criatura.

Em seguida, outra pula na nossa frente, aterrissando profundamente na neve. Ela vira suas órbitas cegas para nós e sorri com a boca cheia de presas. Ao meu lado, Lucent se levanta com dor e trinca os dentes, então empunha sua própria espada e ataca a criatura. Os sussurros explodem na minha cabeça, e quase consigo entender o que a criatura quer. Ela se concentra em mim.

Mate-os, diz.

Um tremor ondula pelo meu corpo. A criatura dá um passo à frente. *Não*, penso em resposta.

Você é uma de nós. Não precisa deles para visitar o Submundo. Você pertence a ele. É a sua casa.

O veneno dos sussurros escorre profundamente em minha mente. Volto-me para Raffaele, e meus pensamentos se enchem com um súbito fluxo de ódio. Ele deve ver a mudança na minha expressão, porque de repente se afasta de mim. Os olhos de Lucent se arregalam.

– Não, Adelina! – ela grita. Aperto meus punhos.

Não, eu penso, agarrando-me ao grito de Lucent. *Não*.

A criatura rosna. Avança para mim – apenas para se espetar na espada de Lucent. Ela tinha se movido para a minha frente tão depressa que nem a vi. A criatura grita, mesmo quando um espasmo de dor dispara através de mim em seus gemidos agonizantes. Lucent arranca a lâmina do peito com um grunhido de esforço, e com Raffaele corremos em torno de seu corpo.

Estamos muito perto da origem agora. Só que mais criaturas surgem de todos os lados, suas formas esbranquiçadas se aproximando do raio de luz e atrás de nós. Continuamos a correr. À nossa frente, um grupo de criaturas rodeia a luz e vira seus rostos horríveis em nossa direção. Maeve aparece, mostra os dentes e se lança para elas – busco dentro de mim energia para tecer uma nuvem de ilusões ao redor dela e dos outros, tentando torná-los tão invisíveis quanto consigo. Há muitos de nós em movimento. Não consigo sustentar a ilusão, mas é o suficiente para lhes dar alguma cobertura.

Então, de algum lugar, surge Teren. Sua respiração está pesada, seus olhos selvagens de fúria, sua boca torcida em um sorriso largo. Suas espadas estão cobertas de sangue negro, enquanto suas próprias roupas estão manchadas de vermelho. Ele encontra meu olhar, então se vira para encarar as criaturas. Com um rugido, as ataca.

As criaturas se aglomeram em torno dele – mas mesmo assim não conseguem derrubá-lo. Ele ainda luta como uma fera, enquanto o restante de nós se reúne junto à origem. A luz é tão brilhante aqui que preciso proteger meu olho dela. Viro-me de novo para Teren. Uma das criaturas afunda sua mandíbula em seu ombro – ele solta um rugido de agonia. No mesmo momento, gira e crava a lâmina fundo no pescoço da criatura. Eu estremeço. A criatura tira as presas do ombro dele com um grito. Lanço minha energia na direção de Teren, tentando impedi-lo de sentir a dor.

Magiano passa por mim, junto com Maeve.

– Nos dê um pouco de cobertura! – ele grita para mim. Olha para os outros. – Continuem!

Antes que eu lhe diga para parar, ele se foi, correndo para onde Teren está tentando afastar os monstros. Ele desembainha seus punhais e arremessa um para uma criatura que agarra as costas de Teren. Ao mesmo tempo, Maeve puxa uma flecha de sua bainha e a aponta para uma segunda criatura que se prepara para atacar Teren. Ela dispara. Ambos os ataques atingiram seus alvos. As criaturas gritam e caem para trás – mas outras continuam a vir. Em meio a tudo isso, Teren luta como um demônio. Demoro um momento para perceber que ele está rindo. Ele fecha os olhos.

– Os deuses falam! – grita ele enquanto as criaturas o rasgam. E, um instante depois, um dos monstros afunda as suas garras afiadas nas costas dele, com as unhas pretas saindo em seu peito.

Eu estremeço, atordoada. Maeve solta um suspiro, enquanto Magiano congela. Então eles se movem de novo, correndo na direção de Teren – mas os olhos dele estão arregalados, a boca aberta. O sangue escorre pelos cantos de seus lábios. Seu corpo tenta se curar ao redor das garras da criatura, mas elas permanecem enterradas em seu coração. Ele treme. Tenho um vislumbre dos momentos agonizantes de Enzo, seguido pela lembrança das últimas respirações de Giulietta.

Magiano se atira na criatura ainda esmagando Teren. Ele é forte o suficiente para derrubá-la – ele está canalizando o poder de Teren. Eu puxo com mais força, tentando lançar uma ilusão de dor sobre as criaturas. Eles gritam, mas minha ilusão não pode derrubá-las. Maeve balança a espada para a criatura que Magiano tinha acabado de atacar – sua lâmina corta o braço do monstro. Enquanto a criatura se contorce, Teren cai. Antes mesmo de seu corpo atingir a neve, sei que ele não vai conseguir. Um zumbido bloqueia o som em meus ouvidos. Mal consigo acreditar, mas Teren ainda está sorrindo. Seus olhos estão virados em minha direção.

Há um momento de silêncio. Ficamos parados, atordoados, diante da visão.

Maeve e Magiano rolam cuidadosamente Teren de costas, enquanto eu me apresso alguns passos à frente para vê-lo. Ele está fraco, sua respiração lenta e superficial. Seus olhos estão se fechando. A ferida em seu peito está se curando, mas não rápido o bastante.

– Teren – digo, inclinando-se sobre ele.

Seus olhos se abrem por um momento. Ele tem dificuldade de focar em qualquer um de nós, e em vez disso seu olhar acaba descansando em algum lugar no céu noturno.

– Agora estou perdoado – ele murmura, tão baixinho que acho que o entendo mal.

Espero que seu peito se levante novamente, mas não.

Eu me pego olhando para a neve, me esforçando para lembrar dos nossos primeiros encontros – como ele me amarrara à estaca e desejara que eu queimasse, como tinha ameaçado minha irmã e tirado a vida de Enzo, como, mesmo depois disso, ele continuou a atormentar *malfettos* e Jovens de Elite, como eu o levei à loucura a ponto de tirar a vida de sua própria amante. Eu sei, sem dúvida, que ele merecia morrer.

Então, por que estou triste? Levanto a mão e sinto lágrimas em meu rosto. Por que me importo com o que acontece com ele? Eu o mantive prisioneiro, o odiava e torturava. Eu devia estar feliz neste momento, ao ver seu sangue correndo pela neve, o branco vago e sem vida de seus olhos.

Teren está morto, e não sei por que choro por ele.

Eu matei e destruí também. Eu feri. Talvez sempre tenhamos sido iguais, como ele costumava me dizer. E agora que ele se foi sinto uma súbita onda de exaustão, uma dor libertadora. Sua morte marca o fim de um longo capítulo em minha vida.

Ele estará no Submundo. Esperando por nós.

Os monstros na floresta ainda estão chegando. Maeve e Magiano correm para a luz. Eu os sigo, confusa, o mundo ainda calmo em torno de mim, a neve embaçada. Com as criaturas nas nossas costas, se aproximando rapidamente, e a cegante luz azul-esbranquiçada à frente, desvio meu olhar dele, respiro fundo... E entro ao mesmo tempo que os outros.

> Medina: Eu já cheguei? É este, verdadeiramente, o oceano do Submundo?
> Formidite: Fala, criança, porque estás nas portas da morte.
> Medina: Ó deusa! Ó anjo do Medo! Não suporto olhar para você.
> - Oito Príncipes, *de Tristan Chirsley*

Adelina Amouteru

A energia me inunda. Preenche todas as brechas na minha mente e no meu corpo, fios de poder de cada deus – Medo, Fúria, Prosperidade e Morte, Empatia e Beleza, Amor, Sabedoria e Tempo, Alegria, Guerra e Ganância. Eu sinto tudo de uma vez. Ela queima meu interior com sua intensidade pura e, por um instante, acho que não vou ser capaz de suportar. Quero gritar. *Onde estão os outros?* Não consigo ouvir a voz de Magiano ou os gritos de Raffaele. Não consigo sentir nada além da luz e da energia.

Tento abrir meu olho e, nesse instante, acho que vejo um vislumbre do paraíso além do céu, e das águas profundas abaixo dos oceanos mortais.

Pouco a pouco, a luz começa a desaparecer. O ar esfria novamente, mas é diferente dos ventos no Escuro da Noite. É um frio que penetra profundamente em meus ossos, um entorpecimento que se aninha perto do meu coração e o envolve em um casulo de gelo. Hesitante, abro o olho. O mundo ao meu redor é nebuloso e cinza. Eu reconheço esse cinza. É o Submundo.

Sob meus pés está a sensação de água fria. De um lado meu está Magiano. Do outro, Raffaele, então Maeve e Lucent. Entramos no mundo dos deuses.

Embora o oceano do Submundo se espalhe aos nossos pés, não afundamos na água. Em vez disso, ficamos sobre ela, como se estivéssemos sem peso. Quando olho para a água, percebo que nem uma única ondulação perturba sua superfície. Um espelho do eterno céu cinzento ao seu redor, o reino entre os céus e a terra, o espaço onde você não está nem aqui nem lá; a água é escura, quase negra, mas completamente transparente. Muito abaixo desliza a silhueta de criaturas enormes, as mesmas que vi inúmeras vezes em meus pesadelos do Submundo. Só que agora estamos aqui.

Adelina.

O sussurro ecoa ao nosso redor, reverberando profundamente em meu coração. É uma voz que conheço bem. Olho para cima, ao mesmo tempo que todo mundo. Lá, a alguma distância, uma figura pálida, com longos cabelos pretos, caminha na superfície do oceano, se aproximando de nós. Enquanto ela vem, eu sou incapaz de me mover. Os outros permanecem congelados no lugar. Um calafrio se aloja em meu peito.

Adelina. Então ela sussurra os nomes dos outros também. *Vocês não pertencem a este lugar. Vocês são do mundo dos vivos.*

Formidite. O anjo do Medo. Ela veio para nos reivindicar.

Seus cabelos se arrastam por todo o oceano, estendendo-se além do horizonte, de modo que o mar atrás dela não passa de um campo de fios escuros. Ela tem o corpo de uma criança, mas esquelético. Seu rosto é sem traços, como se a pele estivesse esticada firmemente sobre ele, e ela é mais branca do que mármore. De repente, me lembro da primeira vez que a vi em meus pesadelos, à noite, logo após Raffaele ter me testado para a Sociedade do Punhal.

Eu me curvo quando ela se aproxima de nós e os outros fazem o mesmo. Raffaele é o primeiro a dirigir-se a ela, olhando para baixo, para a água.

– Santa Formidite – diz. – Guardiã do portão para o Submundo.

Nós murmuramos nossas próprias saudações a ela.

Sob suas camadas de pele, ela parece sorrir para ele. *Volte ao mundo mortal.*

– Estamos aqui para salvar aqueles como nós – responde Raffaele. Ele deve ter medo dela, como todos tememos, mas sua voz permanece firme e suave, implacável. – Estamos aqui para *salvar* o mundo mortal.

O sorriso de Formidite desaparece. Ela se inclina em nossa direção. O meu medo cresce, e meu poder cresce junto, ameaçando me destruir. Ela olha primeiro para Raffaele, depois se vira para Maeve. Algo em Maeve atrai seu interesse. Ela se aproxima da rainha beldaína, então inclina a cabeça no que só pode ser descrito como curiosidade. *Você tem um poder, pequena. Você tirou almas do reino de minha mãe e as levou de volta para os vivos.*

Maeve abaixa a cabeça. Posso ver sua mão tremendo visivelmente contra o cabo da espada.

– Perdoe-me, Santa Formidite – diz ela. – Recebi um poder que só posso dizer que foi dos deuses.

Fui eu que a deixei entrar, Formidite responde. *Você aprendeu, desde então, eu sei, que há consequências em canalizar os poderes dos deuses.*

– Por favor, nos deixe entrar – pede Maeve. – Precisamos consertar o que fizemos.

Imóvel, Formidite espera. Olha para Lucent, depois para Raffaele. *Filhos dos deuses,* diz. E então ela olha para mim.

O medo em meu peito. Formidite dá mais um passo à frente, até que sua figura se ergue sobre mim e lança uma sombra suave no oceano. Ela estende a mão ossuda para baixo e toca gentilmente na minha bochecha.

Eu não consigo controlar meu poder – uma ilusão de escuridão explode por toda parte, silhuetas de braços fantasmagóricos e olhos vermelhos, visões de noites chuvosas e dos olhos selvagens de um cavalo, de um navio de guerra ardendo e longos corredores de palácio. Cambaleio para trás, afastando-me de seu toque.

Minha filha, diz Formidite. Seu sorriso estranho e sem traços volta. *Você é minha filha.*

Estou hipnotizada pelo seu rosto. O medo pululando dentro de mim me faz delirar.

Formidite fica em silêncio por um momento. As chamadas fantasmagóricas das criaturas das profundezas ecoam até nós, como se tivessem sido trazidas à vida pela nossa presença. Finalmente, ela acena uma vez para nós. Quando olho de novo para baixo, as formas das criaturas estão mais próximas da superfície, e elas se aglomeram. Meu coração acelera. Eu sei o que isso significa, e o que está nos esperando sob a superfície. O anjo gêmeo de Formidite.

A água abaixo de nós cede. Eu caio nas profundezas, e minha cabeça submerge. O mundo se enche com o som de estar debaixo d'água. Por um instante, estou cega na escuridão, e busco instintivamente por Magiano. Por Raffaele. Por Maeve e Lucent. Não encontro ninguém. As silhuetas de criaturas enormes deslizam ao meu redor em um círculo. Enquanto continuo a afundar, tenho um vislumbre do rosto de uma das criaturas.

Sem olhos, magro, monstruoso, com presas. Abro a boca para gritar, mas só saem bolhas. *Eu não consigo respirar*. A energia do Submundo me puxa para baixo, puxando forte no meu peito, e não tenho escolha senão segui-la.

Uma das criaturas desliza perto do meu rosto. É a própria Caldora, o anjo da Fúria. Ela abre suas mandíbulas para mim, e um eco baixo, assustador, reverbera através da água. Mesmo que eu não possa ver os outros, posso sentir sua presença. Não estou sozinha aqui.

Siga-me, dizem os pensamentos de Caldora, penetrando em minha mente. Ela se vira, e sua longa cauda escamosa faz um laço na água. Eu nado cada vez mais fundo com ela.

Siga-me, siga-me. O silvo de Caldora se torna ritmado na água. Sua voz se mistura aos meus sussurros, formando uma estranha harmonia. A água torna-se cada vez mais escura, a pressão cresce e não consigo enxergar mais nada, nem Caldora nadando à minha frente, nem as silhuetas de outras criaturas que assombram as águas. É apenas um espaço profundo, preto, sem fim, em todas as direções, até a eternidade.

Eu afundo no reino da Morte.

> Quão nobre deve ser, a dor de Moritas,
> guardando para sempre as almas silenciosas,
> julgando uma vida e escolhendo levá-la.
> - Vida, morte e renascimento, *por Scholar Garun*

Adelina Amouteru

Não lembro o que aconteceu nem como cheguei. Tudo o que sei é que estou aqui, parada à margem de uma terra plana e cinzenta, cujas bordas são alinhadas pela superfície silenciosa e imutável do oceano do Submundo. É calmo como um lago.

Olho para cima. Onde o céu devia estar há, em vez disso, o oceano, como se eu estivesse de cabeça para baixo no céu, olhando para ele.

Eu me viro para encarar a terra. Tudo é pintado no mesmo tom de cinza. O pulso da morte bate ao meu redor, o silêncio tocando ritmado em meus ouvidos. Eu me flagro observando uma paisagem plana cheia de milhares, milhões, *incontáveis* pilares de vidro. Os pilares são iridescentes e brancos.

Cada um tem a forma de um quartzo e a cor da pedra da lua, uniformemente espaçados, formando linhas perfeitas estendidas até o horizonte, tão altas que se perdem de vista. Cada pilar parece brilhar com uma fraca luz branca prateada, uma tonalidade que os distingue claramente do cinza uniforme no resto deste lugar. Quando me aproximo do primeiro pilar, vejo algo dentro dele, suspenso no espaço da pedra. É difícil distinguir a forma, embora pareça longa e turva. Eu ando até o pilar e ponho a mão nele.

Há um homem lá dentro.

Minha mão se afasta, como se o pilar estivesse gelado. Eu pulo para trás. Os olhos do homem estão fechados, e sua expressão é pacífica. Algo em seu rosto parece atemporal, congelado para sempre no auge de sua vida. Eu o estudo um pouco mais.

De repente percebo: *esta é sua alma.*

Eu me afasto e olho em volta para as colunas que se estendem até onde posso ver. Cada um desses pilares é o último lugar de repouso de uma alma do mundo mortal, os restos daquela pessoa muito depois de carne e osso terem sido reivindicados pela terra. Esta é a biblioteca de Moritas, todos os que já existiram.

Minhas mãos começam a tremer. Se este é o lugar onde todas as almas dos mortos reside, então é também onde vou encontrar minha irmã.

Olho ao meu redor, procurando os outros. Levo um longo momento para notar o feixe de luz iluminando meu corpo, como se me marcando como um momento de vida neste mundo de mortos. Quatro outros feixes estão espalhados no meio deste labirinto de pilares lustrosos, seu brilho distinto contra o pano de fundo de prata e cinza. Eles parecem muito distantes, cada um de nós separado dos outros pelo que parece uma quantidade infinita de espaço.

Todo mundo entra no reino da Morte sozinho.

Através desta paisagem misteriosa vem um sussurro. Ele permeia cada espaço vazio, ecoando até o oceano no céu. Há uma escuridão rastejando para a frente, algo maior do que qualquer coisa que já vi, uma nuvem negra que se estende do céu para o mar. Ela se agita adiante.

Adelina.

É Moritas, a deusa da Morte. Eu sei, sem dúvida, que esta é a sua voz.

Você veio negociar comigo, Adelina.

– Sim – respondo em um sussurro. – Eu vim... nós viemos... para curar a ruptura entre seu mundo e o nosso.

Sim, os outros. A nuvem se eleva diante de mim. *Sua energia imortal tem feito falta em nosso reino há muito tempo.*

Meus poderes, começo a dizer, mas as palavras falham na minha língua. Mesmo agora – mesmo depois de seguir todo esse caminho.

Os sussurros na minha cabeça se agitam, com raiva por eu considerar desistir deles. *Se aproxime, Adelina*, ordena Moritas.

Eu hesito. A nuvem à minha frente é um emaranhado terrível de curvas negras, em formas de monstros. O terror paralisa meu corpo. Eu andei em florestas no meio da noite. Eu viajei através da escuridão das cavernas. Mas entrar na própria Morte...

O medo é sua espada.

Minha espada, minha força. Eu dou um passo após outro. A nuvem se agiganta, mais perto ainda. Dou outro passo, e então estou dentro dela, consumida por inteiro.

Ando em uma terra de neblina negra e pilares prateados. Dentro de cada estrutura perolada, uma pessoa paira no sono eterno, e sobre ela posso ver um leve reflexo de mim mesma espiando, me perguntando como sua vida mortal costumava ser. Meu coração bate ritmado no peito. Sou grata por senti-lo, por saber que não estou morta aqui. Um murmúrio flutua pela névoa de vez em quando, a voz de Moritas, chamando por mim. Eu a sigo, mesmo que não saiba onde está me levando. Passo uma fileira de pilares atrás da outra. Seu brilho luminoso reflete contra a minha pele. Eu ando até perder a conta de quantas linhas passei, e quando olho por cima do ombro, na direção pela qual cheguei, não consigo ver nada além de fileiras desses pilares ao redor.

Estão os outros vagando por seus pesadelos de pilares, procurando por mim? De vez em quando, vejo figuras fantasmagóricas caminhando pelos corredores entre as pedras da lua também, figuras que nunca posso olhar diretamente. Talvez sejam almas perdidas, fantasmas. Talvez Moritas esteja falando com os outros, um por vez.

Adelina.

Moritas soa mais próxima agora. Volto para o caminho à minha frente – e então paro. O rosto dentro do pilar mais perto de mim, seus olhos fechados e sua expressão pacífica, pertence à ex-rainha de Kenettra. Giulietta. Seu cabelo escuro parece flutuar dentro da coluna de pedra da lua, e seus braços nus estão cruzados sobre o peito. Eu dou um passo hesitante em direção a ela.

Não há sinais de feridas em seu corpo, nenhuma evidência da espada de Teren cortando seu peito. Ela é intocada, preservada para sempre no Submundo. Eu estudo seu rosto de uma maneira que nunca fiz quando ela estava viva. Ela era bonita. *Enzo parecia muito com ela.*

Continuo andando. Então percebo que os pilares mais próximos agora são todos de pessoas que conheci.

Há soldados da Inquisição. O Rei da Noite de Merroutas está aqui, suas sobrancelhas não mais sulcadas de raiva. Dante paira próximo também. Há Gemma, a marca roxa se estendendo em seu rosto pacífico. Sussurro uma oração enquanto passo por ela, pedindo-lhe perdão e então me forço a seguir, reconhecendo um rosto após outro. Paro por um momento diante de Teren, que agora permanece enclausurado em seu próprio pilar, braços cruzados sobre o peito, perdido para a noite eterna. Nunca o vi tão sereno, e eu me pego torcendo para que ele tenha finalmente encontrado alguma paz.

E há Enzo. Paro diante de seu pilar. Ele parece que está só dormindo, seu rosto calmo e sem falhas. Seus braços ainda carregam as queimaduras que sempre teve, sua pele arruinada e cicatrizada. Permaneço ali por um longo momento, como se talvez ele fosse acordar se eu olhasse bastante. Mas ele não acorda.

Finalmente, continuo. Os rostos parecem se borrar ao meu redor.

Paro novamente quando encontro minha mãe, que está sepultada ao lado do meu pai. Faz tanto tempo que não a vejo que quase não a reconheci – mas Violetta era exatamente igual a ela jovem. Meus lábios se abrem ligeiramente, e meu peito se aperta em tristeza. Coloco a mão contra a superfície fria do pilar. Se me concentrar o suficiente, sinto como se pudesse ouvir sua voz, seu canto suave e doce, uma música de que me lembro de quando eu era muito pequena. Posso me lembrar de suas mãos sobre sua barriga inchada, posso me lembrar de me perguntar quem sairia dela. Olho para ela por um longo tempo, talvez por uma eternidade, antes que eu possa enfim seguir em frente.

Não me preocupo em olhar para meu pai. Procuro alguém muito mais importante.

Então, a encontro. *Violetta.*

Ela é linda. Impressionante. Seus olhos estão fechados, mas, se eles pudessem se abrir, sei que eu estaria olhando fixamente para olhos castanhos familiares, não os cinzentos inanimados que teve no fim da vida. Estendo a mão para ela, porém a pedra da lua bloqueia o meu caminho – e eu tenho que me contentar em pressionar minha mão contra a superfície, olhando para o rosto de minha irmã ali dentro. Meu rosto está molhado de lágrimas. Ela está aqui, no Submundo. Posso vê-la outra vez.

Adelina.

Desvio meu olhar. E lá eu vejo. Sei instantaneamente que foi para isso que nós viemos.

No centro desta paisagem de pilares iridescentes está uma laje escura, uma coluna preta no meio das pedras da lua. Ela corta o ar e o céu, tão alta que não vejo o fim, e, ao seu redor, há um redemoinho de névoa escura, uma ferida que se estende do Submundo, pelo mundo mortal, até os céus. As palavras de Raffaele me voltam em uma lembrança. Este é o corte – a antiga ruptura – que abriu o mundo imortal para o mortal, quando Alegria desceu à Terra como um ser humano e depois atravessou de novo o submundo. Este pilar preto é onde Alegria foi enterrado depois de sua morte humana, antes de retornar aos céus. Onde surgiu a febre do sangue. Mesmo aqui, posso sentir o poder das trevas, sua injustiça. Lembro-me da sensação de uma mesa de madeira debaixo do meu corpo, do gosto nos meus lábios de conhaque que o doutor prescreveu para minha doença, o som dele vindo para o meu quarto quando eu tinha apenas quatro anos, segurando uma faca quente sobre meu olho infectado, mesmo quando gritei, chorei e implorei para que ele não fizesse aquilo.

Esta é a origem da febre que tocou cada uma de nossa vida. Quanto mais me aproximo, mais escuro fica o espaço atrás do pilar, até que tenho a sensação de que caminho diretamente para um mundo de noite, sendo engolida por esse nevoeiro.

Chego ao pilar. Quando o faço, a escuridão disforme muda, transformando-se na numa figura alta, escura e elegante, seu corpo envolto em vestes de névoa, um par de chifres altos se retorcendo sobre a cabeça. Ela me fita com olhos negros. Abro a boca para dizer algo, mas nada sai.

Moritas, a deusa da Morte.

Minha filha, ela diz. Seus olhos negros se concentram em mim. Sua voz é profunda e poderosa, um som que ecoa através da paisagem e dentro do meu peito, uma vibração tão antiga que dói em meus ossos. *Os filhos dos deuses.* De seus dois lados, outras figuras agora aparecem, altas e silenciosas. Reconheço Formidite, com seus longos cabelos negros e rosto sem traços. Caldora, as barbatanas enormes e monstruosas.

Então, um homem vestido com manto de ouro e joias. Denarius, o anjo da Ganância. Fortuna, deusa da Prosperidade, coberta de brilho e diamante. Amare, deus do Amor, de tirar o fôlego. Tristius, anjo da Guerra, com sua espada e escudo. Sapientus, deus da Sabedoria. Aevietes, deus do Tempo, e Pulchritas, anjo da Beleza. Compasia, anjo da Empatia.

Laetes, anjo da Alegria.

Os deuses e deusas estão todos aqui, para reivindicar seus filhos.

– Moritas – sussurro, a palavra mal fazendo som ao sair de meus lábios. Meu poder borbulha em sua presença, ameaçando destruir meu corpo mortal e fragilizado.

Vocês nunca deveriam ter usado nossos poderes, diz ela. *Temos observado do reino imortal como sua presença mudou o mundo mortal.*

Moritas abaixa a cabeça e fecha os olhos. Ao meu lado, os outros agora se materializam na neblina negra. Raffaele, Lucent, Maeve. Magiano. Quero dar um passo à frente, desesperada para ir até eles, até *ele*... Mas tudo o que posso fazer é olhar. Eles também parecem estar em transe.

– O que você quer para consertar isso? – sussurro. Eu sei a resposta, contudo, por alguma razão, não consigo dizer.

Moritas abre os olhos novamente. Sua voz ecoa em uníssono com seus irmãos. *Seus poderes. Abram mão deles, e todos serão devolvidos ao reino dos vivos. Entreguem-nos a nós, e o mundo será curado.*

Para consertar o mundo, temos que devolver nossos poderes. Seremos os últimos Jovens de Elite.

Os sussurros rugem na minha cabeça, agarrando-se, enganchando profundamente em minha carne. *Não.* Eu grito de dor. *Como você se atreve,* eles rosnam. *Depois de tudo o que fizemos por você. Como se atreve a pensar em viver sem nós? Você não pode sobreviver sem nossa ajuda. Você esqueceu como se sente quando somos tirados de você? Você não se lembra?*

Eu lembro. A memória de Violetta arrancando meu poder agora me atinge com tanta força que eu dou um passo instável para trás. Parece cem vezes pior do que eu me lembrava – como se alguém tivesse rasgado meu peito e o deixado oco, fechado um punho em torno do meu coração pulsante e tentado arrancá-lo. Estremeço com a dor. É insuportável.

E para quê? Para proteger o resto do mundo? Você não lhes deve nada; você os governa. Volte ao seu palácio e continue seu reinado.

É uma oferta tentadora.

– Eu não posso fazer isso – digo a Moritas enquanto minha voz vacila. – Eu não posso lhe entregar meu poder.

Então você vai morrer aqui. Moritas ergue os braços. *Se oferecer seu poder voluntariamente, pode sair de nosso reino e voltar para o seu mundo mortal, viva. Seus poderes não podem retornar com você. Cada um de vocês deve fazer isso.*

Cada um de nós. Se todos desistirmos de nossos poderes, seremos capazes de retornar ao mundo dos vivos.

A paisagem ao nosso redor está envolta na escuridão. Eu respiro fundo, enchendo-me com ela, e tremo com a sensação. O poder dentro de mim, toda a escuridão que já senti e toda a escuridão que alguma vez fui capaz de invocar não são nada em comparação ao poder da escuridão da deusa da Morte. Moritas maneja um milhão, um bilhão de fios infinitos de uma só vez, e sob a terrível influência de seu poder, posso ver de uma só vez todo o sofrimento que ocorreu desde o início dos tempos. As visões me engolem.

Vejo as explosões que criaram o mundo, o grande oceano que existia antes que os deuses criassem a terra. Há a descida de Alegria para o mundo mortal, e a primeira propagação da febre do sangue. Ela varre as aldeias, cidades e reinos, infectando os vivos com seus toques de imortalidade, matando muitos, deixando cicatrizes em alguns amaldiçoados... Dando poderes imortais a uns poucos. Ouço os gritos e os gemidos de terror de Kenettra. Vejo os *malfettos* que queimam na fogueira, e depois os Jovens de Elite, que lutam. Eu *me* vejo.

Vejo a escuridão que o mundo infligiu sobre nós, e nós sobre eles.

Pobre criança, diz Moritas. Ao lado dela, as formas de Caldora e Formidite me observam em silêncio. *Você morreria com a escuridão presa em suas mãos?*

Não. Eu me abraço e olho para trás desesperadamente, como se alguém pudesse vir me salvar. *Violetta*. Ela tinha me apoiado, no passado. Nós nos amamos, no passado.

Moritas inclina a cabeça na minha direção com curiosidade. *Você está presa à sua irmã.*

E então algo me ocorre. Nós tivemos que entrar no reino dos mortos com *todos* os nossos alinhamentos, juntos, mesmo aqueles que haviam perecido no caminho. Teren. Violetta. Se devolvermos nossos poderes aos deuses, então recebemos nossas vidas em troca, podemos sair deste reino imortal e retornar aos vivos. Isso significa... se desistirmos de nossos poderes, se eu desistir do meu, que todos nós que viemos oferecer nossos poderes podemos retornar ao mundo mortal? Que até Teren viveria de novo?

Que *Violetta* poderia voltar? *Isso traria minha irmã de volta?*

A cena muda de novo. Sou uma criança, andando de mãos dadas com Violetta. Estou deitada na cama, perdendo minha luta com a febre do sangue. Assisto ao meu cabelo mudando de cor, clareando, ficando prateado. Vejo meu rosto cheio de cicatrizes, me vejo quebrando o espelho em um milhão de pedaços. Então vejo meu futuro. Sou rainha de Kenettra, governante do mar, do sol e do céu. Sento-me sozinha no trono, olhando para meu império. A visão desperta minha ambição e os sussurros na minha cabeça murmuram. *Sim, é isso que você quer. Isso é tudo que você sempre quis.*

Mas então me vejo curvada no chão de mármore da sala do trono, soluçando, cercada por ilusões que não posso apagar. Olho, horrorizada, enquanto expulso minha própria irmã da sala, seguro uma faca contra sua garganta e ameaço sua vida. Vejo-me atacando Magiano, ordenando sua execução depois que ele tenta me impedir de me ferir. Eu me vejo soluçando, desejando poder desfazer o que eu fiz. Vejo como me tranco em meus aposentos, gritando para as ilusões que me prendem com suas longas garras pretas me deixarem em paz. Fico trancada para sempre, louca e aterrorizada, até que, finalmente, uma noite, tenho meu pesadelo mais uma vez.

Acordo para o horror dele, repetidamente, apenas para me perder em outra camada do sonho. Corro até a porta, tentando em vão manter a escuridão lá fora. Eu acordo, e faço a mesma coisa outra vez. Grito pedindo ajuda. Acordo. Empurro inutilmente a porta, que se entreabre. Acordo. E o ciclo recomeça e recomeça – só que desta vez não consigo me livrar dele. Eu não consigo acordar na realidade. Em vez disso, continuo até que finalmente não consigo mais manter a porta fechada e ela se abre. Do outro lado está uma escuridão interminável, a boca escancarada do Submundo, a Morte vindo me buscar. Tento mais uma vez fechar a porta, mas a escuridão entra. Ela mostra seus dentes para mim. Então avança e, mesmo enquanto tento me proteger, ela me rasga em pedaços e devora minha alma.

Esta seria a minha vida.

Penso na pilha de pedras que tivemos de deixar para trás nas montanhas. Lembro-me da sensação do corpo da minha irmã embalado em meus braços, de eu soluçar em seu cabelo congelado, dizendo-lhe repetidas vezes que sinto muito, implorando a ela que não me deixasse.

Se eu der meus poderes à deusa da Morte, se todos fizermos isso, então, talvez, ela me devolva minha irmã. Violetta poderia viver novamente; talvez todos possamos sair daqui. A possibilidade é fugaz, mas está lá e envia um tremor de esperança selvagem através de mim. *Ela poderia viver. Eu posso, pelo menos, desfazer este erro. Posso consertar o que quebrei entre nós.*

E eu posso me salvar.

Lentamente, eu me levanto. Ainda tenho medo, mas ergo a cabeça. Os sussurros na minha cabeça de repente começam a uivar. Eles me chamam, me implorando para não os deixar, sibilando em mim por minha traição. *O que você está fazendo!* Eles gritam. *Você se esqueceu? As mãos de seu pai batendo em você? Seus inimigos rindo de você? A fogueira ardendo? Esta é a vida sem poder.*

Fico firme contra o ataque deles. Não, essa não é minha vida sem poder. Minha vida sem poder será caminhar pela multidão sem escuridão puxando meu coração. Será ver Violetta no mundo dos vivos, sorrindo de novo. Será montada na parte de trás de um cavalo com

Magiano enquanto subimos outra montanha, à procura de aventura. Será uma vida sem esses sussurros na minha cabeça. Será uma vida sem o fantasma do meu pai. Será uma *vida*.

Olho para Moritas. Então alcanço profundamente dentro de mim, agarro os fios que se entrelaçaram em torno de meu coração desde que eu era criança. Eu os retiro. E renuncio a eles.

Os sussurros gritam.

Ao mesmo tempo, vejo – de alguma forma, *vejo* – os outros fazerem o mesmo. Vejo Magiano oferecendo seu poder de mímica ao mundo imortal; vejo Raffaele sacrificando sua conexão; vejo Lucent devolvendo seu domínio do vento; vejo Maeve desistindo de seu direito ao Submundo.

O mundo à minha volta irrompe. O poder disso me joga no chão. Prendo a respiração e grito com a dor do meu poder sendo arrancado de mim. A escuridão gira e os sussurros de repente são ensurdecedores. Eles gritam em meus ouvidos, sua dor é minha. Enrolo-me para me proteger.

Então, de repente, eles cessam. Os sussurros que me perseguiram por tanto tempo. Cada palavra, cada silvo, cada garra. Cada fio de escuridão que se enrolava nos cantos do meu peito.

Partiram.

Uma sensação penetrante, de fúria, tristeza e alegria, preenche meu coração, substituindo o vazio. Eu busco, mas não há nada na outra extremidade. Sem fios para puxar. Eu não sou mais uma Jovem de Elite.

Vá, diz Moritas, a voz dos outros deuses ecoando a dela. *Retorne ao mundo mortal com os outros. Você ainda não pertence a este lugar.*

Aperto meu peito, assustada com o vazio em meu coração. Nós estamos indo para casa.

Então vejo, através dos restos quebrados do pilar escurecido, a figura de minha irmã. Violetta. Ela ainda está presa em sua tumba opalescente, seu rosto pacífico na morte, seus braços cruzados sobre o peito. Ela paira ali à minha frente. Estendo a mão para ela. Espero que ela volte à vida.

Mas Violetta não acorda. Minha ansiedade oscila. Neste silêncio esmagador, espero desesperadamente que ela abra os olhos.

Moritas olha para mim de novo. Mal consigo vê-la através da neblina negra e agitada.

Seu tempo no Submundo ainda não chegou, Adelina, diz ela. *Ao desistir de seu poder, eu lhe ofereço sua vida de volta.* Ela se vira para Violetta. *Mas o tempo dela no mundo mortal é passado.*

Minha euforia desaparece. Violetta já morreu. Moritas não vai desistir de sua alma. Ela não vai voltar à superfície com a gente.

– Por favor – sussurro, voltando-me para a deusa. – Deve haver algo que eu possa fazer.

Moritas olha para mim com seus silenciosos olhos negros. *Uma alma deve ser substituída por uma alma.*

Para que Violetta viva, devo sacrificar algo que não me dê vantagem.

Para que Violetta viva, devo dar a Moritas minha vida.

Não. Eu me afasto, cambaleando para trás. Todas as coisas que tenho visto para o meu futuro, tudo o que posso ter. Penso em Magiano, em rir com ele, nele sorrindo para mim e me puxando para perto. Nunca vou fazer isso de novo, se eu desistir da minha alma. Nunca caminharei pelas ruas com a mão em seu braço ou ouvindo a música do seu alaúde. Meu coração se torce em agonia. Não vou ver outro nascer do sol, ou outro pôr do sol. Não voltarei a ver as estrelas, ou sentir o vento contra o meu rosto.

Balanço a cabeça. Não posso ficar no lugar da minha irmã.

E ainda assim...

Eu me pego olhando para a figura sem vida dela, selada para sempre. Eu sei, com convicção ardente, que, se Violetta tivesse vindo conosco nesta viagem, nunca hesitaria em oferecer sua vida pela minha.

Eu matei e machuquei. Eu conquistei e saqueei. Fiz tudo em nome dos meus próprios desejos, tenho feito tudo na vida por causa do meu egoísmo. Sempre tomei o que eu queria, e isso nunca me trouxe felicidade. Se eu voltar para a superfície, sozinha, vou me lembrar para sempre deste momento, do momento em que decidi escolher minha própria vida contra a de minha irmã. Isso vai me assombrar, mesmo com Magiano ao meu lado, até a morte. O que vi para mim no meu futuro é um futuro que não posso ter, não com o passado que criei. É uma ilusão. Nada mais.

Talvez, depois de todas as vidas que tomei, minha expiação seja devolver a vida de uma pessoa.

Estendo a mão instintivamente para minha irmã. Levanto-me, caminho para ela através da névoa, e ponho a mão contra o pilar branco-prateado.

Ela abre os olhos.

– Adelina? – sussurra, piscando. E tudo o que eu posso ver à minha frente é a irmãzinha que costumava trançar meu cabelo, que cantava para mim e choramingava debaixo da escada, que enfaixava meu dedo quebrado e vinha a mim quando o trovão rugia lá fora. Ela é minha irmã, sempre, mesmo na morte, mesmo além.

Meu coração se torce novamente quando penso no que estou fazendo, e eu engasgo um soluço. *Ah, Magiano. Vou sentir falta de todos os dias que nunca teremos, todos os momentos que nunca compartilharemos. Perdoe-me, perdoe-me, perdoe-me.*

Abro a boca. Quero dizer a minha irmã que sinto muito, por não ter podido salvá-la nas montanhas, por não tê-la ouvido, por não ter dito a ela mais vezes que eu a amava. Estou pronta para dizer mil palavras.

Mas não digo nenhuma delas. Em vez disso, falo:

– O acordo está feito.

Um leve brilho circunda Violetta. O pilar some. Ela respira fundo, tomando uma grande lufada de ar. Ela está *viva*. Posso até sentir as batidas de seu coração, a vida que isso dá a ela, que a permeia como uma onda, dando cor à sua pele e luz aos seus olhos. Ela balança a cabeça, depois se estica para pegar minha mão enquanto me ajoelho ao lado dela.

– O que aconteceu? – murmura ela. Olha ao redor. Atrás dela paira a forma de Moritas, esperando pacientemente por mim.

O acordo está feito.

Violetta puxa minha mão.

– Vamos – diz, seus dedos enrolados firmemente em torno dos meus.

Mas já posso sentir a fraqueza invadindo meu corpo. Meus ombros se curvam. Eu me esforço para inspirar novamente. Ao meu redor, os fios de escuridão, uma vez amarrados ao meu corpo, ancoram profundamente no chão cinzento, e, quando tento empurrá-los, é como se cada um tivesse perfurado minha carne, um milhão de ganchos em um milhão de lugares. A morte já veio para mim.

– Eu não posso – sussurro para ela. – Como assim? – Violetta franze a testa para mim, sem entender. – Aqui, deixe-me ajudá-la – continua, curvando-se para mim, passando um de seus braços ao redor de meus ombros e tentando me erguer. Sua força só intensifica o puxão dos fios, e eu grito quando lanças de dor me atravessam.

– Estou presa aqui, Violetta – murmuro. – É minha barganha com Moritas.

Os olhos de Violetta se arregalam. Ela olha a iminente escuridão ao redor, a imagem imponente de Moritas silenciosamente nos observando. Então Violetta se volta para mim. *Agora* ela entende.

– Você trocou sua vida pela minha – diz. – Você veio aqui por *mim*.

Balanço a cabeça. Não, eu vim aqui por mim. Esse foi meu objetivo desde o começo, me salvar sob o pretexto de salvar o mundo. Passei a vida inteira lutando pelo meu bem-estar e meu poder, destruindo para ter isso. Eu queria viver. *Ainda* quero viver.

Contudo não quero viver como vivi.

Violetta agarra meus ombros. Ela me sacode uma vez, com força.

– Eu estava destinada a ir! – grita. – Eu estava fraca, morrendo. Você é a rainha das Terras do Mar, você tinha tudo à sua frente. Por que fez isso? – As lágrimas brotam em seus olhos. São iguais aos de nossa mãe, tristes e amáveis.

Sorrio para ela, fraca. A escuridão pulsa, esperando por mim, e os fios me amarrando para baixo continuam a puxar.

– Está tudo bem – sussurro, tirando a mão de Violetta do meu ombro e apertando-a na minha. – Está tudo bem, irmãzinha, está tudo bem.

Violetta vira o rosto para Moritas em desespero.

– Devolva-a – diz. Um soluço distorce suas palavras. – Por favor. Não é para ser assim... eu não devo viver. Deixe-a. Não quero voltar ao mundo mortal sem ela.

Mas Moritas apenas fica em silêncio, observando. O acordo está feito.

Violetta chora. Ela baixa os olhos para mim, então enrola seu corpo no meu, puxando-me para ela. Eu estendo a mão e a envolvo em meus braços, e, aqui na névoa, nós nos abraçamos. Minha força diminui; mesmo o ato de me agarrar a Violetta parece exigir todo o meu esforço, mas eu me recuso a soltá-la. As lágrimas rolam pelo meu rosto. Percebo que estou morrendo e me agarro mais apertado a Violetta. *Nunca mais verei a superfície. Nunca mais verei Magiano.* Posso sentir meu coração se partir e eu de repente estou com medo.

O medo é sua espada.

– Fique comigo – murmuro. – Só por um tempo.

Violetta assente contra meu ombro. Ela começa a cantarolar uma velha canção, uma canção conhecida, que eu não ouço há muito tempo. É a mesma canção de ninar que eu costumava cantar para ela quando éramos pequenas, a que Raffaele certa vez cantara para mim nas margens de um canal em Estenzian, a história de uma donzela do rio.

– As primeiras Luas de Primavera – ela sussurra. – Você se lembra?

Eu lembro. Era uma tarde ensolarada, e puxei Violetta pelos campos de grama alta e dourada que percorriam a terra atrás de nossa casa. Ela ria, perguntando-me repetidamente aonde eu a estava levando, mas eu apenas ri e pressionei um dedo nos meus lábios. Segui nosso caminho até chegarmos a um acentuado afloramento de rocha que dominava o centro de nossa cidade. À medida que o sol lançava tons de roxo, rosa e laranja pelo céu, nós rastejamos de barriga até a beira da pedra. Faíscas de cor e luz dançavam nas ruas da cidade abaixo. Era a primeira noite das Luas de Primavera, e os foliões começavam a aparecer. Vimos com prazer os primeiros fogos de artifício iluminarem o céu, estourando em grandes explosões de todas as cores do mundo, o som nos ensurdecendo com sua alegria.

Lembro-me do nosso riso, da forma como demos as mãos, o sentimento não expressado entre nós de que estávamos, por um momento, livres do domínio do nosso pai.

– Irmãs para sempre – declarou Violetta, com sua voz baixa e jovem. *Até a morte, mesmo na morte, mesmo além.*

– Eu te amo – diz ela, segurando-me ferozmente enquanto minha força morre.

Eu também te amo. Eu me inclino contra ela, exausta.

– Violetta – murmuro. Sinto-me estranha, delirante, como se a febre tivesse me envolvido num sonho. As palavras saem, fracas e etéreas, de alguém que me faz lembrar de mim mesma, mas não posso mais ter certeza de que ainda estou aqui.

Eu sou boa?, estou tentando perguntar a ela.

Lágrimas caem dos olhos de Violetta. Ela não diz nada. Talvez já não possa me ouvir. Sou pequena neste momento, estou diminuindo. Meus lábios mal conseguem se mexer.

Depois de uma vida de escuridão, quero deixar para trás algo que seja feito de luz.

Suas duas mãos cobrem meu rosto. Violetta olha para mim com um ar de determinação, e então me puxa para si e me abraça.

– Você é uma luz – responde gentilmente. – E, quando você brilha, brilha forte.

Suas palavras estão começando a ficar baixas, e ela está começando a desaparecer. Ou talvez seja eu que estou desaparecendo. Os sussurros em minha mente somem agora, deixando meu interior silencioso, mas não sinto falta deles. Em seu lugar, há o calor dos braços de Violetta, a batida do coração que posso ouvir em seu peito, o conhecimento de que ela vai deixar este lugar e voltar para os vivos.

Por favor, sussurro, e minha voz sai tão baixa quanto a de um fantasma. *Diga a Magiano que eu o amo. Diga a ele que sinto muito. Que sou grata.*

– Adelina – diz Violetta, alarmada enquanto continua a desaparecer. A sensação dela está diminuindo. – Espere. Não posso...

Vá, digo gentilmente, dando-lhe um sorriso triste. Violetta e eu olhamos uma para a outra até que mal posso vê-la. Então ela desaparece na escuridão, e o mundo ao meu redor se desvanece.

Sinto o chão frio sob minha bochecha. Sinto as batidas do meu coração morrendo. Sobre mim, a figura iminente de Moritas inclina-se para me envolver em seu abraço, cobrindo-me em um manto misericordioso de noite. Eu respiro devagar.

Algum dia, quando eu não for nada além de poeira e vento, que lendas contarão sobre mim?

Outra respiração lenta.

Outra.

Um suspiro final.

Violetta Amouteru

Há uma antiga lenda sobre Compasia e Eratosthenes. Enquanto Violetta se agacha, chorando, sobre a alma moribunda de sua irmã, ela pensa nisso.

Adelina tinha contado essa história quando eram muito pequenas, numa tarde ensolarada nos jardins de sua antiga casa. Violetta se lembra de ouvir contente enquanto trançava os cabelos prateados da irmã, desejando que seu próprio cabelo fosse tão bonito, grata e culpada por não ter que suportar as consequências disso. Há muito tempo, Adelina tinha dito, quando o mundo era jovem, o deus Amare criou um reino de pessoas que ingratamente viraram as costas para ele. Machucado e furioso, Amare invocou o relâmpago e o trovão, e empurrou os mares para afogar o reino sob as ondas.

Mas ele não sabia que sua filha, Compasia, o anjo da Empatia, tinha se apaixonado por Eratosthenes, um menino do reino. Somente Compasia ousou desafiar o Santo Amare. Mesmo quando seu pai afogou a humanidade em suas inundações, Compasia alcançou seu amante mortal e transformou-o em um cisne. Ele voou alto, acima das águas da inundação, acima das luas, e então ainda mais alto, até que suas penas se transformaram em poeira de estrelas.

Todas as noites, quando o mundo estava silencioso e só as estrelas estavam acordadas, Compasia descia dos céus à Terra, e a constelação do Cisne de Compasia se transformava de novo em Eratosthenes; e, juntos, os dois andavam pelo mundo até que o amanhecer os separava outra vez.

Violetta não sabe por que pensa nessa história agora. Mas, como Adelina fez um acordo com Moritas por sua vida, Violetta também se encontra ajoelhada aos pés de Compasia, sua própria deusa, implorando pela irmã que certa vez a expulsara, que a golpeara, que, no entanto, lutara e ferira por ela. Ela encontra-se sonhando com a noite em que estavam juntas, navegando através de um mar e céu de estrelas.

Violetta alinha-se com Compasia, o anjo da Empatia. E ela própria faz um acordo.

> Eu sou morte. E através da morte entendo a vida.
> – *Carta do General Eliseo Barsanti à sua esposa*

Adelina Amouteru

Há uma luz pequena e singular em algum lugar ao longe. É brilhante e azul-clara, algo que lembra a cor que eu tinha visto quando entramos no reino imortal através da origem. É a luz da imortalidade, uma luz dos deuses, uma estrela entre bilhões no céu. Percebo que estou ansiando por ela, lutando contra a noite, a fim de alcançar essa faísca de calor. Posso ver, por um momento, o mundo além do nosso, os céus, as estrelas que queimam ao meu lado.

Em algum lugar na escuridão, ouço vozes. São diferentes de todas as vozes que já ouvi – claras como água, poderosas e profundas, tão insuportáveis em sua beleza que tenho medo de que possam me deixar louca. Acho que falam meu nome.

À medida que me aproximo do feixe, ele se divide em várias cores. Vermelho e ouro, âmbar e preto, azul-profundo e verde-pálido de verão. Eles se reúnem em torno de mim em círculos de cor, até que parece que eu estou no chão e as cores me rodeiam em um círculo.

Os deuses.

Adelina, um deles diz. Sei que é Compasia, o anjo da Empatia. *Houve outro acordo.*

Eu não entendo, respondo. Eles são tão altos, e eu, tão pequena.

Há um sentimento de luz sob meu corpo, de vento e estrelas. A desintegração da minha forma. Então, o céu.

Você entenderá.

Raffaele Laurent Bessette

Há um clarão brilhante de luz, e um zumbido que reverbera para fora da origem. Raffaele cai de joelhos. O mundo gira em torno dele – a neve, os monstros e a floresta se misturam em um só – e, por um momento, ele não pode se mover. Lágrimas escorrem pelo seu rosto.

Através de seu olhar borrado, ele vê os monstros parando seus ataques, os corpos curvados, as mandíbulas fechadas, e suas órbitas sem olhos viradas para outro lado. Eles parecem confusos, como se algo tivesse tomado sua energia e os tivesse deixado como cascas vazias. Um deles tropeça para a frente, soltando um gemido baixo. Então cai. Quando faz isso, seu corpo se desintegra em pequenos fragmentos de preto, espalhando-se pela neve como vidro quebrado.

O mesmo acontece com outra criatura, e outra. Os monstros que pareciam imbatíveis agora se desintegram em pedaços. Raffaele olha para baixo, em direção à origem. O feixe de luz – a fusão dos mundos mortal e imortal – desapareceu.

Raffaele respira fundo e tenta organizar seus pensamentos. Tudo parecia um sonho, uma série de acontecimentos pintados sobre tela. O que tinha acontecido? Ele se lembra de cair pelas profundezas de um oceano morto no Submundo, chegando às imensas costas de outro mundo. Havia um número infinito de pilares branco-prateados que se estendiam eternamente no céu cinzento, e uma névoa negra que envolveu tudo ao seu redor, os cachos de neblina se curvando perto de seus pés, antecipando sua morte.

Ele se lembra de ter visto sua mãe e seu pai dormindo, envoltos em pedra da lua. Viu velhos companheiros e amigos da Corte Fortunata. Viu Enzo. Ajoelhou-se aos pés de cada um deles, chorando. Havia a visão de luzes distantes, seus outros companheiros que ele não conseguia alcançar. Os deuses e deusas se reuniram diante dele, com sua luz brilhante e suas vozes esmagadoras.

Acima de tudo, ele se lembra de ter agarrado seu coração e cortado sua conexão com o mundo imortal, devolvendo seu poder aos deuses.

Teria *realmente* acontecido? Raffaele se esforça para se sentar na neve. Ele estende a mão. Pega apenas o ar frio, e seus dedos nada tocam. Há um vazio em seu peito agora, uma leveza, e quando ele estende a mão para seus fios de energia percebe que eles se foram. É como se uma parte dele tivesse morrido, permitindo que o resto dele vivesse.

O Escuro da Noite está estranhamente silencioso. Tudo o que resta é a neve e a floresta, os restos de criaturas lentamente desaparecendo, afundando em branco. O tempo flutua. Sua visão se aguça. Finalmente, Raffaele encontra força para se levantar. Ao seu redor estão os outros. Ele vê Lucent primeiro, sacudindo a neve de seus cachos, e, ao lado dela, Maeve, apoiando-se em sua espada enterrada na neve. Magiano se agacha, apertando a cabeça. Eles devem estar sentindo o mesmo vazio que Raffaele sente agora, todos tentando em vão alcançar os poderes que sempre tiveram ao alcance da ponta dos dedos. Por instinto, Raffaele estende a mão para sentir suas emoções... Mas tudo o que ele sente é a mordida do frio.

É estranha esta nova realidade.

– Acabou – sussurra Maeve primeiro. Ela fecha os olhos, respira fundo e levanta a cabeça para o céu. Há uma expressão estranha em seu rosto, uma que Raffaele compreende instantaneamente. É um olhar de dor. De paz.

– Onde está Adelina?

É a voz de Magiano agora. Ele olha ao redor freneticamente, tentando encontrá-la. Raffaele franze a testa. Tinha visto Adelina, tinha certeza disso. Seus cabelos prateados, brilhando na neblina negra; seus cílios brancos, o rosto marcado; seu queixo, sempre erguido. Ela estava no Submundo com eles. Raffaele examina a paisagem, um nó apertando em seu estômago, enquanto Magiano chama por ela novamente.

Lá está ela.

Há uma menina se mexendo ali perto, seu cabelo é coberto de prata e branco como a neve, e cai em seu rosto. Raffaele sente um alívio imediato ao vê-la – até que ela levanta a cabeça.

Não, não é Adelina. É *Violetta*, com a neve escondendo a cor de seus cabelos escuros. As marcas que haviam manchado sua pele desapareceram, e a cor voltou a suas bochechas. Ela balança a cabeça, piscando, e olha em volta. Seus olhos estão vermelhos de chorar, mas ela está aqui, *viva*.

Raffaele só pode olhar em silêncio. *Impossível*. Como ela veio para cá? *Onde está Adelina?*

Magiano já se pôs de pé e está abrindo caminho pela neve em direção a ela.

– Violetta – chama ele. Seus olhos estão arregalados, as pupilas dilatadas. Ele parece não acreditar no que está vendo. Então ele a abraça, levantando-a da neve. Violetta faz um som de surpresa. – O que aconteceu? Como você está...?

Impossível, Raffaele repete para si mesmo. Como Violetta voltou do Submundo? Ela não se parece com Enzo quando Maeve o trouxe de volta, com poças pretas em seus olhos e uma energia sobre ele que parecia a morte. Não, Violetta parece saudável e viva, até mesmo radiante, como era quando Raffaele a conheceu. Ele quer vibrar, alegrar-se por seu retorno...

... mas a expressão dela lhe diz que é melhor não.

Magiano a põe no chão e a segura pelo braço. Ele franze a sobrancelha para ela.

– Como você está aqui? – pergunta ele. – Onde está Adelina?

Violetta retribui o olhar dele com um ar insuportável em seus olhos. Nesse momento, o sorriso de Magiano vacila. Ele a sacode uma vez.

– Onde está Adelina? – pergunta novamente.

– Ela fez um acordo com Moritas – diz ela finalmente, sua voz falhando.

Magiano franze a testa, ainda sem entender.

– Todos nós fizemos um acordo com Moritas – responde. – Eu estava lá no Submundo... *nós* estávamos lá, com os deuses e deusas. – Ele olha para onde Maeve e Lucent estão, ainda aturdido, e faz uma pausa para erguer a mão. Ele a vira. – Foi como arrancar uma camada do meu coração.

Violetta olha para o céu. Ela não consegue suportar os olhos de Magiano.

– Não – diz. – Adelina trocou sua *vida*.

Mesmo quando a verdade atinge Magiano, ele não ousa dizer isso em voz alta. Em vez disso, todos ficam paralisados na neve, tentando entender o peso das palavras de Violetta, esperando que ela esteja errada e que Adelina de alguma forma saia da floresta e se junte a eles. Mas ela não sai.

Magiano dá um aceno imperceptível com a cabeça, então solta Violetta. Ele lentamente desliza para se sentar na neve.

A primeira vez que Raffaele viu Adelina foi numa noite de tempestade que mudou sua vida e, de fato, o mundo. Ele se lembra de olhar por uma janela em seu alojamento em Dalia para ver uma menina de cabelos prateados brilhantes, conjurando uma ilusão de escuridão como ele nunca tinha visto. Ele se lembra do dia em que ela chegou ao seu quarto em Estenzian, quando Enzo ainda estava vivo e ela ainda era inocente, e a maneira como olhou para ele com seu olhar incerto e ferido. Ele se lembra de seu teste, e o que ele disse a Enzo naquela noite. Foi há muito tempo. Como ele a julgara mal.

Raffaele olha ao redor da clareira, procurando uma última figura. Ele olha para cima e para baixo, esperando por pegadas na neve ou sombras na margem da floresta. Ele deseja ainda poder sentir a energia dos vivos, identificar onde ela está. Mas, mesmo assim, sabe que chegaria à mesma resposta que os outros.

Adelina se foi.

> Depois que ela se foi, prendi sua espada no meu cinto,
> passei seu manto sobre meus ombros,
> levei seu coração em meus braços, e, de alguma forma, continuei.
> – A Jornada dos Mil Dias, de *Lia Navarra*

Violetta Amouteru

Meu nome é Violetta. Eu sou a irmã da Loba Branca, e sou a que voltei.

É uma viagem tranquila de volta através das passagens de Karra. Raffaele tinha dito que o tempo nos reinos imortais passa de forma diferente do tempo em nosso próprio mundo. O que parecia um relâmpago para nós foram meses para os soldados de Maeve – mas mesmo assim eles ficaram esperando fielmente por ela durante todo esse tempo. Observo enquanto ela sorri e cumprimenta suas tropas, enquanto elas a cumprimentam de volta. Raffaele está com o restante de nós, sua expressão solene e sóbria. Nosso retorno não foi fácil.

Há um espaço vazio entre mim e Magiano que nos aflige muito, um silêncio prolongado que nenhum de nós pode quebrar. Andamos sem falar. Olhamos sem ver. Comemos sem paladar. Quero lhe dizer algo, me aproximar dele nas noites ao redor de nossa fogueira, mas não sei o quê. Que diferença faria? Ela se foi. Tudo o que posso fazer é virar os olhos para o céu, para a frente, procurando minha irmã. O tempo pode ser diferente aqui, mas minha deusa me fez uma promessa. Um acordo nosso. Eu procuro e busco nos céus até que o sono me reivindique, até que eu possa procurar novamente na noite seguinte, e na seguinte. Magiano me observa em silêncio quando faço isso. Porém, não pergunta o que eu estou procurando e não suporto dizer a ele. Tenho medo de aumentar suas esperanças.

Uma meia-noite estrelada, quando finalmente começamos nossa viagem de volta a Kenettra, encontro Magiano sozinho no convés, com a cabeça inclinada. Ele se move, então olha para longe enquanto eu me aproximo.

– O navio está muito quieto – murmura, como se eu tivesse perguntado por que ele está acordado. – Preciso de algumas ondas para dormir direito.

Eu balanço a cabeça.

– Eu sei – respondo. – Você está procurando por ela também.

Ficamos de pé por um momento, olhando para as estrelas espelhadas nos mares calmos. Eu sei por que Magiano não olha para mim. Eu o lembro dela.

– Eu sinto muito – sussurro, depois de uma longa pausa.

– Não sinta. – Um sorriso pequeno e triste toca seus lábios. – Ela escolheu.

Eu me afasto dele para estudar as constelações de novo. Elas estão particularmente brilhantes esta noite, visíveis mesmo quando as três luas pendem em um triângulo grande e dourado. Encontro o Cisne de Compasia, a delicada curva de estrelas que se destacam na escuridão como uma lanterna. Eu me ajoelhei aos pés da minha deusa, implorando com uma voz sufocada pelas lágrimas, e ela me fez uma promessa. Não fez? *E se nada disso for real? E se eu tiver sonhado?*

Então, Magiano se endireita ao meu lado. Seus olhos se concentram em algo distante.

Eu também olho. E finalmente vejo o que eu estava esperando.

Lá, proeminente no céu... está uma nova constelação. É composta de sete estrelas brilhantes, alternando azul e laranja-avermelhado, formando um delgado par de voltas que se alinham com Cisne de Compasia.

Minhas mãos cobrem minha boca. Lágrimas brotam em meus olhos.

Quando Compasia teve piedade de seu amante humano, ela o salvou do mundo afogando e o pôs no céu, onde ele se tornou poeira de estrelas.

Quando Compasia teve pena de *mim*, ela se inclinou para dentro do Submundo, tocou o ombro de Moritas, e lhe pediu perdão. Então Compasia tomou minha irmã em seus braços e a pôs no céu, onde ela, também, virou poeira de estrelas.

Magiano olha para mim, os olhos arregalados. Parece que, de alguma forma, ele já sabe.

– Minha deusa me fez uma promessa – sussurro.

Só agora percebo que nunca o vi chorar antes.

Nas histórias, Compasia e seu amante humano descem todas as noites das estrelas para andar pelo mundo mortal, antes de desaparecer com o amanhecer. Então, juntos, olhamos para o céu, esperando.

Ao longo de alguns meses, a cor dos brilhantes olhos dourados de Magiano se torna mel. Suas pupilas permanecem redondas, imutáveis. Os fios de safira de Raffaele se tornam pretos como corvos, misturando-se ao resto do cabelo. Seus olhos em tons de joia, um da cor do mel sob a luz do sol, viram um par idêntico de verde-esmeralda. O cabelo de Maeve, metade preto e metade dourado, gradualmente se torna um louro-claro. As unhas de Michel, antes listradas profundamente de preto e azul, mudaram para a cor da carne. Os olhos de Sergio passam de cinza para castanhos. E as linhas escuras que circulavam o braço de Lucent desbotam, mais e mais claras, até que um dia desaparecem por completo.

Os Jovens de Elite foram o raio de luz num céu tempestuoso, a escuridão fugaz antes do amanhecer. Nunca existiram, nem jamais existirão novamente. Em Estenzian, Kenettra e no resto do mundo, os últimos toques da febre do sangue e do mundo imortal desaparecem, deixando pouca diferença entre os marcados e os não marcados. Mas não se pode realmente esquecer. Eu posso ouvi-lo em nossas vozes, o som de uma outra era, as memórias de tempos mais sombrios, quando o poder imortal andou no mundo.

Seis meses depois de regressarmos a Kenettra, quando o crepúsculo cai sobre o dia, paro nos jardins do palácio para ver Magiano balançando dois pacotes de lona sobre a parte traseira de um cavalo. Ele faz uma pausa quando me vê. Depois de uma breve hesitação, inclina a cabeça.

– Vossa Majestade – diz ele.

Cruzo as mãos na minha frente e me aproximo dele. Eu sabia que esse dia chegaria, embora não pensasse que ele iria embora tão cedo.

– Você pode ficar, você sabe... – começo a dizer, sabendo que minhas palavras serão em vão. – Haverá sempre um lugar para você no palácio, e as pessoas o amam. Se há algo que você queira, diga-me, e será seu.

Magiano ri um pouco e balança a cabeça. As faixas de ouro em suas tranças tilintam musicalmente.

– Lucent já voltou a Beldain com sua rainha. Talvez seja minha vez agora.

Lucent. Do outro lado dos oceanos, a rainha Maeve decretou que sua sucessora seria sua sobrinha, a filha recém-nascida de seu irmão Augustine. Assim, finalmente, ela estava livre para se casar com Lucent, devolvendo a Caminhante do Vento à sua pátria-mãe, que a tinha exilado por tanto tempo.

– Sempre fui um vagabundo – acrescenta Magiano no silêncio. – Eu fico impaciente aqui no palácio, mesmo em tão boa companhia. – Ele faz uma pausa, e seu sorriso amolece. – É hora de partir. Há aventuras esperando por mim.

Vou sentir falta do som de seu alaúde, de sua risada fácil. Mas não tento persuadi-lo a ficar. Sei de quem ele sente falta, de quem nós dois sentimos; eu o vi caminhando sozinho no jardim ao pôr do sol, empoleirado nos telhados à meia-noite, de pé no cais ao amanhecer.

– Os outros... Raffaele, Sergio... eles vão querer vê-lo antes de partir – digo.

Magiano acena com a cabeça.

– Não se preocupe. Vou me despedir. – Ele estende a mão e a coloca no meu ombro. – Você é boa, Majestade. Imagino que Adelina poderia ter governado como você, em uma vida diferente. – Ele estuda meu rosto, como costuma fazer agora, procurando um vislumbre de minha irmã. – Adelina gostaria de vê-la carregando essa tocha. Você será uma boa rainha.

Abaixo a cabeça.

– Tenho medo – admito. – Ainda há muita coisa partida, e tanto para consertar. Não sei se consigo fazer isso.

– Você tem Sergio ao seu lado. Você tem Raffaele como conselheiro. É uma equipe formidável.

– Para onde você vai? – pergunto.

Com isso, Magiano abaixa a mão e vira os olhos para o céu. É um hábito agora que meus olhos também se voltem para o céu instintivamente, para onde as primeiras estrelas começaram a surgir.

– Eu vou segui-la, é claro – diz Magiano. – Conforme o céu noturno se mover. Quando ela aparecer do outro lado do mundo, eu estarei lá, e, quando ela voltar aqui, eu também voltarei. – Magiano sorri para mim. – Esta despedida não é para sempre. Verei você de novo, Violetta.

Eu retribuo seu sorriso, então dou um passo adiante e passo os braços em volta de seu pescoço. Nós nos abraçamos apertado.

– Até a volta, então – sussurro.

– Até a volta.

Então nos separamos. Deixo Magiano sozinho para se preparar para a viagem, com as botas já viradas na direção em que a constelação de Adelina aparecerá no céu. Espero que, quando ele voltar, ela volte com ele, e possamos nos ver outra vez.

A lenda é contada por reis e vagabundos, nobres e camponeses, caçadores e fazendeiros, os velhos e os jovens. A lenda vem de todos os cantos do mundo, mas não importa onde seja contada, a história é sempre a mesma.

Um garoto a cavalo, vagando à noite, nos bosques, nas planícies ou ao longo das margens. O som de um alaúde flutua no ar da noite. No alto estão as estrelas de um céu claro, uma luz tão brilhante que ele estende a mão, tentando tocá-las. Ele para e desce do cavalo. Então espera. Espera até exatamente à meia-noite, quando a mais nova constelação no céu aparece.

Se você está em silêncio e não desvia o olhar, pode ver a estrela mais brilhante da constelação cada vez mais forte. Ela se ilumina até que ofusca todas as outras estrelas no céu, até que parece tocar o chão, e então o fulgor se vai, e em seu lugar está uma garota.

Seu cabelo e cílios são pintados de prata e uma cicatriz cruza um lado de seu rosto. Ela se veste com sedas das Terras do Mar e um colar de safira. Alguns dizem que, uma vez, ela tivera um príncipe, um pai, uma sociedade de amigos. Outros dizem que ela já foi uma rainha má, uma criadora de ilusões, uma jovem que trouxe a escuridão sobre as terras. Outros, ainda, dizem que uma vez teve uma irmã, e que ela a amava muito. Talvez tudo isso seja verdade.

Ela caminha até o garoto, inclina a cabeça para ele e sorri. Ele se inclina para beijá-la. Então a ajuda a subir no cavalo, e ela cavalga com ele para um lugar distante, até que não podem mais ser vistos.

Estes são apenas rumores, é claro, não mais do que uma história para ser contada ao redor da fogueira. Mas é *contada*. E assim eles vivem.

– *A Estrela da Meia-Noite*, um conto popular

Agradecimentos

Frequentemente me perguntam se Adelina foi inspirada em alguém, e sempre fico um pouco envergonhada de admitir que – embora Adelina e eu tenhamos circunstâncias de vida muito diferentes – ela é absolutamente inspirada em mim mesma. Minhas histórias são todas um pedaço de quem eu fui e quem eu sou. São o que lamento ser, o que me orgulho de ser, e como quero ser mais. Então Adelina sou eu. Ela é uma lembrança de todas as vezes que fiquei irritada ou triste, amarga ou desiludida, e todas as vezes que as melhores pessoas em minha vida me tiraram disso com paciência e bondade.

Não vou mentir – essa série foi de longe a coisa mais difícil que já escrevi. Quero agradecer às muitas pessoas na minha vida que me ajudaram neste caminho, profissional e pessoalmente:

A minha agente e campeã, Kristin Nelson – obrigada por viajar sempre ao meu lado, desde aquela primeira conferência de escritores há muitos anos! Adelina não existiria na sua forma final sem a sua intervenção precoce; sou eternamente grata por conhecer você. Ao meu incrível editor e amigo Jen Besser, obrigada por sempre orientar minha garota Adelina, mesmo em seus momentos mais sombrios. Você é uma inspiração em mil sentidos. Para Kate, editora extraordinária, não posso exagerar o quanto estou grata por toda a sua atenção e percepção! Para a minha copidesque genial Anne, você é o oposto de Jon Snow –

você sabe tudo, especialmente como colocar um sorriso no meu rosto. Para Marisa, não sei como você sempre consegue fazer tanto, mas você faz, e eu não posso lhe agradecer o suficiente por isso. Às inimitáveis, incansáveis e poderosas equipes Putnam, Penguin e Speak, minhas editoras internacionais, minha maravilhosa, *maravilhosa* agente de cinema Kassie Evashevski, meu incrível produtor Isaac Klausner e a equipe Temple Hill, a comunidade de livrarias e bibliotecários e professores e todos os que levam histórias a tantas mãos quanto possível, que lutam todos os dias para derrubar as barreiras: obrigada. Eu devo a vocês mais do que posso dizer.

Obrigada, querida Amie, por ler os primeiros rascunhos deste livro e por ser uma amiga incrível, sempre, sem questionar. Onsenmosis!! Para JJ, meu primeiro amigo de escrita, sou eternamente grata por seu incentivo, sua inteligência e seu jeito incrível. Para Tahereh e Ransom, obrigada por seu riso e calor, pelos encontros temáticos e pela bondade infinita. Para Leigh: algumas pessoas simplesmente iluminam o ambiente, e você é assim; obrigada por sempre saber exatamente como me animar e me fazer rir. Para Cassie, Holly, Sarah, e Ally: lembro-me de lutar com as águas enlameadas deste projeto junto com todas vocês, e sou eternamente grata por sua ajuda, sabedoria, perspicácia, e hilariante sagacidade (e dramas coreanos). A Sandy... acho que você deve ter visto o *primeiro* rascunho dos *Jovens de Elite*; obrigada por todas aquelas primeiras palavras (e por ser incrível). Para Kami, Margie e Mel: vocês definem o bem neste mundo. Tenho muito orgulho de conhecer todas vocês, e sou inspirada por vocês todos os dias.

A meu marido, Primo: eu te amo por cada momento maravilhoso. Para minha mãe, Andre, e minha família, por seu apoio e amor. Para os meus amigos, sem os quais eu não sei o que faria. Eu me lembro a cada momento como tenho sorte.

Finalmente, aos meus leitores: muito, muito, muito obrigada por me acompanharem nessa viagem, e pelo presente de contar histórias para vocês.

Impressão e Acabamento:
EDITORA JPA LTDA.

O IMPÉRIO DOS
MORTOS

ANDRÉ GORDIRRO

O IMPÉRIO DOS MORTOS

× LENDAS DE BALDÚRIA ×
LIVRO 3

Rocco

Copyright © 2021 *by* André Gordirro

Todos os direitos reservados.

Direitos desta edição negociados pela
Authoria Agência Literária & Studios

Direitos desta edição reservados à
EDITORA ROCCO LTDA.
Rua Evaristo da Veiga, 65 – 11º andar
Passeio Corporate – Torre 1
20031-040 – Rio de Janeiro – RJ
tel.: (21) 3525-2000 – Fax: (21) 3525-2001
rocco@rocco.com.br
www.rocco.com.br

Printed in Brazil/Impresso no Brasil

preparação de originais
DENISE SCHITTINE

CIP-Brasil. Catalogação na publicação.
Sindicato Nacional dos Editores de Livros, RJ.

G67i
    Gordirro, André
        O império dos mortos / André Gordirro. – 1ª ed. – Rio de Janeiro: Rocco, 2021.
        (Lendas de Baldúria ; 3)

        ISBN 978-65-5532-134-0
        ISBN 978-65-5595-079-3 (e-book)

        1. Ficção brasileira. I. Título. II. Série.

21-71927
        CDD: 869.3
        CDU: 82-3(81)

Camila Donis Hartmann – Bibliotecária – CRB-7/6472

O texto deste livro obedece às normas do
Acordo Ortográfico da Língua Portuguesa.

*Para Oswaldo Chrispim, Nei Caramês e Ronaldo Fernandes,
meus Confrades do Inferno*

Para Zander, que nos deu um castelo voador

CHIFRE DE ZÂNDIA
KORANGAR
KARMANGAR
FAIXA DE HURANGAR
ILHAS KASK ARRAS
KANGAARD
TOLGAR-E-KOL
GRANDE REINO DE KRISPÍNIA
CARAMÉSIA
MAR-DE-BE-LANOR
MORADA DOS REIS
ZENIBAR
ENYAR-HOLL
PASSO DE SANTARIA
ERMO DE BRÂL-TOR
SANTÁRIA
BALDÚRIA
PORTÕES DO INFERNO
MANZIL-DAEL
PRAIA VERMELHA
RAGÚSIA
DALÍNIA
DALGÓRIA
PORTO DE MOBESI
DREOGAN-DAEL
NERÔNIA
BELA DEJANNA

CAPÍTULO 1

ANO 38 DO REINADO DO GRANDE REI KRISPINUS, O DEUS-REI
ANO 512 NO CALENDÁRIO EXORIANO

CIDADE BAIXA, KARMANGAR

Noite adentro em Karmangar, a capital do Império de Korangar, uma figura sombria se esgueirava pelas vielas da Cidade Baixa, buscando os cantos mais escuros enquanto o olhar atento vasculhava as redondezas. Em qualquer outro lugar de Zândia, o Asa Negra estaria apenas apreensivo e cauteloso ao realizar um avanço furtivo; em Karmangar, contudo, ele sentia *medo* de fato. Medo de ser descoberto, capturado e morto — e esse seria apenas o começo do sofrimento, pois em Korangar os mortos continuavam vivendo, ou melhor, existindo para sempre. Uma existência eterna e inatural.

Mas o Asa Negra tinha uma missão a cumprir, e depois de dois anos, ela finalmente dava sinais de estar mais próxima da conclusão. Significava que ele poderia retornar a Krispínia e deixar para trás aquele lugar miserável que atacava os sentidos como uma tortura.

Karmangar era uma agressão ao nariz. Desmortos em vários estágios de putrefação perambulavam por todos os espaços da capital. Eram zumbis e esqueletos que representavam a grande força motriz do império. Eles serviam como mão de obra desqualificada, bestas de carga e agentes de segurança, entre outras funções. Fediam a carne podre porque eram *exatamente* isso: carne podre ambulante, animados por um arremedo indecente de vida, uma antítese da existência natural. Os habitantes de Korangar que morriam tinham seus corpos confiscados pelo Estado. "O Império é de todos os cidadãos, e todos os cidadãos são do Império" era um dos lemas que o Triunvirato repetia para convencer e controlar a sociedade korangariana. As famílias com recursos suficientes pagavam um alto preço ao governo para manter o parente falecido em casa, como um "desmorto doméstico", sem que ele fosse retirado do lar para realizar alguma atividade pesada ou insalubre. Os ricos pagavam para que seus mortos de fato descansassem, o que levava muitos à ruína — e ao ciclo da desmorte outra vez, visto que, no fim das contas, os bens (e corpos) acabavam sendo tomados pelo Estado. Já os *verdadeiramente* poderosos e influentes conseguiam, esses sim, renascer como desmortos superiores, que mantinham as faculdades mentais mesmo nesse estado inatural.

A massa de desmortos por toda parte deixava a cidade com um fedor de vala coletiva. Para se mesclar à população sem levantar suspeitas, o Asa Negra evitava circular com um lenço no rosto, ainda que fechasse o capuz de tempos em tempos para não atrair olhares e conseguir suportar o pior do mau cheiro quando passava por alguma grande concentração de zumbis.

Karmangar era uma agressão aos olhos. A cidade parecia uma versão perversa da Morada dos Reis. Era como se os korangarianos, na ânsia de negar a existência sob o jugo dos adamares, tivessem pervertido todo o senso estético da capital do antigo Império Adamar. A sensação de imponência, de majestade, essa, sim, continuava a mesma, mas enquanto a arquitetura adamar privilegiava os espaços abertos de convívio e circulação, se abria em janelões enormes para permitir a entrada do sol — um elemento sagrado para eles — e oferecia jardins suspensos cheios de vida, a arquitetura korangariana favorecia os espaços internos, se fechava em janelas também enormes, porém estreitas, negava a contemplação da paisagem morta causada pela Grande Sombra (realmente não havia muita beleza a ser vista). A tão chamada arquitetura *impossível* do Império Adamar, erigida com a ajuda de magia e conhecimentos de engenharia superiores aos dos humanos, deu lugar à arquitetura *realizável*: era prática, austera e opressora.

Não havia como não notar essa discrepância caso a pessoa conhecesse ambas as capitais. Para o Asa Negra, que tinha passado anos vivendo no Palácio Real, com acesso aos espaços de poder ensolarados e impressionantes da Morada dos Reis, a diferença saltava aos olhos e tornava a experiência de estar em Karmangar quase tão desagradável quanto o onipresente mau cheiro de apodrecimento. Era como ficar dentro de um mausoléu com os mortos fora dos jazigos, expostos ao ar confinado.

Karmangar era uma agressão aos ouvidos. O ambiente era uma cacofonia de sofrimento. Os mortos gemiam por estarem mortos; os vivos gemiam por estarem vivos. Os demônios guinchavam, grunhiam ou emitiam outros sons difíceis de classificar em termos meramente humanos. Felizmente, eles eram pouco vistos no dia a dia, ainda que fossem ouvidos ao longe; já vivos e mortos dividiam a mesma existência infeliz e faziam questão de externar a angústia de existir. Risos eram raros; a música, quando havia, era um lamento. As conversas eram sussurradas, com receio de que fossem ouvidas pelo Triunvirato e mal interpretadas como algum diálogo descontente ou colóquio insidioso. Novamente veio a imagem de uma tumba à mente do Asa Negra; Korangar parecia existir em eterno estado de velório por si mesmo, com choros e lamúrias diante dos mortos.

A mão dele foi a um bolso interno da capa para apalpar o conteúdo enquanto a cabeça deixava o devaneio de lado. O panfleto ainda estava ali, como estivera nas últimas vezes em que verificou. Era o passaporte para uma reunião secreta que finalmente colocaria o Asa Negra em contato com o líder dos insurgentes de Korangar — ou assim ele esperava.

Como a maioria da população de Krispínia, os habitantes de Korangar eram analfabetos, mas o acesso à instrução era especialmente dificultado pelas autoridades da Nação-Demônio para mantê-los ignorantes e supersticiosos, suscetíveis à propaganda e ao jugo do Triunvirato. O texto do panfleto era rudimentar, feito para comunicar as ideias rebeldes de maneira simples, de modo que até um sujeito pouco instruído compreendesse, a fim de despertar a consciência de que os korangarianos de hoje eram tão escravos do Estado quanto seus antepassados foram escravos dos adamares. Aquele documento em especial tinha sido distribuído para correligionários mais avançados nos escalões da Insurreição, e o Asa Negra havia investido muitos meses de investigações e estratagemas para se mostrar digno de recebê-lo e ser convidado para uma reunião com Lenor, o misto de filósofo, pregador e messias que estava levantando as massas dos vivos contra o Império dos Mortos.

O Asa Negra estava deixando a Cidade Baixa, onde residia a classe média de Karmangar, para o Distrito Orc, lar do refugo da sociedade da capital. Cidadãos humanos mais pobres, desmortos aleijados e os orcs que davam nome ao bairro moravam em condições deletérias que representavam uma agressão ainda maior aos sentidos. Ao entrar no distrito, por mais que estivesse acostumado à vida na capital, ele sentiu ânsia de vômito e lágrimas vieram aos olhos. O único alento é que aquela era a região menos vigiada da cidade, sendo assim o esconderijo perfeito para uma reunião sigilosa. O Asa Negra parou para se recompor, retirou um lenço balsâmico (comprado a peso de prata) e levou ao nariz, dentro de uma sombra. Depois, verificou novamente se o panfleto ainda estava consigo e retomou o avanço furtivo para o endereço indicado.

Finalmente, após o que pareceu uma eternidade naquele lugar degradante, ele encontrou o cortiço de dois andares cuja construção havia sido abandonada no meio, escondido atrás de andaimes decrépitos. Na porta, a lanterna — acesa ao entrar no Distrito Orc, após muito cuidado e consideração por causa dos riscos — revelou um sol discretamente entalhado em meio aos nós na madeira: o "sol da liberdade", símbolo da Insurreição, que revelava o desejo de romper o véu da Grande Sombra e jogar luz sobre as mentiras do Triunvirato. Ou assim dizia a propaganda de Lenor, espalhada aos cochichos pelos quatro cantos do império. Instintivamente, o Asa Negra revirou os olhos ao pensar na propaganda militante, mas se lembrou do personagem que encarnava e deu quatro batidas ritmadas na porta, como também indicava o panfleto.

Uma portinhola se abriu, e a luz tênue da lanterna do Asa Negra mostrou o semblante carrancudo de um orc.

— Apague essa merda, humano.

— E como você acha que eu encontraria... — hesitou ele, sussurrando a seguir a senha — ... o sol da liberdade e seus raios fulgentes?

Agora o Asa Negra fez um esforço consciente para não rir. Na história das senhas, essa era das mais ridículas, mas pelo menos era rebuscada o suficiente a ponto de estar acima da compreensão do populacho analfabeto de Karmangar.

Ele aguardou um pouco, decidiu por bem apagar a lanterna e, assim que o fez, a porta se abriu para que entrasse. Mal deu dois passos no ambiente pouco iluminado por algumas velas apoiadas em móveis velhos e quebrados, e o Asa Negra sentiu as manzorras do orc afastando sua capa e começando a revistá-lo.

— Belos gládios — comentou a criatura, cujo peito batia no rosto do humano, que não era dos mais altos.

— Sim, ficariam muito bonitos enterrados no seu bucho — retrucou o Asa Negra, sabendo que um orc só respeitava quem não se acovardava diante de sua presença; se hesitasse agora, cairia a máscara de "revolucionário corajoso" que ele pretendia usar.

Ele afastou com gestos bruscos as mãos imensas do orc e colocou as próprias nos cabos das espadas curtas.

— Mostre o documento — disse uma voz feminina surgindo da penumbra do ambiente decrépito; a seguir, três homens entraram na área iluminada pelas velas.

Com um último olhar de desafio para o orc, o Asa Negra soltou os gládios ainda embainhados, pegou o panfleto e ergueu diante de si. A criatura, outra vez exercendo sua autoridade, arrancou o documento da mão do humano e entregou o papel para a dona da voz.

— Isto lhe foi entregue por... — indagou ela.

— Brenor, da Rasafrin — respondeu o Asa Negra, mencionando uma célula insurgente de Kora-nahl, a segunda maior cidade de Korangar.

O olhar dele avaliou os quatro humanos do recinto. A mulher era muito magra, como a maioria dos korangarianos que viviam do pouco que crescia e vingava naquela terra infértil, e parecia doente, assim como dois dos outros homens igualmente raquíticos. O terceiro era mais robusto e se encaixava nas descrições de Lenor — forte, altivo, com olhar penetrante e decidido, ligeiramente calvo e com cavanhaque pronunciado.

— Seu sotaque é estranho...

Ela tinha um hábito de insinuar perguntas ou dúvidas que definitivamente estava irritando o Asa Negra. Mas ele precisava manter a compostura se queria enganá-los. E essa era uma insinuação frequente, dada a dificuldade de imitar o sotaque de Korangar. O idioma da Nação-Demônio derivava do adamar vulgar falado pelos então escravos do Império Adamar e, ainda que fosse bem mais simples que o adamar erudito dos imperadores-deuses, não era fácil falar como um nativo. O domínio do Asa Negra era plenamente satisfatório e convincente em situações mundanas — mas se infiltrar em uma célula da Insurreição estava longe de ser mundano.

— Eu vim de Karaya há muitos anos e ainda não perdi o jeito de falar de lá — respondeu ele, dando a justificativa usada muitas vezes durante a investigação.

— Ele é um espião — acusou o orc.

— Concordo — falou um dos homens magricelos.

O panfleto chegou às mãos do korangariano robusto.

— É da Rasafrin, sim — confirmou ele.

— Nada impede que esse sujeito tenha obtido o documento por meio de tortura e tenha vindo nos espionar — falou a mulher.

— Não — exclamou o Asa Negra. — Foi o Brenor que confiou em mim e disse que eu encontraria o Lenor aqui em Karmangar.

O Asa Negra ia se dirigir ao homem que ele julgava ser o líder insurgente, mas um murro do orc virou sua cabeça na outra direção — e o derrubou contra a porta.

— O panfleto é verdadeiro, mas você, não — disse a mulher. — Nós usamos a Rasafrin como isca para os espiões do Triunvirato.

Ela aguardou que o orc levantasse o espião atordoado e o trouxesse até o meio do recinto para continuar.

— Agora é você quem será torturado...

— Espere! — berrou o Asa Negra, finalmente se voltando para o sujeito robusto atrás da mulher. — Lenor, me escute, eu acredito na causa! Eu...

Ele não terminou de falar pois a porta do cortiço veio abaixo, deixando entrar vários homens em armaduras de placas.

— Bralturii! — gritou o korangariano calvo, que se meteu diante da mulher e sacou uma faca do cinto.

O orc jogou longe o Asa Negra e se lançou na massa de humanos blindados, babando de cólera. Os bralturii — ou cavaleiros infernais, em korangariano — eram a tropa de elite de Korangar, com elmos e armaduras que remetiam a figuras demoníacas. O tamanho ou a força do orc não importava; ele acabaria sendo vencido pela superioridade numérica, ainda que derrubasse um ou dois oponentes.

E não deu outra: assim que quebrou o braço de um bralturi que tentou estocá-lo com a espada, o orc recebeu golpes de outros dois cavaleiros e caiu de joelhos com o torso perfurado. Os demais bralturii avançaram contra os humanos que estavam paralisados pela surpresa ou tentavam escapar pelos fundos.

Esquecido no canto escuro onde havia sido jogado, o Asa Negra viu a chance de seu contato com Lenor ir por água abaixo. Seria um desperdício de muito tempo de investigação e de muitos riscos corridos.

Não, não seria.

O Asa Negra avançou contra os dois cavaleiros infernais que estavam terminando de matar o orc valente e resistente. Gládios normais seriam inúteis contra a blindagem de armaduras de placas, afinal aço não corta aço, mas gládios *mágicos* eram outra conversa. O metal encantado das espadas curtas varou as armaduras como se fossem lorigas de couro, e os bralturii ganharam estocadas selvagens nos rins e pulmões. Com dois inimigos fora de combate, o Asa Negra partiu para cima dos outros três que já estavam cercando os insurgentes; esses bralturii estavam alertas à sua presença e usariam os escudos para se defender. Seria um combate perdido, gládios mágicos ou não.

Mas a intenção do Asa Negra nunca tinha sido combatê-los.

Um cavaleiro infernal parou de acossar a dupla de korangarianos raquíticos; dois bralturii estavam mais próximos, tentando conter a mulher e o sujeito robusto de cavanhaque, que se digladiavam. O Asa Negra mirou nesses dois cavaleiros, executou um rolamento no chão e colidiu contra as pernas de um deles, que perdeu o equilíbrio com espada e escudo nas mãos e caiu sobre o colega que tentava agarrar os alvos. Duas massas blindadas foram derrubadas no piso com um clangor alto de metal, enquanto o Asa Negra se erguia e desviava do ataque oportunista do terceiro bralturi, que veio acudir os colegas. O Asa Negra aproveitou o ímpeto, empurrou a mulher das perguntas irritantes para cima do cavaleiro ainda em pé e pegou o korangariano calvo pelo braço, já se dirigindo para a escada de aspecto pouco confiável que levava para o segundo andar.

— Venha comigo se você quer viver — disse o Asa Negra para o sujeito, que pensou rápido, entendeu o que o espadachim pretendia e saiu correndo com ele.

— Não há saída no segundo andar — falou o korangariano robusto.

— Há sim — ofegou o Asa Negra, lançando um olhar para trás e vendo que os dois bralturii já estavam de pé e a caminho da escada; o terceiro, que não havia sido derrubado, estava intimidando os dois korangarianos para que ficassem parados, após ter matado a mulher.

Os degraus da escada decrépita começaram a ceder com a subida veloz do Asa Negra e seu protegido, e não suportaram o peso do cavaleiro infernal que veio logo atrás. O bralturi pulou e conseguiu ganhar o segundo andar, quase caindo, mas o companheiro ficou isolado no térreo quando os degraus finalmente ruíram. O breve instante que o cavaleiro infernal levou para virar o elmo fechado a fim de verificar se o colega tinha conseguido ou não subir foi o suficiente para o Asa Negra pular com os dois pés no peitoral blindado. O bralturi despencou como uma pedra em cima dos destroços da escada no primeiro piso.

— Agora, para a saída — disse o Asa Negra ao se levantar, com um sorriso no rosto ao avaliar a situação dos oponentes, isolados no térreo, e apontar para os andaimes. — Por ali nós chegamos aos outros telhados e despistamos esses grandalhões de armaduras de placas.

— Você trouxe esses bralturii até nós.

— Admito que eles me seguiram — respondeu o Asa Negra, finalmente percebendo o fato e se cobrando internamente pelo acontecido. — Mas eu vim encontrá-lo, Lenor. Eu acredito na sua palavra, na causa de uma Korangar livre do Triunvirato.

— Eu não acredito em você.

— Entreguem-se ou mataremos todos aqui embaixo! — rugiu um dos cavaleiros infernais, e o grito veio seguido do som de móveis sendo arrastados.

Os bralturii estavam improvisando alguma forma de subir.

— Não temos tempo. E eu não sou seu inimigo.

— E nem é korangariano — acusou o sujeito.

Na tensão do momento, o Asa Negra havia deixado escapar o verdadeiro sotaque.

— Não — concordou ele, novamente irritado consigo mesmo. — Sou um agente de Krispínia. Há pessoas no Grande Reino que se interessam, como eu disse, em uma Korangar livre.

O choque no rosto do sujeito foi visível. Ele fez uma longa pausa, para desespero do Asa Negra, e ergueu a mão para detê-lo.

— Então, granej, você precisa saber de uma coisa. — O homem falou bem baixinho, aproveitando a berraria e o barulho provocados pelos cavaleiros infernais no térreo. — Eu não sou o Lenor, e sim apenas um companheiro de luta que se parece com ele, agindo para despistar o Triunvirato. O verdadeiro Lenor está escondido em Kangaard. Procure pela Denafrin na cidade portuária e diga que foi enviado pelo Edvor, com a frase "eu olhei para o sol e não queimei meus olhos, pois acredito na palavra de Lenor".

Antes que o enviado de Krispínia pudesse assimilar tudo aquilo, Edvor passou por ele e pulou no vão da escada.

Quando deu por si, com a mente girando a toda velocidade, o Asa Negra já estava pulando para o andaime e, dali, para o telhado da construção ao lado, em fuga.

CAPÍTULO 2

PINÁCULO DE RAGUS, RAGÚSIA

A Rainha Danyanna adorava o vento que batia em seu Aerum no Palácio Real da Morada dos Reis, mas ele não se comparava ao que entrava pelo penúltimo andar do Pináculo de Ragus. Ali dentro, naquele ambiente arejado e ventoso, a jovem Danyanna dera os primeiros passos no estudo da aeromancia, exatamente como os jovens que olhavam para ela com fascínio no momento. Os estudantes mal escondiam a empolgação de estar na presença não apenas da Suma Mageia de Krispínia, mas também de alguém que tinha saído daquele mesmo ambiente para se tornar a rainha do reino. Danyanna parou no meio do grupo de alunos, todos sentados de pernas cruzadas sobre tapetes espalhados no amplo salão, na mesma pose que ela mantivera tantos anos atrás. A rainha fechou os olhos e se permitiu sentir aquele vento tão gostoso, tão nostálgico, e quando os abriu de novo, viu que os aspirantes a aeromantes tinham feito o mesmo gesto. Ela sorriu.

— O ar é o maior aliado de um aeromante — disse Danyanna. — Um aeromante nunca estará sozinho, pois o elemento que ele domina é onipresente. O fogo depende que seja aceso para existir na natureza, e pode não haver água ou terra à vista, mas *sempre* haverá o ar. Ele é o elemento supremo. E o mais fiel dos companheiros.

Dito isso, ela entoou um encantamento em voz baixa e fez um gestual que parecia recolher o próprio vento com as mãos. Ao fim do feitiço, a Suma Mageia mandou que o ar erguesse lentamente o próprio corpo e os tapetes embaixo dos alunos. Surpresos e suspensos a uns dez passos do chão, os estudantes riram e bateram palmas, em êxtase por ter uma experiência de vida inesquecível, testemunhando aquela demonstração de poder e concentração da rainha de Krispínia. Danyanna deixou que eles reagissem dessa maneira por um tempo até voltar a falar.

— Controlar esse volume de vento vai exigir muito estudo e dedicação da parte de vocês — disse a Suma Mageia, que começou a trocar os jovens aspirantes a feiticeiros de lugar, dominando várias rajadas diferentes ao mesmo tempo, sem deixá-los cair. — Mas *é* possível. Basta prestar atenção às aulas da grã-preceptora, como eu fiz no meu tempo aqui.

Ela olhou para a professora de aeromancia, que havia se recolhido respeitosamente a um canto do salão, e a mulher fez uma saudação com a cabeça, agradecida pelo apoio. Jovens alunos davam trabalho a qualquer professor, não importava o objeto de estudo, e aqueles estudantes de magia não eram diferentes de qualquer outro. A grã-preceptora torcia que a lição da rainha ficasse na mente deles.

Danyanna devolveu os alunos às posições originais e desceu todos até o chão. Quando ela mesma pousou, pediu novamente respeito à professora e dedicação aos estudos. A rainha parou diante da grã-preceptora e agradeceu por ela ter emprestado a turma. A mulher, claramente sem jeito diante da monarca e feiticeira mais poderosa do reino, se atrapalhou nas mesuras, e a Suma Mageia riu, erguendo a mão. Ali era um lugar em que Danyanna gostava de esquecer o peso do poder e apenas se sentir novamente inocente e esperançosa, antes de se envolver nas aventuras que a fizeram ver tanta guerra, tanto sangue e massacre.

Antes de se envolver com Ambrosius.

A rainha fez questão de tirar o sujeito de capa preta da mente. A lembrança daquele vulto negro e nefasto não merecia estar ali, naquele lugar que era tão feliz para ela.

Com um novo olhar saudoso para o ambiente de estudo e os alunos, Danyanna se retirou do Salão de Aeromancia, rumo à escadaria que conduzia ao último andar do Pináculo. Cada pavimento da torre gigante, isolada nos arredores de Adenesi, a capital de Ragúsia, abrigava um salão dedicado ao estudo de uma vertente diferente da magia, fosse geomancia, fisiomancia ou auguriomancia. Os aeromantes ocupavam o penúltimo andar para ter mais contato com o vento que soprava no campo onde o primeiro Rei-Mago de Ragúsia, Ragus, mandou erigir a maior escola de feitiçaria dos reinos. Magos das vizinhas Santária e Nerônia e das distantes Dalínia e Dalgória vinham estudar ali, se tivessem ouro suficiente para se inscrever.

E o Colégio de Arquimagos de Krispínia, fundado pela própria Danyanna na Morada dos Reis, se reunia ali de três em três anos, em uma mistura de simpósio e retiro para estudos místicos que duravam meses, no último andar do Pináculo de Ragus. Aquela edição em especial deixou a Suma Mageia bem ansiosa. Danyanna havia decidido apresentar formalmente uma nova integrante do Colégio, mas sabia que enfrentaria a resistência de seus pares. A ideia contava com o apoio do segundo em comando do colegiado, ninguém menos que o próprio Rei-Mago de Ragúsia, seu amigo Beroldus, e de Od-lanor, o menestrel adamar sagrado por ela arquimago do reino, mas a Suma Mageia sabia que provocaria uma polêmica. Na Morada dos Reis, sob os olhos geniosos de Krispinus, o ato teria provocado discussões e incômodos dentro dos corredores do Palácio Real que durariam semanas ou até mesmo meses; ali no Pináculo, bem longe do Grande Rei, a apresentação da nova arquimaga de Krispínia provavelmente suscitaria uma reação um pouco menos intensa, mas a rainha estava preparada para olhares hostis e explosões de indignação, pelo menos.

Danyanna estava subindo a escada até o último pavimento do Pináculo de Ragus com o intuito de sagrar a Salim Sindel, a soberana dos alfares, como a mais nova integrante do Colégio de Arquimagos.

Desde que a paz fora selada entre humanos e elfos da superfície, após as duas raças terem se unido de maneira inédita para derrotar Amaraxas, o Primeiro Dragão, os alfares ainda eram malvistos como ex-inimigos de Krispínia. Porém, como praticamente todos os elfos estavam isolados no baronato de Baldúria, na antiga Beira Leste, os principais reinos vinham se recuperando do conflito sem ter que aturar a presença de alfares, agora também súditos do Grande Rei e, por extensão, dos outros monarcas. Trazer a líder dos elfos para o meio da sociedade humana, e ainda por cima lhe dar uma posição de destaque, provocaria a abertura de velhas feridas de guerra — especialmente em Ragúsia, um dos reinos que mais sofreu durante o conflito.

Era uma prova da amizade e da grandeza, como monarca da parte do Rei-Mago Beroldus, ter aceitado a sugestão da Suma Mageia, mas ambos sabiam que haveria barulho no Colégio de Arquimagos e, posteriormente, na corte de Ragúsia. Ele tinha sido reticente no início, assim como Od-lanor, que questionou os motivos de Danyanna, sugerindo que ela desse mais tempo ao tempo, que os oito anos de paz ainda não tinham sido suficientes para cicatrizar as chagas da guerra, mas a rainha aeromante enxergava em Sindel uma fonte de sabedoria que elevaria consideravelmente todo o poder do Grande Reino de Krispínia. Ela conhecia bem os aquamantes do Pináculo, por exemplo, e nenhum deles chegava aos pés do domínio arcano que a rainha dos alfares mantinha sobre a água, contando com séculos de experiência à frente dos humanos.

A pessoa mais difícil de convencer foi, naturalmente, a própria Sindel. A partir do momento do pacto de paz, iniciado com a sugestão de Danyanna de que um casamento entre um humano e uma elfa selaria a aliança entre os dois povos, proposta prontamente aceita por Baldur e Sindel, as duas mulheres firmaram uma amizade improvável — ou mais provável do que a rainha humana e a soberana elfa seriam capazes de admitir na ocasião. Ambas detinham o ápice do conhecimento nas vertentes místicas que abraçaram — a aeromancia para Danyanna, a aquamancia para Sindel —, ambas eram simultaneamente monarcas e feiticeiras, ambas eram casadas com guerreiros, e ambas eram imortais; a humana, pelo poder concedido pelo Trono Eterno, a elfa, pela própria fisiologia. Nascidas e criadas em culturas diferentes e até então inimigas por definição, elas descobriram que tinham mais em comum do que imaginavam quando travaram a primeira conversa, ainda nervosa, na Casa Grande da Praia Vermelha. Com o tempo e sucessivas comunicações mágicas depois, Danyanna e Sindel viraram amigas e confidentes, e quando a Suma Mageia sentiu que era o momento, abordou a questão do Colégio de Arquimagos. A elfa se negou a entrar para o colegiado inúmeras vezes, deu vários argumentos para não participar, entre eles a diferença de abordagem arcana entre as raças, o preconceito e a inimizade ainda presentes, mas cedeu quando enxergou o cargo como uma garantia de que a paz oferecida pelos humanos seria de fato duradoura para os poucos alfares sobreviventes ao conflito. Ela não poderia depender somente da proteção de Baldur como barão ou da amizade de Danyanna — Sindel poderia cavar um espaço próprio na sociedade humana e expandir o domínio alfar além de Bal-dael. Afinal de contas, o futuro pertencia a ela mais do que aos humanos e suas vidas curtas.

Assim que a amiga concordou, Danyanna colocou em ação o plano de apresentá-la durante o próximo simpósio, que estava ocorrendo agora. O peso da decisão acompanhava cada degrau galgado por ela, mas a Suma Mageia já contava com o apoio de Beroldus, de Od-lanor e de outros integrantes mais próximos do colegiado. Restava conquistar os demais ao apresentar o caso ao lado de Sindel, que já aguardava com o adamar nas coxias do anfiteatro do último pavimento do Pináculo de Ragus.

Ela surgiu no salão dominado por painéis imensos de vitrais, seguindo o costume arquitetônico ragusiano. Cada um retratava feitos lendários dos reis-magos, a começar pela proeza mais famosa, que inspirou *A Canção do Mago em Chamas*, retratando Ragus em combate místico com um piromante enquanto o próprio corpo pegava fogo. Os olhos de Danyanna foram para seu vitral preferido, que mostrava o antigo Rei-Mago Vardus afastando uma frota de piratas do litoral de Ragúsia com o poder de uma tempestade, antes de registrar os arquimagos presentes. Eles receberam a Suma Mageia de pé, cada um fazendo a saudação típica de sua cultura, e voltaram a se sentar no anfiteatro, enquanto ela se dirigia ao púlpito no centro do ambiente.

— Bom sol, colegas arquimagus e arquimageias — disse Danyanna, usando os títulos em adamar erudito. — Entramos hoje em nosso quarto mês de simpósio e, como de costume, é o momento de abrirmos o Colégio de Arquimagos para novos integrantes. Nosso último membro foi apresentado por mim há oito anos, em caráter excepcional, na Morada dos Reis, celebrando o feito do Arquimago Od-lanor, que salvou o reino ao selar novamente os Portões do Inferno usando um feitiço complexo no ato, sem necessidade de um ritual prévio, uma proeza jamais vista nos anais desse augusto corpo de feiticeiros.

O colegiado irrompeu em palmas, enquanto olhares se dirigiram para o lugar vazio que o adamar deveria estar ocupando.

— Agora tenho a honra de sugerir mais um nome para o colegiado, a ser apresentado pelo próprio Arquimago Od-lanor. Alguém que conseguiu recriar a famosa Trompa dos Dragões a tempo de deter a ameaça de Amaraxas, o Primeiro Dragão, que havia despertado e arrasado Bela Dejanna, a capital de Dalgória.

Danyanna fez questão de olhar para Gannus, o arquimago dalgoriano, um dos que já apoiavam a indicação de Sindel, e a seguir sinalizou para a coxia, onde Od-lanor aguardava ao lado da elfa.

— Colegas arquimagus e arquimageias, eu vos apresento a aquamante Sindel, salim dos alfares e baronesa de Baldúria.

A entrada da líder dos antigos inimigos dos humanos provocou surpresa e estupefação na maioria dos presentes. O salão ficou em silêncio durante alguns segundos, enquanto Sindel se encaminhava com Od-lanor na direção da Suma Mageia, até que foi rompido pela explosão da arquimaga Taníria, de Dalínia.

— Ela é uma *elfa* — vociferou a mulher com ódio na voz.

— Grande capacidade de observação, Taníria — zombou Gannus.

— Como você ousa, Danyanna? — disse a feiticeira de Dalínia, ignorando o colega de Dalgória.

— Ela é a *rainha* de Krispínia — trovejou o Rei-Mago Beroldus. — Sugiro que modere o tom, consagrada colega.

— Você sabe muito bem que aqui não entram títulos de nobreza, consagrado colega Beroldus — retrucou Taníria. — No colegiado, somos todos apenas irmãos e irmãs na magia. E essa *criatura* certamente não será minha irmã de nada.

— Apoiada — concordou outro feiticeiro, seguido por mais três manifestações de aprovação.

Logo o plenário de magos e magas virou uma balbúrdia de insultos, dedos apontados e exclamações contra e a favor de Sindel, que observava aquele espetáculo deprimente com a altivez digna de uma monarca elfa, enquanto por dentro apenas julgava os humanos como se fossem micos guinchando e pulando nos galhos de Bal-dael. A algazarra e irracionalidade eram as mesmas dos macaquinhos. Ela se perguntou, como fazia de tempos em tempos, como a nação élfica pôde ter sido derrotada por aqueles selvagens. Ao lado dela, Od-lanor e Danyanna se entreolhavam, ao mesmo tempo envergonhados, decepcionados e com raiva dos consagrados colegas. O bardo adamar pensou em intervir, usar um tom de voz calmante e acolhedor, falar em uma cadência hipnótica, mas sabia que não teria sucesso entre feiticeiros de tamanho poder. A Suma Mageia, por sua vez, nutriu a vontade de convocar raios e lançá-los em cada um que ofendia a amiga.

Foi Sindel que pôs fim àquela cena vergonhosa.

— Se títulos de nobreza não têm peso aqui, também não deveria ter minha linhagem alfar — disse a salim com uma voz melódica, porém firme, que chamou a atenção de todos; quase nenhum dos presentes podia dizer que tinha ouvido um elfo falando na vida, quanto mais um que se comunicasse no idioma comum de Krispínia. — Ao meu lado, por exemplo, está o Arquimago Od-lanor, um adamar. Se não estou enganada em relação à curta história dos humanos, até ontem os adamares subjugavam e escravizavam a raça de vocês. Várias linhagens humanas chegaram ao fim com os trabalhos forçados de construir fortalezas gigantes e rasgar o mundo abrindo estradas, mas não vejo aqui manifestações de ódio ou sequer má vontade em relação ao sangue adamar do Arquimago Od-lanor.

Sindel fez uma pequena pausa, que ele soube aproveitar.

— E garanto aos consagrados colegas arquimagus e arquimageias — falou Od-lanor — que o domínio exercido pelo Império Adamar por 2 mil e quinhentos anos foi mais cruel e matou mais gente do que o conflito puramente territorial com os alfares. Bral-tor, ou os Portões do Inferno, foi uma herança maldita adamar que causou a destruição de Redenheim e Blakenheim, e não vejo nenhum dedo acusador apontado para mim, apesar de tê-lo fechado, como era minha obrigação. No entanto, se não fosse pela magia alfar, por duas ocasiões o mundo teria sido devastado por dragões. Foram os atos de criar a Ka-dreogan, a Trompa dos Dragões, pelo herói alfar Jalael, e de restaurá-la, pelo poderio arcano da Salim Sindel aqui presente, que salvaram Krispínia. O *privilégio* de estarmos todos aqui xingando a nossa salvadora foi dado por ela. Sem Sindel, esse belo pináculo estaria reduzido a destroços pela fúria dos dragões que teriam sido despertados por Amaraxas, assim como os reinos onde nasceram os feiticeiros e feiticeiras reunidos aqui dentro.

— "A verdade é um feitiço inquebrável", costuma dizer o consagrado colega Beroldus — falou Danyanna, olhando para o amigo rei-mago. — Diante de verdades como essas, e dos feitos inquestionáveis da Salim Sindel, só nos resta pedir desculpas e que ela nos conceda a honra de sua presença entre nós, que claramente não merecemos.

— Eu voto que a Salim Sindel seja sagrada arquimageia de Krispínia — disse Gannus em voz alta, puxando o coro dos partidários da elfa.

A contragosto, os descontentes viram várias mãos se erguendo a favor de Sindel. Com a aprovação da aquamante alfar se tornando cada vez mais inevitável pelo crescimento do apoio entre os colegiados, Taníria se levantou num rompante e fez questão de lançar um olhar assassino para Danyanna e Sindel a caminho da saída. A feiticeira de Dalínia estava no meio da escada quando ouviu a maldita elfa ser efetivada no Colégio de Arquimagos.

A Rainha-Augusta Aníria ficaria sabendo daquele acinte.

CAPÍTULO 3

PLANÍCIE DE KHAZESTAYA, KORANGAR

A jornada do Asa Negra para chegar a Kangaard levaria dias por um território inóspito chamado Khazestaya, ou Terra das Cem Fumaças no idioma comum de Krispínia. Para ele, estava mais para *Mil* Fumaças. O terreno era uma grande planície a leste de Karmangar, tomada por fumarolas — fendas no chão que sopravam jatos de fumaça com uma força impressionante. O odor dos gases das profundezas da terra era desagradável e muitas vezes venenoso, o que fez o enviado de Krispínia considerar que nem fora de suas cidades o Império dos Mortos cheirava bem. *Ar puro era o bem mais precioso*, pensou ele. Se fosse possível estocá-lo e vendê-lo, o Asa Negra seria um homem rico.

Felizmente, ele estava montado em um merix, um parente menor e mais ágil dos nossorontes usados pelos orcs. O animal, um quadrúpede de couro grosso e chifres pequenos na cabeça atarracada, era adaptado à quase inexistência de pasto da região e andava dias sem comer, apenas ciscando na grama curta e dura que teimava em nascer entre as fumarolas. Com os mantimentos que trouxe, o Asa Negra chegaria a Kangaard sem morrer de fome e sede, ainda que não descartasse a possibilidade de sucumbir ao ar fétido de Khazestaya. Ele levou um dos últimos lenços balsâmicos ao rosto e praguejou por não ter sabido poupá-los.

Aquele cenário hostil lembrava *outra* paisagem sem vida que o Asa Negra conheceu bem de perto: o Ermo de Bral-tor, muito ao sul dali, no coração do Grande Reino de Krispínia. No entanto, havia diferenças conceituais entre a Grande Sombra e o território devastado pela abertura dos Portões do Inferno. A Grande Sombra sempre tinha sido um deserto cinza-escuro que conseguiu, mesmo assim, acolher uma civilização — um império! — graças à determinação de um bando de escravos refugiados; já o Ermo de Bral-tor fora uma terra linda que havia abrigado dois reinos prósperos e virado uma desolação sem nenhum traço da antiga grandeza, graças às forças demoníacas que assolaram a região.

No final das contas, era tudo a mesma merda, com ou sem fumarolas.

Não. O Asa Negra balançou a cabeça para si mesmo. Não, eram cenários bem diferentes. O Ermo de Bral-tor transmitia uma mágoa por aquilo que *tinha sido*. Foi um território abundante que virou um nada. A Grande Sombra continha em si a possibilidade de *vir a ser* uma terra com vida, se ao menos o sol brilhasse. Era um nada que *poderia* se tornar um território abundante.

No balanço do merix, enquanto desviava das fumarolas, o Asa Negra considerou tudo que tinha ouvido falar de Lenor e começou a entender como suas mensagens influenciavam o korangariano comum, oprimido por aquele céu sempre nublado, esmagado por um governo tirânico que possuía seu corpo e suas vontades até depois da morte. Histórias de um mundo de sol, promessas de uma vida de liberdade — os desesperados seguiriam qualquer homem que lhes trouxesse isso. "Rebeliões eram construídas à base de esperança", como ele tinha lido em um livro a respeito da história de Korangar. Ambrosius havia indicado a obra para que seu agente entendesse o reino que espionaria.

Ironicamente, o império que hoje mantinha seus cidadãos presos atrás de uma cortina de ferro nasceu de uma rebelião de escravos contra um império igualmente opressor — no caso, o adamar. Exatamente como Lenor, há quinhentos anos um líder carismático passou a disseminar a ideia de um levante contra a sujeição imposta pelos imperadores-deuses. Exor, um escravo humano letrado, que trabalhava como copista da biblioteca da Morada dos Reis, teve acesso a registros dos adamares a respeito de uma região onde o sol não batia, obscurecida por forças místicas que eles chamavam de "a Grande Sombra" — e que consideravam inatural e herege, pois os adamares idolatravam o sol. Estudando mais, Exor descobriu que era tabu entrar na região, que nenhum adamar poderia atravessar a fronteira com o território proscrito. Aquele seria o lugar perfeito para se abrigar de um algoz que não ousaria perseguir os humanos ali dentro. As chances de sobrevivência seriam pequenas em uma terra inóspita onde pouca coisa crescia ou vivia? Sim, mas, como Exor dizia aos correligionários, "mil vezes morrer de fome a viver mais um dia sob o jugo adamar". A rebelião foi se formando e, quando menos os adamares esperavam, um bando de escravos liderados por Exor fugiu da capital do império para o norte, rumo a uma escuridão que os adoradores do sol não ousariam entrar.

Dentro do território então desconhecido da Grande Sombra, os insurgentes de fato morreram de fome aos montes até conseguirem sobreviver minimamente na região inóspita. O próprio Exor faleceu durante a jornada — e foi aí que seus tenentes mais próximos, três ex-escravos que temeram que a morte do líder também significasse a morte do sonho de liberdade, decidiram em comum acordo usar de necromancia, a magia proibida pelos adamares, aprendida em segredo por um deles como servo de um embalsamador, para trazê-lo à vida novamente. Daquele momento em diante, a prática foi estendida a todos os rebeldes que morressem ao se estabelecer na Grande Sombra. Exor foi mantido apenas como figura-símbolo, e os três tenentes passaram a efetivamente governar o bando de ex-escravos em fuga. Nascia o Triunvirato, nascia o Império dos Mortos.

O culto a Exor, o Libertador, era impingido pelo Triunvirato em todas as províncias, assim como a cultura da desmorte. A necromancia era a antítese da celebração da vida praticada pelos adamares. Virar um morto-vivo era continuar livre da opressão, segundo os preceitos da fé korangariana, ainda que o Império Adamar já tivesse ruído. O motivo — discutivelmente válido ou não — para a transformação em desmortos daquele pequeno grupo original de escravos insurgentes havia passado, mas Korangar simplesmente continuou com a prática, seguindo a ideia de que conquistar a morte era uma afronta aos antigos algozes e uma afirmação da vitória de Exor e de seu sonho.

Gente maluca, pensou o Asa Negra, enquanto conduzia o merix a caminho de Kangaard.

Ele ia começar a considerar os pactos que os primeiros korangarianos firmaram com demônios para garantir a sobrevivência e posterior domínio da Grande Sombra quando foi tirado do devaneio por um tremor de terra. O solo roncou como o estômago de um gigante faminto, um som grave e crescente que ecoava por toda parte. O merix entrou em pânico, e o Asa Negra, não tão acostumado com aquela montaria, tentou usar o que sabia para acalmar o animal. Mas ele também precisou controlar o próprio nervosismo, pois o terreno estava ganhando vida, ondulando, rachando, tremendo ainda mais. Parecia que havia um dragão colossal preso logo abaixo do solo, que estava se debatendo para se libertar.

E o dragão finalmente se libertou.

As fumarolas ao redor explodiram e expeliram gases e pedras em colunas altas no céu. O som era ensurdecedor, como o rugido e as rajadas cuspidas por Amaraxas. A imagem veio à mente do Asa Negra num piscar de olhos; ele já havia conseguido escapar do Primeiro Dragão uma vez, mas como alguém fugia do *terreno* em que se pisava?

O merix parecia saber a resposta. O animal disparou como se sentisse, pelo toque das patas no chão, onde o solo cederia. Porque o solo *estava* cedendo: a terra era engolida ao mesmo tempo que era cuspida no ar, como uma versão geológica do estilo de luta dos svaltares. Um golpe para ferir, outro para matar.

Fumaça e detritos deixaram o Asa Negra cego, enquanto os estrondos trataram de ensurdecê-lo. Ele apenas confiou no merix, que corria e saltava pelos blocos de chão poucos instantes antes de eles afundarem, desviando das fumarolas por puro instinto. Tamanha era a sobrecarga de estímulos aos sentidos que a mente do Asa Negra sequer conseguia fazer um resumo da vida diante do que ele tinha certeza de que seria a própria morte. Apenas um pensamento veio à cabeça: seria impossível que algum necromante korangariano o transformasse em desmorto ao morrer naquele lugar; provavelmente seria jogado aos céus e incinerado por uma coluna de gás venenoso superaquecido ou triturado sob toneladas de pedras que mergulhavam nas profundezas.

O enviado de Krispínia sentiu um vazio no estômago que lhe subiu à boca quando o merix decolou como uma égua trovejante e, com um pulo, passou por cima de uma falha que se formou abruptamente embaixo das patas. A montaria pousou em terra firme, derrapando, rolou e jogou o Asa Negra para fora da cela, que parou perigosamente perto do abismo que havia se criado.

Então, tão repentinamente quanto havia começado, a catástrofe parou. Os sentidos começaram a voltar — entre eles a sensação de dor por ter caído do merix —, e o Asa Negra começou a ter noção, no meio da muralha de pó, de que o terreno adiante de si não existia mais como uma planície.

Ele estava parado diante de uma fenda gigantesca que havia engolido a Terra das Cem Fumaças inteira.

KROM-TOR,
KARMANGAR

De seu gabinete dentro do quartel-general que dominava o cenário da Cidade Alta de Karmangar, Konnor, o Senhor da Guerra do Triunvirato, tinha uma bela vista para as famosas Torres de Korangar. Os complexos de conhecimento místico abrigavam magos especializados em vários ramos da feitiçaria, da conjuração à necromancia, passando pelo controle de todos os elementos da natureza e do próprio corpo humano. Lá era o território do Sumo Magus Trevor, seu equivalente arcano dentro da tríade de poder no império. De onde Konnor estava, porém, ele não conseguia enxergar o Parlamento, onde ficavam as Câmaras dos Mortos e dos Vivos, presidido pela terceira cabeça do Triunvirato, o Ministro Pazor. Konnor preferia assim, pois já mantinha contato demais com os outros dois governantes no cotidiano da gestão do império; pelo menos ao trabalhar, na paz de seu escritório, o Senhor da Guerra não era lembrado da existência de um deles.

Konnor ficou olhando as Torres, observando o clarão ocasional de algum feitiço que escapava das janelas, enquanto degustava um charuto de Nerônia. Ele sabia que estava procrastinando, que estava conscientemente evitando a mesa de guerra disposta no outro lado do gabinete, mas queria descansar a mente por alguns momentos. Korangar estava travando guerras secretas em Krispínia, e esse era um empreendimento complicado e custoso, que ocupava seus pensamentos todos os dias. Konnor achava que merecia saborear um charuto enquanto imaginava o que acontecia dentro do alcance da visão, e não em terras distantes que ele mesmo nunca tinha visto.

Um vassai se aproximou cautelosamente, com medo evidente de importunar seu mestre. O pequeno demônio-serviçal hesitou, sem saber como chamar a atenção de Konnor, e ao mesmo tempo nervoso pela urgência do recado. Finalmente, ele arranhou o ladrilho do chão incisivamente com as unhas das patas até que fosse notado.

— O que foi, criatura? — rosnou o homem, claramente irritado.

— A Comandante Razya deseja vê-lo, senhor — respondeu o vassai, ainda mais encolhido.

Konnor tragou o charuto, tirou os olhos das Torres de Korangar e finalmente se voltou para a mesa de guerra. Lá se foi o momento de descanso mental.

— Abra a porta para ela. — Ele fez uma pausa. — E traga vinho para nós dois.

Por instinto, Konnor sabia que precisaria beber para encarar o relatório da comandante. Ele bafou mais uma vez.

Com a porta finalmente aberta, Razya entrou intempestivamente e quase atropelou o pequeno demônio. Ela parou diante do Senhor da Guerra e fez a saudação do império.

— Salve Exor e o Triunvirato.

— Salve Exor e o Triunvirato — respondeu ele.

Os dois humanos não podiam ser mais contrastantes. Konnor era grandalhão, um guerreiro veterano de várias conquistas no comando dos bralturii, com força e estâmina ampliados por feitiços e pactos demoníacos. Era uma figura assustadora, mesmo nos trajes mais leves do cotidiano, fora da armadura infernal de placas. Já Razya era a típica korangariana mirrada, que revelava a origem humilde de desnutrição infantil, mas cuja entrada nos salões do poder permitiu acesso ao bom e ao melhor, tanto de cuidados mundanos como mágicos. Enquanto Konnor havia travado muitos combates físicos sangrentos, Razya tinha encarado disputas igualmente violentas, só que no campo de batalha político.

Ambos se admiravam por isso. O Senhor da Guerra sabia que tinha feito a escolha certa ao colocar Razya como oficial de ligação entre o Krom-tor, a fortaleza das tropas da capital, o Parlamento e as Torres de Korangar.

— Senhor, perdemos Karaya — informou ela, sem rodeios.

Konnor entortou a boca e quase deixou o charuto cair.

— Como assim "perdemos"?

— A cidade foi engolida pelo Colapso, Grajda Konnor. Acabei de receber a informação do comando da tropa da fronteira da província e tomei a liberdade de confirmar com a Torre de Geomancia antes de trazê-la ao senhor. É verdade.

Konnor não conteve o estremecimento. Ele não tomava esses cuidados diante da oficial de ligação, ao contrário da fachada impassível que mantinha perante Trevor e Pazor. O Senhor da Guerra tinha escolhido Razya exatamente por poder baixar a guarda diante dela.

— Quantas almas?

— Mil e trezentas — respondeu a comandante prontamente. — Na verdade, 1.273, senhor, de acordo com o último censo.

— Recuperáveis? — arriscou Konnor.

— Lava costuma *impossibilitar* o trabalho dos necromantes, Grajda Konnor. Não conseguiremos reanimar os mortos.

O Senhor da Guerra deveria saber disso; necromancia básica era estudo obrigatório entre as classes letradas de Korangar, mas aquelas aulas tinham ocorrido havia muito tempo e, sinceramente, naquela ocasião ele estava mais interessado em se destacar pelas habilidades marciais do que pelo conhecimento arcano. Konnor ficou irritado com o desperdício de recursos. A tragédia de perder Karaya já era ruim o suficiente, mas pelo menos as tropas poderiam ter ganhado mais mil e trezentos — 1.273, sendo mais exato — reforços. Mas nem isso eles teriam.

— Alguma chance de reação em cadeia? — perguntou Konnor.

— A província inteira está sendo evacuada obedecendo o protocolo, como das outras vezes, e estamos aguardando o relatório final dos geomantes no local. A Torre já despachou os magos mais graduados também, para dar assistência.

Konnor aproveitou o charuto para bufar e baforar ao mesmo tempo. Ele lançou um olhar raivoso para o vassai, que já se aproximava com o vinho pedido, em uma bandeja de prata com duas taças de cristal.

— Mas já há algum parecer *preliminar*, antes do que manda a burocracia, Grajda Razya? — perguntou o Senhor da Guerra.

A oficial de ligação fechou a cara, sinal de que as notícias não seriam *nada* boas.

— Meu contato na Torre de Geomancia adiantou que o Colapso está mais acelerado do que os magos previam. Segundo ele, é possível que a Planície de Khazestaya seja afetada...

Konnor arregalou os olhos. Ele *definitivamente* precisava beber.

— Isso é aqui do nosso lado! — exclamou, dando um safanão no vassai para ele mesmo se servir do vinho.

— Por isso eu tomei a liberdade de despachar batedores, senhor. Em poucos dias teremos um relatório mais rápido do que a avaliação da Torre de Geomancia. E mais confiável do que os videntes.

O Senhor da Guerra engoliu o conteúdo da taça de uma vez só, enquanto o demônio-serviçal levava outra para Razya. A comandante pegou o vinho sem sequer olhar para a criatura e tomou um pouco. Era de Nerônia, como o charuto de Konnor, comprado em Tolgar-e-Kol a peso de prata. Na infância, aqueles regalos teriam garantido o sustento de sua família por meses. Felizmente, ela tinha deixado aquela existência miserável para trás. Salve o Triunvirato, brindou Razya em silêncio.

Konnor foi até a mesa de guerra. Ali estava a representação de todo o mundo conhecido, do extremo norte, no Chifre de Zândia, passando pela Cordilheira dos Vizeus, bem no meio, até a região sul do Grande Reino de Krispínia — Ragúsia, Nerônia e Dalínia, as nações logo abaixo do Ermo de Bral-tor, e Dalgória, um pouco isolada a leste. Pecinhas de mármore sobre a pintura indicavam agentes e tropas aliadas de Korangar, agindo como as garras da Nação-Demônio para desestabilizar a região, a fim de permitir a conquista e o posterior êxodo dos korangarianos, antes que todo o império ruísse, engolido pelo Colapso, um fenômeno que os magos batiam cabeça para entender e resolver.

Ele ficou parado, com o olhar fixo especificamente nas peças na Faixa de Hurangar e em Dalgória, e finalmente se manifestou, depois de uma nova baforada no charuto.

— Tenho que me reunir com o Sumo Magus e o Ministro, Grajda Razya. Mesmo ainda sem os pareceres, sinto que não vamos poder esperar mais. Precisamos adiantar o cronograma da conquista de Krispínia.

O Senhor da Guerra se voltou para a mulher.

— Ou de fato seremos o império dos mortos.

CAPÍTULO 4

MAUSOLÉU DE EXOR, KARMANGAR

Na capital da Nação-Demônio, a Cidade Alta era dominada pelo conjunto de construções opulentas do Parlamento, das Torres de Korangar e do Krom-tor — cada um abrigando a sede de poder de um dos integrantes do Triunvirato. No entanto, quando a tríade de governantes do Império dos Mortos precisava se reunir para assuntos de Estado que iam além da mera gestão cotidiana, eles utilizavam um território neutro, o Mausoléu de Exor, erigido em homenagem ao salvador que, quinhentos anos antes, liderou o êxodo dos escravos foragidos do antigo Império Adamar. O prédio em formato de pirâmide lembrava, de maneira irônica, o Palácio Real da Morada dos Reis, de onde Exor tinha fugido. Dez andares de granito avermelhado formavam a base para a gigantesca estátua prateada do Libertador — novamente, uma inspiração clara na cultura adamar, que eternizava seus imperadores-deuses na forma de esculturas colossais. O Mausoléu de Exor era o único local na Cidade Alta com acesso liberado para o populacho, que fazia filas para visitar o corpo de Exor, sob vigilância ostensiva de agentes dos três ramos do Triunvirato. O local era fechado ao público quando o trio de líderes decidia se reunir, como agora.

Trevor, o Sumo Magus, tinha sido o primeiro a chegar, o que não era novidade. Sempre que o Triunvirato marcava de se encontrar, o lich se adiantava aos demais, às vezes por horas, para ficar contemplando o corpo embalsamado de Exor. Para o necromante desmorto, encarar o cadáver do amigo era ao mesmo tempo irônico e doloroso, pois aquele corpo exposto era um *engodo*, exibido apenas para garantir o culto à personalidade de Exor. O cadáver do Libertador tinha sido reanimado há séculos pelo próprio Trevor, quando Exor pereceu na

Grande Fome que assolou os ex-escravos durante a difícil conquista do território que viria a ser Korangar. Na época, o Sumo Magus era apenas o ex-servo do embalsamador adamar dos imperadores-deuses, seu conhecimento não era capaz de produzir um morto-vivo que conservasse as faculdades mentais, como um lich, e Trevor só conseguiu transformar Exor em um zumbi desprovido de inteligência e cognição, cuja carne em pouco tempo apodreceu, deixando o Libertador na forma de um esqueleto igualmente obtuso. Hoje o *verdadeiro* Exor vagava entre a massa de desmortos da Nação-Demônio, impossível de ser identificado.

Mas Korangar precisava de um símbolo, e assim sendo, Trevor, hoje o necromante supremo do império, não teve dificuldade em montar um cadáver à imagem e semelhança do antigo colega de servidão.

O Sumo Magus estendeu a mão descarnada para o corpo deitado em cima de um bloco de mármore. Às vezes ele sentia vontade de reduzi-lo a pó ou simplesmente animá-lo para que espalhasse aos quatro ventos que aquilo tudo era uma mentira, mas o ímpeto ia embora tão rápido quanto chegava. Era errado pensar naquele cadáver falso como uma ofensa a Exor; na verdade, era a celebração do sonho e determinação do velho amigo em libertar os humanos subjugados pelos adamares. Mesmo sendo um corpo de mentira, o verdadeiro Libertador merecia toda aquela homenagem. Se os lábios cadavéricos de Trevor conseguissem sorrir, ele estaria sorrindo agora.

O lich se despediu mentalmente de Exor e se virou quando ouviu os demais líderes do Triunvirato se aproximando.

O Ministro Pazor e o Senhor da Guerra Konnor entraram na câmara ao mesmo tempo, cada um paramentado como o cargo exigia. O líder do Parlamento, um híbrido de demônio e humano que mascarava com magia a ancestralidade infernal, chegou vestindo uma túnica luxuosa, toda bordada, com uma faixa contendo símbolos da Câmara dos Vivos e dos Mortos, representando o fiel da balança entre os dois poderes legislativos. Já o comandante das forças militares de Korangar parecia pronto para enfrentar um campo de batalha, enlatado em aço com enfeites demoníacos e cadavéricos da cabeça aos pés.

Diante dos ornamentos ostensivos, a simplicidade nos trajes de Trevor era tão enganosa quanto o cadáver falso de Exor. O Sumo Magus vestia apenas um saiote ao estilo adamar, deixando à mostra o corpo cadavérico, que só não havia apodrecido de fato graças aos conhecimentos necromânticos e sua fabulosa resistência à passagem do tempo como lich, o patamar mais alto entre todos os desmortos. As pulseiras, os anéis e a tiara que ele usava pareciam insignificantes diante dos badulaques dos colegas de Triunvirato. Outro ledo engano que custava caro ao observador incauto.

— Salve Exor — disseram, em uníssono, os dois recém-chegados.

— Salve Exor — repetiu Trevor, com a voz rouca de uma garganta que não via umidade há séculos.

Eles se entreolharam brevemente, até Pazor romper o silêncio.

— Então, Grajda Konnor, a que devemos a convocação do Triunvirato?

— Grajda Pazor, Grajda Trevor. — O Senhor da Guerra saudou os colegas com a cabeça antes de prosseguir. — Fui informado que Karaya foi engolida pelo Colapso, e que possivelmente a Planície de Khazestaya sofra o mesmo destino.

O belo rosto do Ministro se contorceu em uma expressão exageradamente dramática de surpresa. Ele era dado a aumentar a intensidade das reações e sensações, um traço difícil de saber se era natural da personalidade híbrida ou oriundo de uma intenção de dissimular as verdadeiras emoções.

— Eu sabia a respeito de Karaya, através dos meus informantes, mas ninguém disse *nada* quanto a Khazestaya! — exclamou Pazor. — O que relatam os geomantes, Grajda Trevor?

— Que a Planície de Khazestaya ser engolida não é apenas uma possibilidade, Grajda Konnor — respondeu o lich, virando o rosto seco e cadavérico para o homem de armadura. — É um *fato*. Já aconteceu, como a Torre de Vidência havia previsto.

O tom de voz do necromante, entre o fatalismo e a naturalidade, costumava irritar o Ministro e o Senhor da Guerra. Hoje não foi diferente.

— Então a situação do império é gravíssima — disse Konnor, que começou a andar de um lado para o outro, impacientemente; o som da pesada armadura de placas ecoou no vazio da câmara dedicada ao corpo de Exor.

— Sempre foi. Nós sabemos disso há quase uma década — respondeu Trevor. — E estamos nos preparando. O império vai sobreviver. E se morrer, o império renascerá na desmorte, como seus cidadãos, como todos nós.

— Lava costuma impossibilitar o trabalho dos necromantes, Sumo Magus. Não conseguiremos reanimar os mortos se Korangar inteira afundar — falou

Konnor, repetindo as frases de Razya e sentindo orgulho por ter escolhido uma oficial de ligação tão inteligente.

— Quanto tempo nós temos, Grajda Trevor? — perguntou Pazor.

— Os geomantes dizem uma coisa; os videntes, outra. O relatório inicial, aquele que o Parlamento resolveu ignorar e suprimir, Ministro, dizia que o Colapso de Korangar ocorreria por agora...

O rosto de Pazor novamente se contorceu, desta vez em desagrado. Há nove anos, uma expedição de geomantes e mineradores explorava um novo veio de prata em Korangar quando se deparou com um estranho fenômeno geomístico e voltou com notícias alarmantes: o leito rochoso do subsolo estava instável, a lava elemental que percorria as profundezas poderia desestabilizar o solo e engoli-lo, especialmente se o império continuasse a explorá-lo sem controle. Desacreditado nas Torres de Korangar, chamado de interesseiro e carreirista, o líder da expedição, um geomante chamado Gregor, passou por cima das autoridades arcanas e levou o caso ao Parlamento, onde Pazor, temendo uma onda de pânico na população e querendo demonstrar força política perante os magos, descartou o relatório e mandou prender e executar não só Gregor, como os demais integrantes da expedição, para que aquela heresia alarmista não se propagasse. Nos anos seguintes, porém, foram aparecendo repentinamente focos de instabilidade geomística por toda a área coberta pela Grande Sombra, até que surgiram sumidouros engolindo regiões inteiras, incluindo cidades e vilarejos. O Triunvirato começou a considerar a veracidade do parecer de Gregor e a trabalhar em duas frentes: a contenção mística do chamado Colapso e uma evacuação do império inteiro.

A primeira solução não vinha dando frutos, para a frustração do Sumo Magus; a segunda envolvia a conquista de um território estrangeiro para abrigar toda a população de vivos e mortos de Korangar, para a alegria do Senhor da Guerra. No entendimento de Pazor, a situação provocaria uma alteração no poder do Triunvirato que o deixaria enfraquecido. Como líder político e administrativo — responsável pelas diretrizes do Parlamento para gerir as províncias e pela economia que permitia que Korangar sobrevivesse, pois dependia totalmente do comércio exterior —, a dissolução do império e seu deslocamento colocariam o poder nas mãos de Konnor e seu grande exército de desmortos (fornecidos pela magia da Torre de Necromancia, ou seja, por Trevor). A teia de domínio e influências que o Ministro teceu dentro da Câmara dos Vivos e dos Mortos seria engolida juntamente com Korangar.

— O relatório, à época que foi apresentado e da forma como foi apresentado, teria provocado o *verdadeiro* colapso de Korangar — argumentou Pazor. — De lá para cá, tomei... *tomamos*, caros grajdas, as melhores medidas para sobreviver à crise. A questão do tempo permanece: se seus geomantes e videntes estão batendo cabeça, não podemos nos precipitar. Quem garante que eles não estejam errados quanto à Planície de Khazestaya?

— Eu não quero esperar para saber se os arredores da capital foram engolidos — trovejou o Senhor da Guerra, perdendo a compostura. — Mesmo que Khazestaya esteja intacta, nada garante que não vá ser engolida em breve ou, pior, que seja a vez de Karmangar com todos nós aqui dentro! Eu convoquei o Triunvirato para isso, grajdas, para colocarmos em ação a tomada de Krispínia. Para passarmos de guerra secreta para guerra franca e aberta. *Agora*.

O Ministro do Parlamento levou a mão ao peito, num gesto dramático de indignação.

— Isso é impossível. A conquista de Krispínia só vai entrar em pauta para aprovação no Parlamento no próximo Plano Quinquenal, e ainda estamos a dois anos de...

— Aos infernos com seus planos quinquenais, Pazor! — explodiu Konnor, interrompendo o colega, que reagiu fechando a cara. — Daqui a dois anos, não haverá Parlamento para você desfilar seus vestidos e ficar de falatório.

— Meu *falatório* colocou Korangar no patamar que está, Konnor, muito mais que suas vitórias militares em cima de um bando de esfomeados. O Parlamento ainda não está convencido de que você seja capaz de derrotar as forças de Krispínia.

O Sumo Magus se colocou entre os dois colegas, com os braços desnudos erguidos e as mãos espalmadas, como se fosse contê-los. Eram como gravetos secos, cobertos por um mínimo de pele esticada, frágil e envelhecida como papiro. Mas o poder mágico que emanaria de Trevor, caso ele precisasse, provavelmente consumiria os outros líderes do Triunvirato em questão de instantes. Ou assim esperava o necromante, pelo menos; ele não tinha vivido, ou melhor, existido por séculos sem saber quando era o momento propício de testar os limites do próprio poderio arcano.

E aquele momento ali não era nada propício, com certeza.

— Grajda Pazor, Grajda Konnor — começou Trevor com a voz irritantemente calma diante do calor da discussão. — O Colapso de Korangar é um fato. A Grande Sombra tapa o sol, mas isso não quer dizer que ele não brilhe. Não podemos tapar o sol da verdade por mais tempo, por mais que queiramos. As Torres concordam com o Krom-tor; precisamos fugir para Krispínia.

O lich lançou um olhar para Exor que seria melancólico se os olhos cinzentos e sem vida no rosto cadavérico conseguissem transmitir alguma emoção.

— Vocês dois não estavam lá. Quando ele era vivo. Quando o Exor nos insuflou com sonhos de liberdade, ainda na Morada dos Reis. Ele nunca escondeu que a jornada seria difícil, mas garantiu que encontraríamos felicidade ao escaparmos do Império Adamar.

Ele fez uma longa pausa, e o Senhor da Guerra e o Ministro não ousaram interrompê-lo.

— Agora, ter que repetir toda aquela jornada... — continuou Trevor. — Novamente em fuga. Que triste ironia.

— A situação é outra, Grajda Sumo Magus — disse Konnor. — Desta vez não será uma fuga de desesperados, e sim uma campanha de conquista travada pela nação mais poderosa do mundo.

O Senhor da Guerra se voltou para Pazor.

— Grajda Ministro, o Krom-tor vota a favor do início da guerra contra Krispínia.

Desolado, ainda que a face de desmorto não demonstrasse, Trevor também se virou para o líder do Parlamento.

— Grajda Ministro, as Torres de Korangar votam a favor do início da guerra contra Krispínia.

Pazor ajeitou a bata e se afastou para contemplar o Libertador. Protelar o inevitável de fato poderia colocar tudo a perder. Quem sabe o tempo que seria gasto para adiar a campanha de guerra e posterior êxodo fosse melhor investido em reconfigurar sua estrutura de poder para se manter forte na nova terra desde já. O plano apresentado por Konnor sugeria tomar o reino que os krispinianos chamavam de Dalgória. O costume de Krispínia era batizar as terras com o nome do conquistador ou atual monarca. *Pazória* seria um nome bem mais bonito que Nova Korangar. Foi ele, afinal, que viabilizou a conquista ao assegurar a aprovação da Câmara dos Vivos e dos Mortos.

O Ministro finalmente se voltou para os dois colegas.

— Grajda Trevor, Grajda Konnor, o Parlamento vota a favor do início da guerra contra Krispínia.

Os três líderes do Triunvirato saudaram Exor e se despediram. Konnor e Pazor saíram juntos, e Trevor seguiu algum tempo depois, após meditar a respeito da decisão contemplando o corpo do Libertador. Cada um foi para a sede de seu respectivo poder para colocar em andamento o mais ambicioso plano da história de Korangar desde que um escravo humano resolveu se rebelar contra o Império Adamar.

O falso cadáver de Exor ficou sozinho na grande câmara, uma testemunha silenciosa daquele ato memorável.

CAPÍTULO 5

PRAIA VERMELHA, BALDÚRIA

Kalannar adorava dias nublados. Especialmente como esse, com o céu carregado de nuvens escuras, cuja textura lembrava o teto das cavernas da distante Zenibar, sua cidade natal svaltar, escondida nas entranhas da Cordilheira dos Vizeus. Os elfos das profundezas, aliás, tinham uma palavra específica para o céu, algo que eles não costumavam ver, condenados a passar a eternidade enfurnados embaixo da terra — bezjaskinia, "a grande caverna sem fim". Eles só saíam à noite para venerar a lua e caçar alimentos e escravos, e mesmo assim muitos svaltares passavam a longa existência sem nunca se ausentar dos túneis subterrâneos de pedra. Há anos vivendo na superfície, imune aos efeitos mortíferos da luz do sol por conta do sangue nobre que corria nas veias, Kalannar ainda odiava a abóboda azulada e irritantemente ofuscante do céu durante o período diurno; porém, o tempo nublado em dias como esse lhe permitia contemplar melhor a imensidão da vida na superfície. Especialmente diante do mar, outra vastidão que o assassino svaltar adorava contemplar.

Aquele mar era *dele*; Kalannar era o senhor da operação de pesca de baleia que sustentava Baldúria. O assassino svaltar era o feitor-mor, o administrador daquela armação que, sob sua gerência, passou de uma operação modesta, emperrada pela corrupção do antigo alcaide, para um empreendimento lucrativo que enchia os cofres do baronato e dos súditos humanos de Baldur. Súditos humanos que, com ouro no bolso, passaram não só a tolerá-lo, como a admirá-lo — especialmente pelo bom trabalho de propaganda que Kalannar executou para deixar bem claro que ele era um *svaltar*, e não um alfar como os elfos vizinhos de Bal-dael, a comunidade élfica que também fazia parte de

Baldúria. Muitos pescadores ainda lembravam da guerra entre as duas raças e sentiam a dor da perda de entes queridos para as flechas dos alfares, mesmo que aceitassem a paz imposta pelo Barão Baldur.

Mas isso não significava que Kalannar não podia usar o ressentimento a seu favor a fim de ser mais benquisto pela massa humana, cuja vida ele tornara bem mais próspera como feitor-mor nos últimos oito anos.

Berros de comemoração vieram da areia, e ele viu o feitor da praia começando a coordenar os preparativos para a chegada de uma lancha trazendo uma baleia abatida. Quando Kalannar assumiu o posto, a armação dispunha de treze lanchas baleeiras. Agora eram 25 caçando os grandes peixes, resultando em um aumento de produção tão grande que durante a temporada de abate as águas de fato ficavam permanentemente rubras de sangue, fazendo jus ao nome de Praia Vermelha. O feitor-mor svaltar sorriu para o sujeito que atuava como capataz da armação e fez um gesto congratulante; humanos precisavam desse tipo de incentivo — além de ouro — para trabalhar melhor. Kalannar preferia usar o flagelo, como se fazia em Zenibar, mas tinha aprendido que a benevolência trazia melhores resultados na superfície, pelo menos na maioria dos casos. Ainda bem que havia exceções nas quais a dor e o castigo eram os estímulos mais adequados.

O svaltar decidiu se afastar um pouco da algazarra que os kobolds fariam para receber e destrinchar a baleia junto com os facões, os homens responsáveis por arrastar a carcaça para os estrados. Passos leves conduziram o feitor-mor ao canto da orla onde pairava o Palácio dos Ventos, finalmente reparado — e melhorado — após o combate com Amaraxas, o Primeiro Dragão. O torreão derrubado pelo sopro de energia flamejante do monstro tinha sido reerguido, e uma das cabines de comando havia sido ampliada para que o agora adulto Kyle coubesse no interior. Tudo isso saiu caro, mas não tanto quanto Kalannar imaginara inicialmente, graças à intervenção diplomática de Od-lanor perante os anões de Fnyar-Holl, os construtores originais do castelo voador. O bardo adamar havia exercido sua influência como grão-anão, salvador do Dawar Bramok, para conseguir um desconto — e foi ajudado por algumas informações a respeito do monarca que Kalannar tinha adquirido na época em que investigou Bramok para tirá-lo do poder, como parte do seu plano original para abrir os Portões do Inferno. Od-lanor ficou intrigado quanto à origem dos recursos financeiros que o svaltar possuía, mas Kalannar apenas deu um sorriso cruel e disse para o adamar usá-los nas negociações, pois os cofres de Baldúria precisavam de um orçamento mais baixo por parte dos anões.

O que saiu caro foi o ajuste no sistema de propulsão, severamente abalado e comprometido durante a luta contra Amaraxas, especialmente com a instalação de uma *segunda* caldeira movida pelo carvão elemental fornecido por Fnyar-Holl. A duplicação da potência de todo o sistema foi considerada obrigatória pelos construtores por conta da adição de peso causada por um pedido inusitado de Baldur: pendurar a cabeçorra gigante do Primeiro Dragão na grande pedra flutuante, como se fosse a figura de proa de uma embarcação humana. Kalannar tinha que admitir que a ideia foi boa, ainda que onerosa: o crânio descarnado de Amaraxas era assustador e intimidaria qualquer inimigo de Baldúria ao irromper das nuvens. Com o enriquecimento do baronato por causa das vendas dos derivados da pesca baleeira, era bom passar o recado de que mexer com Baldúria era enfrentar o reino que derrotou o Primeiro Dragão, exibindo o troféu do alto dos ares. *Que as nações vizinhas pensem bem antes de mexer com a minha armação*, considerou o alcaide.

Kalannar sorriu ao ver a outra contribuição de Baldur ao projeto do novo castelo voador, essa sim barata em comparação à primeira: a distribuição de balistas em torno da borda do pátio do fortim. Os anões, com sua mentalidade tacanha, haviam instalado apenas duas armas de guerra no alto dos torreões, desperdiçando todo o terreno em volta da construção; além disso, os modelos originais eram enormes e poderosos, feitos para matar dragões, um perigo que todos torciam que estivesse extinto de vez. O barão sugeriu instalar balistas convencionais, mais fáceis de operar, chamadas de mata-cavalaria pelas tropas humanas. Elas eram a verdadeira ameaça por trás do crânio aterrador, porém meramente decorativo, de Amaraxas.

Pobre daquele que desafiasse o baronato, pensou novamente o svaltar.

Passos quase inaudíveis se aproximaram de Kalannar. Eles vinham de um sujeito furtivo, muito bem treinado para não fazer barulho, mas ainda assim incapaz de surpreender um assassino de ofício com a audição aguçada de um svaltar. O feitor-mor se virou para ver Bale, o líder da Guarda Negra, uma tropa especial que Kalannar criara segundo os moldes svaltares, com o intuito de espionar os alfares de Bal-dael e os humanos da Caramésia — o território ao norte governado pelo meio-elfo Caramir, seu inimigo jurado — e proteger Baldúria de quaisquer outras ameaças imaginadas pela paranoia do alcaide.

O jovem humano tinha sido escolhido a dedo por Kalannar: ele era filho de um dos arpoadores mortos durante uma emboscada alfar na Mata Escura. Há oito anos, um grupo de pescadores da Praia Vermelha se embrenhou na floresta em uma malfadada operação de vingança contra os elfos da superfície, que em resposta exterminaram quase todos os milicianos, à exceção de Barney. O menino Bale cresceu órfão de pai, odiando alfares e sofrendo a infâmia de ver os elfos da superfície serem não apenas perdoados, como *integrados* à comunidade da vila baleeira. Kalannar alimentou esse sentimento com o próprio ódio que nutria pelos alfares, deixando bem claro para Bale que ele, um svaltar, também cresceu prejudicado pelos atos dos primos da superfície e que não tinha nada a ver com eles. Ao longo dos anos, o jovem humano e o feitor-mor identificaram outros órfãos da guerra, nutriram o rancor desses rapazes contra os alfares e montaram a base da Guarda Negra, treinada pelo próprio Kalannar no feitio dos noguiris, uma força especial de Zenibar com ênfase em infiltração e assassinato.

— Sardar Kalannar — saudou Bale, usando o termo svaltar para comandante, "aquele que lidera".

O feitor-mor tinha ensinado o básico do idioma svaltar para todos os integrantes da Guarda Negra, a fim de que usassem como linguagem secreta na comunicação entre eles. Ainda que os humanos maculassem sua língua natal com aquele sotaque esquisito, aquilo transportava Kalannar para Zenibar, para os dias de glória como primogênito da Casa Alunnar, quando toda a comunidade dos elfos das profundezas se dobrava ao posto de primeiro filho da linhagem mais poderosa da cidade svaltar.

Tudo aquilo aconteceu antes da traição de Regnar, seu irmão caçula, que morreu pelas mãos do próprio Kalannar. Morreu e *fracassou* pelas mãos do irmão primogênito. Aquela era uma lembrança que sempre melhorava o humor de Kalannar, até mesmo em dias de sol.

— Sim, sarderi? — respondeu ele, se dirigindo ao humano como seu segundo em comando, "ao lado de quem lidera".

Bale se empertigou na loriga leve feita com o couro de Amaraxas e tingida de preto. Na cintura estavam penduradas duas roperas produzidas pelos ferreiros de Baldúria segundo os moldes das armas de Kalannar, ainda que as técnicas metalúrgicas humanas fossem toscas e não se comparassem ao aço de Zenibar. O assassino svaltar tentou não pensar naquilo; o humano diante dele estava adequadamente armado e havia sido bem treinado, mas não seria páreo para um equivalente noguiri da Casa Alunnar. Era o melhor que Kalannar podia fazer dentro das circunstâncias, trabalhando com os recursos insuficientes de que dispunha na superfície. Nesses momentos, ele sentia falta de Zenibar e da sociedade svaltar.

— Um mensageiro chegou da frente de batalha em Dalgória — informou o líder da Guarda Negra, continuando a falar no idioma dos elfos das profundezas. — O Barão Baldur encurralou os orcs no Prado de Enyera e pretende dar o golpe final no Rosnak.

Finalmente, pensou Kalannar. Baldur vinha caçando o comandante do levante orc há muito tempo. Aquele conflito no reino vizinho estava se arrastando bastante, ainda que pesasse pouco nos cofres de Baldúria. Em meio a uma crise de liderança, Dalgória veio pedir ajuda com o rabo entre as pernas, após perder o controle sobre os orcs então pacificados há trinta anos pelo falecido Duque Dalgor. Era o ducado que estava bancando o auxílio prestado por Baldúria, na forma do envio de duas forças especiais: os Dragões de Baldúria — a ordem de cavalaria fundada por Baldur (isso sim um desperdício de recursos aos olhos do svaltar) — e os novos rapineiros de Bal-dael, a tropa de alfares montados em águias gigantes que a Salim Sindel havia reorganizado após a batalha com Amaraxas. O barão não somente mandou a ajuda militar, como decidiu liderar pessoalmente as forças baldurianas e assumiu o controle das tropas regulares de Dalgória, que sofriam com a ausência de um comando firme.

Kalannar estava admirando as mudanças no Palácio dos Ventos naquele exato momento porque Baldur havia dispensado levá-lo para Dalgória, segundo o argumento de que o castelo voador não servia para transportar as forças de infantaria e cavalaria e era pouco prático na maioria dos confrontos de uma guerra comum. Além disso, o Palácio dos Ventos serviria para proteger Baldúria durante a ausência de parte das tropas de defesa, agora comprometidas no reino vizinho. Com a armação sendo a proverbial mina de ouro do baronato, o feitor-mor foi obrigado a concordar com o barão, mas havia insistido que o castelo voador fosse usado em algum momento, a fim de mandar o recado de que Baldúria ainda oferecia um motivo a mais para ser temida por qualquer um, fossem inimigos ou aliados. Com os orcs encurralados, era chegada a ocasião de entregar essa mensagem em grande estilo.

O svaltar continuou mantendo os olhos completamente negros voltados para a imensa rocha flutuante, decorada com o crânio de um dragão e armada por todos os lados. Ironicamente, foi o próprio Duque Dalgor que chamou o Palácio dos Ventos de "arma de guerra" diante de Kalannar. Agora o castelo voador seria usado para dar fim a um conflito nas terras do finado nobre, ostentando a cabeça do monstro que o matou. O alcaide abriu um sorriso cruel antes de se voltar para Bale e dar suas ordens.

— Chame o Kyle. Prepare o Palácio dos Ventos. Vamos levá-lo ao barão para efetivar o triunfo de Baldúria.

O Guarda Negra concordou com a cabeça e foi executar os comandos do sardar.

CAPÍTULO 6

KANGAARD, KORANGAR

O Asa Negra já estava em Kangaard há dias sem obter sucesso em entrar em contato com a Denafrin, a célula revolucionária local. Ele começava a duvidar de Edvor, o tal sósia de Lenor que lhe passara a informação. Talvez o sujeito tivesse mesmo acreditado que ele era um agente do Triunvirato e transmitido uma *contrainformação* para tirá-lo do rastro do líder da Insurreição. Mas o Asa Negra aprendeu a ter paciência nesse ofício relativamente novo de espionagem e, ademais, Kangaard era uma cidade grande — não tanto quanto a capital Karmangar, mas ainda assim maior que os vilarejos espalhados pelas províncias de Korangar. Kangaard era o principal porto da Nação-Demônio, de onde partiam e chegavam navios vindos dos pequenos arquipélagos nas proximidades da costa leste do reino. A Grande Sombra se espalhava por léguas mar adentro, mas havia um arquipélago banhado pelo sol fora da cobertura sombria, as Ilhas Kaskarras, que o império explorava para obter madeira e alimentos. Era o destino de determinados indivíduos condenados a trabalhos forçados por crimes contra o Estado, e o povo dizia que o sofrimento eterno da desmorte era preferível à vida naquelas ilhas. A cabeça do Asa Negra evitava imaginar no que os korangarianos faziam com os pobres coitados enviados para lá. O gemido dos zumbis ao redor já parecia martírio suficiente.

O enviado de Krispínia se encontrava exatamente no porto, à espera de uma mulher que, diziam, era da Denafrin. Ele estava completamente alerta, como a situação exigia, naturalmente, porém não conseguia deixar de observar a movimentação no cais e as grandes embarcações de guerra que haviam chegado há algum tempo. O Asa Negra tinha levado uma vida de violência — ainda levava, na verdade — em meio a companhias de mercenários e forças armadas reais. Ele sabia que aqueles eram preparativos para uma incursão militar. Talvez a Insurreição tivesse chegado a alguma das ilhas e precisasse ser esmagada. Mais uma coisa a ser apurada com Lenor... se algum dia o espião conseguisse finalmente ter contato com o líder dos insurgentes.

Uma fila interminável de esqueletos armados era conduzida ao porão de uma dromunda por silhuetas vestidas em capas negras que se destacavam em meio à tripulação de homens vivos. Necromantes, com certeza. Um grupo diferente de desmortos chamou a atenção do Asa Negra. Eram ogros-zumbis, brutamontes com placas espinhosas de metal presas aos corpos podres que recebiam um tratamento alquímico para retardar a decomposição. Não passavam de umas dez monstruosidades, mas se destacavam em comparação com os mirrados esqueletos de proporções humanas. Havia alguns necromantes especialmente destacados para cuidar apenas dos ogros-zumbis. O Asa Negra contou mais duas belonaves atracadas, similares à primeira dromunda, e outras seis ao longe no mar. Ambrosius tinha que saber a respeito daquela atividade militar que cheirava pior do que o ar de Korangar.

Ao pensar no estranho sujeito de capa preta na distante Tolgar-e-Kol, o Asa Negra levou a mão ao pendanti escondido discretamente entre as pulseiras no punho. O ônix negro continha um encantamento que lhe permitia mandar uma breve mensagem mística para Ambrosius, uma vez por dia. O Asa Negra já havia se comunicado com ele no fim do dia anterior, para informar que continuava sem sucesso na missão de encontrar Lenor. O enviado de Krispínia decidiu que, no próximo contato com Ambrosius, daria um informe a respeito daquela frota de guerra, se não tivesse êxito com a Denafrin. Era melhor do que relatar outro fracasso.

Um movimento nas sombras próximas interrompeu seus pensamentos. O Asa Negra notou um vulto chegando perto e ficou de prontidão, levando as mãos discretamente aos gládios. Os olhos treinados discerniram a figura de uma mulher que vinha em sua direção com um passo determinado. As korangarianas tinham feições muito bonitas em relação às mulheres de outros reinos, mesmo sendo uma beleza maltratada pelas duras condições de vida na Nação-Demônio. Essa, no entanto, era realmente a korangariana mais bonita que ele tinha visto — olhos grandes e claros, que se destacavam nas maçãs do rosto altas, boca e nariz delicados que pareciam desenhados na pele leitosa de uma vida sem sol.

A distração quase fez com que o Asa Negra não notasse as silhuetas que surgiram ao redor. Silhuetas grandes. Orcs. A Insurreição adora usar orcs como proteção; afinal, eles eram tão ou mais explorados que os korangarianos e certamente eram muito mais fortes que a massa desnutrida de rebeldes humanos. O número de seguranças — ele notou uns seis — indicava que a mulher era importante. *Ótimo*, considerou o Asa Negra. Isso confirmava que ele falaria com a pessoa certa... se pudesse convencê-la de que era confiável.

A korangariana parou um pouco mais perto do que seria prudente e, diante do silêncio entre eles, falou primeiro.

— Salvem Exor.

A saudação era parecida com o cumprimento padrão entre os cidadãos do império — "salve, Exor" —, mas com uma diferença sutil para que os insurgentes se reconhecessem e não alertassem um agente do Triunvirato.

— Salvem Exor — respondeu o enviado de Krispínia.

A mulher olhou o Asa Negra de cima a baixo por um instante e voltou a falar.

— Nós estamos observando você há dias. As pessoas certas falaram bem a seu respeito. Mas eu queria vê-lo com meus olhos. — Ela cruzou os braços. — Sou uma boa avaliadora do caráter das pessoas.

O Asa Negra fez o mesmo gesto, o que afastou as suas mãos das armas. A mulher ainda estava suficientemente próxima para uma investida. Ele manteve os olhos nela, para tentar evitar desviá-los para os orcs que, com certeza, haviam se aproximado mais. Era melhor fingir que as criaturas não tinham sido vistas.

— Passei pelo seu crivo então? — perguntou o Asa Negra.

— Falta ouvir o que lhe disseram...

— Em Karmangar — respondeu ele, usando o único trunfo que tinha. — O Edvor me disse para transmitir a seguinte frase para a Denafrin: "eu olhei para o sol e não queimei meus olhos, pois acredito na palavra de Lenor."

Ela fez outra pausa.

— Codinome? — indagou a mulher com um ar de quem já sabia a resposta; se estava ali, era porque sabia que um "Asa Negra" tinha vindo da célula insurgente de Karmangar.

— Asa Negra.

— Gostei. Dramático, misterioso...

— E o seu? — Ele não tinha conseguido arrancar essa informação dos poucos contatos em Kangaard.

— Jade — disse ela.

— Gostei. Uma joia rara e linda. Como você.

Ela o olhou de cima a baixo novamente e deu um meio sorriso que a deixou ainda mais bonita.

— Muito bem, Asa Negra. Vou levá-lo a quem você veio ver.

Jade fez um gesto para que ele a acompanhasse e outro para os orcs que, de fato, estavam bem próximos. As criaturas começaram a se afastar e formar um perímetro. Aos olhos de um profissional como o Asa Negra, os orcs eram bem treinados; ninguém se aproximaria dele ou da mulher sem que fosse interceptado.

Eles andaram bastante até um píer decrépito, que dava sinais de não ser utilizado havia muitos anos. Toda aquela parte do cais parecia abandonada em comparação ao trecho de onde o grupo saiu, que abrigava as grandes dromundas e as embarcações de comércio. Os dois orcs que iam à frente pararam diante da antiga estrutura de pedra que sustentava o píer. Jade sinalizou para que o Asa Negra parasse, e ele obedeceu, observando as criaturas. Elas fizeram uma força descomunal em conjunto para afastar um bloco de pedra meio solto. Os orcs continuaram empurrando até que houvesse uma fresta suficientemente larga para que eles entrassem. Assim que abriram a passagem, a insurgente fez um novo gesto para que o Asa Negra entrasse no espaço aberto. O agente de Krispínia foi em frente, determinado, sem querer imaginar o que seis orcs fariam com ele lá dentro.

Ao passar pelo bloco de pedra deslocado, o Asa Negra notou outro desenho discreto de um sol, o símbolo da Insurreição, bem perto do ponto usado pelos orcs para afastá-lo. Aquilo lhe deu um pequeno alívio, pois os rebeldes não arriscariam um esconderijo seguro para eliminar um espião; o grupo tinha passado por vários locais isolados perfeitos para assassiná-lo. Ou pelo menos foi nisso que o Asa Negra quis acreditar para afastar o medo da mente.

Um pequeno corredor escuro levava a um ponto de luz, que revelou ser uma câmara também de proporções modestas, iluminada por duas lanternas penduradas em cravos na pedra. A claridade destacou um sujeito com as mesmas características físicas de Edvor, o sósia usado na capital para se passar por Lenor — um homem com uma pequena calva, olhos miúdos, cavanhaque pontudo e um tipo físico robusto, diferente do típico korangariano raquítico. Certamente ser líder de uma rebelião (ou se parecer com um) rendia uma vida mais confortável do que a de seus correligionários. O Asa Negra se perguntou se o Império dos Mortos não corria o risco de trocar uma tirania de privilegiados por outra.

Jade passou por ele e se colocou ao lado do homem, que permanecia calado, avaliando o recém-chegado com um olhar altivo, seguro de si. Dois orcs ficaram bem atrás do Asa Negra, outros dois foram para a lateral da câmara, e a dupla restante se dirigiu para o fundo, onde não havia saída aparente — mas obviamente haveria uma passagem secreta para as criaturas acionarem e retirarem Lenor dali (se fosse mesmo ele) em segurança, enquanto os demais continham qualquer invasão.

O espião de Krispínia teve que admitir que aquela Insurreição era bem organizada. Até nisso ela era genuinamente korangariana.

Assim que os orcs se postaram, o homem finalmente rompeu o silêncio.

— Eu ouvi falar muito de um tal de Asa Negra, oriundo de Karaya, um guerreiro que quer se juntar a nós na derrubada do Triunvirato. Um *poderoso* guerreiro, na verdade, que salvou uma família das garras dos exilarcos e de sua tropa de bralturii.

O agente de Ambrosius deu um sorriso por dentro. Aquele tinha sido um feito recente para assegurar que sua reputação chegasse aos ouvidos da Insurreição. Foi um risco e tanto que valeu a pena, pelo visto. E ele de fato se sentiu bem em ajudar aqueles pobres coitados, acusados de colaborar com os rebeldes. Os exilarcos eram oficiais da justiça que coletavam as almas dos condenados usando sovogas, as temíveis gemas que sugavam espíritos. Pensar nelas provocou um arrepio que o Asa Negra precisou conter.

— Imagino que você vá gostar de saber — continuou o sujeito — que o Rizor e seus parentes já se encontram sob nossa proteção e foram devidamente removidos para longe daqui. Eu lhe agradeço pessoalmente por isso. O Rizor facilitou alguns de meus deslocamentos pelo império, e, graças a você, eu pude devolver o favor.

O homem alto, cuja voz e presença pareciam transbordar da pequena câmara de pedra, deu um passo à frente e estendeu a mão para o espião de Krispínia.

— Eu sou Lenor.

O Asa Negra hesitou. Ele vinha considerando dar outro rumo à missão e o momento havia chegado. O agente de Ambrosius podia simplesmente continuar a tecer a teia de mentiras e finalmente se infiltrar na Insurreição, mas corria o risco de ser revelado por algum tropeço no sotaque ou nos costumes korangarianos. Ele era um bom espião, mas não *tão* bom assim, especialmente se fosse ficar perto de um líder que parecia inteligente e perspicaz.

O Asa Negra decidiu resolver a situação ali mesmo. Melhor do que passar mais dias em paranoia.

— Lenor, eu acredito na causa de uma Korangar livre do Triunvirato — falou ele, repetindo as palavras que dissera para o *falso* Lenor de Karmangar. — Mas eu não vim me juntar à luta como um korangariano. Eu venho do Grande Reino de Krispínia, onde há gente interessada em ajudá-lo a realizar seu sonho de liberdade.

O ambiente pareceu congelar diante da incompreensão no focinho dos orcs e da expressão serena de Lenor, que pareceu ignorar a surpresa causada pela revelação e se dedicar a um raciocínio mais elaborado. Apenas Jade entrou em ação, acionando os seguranças e se colocando entre o líder da Insurreição e o sujeito que ela tinha acabado de trazer ali. O mesmo sujeito que ela tinha acabado de considerar um aliado. "Sou uma boa avaliadora do caráter das pessoas." Por dentro, naquela fração de segundo, Jade quis bater com a cabeça na parede. Mas era preciso tomar uma atitude.

— Tirem o Lenor daqui — vociferou ela para os orcs nas laterais. — Agarrem esse filho da puta.

Essa mensagem foi para os orcs *atrás* do filho da puta em questão. Antes que pudesse reagir, o Asa Negra foi imobilizado por braços monstruosos que eram praticamente tão grossos quanto seu tronco.

Mas ele não pretendia reagir, de qualquer forma.

— Eu estou aqui para ajudar! — gritou o Asa Negra, deixando o sotaque korangariano de lado. — Nós temos o mesmo objetivo! Eu...

— Apaguem esse cretino! — ordenou Jade. — Vamos...

— Não façam nada disso — disse Lenor em um tom controlado, porém imperioso.

Os orcs ficaram imobilizados — aqueles que vieram acudi-lo, os que já estavam abrindo a passagem secreta nos fundos (o Asa Negra nem conseguiu se autocongratular pela perspicácia), e as criaturas que mantinham o humano bem firme nos braços. Jade também parou, mas lançou um olhar questionador para o líder.

— Lenor...?

Ele passou por ela e se aproximou mais do cativo para encará-lo com um olhar penetrante.

— Eu tive uma visão recente de que o Velho Inimigo mandaria um agente para consertar os erros do passado e reunificar Zândia. — Lenor fez uma pausa, tirou os olhos do Asa Negra e se voltou para Jade. — Acredito que o agente seja esse homem aqui diante de nós. O momento está certo, e as circunstâncias casam com minha previsão. Você também fazia parte dela, Jadzya.

O espião de Krispínia não entendeu patavina do que o sujeito tinha dito. "Velho Inimigo"? "Reunificar Zândia"? Nada disso fazia sentido, mas Lenor era considerado um messias por seus seguidores. E messias costumavam pregar sandices a respeito do futuro.

— Soltem-no — continuou Lenor, sem ser questionado por Jade, e muito menos pelos orcs, que libertaram o Asa Negra imediatamente.

O enviado de Krispínia recuperou o fôlego enquanto massageava o corpo dolorido pela pegada forte das criaturas. Ele não conseguia acreditar que aquele tinha sido o desfecho inusitado para o apuro em que se meteu. Diante do olhar inquisidor dos dois korangarianos, o Asa Negra decidiu falar.

— Obrigado, Lenor — disse ele, que também se dirigiu para Jade, ou Jadzya, com toda a sinceridade possível. — Desculpe por enganá-la. Não havia outro jeito.

— Agora, granej — falou o líder da Insurreição —, vamos retomar a conversa sem o véu da mentira sobre nós. A começar pelo seu nome. Você já sabe o da Jadzya, e o meu é de fato Lenor. E qual é o seu?

O Asa Negra pigarreou e revelou o nome que não enunciava há muito, muito tempo.

— Meu nome é Derek Blak.

CAPÍTULO 7

PRADO DE ENYERA, DALGÓRIA

O interior de Dalgória era composto por muitas pradarias, um cenário bucólico que tinha sido manchado pelo sangue de orcs e humanos até o finado Duque Dalgor finalmente pacificar a região havia trinta anos. Tido como um dos maiores bardos de Krispínia, ele havia recebido a incumbência de domar o antigo reino de Blumenheim do próprio Deus-Rei Krispinus, seu melhor amigo. A campanha durou cinco anos, custou muitas vidas e afastou Dalgor do convívio da família — a esposa, Dejanna, e os filhos morreram na capital, vitimados por um surto de tosse vermelha, enquanto ele travava a guerra no interior. Foi no acampamento no Prado de Enyera que o duque tinha recebido a notícia do falecimento das pessoas que ele mais amava no mundo, e que Dalgor negligenciou para cumprir a missão dada pelo Grande Rei. Na ocasião, o duque escondeu o pranto, demonstrou fibra diante dos comandados e partiu dali para a vitória, como forma de honrar o sacrifício não só da família, mas de quem estava sangrando para pacificar Blumenheim. Do Prado de Enyera, Dalgor voltou vitorioso e conquistou o futuro reino de Dalgória para si e para Krispinus, ainda que tenha pagado um grande preço por isso.

Três décadas depois, aquela bela pradaria seria palco novamente de um momento decisivo no confronto entre orcs e humanos, com outros atores desempenhando papéis semelhantes. Na tenda de comando do acampamento que abrigava as forças conjuntas de Dalgória e Baldúria, o Barão Baldur, assim como o nobre antes dele, também pensava na família distante enquanto honrava as obrigações como líder de reino e chefe militar. A mente estava concentrada na figura do filho Baldir, um meio-elfo fruto de seu casamento com a rainha elfa Sindel. O enlace entre os dois tinha ocorrido às pressas, como uma última manobra para garantir a paz com os alfares e impedir que os elfos da superfície, ainda que rendidos, fossem dizimados pelo Deus-Rei. Além de salim dos alfares, Sindel se tornara a baronesa de Baldúria e depois mãe do único filho reconhecido de Baldur (ele deixou uma prole de bastardos desconhecidos durante a juventude na Faixa de Hurangar), que recebeu o sufixo *-ir* no nome, como era comum entre os mestiços de humanos com elfos. Se o casal já era dado a discussões, por conta da teimosia de ambos e pelo choque entre as duas culturas, a criação do pequeno Baldir era mais um motivo para Baldur e Sindel se desentenderem — o marido humano queria que o filho se tornasse um cavaleiro como ele; a esposa elfa desejava que o filho se tornasse um feiticeiro como ela. Da parte do menino meio-elfo, ele demonstrava aptidão para se tornar um erekhe, um tipo especial de arqueiro élfico capaz de disparar flechas enfeitiçadas, tal e qual Carantir, que também era meio-elfo e servia nas tropas de Baldúria. Foi o quadrelo encantado por Carantir — e disparado por Barney, o Certeiro — que dera o golpe final em Amaraxas, o Primeiro Dragão. Aquela história sempre fazia Baldir sair correndo com seu pequeno arco para atirar flechas, imaginando que também mataria um dragão ao crescer.

A imagem do filho brincando, daquela criança com orelhas um pouco compridas e compleição parruda, herdada tanto do pai grandalhão quanto da mãe corpulenta, tão diferente das outras elfas esbeltas e delicadas, acalentava Baldur nos momentos de solidão e angústia na gestão da campanha em Dalgória. Como todo soldado, ele só queria a paz, só queria que o conflito acabasse para retornar aos entes queridos, ao leito fogoso de Sindel, à banalidade das discussões com ela, às brincadeiras com o filho, ao convívio despreocupado com os amigos. O cansaço de ver — e verter — tanto sangue e a saudade do lar deixavam o Barão de Baldúria mais distante do homem a quem admirou como guerreiro e do monarca em quem depositou fé como deus: Krispinus, o Grande Rei. Baldur ainda era um Irmão de Escudo do Deus-Rei, ainda usava a armadura dos cavaleiros de Krispínia (ajustada por conta do aumento de peso nos últimos anos), ainda era leal a Krispinus como seu súdito e barão de um de seus reinos, mas a crença absoluta no Grande Rei dera lugar a uma confiança mais lúcida. Krispinus vivia para a guerra, era implacável com inimigos e só aceitava propostas de paz como último recurso; Baldur, desde que intermediou a rendição dos elfos e se casou com uma alfar para selar a paz inédita entre as duas raças, passou a enxergar o mundo de maneira diferente da perspectiva daquele homem a quem o barão um dia idolatrou como cavaleiro, rei e divindade. Baldur, aliás, estava prestes a repetir o feito que realizou com os elfos, só que agora com os orcs.

E de uma maneira que não envolvia matrimônio, felizmente.

O barão havia desafiado Rosnak, o líder dos inimigos, para um duelo até a morte a fim de resolver o conflito de uma vez por todas, segundo as tradições orcs. Se saísse vencedor, Baldur assumiria o comando das tribos e, assim sendo, cessaria os combates. Se fosse derrotado, os dalgorianos deixariam o reino para os inimigos e se refugiariam em Baldúria, que ficaria sob o comando de Sindel com o falecimento do barão. Isso, obviamente, se Krispinus respeitasse a paz selada com o casamento de Baldur e não violasse o acordo de paz com os elfos, nem destacasse outro regente para a região. O cavaleiro não queria pensar muito nessa hipótese ruim, até porque significaria que ele teria morrido pelas mãos de Rosnak. "É bom considerar as consequências de uma derrota, mas apenas como incentivo para a vitória", sempre dizia Sir Darius, o Cavalgante, o mentor de Baldur na arte da cavalaria. Anos depois, Od-lanor revelou que as sabedorias do velho cavaleiro tinham saído de um livro adamar, mas o barão nunca se importou com esse detalhe. Em vez de pensar no resultado de um possível fracasso, Baldur preferiu buscar inspiração para derrotar o líder orc no filho Baldir, que ele queria ver crescer mais do que qualquer outra coisa no mundo, e no futuro de Baldúria.

O desafio tinha sido uma manobra para deter o exército orc que, encurralado em dois flancos no Prado de Enyera, havia tomado o vilarejo de Seraz e ameaçado dizimar a população se as forças de Dalgória e Baldúria não recuassem. Baldur sabia que as tropas humanas eram capazes de derrotar as criaturas, mas a vida dos aldeões e de muitos de seus soldados seria perdida. Ele tentou convencer Rosnak a enfrentá-lo com várias promessas, mas apenas a oferta de retirada dos dalgorianos, caso o barão perdesse, persuadiu o líder orc a topar o embate pessoal em vez de dizimar o vilarejo como um último ato de resistência.

Enquanto separava as armas com o jovem escudeiro, um rapaz da Praia Vermelha chamado Guilius, o barão desviou o olhar para um canto vazio da tenda e viu dois fantasmas. Eram duas ausências que pesavam muito naquela campanha: Od-lanor e Kalannar. O bardo estava ocupado participando de um encontro de feiticeiros com Sindel; o assassino estava administrando Baldúria em nome de Baldur. Ele sentiu falta do conselho dos dois antes do duelo final. O adamar teria enveredado por uma ladainha interminável a respeito da história dos orcs no reino, as grandes vitórias e derrotas da raça, e que lição poderia ser apreendida desse conhecimento todo para a luta em si. O svaltar teria sido mais prático e indicado os pontos fracos na anatomia do orc e seu estilo de combate para Baldur poder matá-los com mais rapidez e eficiência, falando tudo isso com aquele sorriso cruel perturbador. "Um inimigo estudado é um inimigo derrotado", dizia ele.

Pelo menos Baldur tinha adquirido a sabedoria que precisava a respeito dos orcs de outra fonte: o Duque Dalgor deixara uma extensa literatura abordando o conflito anterior na biblioteca particular de sua vila interiorana, que o barão visitou a conselho de Od-lanor quando chegou ao reino para prestar ajuda. Baldur estudou de cabo a rabo os diários do velho duque e sabia reconhecer os clãs, as táticas de guerra e até a feitiçaria primitiva dos inimigos, mas aquela geração de orcs era diferente daquela que enfrentou as forças de Dalgor havia trinta anos. As criaturas de hoje, ainda que menos numerosas do que as do passado, lutavam com mais organização e apresentavam um poderio mágico maior. Rosnak era considerado ungido por poderes superiores da superstição orc e tinha uma mente militar mais aguçada que os antecessores. Ou estava sendo mais bem assessorado, como aventou Kalannar em uma das comunicações que trocou com Baldur.

Em relação à feitiçaria orc, o barão também lamentou a ausência de Sindel, que poderia ter lhe esclarecido algum detalhe, ainda que ele soubesse que a esposa seguia uma linha de magia diferente. Baldur não era versado em conhecimentos arcanos, mas já convivia com magos havia muito tempo para diferenciar certas vertentes. Sindel havia saído de Bal-dael com Baldir para participar da tal reunião de feiticeiros com Od-lanor, mas não sem antes ter permanecido em Baldúria como autoridade máxima do baronato (para desgosto explícito de Kalannar, que deu um faniquito ao ter que se submeter a ela quando o amigo partiu para o front em Dalgória); o barão riu do nada ao se lembrar da cena, o que surpreendeu o pajem.

— Fiz algo de errado, Senhor Barão? — perguntou Guilius.

— Não, rapaz — respondeu Baldur ao erguer os braços para que o escudeiro embainhasse a espada no cinto; o espadão de cavaleiro aguardava para ser preso à sela da montaria que ele escolhesse.

O Barão de Baldúria começou a se questionar se deveria ter trazido Agnor para a campanha, como conselheiro para questões mágicas, mas imaginou a irritação que teria sido conviver com o mago de Korangar na frente de batalha. Antes de considerar se o inconveniente teria valido a pena, seus pensamentos foram interrompidos pela entrada de Sir Barney, Carantir, Kendel e o Capitão Sillas.

O arpoador da Praia Vermelha também atuava como líder dos Dragões de Baldúria, a pequena tropa de cavaleiros que era o orgulho de Baldur. Barney tinha se mostrado tão à vontade em cima de um cavalo quanto na ponta de uma lancha baleeira, ainda que preferisse usar azagaias como arma em vez do típico espadão de cavaleiro. Em vez de uma armadura de placas ou um gibão de cota de malha, o arpoador envergava uma loriga feita com o couro de Amaraxas, que lhe dava liberdade de movimentos para arremessar as lanças curtas com a lendária precisão que lhe valeu o apelido de "o Certeiro". A túnica de Baldúria — com a silhueta do Palácio dos Ventos, símbolos élficos e o desenho de uma baleia e de Amaraxas — cobria a loriga de Barney e do erekhe meio-elfo, que atuava como mateiro e fazia chover devastação nas linhas inimigas com suas flechas encantadas. No decorrer do conflito, Rosnak chegou ao ponto de colocar a cabeça de Carantir a prêmio com uma recompensa bem maior do que a que ele pagaria por Baldur. O barão não chegou a ficar ofendido; pelo contrário, há anos ele sentia orgulho do meio-elfo que um dia chegou a ser escravo do castelo voador, ainda que Kalannar se aproveitasse de qualquer motivo para maldizer o arqueiro e sugerir que Carantir devia voltar aos trabalhos forçados nas caldeiras do Palácio dos Ventos.

Kendel era o líder dos rapineiros de Sindel, que Baldur conhecera no meio do conflito com Amaraxas e em quem aprendeu a confiar por conta da esposa. A colaboração da tropa élfica alada com a infantaria e cavalaria humanas era prova de que a paz entre as duas raças estava funcionando, ainda que houvesse algum estranhamento e desconfiança de ambas as partes; alguns homens de Baldúria tinham parentes que morreram pelas mãos dos alfares de Bal-dael, e vice-versa. Mudar a mentalidade dos dois lados era um trabalho constante por parte do barão e da salim, mas o amor e a confiança que cada povo sentia por seu governante vinham ajudando a sarar as feridas. O próprio Kendel havia se rendido a aprender o idioma humano para melhor se comunicar com os aliados, mas não escondia o desejo de que o conflito com os orcs terminasse logo

— o rapineiro queria estar ao lado da salim, para protegê-la. Esse sentimento também agradava Baldur; se o pior acontecesse no embate com Rosnak, ele sabia que a esposa teria um defensor fiel ao lado.

Do quarteto, quem Baldur conhecia há menos tempo era o Capitão Sillas, o líder das forças de Dalgória, o homem que tinha enviado o pedido de ajuda a Baldúria no momento em que a situação envolvendo os orcs ficou insustentável. O sujeito tinha perdido familiares quando Amaraxas surgiu no litoral de Bela Dejanna e deixou um rastro de destruição na capital do reino; o fato de ele estar lutando ao lado dos dois responsáveis pela morte do Primeiro Dragão — Barney e Carantir —, além de estar sob comando do barão do reino que derrotou o monstro, enchia Sillas de um orgulho que transparecia no rosto. No momento, porém, a expressão do capitão traía a ansiedade pelo duelo entre Baldur e Rosnak, pois a própria identidade de Dalgória como reino estava em jogo.

— Senhor Barão? — disse Barney.

— O que foi? — respondeu Baldur. — Eu pedi um tempo para me arrumar e colocar os pensamentos em ordem.

— Senhor Barão, os atabaques dos orcs aumentaram de intensidade. Eles ameaçam destruir Seraz se o senhor não se apresentar logo para o duelo.

Baldur tinha deixado a hora passar de propósito, lembrando um ensinamento de Sir Darius. "Um inimigo irritado sempre comete erros." Mas já era o momento, de fato. Ele lançou um novo olhar para o vazio da tenda, onde imaginou Od-lanor e Kalannar dando os últimos conselhos, e se voltou para Kendel.

— Prepare a Delimira.

Enquanto Guilius terminava de arrumar o Barão de Baldúria para o embate final, o líder dos rapineiros saiu da tenda a fim de selar pessoalmente a montaria de Baldur, o único humano na história a montar em uma águia gigante de Bal-dael.

CAPÍTULO 8

KANGAARD, KORANGAR

Lenor avaliou o nome que ouviu da boca do agente de Krispínia. "Derek Blak", ou seja, de Blakenheim, um dos antigos reinos que se libertaram do Império Adamar e prosperaram sob o comando dos humanos, até ter sido destruído por uma invasão demoníaca. Esse tipo de história a respeito de terras estrangeiras era censurada pelo governo de Korangar, que mantinha alianças com demônios e não gostaria de provocar medo no populacho em relação às criaturas infernais. Mas Lenor era um sujeito estudado, um ex-mago da Torre de Vidência, e demonologia fazia parte do currículo básico de *todas* as escolas de magia, com lições bem claras a respeito do abuso de feitiçaria demoníaca e do descuido no trato com seres extradimensionais. A tragédia dos reinos de Redenheim e Blakenheim, destruídos com a abertura dos Portões do Inferno no meio de Krispínia, era um exemplo sempre citado e estudado entre os magos de como *não* lidar com demônios.

— Você disse que acredita em nossa causa e que há gente em Krispínia que quer nos ajudar. — Lenor sentiu um incômodo por parte da mulher ao lado dele e se virou para ela. — Como falei, Jadzya, eu tive uma visão: um corvo, uma ave negra, pousando no *seu* ombro, sussurrando as palavras do Velho Inimigo que quer se expiar pelo passado. A vidência mostra verdades através de imagens confusas, mas com traços da realidade.

O líder da Insurreição se voltou novamente para o homem diante dele e continuou a falar:

— Eu só quero compreender esses traços e enxergar a imagem com clareza.

Derek Blak notou que o olhar de Jadzya (lindo, por sinal) abrandou bastante. A mulher claramente acreditava em Lenor e seus pretensos poderes premonitórios; o korangariano tinha de fato um tom de voz seguro e convincente, digno de um pregador político. Ela parecia estar convencida de que Derek era um aliado, o que era ótimo — melhor que o líder rebelde não tivesse alguém levantando dúvidas a respeito dele.

Além disso, Jadzya era *realmente* linda.

— ... de ajuda você nos oferece, granej?

Derek notou que não estava prestando atenção à pergunta de Lenor, mas inferiu o significado pelo resto da frase.

— Que tipo de ajuda? — disse ele. — Bem, aí depende dos planos da Insurgência. Vocês pretendem derrubar o Triunvirato com uma guerra civil ou um golpe de Estado? Eu não aconselharia a primeira opção porque vocês korangarianos são meio mirrados...

— Por isso nós contamos com nossos aliados orcs — argumentou Jadzya.

O enviado de Krispínia preferiu não discutir com ela. Orcs não eram conhecidos pela inteligência, e Ambrosius contou que eles estavam levando uma coça em Dalgória por cortesia de Baldur, que comandava uma força militar bem menor que o Triunvirato. Uma guerra civil que dependesse de orcs não teria futuro em Korangar.

— Se a questão for um golpe de Estado — continuou Derek —, seria possível infiltrar uns mercenários altamente especializados...

— Em uma guerra civil, perderíamos muitos insurgentes para a massa infinita e incansável de desmortos das forças imperiais — respondeu Lenor. — E quanto a um golpe de Estado, os líderes do Triunvirato são simplesmente poderosos demais para serem meramente assassinados e substituídos.

— E o que a Insurreição pretende então? — indagou o agente de Ambrosius.

Nesse momento, o porte altivo de Lenor cedeu um pouco, como se o homem quisesse se permitir um suspiro ou uma queda de ombros. Pela primeira vez ele pareceu cansado ou derrotado, mas o gesto durou um piscar de olhos.

— Lutar por Korangar, pela *terra* onde Korangar se encontra, é uma campanha inútil. Mas acredito que seja possível salvar nosso povo sofrido enquanto Korangar morre. Essa é a campanha que pretendo mover. — Lenor notou a confusão no rosto do estrangeiro. — Deixe-me explicar, granej. Você já deve ter notado que o solo do império está... *instável*, não?

Como não perceber aquilo? Nos últimos dois anos passados em Korangar, Derek vinha ouvindo alguns rumores a respeito e tinha acabado de testemunhar em primeira mão o que aconteceu na Planície de Khazestaya, que simplesmente afundou enquanto ele cruzava a região. Foi uma experiência tão impressionante e assustadora quanto estar presente em Bela Dejanna quando o Primeiro Dragão Amaraxas arrasou parte da capital de Dalgória.

— Instável é apelido — respondeu Derek. — Eu quase fui engolido pela terra a caminho daqui.

— Muito bem — prosseguiu Lenor. — Esse fenômeno tem uma relação trágica comigo e com a minha família. Certo dia, eu estava realizando um encantamento na Torre de Vidência quando fui acometido por uma premonição. Eu vi minha família sob risco, sob ataque do Triunvirato. Larguei tudo e fui para casa, mas só cheguei a tempo de ver meus pais sendo encarcerados por uma pequena tropa de bralturii. Não havia sinal do meu irmão. Eu me envergonho de dizer, mas me escondi e só entrei na casa quando os cavaleiros do Triunvirato foram embora.

Derek Blak ouviu um pequeno soluço da parte de Jadzya. Ela já devia ter ouvido aquela história algumas vezes, mas se emocionou ao ver o líder reviver o drama e se mostrar humano a ponto de admitir ter se acovardado. O enviado de Krispínia quis abraçá-la e consolá-la naquele exato momento.

— Estava tudo revirado — continuou Lenor —, como se os bralturii tivessem procurado por alguma coisa, especialmente entre os pertences do meu irmão. Talvez guiado por meus poderes premonitórios, considerei que ele houvesse aprontado alguma coisa, tivesse ofendido o Triunvirato de alguma forma com seu mau gênio e fosse o motivo daquela incursão. Fiquei desconfiado. Eu sabia que meu irmão mantinha um esconderijo dentro de uma parede de seus aposentos e fui capaz de anular a magia que o protegia. Antes de fugir de casa com o que consegui pegar para garantir minha sobrevivência, eu recuperei isso aqui, que comprova minha suspeita inicial.

Lenor enfiou a mão dentro do bolsão que levava a tiracolo e retirou alguns papiros com muito cuidado e carinho. O gestual passou a ideia de que aquilo era um tesouro pessoal; por isso ele levava os pertences consigo, em vez de guardar em qualquer lugar. Para um homem caçado por toda Korangar, sempre em movimento, era a atitude mais lógica.

— Essas são as anotações feitas pelo meu irmão, que servem de prova cabal de que a lava elemental no subsolo de Korangar está passando por uma *degradação mística*. Na época, antes do ataque à nossa família, ele registrou o fenômeno como "Colapso". Como vimos, de fato o terreno vem ficando cada vez mais instável na última década e agora está prestes a engolir todo o império.

Não houve jeito de Derek conter a expressão de surpresa. O guerreiro de Blakenheim encarou boquiaberto o líder da Insurreição. Isso não era uma coisa que se ouvia todo dia, e certamente era bem mais grave do que a crise política que Ambrosius mandou que ele investigasse. Pelo menos, Derek conseguiu impedir o reflexo de pegar o pendanti e avisar seu patrono em Tolgar-e-Kol.

— Isso é tudo que resta da minha família — continuou Lenor, praticamente afagando a papelada. — Depois descobri que também invadiram e reviraram meu antigo alojamento na Torre de Vidência e o do meu irmão na Torre de Geomancia. Até hoje não sei o que aconteceu com ele ou com meus pais. Imagino que tenham tido as almas arrancadas ou tenham sido condenados a trabalhos forçados nas Ilhas Kaskarras.

A menção de ter a alma arrancada fez o guerreiro de Blakenheim estremecer. A experiência durante o ataque svaltar ao Fortim do Pentáculo o atormentava até hoje. Era um assunto que ele tentava evitar; infelizmente, Korangar sempre dava um jeito de lembrá-lo dos instantes em que esteve preso dentro de uma sovoga. Derek preferia encarar novamente um dragão pisoteando uma cidade ou uma planície tentando engoli-lo do que ter a alma sugada de novo. O agente de Ambrosius decidiu colocar a mente no problema diante de si e falou, ao se recuperar:

— E você, naturalmente, acha que sua família foi atacada pelo que seu irmão descobriu.

— Certamente — concordou Lenor, agora guardando os papiros. — Se não fosse por meu talento profético, eu teria estado presente na Torre de Vidência quando invadiram meu alojamento. Infelizmente, eu não previ o quadro completo do futuro e não consegui salvar a minha família. Foram imagens confusas, como falei, e vistas por um Lenor bem mais novo e inexperiente. Mas o Lenor de hoje pode salvar minha outra família: o povo korangariano.

Outro soluço de Jadzya. Se Derek duvidada da lealdade e devoção da rebelde, não haveria mais como questioná-las.

— Não há sentido em conquistar o poder de uma terra que não estará aqui amanhã — prosseguiu o líder da Insurreição. — Só nos resta fazer o que Exor, o Libertador, fez há séculos: fugir daqui para outro lugar, liderando os pobres e desesperados, enquanto deixamos para trás um império em ruínas.

Um êxodo, pensou o agente de Ambrosius. Exatamente como ocorreu com o povo de Blakenheim enquanto a invasão de demônios devastava o reino. Derek não tinha lembranças daquele périplo até a Morada dos Reis, pois na ocasião era apenas uma criança de três anos no colo da mãe, mas considerou como sua vida tinha sido moldada pela fuga desesperada. Outras pobres mães korangarianas e seus filhos passariam pelo mesmo calvário.

Ele balançou a cabeça; estava sendo transformado em um sentimental por causa daquela terra maldita. Korangar era, antes de tudo, uma terra deprimente que levava ao fatalismo. Derek fez um novo esforço para pensar objetivamente e se concentrar no assunto e na missão.

— Muito bem, então você não quer uma guerra civil, nem tomar o poder, e sim realizar um êxodo — resumiu o enviado de Krispínia

Lenor concordou com a cabeça.

— Fica a questão: êxodo para onde? — perguntou Derek.

— Nós temos duas opções, mas infelizmente nada boas. O Chifre de Zândia, localizado ao norte do império, e os arquipélagos da costa, as Ilhas Kaskarras. Ambas as alternativas ficam fora da Grande Sombra e são regiões de segurança máxima por prover alimentos que independem do comércio exterior via Tolgar-e-Kol. Obviamente, essa comida é destinada aos escalões do poder do Triunvirato, mas isso agora não vem ao caso. A questão é que não sabemos nada a respeito do Chifre de Zândia ou das Ilhas Kaskarras. Eu tentei buscar no futuro alguma resposta, mas tive a visão turva de uma embarcação do Triunvirato chegando ao Chifre, o que confirma os rumores que ouvi a respeito de a região representar o plano reserva da elite, caso fracasse o estratagema principal.

— E que estratagema é esse? — perguntou Derek.

— Eu chego lá. Eu vim a Kangaard para considerar a logística de uma fuga desesperada pelo mar até as Ilhas Kaskarras, mesmo que minhas previsões não fossem boas... e me deparei com o que certamente você já viu no porto.

O líder da Insurreição fez um gesto em direção às paredes, indicando o lado de fora da câmara secreta, o cais de onde Derek e Jadzya tinham vindo. Foi ela que completou o pensamento de Lenor.

— Aquela operação de transporte de tropas de desmortos — disse a korangariana.

— *Aquele* é o estratagema principal do Triunvirato — explicou Lenor. — Eu tenho contato com pessoas que acreditam na minha causa dentro da Câmara dos Vivos. Um deles me informou que o Ministro Pazor fez passar uma moção emergencial no Parlamento, efetivamente declarando guerra a Krispínia. O plano do Triunvirato é invadir e tomar Krispínia como forma de escapar ao destino inevitável do império.

Derek ouviu a explicação com novo choque e, desta vez, não conteve o reflexo de tocar no pendanti escondido no pulso, como se fosse alertar Ambrosius imediatamente.

— Esse conflito só trará desgraça para nós — continuou Lenor. — Se Korangar vencer, o Triunvirato continuará tratando seus cidadãos como escravos, apenas em outro lugar. Se perder, seremos a nação derrotada e escravizada pelo lado vencedor. Nos dois casos, o povo korangariano sairá derrotado. Não é uma solução aceitável.

Após a surpresa inicial, a mente do guerreiro de Blakenheim começou a girar, considerando as possibilidades em relação a uma guerra contra o Império dos Mortos. Com aquela armada, será que Korangar desceria a costa e invadiria a Caramésia? Era o alvo mais imediato, mas a Nação-Demônio teria que enfrentar as forças do sanguinário Duque Caramir, o melhor amigo do Grande Rei Krispinus, que certamente viriam em peso para socorrê-lo. Derek precisava se comunicar com Ambrosius o quanto antes.

Os belos olhos de Jadzya brilharam, e ela interrompeu os devaneios do estrangeiro.

— Há uma solução, sim, Lenor. — A insurgente korangariana se voltou para Derek Blak. — Pedir asilo a Krispínia, a algum reino de lá que nos dê abrigo.

O líder da Insurreição passou a encarar o homem diante dele de outra forma.

— Eu não considerei essa alternativa até agora, mas ela faz sentido... — Lenor pareceu se recolher dentro de si, como se olhasse para o próprio interior. — Isso tem a ver com a visão do corvo trazendo a mensagem de reunificação de Zândia, enviada pelo Velho Inimigo.

Esses contrassensos messiânicos não faziam sentido algum e cansavam Derek, mas ele podia explorá-los.

— Lenor, Krispínia não é o inimigo. Pelo menos ainda não houve nenhum ato de guerra por parte de Korangar, até onde sei. — Ele tinha certeza de que Ambrosius não teria deixado *essa* informação de fora na última comunicação entre os dois.

— Mas quando a guerra começar — disse o líder korangariano, apontando para o cais lá fora novamente —, Krispínia não vai querer saber de dar asilo à população civil de Korangar. Seremos oficialmente o inimigo.

— Então devemos pedir asilo *antes* que o Triunvirato realize a primeira ação hostil aberta — sugeriu Jadzya, com um novo olhar para Derek, agora suplicante.

Por dentro, o guerreiro de Blakenheim sorriu. Ela já o considerava um aliado. Isso também podia ser explorado.

— A Jadzya tem razão, Lenor. Se agirmos rápido, se levarmos o pedido a Krispínia, é possível que os civis sejam abrigados antes de começarem as hostilidades.

Derek parou e pensou um pouco, considerando que o Grande Rei não cederia tão facilmente. Ele conhecia bem o homem. Porém, o êxodo dos korangarianos era uma questão realmente urgente. Nisso o guerreiro de Blakenheim concordava com Lenor: saísse a Nação-Demônio vitoriosa ou derrotada da guerra, o resultado seria o mesmo para a pobre população oprimida. Krispinus era o Deus-Rei da Guerra, por definição avesso à paz e a conceder asilo ao inimigo. Mas havia outro reino de Krispínia com um histórico recente de desafio ao pensamento do Grande Rei e de ter selado uma paz considerada impossível, tendo o próprio Derek como testemunha.

— E eu conheço o lugar em Krispínia que daria abrigo aos civis — continuou o guerreiro de Blakenheim.

— E qual seria esse lugar? — perguntou Lenor.

O olhar de Derek Blak se alternou entre os dois korangarianos antes de ele responder:

— Baldúria.

CAPÍTULO 9

VILAREJO DE SERAZ, DALGÓRIA

As ruas pacatas de Seraz, um vilarejo no interior campestre de Dalgória, tinham sido palco de um único acontecimento digno de nota em toda a sua história centenária: a vitória da leitoa "Thallya" no concurso anual entre os criadores locais, pesando mais de 300 quilos. Diziam que ela era mais pesada que todas as leitoas da antiga Blumenheim, mas Seraz era tão isolada no Prado de Enyera que os aldeões nunca puderam confirmar tal bravata. Ano após ano, há décadas sem interrupção, o vilarejo realizava o concurso durante o Festival de Thallya para ver se algum dia surgiria uma leitoa que quebraria aquela marca e daria novo nome ao evento.

Nenhum dos habitantes, nem os mais velhos que se lembravam da campanha original do Duque Dalgor contra os orcs, imaginavam que teriam a festividade interrompida por uma invasão daquelas criaturas beligerantes. A horda agressora veio em fuga pela pradaria e se aquartelou em Seraz, fazendo barricadas nas ruas com carroças, matando e devorando os leitões, tomando casas e mantendo a população refém. Os orcs estavam efetivamente usando os aldeões como um escudo humano contra qualquer tentativa de libertação por parte das forças unidas de Dalgória e Baldúria. Acuados nas moradias, alguns habitantes de Seraz acalentavam apenas uma esperança: corria à boca pequena pelas ruas do vilarejo que o Barão Baldur, o herói da vizinha Baldúria, o reino que derrotou o dragão que quase destruiu a capital de Dalgória, estava vindo para salvá-los. Poucos sabiam disso e tinham coragem de sussurrar com os vizinhos sob o olhar raivoso dos orcs, mas a notícia estava se espalhando aos poucos.

Se os aldeões de Seraz estavam ansiosos pela chegada de Baldur, um invasor em especial sentia uma ansiedade ainda maior. Rosnak, o líder das criaturas, andava de um lado para o outro do Grande Salão do vilarejo, que tinha sido tomado pela massa ruidosa de orcs, sob o olhar de seus comandados e dos conselheiros mais próximos — no caso, a mãe, Zamak, a babachi da tribo, e Jenor, o enviado de Korangar, o único humano que não estava amarrado ou sofrendo maus-tratos no ambiente. Os orcs escolhiam líderes pelo tamanho, ferocidade e espírito de conquista, qualidades que Rosnak tinha em abundância: os demais integrantes da raça batiam no peito dele, seus olhos ardiam com uma chama sobrenatural de violência, e ele havia reunido as tribos dispersas e insuflado uma geração apática de orcs com o sonho de tomar Dalgória. E nos três quesitos, Rosnak tinha ganhado uma ajuda substancial de Korangar — seu tamanho, ferocidade e espírito de conquista foram ampliados pelos encantamentos demoníacos do Império dos Mortos.

A mãe também não havia poupado feitiçaria para torná-lo o que era hoje. O investimento em Rosnak tinha cobrado de Zamak um preço terrível; ela havia se tornado uma criatura mirrada, corcunda e encarquilhada, ao contrário das demais fêmeas orcs, que eram corpulentas e algumas vezes até mais fortes que os machos. O corpo havia sido sugado pelas forças tenebrosas que ela comandava e injetava regularmente no filho. Aquilo, somado ao poder que o humano Jenor tinha aplicado no líder orc, havia transformado Rosnak em um guerreiro de presença e força descomunais. Ele estava muito ciente disso, o que aumentava a irritação por ter sido posto para correr pelas forças humanas. Mas Rosnak teve uma chance inusitada de reverter a derrota iminente ao ameaçar destruir aquele vilarejo — o comandante humano, Baldur, resolveu desafiá-lo pela vida daquela gente fraca e aceitou os termos de entregar o reino para os orcs caso fosse derrotado. Ou seja, *ao ser* derrotado. Porque não havia chance no mundo de Rosnak perder para o sujeito, por mais que dissessem que ele era grande para os padrões humanos e que havia vencido um demônio e um dragão em combate. O tal Baldur ainda não havia enfrentado Rosnak, o Devorador Renascido. Os presságios de Zamak apontavam o líder orc como a reencarnação de Sarlak, o primeiro orc a se libertar do jugo dos adamares, que teria comido o imperador-deus de sua época e assim atingido a divindade. E ele acreditava piamente nisso.

— Onde está aquele maldito humano? — trovejou o orc monstruoso para o saguão, o que gerou uma resposta igualmente gutural da massa inquieta ali dentro.

— Calma, Rosnak — disse o korangariano no idioma das criaturas.

— Ele é *Kanchi* Rosnak para você, humano — rosnou Zamak, frisando o termo orc para "líder".

Ela detestava aquela criaturinha franzina, mas tinha que admitir que o korangariano fora fundamental na reunificação das tribos e no levante contra as forças humanas de Blumenheim — ou Dalgória, ou seja lá como era chamada a região agora. Os humanos tinham a mania de renomear seus reinos sempre que um novo kanchi assumia o poder. Jenor havia trazido prata para bancar a campanha e costurado alianças com o auxílio de Zamak em torno da figura de Rosnak, cujo poder aumentou com os estranhos badulaques de Korangar, mas às vezes esquecia seu lugar na hierarquia da operação. Ele era meramente um facilitador — e um traidor do próprio povo, aos olhos de Zamak, mas a babachi não fazia a mínima questão de entender a dinâmica entre os reinos humanos. A ela só interessava a glória da nação orc, sob a liderança de seu filho, o Devorador Renascido, como dizia a profecia. Se a distante Korangar saísse ganhando com a dominação de Blumenheim/Dalgória, tanto melhor.

— O Barão Baldur está apenas usando uma velha tática para cansar e irritar o adversário... *Kanchi* Rosnak — continuou Jenor. — Ele virá.

— O humano não sabe que sua força vem da ira, Rosnak — disse Zamak. — Ele pagará caro por esse erro. Mas guarde sua fúria para o momento certo, meu filho.

Os olhos do líder orc emitiram um brilho demoníaco, sua manzorra pegou o eskego, a acha de barba encantada pendurada na cintura, e apertou o cabo de madeira como se estivesse no pescoço de Baldur. Ele olhou intensamente para a arma, imaginando o combate, o triunfo final, a conquista após tanto tempo de campanha. Tanto Zamak quanto Jenor sabiam que deviam deixá-lo ter aquele momento antes que Rosnak se descontrolasse de vez. O líder orc estava contendo e concentrando a fúria e os poderes infernais que ferviam por dentro como uma caldeira anã.

O korangariano avaliou o monstro que ajudou a criar. Pouco importava para a Nação-Demônio o resultado do duelo entre o Kanchi Rosnak e o Barão Baldur; o que interessava era deixar a região desestabilizada o suficiente para facilitar a vindoura invasão. O plano do Triunvirato estava sendo bem implementado, na visão de Jenor: as forças de Dalgória sofreram muitas baixas durante a fase inicial do levante, e mesmo com essa ajuda inesperada da vizinha Baldúria — e até uma possível vitória —, o reino não teria como repor soldados e se organizar quando Korangar chegasse. Os orcs podiam ficar com Dalgória por enquanto se ganhassem; Jenor cuidaria para que Rosnak não estivesse vivo para liderá-los quando o Império dos Mortos invadisse. Sem o comandante, cansados da guerra, eles seriam varridos pelos korangarianos e suas legiões de desmortos.

A Nação-Demônio triunfaria, como sempre, qualquer que fosse o resultado do duelo.

Uma comoção na massa reunida dentro do Grande Salão chamou a atenção de Rosnak, Jenor e Zamak, que viraram os rostos para ver um orc abrir caminho na multidão. Era um dos batedores responsáveis por ficar de vigia nas barricadas na borda do vilarejo. A criatura xingou, acotovelou, apanhou e revidou até finalmente emergir diante do trio.

— Kanchi, babachi — disse o orc, fazendo questão de ignorar o korangariano. — O exército humano se aproxima. Um mensageiro chegou e avisou que o kanchi deles está a caminho.

— Como assim "a caminho"? — falou Rosnak com ameaça e indignação na voz. — Ele já deveria estar diante das forças humanas, me aguardando.

— Será um truque? — cogitou Zamak.

— Não, babachi — respondeu o batedor, que apontou para o céu. — O kanchi deles está vindo... *voando*.

Montado em Delimira, a águia gigante da própria esposa, Baldur tinha uma visão privilegiada do belo cenário verdejante do Prado de Enyera, de Seraz e do pequeno formigueiro humano que avançava em direção ao vilarejo tomado pelos inimigos. Havia poucos focos de fumaça, felizmente, o que indicava que os orcs mantiveram a promessa de não o incendiar e pretendiam honrar a proposta de duelo. Ele arremeteu para baixo e deu um rasante sobre os próprios soldados, de espadão em riste, para incentivá-los. O deslocamento de ar fez tremular os estandartes de Dalgória e Baldúria, e as tropas responderam berrando o nome dos reinos e de Baldur. Mesmo com o vento assobiando nos ouvidos, o barão ouviu e sorriu, tanto pela reação dos homens, quanto pelo próprio domínio da montaria alada. Ele se lembrou da primeira vez que voou em uma águia gigante, subindo sem pensar na garupa da montaria de Sindel, momentos depois de ter conhecido a salim alfar, para recuperar a presa de Amaraxas cravada na pedra flutuante do castelo voador. Desde então, na posição de soberano dos elfos conquistada com o casamento com Sindel, Baldur tinha aprendido a voar sozinho, aplicando a aptidão natural que possuía com cavalos para controlar a montaria alada usada pelos rapineiros. Aquela era a mesma águia que o conhecia desde o primeiro voo intempestivo do barão, diante da ameaça de um dragão descomunal. Nada assustava Delimira.

Baldur decidiu ir montado na águia em vez de duelar a cavalo por conta da natureza da montaria de Rosnak. Os orcs usavam nossorontes, grandes quadrúpedes de couro blindado e chifres compridos na ponta do focinho, cujo peso e pernas curtas transmitiam uma aparência enganosa de lentidão — na verdade eles eram capazes de realizar uma arrancada devastadora, e muitos Dragões de Baldúria pagaram com a vida até que os cavaleiros humanos soubessem lidar com a força e a velocidade daquela investida. O barão queria tirar essa vantagem de Rosnak e surpreendê-lo com uma tática inusitada: atacá-lo pelo ar, arrancá-lo do nossoronte e soltá-lo lá do alto. O futuro de Dalgória estava em jogo, e Baldur não pretendia arriscá-lo por conta de algum sentimento bobo de honra de cavalaria; ademais, ele estaria enfrentando um monstro invasor, não outro cavaleiro humano. As regras de justas e duelos não se aplicavam ao caso. Ele pretendia acabar com o combate naquela investida surpresa. Se Rosnak sobrevivesse a ser estraçalhado pelas garras de Delimira, certamente não sobreviveria à queda ao ser solto no céu.

Uma pequena massa de orcs estava saindo de Seraz e começava a se posicionar em um semicírculo diante do vilarejo, tocando atabaques de guerra. Obviamente, o resto da força invasora tinha ficado para trás, a fim de garantir que não era um truque das forças conjuntas de Dalgória e de Baldúria, mantendo Seraz refém. Se os orcs não tivessem conseguido fugir e se abrigar ali, o conflito já teria terminado sem a necessidade daquele espetáculo arriscado. Com a vida dos aldeões em jogo, os monstros ainda tinham uma chance. Baldur balançou a cabeça e parou de lamentar pelo que não podia ser alterado, pelo que ficou no passado. Sindel costumava dizer que o tempo era como as águas de um rio; elas nunca voltavam para trás, apenas seguiam em frente, e nenhuma magia era capaz de reverter isso.

A imagem mental da esposa fez o barão pensar em Baldir, nos amigos e em Baldúria. Eles eram sua força, eram mais poderosos que o espadão de cavaleiro e as tropas sob seu comando reunidas lá embaixo, que já haviam parado diante dos inimigos e agora entoavam o nome do líder das forças unidas do ducado e do baronato. Baldur pretendia honrar a confiança depositada nele acabando com aquele orc desgraçado num golpe só.

Agora concentrado apenas no combate, o Barão de Baldúria arremeteu novamente para baixo, repetiu o rasante em resposta ao clamor de seus soldados e pousou adiante das tropas humanas. Ele e Rosnak se encararam dentro de um imenso círculo formado pelos apoiadores de ambos os lados no conflito. Montado em Delimira, Baldur sentiu pelas costas os olhares ansiosos de Guilius, Sir Barney, Carantir, Kendel e o Capitão Sillas, parados à frente dos guerreiros dalgorianos e baldurianos concentrados lá atrás. Do lado do inimigo, apenas uma velha orc toda curvada estava adiante do pequeno exército de monstros, situada entre as criaturas e o líder montado em um nossoronte. Ela se aproximou e pareceu benzer Rosnak com um galho seco cheio de penduricalhos; Guilius, o pajem do barão, também chegou perto, entregou o escudo de vero-aço pintado com os símbolos de Baldúria e verificou as fivelas e armas de Baldur. Cumpridos os rituais de cada cultura, assim que a sacerdotisa e o escudeiro voltaram para as fileiras, os campeões dos orcs e dos humanos estavam prontos para duelar.

Os dois se avaliaram uma última vez, com olhares intensos e compenetrados. Baldur estava todo enlatado dentro da armadura de placas de Irmão de Escudo, feita de vero-aço, com o cinturão de grão-anão recebido em Fnyar-Holl, e o escudo de Dragão de Baldúria, também de vero-aço e de manufatura anã. O elmo era um modelo daliniano sem viseira, que ele achava mais prático para voar, sem limitar a visão como o típico elmo fechado de cavaleiro. Em cima de uma águia gigante, era preciso baixar a cabeça muitas vezes a fim de olhar para o solo, e um elmo de cavalaria tornava isso impossível. O barão levava uma espada à cinta, e o espadão de cavaleiro estava na sela de Delimira, pronto para ser sacado no momento da investida.

Se o líder humano era uma massa blindada e reluzente, Rosnak estava praticamente desnudo em comparação. O orc, que era bem maior que o oponente, só usava uma tanga rústica de peles e uma proteção no braço esquerdo feita de ferro com espinhos. O torso nu e musculoso era cheio de tatuagens místicas e veias que pulsavam de maneira inatural, no mesmo ritmo que a respiração pesada, como um touro prestes a atacar. Na cintura estavam presas duas machadinhas de arremesso; o eskego ele já levava em uma das mãos, pronto para o combate.

As montarias não podiam ser mais diferentes. Enquanto Delimira tinha o porte majestoso de uma águia gigante em atitude de espreita inabalável, examinando a presa friamente, o nossoronte era um monstro quadrúpede irrequieto e bufante, que torcia o pescoço como se já antecipasse a chifrada que pretendia desferir no alvo. De certa forma, os animais refletiam a índole e o estado de espírito de seus mestres.

O silêncio do impasse a respeito de quem iniciaria o desafio só era quebrado pelas bufadas do nossoronte e pelo burburinho inquieto da massa de orcs; no contingente humano, a respiração estava presa coletivamente, no aguardo das investidas. Ambos os lados sabiam o que estava em jogo e tinham seu próprio jeito de lidar com a ansiedade.

Dos dois campeões, quem finalmente perdeu a paciência foi Rosnak. Com um urro que despertou seus apoiadores a gritar junto com o líder, o grande orc impeliu o nossoronte à frente, brandindo a acha de barba. As pernas curtas do animal o impulsionaram com uma velocidade impressionante, com Rosnak em cima dele babando de fúria e aparentemente ficando maior à medida que se aproximava.

Assim que o adversário berrou, dando a entender que iniciaria a carga, Baldur ganhou os céus com Delimira. Foi a vez de as tropas humanas soltarem o fôlego preso e os gritos de incentivo ao barão. A águia gigante desenhou um arco na direção de Rosnak, para atacá-lo por cima, e mergulhou com as garras expostas, com a intenção de pegar o orc, rasgá-lo e desmontá-lo ao mesmo tempo. Baldur sacou o espadão enquanto descia como uma flecha em direção ao bólido que cruzava o prado com uma rapidez difícil de acreditar para um conjunto tão pesado de montaria e cavaleiro.

Difícil de acreditar também foi a empinada que o nossoronte deu, ao ter as rédeas puxadas por Rosnak. O animal ficou subitamente em pé nas patinhas traseiras e deu uma chifrada para o alto, interceptando com violência a investida aérea de Delimira. A manobra inesperada pegou Baldur e a águia de surpresa, e o choque das duas montarias em alta velocidade derrubou os cavaleiros e os animais. Delimira caiu para o lado, com o chifre do nossoronte cravado fundo no torso, e puxou consigo o quadrúpede. Baldur resistiu na sela até o último instante e conseguiu rolar no solo sem ficar preso embaixo da águia gigante, como havia aprendido com os rapineiros de Sindel, mas o impacto e o peso da armadura de placas o deixaram desnorteado, sem fôlego e com dificuldade para ficar de pé. Ele só enxergava a nuvem de terra e grama levantada pela queda dos quatro envolvidos na carga.

Da parte de Rosnak, ele não tinha imaginado que o impacto seria tão avassalador e não conseguiu se manter no nossoronte. O líder orc caiu para trás com força, mas teria se levantado imediatamente graças à compleição física vigorosa se não tivesse batido com a cabeçorra no chão e perdido brevemente a noção do que havia acontecido. A mesma nuvem de terra e grama também atrapalhou a sua compreensão da situação.

A questão era que Rosnak nunca havia sido derrubado de uma montaria anteriormente; Baldur, sendo cavaleiro de ofício desde muito jovem, tinha aprendido a cair antes de saber cavalgar. Quando a poeira baixou, o humano enlatado já estava de pé, tomando ciência dos arredores, ainda que cambaleante. O líder orc estava longe, mas o nossoronte se encontrava perigosamente perto, tentando tirar o chifre da águia gigante moribunda. Se a montaria se recuperasse, Baldur teria *dois* adversários monstruosos pela frente. Sem tempo para lamentar a morte iminente da fiel Delimira, agindo por puro instinto de combate, o cavaleiro recuperou o espadão que havia caído da mão ali perto e investiu contra o nossoronte. Antes que terminasse de soltar o chifre, o animal recebeu um golpe mortal na dobra entre as placas blindadas da nuca, como um boi sendo abatido. O barão se afastou das montarias, deixando que ambas morressem longe dele, e voltou a atenção para o orc que finalmente estava de pé e furioso por ter visto o nossoronte ser morto. *Ótimo.* Baldur também estava irado por ter perdido a águia de Sindel. Agora ele e o inimigo estavam quites.

— Eu vou ouvir muito da minha esposa por causa dessa águia — bufou o cavaleiro em um idioma orc bem rudimentar. — Você vai pagar por isso, orc filho da puta.

— Eu vou devorar você por horas, humano — respondeu Rosnak. — Minha mãe vai manter você vivo durante várias refeições.

— Aquela velha lá é a sua mãe? Deve estar corcunda assim de desgosto por ter parido um filho chorão e frouxo.

A provocação surtiu o resultado esperado por Baldur, e Rosnak partiu com tudo para cima dele, brandindo a acha de barba com selvageria. Assim de perto, o barão notou que o orc de fato pulsava de uma maneira estranha, e que os olhos e a boca emitiam uma luz arroxeada sobrenatural. Ele teria que matar o oponente tão rápido quanto o nossoronte, antes que Rosnak revelasse algum poder místico que o vero-aço de Baldur não fosse capaz de suportar. O cavaleiro ergueu levemente o escudo, sem abrir de todo a guarda, e recebeu o impacto da arma do adversário — com uma força descomunal muito além do que o corpanzil do orc prometia. Baldur se lembrou da pisada de Bernikan, quando interpôs o escudo de vero-aço entre o líder dos demônios e o Deus- -Rei Krispinus para salvar o monarca caído. Desde então ele não tinha sido golpeado com tanta pujança em combate.

O escudo absorveu parte do impacto, mas o vero-aço — a liga metálica com propriedades mágicas forjada pelos anões — chegou a ser cortado pela lâmina da arma do oponente, que com certeza só podia ser encantada também. Baldur sentiu uma dor lancinante no braço e ombro esquerdos. Rosnak puxou o eskego com força, a ponta curva da acha de barba engatou no escudo e abriu a guarda do humano, mas ele não conseguiu arrancar a proteção como pretendia. Urrando sem parar, o orc então sacou a machadinha de arremesso com a mão esquerda e atacou a cabeça do oponente, que conseguiu erguer o espadão a tempo de apará-la. Ferozmente, como se possuído por uma velocidade preternatural, Rosnak voltou a atacar com o eskego.

Baldur decidiu sacrificar o escudo de vez para neutralizar a arma mágica da criatura. Ele não se defendeu, e sim *golpeou* a acha descendente com o escudo. A lâmina do eskego varou e ficou presa no vero-aço, quase atingindo o braço do cavaleiro, que soltou o escudo a tempo. A manobra fez Rosnak perder um pouco do equilíbrio, e no breve instante que o orc reposicionou as pernas, o barão manteve o ímpeto à frente e cravou o espadão entre o abdômen e o quadril do monstro. Baldur colocou toda a força e o peso do corpanzil blindado nessa estocada, e o inimigo um pouco desequilibrado se transformou em um oponente derrubado no chão.

O barão desabou por cima dele, continuando agarrado ao cabo do espadão, varando ainda mais a carne, querendo que a ponta trespassasse o orc enorme e furasse o solo, mas foi arrancado dali pelo braço esquerdo de Rosnak. Baldur caiu sentado, enquanto o adversário se levantava, parecendo estar mais furioso, parecendo estar... *crescendo*? O orc inchou, as veias saltaram, enquanto o espadão do humano pendia acima da tanga, sangrando em profusão. Ele cambaleou um pouco, jogou a cabeça para trás e, quando se voltou novamente para o adversário, a boca emitiu um brilho intenso.

O tempo que o orc monstruoso se preparou para atacar foi o tempo que Baldur usou para pegar desesperadamente o escudo caído, com a arma do inimigo cravada nele. Ajoelhado no chão, o cavaleiro ergueu a proteção, que aparou um raio infernal cuspido por Rosnak. Duas camadas de vero-aço — no escudo e na armadura de placas — salvaram a vida de Baldur, mas o escudo rachado cedeu e libertou a acha encantada do orc. Antes mesmo que ela caísse no chão, o barão pegou a arma pelo cabo e se lançou à frente. Rosnak, que se recuperava do esforço de cuspir a rajada de energia no oponente, ainda tentou erguer o braço esquerdo blindado para aparar o golpe, mas foi lento diante do ímpeto do humano, que cravou o eskego mágico no meio de sua testa.

O pouco de energia demoníaca que ainda havia dentro do líder orc o sustentou vivo por um breve instante. Ele soltou um olhar de ódio para o adversário... e desabou morto.

O baque da criatura imensa ao cair no chão foi o sinal para que as tropas humanas explodissem em comemoração. Baldur olhou ofegante para o inimigo caído. *Realmente*, pensou ele, *não tinha sido um golpe só; foram dois*. Um feriu, o outro matou. Com um sorriso, o barão considerou que Kalannar teria ficado orgulhoso daquilo.

Baldur afastou da mente o combate finalizado e se voltou para os orcs com um olhar severo, enquanto sentia a aproximação dos aliados. A massa de inimigos estava agitada. Diante dela, a velha sacerdotisa parecia estar tendo um chilique. A figura corcunda e encarquilhada olhou feio para o líder dos humanos e começou a executar um gestual rápido enquanto empostava a voz no ritmo óbvio de um encantamento. A orc estendeu os braços magros e pustulentos para o cavaleiro, mas a magia foi interrompida por uma azagaia que cruzou o prado e se cravou com incrível precisão no meio do peito da velha. O impacto jogou a sacerdotisa longe.

O barão virou o rosto e viu Sir Barney ao seu lado, já com outra azagaia na mão, pronta para ser disparada na tropa inimiga. Ao lado do líder dos Dragões de Baldúria, Carantir estava com uma flecha que emanava um brilho mágico preparada no arco apontado para os orcs. Baldur fez um gesto de agradecimento com a cabeça e outro com a mão para contê-los, depois arrancou a acha de barba do crânio do inimigo abatido e foi à frente desafiar a multidão de criaturas.

— Eu derrotei seu kanchi como mandam as tradições e é essa a paga de vocês? — gritou ele. — Agir com desonra diante de um resultado honesto?

O cavaleiro avançou, apontando para a massa inquieta com a arma de Rosnak.

— Alguém mais quer me desafiar, além do antigo kanchi frouxo de vocês?

Alguns orcs começaram a se agitar mais e a insuflar um indivíduo especialmente grande, que se sentiu fortalecido pelo apoio dos outros e deu alguns passos à frente. Baldur nem esperou pelo desafio formal; orcs entendiam apenas a linguagem da brutalidade, como Dalgor havia escrito nos diários de guerra. O barão simplesmente arremessou a acha de barba na direção da criatura; a arma se afundou em seu pescoço grosso e, em seguida, saiu do ferimento e voltou para a manopla de um surpreso Baldur, antes mesmo que o orc desmoronasse no chão, com a cabeça presa ao corpo por apenas alguns tendões.

A tropa unida de Dalgória e Baldúria novamente irrompeu em comemoração enquanto os soldados se aproximavam sob o comando do Capitão Sillas. Os guerreiros humanos eram muito superiores numericamente em relação ao pequeno contingente de orcs que tinha saído do vilarejo motivado pela certeza da vitória de seu líder. Agora, pelas leis das tribos, eles tinham um novo comandante, que não só havia derrotado em combate o antigo kanchi, como também matado um novo postulante ao cargo. Nenhum outro orc se ofereceu para contestá-lo. As criaturas não tinham outra escolha a não ser reconhecer e aceitar o humano como novo líder, um fato inédito na história da raça.

Ainda se recuperando da surpresa, com os olhos na acha mágica, o barão começou a ouvir o próprio nome ser entoado pela massa de orcs.

— Kanchi Baldur! Baldur! Baldur!

Aproveitando a deixa, ele ergueu o eskego ensanguentado do finado Rosnak em um gesto de triunfo, o que provocou a saudação em uníssono de todas as tropas em volta dele, de humanos, elfos e orcs.

Sem ser visto à beira do grupo de orcs, escondido por uma capa mágica, Jenor assistiu ao desfecho do embate entre Rosnak e o líder das forças humanas locais. Como ele havia considerado inicialmente, o resultado pouco importava para Korangar — Dalgória tinha passado por uma guerra custosa, havia perdido muitos homens e estava desestabilizada o suficiente para não ser capaz de resistir à invasão das forças da Nação-Demônio. Porém, a cautela mandava ficar de olho nesse tal Barão Baldur, que tinha chegado com reforços da vizinha Baldúria e virado, em pouco tempo, a maré do conflito a favor dos dalgorianos. O cavaleiro agora parecia estar assumindo o controle dos orcs, outro fator de preocupação. Ainda que a missão estivesse supostamente concluída, o espião korangariano decidiu continuar observando os acontecimentos enquanto aguardava a chegada do Império dos Mortos.

Ele foi se afastando, às ocultas, com a mente fervilhando com planos dentro de planos.

CAPÍTULO 10

KANGAARD, KORANGAR

Derek Blak estava vigiando a movimentação do porto de Kangaard do quarto de uma hospedaria antiga. Aquele ponto privilegiado permitia que ele observasse toda a operação de guerra, além de entreouvir conversas dos marinheiros nas ocasiões em que descia ao térreo para comer e beber. Das três dromundas que o agente de Krispínia tinha visto atracadas pela primeira vez, recebendo uma carga temível de desmortos, restava agora apenas uma belonave sendo abastecida por necromantes de guerreiros esqueletos. Ao longe, no mar, havia oito dromundas prontas para partir. Mas partir para onde? Derek precisava saber e informar Ambrosius. O velho manipulador de Tolgar-e-Kol já estava ciente das intenções de Korangar por meio da mensagem enviada pelo pendanti, mas era necessário descobrir os planos de guerra do Império dos Mortos. Até aquele momento, Derek não tinha conseguido apurar nada entre os marinheiros e temia que de fato precisasse fazer uma ação mais drástica e arrojada para tanto.

E falando em ações drásticas e arrojadas, em meio à investigação, ele ainda pretendia sequestrar um navio mercante no porto, embarcar os refugiados que Lenor conseguisse reunir e despachá-los para Baldúria antes que a guerra começasse de fato. Essa parte Derek não havia deixado muito clara na última comunicação com Ambrosius, pois temia não receber permissão para executar a operação, mais por conta do Grande Rei Krispinus do que do próprio Ambrosius — ele se lembrava nitidamente da atitude do Deus-Rei quando a rainha alfar veio anunciar sua rendição, intermediada por Baldur depois que o Primeiro Dragão tinha sido morto. "Os elfos serão caçados e exterminados até a penúltima criatura", Krispinus tinha dito com sede de sangue na voz. Aquilo havia gelado o sangue de Derek. Durante os anos seguintes, em que serviu no Palácio Real como guarda-costas da Rainha Danyanna, ele ouviu muitas vezes o Grande Rei maldizer a decisão de ter aceitado a rendição e expressar desgosto por ter os elfos da superfície como súditos.

Talvez Krispinus não fosse tão magnânimo pela segunda vez. Lá atrás, na Praia Vermelha, os alfares já tinham sido realmente derrotados, e ter cedido não custou muita coisa ao Deus-Rei além do orgulho de guerreiro ferido; mas, neste momento, a guerra com Korangar ainda nem começara e podia desandar para o lado de Krispínia. Derek Blak tinha certeza de que Krispinus não daria abrigo a inimigos declarados, mesmo sendo refugiados civis. Ele pensou em Baldur, que tinha confrontado o Grande Rei e desposado Sindel nas barbas de Krispinus para garantir a proteção para os alfares, e torceu que o cavaleiro grandalhão comprasse a briga dos korangarianos.

Algo dentro de Derek tinha certeza de que Baldur faria isso.

Um som na porta tirou o guerreiro de Blakenheim dos devaneios. Ele ouviu Jadzya entrando no quarto e retirou as mãos dos cabos dos gládios, que foram para lá por instinto ao ouvir o barulho.

— Teve sorte? — perguntou ele.

— Nada. O temor e a curiosidade no salão são gerais, mas ninguém arrisca fazer um comentário mais revelador a respeito da operação militar ou trocar duas palavras que sejam. O medo do Triunvirato é palpável. — A korangariana foi até a janela com um ar frustrado. — E você?

— Estou de olho naquele bergantim ali. — Derek apontou para um navio de dois mastros e velas quadradas, parado a duas baias da dromunda. — Eu apurei que ele voltou das Ilhas Kaskarras e foi descarregado recentemente. Seria ideal para embarcar os refugiados.

— Temos alguns rebeldes que são tripulantes experientes e já se ofereceram para guiar a embarcação, porém não são guerreiros capazes de tomar um navio. Guerreiros capazes de *derrotar* agentes do Triunvirato. — Jadzya fez uma pausa, olhando para ele admirada. — Eu soube de sua ferocidade e entrega em combate ao salvar a família do Rizor. Esse contou para o Lenor, muito impressionado. Aquilo tudo foi uma encenação para impressionar a Insurreição?

O enviado de Krispínia respirou fundo e pegou na mão dela. Muito magra. Aquela mulher era linda demais para passar fome.

— Em parte, sim — admitiu ele, notando, contente, que ela não fez menção de recolher a mão. — Eu queria ser notado por vocês. Mas... eu... eu não podia permitir que aquilo acontecesse. Que os exilarcos sugassem as almas daqueles infelizes. Eu já tive... a minha alma sugada por uma sovoga. Não desejo isso para o meu pior inimigo.

— Você teve a alma sugada por uma sovoga e está *vivo*? — Os belos olhos de Jadzya pareceram saltar das órbitas.

Derek Blak estava nitidamente incomodado, mas alguma coisa dentro dele quis sair, o peito quis se abrir para aquela desconhecida. Não só pela beleza dela, mas talvez pelo fato de Jadzya ser korangariana, de conviver com aquela realidade infernal a vida inteira. A insurgente o compreenderia mais do que qualquer outra pessoa.

— Na verdade, como eu pesquisei mais tarde, caso a gema seja quebrada pouco tempo depois de a alma ter sido sugada, ela volta para o corpo, se ele ainda não tiver morrido ou sido destruído. Um... — ele hesitou ao pensar se o termo se aplicava a Kalannar — ... *amigo* quebrou a sovoga, e eu voltei à vida com a alma intacta. Eu acho. É uma experiência que me assombra até hoje.

Agora foi a vez de Jadzya hesitar. Ela recolheu a mão e tocou na barba rala do enviado de Krispínia, fazendo um carinho tímido, antes de dizer:

— Eu devia ter notado que você era robusto demais para ser um korangariano. — Jadzya riu do próprio engano. — Nós somos mantidos no limite da fome. Mais fáceis de controlar. Mais perto da cova, de onde o Triunvirato nos retira para continuarmos escravizados.

Derek pegou na mão dela novamente e falou:

— Eu não posso prometer libertar todos vocês, mas quem couber naquele bergantim, eu garanto despachar em segurança para Baldúria.

A korangariana não só manteve a mão na dele, como apertou levemente, em outro carinho tímido.

— Como é essa Baldúria, afinal? — perguntou ela.

— Bem, para começar, faz sol. Muito sol, aliás. É uma vila pesqueira, muito, *muito* menor que Kangaard. — O guerreiro de Blakenheim virou o rosto para a janela, que dava vista para a imensidão do maior porto de Korangar. — E tenho amigos lá, entre eles a autoridade local, o Barão Baldur.

E Kyle, pensou Derek, que a essa altura já devia ser um homem feito. O menino que deu a sorte de dividir a mesma cela de prisão que ele e, por isso (e também por méritos de uma agilidade impressionante), foi libertado por Ambrosius para embarcar no resgate de um rei — no caso, um monarca anão destronado. Aquilo parecia ter ocorrido várias vidas atrás. O enviado de Krispínia considerou se deveria comentar que havia um svaltar e um korangariano entre os senhores de Baldúria, mas o pensamento foi interrompido quando ele voltou o rosto para Jadzya apenas para sentir um beijo na boca.

Os planos para sequestrar o navio mercantil e enchê-lo de refugiados ficou para algumas horas depois.

ARREDORES DE KANGAARD, KORANGAR

Em um ponto do litoral afastado do porto de Kangaard, um acampamento miserável se escondia na praia de seixos como um caranguejo assustado. Pouco mais de duzentas pessoas haviam chegado lá seguindo a palavra de Lenor, acreditando em sua profecia de que a saída para uma vida sofrida em Korangar seria o mar. Eram devotos fiéis que tinham vindo dos quatro cantos do império, haviam sofrido perseguições, fome e até os inexplicáveis ataques do solo, que tentou engolir os peregrinos durante a jornada. Um número três vezes maior ficou pelo meio do caminho — e os homens, mulheres e crianças que lograram êxito eram quase tão cadavéricos quanto os parentes mortos-vivos com quem conviviam naquela sociedade que idolatrava a morte.

Lenor olhou para aquela massa desmazelada, tentando entender o que os encantamentos de vidência haviam lhe apontado. A magia dissera que Kangaard representaria a liberdade para aqueles pobres coitados, mas até alguns dias atrás o líder da Insurreição não compreendia como aquela visão se concretizaria, pois o porto estava militarizado e ainda permanecia a dúvida do destino final — o Chifre de Zândia ou as Ilhas Kaskarras —, sem que um agouro lhe indicasse o caminho a seguir. Então, uma nova magia lhe mostrou a imagem de um corvo que surgiria para ajudá-lo, na figura desse recém-chegado agente de Krispínia com codinome Asa Negra, que lhe falou do tal reino de "Baldúria".

Ele pensou em Exor, considerou o momento em que o Libertador determinou que a Grande Sombra seria o destino para o êxodo dos então escravos do Império Adamar. Será que Exor teve dúvidas ao conduzir seus correligionários para uma terra desconhecida assim como ele? — Lenor estava se questionando nesse momento. Ou foi movido inabalavelmente pela fé em si mesmo e no próprio bordão de liberdade, "mil vezes morrer de fome a viver mais um dia sob o jugo adamar"? O líder insurgente passou os olhos novamente pela massa — seu povo *estava* morrendo de fome, e o terreno que o Libertador escolheu no passado agora estava engolindo os descendentes dos escravos revoltosos como um korangariano faminto. Exor, pelo que se sabia, não possuía poderes de vidência, mas, se possuísse e tivesse visto o destino da massa de fujões, teria levado a cabo o plano mesmo assim? Lenor vinha realizando todos os encantamentos de predição que conhecia, mas até o momento não havia obtido nenhuma resposta a respeito de Baldúria e Krispínia, a não ser uma perturbadora imagem de um mar de sangue, um agouro terrível para quem pensava em se lançar ao oceano. Se ao menos tivesse concluído os estudos na Torre de Vidência, se tivesse ido além do título de mestre em vidência do oitavo grau, ele teria acesso a rituais e sortilégios mais poderosos, poderia decifrar outros mistérios que as magias recentes lhe revelaram, como a visão do Velho Inimigo na forma de uma silhueta preta, jurando a vontade de reunificar Zândia. Para "reunificar Zândia", considerou Lenor, os korangarianos deveriam estar rumando para a Morada dos Reis, de onde seus antepassados saíram, e não para uma terra desconhecida tão ao sul, tão distante da antiga capital adamar.

O líder da Insurreição levou a mão ao bolsão onde guardava os documentos do irmão, que apontaram a instabilidade do subsolo de Korangar. Ironicamente, era uma *previsão* tão boa ou melhor do que qualquer uma feita pelos arquimagos da Torre de Vidência — e assim como o Imperador-Deus Ta-lanor, o Profeta Louco, que previu a ruína do Império Adamar, o irmão de Lenor pagou com a vida pelo presságio. Predizer o futuro nunca foi bom negócio, seja para videntes de ofício ou para geomantes intrometidos.

No meio do conjunto de tendas improvisadas, ele viu surgir Derek de Blakenheim e Jadzya, seguidos por um pequeno grupo de refugiados. A linguagem corporal dos dois indicava sutilmente que eles eram íntimos agora, exatamente como previsto. Lenor torceu que o resto da visão envolvendo o agente de Krispínia fosse tão certeiro assim. Ele aguardou que os demais se aproximassem, enquanto meditava a respeito dos presságios.

Derek veio à frente de doze homens junto com Jadzya e parou diante de Lenor. Antes de se dirigir ao líder da Insurreição, ele se virou para os korangarianos e tentou passar confiança no olhar. Eles estavam cientes do caráter suicida da missão que o granej havia proposto: atacar o porto de Kangaard, sequestrar um navio e trazê-lo até ali, a fim de embarcar os refugiados para uma viagem ao desconhecido, com a promessa de uma vida livre da tirania do Triunvirato. Aqueles eram homens de família, desesperados para retirar os entes queridos de Korangar, custasse o que custasse. Um deles havia prometido a Derek que daria a própria vida para garantir que os filhos saíssem do império; a esposa tinha falecido e sido reanimada como um desmorto que agora patrulhava as ruas em torno da casa da antiga família, para o horror das pobres crianças que viam a mãe todo dia naquele estado repugnante. As histórias dos outros rebeldes não eram muito diferentes: havia um jovem cujo pai teve a alma arrancada para servir de alimento para um demônio, e outro homem cujo filho mais velho foi exilado para as Ilhas Kaskarras por distribuir panfletos com propaganda de Lenor. Todos queriam se vingar do Império dos Mortos e ajudar quem pudesse escapar daquele sofrimento.

Derek Blak pretendia usar esse empenho e essa raiva contra Korangar a favor de seu plano.

— Muito bem. — O guerreiro de Blakenheim deu um último aceno de cabeça para os doze homens e sorriu para Jadzya e Lenor antes de prosseguir. — Eu pretendo criar uma grande confusão no porto de Kangaard para fugir com um navio sem ser perseguido imediatamente; assim teremos tempo de vir aqui e recolher toda essa gente. Vou me valer das táticas que os elfos da superfície vinham usando contra as forças de Krispínia: ataques rápidos e coordenados para mascarar o verdadeiro objetivo enquanto tiramos o barco de lá.

Ele deu um passo para trás e tocou no ombro de um korangariano um pouco mais corpulento e hirsuto.

— Esse é Nimor, que garante saber tirar um bergantim do porto.

O homem olhou para Lenor nitidamente emocionado por estar tão perto do líder do movimento em que ele acreditava. Todos os outros onze rebeldes passavam a mesma sensação de orgulho, honra e um pouco de timidez, como se estivessem diante de um ídolo.

— Um navio daqueles precisa de uns vinte homens para navegar, mas dá para fazer com seis, na emergência. Eu já escolhi a minha tripulação — disse Nimor, olhando para cinco indivíduos mais próximos a ele. — Todos têm alguma experiência naval e muita vontade de meter na bunda do Triunvirato.

Alguns riram, outros vibraram, um balançou a cabeça efusivamente. Lenor deu um sorriso benevolente para o grupo e se voltou para Derek, que continuou:

— A Jadzya vai coordenar uma distração em dois pontos diferentes do cais, enquanto eu tomo o navio com o Nimor e seus homens. Depois, a gente se reagrupa no bergantim e escapa. É um plano simples e rápido o suficiente para o inimigo não ter noção do que está acontecendo.

A korangariana foi à frente com uma caixinha de ferro na mão. Ela abriu e revelou três lascas de pedra negra com veios vermelhos que pulsavam e soltavam um vapor quente de leve.

— Bralvogas — falou Jadzya, com um pouco de pesar na voz. — Um refugiado de Karaya trouxe para nós.

— Pelo que você falou, essas pedras têm um poder de destruição bem maior do que as gemas-de-fogo dos elfos — disse o enviado de Krispínia.

— Sim — concordou a mulher, com um pouco de tristeza. — São todas as que a Denafrin tinha para emergências. Para proteger o Lenor.

— Se meu plano der certo — disse Derek Blak —, não haverá mais emergências, nem necessidade de proteger seu líder.

— Não se preocupe comigo, Jadzya — falou Lenor finalmente. — Todos estão sacrificando algo em nome da causa. Minha proteção não importa mais, agora que estamos a um passo de fugir de Korangar, como eu previ. Derek, eu vou ceder minha guarda pessoal de orcs para a sua empreitada.

O líder da Insurreição ergueu a mão para a mulher, que fez menção de contrariá-lo, e lançou um olhar severo indicando que a decisão estava tomada e não admitia discussões. Jadzya, não querendo uma cena diante dos homens escolhidos pelo agente krispiniano, concordou com a cabeça. Derek repetiu o mesmo gesto, aliviado por dentro por poder contar com o reforço dos orcs, e se afastou com o grupo a fim de continuar os preparativos. Ele finalmente se empolgou com a perspectiva de sucesso daquela missão suicida. Afinal, já tinha invadido o Fortim do Pentáculo lotado de svaltares e demônios com apenas outros cinco homens — ou melhor, quatro, pois um deles tinha sido Kyle, um rapazote de voz fina na época.

Perto disso, tomar o porto de Kangaard cheio de desmortos seria um passeio pelos jardins suspensos da Morada dos Reis.

CAPÍTULO 11

PINÁCULO DE RAGUS, RAGÚSIA

O Rio Saresi corria próximo ao Pináculo de Ragus e, além de ser a fonte de água da escola de magia, também era a principal sala de aula das turmas de aquamancia, por assim dizer. Desde que tinha sido aceita como arquimaga de Krispínia, Sindel vinha fazendo um intercâmbio arcano com o grão-preceptor e seus alunos, ensinando o jeito élfico de controlar as águas enquanto absorvia o conhecimento humano da mesma matéria. De início, alguns alunos demonstraram um pouco de resistência à presença da líder alfar, mas o sentimento foi levado pela correnteza assim que eles viram o domínio que ela exercia sobre o rio. Acostumados a copiar feitiços e decorá-los, a carregar grimórios pesados e tubos com pergaminhos, os estudantes humanos não concebiam como tamanho conhecimento místico podia ser adquirido apenas oralmente, como era a tradição élfica. Eles riam baixinho sempre que o grão-preceptor se enrolava para entoar os encantamentos no idioma alfar. Mas Sindel demonstrava paciência e insistia em ensinar a pronúncia correta para todos, oferecendo o argumento de que até o próprio marido, um guerreiro com mais vocação para andar a cavalo do que aprender línguas, conseguia se comunicar no idioma élfico de maneira satisfatória. Essa parte sempre causava uma interrupção na aula para que a salim falasse mais de si e do enlace inusitado com o Barão de Baldúria — e aumentava a empatia pela elfa, que, até então, era vista como representante de uma raça inimiga. Os humanos estavam ficando menos desconfiados, e mais curiosos e receptivos, o que Sindel julgava impossível fora do distante baronato.

Certa manhã, após uma longa palestra com dez colegas falando de sortilégios de proteção e anulação de efeitos mágicos invasivos — a maioria dos conhecimentos usados no encantamento que defendia o Fortim do Pentáculo —, Danyanna resolveu espairecer ao ar livre e ver como a amiga estava se saindo. Ela se aproximou da margem do rio, onde Sindel ensinava a versão élfica do feitiço de andar sobre águas, e ficou observando, contente, a reação dos alunos e do grão-preceptor. Trazer a alfar para o convívio humano foi realmente uma boa ideia; os reinos se fortaleceriam ao absorver a sabedoria élfica e, quem sabe, a paz seria mais duradoura com a colaboração entre os dois povos. A rainha pensou na reação do marido, o deus da guerra, ao saber das notícias. No momento, Krispinus estava com a cabeça no que mais gostava de fazer: atacar, conquistar e vencer inimigos. Ele e Caramir, obviamente. Os dois se encontravam na Faixa de Hurangar, região em conflito há anos que, aparentemente do nada, resolveu puxar briga com Krispínia — que reagiu imediatamente com a avidez e a violência que Danyanna sabia que o esposo aplicaria. A felicidade de Krispinus era palpável em cada comunicado que ele enviava, com insinuações nada sutis de que ela deveria estar lá também, fazendo chover destruição dos céus. Era para isso que existia a Garra Vermelha, a tropa alada do duque meio-elfo, argumentou a Suma Mageia, para desgosto do esposo. Deixe os meninos se divertirem com massacres e conquistas; ela já tinha tido uma boa dose disso na guerra contra os elfos.

Um leve ruído, um pouco mais que um farfalhar na grama, chamou a atenção da rainha para um grupo de arbustos próximos. Uma criança escondida tentava se aproximar sorrateiramente do rio lá na frente. Danyanna ouviu mais por sorte do que por ter uma audição aguçada, talvez por um instinto de perigo que não a abandonava mesmo com a aposentadoria da vida de aventuras; de outra forma, a criança teria passado despercebida. A Suma Mageia acompanhou com o olhar o avanço furtivo da silhueta entre as moitas e notou que era um menino, um... meio-elfo. Baldir, o filho de Sindel com Baldur. Ele era uma curiosa mistura dos pais, corpulento como os dois, com as feições delicadas da mãe no rosto amplo do pai, o cabelo entre o louro da salim e o castanho-avermelhado do barão, e a típica orelha de meio-elfo, nem tão pequena e redonda como a de um humano e nem tão grande e pontiaguda como a de um alfar. Baldir se movia com a graça élfica, mesmo com aquele físico robusto — ele não tinha nem dez anos, mas parecia grande como um rapazote de uns treze, talvez —, porém, lhe faltava um pouco da leveza de Caramir, por exemplo. Talvez viesse com o tempo, visto que o pequeno mestiço era criança ainda. Danyanna se perguntou se Baldir tinha herdado o espírito guerreiro do pai ou a vocação mágica da mãe.

Eis uma curiosidade que ela poderia matar com a própria Sindel.

A rainha se aproximou do grupo de alunos, sem querer chamar muita atenção para si, e perdeu Baldir de vista. *Muito bem, jovem meio-elfo, muito bem.* Danyanna trocou um olhar com Sindel, que aquiesceu e começou a encerrar a aula, passando o controle da turma novamente para o grão-preceptor. Quando notaram a Suma Mageia, os aspirantes a aquamantes fizeram saudações, e ela respondeu com gestos de agradecimento enquanto a salim se aproximava.

As duas arquimagas tomaram o rumo do Pináculo, que se agigantava ali perto.

— Tem sido boa a experiência para você? — perguntou a rainha.

— Sim, está sendo curioso e instrutivo ver os resultados que vocês, humanos, obtêm fazendo magia com uma abordagem diferente da nossa. E, confesso, muito divertido ouvir os diferentes sotaques tentando falar alfar.

— Eu ainda me atrapalho nos "efes" — disse Danyanna.

— Sim, eles saem horríveis — concordou Sindel, rindo.

As amigas deram mais alguns passos, se divertindo uma com a outra, até que a rainha interrompeu a conversa e se voltou para os arbustos à volta.

— Eu estou te vendo, Baldir — falou ela.

— Puta que pariu! — O menino saiu da moita praguejando em humano, quase em cima das duas.

— Que termos são esses? — A alfar parecia indignada e envergonhada ao mesmo tempo. — Pelo Surya! Que ele queime essa sua língua suja com a luz purificadora! Ah, Danyanna, me desculpe, ele aprende essas coisas horríveis com o pai!

A Suma Mageia não controlou o riso.

— Não se incomode, Sindel, eu convivo com guerreiros e conheço bem essa falta de modos. — Ela se voltou para o meio-elfo. — Mas sua mãe está certa, Baldir, esses não são termos dignos do filho de um barão e de uma salim, que dirá quando ele está diante da rainha.

O menino ficou momentaneamente roxo, olhou fixamente para o chão e, num piscar de olhos, mergulhou novamente nos arbustos e se afastou correndo.

— Baldir! — chamou a alfar, mas sem sucesso, pois ele já havia se mesclado à folhagem.

— Deixe-o, Sindel. Crianças são assim mesmo... ou pelo menos é o que dizem.

A voz da rainha ficou subitamente melancólica, e a salim notou. Expressões humanas nem sempre eram fáceis de interpretar, mas a voz transmitia sentimentos mais claramente, especialmente para a audição élfica.

— Nunca falamos a respeito disso. Você tem filhos? — perguntou Sindel.

Danyanna respirou fundo, ainda olhando para o ponto onde Baldir havia sumido.

— Não tive quando pude, e agora não posso mais ter. — Ela se voltou para a elfa. — Durante os estudos no Pináculo, e depois na vida de confraria de aventura, eu tomei muito chá de erva-das-nove-sangrias para não ganhar criança. Filhos teriam atrapalhado meus planos. Depois, quando me sentei no Trono Eterno, obtive a imortalidade dos adamares... e a infertilidade dos imperadores-deuses. Eu e o Krispinus não podemos ter filhos.

A salim se sentiu incomodada ao ouvir o nome do marido da amiga, pois jamais se esqueceria do momento em que se rendeu diante do Deus-Rei apenas para ouvi-lo dizer que caçaria e exterminaria todos os alfares e a manteria viva e presa. Se a rainha não tivesse intervindo, se Baldur não tivesse aceitado pedi-la em casamento para selar a paz, Krispinus teria executado a ameaça. Sindel fazia um exercício mental sempre que falava com a rainha humana para desconsiderar que Danyanna dividia o leito com aquele monstro sanguinário.

Ela preferiu se concentrar na curiosidade histórica a pensar naquilo.

— Por que o trono lhe tornou infértil?

— O Od-lanor saberia explicar melhor, mas a questão é que os imperadores-deuses adamares eram escolhidos entre eles, sem haver uma linha sucessória direta ao trono. Para impedir que um imperador-deus gerasse um herdeiro e tentasse passar o cargo dentro da família, a magia do Trono Eterno os tornava inférteis. No meu caso, ele não só me impediu de gerar filhos, como também me tornou imortal, como um adamar comum.

Sindel fez uma expressão incrédula ao ouvir aquilo, e a Suma Mageia sorriu, aproveitando para aliviar o clima com um comentário jocoso.

— Se você considera estranhos os costumes humanos — disse ela, com as mãos erguidas —, espere até conhecer os costumes adamares. Aquela é que é uma cultura esquisita.

A salim sorriu de volta, por estar mais acostumada com o humor dos humanos graças às brincadeiras de Baldur, ainda que não entendesse completamente certas observações irônicas. Sindel compreendeu, entretanto, que Danyanna pretendia mudar de assunto para não se fixar na questão da própria fertilidade.

— Nós, alfares, custamos a procriar. É um processo demorado de escolha do parceiro, e virilidade costuma ser uma característica rara entre os alfares machos. Não é fácil ser uma alfar e ter vontades...

Sua mente lembrou-se logo de Borel, o alfar que ela tanto desejou, campeão fiel de Bal-dael e exemplo raro de potência sexual que Kalannar, o svaltar de estimação do marido, tinha assassinado. Aquela era uma questão que Sindel resolveria no próximo século, quando Baldur estivesse morto, para não ofendê-lo, pois ele se achava amigo daquele ser desprezível. Assim como Danyanna tinha Krispinus na vida, o marido da salim também convivia com um monstro sanguinário. Kalannar não só havia matado Borel como também tirou a vida de Arel, o irmão de Sindel. Ele sofreria muito pelo que fez com os dois.

As lembranças do irmão se tornaram mais fortes quando ela e a Suma Mageia entraram no Pináculo de Ragus e passaram pelo andar dedicado ao estudo de piromancia, de onde emanava um calor escaldante. Aquele ambiente desafiava os dogmas alfares, pois a prática da magia de fogo era considerada uma heresia pelos elfos da superfície, que adoravam o "poder flamejante" do Surya — no caso, o sol. Mas Arel, sempre radical, sempre rebelde, tinha escolhido seguir o caminho profano da piromancia como feiticeiro e dominar a arte mágica proibida. Aquela decisão o levou a ser apontado pelo conselho dos anciões como salim, o líder dos alfares, em uma tentativa desesperada para ganhar a guerra com os humanos. E levou Sindel a atual condição de salim derrotada e rendida, súdita dos mesmos humanos que o irmão não conseguiu vencer, com ou sem piromancia.

Danyanna conhecia o tabu dos elfos em relação à piromancia e sentiu o incômodo da amiga, que desviou o olhar das salas de aula. Ela decidiu retomar a conversa para distrair Sindel.

— Falando em filhos, e o Baldir? Ele já aponta alguma vocação ou ainda é cedo para os parâmetros alfares?

— Ele ainda tem décadas pela frente para se desenvolver e definir suas aptidões — respondeu a elfa. — Mas... o Baldir já dispara flechas muito bem e consegue imbuí-las de poder mágico, ainda que timidamente. Pelo visto, tem tudo para se tornar um erekhe.

— Um arqueiro alfar que dispara flechas encantadas, certo? — perguntou Danyanna, que já sabia a resposta, mas queria manter a amiga pensando em outra coisa que não fosse piromancia.

— Exatamente. Meu marido tem um erekhe em nossa corte, o Carantir, que matou o Amaraxas com um quadrelo enfeitiçado.

— O Od-lanor me contou. Impressionante.

— O Carantir anda ensinando meu filho — disse Sindel. — Nunca em tantos anos de vida eu imaginaria que teria um filho meio-alfar, e que *ele* teria um meio-alfar como preceptor. Nós sempre enxergamos os mestiços como aberrações, como seres abjetos oriundos de uma relação imprópria entre um alfar e um humano. Agora... eu simplesmente não imagino minha vida sem ele, nem penso em não o amar.

A líder dos elfos fez uma pausa e se voltou para Danyanna, enquanto ambas continuavam andando.

— Desculpe, eu não deveria estar falando essas coisas... de sentimentos a respeito de filhos.

A Suma Mageia achou por bem levar o assunto para outro lado, antes que as duas ficassem melancólicas demais.

— E o Baldur, você o ama?

— No momento em que me viu, notei que ele ficou... interessado. Foi em meio a uma grande discussão, havia vozes alteradas, decisões rápidas sendo tomadas em um idioma que não era o meu... mas ele, como vocês dizem, me devorou com os olhos. E logo depois já estava voando comigo em Delimira, minha águia gigante. Eu me senti estranhamente à vontade com aquele humano, com quem eu nunca imaginaria que trocaria uma palavra na vida, que dirá propor uma trégua para enfrentar um dragão adormecido... ou me casar.

Sindel parou, um pouco emocionada pelas lembranças, e encarou a amiga novamente.

— Nós discutimos muito, o Baldur é bem teimoso, mas eu o amo demais. Obrigada por ter sugerido o casamento. Ele é um humano muito bom, para mim, para os alfares e para o Baldir.

Danyanna parou diante da porta dos aposentos da salim, onde ela ficaria, e falou:

— O Od-lanor também diz isso a respeito do Baldur. Ele me contou mais sobre o homem além do que eu já conhecia, além do herói da Confraria do Inferno, além do Barão de Baldúria. Fico contente que aquela minha ideia de casamento às pressas tenha feito vocês dois felizes e que o fruto desse casamento tenha sido o Baldir. Que ele seja um símbolo da união de nossos povos, assim como é a nossa amizade, Sindel.

As duas rainhas se despediram e combinaram de se ver mais tarde, na reunião de elementalistas. Quando a Suma Mageia se retirou, a elfa ficou considerando o tom da conversa e notou que andava sufocando a saudade por Baldur e a preocupação pelo andamento da guerra com os orcs em Dalgória. Sindel tinha saído de Bal-dael a contragosto, após muita discussão, por decisão tomada unilateralmente pelo marido em nome da segurança dela e de Baldir. Pela salim, ela teria ficado e ajudado Baldur com seus poderes, comandando a tropa de rapineiros enquanto o marido cuidava da cavalaria que tanto amava. O convite de Danyanna tinha vindo a calhar para que Sindel deixasse Baldúria de cabeça erguida, sem admitir que tinha cedido às ordens do esposo. Agora, porém, a birra deu lugar ao sentimento de ausência. Baldur era realmente um humano bom.

Sindel se dirigiu à bacia d'água no aparador e começou a realizar um encantamento para ter uma visão do marido.

Que o Surya permitisse que Baldur estivesse vivo.

CAPÍTULO 12

KANGAARD,
KORANGAR

O planejamento de uma invasão em Korangar ia contra todas as regras do bom senso aplicáveis a esse tipo de operação. Geralmente, invasões ocorriam na calada da noite, pelos motivos óbvios da ausência de pessoas e da presença da escuridão. Em Korangar, isso pouco importava. Demônios e desmortos eram notívagos e enxergavam no escuro, ou seja, o período noturno era tão movimentado quanto o diurno e não havia garantia de invisibilidade. Assim sendo, contrariando seus instintos, Derek Blak planejou atacar o porto de Kangaard em plena luz do dia — ou no que passava por "luz do dia" em Korangar. Eternamente coberta pela Grande Sombra, a Nação-Demônio tinha períodos diurnos muito nublados, com céus alternando entre o cinza e o grafite, até chegar ao breu completo da noite. Era melhor circular pelo cais sem a necessidade de tochas ou lanternas, agindo naturalmente entre os trabalhadores portuários, até surgir o momento certo de invadir o bergantim.

Esse momento certo ocorreria quando duas equipes separadas atacassem pontos distintos de Kangaard, criando assim uma distração para permitir a abordagem do navio. Por conhecer a cidade, Jadzya havia ficado responsável pela escolha dos alvos: o farol do promontório na entrada do porto, que guiava o entra e sai das embarcações, e o empório diante dos armazéns. Ambos eram distantes entre si e do bergantim que Derek pretendia sequestrar, o que dividiria as atenções das forças de segurança. Ele notou que a última dromunda havia se juntado às demais no mar; agora eram nove navios cheios de desmortos. Os píeres vazios estavam aguardando a chegada de uma embarcação vinda das Ilhas Kaskarras — semelhante ao bergantim que Derek pretendia invadir — e três carracas de guerra, segundo o que Nimor havia apurado. Foi bom ter arrumado alguém que sabia conversar com os marujos, pois o guerreiro de Blakenheim e Jadzya não tinham conseguido tirar nenhuma informação dos estivadores durante a estadia em Kangaard.

A presença dos seis orcs cedidos por Lenor também foi uma boa contribuição ao plano, ainda que as criaturas representassem um impasse na fuga para Baldúria. Por mais que Derek tivesse garantido que Baldur daria abrigo aos peregrinos korangarianos, ele duvidava muito que o barão recebesse orcs em suas terras, especialmente por estar em guerra com eles no território de Dalgória. O líder da Insurreição não ficou contente em informar aos cerca de trinta orcs reunidos nos arredores de Kangaard que eles não fugiriam com os humanos, mas prometeu que faria um esforço para retirá-los de lá em uma segunda etapa do êxodo. Tanto ele quanto Derek sabiam que isso era mentira; assim que a guerra entre Krispínia e Korangar estourasse, seria muito difícil tirar mais gente dali, especialmente orcs. Nenhuma força do Grande Reino se arriscaria por eles. Mas os seis fiéis guarda-costas de Lenor estavam empolgados por ajudar no sequestro do bergantim, sonhando com o resgate prometido para o resto de seu povo. O líder da Insurreição não se fez de rogado em se aproveitar do fanatismo e boa-fé das criaturas e colocá-las à disposição de Derek. E Derek, que não tinha amor nenhum por orcs, especialmente depois de ter sido cercado por um bando deles no litoral de Dalgória durante o despertar de Amaraxas, também não se fez de rogado em usá-los como peças descartáveis em seu plano.

Neste momento, os orcs estavam mesclados naturalmente a outros integrantes da espécie que atuavam no transporte de cargas pesadas no porto. Nessak era o indivíduo que falava pelos demais e circulava perto de Derek Blak, à espera do sinal. O guerreiro de Blakenheim estava ao lado de Nimor, ambos também misturados à multidão, sem levantar suspeitas, degustando charutos baratos feitos com folhas produzidas nas Ilhas Kaskarras, como era hábito entre os marinheiros de Kangaard. Perto dos dois, os rebeldes selecionados por Nimor jogavam pega-seixo, uma variante do saco-de-ossos praticado em toda Krispínia. Derek lançava olhares para o bergantim, cuja tripulação não tinha permissão para sair e relaxar no porto — afinal, o trajeto até o arquipélago das Kaskarras era considerado de interesse imperial. Ele tinha conversado com Nimor e achava que era possível convencer os marujos do barco a se amotinar e fugir de Korangar, o que aliviaria o trabalho dos refugiados. Além dos tripulantes, o enviado de Ambrosius estava atento aos desmortos que faziam o serviço braçal de limpeza e aos guardas rondando o convés para evitar que algum marinheiro saísse do navio. A segurança estava mais de olho em quem se encontrava *dentro* do bergantim do que fora, para a alegria de Derek.

Entre uma baforada e outra, ele olhava para o farol e o empório ao longe. Na maldita penumbra de Korangar era impossível ver e ser visto a uma distância daquelas, o que impedia o contato visual com as duas equipes de rebeldes destacadas para semear o caos e gerar uma distração, mas a mesma baixa visibilidade forneceu o meio de Derek se comunicar com os sabotadores: os postes de iluminação distribuídos ao longo do porto. Os pontos de luz eram visíveis de ponta a ponta de Kangaard. O guerreiro de Blakenheim havia combinado com Jadzya que, assim que o poste diante do bergantim fosse apagado (tarefa para um dos orcs descartáveis), a confusão poderia começar.

Ele esperou que uma patrulha formada por dois cavaleiros infernais e um zoltashai — um demônio-farejador que lembrava um cachorro — se afastasse bastante, jogou o charuto no chão, acenou com a cabeça brevemente para Nimor e fez um gesto mais incisivo para Nessak. O líder orc deu um tapa no ombro de um comandado, que se dirigiu para o poste com um balde d'água e apagou a chama, mergulhando aquela região em uma penumbra maior, rompida apenas pela luz tênue que chegava dos postes vizinhos. As pessoas ao redor registraram o susto da escuridão repentina sem maiores alardes, mas um korangariano resolveu reclamar e foi silenciado pelo rosnado do orc responsável por ter apagado a luz do poste. Levaria algum tempo até que um funcionário do porto chegasse para acender a luz e questionasse o orc, mas Derek esperava que o pandemônio estivesse instaurado antes disso.

O agente de Krispínia olhou de uma ponta a outra do cais, observou o farol e o empório. Nada ainda. Os rebeldes eram determinados e esforçados, mas não eram combatentes experi...

BUM!

A explosão pareceu estremecer o porto inteiro. De imediato, Derek Blak se voltou para a origem do estrondo, lá no promontório, e viu o inferno incandescente na base do farol. Recortadas na claridade rubra dos destroços da estrutura — que não foi abalada a ponto de ruir naquele momento, mas parecia seriamente comprometida —, silhuetas tentavam escapar desesperadamente de um jorro de lava que mergulhava no mar e escorria pelo caminho que unia o promontório ao porto. Ele torceu para que esses vultos fossem os refugiados que acionaram a bralvoga no farol. Derek não conseguiu desgrudar os olhos do efeito devastador da lasca de pedra, nem deixar de compará-la com as gemas-de-fogo que os alfares usaram contra os humanos durante a guerra, que agora haviam perdido toda a fama de destruição que possuíam. Ele conteve o instinto de tocar na bralvoga bem guardada em um dos bolsos, contida em uma caixinha de ferro entregue por Jadzya, e torceu para que não precisa...

BUM!

Kangaard tremeu novamente, agora na outra ponta. O empório estava indo pelos ares, consumido por uma explosão bem maior do que a do farol. Destroços voavam longe, e uma língua de lava começava a avançar para o cais. Um corre-corre se instaurou por todos os lados. O enviado de Ambrosius se voltou para Nimor e os marujos rebeldes ao redor e viu que eles estavam igualmente surpresos e abalados; até os orcs pareciam momentaneamente paralisados pelo susto. Ele sacudiu a cabeça e olhou para o bergantim: o convés começou a se agitar com a confusão em terra, mas os guardas seguiram à risca a famosa disciplina militar korangariana e não abandonaram os postos para ajudar as forças de segurança do porto, ainda que estivessem igualmente mesmerizados pelos dois focos de destruição flamejante.

Era hora de agir.

Derek Blak tocou em Nimor, mandou que os korangarianos avançassem e não esperou pela resposta; ele já estava passando correndo por Nessak e repetindo a mesma ordem. Os orcs reagiram mais prontamente que os humanos e vieram atrás do guerreiro de Blakenheim, que começou a subir a rampa do bergantim com os gládios encantados nas mãos. As criaturas portavam armas improvisadas com o que era esperado se encontrar na estiva — martelos, pés de cabra, machadinhas, facas — e que, mesmo assim, seriam devastadoras ao serem brandidas com a força descomunal dos orcs; os rebeldes liderados por Nimor também revelaram ferramentas semelhantes quando finalmente se juntaram ao avanço.

A subida do grupo invasor foi acobertada pela escuridão causada pelo poste de luz apagado e pela atenção voltada para os dois focos de confusão no cais. Quando o primeiro guarda no convés deu por si, Derek já estava em cima dele. O sujeito, de gibão de cota de malha e armado com pilo e maça pontuda, se virou a tempo de receber uma estocada que normalmente não teria varado a trama de anéis de ferro da armadura, mas o gume mágico das espadas curtas do enviado de Krispínia ignorou a proteção como se fosse um couro leve. O tropel de orcs passou por Derek e investiu com selvageria contra os outros guardas. Um segurança korangariano reagiu rapidamente e virou o pilo contra uma das criaturas, cujo ímpeto fez com que ela se empalasse na ponta da arma. Derek se dirigia contra outro alvo, mas mudou de ideia quando o mesmo guarda se esquivou do golpe de outro orc e respondeu com um ataque de maça que desnorteou a criatura. Aquele homem ia dar trabalho, se deixado solto. O guerreiro de Blakenheim avançou contra a lateral do guarda, aproveitou seu desequilíbrio após o golpe possante que ele desferiu no orc, e desceu o gládio em um arco que abriu um talho no corpo. Antes que o inimigo acusasse o ferimento ou conseguisse se defender, o segundo gládio terminou o serviço com um corte no pescoço.

Derek passou os olhos pelo convés pela primeira vez após a afobação inicial da abordagem. Viu um saldo de três guardas caídos e mais um orc morto, outro ferido e quatro avançando contra os dois guardas que sobraram — um inimigo estava correndo para a porta que levava ao camarote do comandante, e o outro trouxe um apito à boca. Ali em Korangar, o objeto não servia meramente para soar um alarme — até porque a confusão no porto abafaria o alerta —, mas também para obter controle temporário de desmortos em um curto raio de distância. Os zumbis fedorentos que cuidavam do trabalho pesado no convés saíram do estado inerte e passaram a obedecer ao sujeito, que imediatamente apontou para o quarteto de orcs em carga.

Bem, pensou Derek, *os monstros que se entendam entre si*; os desmortos estavam em maior número, porém eram fracos e estavam desarmados. Nessak, o primeiro orc mais avançado, já estava moendo de pancada dois zumbis com um pé de cabra em um espetáculo repugnante de carne morta sendo espancada. O agente de Krispínia ziguezagueou entre desmortos lentos e viu o grupo de Nimor ajudando os orcs. *Ótimo*. Antes de se aproximar do guarda do apito, que já o aguardava com o pilo de prontidão, Derek notou que os tripulantes do bergantim haviam se encolhido no castelo de proa, sem tomar partido no combate. *Melhor ainda*. Ele se esquivou da estocada do inimigo, cortou o pilo com um golpe de gládio, avançou dentro da guarda e abateu o adversário com um corte violento na clavícula.

Assim que eliminou aquela ameaça, Derek foi à amurada observar o porto. A confusão em terra continuava acobertando a invasão ao navio, como Derek havia previsto. Orcs e humanos estavam dando conta dos mortos-vivos com apenas uma nova baixa, um pobre korangariano que realmente não levava jeito para violência. Ele decidiu então ir atrás do guarda fujão que tinha entrado no camarote do comandante, e assim que saiu da amurada, o indivíduo voltou ao convés — acompanhado por um homem de roupas de couro e capa já com os braços erguidos, realizando o gestual complexo de um encantamento.

E atrás do sujeito surgiu uma criatura emplumada com três cabeças, bicos curvos de pássaro e garras compridas nas extremidades do que seriam braços e pernas. Havia mais detalhes no monstro, que era claramente um demônio, mas Derek Blak não conseguiu captá-los, primeiro pela surpresa, e segundo por estar sendo jogado longe pela ventania evocada pelo homem de capa. O enviado de Ambrosius sentiu a batida forte do vento no peito e depois o baque das costas contra o convés. Ele perdeu o fôlego e quase a consciência, mas sentiu o corpo ser erguido pelo braço robusto de Nessak. Quando a visão entrou em foco, Derek notou que os gládios estavam espalhados pelo convés — justamente as únicas armas ali que seriam capazes de ferir um demônio. Amaldiçoando Korangar por dentro (*por que não podia ser um simples espadachim comandante de navio?*), ele mandou que os orcs avançassem, pois precisava de cobertura para recuperar as armas. Era tudo ou nada agora. Uma olhada para trás revelou o que Derek já imaginava: diante da presença de um feiticeiro e de um demônio, o moral dos humanos comandados por Nimor fraquejou. Mesmo com o calor do combate, os rebeldes estavam paralisados e demorariam a voltar a agir — *se* voltassem a agir.

O feiticeiro havia levantado um muro de vento para conter a carga dos cinco orcs; o guarda restante permanecia ao lado dele para protegê-lo durante o momento vulnerável de concentração. Só que o korangariano talvez tivesse levado em conta apenas a força de humanos ao lançar o feitiço; Nessak e seu grupo estavam vencendo a resistência do ar e se aproximando do inimigo.

O demônio estava ali para impedir isso.

A criatura bateu apenas uma vez os braços compridos e emplumados, passou por cima do muro de vento e pousou no meio dos orcs, começando a destroçá-los com golpes e bicadas selvagens. O sangue dos aliados chegou a espirrar em Derek, que lutava contra o corpo dolorido — certamente mais ferido do que o ímpeto da batalha deixava que notasse — para recuperar as armas. Ele pegou o segundo gládio quando só restava Nessak lutando contra o demônio; o orc tinha conseguido a proeza de enfiar o pé de cabra na horizontal nos três bicos ao mesmo tempo, impedindo que tivesse a cabeça bicada até a morte, mas o pássaro infernal começou a rasgar o tronco desprotegido do adversário com as garras.

Derek de Blakenheim só tinha esse momento e aproveitou. Ele surgiu por trás do monstro emplumado, pulou e cravou os gládios nas nucas, desceu rasgando e caiu com o demônio. À beira da morte, mas tomado pela lendária fúria dos orcs, Nessak atravessou o muro de vento e desceu o pé de cabra na cabeça do feiticeiro, que havia se surpreendido com a reviravolta e não conseguiu completar outro encantamento a tempo. Também lento na reação, o guarda finalmente conseguiu agir e cravou o pilo no moribundo Nessak, mas ao virar o rosto, teve a última visão em vida: duas espadas curtas que o atingiram em cada lado do pescoço.

Com a voz fina e assobiante causada por costelas provavelmente quebradas, Derek se virou para os korangarianos que restaram no convés: os tripulantes originais do bergantim e os revoltosos trazidos por Nimor.

— Vamos... zarpar... já. Façam os... preparativos. Vocês... — Ele apontou para a tripulação encolhida, com um gládio ensanguentado. — Vocês são... livres agora. Vamos escapar dessa... merda... de império.

A maioria dos homens não hesitou muito, e Nimor convenceu os relutantes. Lá fora, o cenário de destruição ainda movimentava a população portuária e os agentes do Triunvirato. Derek cambaleou até a amurada ao lado da rampa, à espera de Jadzya e dos insurgentes, como combinado, torcendo que tivessem sobrevivido ao usar as bralvogas, enquanto os marujos soltavam amarras, içavam velas e faziam o necessário para tirar o navio do porto. Ele não se importava com os preparativos. Só queria sair dali, escapar daquela nação demoníaca e voltar para casa.

Mas, com um suspiro doloroso, Derek Blak sabia que ainda não havia chegado a vez dele.

CAPÍTULO 13

ARREDORES DE KANGAARD, KORANGAR

O porto de Kangaard e toda a confusão flamejante tinham ficado para trás, sumindo no horizonte escuro das águas negras de Korangar. Agora a cidade era apenas um ponto de luz sendo rapidamente engolido pelas trevas. Derek Blak estava observando através de uma das janelas de popa do camarote do bergantim enquanto recebia os primeiros socorros de Jadzya. Os unguentos do estoque pessoal do feiticeiro-comandante estavam aliviando as dores do duplo golpe que ele tinha levado da magia lançada pelo sujeito. *Bem feito para o filho da puta.* Agradecendo os cuidados com um beijo, o guerreiro de Blakenheim saiu da janela e foi até o cofre em um canto do camarote, com a chave que havia subtraído do cadáver do comandante, entre outros itens de valor. Ele retirou documentos e cartas náuticas que teria que examinar com Nimor, pois não entendia patavina de navegação, assim como a rebelde korangariana. Ambos desconfiavam do conteúdo das cartas, e ao bater os olhos nelas, Nimor confirmou: eram as rotas secretas que o bergantim fazia para as Ilhas Kaskarras. Não havia nada ali que pudesse ajudar Derek a indicar o caminho até Baldúria, mas Derek tentou mesmo assim, explicando da melhor maneira possível: o bergantim teria que seguir a costa para o sul a vida inteira e depois contornar a borda do continente para o interior a oeste, até achar uma praia com águas vermelhas por causa da pesca de baleias. Nimor fez uma expressão de que a operação não parecia difícil, mas que preferia ter um mapa, mesmo sendo uma navegação costeira. Bem, Derek também preferia ter o Palácio dos Ventos para levá-los voando até Baldúria, mas só podia trabalhar com o que tinha em mãos.

Sem muito sucesso com os pertences do comandante, o enviado de Krispínia e Jadzya foram cuidar dos afazeres mais urgentes. Os corpos de Nessak e dos outros orcs foram jogados ao mar, juntamente com os restos dos mortos-vivos e os cadáveres dos guardas de Korangar, devidamente despidos de armas e armaduras; o demônio havia sido banido para o inferno de onde saiu ao ser "morto" pelos gládios encantados de Derek. Ele ficou com o apito usado por um dos seguranças para controlar os desmortos, pois era um item valioso que poderia ser útil no restante da missão em Korangar. A seguir, Jadzya e o guerreiro de Blakenheim se dirigiram aos novos tripulantes, para reforçar a promessa de liberdade feita por Nimor assim que o bergantim fora tomado. Os homens, todos condenados a trabalhos forçados naquele navio, abraçaram a chance com empolgação, e em pouco tempo o bergantim tomou o rumo para o ponto do litoral onde estava escondido o acampamento de refugiados.

Na praia de seixos, um pequeno grupo de insurgentes saudou a aproximação do bote contendo Jadzya e Derek Blak, que chegou triunfante com a capa negra ondulando ao vento e o barco sequestrado ancorado de fundo. Os refugiados foram chamar Lenor, e os três celebraram o êxito da missão suicida, ainda que tivessem sofrido baixas, tanto da parte dos orcs como de alguns humanos responsáveis por tomar o navio e sabotar o porto de Kangaard. O agente de Ambrosius se surpreendeu ao notar que realmente ficou chateado por nenhum orc ter sobrevivido; eles tinham sido valentes e fundamentais para o êxito do roubo do bergantim. Ele olhou com pesar para os que ficariam à espera de um resgate que nunca chegaria, acreditando na palavra de Lenor. Mas agora era o momento da operação de levantar acampamento e embarcar os mais de duzentos korangarianos no bergantim. Derek ficou descansando na praia de seixos, passando mais um pouco do unguento alquímico retirado do camarote do navio para recuperar as costelas quebradas, enquanto o líder da Insurreição e sua segunda em comando cuidavam de reunir os refugiados e transportá-los por botes até a embarcação.

Algumas horas depois, os dois vieram ao encontro do agente de Krispínia.

— Estamos todos embarcados e prontos, Derek. O sol da liberdade nos espera. — Mesmo entre quem não precisava ser convertido, Lenor não conseguia se livrar da força do hábito e falava como um pregador. — O último bote nos aguarda.

Jadzya ajudou o guerreiro de Blakenheim a se levantar, mas as propriedades mágicas do unguento já haviam sarado as costelas quase que completamente, e ele ficou de pé se sentindo pronto para uma nova luta, infelizmente.

— Eu vou pegar minhas coisas para partirmos — disse ela, mas parou no segundo passo quando ouviu o que Derek falou em seguida.

— Eu não vou com vocês.

— Como assim você não vem conosco? — exclamou o líder da Insurreição, surpreso, e Jadzya parou ao lado dele com a mesma expressão estupefata. — Tem que vir! Você está nos mandando para uma terra desconhecida, controlada por amigos *seus*, em um reino hostil. Precisamos de sua presença lá para garantir nosso abrigo.

— Korangar ainda não está em guerra com Krispínia, e Baldúria não seria hostil a vocês de qualquer forma, como prometi — falou Derek Blak. — O Barão Baldur tem a mania de abrigar párias sem fazer grandes juízos de valor. Mas a questão é outra, Lenor. Eu fiz o possível... aliás, o *impossível* para ajudar a Insurreição, mas eu ainda tenho uma missão a cumprir aqui. Preciso descobrir os planos de guerra de Korangar e revelá-los para Krispínia. Aquela frota em Kangaard indica que o Triunvirato atacará pelo mar, mas por onde? E essa seria a única frente de guerra ou haveria outras? São muitas perguntas, e é meu dever tentar respondê-las. Eu vou ficar.

— Então eu ficarei com você — declarou a korangariana.

— Jadzya, não... Aproveite a chance de liberdade. Vá com o Lenor.

— Você mesmo disse que fez o impossível por nós; eu quero te ajudar como você nos ajudou — insistiu ela. — A Insurreição deve isso a você. Além disso, seu sotaque não o encobriria em uma missão perigosa como essa.

— Jadzya, meu sotaque foi convincente o suficiente por dois anos aqui em Korangar. E consegui me aproximar do Lenor falando desse jeito, coisa que nenhum agente do Triunvirato conseguiu até hoje.

O líder insurgente finalmente se pronunciou, com a voz impostada.

— Derek Blak, se precisa mesmo ficar, a Insurreição agradece o que você fez por nós. Mas aconselho que leve a Jadzya com você. Ela fez parte da visão que tive do futuro, estando ao seu lado.

O guerreiro de Blakenheim torceu um pouco o rosto diante da bobagem mística. Se Lenor insistisse que a mulher fosse com ele, era óbvio que, assim sendo, a previsão do "profeta" ocorreria. Grande vidência essa. Mas era inegável que seria bom ter algum apoio local de uma rebelde experiente como Jadzya, sem contar que Derek estava cansado de agir sozinho em Korangar, desconfiando da própria sombra.

— Certo. Eu aceito sua companhia. Será um prazer, Jadzya, mas, lembre-se... — Derek se sentiu na obrigação de alertar. — Nossa fuga não será tão simples quanto a que o Lenor vai executar agora.

— O importante é que ele esteja liderando o êxodo neste momento, como previsto — respondeu ela, a eterna crente no lado messiânico do korangariano. — Se eu não vir o sol da liberdade, outros verão.

O enviado de Krispínia deu um sorriso amarelo. Quisera ele ter tanto altruísmo assim. Por outro lado, bem, Derek realmente estava escolhendo ficar em Korangar em vez de partir no navio. O mercenário de Tolgar-e-Kol já estaria no bote a essa altura. Ele lançou um olhar demorado para a embarcação e se voltou para Lenor, com as mãos na cintura.

— O Nimor já sabe como chegar a Baldúria, mas preciso dizer quem você deve procurar. O Barão Baldur pode estar ausente resolvendo... aquela questão com os orcs na vizinha Dalgória. Então, aconselho se apresentar para o svaltar que é seu segundo em comando, chamado Kalannar.

— Um *svaltar*? — exclamou Lenor, surpreso pela segunda vez.

— Como eu disse, o barão gosta de acolher párias. Falando nisso, há um korangariano na corte do baronato também.

— Como assim um *korangariano*? — O líder rebelde expressou espanto pela terceira vez e se voltou para Jadzya. — Seria o Foragido?

Agora foi a vez de Derek demonstrar confusão.

— O Foragido é o homem mais procurado pelo Triunvirato — explicou a korangariana. — Dizem que foi a única pessoa a escapar de Korangar. O Foragido se tornou uma inspiração para todos nós, junto com o Lenor. Um rumor aponta que ele fugiu para Tolgar-e-Kol...

— Bem, nós recolhemos um korangariano nas Cidades Livres. — A mente do guerreiro de Blakenheim foi para o encontro na Taverna da Lança Quebrada, onde Ambrosius reuniu um grupo de desafortunados para resgatar um rei anão destronado embaixo da Cordilheira dos Vizeus. Aquilo parecia ter ocorrido em outra vida, com outro Derek Blak, o mesmo mercenário egoísta que estaria fugindo agora para Baldúria. — Mas o homem foi permanecendo com o grupo do barão, ainda que ninguém goste muito dele. Não por ser korangariano, logicamente, mas porque ele é... um sujeito insuportável.

— E qual o nome desse homem? — perguntou Lenor, ainda estupefato pela presença de um svaltar e um compatriota na corte do tal Barão Baldur.

— Agnor.

A surpresa atingiu Lenor pela quarta vez, com uma força incomparável às anteriores. Vidente por ofício, ele sentiu como se um véu tivesse sido tirado de todas as visões que já teve do passado, do presente e do futuro. Como se várias possibilidades tivessem confluído para um ponto infinito do absurdo, do imponderável, do que era invisível até mesmo para os arquimagos do vigésimo círculo da Torre de Vidência. Sempre com uma resposta pronta em tom confiante, pela primeira vez em muitos anos o líder da Insurreição se ouviu balbuciando.

— Esse... Agnor... seria um *geomante*?

— Sim. Ele sempre fez questão de ser tratado como arquimago-geomante. Por quê? — indagou Derek, intrigado.

Lenor levou a mão instintivamente ao bolsão, que guardava as provas de que o subsolo de Korangar passava por uma degradação mística que acabaria por destruir todo o império. Uma descoberta que causou a ruína de sua família. Anotações feitas pelo punho de alguém que o líder rebelde julgava morto, como seus pais.

— Porque ele é o meu irmão.

VALE DE KURGA-NAHL, KORANGAR

Konnor, o Senhor da Guerra do Triunvirato, precisava arejar a cabeça. Ele tinha passado muito tempo em reunião com os líderes das forças korangarianas, enfurnado na tenda que funcionava como quartel-general da campanha, montada dentro de um acampamento no vale a caminho do litoral, onde navios aguardavam com o objetivo de levar a Nação-Demônio para Krispínia. Falar a respeito de guerra era bom, mas *estar* em guerra era bem melhor. Passear entre as tropas era empolgante; os problemas ficavam para trás e as soluções apareciam. Os sons típicos de um campo militar — gritos de ordem, gemidos de esforço, sons de animais, armas e armaduras, o martelar dos ferreiros — eram como música para Konnor.

Ele passou os olhos pelos cavaleiros infernais e os zoltashaii, pela infantaria regular, pela massa de desmortos sob controle dos necromantes, que no momento preparavam as montarias para a longa jornada de navio — isto é, estavam matando cavalos e merixes para em seguida reanimá-los como mortos-vivos. Sem necessidade de comida ou bebida, seria mais fácil levar os animais para Krispínia. Pela vontade de Trevor, a guerra seria travada exclusivamente por desmortos, ou os Reanimados, como chamava o Sumo-Magus, mas Konnor se opôs, tanto pelo ponto de vista estratégico (os vivos eram dotados de consciência e, portanto, tomavam decisões em combate) quanto pela questão de liderança — uma única tropa de mortos-vivos teria que ser comandada pelos necromantes subordinados às Torres de Korangar, e com isso o Senhor da Guerra seria mero espectador no espetáculo que ele pretendia estrelar. Felizmente, Trevor foi voto vencido na decisão do Triunvirato, com Pazor ficando ao lado de Konnor na decisão de mesclar soldados vivos com Reanimados na composição das forças de Korangar. O Ministro podia ser um verme político, um falastrão interesseiro e dissimulado, mas pelo menos demonstrou bom senso estratégico. Ainda assim, o Senhor da Guerra sabia que ele não era confiável.

Konnor chegou ao ponto do acampamento onde estavam concentrados os feiticeiros. Havia barracas representando praticamente todas as Torres, mas o grosso era composto por elementalistas (geomantes, aquamantes, aeromantes e piromantes) e, obviamente, demonologistas e necromantes. O Senhor da Guerra bufou ao vê-los. Tudo aquilo era uma babosseira mística que podia ser anulada. Ele tinha informações de que a rainha de Krispínia era uma maga poderosa que comandava um colégio de feiticeiros igualmente fortes, mas Trevor lhe garantiu que os krispinianos viviam das "migalhas do Império Adamar", que a magia deles se baseava no que sobrou do conhecimento arcano dos adamares e que não era páreo para o que os korangarianos herdaram dos antigos algozes e o que desenvolveram em quinhentos anos como império. Konnor continuava achando tudo aquilo incerto, um poder instável demais, mesmo tendo crescido em uma sociedade altamente mágica. Para ele, na guerra o que importava era o aço. Aço contra aço até ser apenas aço contra carne. E, depois, aço triunfante.

O Senhor da Guerra estava mais interessado no rei inimigo do que na rainha. Ele tinha ouvido histórias a respeito do pretenso "Deus da Guerra". Konnor bufou de novo. Mais um trabalho de propaganda dos bardos de Krispínia, com certeza. O tal Krispinus era imortal, tinha uma espada mágica e a adoração por parte das tropas como um deus adamar... Tudo o que sujeito fez foi bater em elfos em fuga e falar grosso com outros monarcas frouxos para virar uma figura decorativa como "rei dos reis". Konnor adoraria travar um duelo com ele e mostrar quem era o guerreiro de verdade, o verdadeiro comandante de tropas, o construtor de um império. O tal Grande Reino de Krispinus tinha uma chaga aberta no meio, o Ermo de Bral-tor, fruto de uma devastação demoníaca; já Korangar *era* a Nação-Demônio, o reino que subjugava e escravizava criaturas extraplanares, como o pobre vassai que seguia o Senhor da Guerra como criado pessoal.

Ao sair do acampamento dos feiticeiros, Konnor avistou Corenor, o arquimago apontado pelas Torres como o comandante das forças místicas, com quem ele tinha acabado de se reunir ao lado do Comodoro Miranor e do General Zardor. Os três eram competentes, ambiciosos e fiéis a Exor e a Korangar. Isso era mais do que o Senhor da Guerra podia esperar, e certamente o trio dava menos trabalho do que seus dois colegas de Triunvirato, ainda que Corenor fosse cria de Trevor, enquanto o comandante naval e o general do Exército eram homens apontados por Konnor para os devidos postos.

Assim que retornou à tenda de comando, Razya estava aguardando por ele, com uma papelada nas mãos e visivelmente ansiosa. Aquilo não era um bom sinal.

— Salve Exor e o Triunvirato — saudou ela.

— Salve Exor e o Triunvirato — respondeu Konnor automaticamente.

Como era de costume, a oficial de ligação não perdeu tempo com firulas.

— Grajda Konnor, houve um incidente em Kangaard. Duas estruturas sofreram um colapso causado por lava. Não tivemos perdas significativas de almas.

— Lava? Já no litoral? O Colapso está tão ruim assim? E por que o Comodoro Miranor não me contou isso? Acabei de ter uma reunião com ele.

— Porque o pessoal do Grajda Miranor ainda não informou ao comodoro, mas os *meus* contatos já me informaram. — Razya deu um pequeno sorriso de orgulho, mas logo continuou: — A questão não parece envolver a instabilidade geomística, senhor, e sim bralvogas. Aquele meu conhecido na Torre de Geomancia me contou que o mestre-geomante de Kangaard analisou os locais dos incidentes, o farol e o empório do porto, e ambos foram atingidos pelas pedras infernais.

O Senhor da Guerra torceu a cara, vociferou para que o vassai lhe trouxesse um charuto e disse:

— É até possível que uma bralvoga estivesse sendo armazenada ou contrabandeada em um empório, mas não faz sentido que houvesse uma dentro de um *farol*.

— Penso da mesma forma, Grajda Konnor.

— Então tem espinha nesse peixe, comandante — falou ele, notando que a oficial de ligação tinha mais alguma coisa para dizer. — Há algum outro detalhe fora da ordem nessa história, grajda?

— Algo pequeno, mas averiguável. Um bergantim, o *Shaya*, zarpou de Kangaard no meio da confusão. Esse barco costuma fazer o trajeto até as Ilhas Kaskarras e deveria partir nos próximos dias, mas saiu imediatamente quando, digamos, se instaurou o inferno no porto.

— O comandante teve medo de que a embarcação fosse atingida pela lava? — conjecturou o Senhor da Guerra.

— Seria compreensível, mas o *Shaya* estava atracado bem longe do farol e do empório. Repito, seria *compreensível*, mas também friso, como disse, que deva ser averiguado.

Konnor deu uma baforada do charuto de Nerônia trazido e aceso pelo demônio-serviçal.

— E quanto às dromundas com os Reanimados? O Comodoro Miranor disse que já se encontram em alto-mar.

— Confirmado, senhor — respondeu a oficial de ligação. — Outras naus de guerra ancoradas em Kangaard não sofreram nada também. Estão ao dispor da operação.

O Senhor da Guerra deu uma volta pequena pelo interior da tenda. A presença das bralvogas tinha que ser investigada o quanto antes. Podia ser um mero caso de contrabando, de descuido no manuseio ao guardá-las, mas o fato de o farol ter sido atingindo e de um bergantim ter adiantado a partida tornava a situação suspeita demais, especialmente às vésperas da maior ação de guerra da história do Império dos Mortos.

— Chame o comodoro aqui novamente, Grajda Razya. Quero que ele entre em contato com os comandantes dos portos das Ilhas Kaskarras para nos avisarem da chegada desse bergantim.

— Sim, Grajda Senhor da Guerra. — A mulher fez uma pausa. — E quanto às explosões causadas pelas bralvogas?

Konnor fumou o charuto mais uma vez e abriu um sorriso.

— Essa é a vantagem de sermos o Império dos Mortos, Grajda Razya. Você falou que tivemos algumas baixas. Se houver corpos que não tenham sido consumidos pela lava, os necromantes poderão arrancar a verdade deles. Chame também o Arquimago Corenor.

E com a obrigatória troca de saudações a Exor e ao Triunvirato, a oficial de ligação deixou a tenda de comando.

CAPÍTULO 14

BELA DEJANNA, DALGÓRIA

Oito anos depois de ter sido parcialmente destruída quando Amaraxas, o Primeiro Dragão, saiu do mar para a terra firme, a capital litorânea de Dalgória ainda apresentava as feridas da passagem do monstro, apesar dos investimentos de reconstrução do Grande Rei Krispinus. Antes de Amaraxas, Bela Dejanna era uma pequena cidade adamar construída nas encostas de uma falésia, com traços arquitetônicos tanto do antigo império quanto do atual reinado humano; antes de Amaraxas, Bela Dejanna apresentava duas faces aos visitantes, a centenária e a moderna, a suntuosa e a simplória, a rebuscada e a prática. Hoje, depois das reformas, aquele passado adamar estava praticamente apagado. Restaram poucas construções intactas daquela época, e o próprio Velho Palácio, que tinha originalmente um desenho similar à pirâmide do Palácio Real da Morada dos Reis, havia sido destruído pela metade, sem condições de ser restaurado como era antes. Krispínia simplesmente não tinha recursos para realizar a tarefa, tanto econômicos quanto de engenharia. O segredo das construções adamares tinha morrido com o fim do império; o melhor que o Deus-Rei havia conseguido fazer foi reforçar o que sobrou da estrutura — que ainda mantinha as dimensões gigantes — e honrar a memória do Duque Dalgor, um de seus melhores amigos, com a construção de um mausoléu no ponto em que ele havia morrido, alguns andares abaixo de um grande jardim suspenso anexo à ala da biblioteca que tinha ruído e levado o monarca junto.

O sepulcro, com uma estátua de Dalgor, da esposa Dejanna e dos filhos no pátio, era aberto à visitação dos dalgorianos, que sempre demonstraram com muito fervor o afeto pelo falecido duque, o salvador do reino ao debelar um levante orc havia trinta anos, o soberano que deu a ordem de evacuar a cidade antes de morrer com o sopro destruidor de Amaraxas. Hoje, o festivo povo da capital lotava as ladeiras estreitas e compridas que levavam ao mausoléu erigido nas dependências do Velho Palácio para prestar homenagem a outro salvador, cujo nome eles berravam com o mesmo fervor.

Sir Baldur, Barão de Baldúria, Irmão de Escudo do Grande Rei Krispinus e Confrade do Inferno.

Baldur estava no pátio ao pé da estátua, acompanhado dos líderes da vitória contra os orcs. Ele era uma figura impressionante, um cavaleiro grandalhão dentro de uma armadura reluzente, com uma arma orc na mão e um espadão na cintura. Todos os olhos estavam voltados para o barão e seus comandados atrás dele, igualmente imponentes, vestidos com as glórias da vitória, até que surgiu o primeiro grito entre a multidão, o primeiro braço apontando para o céu, a primeira exclamação de surpresa.

Do meio das nuvens, descendo em direção à cidade, brotou uma rocha flutuante com a silhueta de um castelete no topo e o crânio imenso de um dragão preso à pedra gigante.

Todos os presentes — do populacho nas ladeiras aos nobres em uma área reservada do pátio — se lembravam da primeira visita do Palácio dos Ventos à capital, durante o último Festival dos Velhos Deuses realizado na cidade, pouco antes da invasão de Amaraxas. A corte de Dalgória, que esteve na festa na residência do duque, também se recordava dos feitos de Sir Baldur, o cavaleiro que lutou ao lado do Deus-Rei para matar o demônio Bernikan, fechar os Portões do Inferno e salvar o mundo, no comando daquele mesmo castelo voador que se aproximava do que sobrou do Velho Palácio.

Os dalgorianos irromperam em comemoração, mas o sentimento ia além da emoção provocada pela chegada impressionante do Palácio dos Ventos e pelo histórico de heroísmo de Baldur. Agora todos ali tinham façanhas mais pessoais para celebrar — não apenas o Barão de Baldúria havia matado o destruidor de Bela Dejanna e vingado o amado Duque Dalgor, como ainda veio ao socorro do reino e debelou um levante orc, tal qual o antigo soberano. A acha de barba do inimigo estava na mão dele; o crânio do dragão estava no castelo voador que acabara de chegar, como um troféu de vitória e vingança. Para os dalgorianos, naquele momento, não havia herói maior que Sir Baldur, nem mesmo o Grande Rei Krispinus. E o povo de Bela Dejanna, nobres e plebeus, queria deixar aquele sentimento bem claro. O cavaleiro ouviu o próprio nome ser ovacionado por um longo tempo até o Capitão Sillas, parado ao seu lado, conseguir falar após pedir silêncio com a mão várias vezes.

— Bom sol, senhoras e senhores nobres, povo de Dalgória e amigos de Baldúria. É com grande orgulho que posso dizer que lutei ao lado do Sir Baldur, que honrou o apreço que o saudoso Duque Dalgor tinha por ele ao vir correndo em nosso socorro.

O homem foi interrompido por uma nova onda de aclamação pública. Ele deixou que os dalgorianos se manifestassem mais um pouco e levantou novamente a mão.

— Mas é com orgulho ainda maior que anuncio a decisão da corte de aclamar Sir Baldur *o novo regente de Dalgória*!

A multidão reagiu novamente, agora com mais efusão. Os nobres aplaudiram com comedimento, mas os aplausos foram engolidos pelos berros de "Baldur" vindos do populacho. A corte sabia que tinha cometido um equívoco ao ter apontado Lorde Galdas como regente após a morte de Dalgor; como o duque não deixara herdeiros, os nobres indicaram um dentre eles, alguém fraco que pudessem manipular — e que se mostrou igualmente fraco para lidar com os orcs quando eles começaram a aterrorizar a região central de Dalgória. Foi por pouco que as criaturas não chegaram à capital; se não fosse pelo Capitão Sillas declarar Galdas inapto para comandar a nação como líder militar e convocar a ajuda de Baldúria para socorrer as combalidas forças dalgorianas, a população de Bela Dejanna estaria berrando por outro motivo agora.

O cavaleiro foi à frente para se dirigir aos dalgorianos, com a acha encantada de Rosnak em punho, enquanto dois soldados flanqueavam o barão com os estandartes de Dalgória e Baldúria. Ele começou um breve discurso a respeito do futuro do reino sob seu comando, mas as palavras pouco importavam para Jenor, que estava misturado ao populacho nas primeiras fileiras em volta do mausoléu e fingia a devida empolgação para não levantar suspeitas. Uma vida em Korangar o ensinara a não dar peso ao falatório vazio de líderes e políticos, e sim a prestar atenção aos detalhes do quadro diante dos olhos, que diziam muito mais do que mensagens orais emitidas em tom solene. A reação da população ao novo regente indicava que ele teria forças para governar e, quem sabe, reagir à invasão da Nação-Demônio, mesmo com as tropas combalidas pela guerra recente — guerra que ele, Jenor, havia insuflado. E aquele castelo voador com seu conjunto impressionante — a rocha enorme e majestosa, as balistas em volta, o crânio gigante do dragão exibido como um troféu — seria um problema. Para piorar, o tal Barão Baldur ainda se dera ao luxo de dispensá-lo e não usar o castelo voador para derrotar os orcs. Esse era um detalhe mais importante do que qualquer floreado verbal a respeito da segurança de Dalgória que o cavaleiro prometia garantir.

Jenor decidiu que teria que se informar mais em relação a Baldúria do que já sabia. O reino com certeza ia além de uma vila pesqueira que vivia em paz com uma comunidade de elfos. Antes, o espião korangariano tinha considerado que a derrota dos orcs pouco importava e que o cavaleiro era digno apenas de uma observação cautelosa.

Agora, sob a sombra daquele intimidante castelo voador e no meio da aclamação do populacho de Dalgória, Baldúria merecia ser investigada — e sabotada.

PALÁCIO DOS VENTOS, BELA DEJANNA

A imagem de Bela Dejanna com as cicatrizes da passagem de Amaraxas, especialmente a visão do majestoso Velho Palácio reduzido a uma ruína remendada, abalou Kyle de uma maneira que ele não sabia explicar. O rapaz não vinha à capital de Dalgória desde que trouxera o Palácio dos Ventos até ali, com o Duque Dalgor em pessoa como passageiro, um velhinho simpático cheio de histórias para contar, e a memória afetiva daquele momento — e do baile de máscaras, onde foi fantasiado de anão e entreteve os cortesãos com suas próprias histórias como condutor do castelo voador — apertou o peito do jovem que tinha deixado as aventuras de menino para trás. Kyle agora era um homem feito, com uma família para cuidar, que ele trouxe na viagem a fim de mostrar para a esposa Enna e o pequeno Derek um dos lugares de sua infância heroica.

A moça, uma jovem formosa e com uma risada divertida, era filha do chaveiro da Praia Vermelha, de quem Kyle se aproximou para completar os estudos no ofício assim que a Confraria do Inferno tomou Baldúria para si. O futuro sogro não era tão bom quanto Mestre Moranus, o chaveiro de Tolgar-e-Kol que adotara o órfão Kyle, e o rapazote passou a conduzir os negócios ao lado do homem, enquanto conquistava a filha dele com seus feitos nos Portões do Inferno e na luta contra Amaraxas. O resultado daquela conquista nasceu nove meses depois de Kyle e Enna virarem adultos e se casarem, aos quinze anos, e hoje vislumbrava Bela Dejanna da borda do castelo voador ao lado dos pais.

Tentando não transmitir a tristeza por ver o Velho Palácio de Dalgória daquela forma, sem a ala onde o Festival dos Velhos Deuses ocorrera há oito anos, Kyle se concentrou em destacar outros aspectos da cidade para a esposa e o filho, como o caráter festivo do povo. Com a visão aguçada de condutor do Palácio dos Ventos, ele enxergava os dalgorianos agitando bandeirolas nas varandas e desfilando pelas ladeiras da pequena cidade à beira-mar, clamando o nome de Baldur, que ecoava até ali em cima. A cerimônia de sagração já tinha terminado havia mais de uma hora, mas a população continuava em festa, tocando música e exaltando o salvador.

— O tio Baldur agora é rei? — indagou o pequeno Derek.

A pergunta provocou a risada que Kyle tanto gostava de ouvir de Enna, e ele riu junto com a esposa.

— Não, Derek — respondeu o pai. — Quer dizer, acho que não. Essas coisas sempre foram complicadas. O Kalannar disse que ele deve assumir o posto do Duque Dalgor e...

— Então o tio Baldur é duque? — insistiu o menino, muito esperto para seus quase cinco anos.

Enna olhou rindo para Kyle, dando de ombros, também sem saber.

— Você vai ter que esperar até o papai e a mamãe falarem com ele, Derek — disse a moça.

— Eu queria que o tio Baldur fosse rei — falou Derek. — Seria bacana ter um tio rei. Mais que barão. Um manda no outro, né? Que nem o senhor manda em mim.

— Isso — concordou Kyle. — E agora eu mando que você preste atenção no que eu estou mostrando. Olha lá o Templo de Midok. O papai já te disse: Midok é o deus dos anões.

Ele começou a repetir as histórias de Fnyar-Holl que o filho não se cansava de ouvir, tentando contar do jeito que Od-lanor fazia enquanto Enna ria de novo das peripécias do marido e de Na'bun'dak; o kobold continuava sendo o fiel companheiro de Kyle na condução do castelo, quando não comandava a massa de criaturinhas reptilianas que trabalhavam no processamento das carcaças de baleia. De início, Enna tinha sido reticente à ideia do marido de que Na'bun'dak deveria morar com eles, mas Kyle simplesmente não conseguia desgrudar do kobold, mesmo depois da chegada da maturidade. Os dois haviam passado por muitos perigos juntos e tinham uma sintonia inacreditável que se traduzia em gestos e olhares rápidos, sem que o esposo precisasse falar alguma coisa; Enna brincava que Kyle era casado com ela e Na'bun'dak, rindo daquele jeito gostoso que acabava contagiando o marido com a implicância.

A diversão em família na borda do castelo foi interrompida por uma criada que veio chamar Kyle por ocasião da chegada do Barão Baldur ao Palácio dos Ventos. Deixando a esposa com a incumbência de brincar com o pequeno Derek ali no pátio externo do castelo voador, ele foi se encontrar com o amigo cavaleiro, imaginando se, de fato, Baldur havia se tornado duque ou rei. Kyle não via o barão desde o começo da guerra contra os orcs e tinha que admitir a frustração por Baldúria não ter usado o Palácio dos Ventos no conflito, justamente agora com tantas balistas instaladas a pedido do próprio Baldur. Kalannar tinha explicado os motivos do barão, que o castelo voador não servia para *aquele* tipo de campanha, mas o jovem chaveiro ainda achava que teria sido útil no combate — e que teria sido uma experiência segura para ele, agora que era um pai de família e tinha que se preocupar em voltar são e salvo para Enna e o pequeno Derek. Não era como se orcs voassem como demônios ou cuspissem rajadas que derrubassem os torreões do Palácio dos Ventos.

Lembrar-se da quantidade de tempo em que não via Baldur também fez Kyle pensar que não tinha notícias de Derek Blak havia mais tempo ainda, e isso o entristeceu. Ele tinha pedido que avisassem o guerreiro de Blakenheim na Morada dos Reis a respeito do casamento, do nascimento do filho — e nada. Talvez Derek estivesse ocupado demais como guarda-costas da Rainha Danyanna, viajando por Krispínia, ou as mensagens simplesmente não chegaram, dada a distância entre a Morada dos Reis e Baldúria. Ou talvez Derek tivesse se esquecido do moleque que dividiu uma cela com ele em Tolgar-e-Kol, do rapazote que montou em um demônio para salvá-lo de uma mordida fatal; enfim, do melhor amigo.

Kyle entrou no salão comunal, e a voz retumbante do barão no imenso espaço dispersou a melancolia que ele sentia. Baldur estava sentado à mesa circular de ferro fundido que dominava o ambiente, acompanhado por Kalannar, enquanto criadas serviam vinho e aperitivos para os senhores de Baldúria.

Assim que viu o rapaz entrar, o barão — vestindo uma túnica élfica um pouco folgada no corpanzil — se levantou para ir em sua direção.

— KYLE! — trovejou o cavaleiro.

— Baldur!

Não havia títulos entre os Confrades do Inferno, obviamente. Os dois se abraçaram às gargalhadas e depois se afastaram, para se avaliar, enquanto Kalannar olhava com desaprovação o jeito humano de expressar afeto abertamente.

— Como você encorpou, rapaz! — comentou Baldur. — Vida de casado é assim mesmo!

— Eu disse para o Kyle que não pretendo pagar *outro* ajuste na gaiola de comando — disse Kalannar, que permaneceu sentado.

O condutor do castelo voador ignorou o svaltar.

— E você está... mais magro, Baldur! Essa túnica mal cabia em você quando saiu de Baldúria.

— O que uma guerra e cavalgadas forçadas não fazem com a pessoa — riu o barão. — Mandei ajustar a armadura três vezes na campanha.

— E ajustar vero-aço sai caro também... — retrucou o elfo das profundezas.

— Você virou um guarda-livros mesquinho, Kalannar — falou Baldur. — Só pensa em ouro. Tem certeza de que não quer meu cinturão de grão-anão?

O barão riu do muxoxo do svaltar e puxou Kyle pelo ombro para que os dois se sentassem à mesa.

— Mas me diga, Kyle, falando a respeito da vida de casado, como estão a Enna e o pequeno Derek?

— Estão ótimos, eles vieram conosco. Eu queria mostrar Bela Dejanna para os dois. O Derek me perguntou se você virou rei de Dalgória.

— Rei? Não! — exclamou Baldur, parecendo legitimamente surpreso. — Ser barão já me dá muita dor de cabeça.

— Ah, Baldur, vai ver se estou em outra caverna — disse Kalannar. — *Eu* administro o baronato. Você só vive de farra com o Barney e seus "Dragões de Baldúria", ou some por dias em Bal-dael.

— E sou *eu* que vou para a guerra enquanto você fica brincando com papelada e treinando aquela sua "Guarda Negra", a guarda secreta que todo mundo sabe quem é. — O cavaleiro soltou uma sonora gargalhada, aceitou uma taça servida por uma criada e olhou para o rapaz e o svaltar antes de continuar.

— Ah, eu estava sentindo falta disso. Mas, enfim, há uma questão a respeito do título, realmente. A corte de Dalgória me apontou como regente, e se o Grande Rei Krispinus me efetivar, talvez todo o território seja unificado como Baldúria, e aí veremos se a antiga Dalgória será reduzida a um baronato ou tudo ficará como um ducado. Essa parte é complicada e, francamente, chata e burocrática demais. Eu só vim ajudar um reino vizinho em apuros e selar a paz. Era o que me importava.

Confuso, Kyle torceu a cara e perguntou:

— Então Dalgória mudaria de nome? Aqui já foi Blumenheim, segundo os mapas na Sala de Voo.

— Pelos costumes de Krispínia, sim — confirmou o barão.

— Humanos e suas manias de grandeza — alfinetou Kalannar. — Impérios efêmeros movidos a egos grandes que não correspondem à pobreza de espírito de seus monarcas.

— Estamos azedos hoje, hein? Pegou sol demais? — disse o cavaleiro. — Começo a sentir falta do *Agnor*, desse jeito.

— Escute, Baldur — falou Kyle, interrompendo o que seria um retruque do svaltar. — Você teve alguma notícia do Derek... o Derek Blak, claro, não o *meu* Derek.

O barão balançou a cabeça em gesto negativo.

— Não, Kyle, sinto muito. Mas, da última vez que falei com a Sindel, ela estava com a Rainha Danyanna enfurnada em Ragúsia, participando de algum compromisso de magia entre elas... um simpósio, conferência, sei lá. Eu mandei perguntar pelo Derek em seu nome.

— Obrigado — respondeu o rapaz, lutando para não ficar triste de novo.

— Uma pena, aliás, que ela e o Baldir não possam estar aqui para a cerimônia oficial da minha sagração como regente. Vai ser amanhã. — Baldur olhou para Kyle e Kalannar. — Vocês estão todos convidados. Traga a Enna e o menino.

O svaltar fez uma careta de quem provou uma comida ruim.

— Eu dispenso. A última festa aqui em Dalgória foi bem desagradável.

— Ah, como esquecer a sua cara ao ganhar aquela tapeçaria! — provocou Kyle, imediatamente calado pela expressão furiosa nos olhos completamente negros de Kalannar.

— Depois da cerimônia, Kyle, eu preciso que você me leve para o interior no Palácio dos Ventos — disse o barão. — Tenho que resolver a questão envolvendo as tribos de orcs que se renderam, agora que me tornei o líder deles.

— Líder dos humanos, dos alfares, agora dos orcs... — riu Kalannar sardonicamente. — Os kobolds da Praia Vermelha também precisam de um comandante. Acho que você é a pessoa certa.

Baldur não queria, mas cedeu e riu com o amigo. Se ele contasse aquilo para uma versão jovem de si mesmo, vivendo como cavaleiro mercenário na Faixa de Hurangar, o Baldur daquela época teria considerado uma sandice, uma história inacreditável de um bardo tresloucado. Mas o gracejo de Kalannar tinha um fundo de verdade: por onde passava, ele vinha costurando acordos de paz considerados impossíveis. Com os elfos, no entanto, Baldur teve a ajuda de Sindel; com os orcs, ele teria que demonstrar força constantemente. Depois de assegurar a liderança das criaturas com a derrota de Rosnak, agora era o momento de colocar as tribos na linha com a presença do castelo voador, a fim de intimidá-los e garantir obediência. Afinal de contas, os dalgorianos exigiam reparações de guerra, assim como Baldúria (ou era tudo Baldúria agora? O barão estava tão confuso quanto Kyle). Nada como uma pedra flutuante cheia de balistas e um crânio de dragão olhando feio de cima para incentivá-los a baixar a cabeça.

— Se precisar de um assistente, eu posso indicar o Na'bun'dak — sugeriu Kyle, gargalhando e entrando na brincadeira.

— Longa vida a Sir Baldur, rei dos kobolds! — exclamou o svaltar, ficando de pé e propondo um brinde.

— Ao Rei Baldur dos kobolds! — disse o rapaz, também se levantando.

O barão cedeu e ergueu a própria taça. Ele estava com saudade daquela camaradagem implicante do grupo originalmente reunido por Ambrosius, lá atrás em Tolgar-e-Kol, em outra vida. Antes dos títulos e das responsabilidades que eles traziam.

Baldur ficou ali, rindo e brindando com os amigos, sendo chamado jocosamente de rei.

CAPÍTULO 15

VALE DE KURGA-NAHL, KORANGAR

O vento que batia no vale levava o cheiro dos mortos-vivos ao nariz de Derek de Blakenheim. Era a maior concentração de desmortos que ele via desde que se infiltrara em Korangar como espião de Krispínia, e mesmo achando que já estava acostumado àquele fedor característico do Império dos Mortos, Derek sentia o estômago embrulhado. Até Jadzya, uma korangariana de nascença, parecia incomodada com o cheiro de podridão. Mas o olfato não estava tão incomodado quanto a visão: a imagem das forças de Korangar reunidas para a invasão provocava um desconforto bem maior. Derek tinha que admitir que era um guerreiro que ainda não tinha visto uma guerra na vida, por assim dizer, pois sempre foi um mercenário guarda-costas, mais acostumado a emboscadas e escaramuças do que batalhas campais. Mesmo a tropa svaltar que ele enfrentou no Fortim do Pentáculo se resumiu a poucos homens na luta dentro do Salão da Vitória. Os inimigos teriam cabido em algumas tendas do imenso acampamento militar que Derek Blak e Jadzya enxergavam do esconderijo em uma colina, se revezando no uso de uma luneta afanada no porto de Kangaard.

Com a ajuda da companheira, que reconhecia os símbolos e estandartes da terra natal, ele foi identificando as unidades presentes: as tropas regulares, as unidades de bralturii, os magos das Torres de Korangar, a massa de soldados mortos-vivos, alguns demônios aqui e ali, e finalmente as tendas de comando de cada destacamento. Os olhos de Derek procuravam uma tenda em particular, aquela usada como quartel-general, onde ele apostava que estariam os planos da invasão, ou pelo menos algum mapa ou documento que indicasse por onde Korangar pretendia atacar Krispínia. E lá estava ela, tremulando, a bandeira vermelha do Triunvirato, com os grilhões rompidos em torno de três torres embaixo de uma estrela negra, representando os três poderes e Exor acima deles. Era lá que o agente de Krispínia precisava entrar, se conseguisse desempenhar a tarefa impossível de circular livremente por aquela multidão de inimigos armados.

A cabeça começou a doer de tanto observar o acampamento, pensar em soluções e sentir aquele mau cheiro. Derek percebeu a inquietação e frustração de Jadzya ao lado dele; parecia que os dois já tinham examinado as forças reunidas de Korangar de ponta a ponta inúmeras vezes, sem encontrar uma brecha. A tenda de comando estava na lente da luneta, tão perto do alcance virtual da mão, e ao mesmo tempo tão distante e impenetrável. O guerreiro de Blakenheim decidiu realizar uma última varredura antes de sugerir que eles saíssem dali e pensassem melhor após um longo descanso (ou quem sabe, melhor ainda, sexo), mas seu olho bateu em uma unidade que se aproximava da grande força militar. A fileira de tochas iluminava uma massa branca que vinha pelo vale como uma cobra de luz.

Intrigado, Derek passou a luneta para Jadzya e indicou para onde ela devia olhar.

— É a Confraria Branca — disse a insurgente.

— Mercenários.

— Sim. E dos mais bem pagos e eficientes — falou Jadzya com ódio na voz. — Eles foram responsáveis pelo massacre de Kesena, que o Triunvirato chama de "pacificação de Kesena".

Ele olhou para a mulher com uma expressão intrigada, mas sentia que ela estava apenas tomando coragem para continuar.

— Kesena é uma das províncias mais distantes, e como os bralturii estavam ocupados sufocando outros focos da Insurreição, o Triunvirato contratou a Confraria Branca para arrasar conosco. — Jadzya controlou um nó na garganta. — Eu venho de lá. Não sobrou muita coisa. Até então, eu só havia tido contato com a palavra do Lenor através de rumores e panfletos. Depois do que a Confraria Branca fez com a minha terra, eu virei uma insurgente e não descansei até conhecê-lo e jurar servir a ele e à causa.

Derek ficou sem palavras diante do que ouviu. No pouco tempo que estavam juntos, Jadzya não havia revelado o motivo de ter se tornado uma rebelde e seguir o líder da Insurreição tão lealmente. Com certeza havia mais detalhes trágicos naquela história — a perda de entes queridos, provavelmente —, mas o longo silêncio que veio a seguir indicou que ela não iria adiante. Ele simplesmente passou o braço pelos ombros de Jadzya e encarou o belo rosto com uma expressão de empatia.

Os dois ficaram assim um tempo, enquanto a mente de Derek trabalhava em uma ideia arriscada.

— Será que a Confraria Branca me contrataria? — disse ele finalmente. — Eu teria um motivo para estar no acampamento e mais chances de me aproximar da tenda de comando. Melhor do que simplesmente tentar achar uma brecha na vigília e chegar lá.

Jadzya saiu do abraço, controlou as emoções e devolveu a luneta para que o companheiro pudesse novamente espiar o deslocamento dos mercenários.

— Eu ouvi dizer que eles são bem pagos pelo Triunvirato, não só em prata — explicou ela. — Os Confrades Brancos têm o privilégio de poder enterrar os mortos, sem que sejam reanimados pelo Estado. Está no contrato de cada missão.

— Isso deve atrair muita gente para as fileiras dos mercenários.

— Exatamente — concordou Jadzya, que voltou a falar com ódio na voz. — O líder deles avalia pessoalmente cada candidato e cobra uma taxa de adesão bem alta. O nome do sujeito é Capitão Harkor.

Novamente, Derek teve a impressão de que havia detalhes na história que ligavam a insurgente ao comandante da Confraria Branca, mas decidiu não insistir. Ele meteu os dedos em um bolso secreto na costura das calças para verificar as poucas gemas que ainda tinha. Elas valiam um pequeno tesouro, eram os fundos dados por Ambrosius para que o espião cumprisse a missão, mas os recursos estavam chegando ao fim. O guerreiro de Blakenheim tinha usado as gemas sabiamente durante dois anos, evitando os luxos de que tanto gostava — roupas caras, comida e bebida do bom e do melhor —, até porque Korangar não oferecia tais coisas, pelo menos não para o populacho. Mas agora não havia sentido poupar. A missão tinha chegado ao tudo ou nada final.

— E ele só escolhe homens implacáveis — continuou a insurgente.

— Ótimo — respondeu Derek, guardando a luneta e levando as mãos aos cabos dos gládios. — Eu sei ser implacável.

* * *

O olhar de Konnor estava fixo no objeto embrulhado em veludo que um pajem havia entregado e deixado em cima da mesa, juntamente com um papiro, a mando do arquimago da Torre de Conjuração. *Essas coisas nunca são boas*, pensou o korangariano. Apesar de ter uma armadura e espada encantadas, ele preferia vencer combates da forma tradicional, com sangue, suor e aço, mas não era radical a ponto de negar uma ajuda arcana daquele porte, especialmente se o item fizesse tudo o que as informações contidas no papiro prometiam. O Senhor da Guerra leu o texto uma segunda vez a fim de garantir que havia compreendido — ele *certamente* devia ter prestado mais atenção aos ensinamentos básicos de magia na academia — e retirou o objeto do embrulho com cuidado.

Era uma miniatura de uma típica fortaleza adamar, em formato piramidal, com jardins suspensos e torres no topo — uma recriação de Bere-tor, que atualmente era chamada de Velho Palácio pelos dalgorianos. De acordo com o papiro escrito pelo arquimago da Torre de Conjuração, o objeto era capaz de abrir um portal mágico de curta duração até a fortaleza, uma fenda mística entre distâncias que permitiria a passagem direta para a sede do poder do reino que Korangar pretendia invadir. Caso os dalgorianos se acovardassem e Lorde Galdas, o regente, se entocasse no Velho Palácio, uma pequena força de Korangar seria capaz de invadi-lo magicamente e tomá-lo por dentro. Seria melhor do que sitiar Bela Dejanna, uma cidade composta por ladeiras, e enfrentar do lado de fora o gigantismo da antiga fortaleza adamar, com suas muralhas altas e várias alas labirínticas. O arquimago conjurador atentou para a raridade do item, pois há décadas os feiticeiros korangarianos vinham tentando sem sucesso criar portais para antigas fortalezas adamares conhecidas, como o próprio Palácio Real da Morada dos Reis. A miniatura era de uso único, e o acionamento, segundo as instruções registradas no papiro, provocaria uma desorientação grave nos viajantes como efeito colateral.

Em suma, pensou Konnor, *é melhor nem considerar usar essa porcaria*, mas ele aceitou o presente porque não queria arrumar um dissabor com alguma das Torres de Korangar exatamente na véspera da partida para Dalgória. O Senhor da Guerra usaria aquilo como um último recurso, caso fosse necessário um ataque furtivo para conquistar um inimigo acuado. Ele preferia enfrentar o oponente no campo de batalha e conquistá-lo ali mesmo, por superioridade marcial, estratégica e numérica.

Konnor deixou de lado a miniatura de Bere-tor e pegou o relatório da investigação a respeito das duas explosões provocadas por bralvogas no porto de Kangaard. Lava, como disse Razya, costumava impedir o trabalho dos necromantes, mas algumas vítimas fatais não tinham sido consumidas por ela, e os feiticeiros da morte conseguiram se comunicar com os espíritos para saber o que houve. Diante da tortura da própria alma, um dos mortos confessara que tinha sido um insurgente em vida, sob ordens de criar uma distração para que os colegas tomassem um barco. Uma segunda vítima confirmou a declaração, mas os espíritos desencarnados de ambos não sabiam nada além disso. Ou seja, o bergantim que havia zarpado no meio da confusão, o *Shaya*, tinha sido sequestrado por insurgentes. Outro relatório sobre a mesa, esse do Comodoro Miranor, informava que os comandantes dos portos das Ilhas Kaskarras não avistaram o *Shaya*. Ele entraria em contato com o Chifre de Zândia para ver se o bergantim se encontrava naquelas águas — seria o destino natural dos rebeldes, se não fossem para o arquipélago das Kaskarras. Não havia outras cartas náuticas a bordo, e o comodoro duvidava que algum insurgente fosse um homem do mar experiente a ponto de se aventurar no mar desconhecido. O Senhor da Guerra concordou com o documento; nem o comodoro em pessoa possuía as cartas náuticas que indicavam o caminho para Dalgória, por exemplo. Elas e os demais mapas da campanha estavam ali com Konnor, consultáveis diante de sua presença, para evitar vazamento de informações. Os pobres insurgentes deviam estar navegando para o Chifre de Zândia, seguindo um sonho tolo de liberdade, e teriam as almas devoradas por demônios ao chegar ao destino.

Pensar nas criaturas infernais fez o Senhor da Guerra chamar o vassai com um berro, para que o demônio-serviçal lhe trouxesse vinho. A criaturinha imediatamente pegou uma ânfora no aparador e pulou na mesa de Konnor para encher a taça, mas o gesto acabou derrubando a miniatura da fortaleza no chão. O korangariano ficou colérico, deu um tapa com as costas da mão que lançou longe o vassai e, a seguir, saiu correndo para olhar embaixo da mesa a fim de averiguar o estrago. Konnor viu o item caído e sentiu um nó na garganta até se abaixar e certificar que tudo estava intacto. Ele agradeceu a Exor silenciosamente pela sorte. Comunicar ao arquimago conjurador que o item que abria o portal se quebrou seria uma dor de cabeça política daquelas. O Senhor da Guerra examinou a miniatura uma segunda vez, levou aos olhos para observar cada detalhe e não conseguiu enxergar nenhum defeito. Ele

pousou o item em cima da mesa, longe da borda, e se voltou para o demônio-
-serviçal, com ódio nos olhos.

— Desculpe, mestre — começou o vassai, antes mesmo que Konnor se aproximasse. — Desculpe esse pobre servo que não presta para nada.

O homem se agigantou diante da criatura encolhida, com o cinturão da espada pendurado na mão. A sombra dele engoliu o vassai, e o braço de Konnor começou a subir e descer sem parar. As frustrações do dia foram descontadas no lombo do demônio-serviçal até que o Senhor da Guerra se cansasse, ciente de que aquilo não o mataria, mas provocaria muita dor a ponto de ensiná-lo a servi-lo direito.

E quando recuperou o fôlego, ele espancou o vassai um pouco mais.

O ogro tentou pegar Derek Blak com uma patada que teria sido devastadora se tivesse encontrado o alvo, mas o guerreiro de Blakenheim desviou no último momento e ouviu a aclamação da pequena massa de gente reunida para ver o combate. O monstro, que tinha praticamente o dobro da altura do humano, avançou com raiva, e o ímpeto impediu que Derek encontrasse uma brecha para dar um golpe letal. Restava fustigar com os gládios os braços grossos como toras. Armas normais teriam tido dificuldade em penetrar a couraça dura da pele, mas o aço encantado deixou cortes fundos na criatura, que revidou com um safanão. O contragolpe jogou o enviado de Krispínia no chão de terra batida, e assim que caiu, Derek ouviu novas exclamações do público. "Vai morrer", "mata" e gritos similares ecoaram em meio ao rugido do ogro, que veio para cima do oponente com fúria renovada, sangrando copiosamente nos antebraços musculosos.

Derek rolou o corpo para a frente, deixou a patada passar novamente por cima da cabeça e cravou os dois gládios na barriga saliente do ogro, usando o próprio peso da criatura para ajudar nas estocadas. Ele não escapou, porém, de ser atropelado pelo monstro moribundo, e por pouco não foi completamente soterrado pelo ogro. Derek caiu novamente e, ofegante, tentou tirar a perna que ficou presa embaixo da criatura.

— Ajudem-no! — vociferou um korangariano forte, de gibão de cota de malha cintilante coberto por uma túnica branca.

Vários soldados deixaram o círculo improvisado onde Derek e o ogro brigaram e avançaram para prestar auxílio. Quando os homens conseguiram puxar e virar o monstro, o guerreiro de Blakenheim se levantou mancando, com a ajuda de um deles, e imediatamente recuperou as armas enfiadas no corpanzil da criatura.

O sujeito com atitude de líder se aproximou de outro soldado e continuou dando ordens.

— Leve o ogro para os necromantes do acampamento. Não cobre o preço de sempre. — Ele deu um sorriso. — Venda o corpo pela tabela de guerra. Leve também uma cópia do contrato se aqueles cretinos alegarem que "todo morto pertence ao Triunvirato" ou alguma merda do gênero.

O subalterno fez uma saudação e foi saindo, mas ouviu uma ameaça pelas costas.

— Se voltar sem a prata, eu vou pessoalmente vender *você* para os necromantes. — O homem foi na direção de Derek Blak e se dirigiu a ele. — Torça para o Tenente Eldor voltar com a quantia certa ou eu vou descontar esse ogro do seu primeiro soldo. Bem-vindo à Confraria Branca. Eu sou o Capitão Harkor.

— Blakor — respondeu o agente de Krispínia, usando uma das identidades que criou para a missão em Korangar.

— Não costumamos aceitar novos integrantes em cima da hora de uma campanha, mas o Tenente Eldor falou que você estava disposto a pagar o dobro da taxa de adesão *e* provar seu valor em combate. Estava tão desesperado assim para se tornar um Confrade Branco?

— Eu venho de Karaya — disse Derek. — Minha cidade foi engolida pela terra. Não tenho mais família, nem para onde ir.

— Bem, considere a Confraria Branca a sua nova família. — O homenzarrão no gibão cintilante sorriu; era outro korangariano bem armado e alimentado à custa do sofrimento dos outros. — Esses seus gládios são impressionantes. Cortaram o couro do ogro como se fosse pano. Onde arrumou essas armas?

— Elas pertenciam a um fanfarrão curioso que fazia muitas perguntas. — O guerreiro de Blakenheim endureceu a voz e o olhar enquanto se lembrava das palavras de Jadzya, "ele só escolhe homens implacáveis". — O sujeito acabou ficando sem respostas, sem armas... e sem a vida.

O líder dos mercenários continuou sorrindo, avaliando Derek Blak de cima a baixo, deteve os olhos por um momento nas armas dele, e finalmente falou:

— Como eu disse, bem-vindo, irmão confrade.

CAPÍTULO 16

VALE DE KURGA-NAHL, KORANGAR

Em uma manhã de muita chuva, Derek de Blakenheim conseguiu um momento livre para se encontrar com Jadzya antes que a Confraria Branca terminasse a marcha e se juntasse ao grande Exército de Korangar. Abrigados na boca de caverna que vinham usando como esconderijo, eles traçaram os ajustes finais para roubar os planos da invasão de Krispínia; cada um tinha um papel a desempenhar, e ambos sabiam que a chance de sobrevivência individual era bem pequena, muito menor que no golpe aplicado no porto de Kangaard. Aquele podia ser o último encontro dos dois. Enquanto o espião de Ambrosius se infiltrava na Confraria Branca, a rebelde korangariana ficou observando as forças do Império dos Mortos com a luneta até identificar padrões no cotidiano do acampamento, especialmente a localização do estoque de suprimentos para o esforço de guerra e o vaivém em torno dele. Agora Jadzya tinha um alvo, assim como Derek tinha o dele, a tenda de comando que *deveria* guardar os planos — ou assim eles esperavam.

Vê-lo com a túnica da tropa de mercenários sobre a loriga negra de couro trouxe más lembranças do que a Companhia Branca fez em Kesena, em nome do Triunvirato. A mensagem de Lenor havia chegado à província e incitado a população a se revoltar contra o jugo do Estado, que despachou os Confrades Brancos para pacificar a região e mandar um recado para as províncias vizinhas. Os cadáveres que os soldados do Capitão Harkor deixaram para trás não eram mais reconhecíveis como humanos. Foram decepados, estripados e amarrados um a um para não serem levados pelo rio onde foram jogados. Os necromantes tiveram trabalho para reanimá-los, e os mortos-vivos resultantes eram criaturas grotescas conhecidas como nomarguls, "desmortos aberrantes" em korangariano. O Triunvirato costumava exibi-los em praças públicas de outras províncias para inibir levantes populares semelhantes, e a simples menção a Kesena fazia gelar o coração de qualquer insurgente.

Mas não o coração de Jadzya, que perdeu, como Derek tinha imaginado, entes queridos no massacre — no caso, a família e o noivo. Quanto mais a rebelde korangariana pensava no que o Triunvirato fez com quem ela amava, mais queria derrubar o governo, ou pelo menos atrapalhar os planos e matar os agentes do império.

Jadzya fez um esforço para ignorar a vestimenta do amante e se concentrar no pouco tempo que tinham juntos para o planejamento e, quem sabe, uma última intimidade antes de enfrentarem a morte. Ela vinha observando a tenda de comando e tomou nota dos horários em que o comandante das forças de Korangar — Konnor, o Senhor da Guerra — costumava se ausentar a fim de vistoriar o andamento da operação ou simplesmente espairecer e fumar um charuto ao ar livre. Derek Blak teria que usar essas oportunidades para roubar os planos, se conseguisse passar pelos dois cavaleiros infernais que tomavam conta da entrada da tenda. Para isso, era necessário um ardil mais velho do que a própria Nação-Demônio, um golpe usado pelos dois recentemente — uma distração explosiva, envolvendo a última bralvoga disponível.

— Se atingirmos os suprimentos das tropas vivas — sugeriu Jadzya, mostrando o ponto para o companheiro através da luneta —, não só deixamos o acampamento em polvorosa, como ainda atrasamos a operação de guerra. Vai ser impossível repor tanta comida tão rápido com o solo infértil de Korangar. O Exército vai ficar parado aqui.

A insurgente odiava cogitar a destruição de alimentos vivendo em uma nação de famintos, mas sabia que aqueles víveres jamais chegariam a quem precisava. Ela nem quis imaginar quantas famílias se sustentariam com tudo aquilo. Preferiu pensar em quantas não sentiriam a manopla de ferro de Korangar se o Triunvirato fosse abalado.

— Os suprimentos não estão assim tão perto da tenda de comando — argumentou Derek. — Vou levar um tempo para chegar lá após acionar a bralvoga. Isso sem considerar a correria e confusão, que podem me atrasar.

A korangariana deu um belo sorriso resignado para ele.

— Sou eu que vou acionar a bralvoga.

— Impossível! — exclamou o guerreiro de Blakenheim. — Como você vai entrar no acampamento?

— Como *elas* entram — disse Jadzya direcionando a luneta para um grupo de mulheres que estava saindo da massa de tendas. — Prostitutas de Kangaard. Elas chegam à noite para entreter as tropas vivas e saem de manhã, de volta para o porto, exatamente quando o Senhor da Guerra faz a primeira vistoria do dia, após o desjejum.

Derek olhou para a companheira, tão linda naquele corpo frágil e desnutrido de korangariana, e imaginou o que ela teria que passar para executar aquele plano. A expressão dele disse tudo para a insurgente, que balançou a cabeça antes mesmo que o amante fizesse qualquer objeção.

— É o único jeito, Derek. Você mesmo disse que a distância atrapalharia. É preciso que você tenha tempo dentro da tenda enquanto a distração semeia o caos. Eu posso ganhar esse tempo destruindo os suprimentos. Já vi que a tenda do oficial responsável também é visitada pelas prostitutas.

O enviado de Krispínia tentou demovê-la com outro argumento.

— Mas acionar a bralvoga é um grande risco. Perdemos muita gente em Kangaard.

Ela tocou levemente na barba rala de Derek, como gostava de fazer, e depois pegou o rosto dele com força.

— Se acontecer de eu morrer, é justo — disse Jadzya com a voz firme. — Essa luta é mais minha que sua. É o meu reino que vai levar a guerra ao seu. Se tem alguém aqui cujo sacrifício é justificável, sou eu. Além disso, caso a explosão da bralvoga me atinja, não sobrará nada de mim para ser reanimado. Eu sonho em morrer sem servir ao império, mesmo estando morta.

A insurgente deu um beijo de leve na boca do agente de Ambrosius, fechou os olhos um instante e depois se voltou para o céu eternamente nublado da Grande Sombra. Com a chuva, o dia em Korangar estava mais negro do que de costume.

— Eu daria tudo para ver o sol ao seu lado, Derek de Blakenheim, mas talvez o Lenor não seja um profeta tão bom quanto ele acredita que seja.

Ele quis refutar o melodrama tipicamente korangariano de Jadzya, porém ela já estava arrancando sua túnica branca, e palavras seriam inúteis na próxima hora.

* * *

O acampamento ainda estava ensopado depois da chuva do dia anterior, com lama por toda parte. As botas pesadas do Senhor da Guerra chafurdavam entre as tendas, durante a costumeira vistoria matinal. A Comandante Razya seguia ao lado dele, passando o relatório de todas as divisões. As forças de Korangar estavam praticamente prontas para partir em campanha; a Confraria Branca já havia chegado e se instalado, as provisões das tropas vivas — para a infantaria regular, bralturii e feiticeiros — estavam garantidas e bem protegidas de intempéries como a de ontem, e quase todas as Torres haviam concluído seus devidos rituais. Aquela era a parte que mais demorava e irritava Konnor, pois cada vertente arcana tinha o próprio tempo de prontidão por conta dos preparativos mágicos que não obedeciam às ordens militares mundanas. Os magos da Torre de Proteção, por exemplo, já estavam no porto de Kangaard encantando a frota a fim de prepará-la para a viagem; enquanto isso, os aeromantes ainda estavam ocupados com uma conjuração complicada que o Arquimago Corenor, o responsável pela divisão mística, disse ser vital para o avanço da esquadra e que demoraria mais alguns dias.

Diante da impaciência visível do líder das forças korangarianas ao ouvir os relatórios, Razya tentou acalmá-lo.

— Infelizmente, guerra não se faz com um estalar de dedos como magia, Grajda Konnor.

— E, ainda assim, é a magia que está nos *atrasando* aqui — reclamou o Senhor da Guerra.

— O Grajda Corenor garante que o trabalho das Torres será concluído em breve — disse ela.

— É melhor que seja verdade ou mando racionar a comida dos feiticeiros como incentivo. — Konnor se virou para a oficial de ligação e deu um sorriso. — Os que morrerem de fome os próprios necromantes reanimam, e assim ganharemos reforços para a tropa de desmortos.

A comandante devolveu o sorriso com uma risadinha.

— Seria de uma... ironia quase poética, senhor. Farei com que o Arquimago Corenor entenda a situação em termos *alimentícios*, Grajda Konnor.

Os dois continuaram andando, Konnor sendo informado dos preparativos e vendo com os próprios olhos os homens em movimento. Ele tinha sorte de ter Razya como oficial de ligação ou já teria esganado alguns comandantes e provocado um dissabor com os outros líderes do Triunvirato. O Senhor da Guerra passou pela tenda que abrigava os agentes políticos de Pazor, gente intrometida que consumia recursos e vivia de intrigas, mas que em respeito à balança de poder no Império dos Mortos tinha que estar presente em uma operação que envolvesse as Torres e o Krom-tor. Konnor torceu para que os enviados do Parlamento passassem mal durante a viagem marítima... e daria ordens para que os alquimistas os deixassem no fim da fila de prioridades no atendimento, por pura birra.

O pensamento alegrou o Senhor da Guerra, que decidiu vistoriar os cavaleiros infernais para continuar de bom humor. Ver a tropa de elite de Korangar, seu comando pessoal na operação, sempre elevava o espírito. Ele tomou o rumo das tendas da divisão...

BUM!

O acampamento foi abalado por uma explosão ensurdecedora. Uma coluna flamejante iluminou o ambiente sempre soturno de Korangar. Não houve quem não visse a massa de lava que irrompeu para o céu e, a seguir, se espalhou ao redor do ponto de onde havia surgido.

Exatamente nas tendas dos víveres de campanha, para desespero de Konnor e Razya.

Os dois se recobraram do susto e começaram a dar ordens para os oficiais que a vista identificava, clamando pela presença de geomantes e piromantes, e os comandos foram repassados para subalternos em uma reação em cadeia que se alastrou tão rapidamente quanto a lava mística que consumia aquela parte vital do acampamento. O Senhor da Guerra e a oficial de ligação correram junto com o resto das tropas na direção da luz do fogo, em meio à correria dos soldados e à cacofonia dos gritos de humanos e guinchos de demônios.

Perto da tenda de comando, por onde Derek Blak passava despretensiosamente com um bolsão a tiracolo, como se transportasse documentos, a agitação foi maior exatamente pela falta de informação do que estava acontecendo. Ele imediatamente aproveitou para semear mais confusão, apontando para o foco de luz e fogo e falando que era um ataque rebelde que precisava ser contido. Não era exatamente mentira, por assim dizer. Enquanto o espião de Ambrosius redirecionava os soldados em volta e se aproximava sorrateiramente da tenda do Senhor da Guerra, a mente pensava em Jadzya, torcendo para que a rebelde tivesse escapado daquela enxurrada de lava. Ele só saberia o destino da companheira ao retornar para o esconderijo nas colinas — caso também sobrevivesse ao que pretendia fazer.

A tenda de comando estava ao lado de Derek agora, era uma grande estrutura em formato piramidal, ao estilo das fortalezas adamares que os korangarianos acabaram copiando, com um toldo comprido na entrada, guarnecido por dois bralturii que pareciam igualmente agitados e confusos com o que acontecia no acampamento. Mas era a distração dos soldados correndo em volta que interessava ao guerreiro de Blakenheim, pois ele não pretendia invadir pela entrada, e sim pelos fundos. Depois que um tropel de homens passou carregando baldes e cobertores, Derek se encostou na tenda e usou um gládio para abrir um talho de sua altura no pano grosso. Com uma espada normal, ele teria levado tempo e chamado a atenção, mas a lâmina encantada rasgou a tenda como se ela fosse feita de linho. Em questão de instantes, o agente de Krispínia estava dentro do objetivo.

A vantagem de estar em Korangar era que os olhos não precisavam se ajustar à escuridão. Tudo era meio soturno, tanto o dia lá fora quanto o interior da tenda, pouco iluminado por braseiros e velas. Derek Blak só teve que investir um pouco de tempo precioso para absorver o ambiente opulento da tenda de comando, mas, felizmente, a grande mesa onde o Senhor da Guerra planejava a campanha se destacava em meio às cadeiras, aparadores com vinhos e outras peças do mobiliário que a mente do invasor descartou imediatamente.

Ele avançou para o móvel e viu vários mapas enrolados em cima de cartas náuticas. A curiosidade e o dever de obter os documentos corretos fez com que Derek abrisse alguns — e o coração parou no peito. Pelo passado como segurança de caravanas, o espião de Ambrosius tinha experiência com mapas, e aqueles indicavam explicitamente Dalgória. Naquela análise rápida e nervosa, era para lá que a Frota de Korangar pretendia rumar, e não para a Caramésia, como ele imaginava. Derek sentiu novo aperto no peito. Ele havia mandado Lenor justamente para a vizinha Baldúria, ao lado do que seria em breve uma zona de guerra. E Baldur não estava combatendo orcs *justamente* em Dalgória?

Derek balançou a cabeça para afastar a confusão mental e a agitação dos nervos. Haveria tempo para analisar os documentos com calma, sem tirar conclusões precipitadas. Ele olhou ao redor e viu a silhueta dos cavaleiros infernais ainda distraídos na porta da tenda, recortados pela luminosidade da lava ao longe no acampamento, e guardou os mapas e as cartas no bolsão. Uma última análise do conteúdo em cima da mesa revelou uma miniatura de uma fortaleza adamar que Derek pensou ser, a princípio, o Palácio Real da Morada dos Reis, até que a mente reconheceu a estrutura e fez a associação óbvia com os planos que havia roubado — *aquele era o Velho Palácio de Dalgória!*

— Pegue logo isso também.

A voz quase matou o guerreiro de Blakenheim de susto. Ele olhou ao redor novamente, agora com os gládios desembainhados por instinto, mas não viu nada. Então, de trás de uma poltrona, surgiu um pequeno demônio encolhido, com o corpo todo surrado, fazendo um gesto de paz com os braços delgados erguidos e as mãos de três dedos espalmadas.

— Leve esse objeto — disse a criatura. — Ele gosta muito disso aí.

Sem entender muito o que estava acontecendo, e com medo de que a voz do demônio chamasse a atenção dos guardas lá fora, Derek avançou contra o ser infernal.

— Por favor, me mate — pediu o vassal diante do humano armado. — Eu não quero mais servir a ele. Mas leve o objeto. É importante para ele.

O agente de Krispínia deu uma estocada no peito oferecido pela criatura, que morreu na hora e desvaneceu. Com mais uma olhada tensa para a porta, Derek não notou mudança alguma na atitude dos bralturii. Ele voltou para a mesa, encarou a miniatura do Velho Palácio e decidiu guardá-la no bolsão também, juntamente com todos os demais papéis que encontrou. Anotações e comunicados também ajudariam a elucidar o que Korangar estava tramando.

Agora era preciso apagar os rastros de forma que o Senhor da Guerra não alterasse os planos ao descobrir que sumiram. O demônio espancado lhe deu uma ideia. Talvez simular uma revolta da criatura fosse a solução. Derek abriu mão de alguns papeis que não fossem os mapas — um sacrifício para o estratagema dar certo —, recolocou-os sobre a mesa e virou uma vela sobre eles. Depois, derrubou um braseiro perto do fundo da tenda, longe o suficiente para os guardas na entrada não ouvirem, e jogou panos nas brasas.

Já havia pontos de fogo e fumaça no interior do ambiente. O espião de Ambrosius foi até o rasgo no pano, olhou pela fenda antes de sair e viu que a correria e gritaria continuavam. Ele passou discretamente, se misturou à confusão e deu alguns passos para se distanciar da tenda de comando até ser parado por uma voz que ecoou acima das demais.

— Ei, Blakor de Karaya! — berrou o Capitão Harkor, que se aproximava de espada em punho. — Ou seja lá qual for o seu nome. Você parecia desesperado demais para entrar na Confraria. Agora já sei o motivo.

O agente de Krispínia olhou em volta, para o espaço entre tendas onde homens passavam correndo para conter a lava mística e salvar os víveres da campanha. Aquela confusão não duraria muito tempo, especialmente com os recursos místicos à disposição do acampamento. Logo a tenda do Senhor da Guerra começaria a pegar fogo também, e todas as atenções se voltariam para as proximidades de Derek. Ele tinha que resolver aquela questão rapidamente. Fugir só faria com que o líder dos Confrades Brancos mandasse homens atrás dele; era melhor aproveitar que Harkor estava sozinho e matá-lo ali mesmo.

— O Triunvirato paga muito bem por espiões — continuou falando o capitão mercenário, vindo de espada em riste, e assim Derek entendeu por que ele veio desacompanhado. — E eu quero esses belos gládios para mim.

— Eu já faço parte de uma confraria — disse o guerreiro de Blakenheim. — A Confraria do Inferno. Pode enfiar a sua no rabo.

E após o insulto, Derek fingiu que fugiria, chegou a olhar rapidamente para trás e mover um pé na direção oposta a Harkor, que reagiu como ele previu — iniciou um avanço para persegui-lo, abaixando levemente a guarda ao fazer isso, para não correr de espada em riste.

Foi nessa brecha que o agente de Krispínia entrou ferozmente, golpeando com o gládio esquerdo e preparando uma estocada com o direito. O oponente se defendeu às pressas, mas ele era um soldado experiente e aparou o ataque-surpresa de Derek com facilidade. O problema foi a segunda arma já tão dentro da guarda, e ele contou com o gibão de cota de malha cintilante para não morrer — a armadura, igualmente encantada, conteve o gládio mágico do adversário. Ainda assim, a força do golpe o jogou para trás e roubou um pouco do fôlego. O contra-ataque de Harkor veio lento e previsível por conta disso, e Derek deteve a espada do inimigo com o gládio esquerdo e novamente entrou na defesa dele. Ataques ao tronco estavam fora de cogitação por conta do gibão encantado, mas a perna protegida por couro parecia mais vulnerável. O gládio direito de Derek acertou o joelho de Harkor, que teria ficado perneta de um golpe só se não tivesse começado a recuar a perna por instinto. Ainda assim, o korangariano foi ao chão, e quando terminou de cair, ele viu um dos gládios que tanto cobiçou entrar embaixo do queixo.

Tudo aquilo aconteceu em um piscar de olhos. Quando alguns soldados interromperam o corre-corre para entender o que havia acontecido, só viram o corpo do líder da Confraria Branca estatelado no chão e um vulto sumir em meio ao caos do acampamento. Ali perto, a tenda do Senhor da Guerra começou a pegar fogo.

CAPÍTULO 17

PRAIA VERMELHA,
BALDÚRIA

O cheiro de peixe fresco tomou de assalto as narinas de Kyle enquanto ele andava pelo mercado vendo o que os pescadores tinham a oferecer. Ainda que a esposa Enna fosse natural da Praia Vermelha e, portanto, entendesse mais de peixe do que o marido, era Kyle que gostava de comprar o alimento para a família. Ele ainda era fascinado pela ideia de que podia comprar comida quando quisesse, depois de uma infância pobre e desnutrida nas ruas de Tolgar-e-Kol. Estar de volta ao mercado depois do voo até Dalgória deixou Kyle especialmente faminto por peixe. Ele havia acabado de retornar com Kalannar, depois que o Palácio dos Ventos fora usado para impressionar os orcs e ratificar a figura de Baldur como líder das tribos — o barão ficou para trás, à frente dos Dragões de Baldúria, para conduzir as criaturas ao novo destino. Kyle riu ao se lembrar das discussões acaloradas entre o assassino svaltar e o cavaleiro humano a respeito do que fazer em relação aos "novos súditos" do barão. Os dois tinham ideias opostas: Kalannar pretendia escravizá-los em Baldúria, colocá-los em diversas atividades braçais ou perigosas, enquanto que Baldur... bem, Baldur admitiu que não tinha ideia alguma, que não sabia o que fazer com os orcs, o que para o svaltar não foi surpresa alguma. O barão só sabia que não podia explorá-los à força ou eles se rebelariam novamente, sendo Baldur o novo líder das tribos ou não.

Foi o próprio Kyle que arrumou a solução, graças à proximidade que ainda mantinha com Agnor (os demais preferiam deixar o mago isolado em sua torre, finalmente erigida num promontório a leste da Praia Vermelha). Em visita recente ao korangariano, que precisava de trancas para novos baús, ele ouviu Agnor se vangloriar de ter encontrado veios de prata nas colinas a oeste da Mata Escura, em meio às "expedições geomânticas" — termos do próprio feiticeiro — que vinha realizando. Os baús, aliás, estavam cheios de pepitas extraídas magicamente do depósito. Kyle sugeriu a Baldur e Kalannar que deixassem os orcs minerar a prata, como os anões faziam com o ouro em Fnyar-Holl. O barão considerou boa a ideia e decidiu oferecer as colinas a oeste como um assentamento que os manteria distantes dos alfares de Bal--dael e dos humanos da Praia Vermelha, mas ainda assim dentro dos limites de Baldúria. Convencido, Kalannar determinou a fração de prata que ficaria com os orcs, ainda que preferisse escravizá-los como mineradores, mas o tom de voz do barão o dissuadiu. Pelo menos, considerou o svaltar, seria uma taxa menor do que os anões cobrariam para explorar o depósito do metal precioso. Como súditos de Baldúria, o grosso da produção das criaturas iria para os cofres do baronato.

Em uma coisa, porém, Baldur e Kalannar concordavam: eles deveriam apertar Agnor para saber o motivo de ele não ter revelado a existência de uma riqueza daquelas dentro do território de Baldúria. Kyle esperava não ter colocado o korangariano em apuros. Apesar da personalidade antipática do mago, ele o considerava divertido justamente pelo mau humor. Como alguém era capaz de viver eternamente zangado, especialmente agora que morava em um lugar bonito como a Praia Vermelha?

Talvez o temperamento de Agnor fosse explicado pela origem em Korangar, considerou Kyle. Nascido em Tolgar-e-Kol, a cidade-estado vizinha ao Império dos Mortos, ele se lembrava da visita de uma "comitiva de Korangar" ocorrida em sua infância — um espetáculo de força da Nação-Demônio, que enviava representantes para exigir o cumprimento de suas medidas econômicas, segundo Od-lanor lhe explicou, mais tarde. Contudo, aos olhos de um Kyle criança na época, correndo pelas ruas para ver a chegada dos tais korangarianos, a comitiva ficou marcada como um exemplo do que Korangar seria: um lugar lúgubre e opressor, com gente vestida em roupas negras e exóticas, cercada por guardas em armaduras com entalhes assustadores de demônios e caveiras, vindo em carruagens blindadas que soltavam vapores fedorentos. Pelo menos essa era a imagem que grudou na mente do jovem chaveiro; se o Império dos Mortos era assim, não era surpresa que Agnor fosse emburrado com tudo e com todos. Pobre homem. Kyle imaginava que ele também seria mal-humorado se tivesse nascido lá.

Ele percebeu que estava segurando um papa-terra há muito tempo e finalmente ouviu o feirante dizer o valor. Pagou, colocou o peixe no bolsão, agradeceu e continuou pelo mercado, ainda pensando na impressão que a comitiva de Korangar havia deixado em sua mente infantil. Felizmente o pequeno Derek não veria uma coisa daquelas na vida. Pensar no filho levou Kyle a considerar se o *outro* Derek também tinha visto uma comitiva da Nação-Demônio nos anos em que morou em Tolgar-e-Kol. Novamente bateu a tristeza pela perda de contato com o amigo.

Decidido a pensar em coisas mais leves, o rapaz passou a prestar atenção nos baldurianos à volta e a cumprimentá-los enquanto continuava a abastecer o bolsão. Ele gostava da Praia Vermelha, daquela gente brava que lutou com ele contra Amaraxas, da terra de onde saíram a esposa e o filho. O jovem chaveiro percorreu as barracas até notar alguém que não reconheceu imediatamente, um sujeito claramente estrangeiro pela pele pálida em meio ao povo bronzeado de Baldúria, com roupas diferentes dos costumes locais. O homem vasculhava o mercado, curioso com tudo, conversando com os feirantes. Kyle decidiu se aproximar e falar com ele.

— Oi, bom sol, você não é daqui, certo?

O sujeito reagiu à aproximação com um sorriso.

— Oi, bom sol, não, não sou daqui. — Ele deu um risinho. — Eu destoo tanto assim?

— O pessoal aqui não é tão branquelo — respondeu Kyle, também sorrindo. — Meu nome é Kyle.

— Jenek de Redenheim, vindo de Dalgória.

— Ah, bem-vindo. Adoro sua terra.

— Sério? Que bom. Dalgória é um reino adorável mesmo — disse o estrangeiro. — Você faz negócios lá?

— Não, não. Sou o chaveiro da Praia Vermelha. Mas estive lá no Palácio dos Ventos. — Ele apontou com orgulho indisfarçável para o castelo voador, pousado no ponto de sempre, no canto da orla. — Sou o condutor dele.

Jenek arregalou os olhos com uma expressão entre a incredulidade e o maravilhamento.

— Aquilo tem um *condutor*? — perguntou ele. — Como o remador de um bote?

— Sim, na verdade, *dois* condutores. Eu controlo o Palácio dos Ventos com um kobold amigo meu.

Agora o semblante de descrença ficou mais evidente no rosto do estrangeiro.

— Perdão, meu jovem, mas... um kobold? E *amigo* seu?

— É uma longa história, mas é verdade — afirmou Kyle com toda a sinceridade. — Sou da Confraria do Inferno, os heróis que fecharam os Portões do Inferno e mataram o Primeiro Dragão. É o crânio dele ali fora.

— Fantástico, Mestre Kyle... Posso chamá-lo assim, não? Afinal, você tem um negócio aqui.

— Todo mundo me chama só de Kyle, mas Mestre Kyle caiu bem. — Ele riu. — E você, veio comprar alguma coisa aqui? Se precisar de gazuas, cadeados, trancas, é só falar comigo.

— Eu sou um caixeiro-viajante. — O homem tirou o que parecia ser um pequeno mostruário dobrável do bolsão e abriu diante do rapaz falador. — Vendo joias, adereços, bijuterias para gente de fino trato. Soube que Baldúria está enriquecendo com o azeite de peixe e decidi tentar a sorte aqui. A corte de Dalgória já conhece meu material, e preciso de novos clientes.

Os olhos de Kyle ficaram fascinados pela beleza do conteúdo do mostruário. Os objetos cintilaram de maneira hipnotizante, provocaram um caleidoscópio de sensações entorpecentes, e o jovem chaveiro se viu mesmerizado por Jenek.

— Elas são... lindas — falou ele finalmente, com dificuldade.

— Obrigado, Mestre Kyle. É apenas uma amostra — disse o caixeiro-viajante enquanto fechava e guardava o mostruário.

O rapaz se sentiu tomado por uma estranha vontade de ajudar aquele desconhecido que, naquele momento, parecia ser um grande amigo.

— Mas se você for vender alguma coisa aqui na Praia Vermelha, tem que tirar uma licença de comércio na Casa Grande. — Ele apontou para o casarão de dois andares em cima de uma elevação, com vista para toda a Praia Vermelha. — Eu mesmo tive que pagar pela licença para atuar como chaveiro, e olha que sou amigo do feitor-mor.

— Sério? Obrigado pela informação, amigo Kyle. E quem é o feitor-mor?

— O Kalannar. Ele manda em tudo aqui quando o Baldur, digo, o Barão Baldur não está. E quando ele está também! — falou Kyle, desandando a rir com o que acabara de dizer.

O estrangeiro olhou para a Casa Grande com uma expressão um pouco preocupada.

— Bem, vou ter que cuidar disso para não arrumar problemas com as autoridades... Só quero vender minhas mercadorias.

— Eu posso te apresentar ao Kalannar, Jenek. Ele é meu amigo, também é um Confrade do Inferno como eu. — O jovem chaveiro se sentiu compelido a falar a verdade. — Bem, quer dizer, nem eu nem ele fomos reconhecidos *oficialmente* como integrantes da Confraria do Inferno, mas nós dois também fechamos os Portões do Inferno e matamos o Amaraxas junto com o Baldur, o Derek, o Od-lanor e o Agnor.

A menção ao último nome desconcertou o caixeiro-viajante por um breve instante, mas ele se recuperou antes que Kyle percebesse. Na verdade, no atual estado de confusão mental do jovem, Jenek duvidava que ele estivesse ciente das nuances do que acontecia ao redor.

— Agnor, você disse? — perguntou o homem.

— Sim, ele é o arquimago-geomante de Baldúria.

— Uau — exclamou Jenek, com uma expressão de surpresa que era, em parte, legítima. — Não sabia que o baronato tinha feiticeiros desse nível de poder.

— Nossa, ele é *muito* poderoso. Já vi o Agnor abrindo paredes em cavernas, banindo demônios! Mas ele é que nem você.

— Como assim? — falou o sujeito, com um pouco de tensão na voz, subitamente olhando de um lado para o outro.

— Ele é um estrangeiro. Veio de Korangar. Você sabe onde fica?

— Não — respondeu Jenek, tentando manter a frieza e indiferença na voz, e quase não conseguindo.

— Uma terra assombrada e maligna bem ao norte. Eu nasci na fronteira, em Tolgar-e-Kol, aliás.

O caixeiro-viajante mal escutou a resposta. Ele ficou olhando fixamente para a Casa Grande, depois se voltou para o fortim em cima da rocha imensa que flutuava na orla.

— Esse Arquimago Agnor mora na Casa Grande ou no Palácio dos Ventos? — perguntou Jenek.

— Nem um, nem outro. Ele é meio... antipático. — Kyle riu. — Mas eu gosto do Agnor. Ele mora numa torre lá depois da enseada. Não dá para ver daqui.

Jenek aparentou alívio, mas o jovem chaveiro não entendeu o motivo. Ele apenas continuava compelido a ser sincero com o novo amigo e ajudá-lo, pois, afinal, era o que amigos faziam.

— Bem, Mestre Kyle, eu não quero tomar tanto assim do seu tempo. Vejo que comprou um belo peixe — disse o homem, apontando para o bolsão do rapaz. — Levando para o almoço?

— Sim. Vou deixar com a Enna, a minha esposa, para prepará-lo. Mas, se quiser, posso te levar à Casa Grande para resolver a questão da sua licença.

— Não! — exclamou o homem, novamente todo sorrisos. — Longe de mim atrapalhar o almoço da família. Aliás, eu me sinto na obrigação de agradecê-lo pela oferta de ajuda e pela conversa tão gentil e informativa. Por favor...

Ele puxou e abriu novamente o mostruário, olhou a coleção e separou dois pingentes.

— Eis aqui um presente. Não aceito "não" como resposta, por favor. É um mimo para sua esposa e para você, como disse, por tudo que fez.

Kyle pegou os pingentes com uma expressão maravilhada e um sorriso bobo. Ele agradeceu e olhou feliz para o novo grande amigo.

— Mas eu não fiz nada...

— Pelo contrário, meu jovem chaveiro. Você abriu muitas portas para mim. — Jenek deu um sorriso rasgado. — E com certeza vai abrir muitas mais. Podemos combinar de ir amanhã mais cedo falar com o feitor-mor?

— Claro, está acertado. — Kyle começou a se retirar, com a mão direita firmemente fechada em torno dos presentes, e se despediu com a esquerda. — Até amanhã, aqui neste lugar.

O estrangeiro fez a mesma saudação e viu o rapaz ir embora do mercado. Assim que ele sumiu, sua expressão endureceu. Havia muita coisa para digerir até o dia seguinte. O homem ainda pretendia circular um pouco mais e confirmar as informações de Kyle, mas aparentemente dera a sorte de falar com a pessoa certa.

Fingindo interesse em outras mercadorias à venda, Jenor continuou a investigar Baldúria.

CAPÍTULO 18

PRAIA VERMELHA, BALDÚRIA

Investigar Baldúria era uma tarefa simples perto de investigar Dalgória. O ducado nasceu há três décadas a partir de um reino-livre antigo, Blumenheim, e contava com cidades seculares e uma capital que remontava aos tempos do Império Adamar. Em comparação, Baldúria era um baronato recente, estabelecido na terra selvagem da Beira Leste, composto apenas por uma armação baleeira e um vilarejo élfico no interior, subindo um rio. Ainda que a Praia Vermelha fosse uma comunidade pesqueira pequena que tivesse crescido muito nos últimos anos, ali todo mundo se conhecia e vivia basicamente de uma única fonte de negócios; a capital de Baldúria estava longe de ser uma Bela Dejanna, que tinha uma corte, população numerosa, templo anão e comércios variados.

Jenor se perguntava qual seria o segredo por trás do sucesso daquele reino praticamente recém-nascido, que havia acabado de salvar Dalgória do levante orc que *ele* tinha fomentado e que agora absorveu a região vizinha sob comando desse Barão Baldur. Aquele magnífico castelo voador certamente desempenhava um grande papel, mas não podia ser somente isso. O espião de Korangar sabia que, por melhor que fosse o equipamento, bons resultados não vinham sem talento. O chaveiro Kyle havia comentado a respeito da tal Confraria do Inferno, grupo do qual o próprio Kyle faria parte, que também incluiria o barão, o feitor-mor da armação, um outro sujeito que Jenor não fazia ideia de quem era (um tal de Derek), e ainda por cima um adamar e o Foragido! Pelo nome, aquele "Od-lanor" só podia mesmo ser um adamar. Era preciso perguntar mais ao jovem a respeito desse indivíduo, possivelmente um sobrevivente da civilização cruel que escravizou os humanos que fundaram Korangar. Quanto valeria a cabeça desse Od-lanor para o Triunvirato? O que as Torres fariam com o corpo dele, como sacrifício à memória de Exor, o Libertador?

A possível existência de um adamar ali, em Baldúria, já teria sido suficiente para dominar os pensamentos de Jenor desde a conversa que teve com o chaveiro, mas foi o nome de Agnor que tirou o sono do espião. O Foragido estava nas proximidades! Ele passou a noite considerando aquela informação valiosa. O homem mais procurado pela Nação-Demônio desde que fugiu há quase uma década com informações confidenciais se encontrava ali, entre todos os lugares possíveis de Zândia. O governo de Korangar caçou Agnor em todas as províncias do império e despachou os vulturii — os colegas espiões de Jenor — atrás do Foragido em alguns pontos de Krispínia, sem sucesso. Quanto valeria a cabeça de Agnor para o Triunvirato?

Aquela investigação poderia tornar Jenor um homem muito, muito rico. Quando o Império dos Mortos invadisse e tomasse Dalgória, ele já tinha até uma vila no interior em mente, a própria morada campestre do finado Duque Dalgor — isso sem falar no cargo de Sumo Vulturi como recompensa.

Todos esses pensamentos passaram novamente pela cabeça do espião enquanto ele fazia o desjejum no Recanto da Ajuda, um misto de pousada de viajantes e bordel que o Barão Baldur mandou abrir logo que tomou o poder na vila. O homem, diziam, era dado a farras com os pescadores e os cavaleiros da ordem que ele mesmo fundara. A mesa do lorde estava reservada, aguardando sua volta triunfal de Dalgória e a comemoração pela conquista dos orcs e anexação do território vizinho. Os frequentadores só falavam naquilo, especialmente as prostitutas, ansiosas pelo retorno dos tais "Dragões de Baldúria", com as bolsas cheias após a campanha em terras dalgorianas.

Falando no ducado, Jenor vinha usando os mesmos trajes de Dalgória desde que chegara, mantendo a fachada de caixeiro-viajante estrangeiro para não levantar suspeitas. Logo no primeiro dia em Baldúria, contudo, ele tinha sido notado por um rapaz de capa preta, loriga de couro negro e duas espadas curtas e finas à cintura, muito exóticas para os padrões dos outros reinos, e especialmente fora de lugar naquele ambiente pesqueiro. Obviamente era algum tipo de agente especial — uma vida em Korangar, especialmente sendo um vulturi, treinou o olho de Jenor para esse tipo de coisa. O sujeito em si não o preocupava, pois parecia inexperiente, e o espião da Nação-Demônio sabia muito bem manter um disfarce, mas a *existência* de uma guarda secreta era digna de atenção. Qual a necessidade de ter uma organização assim em uma pacata vila de pescadores? Haveria algum grupo de descontentes entre os baldurianos? Ou o negócio do azeite de peixe ia tão bem que o barão ou o feitor-mor (que mandava mesmo em Baldúria, segundo o chaveiro) temia evasão de impostos, ladrões ou sabotadores?

Mais um item na lista de coisas a descobrir a respeito desse baronato intrigante que começava a preocupá-lo. Jenor considerou realmente melhor se ater aos trejeitos e roupas dalgorianos e manter a capa de vulturi bem guardada nos aposentos alugados na pousada, visto que o Foragido poderia reconhecê-la caso se esbarrassem. O instinto de espião salvara sua pele antes, várias vezes; era melhor escutá-lo.

Ele verificou o mostruário de joias dentro do bolsão e as moedas com as efígies do Duque Dalgor e do Grande Rei Krispinus na bolsinha pendurada no cinto, esperou que a quantia fosse suficiente, e saiu do Recanto da Ajuda. Jenor foi se encontrar com Kyle, como havia combinado com o jovem chaveiro, a fim de ser apresentado ao feitor-mor e adquirir a tal licença para operar como caixeiro-viajante em Baldúria. Talvez esse fosse o motivo da guarda especial: ficar de olho em quem burlava a exigência. Fazia algum sentido, pelo menos, se o baronato estivesse prosperando como diziam. De qualquer forma, o espião se manteria atento ao espadachim vestido de couro negro.

No mercado, Jenor localizou Kyle e se aproximou dele. O korangariano ficou contente ao ver que o rapaz usava o pingente que havia ganhado de presente — e se surpreendeu ao vê-lo *realmente* acompanhado por um kobold.

— Bom sol, Mestre Jenek — disse o chaveiro. — Esse aqui é o Na'bun'dak, que conduz comigo o Palácio dos Ventos. Viu como eu tenho mesmo um amigo kobold?

— Bom sol, Mestre Kyle. — Ele sorriu amarelo, constrangido; era como se alguém em Korangar apresentasse um vassai como integrante da família. — Mas os kobolds não são escravos aqui?

— Sim, e isso me chateia bastante, mas nem o barão nem o feitor-mor me escutam. Pelo menos o Na'bun'dak é livre e mora comigo.

O rapaz era maluco, só podia ser. *Por isso o pingente o dominou tão facilmente*, considerou Jenor.

— Podemos ir à Casa Grande? — falou o vulturi. — Não quero mantê-lo afastado de seu negócio...

Kyle concordou e dispensou Na'bun'dak, que saiu guinchando atrás de seus pares na armação, não sem antes lançar um olhar desconfiado para o outro humano. O espião e o chaveiro conversaram amenidades enquanto se dirigiam à Casa Grande, no ponto privilegiado em que a construção vislumbrava toda a operação baleeira. Jenor não queria abusar do poder do objeto, não queria dar a impressão de estar fazendo um interrogatório. Quando o assunto permitiu, ele encaixou uma pergunta a respeito do tal Od-lanor.

— Ele é um arquimago também, que nem o Agnor — explicou Kyle. — Tem até um robe bonito e pomposo. O Od-lanor contou que aquilo foi um presente da própria Rainha Danyanna.

— Uau, quantos arquimagos em uma pequena vila pesqueira! — O korangariano não controlou o tom irônico, por imaginar que Kyle não perceberia em meio à confusão mental. — Fiquei mais curioso agora, se me permite. Esse Arquimago Od-lanor deve ser um sujeito impressionante para ganhar um mimo da rainha.

— Ele é mesmo — concordou o rapaz. — E um pouco esquisitão também. Tirando o robe, o Od-lanor anda com pouca roupa, só um paninho aqui embaixo... e também usa maquiagem de mulher na cara! Eu achava isso divertido quando era criança, mas ele me contou que é um costume adamar. Gente estranha. Você sabe o que é um adamar, Mestre Jenek?

Jenor quase não ouviu a pergunta do jovem simplório. Um adamar de fato, como o nome sugeria. E um *arquimago* ainda por cima.

— Sei, sim — respondeu o espião automaticamente. — E o Arquimago Od-lanor também está em Baldúria, como o Arquimago Agnor?

— Agora não. Ele nem foi para a guerra com o Baldur... com o Barão Baldur. O Od-lanor está com a Rainha Danyanna, foi o que me disseram.

Melhor assim, pensou Jenor, quando os dois chegaram à escada íngreme que levava à Casa Grande, encarapitada em uma pequena elevação cercada de verde. No meio da subida exigente, sentindo o cansaço, o espião se lembrou de perguntar a respeito do feitor-mor, que também fazia parte da Confraria do Inferno. Era bom se informar a respeito do homem antes de conversar com ele. Do jeito que as coisas estavam indo, o instinto de Jenor esperava ouvir algum histórico bizarro em relação ao alcaide de Baldúria.

Mas nem que ele fosse um lich com séculos de existência teria adivinhado a resposta de Kyle.

— Ah, ele é um svaltar.

Jenor imediatamente olhou para o céu claro acima dos dois. Como um elfo das profundezas sobrevivia à luz do sol? Como teria chegado até ali? O barão mantinha uma colônia de alfares como vassalos, e o administrador escolhido por ele era um *svaltar*? Esses baldurianos eram uns neuróticos.

— Como assim? — Foi tudo que o vulturi conseguiu dizer.

— Ué, um svaltar. Você sabe o que é um svaltar?

— Eu *sei* o que é um svaltar — respondeu Jenor, irritado; aquele maldito baronato já estava lhe dando nos nervos.

— Então — continuou Kyle, sem se ofender com o tom do amigo —, a gente conheceu o Kalannar em Tolgar-e-Kol. Ele salvou o rei anão conosco, quer dizer, ajudou, mas não esteve presente lá, porque anões e svaltares se odeiam. Mas o Kalannar também é um Confrade do Inferno, tipo eu, não reconhecido oficialmente. Eu não vi, estava no Palácio dos Ventos, mas ele libertou as almas do Baldur e do Derek, pelo que o Od-lanor me contou depois.

O korangariano foi acometido por uma dor de cabeça repentina que se agravou com a necessidade de tomar fôlego na subida. Ele começou a questionar se havia fisgado a pessoa certa, mas a magia do pingente era infalível — o rapaz não podia estar mentindo. O espião apertou as têmporas e decidiu se concentrar no que era importante antes de conhecer o feitor-mor.

— Mas os humanos e os alfares toleram esse svaltar? — indagou Jenor.

— Bem, o Kalannar vive falando mal dos elfos, e o Baldur... o barão diz que a baronesa detesta o Kalannar. Já os humanos... Ele é meio duro com os impostos e chato com essa questão de licenças e papelada, mas a Praia Vermelha prosperou muito aqui com o Kalannar mandando em tudo. Você devia ter visto como era no passado, a vila era bem pobrezinha antes de a gente chegar. Meu sogro confirma; ele gosta do feitor-mor. Ou diz que gosta porque o Kalannar é meu amigo, vai saber.

Prata, pensou o vulturi. Assim como na Nação-Demônio, uma fortuna mudava tudo. Garantia que os entes queridos se tornassem desmortos sencientes, comprava cargos no Triunvirato, ganhava eleições na Câmara dos Vivos... e até fazia um humano aceitar ser governado por um svaltar. Tirando a questão de como aquele elfo das profundezas conseguia sobreviver à luz do dia, de resto Jenor considerava já ter entendido como funcionava aquele Kalannar.

O espião bufou quando finalmente chegou ao patamar do pátio de entrada da Casa Grande. Ele suspeitava que a subida fosse cansativa daquele jeito para desestimular qualquer audiência dos pescadores exaustos da labuta no mar. Jenor certamente havia pensado em desistir no meio do caminho. Ele olhou com inveja para Kyle, pois o rapaz não tinha suado, nem perdido o fôlego, mesmo tendo subido falando pelos cotovelos.

Conduzido pelo chaveiro, Jenor entrou no casarão de dois andares, passou por um salão comunal com um trono e avistou, no fundo de uma antecâmara, um segurança postado diante de uma porta dupla de madeira. O sujeito tinha as mesmas espadas curtas, capa preta e loriga de couro negro do homem que o notou quando ele chegou à Praia Vermelha. Agora que sabia que o feitor-mor era um svaltar, aquele armamento exótico fazia sentido. Se a memória não lhe falhava, aquelas espadas eram chamadas de "roperas" pelos elfos das profundezas. O alcaide mantinha uma guarda pessoal ao estilo svaltar, pelo visto. E nada discreta.

Ao ver Kyle se aproximando, o segurança abriu uma portinhola — que Kalannar mandara instalar para evitar que a porta fosse entreaberta, e, portanto, ele ficasse vulnerável — e anunciou a presença do rapaz. O chaveiro era dos poucos que tinha acesso a qualquer hora ao feitor-mor, mas era raro que o importunasse sem aviso prévio. Isso significava algum problema no Palácio dos Ventos. A mente de Kalannar já estava começando a calcular prejuízos imaginários quando um sorridente Kyle entrou acompanhado de um sujeito com trajes e tom de pele estrangeiros; os humanos da Praia Vermelha tinham pele curtida pelo sol e usavam vestes simples de pescadores. Aquele indivíduo era pálido e estava vestido com roupas ao estilo dalgoriano. Devia ser o homem que a Guarda Negra estava de olho desde que chegou a Baldúria, como o alcaide fora informado.

— Oi, Kalannar, digo, *Mestre* Kalannar. — Kyle sabia que o svaltar se irritava com a saudação "bom sol". — Eu vim trazer meu amigo Mestre Jenek aqui para tirar uma licença.

O feitor-mor encarou o jovem com olhos completamente negros e perturbadores.

— Kyle, eu já disse que você não pode abusar do *privilégio* de poder falar comigo a qualquer momento. Licenças são adquiridas por meio de audiências marcadas. Eu estou ocupado no momento.

Jenor observou a criatura sem de fato acreditar no que via. Era mesmo um svaltar diante de si, funcionando normalmente dentro de uma estrutura social humana, falando bem o idioma comum de Krispínia (melhor que ele, na verdade), e sobrevivendo em um dia claro. Ainda que não incidisse um raio de sol sobre o elfo das profundezas, teoricamente eles viravam pó ou algo assim durante o período diurno. Dezenas de conjecturas, muitas baseadas em superstições, outras em fatos aprendidos em Korangar, passaram pela mente do espião em um piscar de olhos, mas o texto ensaiado saiu pela boca naturalmente, as mesmas exatas palavras que ele dissera para Kyle e muitos outros baldurianos.

— Bom sol, meu nome é Jenek de Redenheim, vindo de Dalgória. Sou um caixeiro-viajante. Vendo joias, adereços, bijuterias para gente de fino trato. Soube que Baldúria está enriquecendo com o azeite de peixe e decidi tentar a sorte aqui. A corte de Dalgória já conhece meu material, e preciso de novos clientes.

Aquela apresentação decorada era seu escudo contra qualquer indagação mais superficial. Jenor esperava que o texto convencesse Kalannar, a primeira autoridade de fato que ele encontrou desde que chegou. Enquanto aguardava a resposta, os olhos absorveram o ambiente de trabalho do alcaide. Acima do svaltar havia três ossos enormes que o korangariano não soube identificar; dois pareciam ser de baleia, e o terceiro talvez fosse a ponta de uma garra gigante. Seriam um ótimo tópico de conversa para aliviar a tensão no ambiente...

... mas eis que Jenor notou a capa de um vulturi pendurada em um cabide ao lado da mesa do feitor-mor.

A mente do agente de Korangar travou. Era *impossível* que uma capa usada pela elite de espiões do Império dos Mortos — o mesmo modelo da que Jenor possuía guardado nos aposentos do Recanto da Ajuda — estivesse ali, naquele gabinete do administrador de uma vila pesqueira. Que por acaso era um svaltar.

— ... essa papelada e pagar a licença — terminou de dizer Kalannar, mostrando um documento sobre a mesa com a mão totalmente branca. — Ei, oi, está me ouvindo?

Anos de treinamento entraram em ação, uma onda de frieza tomou conta de Jenor, que conseguiu conter o atropelo de suposições e respondeu:

— Perdão, alcaide. Fiquei... maravilhado com essas ossadas.

— Aquela ali é a garra do Amaraxas — explicou Kyle. — Uma das garras, na verdade. É só a pontinha, porque a garra toda seria do tamanho dessa sala.

Tomado pelo orgulho em relação aos troféus, Kalannar deixou de lado a impaciência com a intrusão e resolveu se gabar.

— Sim, e as outras são as ossadas das baleias que fornecem a riqueza de Baldúria — falou ele. — As três simbolizam as conquistas do baronato, sob minha administração e a liderança do Barão Baldur.

— Será um prazer contribuir para o crescimento de Baldúria, Mestre Kalannar — disse Jenor pegando o documento apontado pelo svaltar. — E o valor da licença? Perdão se não ouvi.

Ele pagou o preço cobrado pelo elfo das profundezas e prometeu devolver o documento preenchido por intermédio de Kyle, se não houvesse problema. Kalannar concordou e deu como encerrada a audiência ao se levantar, lançando novamente um olhar feio para o chaveiro. O espião ficou consumido entre a vontade de saber mais a respeito da capa korangariana, exposta para quem quisesse ver, e o bom senso de apurar em outra ocasião. Talvez Kyle, o rapaz falastrão, conhecesse a origem do objeto, uma vez que parecia ter um manancial inesgotável de histórias da Confraria do Inferno para contar. Jenor decidiu dar ouvidos ao instinto e se retirou.

Descidas costumavam ser mais fáceis que as subidas, mas o korangariano sentiu todo o cansaço do mundo ao descer a escada da Casa Grande.

CAPÍTULO 19

VALE DE KURGA-NAHL, KORANGAR

Dentro da caverna que ele e Jadzya escolheram como abrigo na colina próxima ao acampamento das forças de Korangar, Derek Blak examinava à luz de uma lamparina os planos de invasão que havia roubado. O ambiente provocava recordações da terrível jornada que ele havia empreendido nas entranhas da Cordilheira dos Vizeus para resgatar o Dawar Bramok, o monarca do reino anão de Fnyar-Holl, durante a primeira missão que realizou para Ambrosius. E agora lá estava Derek dentro de outra câmara rochosa, úmida e claustrofóbica, trabalhando para a misteriosa figura de Tolgar-e-Kol. O guerreiro de Blakenheim havia se abrigado no interior da caverna para que a claridade não fosse vista do lado de fora, e o espaço em volta aumentava a agonia pela espera por Jadzya. A rebelde korangariana deveria ter chegado *antes* dele; a ausência indicava que ela provavelmente tinha morrido ao acionar a bralvoga. Derek havia ficado um bom tempo aguardando na boca da caverna, mas já era o momento de estudar os planos e mandar uma mensagem para Ambrosius antes que sua presença fosse descoberta sem ter enviado as informações, o que invalidaria todo o sacrifício feito por ele e Jadzya até então.

Na passada de olhos frenética dentro da tenda de comando, Derek tinha visto um mapa de Dalgória e presumido que aquele reino seria o alvo da invasão por parte de Korangar. Agora, com tempo e alguma tranquilidade dentro do esconderijo, ele pôde confirmar os temores. Não havia nada que indicasse que Korangar entraria na Caramésia, o ducado localizado logo ao sul descendo a costa, ou mesmo que daria a volta pelo Chifre de Zândia, ao norte, para invadir Krispínia pelo Mar de Be-lanor, no Ocidente, e atacar a Morada dos

Reis. O alvo era claramente Dalgória, depois da Beira Leste — ainda registrada assim nos mapas, com pequenas legendas indicando que a região agora se chamava Baldúria. O desembarque das forças da Nação-Demônio ocorreria, segundo as marcações, em um ponto do litoral a leste da capital Bela Dejanna, passando pelo arquipélago de Nubair — um conjunto de quatro ilhas que Derek imaginou que serviriam para esconder a aproximação da frota invasora ou até como abrigo para reabastecimento e agrupamento.

Havia outros mapeamentos de Dalgória, sugestões de deslocamento de tropas no solo, indicações de fortins dalgorianos, caminhos traçados pelo interior que levavam à capital passando pela Serra do Sino (o nome provocou um arrepio em Derek, pois ele se lembrou que foi ali que o povo de Bela Dejanna se abrigou do ataque de Amaraxas). Um nome frequente aparecia citado como fonte daquelas informações, um vulturi chamado "Jenor". O nome do sujeito também estava presente em uma papelada a respeito dos orcs de Dalgória; Derek sabia que as criaturas estavam em guerra no interior do ducado, sendo contidas pelas forças conjuntas do reino e de Baldúria. Ficou claro pelos documentos que Korangar era a mão escondida que manipulava as marionetes orcs. O guerreiro de Blakenheim teve que admitir que era um bom plano: seria bem mais fácil tomar um reino combálido por um conflito interno. Derek não viu nenhum comunicado mais recente que abordasse a guerra com os orcs e ficou preocupado com o destino de Baldur... e de Kyle. Será que o menino estava conduzindo o Palácio dos Ventos em pleno combate com os orcs? Ele balançou a cabeça e se permitiu um sorriso diante de tantas notícias ruins; o rapazote de voz meio fina era um homem feito agora e com certeza não cabia na apertada gaiola de comando do castelo voador. Derek chegou a rir sozinho, ali naquele ambiente confinado, imaginando se o voo do Palácio dos Ventos era controlado por *dois* kobolds; Baldur e especialmente Kalannar jamais permitiram aquilo.

Pensar na Confraria do Inferno fez o agente de Krispínia se apressar a informar o que descobriu para Ambrosius. Ele examinou os mapas e relatórios novamente, para se certificar do que diria na breve mensagem mística, ensaiou o texto falando na solidão da caverna e acionou o pendanti — o pingente encantado na forma de um ônix negro que lhe permitia mandar um pequeno recado por dia para Ambrosius. Derek passou a mensagem sucinta e guardou o objeto; ele nem sempre recebia uma resposta imediata, o que significava que

Ambrosius estava levando as informações em consideração e traçaria alguma diretriz futura. Diante da magnitude do breve relatório, o espião de Krispínia sabia que o homem demoraria a responder.

Só que Derek não tinha mais como esperar em Korangar.

Por mais que Ambrosius tivesse uma extensa rede de contatos, o guerreiro de Blakenheim desconfiava que o atual regente de Dalgória, Lorde Galdas, não estivesse entre eles. E Baldur com certeza não possuía um pendanti. Na melhor das hipóteses, Ambrosius contaria os planos de Korangar para o Grande Rei, e aí sim Krispinus enviaria mensageiros a Dalgória. Tudo isso tomaria tempo, e o barão precisava ser avisado o quanto antes que os orcs estavam sendo manipulados pelos korangarianos e que a Nação-Demônio em breve chegaria ao litoral vizinho. Derek sentiu um nó na garganta ao pensar novamente que tinha enviado o bergantim com Lenor e os refugiados para uma zona de guerra. E Baldur também precisava saber a respeito das futuras visitas.

Se ao menos ele tivesse como chegar rapidamente ao outro lado do mundo...

Derek Blak considerou tomar outro barco em Kangaard, agora de posse daquelas cartas náuticas, e obrigar o comandante a segui-las. Era mais viável do que enfrentar o interior instável de Korangar, correr o risco de ser engolido pelo Colapso, fugir para Tolgar-e-Kol e dali rumar para o sul, pelo inóspito Ermo de Bral-tor. Ele certamente morreria em uma das etapas, sem falar que chegaria com a invasão já em curso. O agente de Krispínia começava a levar a sério a hipótese de sequestrar um novo navio em Kangaard quando os olhos bateram na miniatura do Velho Palácio de Beja Dejanna, esquecido em meio à papelada roubada.

A mão foi até o pequeno objeto e aos papéis que vieram junto com ele. Derek girou e contemplou a miniatura, colocou-a de lado e leu os documentos. Não eram assinados pelos comandantes das tropas korangarianas — Konnor, o Senhor da Guerra; Zardor, o general do Exército; e Miranor, o comodoro da Frota —, mas, sim, por um sujeito chamado Corenor, "arquimago das Torres de Korangar". Devia ser, então, o líder místico apontado pelo Triunvirato. Ele começou a ler os papéis, desconfiado de que o objeto seria encantado e terminou a leitura com um sorrisão no rosto, sem acreditar na própria sorte.

Aquela miniatura era capaz de transportá-lo magicamente para a capital de Dalgória.

Agitado, Derek Blak releu mais duas vezes o documento assinado pelo feiticeiro. Ali estavam as instruções para acionar o item. Ele respirou fundo e considerou o ato em si. O guerreiro de Blakenheim só teve uma única experiência com portais na vida: os Portões do Inferno, a passagem dimensional que ele viu aberta, cuspindo demônios no interior do subsolo do Fortim do Pentáculo. O que estava descrito no papel assinado por Corenor parecia ser ao mesmo tempo igual *e* diferente. O procedimento dava a impressão de ser simples de realizar; como o texto estava endereçado a Konnor, o Senhor da Guerra, certamente o arquimago tinha explicado em termos que um guerreiro pudesse entender. *Ótimo*, pensou Derek, pois as instruções se aplicavam a ele também. Havia peças móveis na miniatura que tinham que ser acionadas enquanto o encantamento escrito por Corenor era enunciado em voz alta. Uma vez aberto, o objeto revelaria um cristal no interior que emitiria uma luz para transportar o usuário assim que a última parte do feitiço fosse entoada.

Foi nesse momento que Derek Blak hesitou.

Ele não dava muita sorte com cristais e gemas de Korangar; sua alma já tinha sido sugada por uma sovoga, na pior experiência da vida do guerreiro de Blakenheim até agora, uma que ele *não* pretendia repetir. E pelo visto Jadzya tinha morrido ao acionar uma bralvoga. Esses objetos sempre eram extremamente perigosos, especialmente para pessoas sem nenhuma experiência em conjurar magias. Derek começou a considerar se Konnor possuía algum histórico como feiticeiro; talvez tivesse sido Agnor ou outro korangariano qualquer que disse que os cidadãos letrados do império, especialmente os agentes do governo, eram obrigados a estudar noções básicas de magia de várias vertentes.

O espião de Krispínia colocou os papéis ao lado da miniatura e virou os olhos para as cartas náuticas, voltando a considerar o plano de sequestrar outro navio no porto de Kangaard. Ele chegou a estudar uma delas, mas um ruído na boca da caverna o colocou em estado de alerta. No instante seguinte, Derek Blak já estava armado com os gládios, avançando pelas sombras de um paredão de rocha que a pequena lamparina não iluminava. Era melhor surpreender o invasor do que ser surpreendido.

— Asa Negra?

A voz de Jadzya ecoou pelo corredor da caverna. A mulher usou o codinome dele, o que significava que estava em perigo, pois poderia ser ouvida.

— Jade — respondeu Derek, que surgiu diante da korangariana, sem conseguir enxergar além dela.

— Não se preocupe. Eu estava sendo seguida, mas despistei os soldados. Vim buscá-lo para sairmos daqui. Temos pouco tempo de vantagem.

Jadzya entrou na luz, e o guerreiro de Blakenheim conseguiu ver o braço direito da rebelde todo chamuscado, empolado com queimaduras graves. Tirando aquilo, no entanto, ela parecia estar bem.

— O que houve com você? — perguntou ele.

— Não temos *tanta* vantagem assim — disse Jadzya, ofegante. — Recolha tudo e vamos sair daqui.

Os dois ouviram vozes ao longe subindo pelo paredão.

— É, não temos tanta vantagem mesmo — concordou Derek, começando a recolher os planos de invasão.

— Vamos ter que sair lutando.

Ele ouviu a companheira sem prestar atenção nas palavras. A mente estava correndo enquanto colocava a papelada de volta dentro do bolsão. Eles seriam encurralados no esconderijo ou enfrentariam inimigos no terreno acidentado da colina, em fuga. O combate poderia custar a vida dos dois, e Dalgória e Baldúria ficariam sem receber o aviso a tempo.

— Asa Negra... — chamou ela ao vê-lo agachado, hesitante. — *Derek!* Vamos! Temos que ir.

O enviado de Krispínia estava parado, abaixado com um pequeno objeto na mão. A seguir, começou a mexer no item, girando de um lado para o outro, repetindo um texto que lia em um papiro apoiado no chão, ao lado da lamparina.

— DEREK! — berrou Jadzya.

O companheiro continuou a ignorá-la, até se levantar após guardar o papiro no bolsão, encerrar o falatório esquisito e se voltar para ela com um sorriso nervoso no rosto, virando o objeto — que agora revelava um cristal brilhante e pulsante no interior.

O próximo chamado da rebelde korangariana foi abafado por um clarão na pequena câmara rochosa, que ficou subitamente vazia.

BELA DEJANNA,
DALGÓRIA

A paz em Dalgória trouxe a normalidade de volta para Bela Dejanna. Nas ladeiras da pequena cidade à beira-mar, as crianças corriam pelas ruas, se entregando a brincadeiras, fugindo das tarefas domésticas e das chamadas severas dos pais. Um dos locais prediletos para os folguedos era o pátio do mausoléu de Dalgor, com uma grande fonte perto da estátua do antigo duque e sua família, onde meninos e meninas se refrescavam e soltavam pipas, sob o olhar da guarda zelosa do monumento. Três meninos em especial disputavam qual pipa voava mais alto, enquanto os amiguinhos e amiguinhas torciam por um vencedor no combate lúdico, entre risos e provocações cruéis típicas da idade. O trio puxava as linhas e não tirava os olhos do céu.

A brincadeira foi interrompida quando eles viram surgir dois adultos em pleno ar, abaixo da linha das pipas. Os olhos das crianças acompanharam a queda livre das duas figuras, que caíram bem no meio da fonte, levantando água e molhando os meninos e meninas que se divertiam à beira do monumento. A algazarra que se seguiu chamou a atenção de um guarda, que veio correndo para dar uma bronca.

— Ei, já falei que pode brincar em volta, mas não *dentro* da fonte! — berrou o homem.

O segurança levou o mesmo susto que os três meninos que soltavam pipa. Não havia adultos ali no pátio desde a última ronda, e agora um homem e uma mulher estavam se levantando da água lentamente, parecendo estar doloridos e confusos.

— Ei! — repetiu o sujeito. — Saiam daí, vocês dois! Não é permitido nadar na Fonte do Duque!

As figuras não estavam se mexendo muito, não queriam cooperar. O guarda assobiou para outros colegas ao longe, gesticulou para a fonte e entrou na água para retirar os arruaceiros que não atendiam às ordens. Outros dois seguranças entraram logo a seguir, enquanto o primeiro puxava um homem ensopado pelo braço.

* * *

Derek Blak estava confuso. Um instante atrás havia a penumbra da caverna, depois veio um clarão cegante e, agora, água. E dor. Muita dor. E gritos. Alguém berrava perto. Ou longe. Talvez fosse longe. Mas era uma voz de homem, e não de mulher. *Jadzya!* Onde estava ela? Jadzya, na caverna, sendo perseguida. Dor agora de novo. Água ainda nas narinas. Água no bolsão. *Os planos!* Ele levantou o bolsão para tirá-lo da água e viu Jadzya tentando ficar de pé, com as mãos nos olhos. A claridade era incômoda. *O sol!* Sol em Korangar? Impossível... *Não, seu idiota, é o sol de Krispínia.* Foram anos em Korangar sem vê-lo. A vista estava doendo assim como o corpo todo.

Uma mão no braço. Um puxão. Mais dor. A silhueta do homem que berrou estava ao lado agora. Outra mão no cinturão com os gládios, dando um puxão para arrancá-lo. A resposta instintiva de derrubar o sujeito e sacar as armas. Nova queda na água.

Agora havia um piso duro embaixo de si. Sem água, tirando aquela que escorria do corpo ensopado. Jadzya ao lado, tremendo, falando alguma coisa. Vozes ásperas dos homens. Guardas. Uniformes de Dalgória. *A gema na miniatura funcionou!* A miniatura do Velho Palácio. Os olhos se ajustaram à luz, finalmente. Os dois *estavam* no Velho Palácio, ou no que sobrou dele. Amaraxas. A estrutura antiga se agigantava além do pátio onde eles estavam. Uma fonte. Um monumento com a estátua de Dalgor. Morto por Amaraxas. Alguém ficou no lugar de Dalgor, mas quem?

— Eu preciso ver... o regente — disse ele.

— O que você disse? — perguntou o guarda diante do invasor da fonte, segurando o cinturão com as armas do homem.

— Eu preciso ver o regente — repetiu Derek Blak.

Ele notou que estava falando em korangariano, por puro costume. Derek só se comunicava no idioma comum de Krispínia quando falava com Ambrosius. Ele repetiu a frase agora na língua natal.

— Você no máximo verá o nosso comandante — respondeu o guarda. — Há uma multa para quem faz arruaça na Fonte do Duque, quem sabe até uns dias na prisão. Ali não é lugar para banhos. E essas armas e roupas? Vocês são estrangeiros?

— Olhe só o estado dessa mulher — disse outro segurança, apontando para as queimaduras de Jadzya.

A pobre korangariana estava encolhida, protegendo os olhos com os braços, e as consequências da explosão da bralvoga estavam à mostra.

— O que houve com ela? — perguntou o primeiro. — E como vocês chegaram aqui?

— Eu sou o Capitão Derek de Blakenheim, da guarda da Rainha Danyanna.

— É claro, e eu sou o Grande Rei Krispinus.

— Eu estou falando sério, caralho. — Ele finalmente estava recuperando os sentidos ao mesmo tempo em que perdia a paciência com aquela situação absurda. — Eu trago notícias importantes para o regente.

Derek fez menção de abrir o bolsão molhado e viu uma espada curta apontada para o pescoço.

— São documentos de guerra. — Ele preferiu não se explicar além disso; um reles guarda de palácio não precisava saber mais do que o necessário para entender a urgência da situação.

Derek não quis pensar no estado dos mapas e informações, não naquele momento tenso. Um problema de cada vez.

— Você tem como se identificar, "Capitão Derek de Blakenheim"? — disse o terceiro homem, finalmente abrindo a boca.

As lembranças da primeira vinda a Dalgória, em nome da Rainha Danyanna, para falar com o Duque Dalgor a respeito da Trompa dos Dragões, vieram à mente. Na ocasião, ele tinha trazido os documentos que o identificavam como agente da Coroa; documentos esses que, obviamente, Derek não portou durante a missão secreta em Korangar.

— Não tenho nada aqui comigo. Mas deixe-me falar com o Lorde Galdas. Sou um Confrade do Inferno, fechei os Portões do Inferno ao lado do Barão Baldur, de Baldúria.

Os três guardas riram, e o homem que o tirou da fonte falou:

— O Barão Baldur *é* o regente agora, seu mentiroso.

A informação atingiu Derek com a mesma violência da queda dele na fonte. Ambrosius não tinha informado nada a respeito disso, apenas que Baldúria tinha vindo ao auxílio de Dalgória quando os orcs se revoltaram. Será que aquilo era algo recente ou o amigo cavaleiro simplesmente tinha tomado o poder para melhor conduzir a guerra? Instintivamente, ele arriscou uma olhada para o céu, ainda incomodado pela claridade e por uma pontada de dor no pescoço, para ver se via o indefectível castelo voador.

Um gemido de Jadzya tirou Derek da confusão mental. Ela tinha se machucado ao cair e não estava entendendo nada do que estava sendo dito. O guerreiro de Blakenheim também sentia muitas dores, parecia que algo estava quebrado ou torcido no corpo, provavelmente ambos. Mas a korangariana precisava de cuidados naquelas queimaduras provocadas pela bralvoga.

— Chega de dar trela para esse sujeito, vamos levá-los para o comandante — disse o segundo guarda.

Era a melhor coisa que Derek tinha ouvido em muito tempo.

Algumas horas depois, ele finalmente estava diante do capitão da guarda palaciana, dentro da masmorra do Velho Palácio. Derek e o sujeito já tinham se visto havia oito anos, quando o enviado da rainha se identificou na residência do duque, mas o contato tinha durado pouco tempo para que o homem se lembrasse dos traços dele. Logo a seguir, *outra* visita havia chegado à capital — Amaraxas, o Primeiro Dragão —, e o capitão da guarda fora despachado por Dalgor para comandar a retirada da população da cidade. Compreensivelmente, os eventos anteriores à aparição do monstro naquele dia fatídico simplesmente foram apagados das recordações do sujeito.

Derek Blak teve que apelar para a única identificação possível que tinha em mãos (ou, no caso, que havia sido confiscada): a fivela de vero-ouro do cinturão, que o marcava como um grão-anão. Ele implorou que um sacerdote do templo de Midok, o deus dos anões, fosse chamado para identificar a honraria, que raramente era concedida a um humano, e o capitão da guarda, por começar a desconfiar que havia um fundo de verdade na história estranha do prisioneiro, concordou com o pedido. Ao ouvir o relato de como o humano resgatou o Dawar Bramok e recolocou o monarca no trono de Fnyar-Holl, motivo pelo qual ganhou a fivela das mãos do próprio Bramok, o sacerdote confirmou a história.

A partir dali, Derek recebeu encantamentos curativos do anão, que estendeu a gentileza à pobre Jadzya a pedido do humano, enquanto ouvia do capitão da guarda os feitos recentes de Baldur. O barão havia retornado à Baldúria após vencer o conflito com os orcs, para tristeza do guerreiro de Blakenheim. Ele tinha que informar ao amigo a respeito do perigo que Dalgória corria. Não adiantaria nada criar pânico entre os subalternos; era o novo senhor do ducado que precisava saber que Korangar estava vindo. Derek pediu o bolsão de volta, mas a água tinha arruinado boa parte dos documentos, como ele temera ao esperar na cela. Pelo menos o agente de Ambrosius se lembrava do ponto de desembarque dentro da estratégia da Nação-Demônio, e bastaria obter um mapa local para ajudá-lo a identificar a região.

Agora com as devidas desculpas do capitão da guarda palaciana e as bênçãos do sacerdote de Midok, Derek Blak pediu duas refeições quentes, dois cavalos rápidos, mapas recentes do ducado e provisões para viagem. Ele e Jadzya foram alojados no Velho Palácio enquanto aguardavam pelos preparativos. Ela, finalmente recuperada e com um aspecto bem mais saudável nas queimaduras, foi informada de tudo e sentiu uma admiração ainda maior por aquele granej em quem Lenor confiou. Ao contrário do que a korangariana dissera para Derek antes, talvez o líder da Insurreição fosse mesmo um bom profeta. Como previsto por ele, Jadzya tinha visto o sol ao lado daquele herói estrangeiro — e pretendia ver muitos mais.

Os dois partiram na manhã seguinte, curados e descansados, rumo a Baldúria, o mesmo destino de Lenor.

CAPÍTULO 20

CAMPO DE ASTRIA, FAIXA DE HURANGAR

Aqueles vinham sendo os melhores meses dos últimos anos para Krispinus. Montado em Roncinus, seu lendário cavalo de pedra, o Grande Rei observava o exército oponente reunido do outro lado do campo, aguardando o início do combate, enquanto sentia a ansiedade das próprias tropas perfiladas atrás de si. O inimigo tremulava um estandarte qualquer, reivindicando aquela região para si, como tantos outros postulantes a monarca faziam há anos no território contestado da Faixa de Hurangar. Krispinus pretendia pôr fim àquela farra. A manopla pesada estava pousada no pomo de Caliburnus, a Fúria do Rei, sua espada mágica, na expectativa de sacá-la e decapitar o falso soberano adiante dos soldados adversários.

A bem da verdade, conflitos territoriais compunham a realidade da Faixa de Hurangar havia décadas. A região sempre tinha sido uma colcha de retalhos dividida e disputada por tiranos e pequenos lordes que mantinham o conflito dentro de uma fronteira imaginária com o Grande Reino de Krispínia. Às vezes as guerras locais extrapolavam os limites de Hurangar, porém nada que exigisse mais do que uma pequena demonstração de força pelo lado krispiniano. Nunca houve um esforço dos vários pretensos monarcas hurangarianos de conquistar terras ao sul; porém, de maneira preocupante para o Deus-Rei, a situação foi se alterando no decorrer dos anos recentes. As disputas internas da Faixa de Hurangar foram se resolvendo, o poder foi se concentrando, e os generais foram se sagrando reis, unificando regiões dentro do território conquistado através da força, alianças ou matrimônios — e alguns fizeram incursões militares mais agudas, passando da fronteira com Krispínia.

Foi a partir deste momento que o Deus-Rei precisou intervir, com uma satisfação que não sentia há tempos. Desde o fim do conflito com os elfos, resolvido a contragosto por um acordo de paz selado por Baldur, seu próprio Irmão de Escudo, Krispinus sentia falta de estar em guerra. Aliás, até mesmo aquela longa disputa não tinha sido muito satisfatória. Assim que foi sagrado Grande Rei há quase quatro décadas, após o primeiro fechamento dos Portões do Inferno, Krispinus havia se afastado do campo de batalha por conta do cargo, apenas acompanhando enquanto os monarcas aliados travavam batalhas isoladas contra os elfos acuados e escondidos nas florestas do Sul e do Oriente. Mas agora, com esse surpreendente levante da Faixa de Hurangar, diante da ameaça clara de tropas bem armadas ao norte, o Grande Rei estava novamente em seu elemento. Ele podia ser outra vez o Deus da Guerra, venerado pelos soldados e pela população em apuros, adorado como um salvador, como o distribuidor de justiça e morte aos inimigos do Grande Reino. Krispinus se sentiu imbuído de poderes divinos só de pensar nisso e apertou com força o cabo de Caliburnus. O sol pareceu reluzir com mais intensidade na armadura de vero-aço e banhar as tropas de Krispínia com uma energia sobrenatural.

Do outro lado do Campo de Astria, veio um burburinho que o Grande Rei conhecia muito bem. *Medo*. Medo diante do Deus-Rei da Guerra, da luz que agora emanava dele, abençoando e fortalecendo todos os seus soldados.

O braço blindado de Krispinus se ergueu com Caliburnus em riste. Quando ele apontou a espada encantada para as forças adversárias, a massa de Krispínia avançou junto com o soberano, que jamais ficava para trás em um combate. O Exército do Grande Reino e seu monarca pareciam raios de sol fulgurantes incidindo sobre os inimigos com um brilho e calor aterradores e implacáveis.

A batalha durou poucas horas, mas a exultação que ele sentiu pela vitória e pelo derramamento de sangue duraria dias.

SARMÊNIA, FAIXA DE HURANGAR

Na entrada da tenda de comando do acampamento militar, o Deus-Rei observava o Fortim de Sarmênia, atualmente sitiado pelas forças de Krispínia. A estrutura de pedra, onde se abrigava um tal de Rei Medaur, atual conquistador da região, estava obscurecida por uma bruma inatural, agitada por ventos de origem mística.

— A Garra não consegue voar nessas condições, Krispinus — observou Caramir ao lado do monarca. — Eles têm um bom aeromante lá dentro. A Danyanna está fazendo falta.

A ausência da rainha no campo de batalha vinha irritando o Grande Rei, e ele não precisava do comentário do amigo meio-elfo para lembrá-lo do aborrecimento. A Suma Mageia considerava a Campanha de Hurangar um "conflito de fronteira que se resolveria sozinho" e havia se enclausurado em um encontro dos maiores feiticeiros do reino e se negado a prestar ajuda mística. Ainda na Morada dos Reis, antes de partir para o território contestado ao norte, Krispinus tentou demovê-la da decisão, mas quando se referiu ao Colégio de Arquimagos como "clube de crochê", recebeu uma porta fechada na cara e desistiu de convencer a mulher.

— Então vamos romper esse sítio da maneira convencional, sem o apoio aéreo da Garra Vermelha — disse o Deus-Rei, dando por encerrado o assunto Danyanna com uma cara feia para o duque.

Caramir se sentiu contrariado sem poder contar com a tropa aérea, montada em éguas trovejantes, que era o grande trunfo da Caramésia. Criada para atuar das alturas na caçada aos elfos, a Garra Vermelha estava relativamente ociosa desde o acordo de paz firmado com os alfares, e seu comandante meio-elfo vinha dividindo a mesma frustração que Krispinus sentia ao estar isolado no Trono Eterno, até que o levante da Faixa de Hurangar reuniu os dois amigos e suas tropas em combate mais uma vez. Porém, o duque detinha recursos que iam além da força especial caramesiana — ele próprio ainda era um caçador implacável, algo que o posto de soberano não alterou. Caramir sabia que podia mudar o curso daquele sítio sozinho, se o Grande Rei permitisse, e fez uma sugestão:

— Isso pode levar semanas... mas eu poderia aproveitar a cobertura da bruma, invadir o fortim e matar o aeromante. Assim os céus estariam livres para a Garra, e eu abriria os portões para nossas forças. Esse "Rei" Medaur seria atacado pelo ar e pelo solo ao mesmo tempo.

O Deus-Rei sorriu diante do plano, mas resolveu adaptá-lo para se incluir nele.

— Ou eu poderia ir com você, matar de vez esse tirano filho da puta e exigir a rendição da tropa dele. Bem mais prático.

O meio-elfo riu, como se esperasse essa oferta. Krispinus nunca abria mão de uma briga.

— Já se foi o tempo desse tipo de ação para você, meu caro. — Ele apontou para a pesada armadura de placas do monarca humano. — Aposto que se esqueceu de como é combater sem esse vero-aço todo no corpo.

O Grande Rei bufou.

— Só preciso de uma loriga de couro e Caliburnus na mão para ir com você.

— Seus Irmãos de Escudo não te deixariam sair sem armadura, nem somente acompanhado por mim — argumentou Caramir.

— Eu mando neles! — Krispinus começou a se exasperar, mas sabia que não havia como ordenar sua guarda pessoal a deixá-lo ir em frente apenas com o duque, e ainda por cima sem a armadura real. — Eu poderia ordenar que alguns deles fossem conosco.

— Que nem você fez quando os svaltares reabriram os Portões do Inferno? — O meio-elfo riu de novo. — Eu não vou invadir um fortim com meia dúzia de grandalhões enlatados, Krispinus.

O Deus-Rei pretendia dar uma resposta malcriada, mas sentiu uma presença entre eles, algo impossível, pois os dois estavam sozinhos na porta da tenda, com guardas postados a uma distância respeitosa, a fim de dar privacidade aos soberanos. Krispinus reconheceu imediatamente a sensação provocada pelo pendanti e ouviu a voz de Ambrosius dentro da mente, como se ele estivesse ali, ao lado do meio-elfo, participando da conversa. O Grande Rei ergueu a mão para pedir que Caramir aguardasse e prestou atenção à voz do homem, transmitida misticamente pelo pingente encantado que ele havia herdado de Dalgor. A comunicação mágica era limitada a uma mensagem breve, mas Ambrosius sempre falava sem rodeios. O meio-elfo esperou enquanto Krispinus olhava para um ponto vazio, como se visse alguém entre eles, e notou a mudança de expressão do amigo. Caramir já tinha visto aquele mesmo semblante em Danyanna e Dalgor quando os dois recebiam mensagens via pendanti; algo muito sério estava acontecendo.

Subitamente, o Deus-Rei tirou o olhar do vazio e encarou o duque com uma expressão ainda mais grave.

— Vamos entrar. — A cabeça dele apontou para a tenda. — Estamos prestes a começar uma guerra *de verdade*.

Após absorver a informação recebida através do pendant, Krispinus e Caramir se debruçaram sobre mapas de Zândia na mesa de guerra. Segundo o espião que Ambrosius havia despachado para Korangar — o Capitão Derek Blak, o guarda-costas da Rainha Danyanna, cedido pelo próprio Grande Rei em nome da missão —, o Império dos Mortos estava se preparando para enviar uma grande frota de invasão contra Krispínia. Os navios korangarianos desceriam pela costa da Caramésia, aparentemente ignorariam o ducado, contornariam Baldúria e depois rumariam para a costa de Dalgória, onde ocorreria o desembarque nas proximidades das Ilhas Nubair. Era uma empreitada diferente daquilo que o próprio Ambrosius, o Deus-Rei e o duque sempre concordaram que Korangar faria algum dia: uma invasão por terra pela fronteira da Caramésia. Desde que a guerra com os elfos da superfície havia acabado, Caramir vinha reforçando as defesas daquele limite territorial.

— Talvez por isso mesmo eles tenham decidido evitar a Caramésia — sugeriu o meio-elfo.

Krispinus concordou com a cabeça.

— Korangar sabia que tomar o Norte seria uma tarefa difícil com nossas forças tão próximas — disse ele, traçando uma linha com o dedo, indo da Morada dos Reis até Gwyn, a capital do ducado. — Mas os espiões que enviamos anteriormente nunca falaram que os korangarianos possuíam uma frota capaz de realizar uma viagem como essa.

— Convenhamos que os espiões nunca viveram muito tempo... — argumentou Caramir. — Mas *eu* sei que não tenho navios para impedir o avanço de Korangar. No máximo posso fustigar a esquadra inimiga com a Garra, mas estamos presos aqui em Hurangar. Talvez quando cheguemos seja tarde demais.

— Não, você não deve sair daqui. Nem eu, aliás. — Aquilo surpreendeu o meio-elfo, mas o Deus-Rei ergueu a mão e continuou falando: — Se nos retirarmos, esses reis fajutos podem se animar e entrar em Krispínia para valer. Temos que acabar com esse conflito de uma vez por todas *e aí sim* fortalecer a fronteira com Korangar caso os korangarianos estejam usando essa frota como despiste para realmente invadir o Norte.

— E vamos abandonar Dalgória à própria sorte? — perguntou o duque, ainda surpreso e agora indignado.

— Não, criatura, mas estamos longe demais do sul, de qualquer forma. Porém, o Barão Baldur já está no reino, cuidando de um levante orc. Ele que use meus *súditos* elfos para resolver a situação.

A menção aos alfares fez os dois torcerem a cara com desgosto. Ambos queriam ter dizimado o inimigo há quase uma década, e aquele acordo de paz foi um sapo difícil de engolir, que ainda parecia preso na garganta de Krispinus e Caramir. Agora, pelo menos, talvez o pacto selado entre humanos e elfos servisse para conter as forças korangarianas. E, quem sabe, muitos alfares morreriam no conflito com a Nação-Demônio, o que animou um pouco a dupla de soberanos. Pela troca de olhares, ficou claro que um pensou a mesma coisa que o outro.

— Ademais — continuou o Deus-Rei —, Baldúria tem uma frota pesqueira *e* aquele castelo voador impressionante. No momento, são duas coisas melhores para enfrentar Korangar no oceano do que o que temos aqui à nossa disposição.

Krispinus tirou os olhos do mapa e voltou o rosto barbudo para a entrada da tenda, como se pudesse enxergar o Fortim de Sarmênia. Uma ideia surgiu na cabeça, uma sensação de urgência que as informações trazidas por Ambrosius provocaram. Aquela campanha, por mais que ele estivesse apreciando e se sentindo como há anos não se sentia, tinha que ser acelerada. Não havia mais tempo para uma guerra prolongada na região, ainda que Krispinus quisesse que o conflito durasse e o mantivesse longe do tédio do Trono Eterno. A bota de Krispínia tinha que pisar firme na Faixa de Hurangar, e precisava fazer isso rapidamente.

O Grande Rei se voltou para o meio-elfo com uma expressão determinada.

— Como eu disse, temos que subjugar a Faixa de Hurangar de uma vez por todas. Agora mais rápido do que nunca. Chega de sítios demorados. Vou atropelar esses postulantes a rei com o Roncinus. Depois, se ainda for necessário, descemos para ajudar Dalgória. Aliás, *espero* que seja necessário. É bom que o Baldur deixe alguns korangarianos para nós. Ele já me tirou o prazer de matar elfos, e Caliburnus está doida para mandar uns desmortos para a cova definitivamente. — Krispinus tomou fôlego e tocou no ombro do amigo. — Vá lá. Siga com seu plano. Invada o castelo, mate o aeromante e use a Garra Vermelha para tomar o fortim e abrir os portões para mim.

Os olhos metálicos de Caramir brilharam ao ouvir a ordem. O monarca de Krispínia era dado a perder a paciência e tomar decisões de rompante — e geralmente a resolução envolvia distribuir violência de maneira ampla e irrestrita, um plano que o meio-elfo sanguinário adorava implementar. Ele não era chamado de Flagelo do Rei à toa.

Caramir fez uma saudação e saiu da tenda para executar a ordem do Grande Rei. Em poucas horas, o aeromante empregado pelo Rei Medaur estava morto, o feitiço havia sido cancelado, e a Garra Vermelha fez chover morte e destruição dos ares. Como planejado, um Caramir banhado em sangue abriu os portões do Forte de Sarmênia para as forças krispinianas. Na manhã seguinte, a fortaleza tinha sido tomada, e os corpos decapitados de Medaur e seus oficiais estavam pendurados nas ameias, sendo exibidos como um recado para os falsos monarcas da região.

A conquista sangrenta da Faixa de Hurangar havia começado de fato.

CAPÍTULO 21

MAUSOLÉU DE EXOR, KARMANGAR

O relativo silêncio das alamedas da Cidade Alta que levavam ao Mausoléu de Exor, quebrado apenas pelos gemidos dos desmortos, era música para os ouvidos de Pazor. O Ministro havia acabado de sair de outra sessão ruidosa no Parlamento e não aguentava mais ouvir tanta histeria e discursos inflamados. Ele compreendia o pânico que se alastrava tanto na Câmara dos Vivos quanto na Câmara dos Mortos, mas os parlamentares não precisavam externá-lo em um tom de voz tão alto. Os representantes da população viva e a elite de desmortos senscientes de Korangar temiam pela própria existência diante de notícias recentes de que mais províncias tinham sido engolidas pelo Colapso. O número de refugiados das áreas afetadas era enorme, não havia como recebê-los em regiões de risco e nem existiam recursos para alimentá-los durante os êxodos, sem contar que os necromantes espalhados pelo império simplesmente não eram capazes de reanimar as vítimas consumidas pela lava mística.

E tudo isso não era tão preocupante quanto as *outras* notícias recentes: o esforço de guerra de Konnor tinha sido interrompido pela destruição do suprimento de víveres das forças korangarianas. Os agentes políticos de Pazor dentro do acampamento militar no Vale de Kurga-nahl consideraram o incidente um ato de *sabotagem*, apesar de o comunicado oficial emitido pelo Krom-tor tê-lo classificado como um acidente.

Sem a tomada do território de Krispínia, Korangar estaria fadada à extinção, na ótica do Ministro. Obviamente haveria a saída de levar as elites de vivos e desmortos para o abrigo no Chifre de Zândia, mas o império em si, com seu vasto território e domínio militar e místico, esse sim estaria extinto de fato. A Nação-Demônio seria reduzida a uma colônia de refugiados — e isso Pazor não admitiria. Alguma medida drástica tinha que ser tomada, e por isso o líder do Parlamento estava a caminho do Mausoléu de Exor para se encontrar com Trevor, o outro integrante do Triunvirato presente na capital. Pazor e o Sumo Magus tinham que discutir o que fazer diante da gritante incompetência do Senhor da Guerra.

Há anos o Ministro desconfiava que Konnor era mais barulho do que atitude, exatamente igual à sessão do Parlamento que ele acabara de deixar: muitas vozes sendo erguidas, mas poucas ações efetivas sendo tomadas. O Senhor da Guerra vinha falhando em conter a chamada Insurreição, e agora o Império dos Mortos pagaria o preço por isso. Algo semelhante ao "acidente" no acampamento havia acontecido recentemente no porto de Kangaard, como informou o parlamentar que representava os portuários na Câmara dos Vivos, e Pazor desconfiava que Konnor tinha considerado que seu poderoso Exército estaria imune a uma sabotagem similar. Ele era um tolo bufão em sua armadura blindada.

A estrutura piramidal de dez andares engoliu Pazor e sua guarda pessoal, formada por demônios de formas femininas, vagamente humanas, que aparentavam uma fragilidade enganosa, assim como o Ministro do Parlamento. Ele se vestia e se comportava como um príncipe erudito, dado a gostos refinados, e de fato se considerava o verdadeiro governante de Korangar, responsável pela manutenção da imensa estrutura estatal e pela coordenação da burocracia sufocante que oprimia o povo mais do que as tropas de Konnor ou os necromantes de Trevor. Sem as províncias, sem a população, sem o aparato público inchado, Pazor não teria poder algum. A existência no Chifre de Zândia, cercado por uma centena de afortunados, seria um castigo eterno.

Se antes o Ministro tinha se oposto à invasão de Krispínia, por considerar que perderia poder para o Senhor da Guerra na tênue balança do Triunvirato, agora, com o avanço concreto do Colapso, ele mudou de opinião, como uma boa cobra criada dentro do Parlamento. Ficou claro que Korangar precisava tomar um território e se transferir para lá com toda a estrutura de governo intacta, para que Pazor continuasse sendo o líder político e administrativo de um novo império.

Com esse pensamento em mente, o Ministro chegou à câmara que guardava o corpo embalsamado de Exor. Como de costume, ele dispensou a segurança a fim de conversar a sós com Trevor. As reuniões do Triunvirato eram exclusivamente reservadas aos três líderes de Korangar, sem testemunhas. Também como de costume, o Sumo Magus já estava presente, contemplando o Libertador. Trevor sempre chegava adiantado e desacompanhado, como se não precisasse de guarda-costas — o que Pazor desconfiava que era verdade. Diziam que o arquimago necromante era capaz de matar com uma só palavra, acompanhada daquele perturbador olhar cinzento e sem vida.

— Salve Exor — disse o líder do Parlamento, em uma voz melíflua que ecoou no recinto.

— Salve Exor — respondeu Trevor.

— Imagino que o Grajda Sumo Magus esteja ciente dos acontecimentos no Vale de Kurga-nahl, onde se encontram nossas forças sob o comando do Grajda Senhor da Guerra.

— Eu recebi o relatório do Krom-tor, sim — respondeu o lich. — E também os relatos dos geomantes presentes. Uma bralvoga destruiu quase todos os suprimentos das tropas vivas. O que restou, me informaram, não é suficiente para sustentá-las, ainda que o Grajda Konnor não tenha colocado esse *detalhe* no comunicado oficial. Como estão as reservas imperiais, Grajda Pazor?

— Temos o estoque de emergência que nos aguarda no Chifre de Zândia, caso tenhamos que nos transferir para lá, e o suficiente para manter Karmangar, Kora-nahl e mais algumas cidades das principais províncias pelos próximos meses, mas se cedermos esses víveres para o esforço de guerra, a população morrerá de fome.

— O povo sempre pode ser reanimado — argumentou o necromante.

— Mas seria a última geração de korangarianos — falou o Ministro, em tom exageradamente dramático. — Sempre concordamos em manter o equilíbrio entre vivos e desmortos, Grajda Trevor!

— Eu sei, eu sei. — O lich parecia distante e contemplativo. — Seria tão mais prático se todos abraçassem a reanimação, mas entendo seu argumento. Precisamos ter vivos para haver desmortos, ou Korangar seria um império tristemente... finito.

— Neste exato momento, receio que Korangar seja um império *de fato* finito, Grajda Sumo Magus. A guerra tem que ir adiante, precisamos conquistar um reino para sairmos daqui antes que o Colapso consuma tudo.

— Quem diria que estou ouvindo isso da voz maviosa que tanto se opôs ao plano de guerra no Parlamento e que fez tudo para atrasá-lo — disse Trevor. — O que a perspectiva da morte, ou, pior ainda, da perda de poder não faz com um ser vivo.

— Que absurdo! — Pazor levou a mão delicada ao peitoral da túnica luxuosa e contorceu o belo rosto em uma expressão caricata de indignação. — O Parlamento apenas questionou a capacidade do Grajda Konnor de derrotar as forças de Krispínia. E, aparentemente, a casa tinha razão: o Senhor da Guerra sequer conseguiu derrotar um inimigo doméstico, o rebelde Lenor, e está se mostrando incapaz de nos conduzir ao exterior. Com certeza o que aconteceu no acampamento militar não foi um acidente, como o Grajda Konnor argumenta em seu comunicado, e, sim, fruto da ação de sabotadores da Insurreição. É o que meus agentes sustentam.

— A culpa do acontecido pouco importa, Grajda Pazor. É como a morte: uma vez ocorrido o falecimento, resta o próximo passo, a reanimação. Temos que trazer dos mortos essa malfadada campanha de guerra e, como não poderia deixar de ser, cabe a um necromante a tarefa.

— Não sei se entendi, Grajda Trevor... — disse o Ministro do Parlamento, desta vez com uma expressão de confusão genuína, sem afetação.

O lich se voltou para o corpo embalsamado do falso Exor, como se precisasse da força do amigo para enunciar sua decisão, ainda que aquele não fosse de fato o cadáver do Libertador.

— Até reunirmos novamente recursos capazes de sustentar as tropas vivas durante a viagem para tomar Krispínia, o império terá sido destruído pelo Colapso. As Torres dizem que o fim não tarda a ocorrer. Mas as tropas de *Reanimados* não precisam de víveres. O que restou no acampamento e o que conseguirmos desviar dos estoques servirão para alimentar os feiticeiros e tripulantes vivos, mas a vitória será garantida pelos zumbis e esqueletos.

O Sumo Magus se virou novamente para Pazor e completou:

— Sob meu comando.

Aquela declaração deu um nó na cabeça do Ministro. Ele tinha convocado a reunião com Trevor para definir o futuro do Senhor da Guerra, com o intuito de limitar os poderes de Konnor de alguma forma, talvez até mesmo indicar um representante do Parlamento — e das Torres, a fim de fazer uma média com o Sumo Magus — para dividir o comando das forças korangarianas e ampliar sua influência no resultado final da campanha, recriando assim a estrutura do Triunvirato no campo de batalha. Mas certamente Pazor não havia considerado que o *lich* em pessoa, um feiticeiro não combatente, se ofereceria para liderar o esforço de guerra.

— O Grajda não pode estar falando sério...

— Eu não sou dado a fazer humor — falou o necromante, secamente. — A situação é grave e merece extrema seriedade.

— Eu teria que levar a questão ao Parlamento, certamente a Câmara dos Vivos se...

— Korangar não tem mais tempo para politicagem, Grajda Ministro. — Trevor deu um passo à frente, e havia um tom estranho na voz rouca que Pazor não gostou de ouvir. — Korangar tem tempo para *lógica*. As únicas tropas capazes de viajar sem suprimentos e engajar em combate sem comer e beber, incansavelmente, são os Reanimados. Eu sou o Sumo Magus Necromante e comando *todos* os mortos-vivos de Korangar. Portanto, eu *devo* e *vou* liderá-los.

Antes que a língua ferina do líder do Parlamento pudesse contra-argumentar, Trevor deu início ao protocolo decisório entre os integrantes do Triunvirato.

— Grajda Ministro, as Torres de Korangar votam a favor da indicação do Sumo Magus como comandante das forças de Korangar.

Pazor respirou fundo. Aquele era o campo de batalha que ele dominava. Conspirações, conchavos, traições, isolamento e ostracismo. No momento, o guerreiro Konnor estava em baixa; o feiticeiro Trevor, em alta — e ele, o político, não tinha como ascender em um cenário de guerra, pelo menos não a princípio. O resultado *final* era o que importava — com a invasão bem-sucedida e uma região de Krispínia conquistada, aí sim Pazor, o Ministro do Parlamento, poderia se estabelecer por conta própria. Até lá, era necessário se juntar ao lado com mais chances de vitória, ao lado que estivesse em alta.

Ele encarou com firmeza os olhos cinzentos e mortos do lich e falou:

— Grajda Trevor, o Parlamento vota a favor da indicação do Sumo Magus como comandante das forças de Korangar.

— Então eu vou partir imediatamente — disse o arquimago necromante, que não saiu do lugar, dando a entender que não partiria *tão* imediatamente assim.

O Ministro entendeu o recado, pois Trevor não apenas era o primeiro, como também sempre o último a sair do sepulcro de Exor. Cada um com sua mania; era sabido que o Sumo Magus gostava de meditar a sós com o Libertador. Ele, Pazor, preferia passar as próximas horas na companhia de suas guarda-costas demoníacas e meditar de outra forma a respeito do futuro de Korangar.

Ao sair do Mausoléu de Exor, o Ministro observou a Cidade Alta e os pontos culminantes da capital que representavam o poder do Triunvirato: as Torres de Korangar, o Krom-tor e o Parlamento. Dos três líderes do império, agora somente Pazor permaneceria em Karmangar. Será que ele apagaria a última tocha ou a levaria em glória, conduzindo a Nação-Demônio para o novo lar conquistado pelos outros dois? O líder do Parlamento abriu um sorriso, considerando que agora tanto Konnor quanto Trevor corriam o risco de morrer na guerra, ainda que a morte não fosse algo definitivo em Korangar. Mas havia uma chance muito boa de eles deixarem de existir; contudo, Pazor torcia para que ambos os colegas saíssem vitoriosos.

O Senhor da Guerra e o Sumo Magus tinham uma terra para conquistar para o Ministro do Parlamento.

CAPÍTULO 22

COLINAS AO PÉ DA CORDILHEIRA DOS VIZEUS

O jovem orc Hagak cresceu ouvindo o falecido rauchi da tribo contar histórias a respeito do glorioso passado náutico de sua gente. Os orcs eram grandes navegadores, excelentes construtores de barcos, exploradores e colonizadores por natureza — até o dia em que foram encontrados pelos adamares, que os escravizaram usando sua magia poderosa e a violência de outro povo subjugado por eles, os humanos. Os orcs foram retirados dos mares, afastados dos litorais e levados para o interior a fim de ser a força motriz do império, obrigados a erigir fortalezas colossais e rasgar a terra com estradas. O Império Adamar foi construído à base do sangue e suor de humanos e orcs, mas ninguém contribuiu mais do que esses últimos.

Recuperar as regiões costeiras e voltar a singrar os mares era o grande sonho orc, uma promessa feita por cada kanchi que tomava a liderança unificada das tribos. Rosnak tinha sido o último de uma série de pretensos herdeiros de Sarlak, o Devorador, a garantir que a nação conquistaria uma saída para o oceano e encerraria uma vida nômade pelo interior dominado por humanos e elfos. Hagak chegou a acreditar nele, no tamanho descomunal do guerreiro, no poder conferido por Sarlak — mas o kanchi caíra em combate justamente contra o humano que agora detinha o controle das tribos. Ele era o primeiro da espécie a fazer isso, pelo menos até onde as histórias do rauchi contavam. Hagak esteve próximo à luta, testemunhou com os próprios olhos a conquista improvável do tal Baldur. E como todo jovem orc nascido e criado em uma cultura que valorizava a força, a selvageria e a vitória, Hagak agora admirava o kanchi humano pelo feito. Ele chegou ao ponto de se apresentar diante do novo líder e se oferecer como mochi, uma espécie de porta-voz ou oficial de ligação, por ter um bom domínio do idioma de Baldur. Hagak vinha de uma linhagem que realizava comércio com humanos e tinha um vocabulário muito grande. O jovem orc foi prontamente aceito e agora fazia parte do círculo interno do chamado "barão", um aglomerado de criaturas que Hagak não imaginaria servindo o humano, como elfos e um mestiço meio-elfo. Ele ouviu o kanchi falar de um "amigo adamar" e de um svaltar que cuidava das terras de Baldur enquanto o barão estava ausente, guerreando e conquistando.

Por dentro, Hagak sentia que não tinha como *não* seguir esse humano que era capaz de subjugar oponentes invencíveis e formar alianças com inimigos a ponto de ser servido por eles. Baldur era o Unificador, uma figura saída das lendas orcs, um guerreiro que daria um passo além da unificação das tribos que os kanchis normais realizavam. Se o rauchi de seu clã estivesse vivo, ficaria orgulhoso de ver Hagak trabalhando com ele.

No presente momento, porém, o jovem orc estava chateado com o novo líder. Hagak esperava, assim como o resto das tribos, que o novo kanchi conseguisse um terreno à beira-mar para eles, mesmo que houvesse reparações de guerra a serem pagas. Os orcs, porém, não imaginavam que ganhariam um espaço nas colinas do interior, um lugar que teriam que explorar para quitar as dívidas do conflito. Eles estavam inquietos, preocupados e um pouco beligerantes, como era natural da raça, mas acataram o destino determinado pelo Kanchi Baldur, justo vencedor do combate com Rosnak. Não havia ninguém entre os orcs com força suficiente para contestá-lo. Mas isso não significava que os conquistados estivessem contentes, como Hagak teve que admitir perante o humano.

— É o melhor que posso oferecer agora, Hagak — disse Baldur, contente por não precisar falar orc com o jovem porta-voz. — Esses veios de prata vão garantir o sustento de vocês, além do pagamento a Dalgória e Baldúria dos prejuízos causados pelo confronto. Se os veios forem ricos como me garantiram, todos nós vamos prosperar, orcs e humanos. E vocês ficarão mais próximos de uma terra à beira-mar, isso eu garanto.

Os dois estavam parados em uma elevação com vista para as colinas ao pé da Cordilheira dos Vizeus e a floresta ao redor, parte da Mata Escura dos elfos de Baldúria. Era um cenário selvagem, intocado pelas civilizações de Zândia, belo e virginal. Um pouco abaixo estava a massa de refugiados orcs retirada de Dalgória com a promessa de um assentamento, vigiados pelos Dragões de

Baldúria e pelos rapineiros de Bal-dael. Todos estavam em paz, todos eram súditos do barão, mas não fazia mal ter cautela nesses primeiros dias.

Baldur estendeu o braço pela floresta e continuou:

— Essa terra aqui, até onde a vista alcança, é de vocês para se estabelecerem e colonizarem à vontade. As tribos podem construir habitações, plantar e criar animais até o limite que vou determinar.

O barão sentiu o olhar incomodado de Kendel, o líder dos rapineiros, alguns passos abaixo na elevação. A exploração das florestas tinha sido o motivo da guerra entre humanos e elfos da superfície, exatamente a mesma exploração que Baldur estava oferecendo para os orcs. Mas os alfares, assim como os orcs, agora eram súditos dos humanos, eram os rendidos de um conflito perdido, e tinham que abaixar a cabeça para as determinações do soberano. Porém, o barão tinha certeza de que a esposa, a rainha dos elfos da superfície, ouviria a decisão tomada por ele ser contada por Kendel em termos nada favoráveis. Era melhor se precaver o quanto antes.

— Mas *em hipótese alguma* — frisou Baldur, com a voz firme — vocês devem entrar nas terras dos elfos, Mochi Hagak. Eu vou estabelecer muito bem essas fronteiras para que não haja nenhum... mal-entendido com Bal-dael.

Seguido pelo jovem orc, o barão foi até Carantir, ao lado de Kendel, e se dirigiu aos dois.

— Vocês vão cuidar de determinar esse limite na floresta e deixar claro para orcs e alfares que ele *será* respeitado, com a ajuda do Hagak. — Baldur bufou, parecendo cansado. — Nós temos uma oportunidade rara aqui de todo mundo viver em paz, alimentar nossas famílias e prosperar *sem* querer matar o colega da raça vizinha por algum desagrado bobo que pode muito bem ficar no passado, combinado? Dá para fazer usando de boa vontade e também dá para fazer pelo fio da espada. Eu prefiro comemorar com amigos no Recanto da Ajuda e rir dessa besteira toda de guerra do que vir com o Palácio dos Ventos e os Dragões de Baldúria para fazer cumprir a paz espalhando sangue para todo lado. O que vocês me dizem, Hagak, Kendel?

O porta-voz dos orcs e o líder dos rapineiros élficos se entreolharam, depois se voltaram para a terra que seria domada, aquele futuro território orc vizinho à comunidade alfar de Bal-dael. Diante deles estava o humano que os venceu e os uniu, por meio da violência e da diplomacia, estabelecendo uma realidade que jamais tinha sido considerada na história ancestral das três raças.

A autoridade e os feitos de Baldur eram inquestionáveis, e ambos os vassalos concordaram com a cabeça.

Nascia, naquele momento, a primeira tríplice fronteira em paz da história de Zândia.

Se arrependimento matasse, Agnor não teria feito aquela expedição geomântica. Na ocasião, pareceu ser uma boa ideia, mas agora o feiticeiro estava especialmente mal-humorado, bem além de seu estado natural de irritação. Desde a derrocada de Amaraxas, Agnor vinha explorando várias regiões do baronato não só atrás de um ponto ideal para erigir sua Torre de Alta Geomancia, como também de uma fonte de recursos para bancar a construção e outros experimentos mágicos. A torre estava concluída agora, em um belo promontório no litoral de Baldúria, longe o suficiente da Praia Vermelha para que ele pudesse conduzir seus projetos sem ser incomodado por aqueles aproveitadores da chamada "Confraria do Inferno". Porém, mesmo sendo um grão-anão, salvador e amigo pessoal do Dawar Bramok, Fnyar-Holl não deu um grande desconto no orçamento da torre. O korangariano contraiu uma dívida vultosa com os construtores da cidade anã.

Ele precisava encontrar um tesouro rapidamente a fim de pagar a conta, e uma colina visitada ainda nos primeiros anos de vida do baronato trouxe a solução. Agnor havia detectado a possível existência de um veio de prata ali, e uma segunda expedição recente não apenas confirmou a suspeita, como revelou a extensão do filão do metal precioso. Aquilo serviria para quitar a dívida com Fnyar-Holl e bancar o *outro* projeto que estava minando seus escassos recursos: a criação de um golem para servi-lo e protegê-lo. Mais fiel e presente que os elementais de pedra que o korangariano evocava, o golem era o servo e guardião supremo de um geomante, porém exigia uma gema muito rara e valiosa para ganhar vida ao término do encantamento. Agnor já havia encomendado a pedra em Unyar-Holl, o outro reino anão nas entranhas da Cordilheira dos Vizeus, para espalhar as dívidas, mas isso não mudava o fato de que precisava de prata para pagá-las.

Prata essa que ele estava prestes a perder porque Kyle, o falastrão, havia dado com a língua nos dentes e comentado com Baldur a respeito das pepitas guardadas na Torre de Alta Geomancia. Agnor odiava ser convocado para dar satisfações a quem quer que fosse. Os anos de servidão e obediência nas Torres de Korangar tinham ficado para trás, e ele não desejava revivê-los. Agnor era o senhor da própria torre e não havia ninguém acima dele, pelo menos em termos arcanos. Porém, Baldur era o soberano daquelas terras, e o korangariano sabia que tinha pelo menos que fingir respeito por aquele cavaleiro bronco e atender aos seus chamados.

Nem que fosse para mandá-lo pastar pessoalmente.

Pensando bem consigo mesmo, Agnor não estava arrependido de ter realizado a expedição geomântica que revelou o veio de prata, e, sim, apenas irritado de ter que prestar contas a Baldur e possivelmente perder a fonte de recursos que acabara de achar. Se de fato houvesse uma expedição que ele lamentava ter feito, seria a fatídica incursão que descobriu a instabilidade no leito rochoso de Korangar. O korangariano sempre amaldiçoou o dia em que fez parte do grupo de geomantes comandado por Gregor, pois aquilo tinha lhe custado a carreira e a família. Agnor precisou fugir do Império dos Mortos, deixando para trás o cargo na Torre de Geomancia e a vida relativamente estabelecida com os pais e o irmão inútil, aquele imprestável mago da Torre de Vidência que podia muito bem ter *previsto* o que ia acontecer quando ele saiu com Gregor e os colegas para explorar um novo veio de prata.

Prata novamente. Ao se aproximar da tenda de Baldur no acampamento das forças de Baldúria ao pé dos Vizeus, ele considerou se o metal precioso estaria novamente atrelado à sua perdição.

Agnor passou pelos dois guardas postados diante da entrada da tenda de campanha sem esperar ser anunciado. Um deles fez menção de barrá-lo, mas sentiu medo das vestes de feiticeiro e do olhar miúdo e mal-encarado do korangariano; o outro desestimulou o colega com um discreto aceno de cabeça. Seria preferível levar uma bronca do barão a arriscar virar uma estátua de pedra, segundo diziam os boatos na Praia Vermelha. A dupla deixou o recém-chegado passar.

Agnor irrompeu no ambiente com um meneio dramático da capa de feiticeiro. A presença chamou a atenção de Baldur e do pescador Barney, o sujeito que se gabava de ter matado Amaraxas, quando na verdade tinha sido *ele*, Agnor, que deteve o Primeiro Dragão, ao encantar uma presa do monstro e transformá-la na nova versão da Trompa dos Dragões, com um encantamento mais poderoso do que a magia élfica original. Outro feito pessoal cuja autoria foi roubada, assim como o fechamento dos Portões do Inferno.

Agora o korangariano tinha a certeza de que iam lhe passar a perna mais uma vez.

— Você me chamou — disse ele secamente, se dirigindo ao barão.

Baldur fez uma cara feia por conta da intrusão, mas apenas dispensou Sir Barney e Guilius, seu pajem.

— Saiam, por favor. Volto a chamá-los em breve. Guilius, leve esse mapa para o Hagak.

Os dois se despediram do barão e passaram por Agnor com saudações educadas que ele não respondeu.

Baldur decidiu não repreender o mago por não ter esperado ser anunciado, pois já conhecia Agnor há bastante tempo a ponto de não cair nas armadilhas retóricas do korangariano. Além disso, havia uma reclamação mais séria a ser feita do que simplesmente criticar a desatenção do feiticeiro ao protocolo.

— Sim, chamei. Agnor, estamos com um problema aqui...

— Só *você* está com um problema, Baldur. E aparentemente quer passá-lo para mim. Eu estava conduzindo meus importantes experimentos arcanos e fui interrompido.

Baldur bufou e passou a mão no rosto hirsuto.

— Agnor, descobrir um veio de prata nas minhas terras e não avisar é um...

— *Suas* terras? Se não fosse...

— *Minhas* terras porque levam *meu* nome, Agnor — explodiu o cavaleiro, que perdeu a paciência mais rápido do que o esperado. — E isso acarreta não esconder um veio de prata, prestar contas para o Grande Rei e pagar impostos relativos ao minério. Tudo isso é responsabilidade *minha*.

— Se não fosse por mim — insistiu o mago —, não haveria terra alguma. Preciso lembrar que foi meu poderio arcano que fechou os Portões do Inferno e derrotou o Amaraxas?

— Não é necessário, porque você faz isso toda vez que temos alguma discussão.

— É necessário sim, porque sua mente tacanha se esquece disso com uma conveniência impressionante — devolveu Agnor. — E também, repetindo, se não fosse por mim, esse veio de prata escondido há séculos permaneceria sem ser descoberto. Ele é meu por direito, como todo o resto aqui também é.

— As coisas não funcionam assim, e você sabe muito bem. Pelo menos em Krispínia. Não sei como era a situação em Korangar porque você também não comenta a respeito do seu passado com uma *conveniência impressionante*.

— Você sabe o que é necessário saber — falou o mago secamente.

— Por mim está ótimo — disse Baldur. — Estou pouco me fodendo em relação a Korangar. Mas em relação a Krispínia... a *Baldúria*, a situação é essa: a terra é minha porque a responsabilidade é minha. Eu decido o destino do que estiver em cima ou embaixo dela. Mas não sou um tirano e quero contar com a ajuda de todos, inclusive a sua. Porém, não estou aqui para tolerar criancice e soberba, especialmente quando recursos do baronato estiverem envolvidos.

— Minha ajuda sairá caro, uma vez que o veio é meu — insistiu Agnor.

— Eu já esperava por isso. O Kalannar calculou uma parte justa para...

— Eu quero o triplo do que aquele svaltar muquirana calculou ou vocês podem enfiar esse veio de prata onde o "bom sol" de Krispínia não bate. Sem a minha geomancia, vocês levarão anos extraindo o que posso extrair em meses.

O barão encarou o korangariano com um olhar duro enquanto a mente imaginava uma surra. Agnor não merecia uma espadada, não. Merecia levar uma coça para aprender a dividir os brinquedos e ter bons modos, como se fazia com uma criança mimada e mal-educada. As mãos instintivamente se flexionaram, em reação ao devaneio.

— O dobro — falou Baldur. — Ou eu enfio a sua "Torre de Alta Geomancia" no mesmo lugar que você sugeriu enfiar o veio de prata.

O mago franziu os olhos miúdos. Ele conhecia a laia daqueles usurpadores e chegou até a imaginar que iria embora sem direito a nada, que o barão confiscaria completamente o *seu* veio de prata, mas o cavaleiro bronco lhe ofereceu o dobro da proposta inicial, o que era melhor do que sair de mãos abanando.

— O dobro. E *eu* comando a operação de extração.

— Você fala orc? — perguntou Baldur.

— Eu falo o idioma de Krispínia, que é suficientemente primitivo. E, sim, falo orc.

Baldur coçou a barba. O cavaleiro tinha pensado em deixar os orcs cuidarem da própria gestão da mineração ou indicar alguém de confiança. Mas, de fato, o geomante parecia ser o mais indicado, se não fosse uma criatura irascível e nada confiável. Bem, ele era o barão, qualquer decisão era reversível... e, com sorte, algum orc perderia a paciência com Agnor e aplicaria a surra que o korangariano merecia.

— Muito bem, vou te apresentar então ao meu contato com as tribos. A terra é deles, os orcs vão extrair a prata e ficarão com um quinhão, você ficará com o seu, Baldúria e Krispínia receberão as devidas partes, combinado?

O feiticeiro fez uma pausa dramática com o intuito de demonstrar importância e poder na negociação e finalmente concordou com a cabeça meio calva. Agnor entrou na tenda achando que perderia o veio de prata que era seu por direito e acabou no comando de tribos de orcs que trabalhariam por ele. No fim das contas, talvez terminasse com *mais* prata do que havia calculado inicialmente, se extraísse magicamente sozinho. E teria influência direta sobre uma massa obtusa de criaturas fortes. Aquilo, juntamente com sua Torre de Alta Geomancia, fez Agnor se sentir estranhamente em Korangar.

CAPÍTULO 23

VAEZA, FRONTEIRA ENTRE DALGÓRIA E BALDÚRIA

A mudança súbita de Korangar para Krispínia tinha impressionado Jadzya mais do que ela havia sonhado nos anos em que passou na Insurreição com Lenor, imaginando como seria a vida em uma terra livre e ensolarada. Na verdade, o sol em si não tinha abalado tanto a korangariana; claro que a claridade e o calor a incomodavam, mas mesmo sob a Grande Sombra, ela tinha visto dias nublados relativamente menos escuros. O que realmente marcou Jadzya foram os cheiros, especialmente a presença da fragrância das flores e da grama — e a ausência do fedor de carne podre ambulante, da morte onipresente na Nação-Demônio. Isso sem falar nas cores, uma gama de matizes que explodiam diante dos olhos e que a rebelde nunca julgou que existissem, para as quais o idioma korangariano não tinha nome. Ela temia estar aborrecendo Derek Blak ao perguntar como determinados tons se chamavam na língua dele, bem como os nomes de cada elemento da vegetação exuberante.

Da parte do guerreiro de Blakenheim, aquele deslumbramento tornou a viagem corrida entre Dalgória e Baldúria menos desesperada. Ele já tinha feito a mesma jornada no passado, com a mesma urgência, para levar até a Praia Vermelha a informação de que Amaraxas, o Primeiro Dragão, havia despertado. Agora, Derek cavalgava a toda velocidade para contar que Korangar estava a caminho de invadir Krispínia e passaria pelo litoral de Baldúria. Ele considerou que seria bom visitar os amigos Baldur e Kyle apenas por prazer algum dia, e não simplesmente como portador de notícias tão ruins.

Eles pararam em Vaeza, na fronteira entre Dalgória e Baldúria, o entreposto comercial que distribuía o azeite de peixe da Praia Vermelha para o resto do ducado e vendia grãos, frutas e verduras para o baronato vizinho. *Agora,* pensou Derek, *é tudo domínio do Baldur, com a unificação dos dois reinos após a vitória contra os orcs*. Ele precisava de cavalos descansados, provisões e de um momento para recuperar o fôlego, exatamente o que requisitou havia oito anos. O guerreiro de Blakenheim foi recebido pelo mesmo alcaide daquela ocasião, Dom Runey, agora com a pompa e circunstância dignas de um herói — foi o alerta de Derek que tinha feito o administrador convocar a população do campo e dos vilarejos nos arrabaldes para se proteger dentro da cidade murada enquanto Amaraxas passava pela região. Desconfiado, o mestre-mercador tentou tirar do convidado ilustre o motivo daquela nova urgência, mas desta vez Derek precisou mentir para o homem, alegando estar apenas resolvendo assuntos internos da Coroa, nada que devesse preocupá-lo. Naquela visita inicial a Vaeza, o Primeiro Dragão foi uma ameaça iminente, praticamente às portas da cidade, e o ducado se encontrava sem a liderança de Dalgor; agora a Frota de Korangar ainda estava longe demais, e Baldur era a autoridade vigente. Cabia ao barão decidir quando, como — e *se* — avisaria Dalgória do perigo. Não havia necessidade de despertar pânico, nem o guerreiro de Blakenheim deveria se adiantar ao amigo.

Hospedados na mansão do administrador, na privacidade dos aposentos cedidos por Dom Runey, Derek explicou tudo aquilo para Jadzya, que não havia entendido a conversa entre ele e o alcaide. Se ela ainda precisava de alguma prova de que o krispiniano era de fato um herói daquelas terras ensolaradas e perfumadas, a visita a Vaeza acabou com qualquer dúvida. A rebelde chegou a dizer isso para o companheiro e pedir, pela última vez, desculpas por ter desconfiado dele quando se revelou um espião diante de Lenor.

— Quando se leva uma vida olhando desconfiada para as sombras, vendo vulturii e exilarcos em todos os cantos, confiança é algo difícil de conquistar — falou Jadzya.

Derek abraçou a bela korangariana sentada na beira da cama e fez carinho nas cicatrizes de queimadura no braço direito dela, agora praticamente imperceptíveis graças aos sortilégios curativos do clérigo de Midok.

— Vamos combinar uma coisa — disse ele. — Só me chame mesmo de herói se conseguirmos receber o bergantim com os refugiados *e* derrotar as forças de Korangar. Se as duas coisas não ocorrerem, todo esse sacrifício será em vão. E, por favor, chega de desculpas. Eu também me sinto mal por ter te enganado quando nos conhecemos, mas não sabia quem você era na ocasião.

Os dois se beijaram e fizeram sexo pela primeira vez fora de Korangar. A experiência foi bem melhor do que Derek se lembrava, e certamente uma novidade fascinante para Jadzya, que nunca havia se deitado com alguém fora do ambiente lúgubre da Grande Sombra. Havia algo mágico em acordar após uma noite de sexo vendo o sol entrar pela janela, uma feitiçaria que o Império dos Mortos jamais conseguiria reproduzir. Ela se sentiu cansada e revigorada ao mesmo tempo, melancolicamente korangariana e esperançosamente... krispiniana? Se tudo desse certo, haveria uma vida para Jadzya, a insurgente, naquela terra estrangeira, cujos costumes, idioma, cheiros e céu eram tão estranhos e fascinantes?

Haveria uma vida ao lado de Derek de Blakenheim?

No desjejum antes de partir, no salão comunal da mansão de Dom Runey, ela quis tirar aqueles pensamentos da cabeça e puxou conversa a respeito de um assunto que a deixara intrigada desde antes de os dois invadirem o acampamento das forças do Império dos Mortos. Derek tinha falado que havia um korangariano em Baldúria que se revelou ser o *irmão* de Lenor. Jadzya sabia da história pessoal do líder da Insurreição, de como Lenor e sua família foram perseguidos pelas descobertas feitas por esse mesmo irmão, que deixara provas da degradação mística do subsolo da Nação-Demônio. Tanto ela quanto o profeta revolucionário consideravam que Agnor tivesse sofrido o mesmo destino dos pais de Lenor. Mas Derek havia dito uma coisa em relação ao sujeito que a deixara intrigada desde a revelação, ainda no litoral próximo a Kangaard.

— Você disse que esse korangariano que mora em Baldúria — falou Jadzya, saboreando uma maçã pela primeira vez na vida, e adorando — era um "sujeito insuportável". Como assim?

O guerreiro de Blakenheim teve que admitir a si mesmo que não havia considerado mais aquele assunto por conta das preocupações recentes, que envolveram o roubo dos planos de Korangar e a subsequente fuga para Dalgória. Mas agora, naquele raro momento de calmaria antes da próxima tempestade, Derek passou a considerar a ironia de Agnor e Lenor serem irmãos — e irmãos que se veriam novamente graças a *ele*. Pensando bem, os dois tinham uma semelhança de fisionomia — incluindo a meia calva e os olhos miúdos — que passou despercebida quando Derek conheceu o líder da Insurreição. Tirando o cavanhaque de Lenor, dava para ver os traços de Agnor ali.

— Eu convivi pouco com ele e, acredite, já foi muito — respondeu Derek, olhando para o anfitrião, que estava dando atenção para a filha no momento. — Assim que a crise envolvendo os Portões do Inferno foi resolvida, eu fui promovido a segurança da rainha e só voltei a encontrá-lo no combate com o Amaraxas.

Ao ouvir a menção ao Primeiro Dragão, ainda que em korangariano, Dom Runey pediu ao convidado que relatasse como aconteceu a luta com o monstro pelos próprios olhos, ao contrário das versões cantadas pelos bardos. Derek tentou se desvencilhar, argumentando que não tinha a verve dos menestréis, mas sentiu que seria descortês e deu sua versão sincera dos fatos. A descrição da operação da balista ao lado do Barão Baldur e de Barney, o herói que viria a matar Amaraxas, provocou palmas e celebração da parte do alcaide e sua família, e o guerreiro de Blakenheim notou o olhar admirado de Jadzya, que não entendeu o que foi dito, mas se impressionou com a reação.

— Os bardos nunca contaram a história com esses detalhes, Capitão Blak — disse Dom Runey. — O senhor conseguiu não só salvar Vaeza com seu alerta, como ainda vingou nosso querido Duque Dalgor e lutou ao lado do homem que agora debelou o levante orc que nos ameaçava. A dívida de Dalgória com a Confraria do Inferno é impagável. Estou ansioso pela regência do Barão Baldur, especialmente agora que nossos negócios serão integrados aos da Praia Vermelha.

O anfitrião levou o assunto para uma longa explanação a respeito das nuances do comércio entre Vaeza e Baldúria, o que provocou más lembranças em Derek de sua vida em Tolgar-e-Kol, servindo ao mestre-mercador Dom Mirren, o corno desgraçado que o condenou à morte. Isso o fez pensar em Kyle, que dividiu a cela com ele antes de os dois serem libertados por Ambrosius, enquanto o homem continuava falando de impostos e transações envolvendo azeite de peixe e grãos. O guerreiro de Blakenheim mal escutava, mas a imagem de Kyle lhe despertou a urgência da missão. Ele tinha que correr para Baldúria.

— Dom Runey, sem querer soar descortês, mas nós realmente precisamos partir o quanto antes — falou Derek se levantando e indicando que Jadzya fizesse o mesmo.

O alcaide e a família repetiram o gesto e se despediram do Confrade do Inferno, mas Dom Runey não deixou o convidado ir embora sem insistir.

— Capitão Blak, também sem querer soar descortês da minha parte, posso perguntar de novo o que o leva a Baldúria com tanta pressa? Espero que nenhum perigo iminente...

Iminente, não, pensou Derek, mas em breve Dalgória conheceria outra guerra, bem mais grave que um levante orc. Felizmente, Vaeza não ficava no litoral e estava longe do ponto de desembarque de Korangar. Se tudo desse certo, o acolhedor entreposto comercial ficaria longe do conflito.

— Não, nenhum perigo iminente — respondeu ele, contente por não estar mentindo para o homem. — Deixo-lhe meus agradecimentos em nome do Barão Baldur e da Rainha Danyanna pela acolhida.

E antes que o experiente mestre-mercador usasse da lábia de negociante para arrancar a verdade de Derek, o guerreiro de Blakenheim se retirou com a companheira korangariana, rumo a Baldúria.

PRAIA VERMELHA, BALDÚRIA

Na cavalgada acelerada para Baldúria, Derek explicou para Jadzya os pormenores da Praia Vermelha e descreveu em particular o castelo voador — o que mais atraiu a atenção da korangariana, naturalmente. Mas nenhuma descrição detalhada a preparou para o que os olhos viram: a gigantesca pedra flutuante que pairava, majestosamente, em um canto da orla de águas vermelhas, com o crânio de um dragão pendurado no costado rochoso, ameaçador com a bocarra ossuda aberta.

— Você não me falou *daquilo* — apontou Jadzya para a cabeça descarnada de Amaraxas.

— Nem eu sabia disso — falou Derek em voz baixa e estupefata, enquanto também notava o círculo de balistas na borda do pátio, em torno do fortim anão encarapitado na pedra.

Ele passou os olhos pela armação, que parecia ter dobrado de tamanho. Em terra firme, havia uma intensa atividade nos estrados onde duas baleias eram fatiadas, enquanto o mar abrigava muitas lanchas ao longe. As chaminés na construção onde a gordura era processada para virar azeite de peixe cuspiam fumaça sem parar. Derek reconheceu a Casa Grande, no alto de uma elevação com vista para a praia, e o Templo de Be-lanor, a divindade adamar dos oceanos. A mente foi tomada pela lembrança súbita de ter carregado Kyle nos braços, ferido por uma flecha élfica, para dentro do templo, acompanhado de Bideus, o capelão da Praia Vermelha. Bem, o reencontro com o amigo podia esperar mais alguns minutos, pelo menos. Decidindo que Baldur deveria estar no casarão de dois andares — que havia hospedado o antigo alcaide assassinado por Kalannar, Janus —, ele chamou a korangariana, ainda hipnotizada pelo castelo, e tocou o cavalo para lá.

Vencida a escada cansativa que levava à Casa Grande, Derek entrou e notou o salão comunal redecorado com um trono, como condizia a um baronato, mas Baldur não estava ali recebendo ninguém. Ele foi então para a antecâmara do gabinete do alcaide, imaginando que o amigo estivesse lá dentro, despachando. Havia um rapaz jovem diante das portas duplas, com loriga de couro e duas espadas curtas e finas que lembravam... um guerreiro *svaltar*? Algo na mente de Derek indicou quem deveria estar atrás das portas. O guarda se empertigou e ficou alerta diante da aproximação de um homem armado com dois gládios; claramente o sujeito não tinha idade para se lembrar de Derek na ocasião anterior em que esteve na Praia Vermelha.

— Quem vem lá? — disse o rapaz.

— Capitão Derek de Blakenheim, Confrade do Inferno, representante da Rainha Danyanna e amigo do Barão Baldur. Exijo falar com ele.

— O barão não se encontra, senhor.

— Então eu quero falar com o alcaide — falou Derek em voz alta, para ser ouvido por quem ele desconfiava que ocupava o gabinete. — É urgente.

— Sinto muito, capitão, mas o Mestre Kalannar só recebe...

Eu sabia, pensou o guerreiro de Blakenheim, no momento em que o guarda era interrompido por uma voz conhecida.

— Deixe-o entrar — disse o svaltar lá de dentro.

O jovem segurança prontamente abriu a porta para os dois recém-chegados. Derek Blak entrou e se concentrou na figura branca por trás da mesa, notando perifericamente a decoração extravagante composta por ossadas. Ao lado dele, Jadzya parecia impressionada com o svaltar; mesmo para quem vinha de um reino de desmortos e demônios, não era sempre que se via um elfo das profundezas — uma criatura de lendas, nascida da união profana de um elfo da superfície com um demônio — integrado à sociedade humana.

— Pelo visto estamos na temporada de visitas inesperadas dos "Confrades do Inferno" — falou Kalannar, examinando a humana com os perturbadores olhos completamente negros. — Olá, Derek. Quem é a moça?

— Eu preciso falar com o Baldur — respondeu ele, ignorando a pergunta.

— O barão não se encontra, mas *eu* falo por Baldúria. Qual é a urgência?

Derek bufou, pois sabia que o svaltar queria envolvê-lo em seus joguinhos de vaidade. Foi assim nas profundezas dos Vizeus, quando foram resgatar o Dawar Bramok, e aconteceu algo semelhante diante do Grande Rei Krispinus, ali mesmo no casarão do alcaide, quando Kalannar jogou no chão a cabeça do rei elfo, morto por ele, a fim de provocar o Duque Caramir. O svaltar era brutalmente eficiente, Derek tinha que admitir, mas havia toda uma prosopopeia envolvida antes de se resolver qualquer coisa.

E ele não tinha tempo para aquilo.

— Kalannar, Korangar está prestes a invadir Dalgória. Estou a mando do Ambrosius. A Nação-Demônio está vindo por mar e vai passar pela Praia Vermelha para chegar ao reino vizinho.

Os olhos do svaltar cresceram no rosto branco e anguloso.

— E você soube disso através da rainha humana ou do Ambrosius? — perguntou ele, intrigado quanto à origem de uma informação absurda daquelas.

— Não, eu estava em Korangar e descobri os planos do Triunvirato, mas isso não vem ao caso. Eu preciso...

— Se você estava lá — conjecturou o alcaide —, então, pelo tempo de viagem, os korangarianos já devem...

— Porra, Kalannar! — explodiu o guerreiro de Blakenheim, assustando Jadzya. — Cadê o Baldur? Eu explico tudo para vocês dois de uma vez! Estamos perdendo tempo.

O svaltar torceu a cara em uma expressão de desagrado.

— Ele está na serra a oeste, quase em Dalgória, estabelecendo os orcs em uma colônia.

Quase em Dalgória. Derek praguejou em silêncio. Eles deviam ter passado por Baldur a caminho da Praia Vermelha. Se soubesse...

— Posso despachar o Palácio dos Ventos para chamá-lo — continuou Kalannar.

Derek fez um gesto negativo com a cabeça, considerando a sugestão enquanto ainda lamentava o desencontro com o amigo.

— Não. O castelo voador vai ser mais útil aqui, defendendo a costa quando a frota passar e também ganhando tempo para reunirmos as tropas de Dalgória... isso se o *Baldur* considerar melhor assim. Eu mesmo posso ir até ele.

Kalannar ergueu a mão branca e fez uma pausa, tanto para colocar os pensamentos em ordem quanto para não concordar imediatamente com o espadachim. Ele gostava de implementar os próprios planos e detestava tomar decisões rápidas e impensadas, como os humanos faziam, e precisava de mais informações para se pronunciar. O svaltar encarou novamente a mulher de cima a baixo. Ela certamente tinha algo a ver com o problema.

— Você pode ir, mas não sem antes me contar toda essa história e me dizer quem é essa humana no meu gabinete, que obviamente não está entendendo nada do que estamos falando.

Derek bufou de novo e passou a mão pelos cabelos revoltos. Não havia como escapar das exigências do svaltar, não com ele detendo um cargo de poder e, pior ainda, a localização exata de Baldur. O cavaleiro tinha sido ingênuo e estúpido ao dar autoridade para aquele maluco por controle. Subitamente, o guerreiro de Blakenheim sentiu saudade de estar no Império dos Mortos, longe daquele bando que só lhe trazia problemas.

— Você fala korangariano? — perguntou ele.

— Não — respondeu Kalannar. — Só algumas frases e expressões para implicar com o Agnor.

Ah sim, pensou Derek. O *outro* poço de charme e humildade de Baldúria. Ele estremeceu só de pensar que teria que informar ao mago que seu irmão perdido estava a caminho. Derek preferia se infiltrar novamente em um acampamento inimigo a travar aquela conversa com o geomante.

— Jadzya, minha cara — disse ele em korangariano para a rebelde. — Eu vou ter uma longa conversa com essa criatura aqui. Sente-se e descanse da viagem, por favor.

O próprio Derek se sentou, resignado, querendo arrancar com os gládios o sorrisinho de triunfo do svaltar.

Ele começou a explicar a missão de Ambrosius e como veio parar ali a fim de terminar aquela tortura o quanto antes.

CAPÍTULO 24

FROTA DE KORANGAR, COSTA DA CARAMÉSIA

A vila de pescadores de Esden, no litoral da Caramésia, não era tão diferente assim da Praia Vermelha, sua equivalente ao sul na antiga Beira Leste, região agora chamada de Baldúria. O povo de Esden também vivia do oceano, ainda que não abatesse baleias para processar a gordura e transformá-la no chamado azeite de peixe, mas estava acostumado a ver algo fora do comum entre as ondas, de tempos em tempos. Certamente não havia nada no vilarejo como um castelo voador que matava dragões, mas os pescadores caramesianos geralmente voltavam do mar contando histórias de monstros gigantes das profundezas, elfas marinhas cujas canções levavam os marujos à loucura e redemoinhos com faces humanas que devoravam embarcações inteiras. Então, era possível dizer que os habitantes de Esden não se impressionavam facilmente.

Mas o que os pescadores viram em alto mar naquele dia ficaria na memória deles pelo resto da vida.

Três barcos de Esden testemunharam um fenômeno estranho no horizonte. Uma nuvem negra se movia isoladamente no céu, abaixo das demais, acompanhando o deslocamento de onze navios — dois a vela e nove movidos a remo e vela — que formavam uma esquadra impressionante pelo tamanho e estilo das embarcações. Um galeão puxava a frota, seguido por nove dromundas e uma carraca na retaguarda. As velas escuras, a madeira enegrecida com entalhes prateados e cintilantes e a estranha nuvem preta que atuava como uma cobertura para a esquadra constituíam uma visão de mau agouro — e perigo. Os três barcos de pesca voltaram imediatamente para Esden, e cada tripulante descreveria de um jeito a passagem daquela frota tenebrosa. Os homens retornaram do oceano com medo, muito impressionados.

Já Konnor, por sua vez, não estava *nada* impressionado com a esquadra de Korangar.

O Senhor da Guerra tinha sido relegado à carraca que levava sua tropa pessoal de bralturii, composta por 220 cavaleiros. Diante dele estava o que foi possível zarpar de Kangaard após o ato de sabotagem que destruiu boa parte dos suprimentos dos soldados vivos da Nação-Demônio. Ficaram para trás as tropas imperiais regulares e a Confraria Branca, que desempenharia um papel importante na estratégia de ocupação; no total do prejuízo, onze embarcações deixaram de compor a força invasora. Um único golpe tirou de combate quase três mil homens. Três mil homens que Konnor teria liderado na conquista gloriosa das terras ensolaradas de Krispínia, e que certamente fariam falta no conflito vindouro, não importava quanta confiança Trevor depositasse nos quase cinco mil Reanimados enfurnados nos porões das dromundas e na centena de magos que vinham no galeão junto com o necromante.

No castelo da proa do *Potenkor*, o Senhor da Guerra contabilizava as perdas mentalmente ao ver as embarcações adiante e mal continha a frustração ao lado de Razya. Se não fosse pela oficial de ligação bem informada e diligente, cheia de contatos nas Torres de Korangar, ele teria sido surpreendido pelo golpe armado pelo lich. Não houve muito o que fazer diante da decisão de dois terços do poder do Triunvirato: Konnor teve que entregar o comando da operação de guerra para o Sumo Magus, mas pelo menos não foi alijado do poder sem aviso prévio. O Senhor da Guerra teve tempo de tramar com o Comodoro Miranor, seu homem de confiança no comando da esquadra, para informá-lo de todos os passos e decisões de Trevor, a quem Miranor acompanhava no galeão *Exor*, a nau capitânia da frota. Infelizmente, o General Zardor, seu *outro* homem de confiança, tinha ficado em Korangar com o resto das tropas imperiais. Ao menos um aliado era melhor do que nenhum aliado, como era dito nos corredores do Parlamento.

Ao lado de Konnor, Razya mantinha um silêncio respeitoso. O Senhor da Guerra sabia que a oficial de ligação dividia as mesmas frustrações que ele. A comandante podia ser uma subordinada leal e zelosa, mas era igualmente carreirista como qualquer bom korangariano dentro da estrutura de poder do Triunvirato. Ela também sentia a decepção de não poder triunfar ao lado de Konnor; porém, em vez de traí-lo como mandava o manual do jogo do poder no Império dos Mortos, a mulher comprou a briga do Senhor da Guerra e estava conspirando com ele para devolvê-lo — para devolvê-*los* — ao comando da situação.

Outro contato da oficial de ligação com as Torres de Korangar, no caso uma demonologista, informou a Konnor que era quase impossível um vassal superar a condição natural de submissão e se rebelar contra seu mestre, bem como tentar se matar com fogo para se libertar. A princípio, o Senhor da Guerra havia considerado que o demônio-serviçal tinha provocado um incêndio na tenda de comando para se vingar e se suicidar por conta da surra aplicada, mas a informação da feiticeira indicava que aquilo *também* tinha sido um ato de sabotagem. As chamas haviam consumido os mapas e registros do plano de invasão, mas, felizmente, Miranor era um homem do mar experiente e cuidadoso; ele tinha a rota de cabeça e manteve algumas cartas náuticas consigo, ainda que tivesse recebido ordens para não fazer isso. Às vezes, uma leve desobediência compensava.

O fogo na tenda também deu cabo do objeto enviado pela Torre de Conjuração, a miniatura do Velho Palácio de Dalgória capaz de abrir um portal mágico que levaria ao interior da fortaleza. Konnor nem sabia se um item como aquele seria destruído por um incêndio, mas desconfiava que não. De qualquer maneira, ele não pretendia apurar tal coisa com o arquimago-conjurador, muito menos relatar a perda do objeto. A sabotagem dos suprimentos já tinha sido desonra demais. Era melhor torcer para que a invasão não dependesse do subterfúgio de invadir o Velho Palácio sorrateiramente por magia.

Se os planos foram realmente roubados, como ele e Razya concordavam que aconteceu, então de alguma forma Krispínia já estaria ciente da invasão, dependendo de como o espião (ou espiões) se comunicava com seus superiores no lado inimigo. Foi por isso que o Senhor da Guerra sugeriu ao comodoro que o ponto de desembarque fosse alterado. Ao menos assim as defesas dalgorianas estariam concentradas no lugar errado, e as agora encolhidas forças de Korangar teriam uma chance maior de êxito. A mudança não provocou nenhuma desconfiança em Trevor, o novo comandante da operação, pois o lich necromante não estava ciente de quais haviam sido os planos originais *antes* de assumir o controle da invasão. Miranor simplesmente apresentou ao Sumo Magus o ponto de desembarque alterado e pronto.

Pensar na possibilidade da existência de um espião de Krispínia levou Konnor a considerar o vulturi de Korangar envolvido na operação. Os últimos relatos do homem eram preocupantes. Dalgória havia vencido a guerra secreta contra os orcs, fomentada pela própria Nação-Demônio, e o reino estava fragilizado pelo conflito, como fora planejado. Isso era positivo; porém, um novo gladiador havia entrado naquela arena: Baldúria, o território vizinho, tinha vindo ao auxílio dos dalgorianos e não só vencido a guerra como também unificado os dois reinos e subjugado os orcs como vassalos. A região podia estar debilitada em termos de forças militares, mas certamente não estava dividida. Os relatórios indicavam que o poder de Baldúria era predominantemente aéreo: o reino contava com uma "tropa de elfos montados em águias gigantes" e um "castelo voador", descrito como um fortim no alto de uma pedra flutuante gigante, que só tinha sido usado para efeitos de intimidação até o momento. Os detalhes a respeito do potencial bélico da estrutura se limitavam a um anel de balistas montado na borda da rocha, mas o Senhor da Guerra aguardava mais relatos.

De todas as informações que chegaram, o que mais intrigava Konnor era o fato de elfos, orcs e humanos estarem juntos sob a liderança de um herói local conhecido como Barão Baldur, que realizou uma aliança improvável de acordo com o que a espionagem que ocorria há anos em Krispínia revelava. Seria esse sujeito o verdadeiro inimigo a ser enfrentado? Ou o primeiro obstáculo no caminho para matar o pretenso "Deus da Guerra" que ocupava o trono do reino adversário? Konnor estava ciente, por meio do vulturi infiltrado na Faixa de Hurangar, de que Krispinus havia intensificado os esforços militares na região, sem dar a impressão de que abandonaria aquele front para ir ao resgate de Dalgória, bem ao sul, caso tivesse sido avisado dos planos de invasão de Korangar. Esse detalhe colocava alguma esperança na cabeça do Senhor da Guerra de que Krispínia *não sabia* das intenções do Império dos Mortos. Ou, se sabia, havia deixado para esse tal Barão Baldur cuidar do problema. Muitas conjecturas, todas causadas pelos inadmissíveis atos de sabotagem ocorridos no acampamento no Vale de Kurga-nahl.

Konnor passou os olhos novamente pela frota, depois ergueu o rosto para a nuvem negra que acompanhava os onze navios. Não havia espaço para lamentações. Qualquer bom comandante sabia que os melhores planos de guerra precisavam ser alterados assim que a primeira espada se chocasse com o primeiro escudo. Infelizmente, no caso, eles já estavam sendo mudados *antes* que a primeira espada sequer fosse sacada. Era rogar a Exor que as alterações fossem suficientes.

Ao lado dele na amurada da carraca, admirando a frota e o céu ao lado do Senhor da Guerra, Razya resolveu quebrar aquele silêncio incômodo.

— Os aeromantes estão trabalhando dobrado para controlar essa Pequena Sombra, como está sendo chamada, Grajda Konnor — comentou ela. — E ainda por cima para manter ventos a nosso favor soprando nas velas.

— Estaríamos mais bem servidos sem essa *besteira*, Grajda Razya — resmungou ele. — Eu considero um erro da parte do Grajda Trevor. Deveríamos estar usando o tempo de viagem para nos acostumarmos à claridade fora da Grande Sombra. Nossos homens já chegariam mais aclimatados ao destino. Agora, lutaremos ao sol com essa desvantagem.

— O Grajda Sumo Magus não considerou necessário, visto o número reduzido de vivos na esquadra, senhor.

O Senhor da Guerra bufou. Eram menos de mil seres vivos entre tripulantes, oficiais, feiticeiros e os cavaleiros infernais, contra os quase 5 mil mortos-vivos.

— Ele preferiu garantir o conforto dos magos das Torres — continuou a comandante. — O incômodo da claridade poderia comprometer o serviço dos aeromantes e aquamantes, necessário para acelerar a nossa viagem.

— Não se ganha uma guerra com *conforto* — esbravejou Konnor. — Eles que se acostumassem a evocar feitiços sob o sol antes de chegarmos ao destino.

Razya calou a boca. Não era o papel de uma oficial de ligação defender ou condenar as diretrizes do novo comandante das forças do Império dos Mortos, e sim apenas facilitar a comunicação entre o Krom-tor e as Torres de Korangar. Para ela, sinceramente, a Pequena Sombra estava sendo um alento. A vista doeu nos primeiros momentos de exposição à claridade assim que a esquadra saiu da Grande Sombra, e o brilho do sol no horizonte do oceano, fora dos limites da cobertura de nuvens escuras conjuradas magicamente, também incomodava. Os fisiomantes haviam garantido que lançariam sortilégios capazes de mitigar os efeitos da exposição à luz nos integrantes vivos da frota, mas Razya entendia o argumento do superior: quanto antes os compatriotas se acostumassem a viver fora da penumbra eterna de Korangar sem depender de feitiçaria, melhor. Ela observou a distância da carraca na ré da esquadra e começou a formular uma ideia.

— Grajda Konnor, se me permite — começou a korangariana. — Não presumo ter a capacidade estratégica do senhor, mas tenho uma sugestão a fazer.

O homenzarrão se voltou para a mulher mirrada. O Senhor da Guerra sempre a considerou bem mais do que uma simples oficial de ligação; Razya era também conselheira e confidente, ainda que ele nunca tivesse admitido na frente da comandante. Mas, de alguma forma, Konnor sabia que Razya tinha noção disso. Ele assentiu com a cabeça para que a mulher continuasse, e ela prontamente obedeceu, com uma pequena empolgação no tom de voz.

— Nós podemos seguir a frota cada vez mais para trás, ficar fora da cobertura da Pequena Sombra, e organizar uma escala dos bralturii no convés, para que se exponham à claridade e se acostumem aos poucos. Vamos nos aproveitar do posicionamento para garantir que sua tropa especial se torne uma força já adaptada ao ambiente do inimigo... assim como o senhor também.

O Senhor da Guerra abriu um sorriso no rosto largo, marcado por uma vida de violência. Ele acompanhou o raciocínio da korangariana e extrapolou a ideia.

— E o Comodoro Miranor pode explicar nosso distanciamento para o Grajda Trevor com qualquer justificativa de âmbito naval, visto que o Sumo Magus não entenderá de qualquer forma. Comandante Razya, consegue mandar uma mensagem discreta para o Grajda Miranor no *Exor*?

Ela se sentiu à vontade para compartilhar o sorriso do superior.

— Grajda Konnor, eu não seria uma boa oficial de ligação se não conseguisse. Considere feito, assim que me autorizar.

Ele virou o rosto para trás e localizou o comandante da carraca no castelo da popa, na outra extremidade do *Potenkor*.

— Vá em frente, Grajda Razya. Eu vou dar a ordem para sairmos da Pequena Sombra.

E dessa forma, o navio que levava os cavaleiros infernais e seu líder foi aos poucos se desgarrando da frota, sendo banhado pela claridade da costa da Caramésia e garantindo — irônica e literalmente — um lugar ao sol no conflito vindouro.

CAPÍTULO 25

PRAIA VERMELHA,
BALDÚRIA

As noites em Baldúria estavam sendo insones para Jenor. Nem a distração e o cansaço físico provocados pelas prostitutas do Recanto da Ajuda estavam de fato *ajudando* o korangariano a dormir tranquilamente. Para alguém que havia se infiltrado na sociedade orc de Dalgória, ganhado a confiança daquelas criaturas monstruosas e fomentado um levante contra as forças humanas, isso era preocupante. Um espião colecionava motivos para não dormir, mas aquele pretensamente inocente vilarejo pesqueiro parecia levá-lo à loucura. Cada pedra que ele revirava escondia um novo escorpião. Jenor não conseguia parar de pensar em Agnor, Od-lanor, Kalannar, no castelo voador... e na capa de vulturi no gabinete do svaltar. Não era de hoje que Korangar vinha espionando Krispínia, mas a atividade aumentou nos últimos anos, quando o Império dos Mortos decidiu que precisaria invadir e tomar aquelas terras ensolaradas. A Nação-Demônio sempre se preocupou com a região originária dos korangarianos, de onde eles fugiram bem antes de o Império Adamar ruir, especialmente quando o guerreiro Krispinus foi sagrado Grande Rei por diversos monarcas dos territórios do Sul. Korangar dependia da produção agrícola da Faixa de Hurangar e temia que o espírito conquistador do novo soberano tomasse a região e matasse o Império dos Mortos de fome. Krispinus, afinal, havia matado uma delegação diplomática korangariana durante uma conversa de paz em Tolgar-e-Kol. Ele não era, por assim dizer, muito propenso a uma coexistência pacífica com Korangar.

Assim sendo, a Nação-Demônio tinha enviado um bom número de vulturii para os quatro cantos de Krispínia em várias missões, entre elas apoiar os alfares no conflito contra Krispínia, a fim de manter o Grande Rei ocupado com uma guerra no próprio território e deixar a Faixa de Hurangar de lado, continuando a prover alimentos para Korangar. Aquela capa que o feitor-mor possuía certamente tinha sido de algum agente enviado para auxiliar os elfos da superfície da Caramésia, o reino ao norte da antiga Beira Leste. Era o único motivo para o objeto ter vindo parar tão ao sul. A capa parecia irrelevante diante das preocupações reais do atual cenário, com Korangar prestes a invadir a vizinha Dalgória e começar uma guerra contra Krispínia, mas era uma afronta profissional para Jenor. Ele se sentiu vendo um troféu, como aquelas ossadas de baleia e dragão no gabinete do svaltar. De alguma forma, aquilo mexeu com a paranoia saudável que todo espião deveria cultivar para sobreviver e acentuou os delírios de perseguição do ofício.

Jenor ficou de pé, foi até a bacia sobre o aparador, passou água no rosto e abriu o baú ao pé da cama. O nome "Trancas Kyle", gravado no cadeado de ferro, chamou a atenção. Ele precisaria do rapaz novamente para a missão de hoje. O vulturi parou com o cadeado na mão, olhando fixamente para a inscrição enquanto considerava se devia se distanciar um pouco do chaveiro, para não abusar do efeito do encantamento do pingente. O instinto lhe dizia que Kyle viria a ser útil no futuro, como alguém muito próximo aos lordes de Baldúria. Seria bom não o exaurir mentalmente ou perder a influência sobre ele. Mas, infelizmente, Jenor não podia dispensá-lo para o que pretendia fazer no resto do dia. Kyle era, ironicamente, a chave para os planos do korangariano.

De dentro do baú, o espião retirou o pequeno mostruário dobrável de "caixeiro-viajante", acomodado em cima da própria capa de vulturi. Ele acionou um fundo falso e pegou um espelho de rosto, não muito diferente do utilizado pelas prostitutas do Recanto da Ajuda, e começou a entoar palavras arcanas. A superfície reflexiva foi ficando turva e revelou uma face demoníaca, uma manifestação sobrenatural presa dentro do objeto, nitidamente irritada pelo cativeiro, porém submissa às forças mágicas que a mantinham ali.

Concluído o encantamento, Jenor começou a dar o breve relato dos últimos dias em Baldúria e informar que iria no encalço do Foragido. A mensagem seria transmitida magicamente pela entidade no espelho para um objeto similar de posse de outro vulturi em Korangar, um superior de Jenor, que por sua vez a repassaria em forma de documento físico ou outra comunicação arcana qualquer para o Triunvirato. Era uma incômoda cadeia burocrática, que obedecia a um código de regras tão duro e severo quanto a própria arquitetura de

Korangar — ou quanto a própria alma da Nação-Demônio, como se dizia. Em tempos de urgência, de informações que poderiam mudar o rumo de um conflito iminente, aquela burocracia inerente ao Império de Mortos para sufocar e prender seus cidadãos corria o risco de ser a própria derrocada do esforço de guerra. Jenor já havia pleiteado uma comunicação mais direta com o gabinete do Senhor da Guerra em comunicados anteriores, mas não conseguiu nada além de uma resposta de que o pedido havia sido encaminhado para instâncias superiores. Em termos de Korangar, o espião tinha que admitir que aquilo já tinha sido um progresso enorme, até.

Ele saiu do quarto no Recanto da Ajuda e foi até o negócio de Kyle, a casa modesta com a placa "Trancas Kyle" pendurada em cima da porta. Enquanto o kobold de estimação do rapaz carregava um balde d'água para o interior, uma moça simplória varria a entrada, tirando a areia da Praia Vermelha que parecia entrar em todos os cantos do vilarejo. A mulher com certeza era a esposa do chaveiro, pois ostentava o outro pingente que Jenor tinha dado para Kyle — um modelo mais bonito e feminino, e absolutamente inócuo. A verdadeira magia estava no pingente que o rapaz usava, mais rústico, que ele manteve para si, como o vulturi tinha certeza de que faria. Um plano simples para enredar mentes simplórias.

— Bom sol, o Mestre Kyle está? — perguntou Jenor.

A moça respondeu que sim e entrou para chamá-lo. O kobold ergueu os olhos reptilianos, desconfiado. Jenor pensou em chutá-lo, mas se lembrou das sandices do chaveiro, que o considerava parte da família, e decidiu ignorá-lo, mesmo incomodado pela expressão da criaturinha.

Kyle finalmente surgiu e abriu um sorriso radiante ao ver o espião.

— Bom sol, Jenek! — Ele se voltou para a esposa. — Enna, esse é o Jenek, que nos deu os pingentes.

O espião notou que o rapaz não o tratava mais como "Mestre Jenek", sinal de que a falsa intimidade gerada pela magia tinha crescido. Isso lhe permitiria pedir favores mais ousados. Ele também dispensaria o termo a partir de agora.

— Ah, sim, obrigada pelo presente. É realmente lindo — disse ela, levando a mão ao penduricalho. — Acho que você virou o novo melhor amigo do Kyle, pois ele não para de falar de seu nome.

Na'bun'dak começou a rosnar para o recém-chegado, exibindo as pequenas presas.

— O Kyle só está sendo generoso com seu tempo ajudando um colega comerciante — falou Jenor, que virou o rosto para o chaveiro. — Aliás, eu vim incomodá-lo de novo. Tenho um favor a pedir. Se puder me acompanhar, Kyle...

O kobold deu um puxão forte na roupa do rapaz e começou a guinchar e apontar para o estranho diante de si.

— Ei, calma, Na'bun'dak, olhe os modos!

Naquele momento, um menino saiu da loja, atraído pela comoção provocada pelo kobold. Os pais deram atenção à chegada da criança, e Jenor pôde lançar um olhar assassino para a criaturinha reptiliana, que devolveu o gesto. Quando Kyle se virou para ele, o korangariano estava com uma expressão plácida no rosto, como se nada estivesse acontecendo.

— É claro que posso, Jenek. Eu vou com você — disse o rapaz e, a seguir, se voltou para a esposa. — Enna, seu pai pode cuidar da loja por mim? Tenho que ajudar o Jenek.

Se a moça achou estranha a compulsão que acometeu o marido, ela soube disfarçar. Enna concordou com um sorriso e se despediu de Jenor enquanto pegava o menino pelo braço para entrar na loja. Na porta, agradeceu novamente pelo presente e recomendou que Kyle não demorasse muito, pois o pai ficava sonado à tarde. No que o chaveiro fez menção de ir embora, o kobold aumentou o volume do escarcéu.

— Na'bun'dak! — estrilou Kyle. — Que vergonha! Olhe o mau exemplo para o Derek.

— Derek? — perguntou Jenor, intrigado. — O Confrade do Inferno?

— Ah, não *esse* Derek, o meu filho Derek. Eu dei o nome em homenagem a ele porque o Derek... — O chaveiro parou quando o kobold chutou a sujeira varrida pela mulher em cima do caixeiro-viajante. — *Na'bun'dak!*

— Está tudo bem, Kyle — disse Jenor, com uma expressão clara de que *não* estava tudo bem. — Só peço para irmos. Preciso de sua ajuda, como disse.

Pedindo muitas desculpas e dando uma bronca no kobold, o rapaz finalmente se afastou da loja com o vulturi. Quando os dois se viram longe dos passantes, o korangariano finalmente falou:

— Pois então, Kyle, eu tenho aqui comigo, no meu mostruário, uma gema que imagino ser mágica, mas não há como saber ao certo. Eu preciso que ela seja analisada por alguém com conhecimento arcano. Você poderia me levar ao Arquimago Agnor?

O chaveiro torceu o rosto, que ainda mantinha as feições de garoto, em uma careta de questionamento.

— Eu não acho uma boa ideia, Jenek... — disse ele. — O Agnor tem muita má vontade em fazer favores e não gosta de desconhecidos na torre dele. Por que você não espera por uma visita do Od-lanor? Ele é arquimago também e um sabichão boa gente. Vai adorar dizer tudo a respeito dessa sua gema aí.

— Mas esse Od-lanor tem data para voltar a Baldúria? — perguntou Jenor.

— Não... Tem tempo mesmo que ele não vem aqui.

— Pois então, Kyle, eu tenho certa urgência em saber o valor real dessa gema. Não quero vendê-la abaixo do preço. Se for mesmo mágica, vou poder ganhar o suficiente com ela para me estabelecer em Baldúria com uma loja. — O espião fez uma pausa e prosseguiu, em tom incisivo: — Quem sabe não nos tornamos *vizinhos*?

Aquilo iluminou o rosto do chaveiro, visivelmente empolgado com a ideia de ter o novo melhor amigo, como disse Enna, morando ao lado. Mas Agnor era conhecido pela irascibilidade; Kyle já havia levado um fora de Kalannar e não pretendia receber um esbregue do korangariano mal-humorado. Ele continuou hesitando, até ser vencido pela compulsão de ajudar o caixeiro-viajante de Dalgória.

— Está bem, vamos lá — concordou ele.

Os dois saíram da armação e foram se afastando da Praia Vermelha, seguindo o litoral em direção a leste. As águas sangrentas foram ficando para trás, e enquanto as horas de caminhada passavam, Jenor considerou o que faria diante do Foragido. Ele tinha confiança no sotaque e trejeitos adquiridos como krispiniano, mas era possível que o feiticeiro fosse suficientemente perspicaz para notar o engodo. O espião teria que falar pouco e fascinar o geomante com aquilo que mais lhes atraía: gemas encantadas. Ele tinha um exemplar perfeito no mostruário, uma safira intrigante que emanava uma aura mágica possante, porém enganosa — na verdade, a gema possuía apenas isso, uma aura que não levava a nada, mas que era hipnotizante e prenderia a concentração do mago que tentasse analisá-la. O Foragido ficaria desatento e desamparado, à mercê de um ataque-surpresa para nocauteá-lo e capturá-lo. Com sorte, Agnor não notaria a verdadeira natureza da safira antes de ser fascinado por ela, visto que a intenção da gema era exatamente essa.

Jenor possuía outro item para se defender, um ornamento que o geomante korangariano reconheceria imediatamente ao ver: uma orlosa, um pequeno instrumento de sopro que induzia o ouvinte ao suicídio por meio de sons infernais. O vulturi tinha certeza de que ela seria ineficaz contra o Foragido, dada a gama de condicionamentos mentais que os estudantes de magia treinavam nas Torres de Korangar, mas a orlosa já tinha salvado sua vida naquelas terras estrangeiras e Jenor pretendia usá-la como último recurso, caso a safira e o golpe traiçoeiro não detivessem Agnor. O espião escondeu a chamada "trompa do desespero" por dentro da camisa bufante que usava por baixo do gibão tipicamente dalgoriano e aproveitou para indagar a respeito de Derek, a fim de terminar de traçar o perfil da Confraria do Inferno. Pelo que ouviu do chaveiro, o sujeito não era nada impressionante se comparado aos outros, apenas um espadachim de aluguel que se tornou o guarda-costas da rainha de Krispínia por ter salvado a vida dela nos Portões do Inferno. Até o próprio Kyle parecia mais relevante por ser o condutor daquele magnífico castelo voador. Assim que o rapaz começou uma ladainha a respeito do filho, Jenor voltou a considerar o que faria com o Foragido... e com o próprio Kyle, se ele interviesse. Foi um bom exercício mental para deixá-lo com a mente afiada para evitar surpresas na hora.

No momento em que o chaveiro informou que eles estavam chegando, já era possível avistar a torre do Foragido em um promontório do litoral selvagem de Baldúria. Jenor mal pôde acreditar que estava vendo uma réplica bem aproximada da Torre de Geomancia na Cidade Alta de Karmangar. A construção tinha um formato sólido e retangular, era um bloco de pedra com poucas janelas que permitiam a entrada do mínimo de ar e luz, simulando um interior cavernoso. A torre era alta, mas não tanto quanto se esperava, especialmente se estivesse cercada pelas outras torres de magia da capital do Império dos Mortos. Isoladamente, porém, ela dominava o cenário de maneira majestosa. Se havia alguma dúvida de que aquele Agnor era o mesmo Foragido de Korangar, o geomante mais procurado da Nação-Demônio, a construção havia confirmado sua identidade.

Quando a dupla se aproximou, Jenor notou a ausência de vegetação ao redor da torre maciça. O chão era uma mistura de terra batida e brita, formando um imenso pátio austero e sem vida em volta da construção. Aqui e ali, distribuídas sem muita organização, havia algumas estátuas de homens em posição de susto ou agonia. O espião considerou que aquilo talvez fosse alguma vertente de decoração korangariana, até passar por uma delas e perceber um realismo deveras impressionante. *Como o Foragido adquiriu essas obras de arte aqui, nesse fim de mundo? Seria ele um artista enrustido?*

— Essas estátuas são o motivo de eu não gostar de trazer visitas aqui — comentou Kyle ao notar a curiosidade do amigo.

— Por quê? — perguntou o vulturi.

— Porque o Agnor me disse que são ladrões e curiosos que tentaram invadir a torre dele. Não que você vá fazer isso, logicamente, mas eu não respondo pela reação do Agnor. Ele realmente se irrita facilmente. Eu já o vi transformar um sujeito em pedra com apenas um gesto, quando a gente saiu lá de Tolgar-e-Kol. Nunca me esqueci disso.

Jenor deu um passo para trás, pois instintivamente imaginou que a estátua estava lançando um olhar pedindo socorro. Alguns destinos eram piores do que ser reanimado como morto-vivo em Korangar; viver eternamente preso como pedra certamente era um deles. Todo cuidado seria pouco ao lidar com o Foragido.

Os dois deixaram para trás o pátio de mau agouro e subiram uma escadaria formada por amplos patamares até a porta de rocha sólida, exatamente igual à da Torre de Geomancia em Korangar. Pela largura, passariam seis pessoas facilmente pelo bloco de pedra; pela altura, entrariam três homens, um em pé em cima do ombro do outro. Enquanto o espião admirava a construção, o chaveiro se adiantou e berrou na direção de uma janela estreita acima da porta, chamando por Agnor. No terceiro grito que se perdeu no descampado à beira-mar, um rosto inusitado surgiu na fenda de pedra: o rosto de uma anã.

— Quem está interrompendo meu ritual, caceta? — esbravejou a mulher.

— Oi, Samuki, é o Kyle! — berrou o rapaz lá para cima. — Pode abrir para mim?

— O que você quer aqui?

— Falar com o Agnor. Eu vim com...

— O Agnor não está — interrompeu a anã. — E você atrapalhou meu ritual.

— Desculpe, achei que o Agnor estivesse em casa e fosse atender. Você sabe quando ele volta?

— Eu tenho cara de quadro de avisos, por acaso? Sei lá, ele foi ver o barão, está lá pelas colinas — respondeu Samuki, apontando pela janela para o interior com o bracinho curto e uma manopla dourada na mão direita.

Kyle se voltou para o korangariano com uma expressão de frustração pela jornada desperdiçada e deu de ombros. Não havia mais o que fazer ali, e certamente a anã não estava com bom humor para recebê-los. Assim que o rapaz se voltou novamente para a janela, ela não estava mais lá.

— Acho que fizemos a viagem à toa — disse o chaveiro. — Desculpe, Jenek, eu não tinha como saber. O Agnor vive enfurnado na torre.

Jenor observou atentamente a construção e o cenário ao redor, passou os olhos novamente pelas estátuas e se voltou para o rapaz. Nenhuma viagem em que se adquiriam informações era realmente à toa.

— Não tem problema, eu agradeço o seu tempo. Mas, me diga, quem é aquela simpatia de anã?

— Ah, aquela é a Samuki — respondeu Kyle. — É a sacerdotisa de Midok que mora com o Agnor. Eu acho que eles têm um caso...

— Não diga! — reagiu o espião, sinceramente surpreso.

— É, enfim, nunca vi nada entre eles quando eu visito, os dois são sempre reservados, mas... o Kalannar e o Baldur concordaram comigo quando contei para eles.

O agente de Korangar olhou ao redor novamente, depois se concentrou na torre. A ausência do Foragido tornava tentador invadi-la e descobrir os segredos do geomante, até mesmo preparar uma armadilha para seu retorno, porém havia uma *sacerdotisa* dentro. Ele não tinha muito conhecimento a respeito dos poderes divinos do deus dos anões, pois só teve contato com os devotos de Midok, o Mão-de-Ouro, em Dalgória. Era um risco, mas talvez essa Samuki fosse um ponto fraco de Agnor a ser explorado. Se adiasse qualquer ação, ele teria que encarar um arquimago *e* uma sacerdotisa lá dentro. Jenor considerou acompanhar o chaveiro de volta à Praia Vermelha, descansar da jornada e retornar sozinho à noite, torcendo que não coincidisse com uma possível volta de Agnor.

— Mais alguém mora com o arquimago? — perguntou ele finalmente.

— O Brutus, mas ele fica só aqui fora ou fazendo algum serviço braçal. Se o Agnor viajou, certamente levou o Brutus como guarda-costas.

— Brutus?

— Um ogro — falou o chaveiro com uma naturalidade espantosa. — Virou monstro de estimação do Agnor. O Brutus ajudou a matar o Amaraxas, inclusive.

A cabeça do espião começou a girar. Alfares, svaltares, adamares, kobolds, ogros, anões... todos eram considerados cidadãos e tratados como *gente* naquela terra selvagem e ignorante. Baldúria era uma loucura inexplicável. E agora aquele baronato mandava na região que Korangar pretendia invadir.

Pensar na vinda da Nação-Demônio fez Jenor olhar para o oceano enquanto retomava o caminho para a vila baleeira acompanhado por Kyle. E o que ele viu em alto-mar superou todas as surpresas — e tinham sido muitas — naquela manhã.

Os olhos de Jenor captaram um solitário bergantim korangariano seguindo a costa na mesma direção em que eles iam.

CAPÍTULO 26

COLINAS AO PÉ DA CORDILHEIRA
DOS VIZEUS

Certa vez, Sindel indagou a Baldur qual era a visão mais bonita que ele tinha visto na vida. O cavaleiro estranhou a pergunta, ficou sem jeito para responder, e argumentou que não possuía o dom de bardo de Od-lanor ou de determinados alfares da corte da esposa em Bal-dael. Sindel, porém, não deixou o marido fugir tão facilmente da questão, alegando que ela mesma lastimava não possuir a dádiva das palavras — o que sempre a frustrou na comparação direta com o restante da linhagem Gora-lovoel —, mas que mesmo assim era capaz de citar o que mais impressionou seus olhos em séculos de vida. A resposta da rainha elfa não foi diferente daquela que qualquer mãe de qualquer espécie teria dado: a visão de Baldir recém-nascido em seus braços. Baldur teve que admitir que concordava com a esposa, e que de fato o pequeno meio-elfo embalado por Sindel era a coisa mais bonita que ele tinha visto na vida. A salim imediatamente reclamou, disse que Baldur estava repetindo o que ela tinha dito apenas para se livrar da pergunta, e o marido foi cafajeste ao responder que a *outra* visão impressionante era a da esposa pelada na cama. Sindel riu, chamou Baldur de bronco, e os dois fizeram sexo a seguir, deixando o exercício poético de lado.

Naquele momento, olhando a operação de assentamento dos orcs, o barão reconsiderou a resposta à pergunta da esposa. Que o pequeno Baldir no colo da mãe o perdoasse, mas o desmanche do acampamento de Baldúria era a visão mais bonita de sua vida. Finalmente o conflito em Dalgória podia ser dado como encerrado. Baldur se sentia cansado e aliviado ao mesmo tempo. O reino vizinho fora pacificado, os orcs estavam rendidos e assentados, os Dragões de Baldúria e os rapineiros de Bal-dael voltariam para seus lares e familiares. Chega de luta, de sangue e de morte. Um ciclo começado lá atrás na Faixa de

Hurangar, guerreando em nome de tiranos anônimos como um confrade de aventura, se encerrava agora, pelo menos nas esperanças de Baldur. Ele pousou a mão na acha encantada pendurada no cinturão de grão-anão e considerou se deveria incluí-la na bandeira de Baldúria. A arma de Rosnak certamente ficaria bonita exposta acima do "trono do barão", montado no salão comunal da Casa Grande. Baldur torceu para nunca mais ter que empunhá-la, a não ser para se vangloriar perante os Dragões. De repente, bateu a saudade das farras no Recanto da Ajuda ao lado de Sir Barney e dos outros cavaleiros; o barão pensou em convidar o Capitão Sillas, o líder do exército dalgoriano, para uma comemoração em Baldúria, a fim de fortalecer os laços entre os dois reinos, agora efetivamente comandados por ele.

Mas, acima de tudo, Baldur sentia falta de Sindel e de Baldir. O barão desejou que a esposa entrasse logo em contato novamente para pedir que ela deixasse aquela reunião de magia com a Rainha Danyanna e voltasse para casa. Ele se imaginou relatando o combate com Rosnak para o filho; quem sabe o pequeno meio-elfo deixaria de lado aquela bobagem desonrosa de arco e flecha e aprenderia a lutar como homem, montado a cavalo... e então Baldur se lembrou de que ainda não havia informado a Sindel que a águia gigante da esposa havia morrido na luta com o ex-líder dos orcs. O barão olhou novamente para o acampamento em processo de desmanche e desejou que os homens demorassem um pouco mais. A paz no reino estava estabelecida, mas no lar de Baldur, ela estava longe de acontecer. Assim que a salim soubesse da morte de Delimira, a guerra doméstica se instauraria.

O barão continuou observando as tropas levantando acampamento, os afazeres frenéticos de soldados tão empolgados em voltar para casa quanto ele. No meio das tendas sendo desmanchadas e de homens passando de lá para cá, Baldur notou a figura de Sir Barney se aproximando...

... acompanhado por Derek Blak?

O Homem das Águas indicou onde o barão se encontrava e foi se juntar ao resto dos guerreiros nos preparativos de partida. Derek andou até Baldur, acompanhado por uma mulher muito magra e branca, parecendo faminta, porém com um rosto deslumbrante.

— Derek? O que você está fazendo aqui? — disse o barão, repetindo, sem saber, a mesma pergunta que fizera quando se surpreendeu ao ver o guerreiro de Blakenheim na Praia Vermelha pela primeira vez.

O recém-chegado olhou em volta para ver se não havia ouvidos curiosos por perto, falou alguma coisa para a mulher em um idioma que Baldur não reconheceu, e depois se voltou para ele, em tom baixo de voz.

— Baldur, eu acabo de voltar de Korangar. A Nação-Demônio vai invadir Krispínia por mar e mandou uma frota na direção de Dalgória. Os navios passarão em breve por Baldúria.

O cavaleiro grandalhão parecia ter sido atingido por um soco na cara. A mente se encheu de perguntas, e antes que ele escolhesse a primeira a ser feita, Derek continuou com a sequência de informações, antecipando os questionamentos de Baldur.

— Eu já estive na Praia Vermelha à sua procura, mas o Kalannar me indicou onde você se encontrava. Ele já está ciente de tudo e tomando providências. Por isso eu vim a cavalo, e não no castelo voador. Sugeri que o Palácio dos Ventos ficasse de prontidão na defesa do vilarejo.

— E como você... — foi o primeiro indício de pergunta que saiu da boca do estupefato barão.

— Isso não importa agora. A Frota de Korangar está trazendo uma força considerável para Dalgória, ou pelo menos *estaria* trazendo, se a sabotagem que a Jadzya fez tiver rendido frutos. Essa aqui comigo, aliás, *é* a Jadzya, a rebelde korangariana que me ajudou a descobrir os planos de invasão.

Ele indicou a bela mulher que, mesmo sem parecer entender a conversa, reconheceu que deveria fazer alguma mesura para o tal Barão Baldur, de quem Derek tanto falava. Jadzya recebeu de volta um gesto mecânico, pois o cavaleiro grandalhão estava atônito diante das palavras ininteligíveis do companheiro.

— Eu não tenho paz nessa merda! — trovejou Baldur, assustando um pajem que passava por ali carregando caldeirões. — Porra, mal acabei de vencer uma guerra e já vou me meter em outra! Por que *caralhos* Korangar resolveu invadir Krispínia, assim do nada? E por que logo aqui ao lado, em Dalgória?

Derek manteve o tom calmo para controlar o barão. O acesso de cólera era bem compreensível — e era melhor que passasse logo para que Baldur pudesse tomar as decisões cabíveis como o líder que era. O guerreiro de Blakenheim tinha que admitir que, após tantas realizações, o cavaleiro grandalhão realmente tinha talento para liderança. Unir elfos, orcs e humanos sob um único comando era um feito e tanto.

— Korangar está entrando em colapso... literalmente. O solo está cedendo e engolindo as províncias do império. Eu vi acontecer embaixo dos meus pés e quase morri. O Triunvirato sabia disso havia anos, vinha se preparando para deixar a Grande Sombra e agora está executando o plano. Quanto à escolha de Dalgória, eu realmente não sei, mas... — Derek apontou para o assentamento orc sendo estabelecido nas colinas. — Os korangarianos estavam por trás do levante dos orcs para desestabilizar a região e conquistá-la mais facilmente.

Baldur acompanhou com o olhar o gesto que indicava a colônia das criaturas. Agora o poder sobrenatural de Rosnak fez sentido. Não tinha sido feitiçaria orc atuando por trás da força descomunal daquele monstro, e sim a magia demoníaca do Império dos Mortos. Instintivamente, a mão desceu para a acha encantada pendurada no cinturão, e veio a vontade de usá-la contra o primeiro feiticeiro korangariano que visse pela frente. Era melhor não cruzar com Agnor por enquanto.

— E tem mais uma coisa — continuou o guerreiro de Blakenheim, com a mesma voz calma. — Eu consegui libertar uns refugiados de Korangar e despachá-los para Baldúria em um bergantim. É pouca gente. Na ocasião, eu não sabia que a invasão ocorreria aqui ao lado; foi o melhor que pude fazer, tendo em vista o único lugar em que eu confiava para enviá-los.

Baldur bufou, deixou que as palavras de Derek fizessem sentido na mente e aplacou a vontade de socar alguém e de fazer perguntas sem parar. Era preciso tomar providências diante dos fatos relatados. Ele respirou fundo e falou, em tom mais controlado:

— Bem, refugiados não são um problema. O que não falta aqui é espaço para abrigar pessoas, especialmente se forem poucas.

— Sim, e um dos refugiados é o líder da rebelião contra o Triunvirato, o comandante da Jadzya. Só tem um pequeno porém... — E nesse instante Derek anteviu que o controle que Baldur adquiriu seria perdido. — O sujeito é irmão do Agnor.

— O quê?

— Eu também achei inacreditável. A história é complexa; acho melhor que ele mesmo explique.

— Ah, o Agnor vai ter muita explicação para dar — disse o barão. — Ele está aqui, com os orcs. Vamos encontrá-lo; conhecendo a figura, o Agnor nos deixaria esperando se fosse convocado, só para causar irritação. Eu vou levar a *minha* irritação até ele.

Os três cruzaram o acampamento e, quando Baldur viu novamente Sir Barney, deu ordens para acelerar os preparativos de desmanche. O líder dos Dragões de Baldúria estranhou a pressa do barão, mas correu para obedecê-lo, ciente de que receberia uma explicação em breve. Ainda assim, olhou desconfiado para Derek Blak, que parecia sério demais. O homem era um agente da Coroa e devia ter trazido alguma notícia ruim.

Jadzya seguiu o barão — um sujeito imenso, que certamente ficaria à vontade em uma armadura de bralturi — e o amante, incomodada por não conseguir entendê-los. As poucas palavras e frases que Derek a havia ensinado não ajudaram muito a compreensão do que os krispinianos falavam, e ela precisaria estudar o idioma se quisesse viver naquelas terras. O pensamento pareceu inocente e sonhador demais; a insurgente mal sabia se os amigos de Derek seriam capazes de conter a invasão do Império dos Mortos. Talvez o destino daquela região fosse falar korangariano.

Ela tirou aquela ideia derrotista da mente e ficou observando o clima de camaradagem entre as tropas que levantavam acampamento e o espetáculo impressionante das águias gigantes dos elfos cruzando o ar, ajudando no desmanche. Olhar para o céu ainda incomodava Jadzya, mas ela se obrigava cada dia mais a se acostumar à claridade — fora que a recompensa visual valia o esforço.

Ao longe, a korangariana viu o que seria a colônia orc, mas que por enquanto era um amontoado das criaturas, que erigiam choças e se espalhavam pela região. Ela imaginou se o idioma e os costumes daqueles orcs eram diferentes dos de Korangar, onde eram escravos do Triunvirato. Ao menos aquele bando ali era mais livre do que qualquer cidadão da Nação-Demônio, humano ou orc, vivo ou morto. Aquilo despertou uma onda de melancolia tipicamente korangariana, e Jadzya olhou novamente para o céu e para a natureza ao redor — parecia impossível ser triste em uma terra tão ensolarada, tão verdejante. Ela faria tudo para que Krispínia vencesse Korangar, pois a Grande Sombra não tinha lugar ali. O sonho e as profecias de Lenor tinham que virar realidade.

Enquanto observava o ambiente em volta, Jadzya acompanhava a conversa ininteligível entre Derek e Baldur. Deu para perceber que o companheiro estava contando todos os detalhes do que havia descoberto, enquanto o barão interrompia com frases em tons de questionamento. O homenzarrão parecia mais calmo, ainda que soltasse aqui e ali o que deveria ser um impropério. Eles pararam duas vezes para Baldur dar ordens a subalternos e depois começaram a subir uma pequena elevação.

— O Agnor está lá em cima — informou Derek para ela, que se surpreendeu com a ansiedade súbita.

Pelo que Lenor havia contado, o irmão tinha sido morto ou capturado pelo Triunvirato por ter descoberto o segredo da degradação do solo de Korangar. Agora, eles constataram que o sujeito não só estava vivo, como era o lendário Foragido, o único korangariano que escapou da Nação-Demônio. Jadzya tinha ouvido falar a respeito dele por meio dos integrantes da Insurreição e da boca de Lenor, que nunca desconfiou que o irmão e o Foragido fossem a mesma pessoa. Ela novamente questionou as capacidades premonitórias do líder insurgente e considerou a ironia de que iria conhecer Agnor antes de o próprio Lenor o reencontrar.

Baldur e Derek pararam quando viram uma figura de capa de feiticeiro, cheia de inscrições arcanas, que Jadzya reconheceu imediatamente como uma vestimenta de mago korangariano. O sujeito estava de costas para eles, a uns vinte ou trinta passos em uma plataforma de pedra, com as mãos tocando o costado rochoso, e a cabeça para trás, concentrado em um sortilégio, balbuciando.

— Agnor! — trovejou Baldur, que ficou sem resposta imediata e repetiu o chamado em um volume ainda maior. — AGNOR!

O homem virou o rosto lentamente para os recém-chegados. A semelhança com Lenor era gritante — o formato da cabeça meio calva, os olhos miúdos e inteligentes... se Agnor usasse cavanhaque seria fácil confundi-los. Jadzya pensou com tristeza nos sósias que o líder da Insurreição usou como despiste, verdadeiros mártires do movimento.

— Eu já disse várias vezes para não ser interrompido quando estou realizando um encantamento — sibilou o geomante. — Agora vou ter que começar tudo de novo *e* levarei tempo para descobrir até onde vai o veio de prata que esse costado esconde. Se você quer que eu enriqueça os cofres de Baldúria, exijo que me deixe trabalhar sossegado.

Agnor não deu a impressão de registrar a presença da mulher nem a de Derek, a quem não via desde o combate com Amaraxas. Ele parecia concentrar toda a irritação em quem o havia interrompido. O tom de voz exaltado do mago fez uma silhueta enorme sair de uma caverna próxima — um monstro de quase três metros de altura, musculoso, com uma mordaça de ferro presa a um capacete na cabeça um pouco cônica. A criatura rugiu por trás do aparato e foi se aproximando do korangariano.

Derek instintivamente se colocou diante de Jadzya, com as mãos próximas aos gládios mágicos, e olhou rapidamente para Baldur.

— Agnor — disse o cavaleiro levando a mão calmamente ao cabo da acha encantada —, controle seu ogro de estimação ou ele não dá mais um passo à frente.

Com uma expressão de superioridade, sem deixar de encarar os recém-chegados com os olhos pequenos e maus, o feiticeiro falou algumas palavras em uma língua gutural e desconhecida, e Brutus recuou para a caverna de onde saiu.

A pouca paciência do guerreiro de Blakenheim para as pantomimas de Agnor se esgotou. Ele tinha feito longas viagens para chegar até ali e não pretendia ficar batendo palmas para korangariano maluco dançar.

— Agnor, por que você não contou que o solo de Korangar estava degradado e cederia, engolindo o império?

A surpresa era nítida no rosto do mago, que fez uma expressão de desdém para escondê-la.

— Onde você ouviu esse absurdo? — perguntou ele. — Tomando chá com aquela sopradora de ventos, a rainha?

— Não é absurdo, e você *sabe* disso — retrucou Derek. — Eu vi o solo de Korangar cedendo com meus próprios olhos. Vi a Planície de Khazestaya ser engolida debaixo dos meus pés, assim como aconteceu com Karaya e outras províncias da Nação-Demônio. Você deixou registrado por escrito que isso aconteceria. Eu vi os documentos que estão com seu irmão, Lenor.

Nem quando foi atingido pelo feitiço do fisiomante svaltar, quando quase morreu nos Portões do Inferno por ter tido o sangue fervido pelo encantamento do elfo das profundezas, Agnor se sentiu tão mal. Seu passado havia sido conjurado diante de si, e sua mente se desesperou como se ele fosse um aprendiz de magia ouvindo o som de uma orlosa ou o guincho de um orotushai. As anotações... perdidas em uma vida que ele deixou para trás. *E com Lenor?* O irmão inútil, o vidente incapaz que não previu a derrocada da família ou o resultado da expedição de Gregor. Como ele estaria vivo, se só poderia ter sido capturado e morto juntamente com os pais, quando o Triunvirato veio atrás dos envolvidos na descoberta da degradação mística da lava elemental?

— Agnor? — perguntou Baldur, preocupado diante da expressão de catatonia e mal-estar do feiticeiro.

— Agora que a máscara caiu, eu repito: por que você não contou que a Nação-Demônio estava condenada à destruição? — insistiu o guerreiro de Blakenheim.

Agnor respirou fundo. Anos de treinamento para manter a concentração em encantamentos mesmo sob condições adversas como ferimentos e confusão mental entraram em ação. Era uma pergunta simples, afinal de contas, e ele podia canalizar ódio suficiente na resposta para recuperar o controle.

— Porque eu não fui convidado para ingressar no Colégio de Arquimagos da sua rainha — respondeu o geomante com os dentes cerrados.

A preocupação do barão com o estado de saúde do feiticeiro passou em um piscar de olhos ao ouvir aquele absurdo. Ele olhou para Derek e depois encarou Agnor com raiva.

— Você não contou uma coisa importante como essa por *birra*? — gritou Baldur.

— Era eu que deveria ter sido convidado, não aquele bardo! — berrou Agnor, agora apoplético, com os punhos cerrados a ponto de os nós dos dedos estarem brancos. — Eu fechei os Portões do Inferno! Eu encantei a Trompa dos Dragões! E sempre sou injustiçado! DANEM-SE KRISPÍNIA E KORANGAR!

A plataforma de pedra onde ele se encontrava começou a tremer e soltou uma pequena chuva de cascalhos; dos pés do geomante surgiram rachaduras finas que foram na direção do trio. Brutus saiu assustado da caverna, pois já tinha sido soterrado pelo torreão do castelo voador no combate com Amaraxas e não queria repetir aquela experiência. Na região em torno do geomante furioso irromperam pequenos esporões de rocha.

Baldur, Derek e Jadzya firmaram os pés em meio à pequena nuvem de poeira levantada pelo tremor. A terra se aquietou quando Agnor deu sinal de ter se acalmado, ainda que mantivesse os punhos cerrados e um olhar miúdo e raivoso.

— Acabou o piti? — perguntou o barão.

— Korangar está vindo, Agnor, quer você queira ou não. Não há mais como fugir do problema — disse o guerreiro de Blakenheim. — Eu só quis saber seu verdadeiro motivo mesquinho para nos colocar nesse apuro, mas agora pouco importa, francamente. Isso fica entre você e seu irmão, que aliás já deve estar chegando a Baldúria, adiante da frota inimiga do Império dos Mortos.

O geomante contorceu mais o rosto. Além de tudo aquilo, ele definitivamente não esperava — e não queria — rever o irmão.

— Frota que *você* vai ajudar a derrotar — disse Baldur apontando para o mago. — Se tivesse nos informado antes a respeito de Korangar, talvez o Grande Rei Krispinus tivesse resolvido o caso lá atrás, usando diplomacia ou porrada. Agora só restou a porrada, e quem vai dar é Baldúria. Korangar não passará.

O barão se voltou para Derek com um olhar de que eles haviam encerrado por ali e começou a voltar para o acampamento. Baldur ainda tinha um monte de pequenas coisas para supervisionar e, mais importante, uma *nova* guerra para travar. Guerra que poderia ter sido evitada, ou pelo menos não envolver Baldúria diretamente, se aquele korangariano egoísta tivesse revelado a situação do Império dos Mortos logo após a crise dos Portões do Inferno, há oito anos. O cavaleiro mal conseguia acreditar que ia pular de um conflito para o outro. Ele torceu que Sindel entrasse logo em contato, para que pudesse contar para a esposa. Korangar estava vindo pelo mar, e Baldúria precisava de sua baronesa aquamante, agora arquimaga de Krispínia. O título recente de Sindel fez Baldur pensar na mesquinharia e cobiça de Agnor novamente, e a ideia de esganá-lo motivou as passadas largas no retorno para as forças de Baldúria.

O guerreiro de Blakenheim continuou encarando Agnor, que permanecia atônito e irritado. Ele se voltou para Jadzya, fez menção de ir embora, mas decidiu ficar e falar em korangariano, agora que os três presentes ali entendiam o idioma.

— Agnor, eu passei os últimos anos em Korangar. É um destino que não desejo a ninguém. — Derek olhou para a rebelde, como se pedisse desculpas pelo que ia falar. — É o pior lugar do mundo. É opressor, cruel e nem a morte te livra dele. Mas você não pode continuar fugindo de lá. Korangar está vindo, e se vencer, Krispínia pode ser o novo Império dos Mortos. Precisamos de você no combate.

— Eu ouvi o nome do Lenor e entendi que o Derek falou a respeito de seu irmão — disse Jadzya finalmente; o geomante deu sinal de registrar a presença dela pela primeira vez e reconhecê-la como korangariana. — Convivo com ele há anos, e o Lenor sempre baseou nossa luta, a luta da Insurreição contra o Triunvirato, nas suas descobertas. O sonho de fugir de Korangar só existe por *sua* causa, Agnor. Se não fosse por você, teríamos morrido brigando para tomar o poder de uma terra que nos mataria de qualquer forma. Você nos salvou sem saber. Salve-nos agora, consciente disso... e ao lado de seu irmão.

Com o ego afagado, pensando nas conquistas recentes — a Torre de Alta Geomancia, os veios de prata, uma colônia de orcs sob seu comando, e até Samuki — que poderiam ser perdidas, o Foragido de Korangar decidiu que não havia outra solução a não ser lutar novamente ao lado daqueles apedeutas ingratos. Desta vez, porém, ele não aceitaria ser deixado de lado. Desta vez, ele *negociaria* a ajuda antes de dá-la.

— Que venha Korangar — balbuciou Agnor para si mesmo, sem encarar os dois, e foi chamar Brutus para voltar ao acampamento.

CAPÍTULO 27

PRAIA VERMELHA, BALDÚRIA

O bergantim *Shaya* nunca tinha feito uma viagem como aquela, nem tampouco Nimor, o experiente comandante korangariano que conduzia a embarcação sequestrada pelos rebeldes rumo a uma terra desconhecida, descendo um litoral igualmente incógnito. De início, ele não considerou que a navegação fosse complicada, desde que o *Shaya* se mantivesse à vista da costa. Em alguns trechos do litoral da Caramésia, porém, os ventos não se mostraram favoráveis, e a tripulação foi obrigada a ajustar as bolinas — os cabos que sustentavam as velas quadradas — para evitar atrasos e desvios de rota. Para superar as dificuldades, Nimor contou com os marinheiros rebeldes selecionados por ele próprio e com os marujos originais do bergantim, que conheciam bem o navio, mas o grande trunfo na viagem foi mesmo Lenor. As previsões do líder da Insurreição guiaram as decisões do comandante e chegaram até a salvar o *Shaya* de uma corrente que teria puxado a embarcação para alto-mar. Lenor concentrou sua magia de vidência nos esforços da jornada, antevendo intempéries e correntes traiçoeiras; o homem basicamente atuou como um instrumento de navegação para Nimor, cuja admiração pelo grande profeta da rebelião só aumentava.

Cada obstáculo vencido aumentava o moral dos tripulantes e da massa de refugiados transportados pelo bergantim. O racionamento de água e comida não foi um problema tão grande para os korangarianos acostumados a uma vida miserável no império; muitos se arriscavam no convés para admirar um céu azul que nunca tinham visto sob a Grande Sombra e experimentar o tal "sol da liberdade" que Lenor tanto havia prometido. As agruras da viagem representavam um fardo suportável para aquela gente sofrida que deixou para trás uma existência de fome e opressão. Eles riam, choravam e se emocionavam a cada vista deslumbrante da costa da Caramésia e da antiga Beira Leste, perguntando se já estavam chegando, ansiosos para conhecer o novo lar.

Infelizmente, Lerror não conseguia dar atenção a todos os korangarianos, estava sempre exausto de tanto realizar rituais e sortilégios para ter as visões premonitórias e ajudar Nimor a guiar o *Shaya* com sua presciência mágica. As exigências imediatas da vidência afastaram da mente do líder da Insurreição a imagem do mar de sangue que ele tinha previsto, um mau presságio a respeito da jornada. Mas Lenor ficou aliviado quando o vigia avistou as águas rubras de uma grande baía, como Derek Blak havia indicado que seria o sinal da chegada à Praia Vermelha. Finalmente ele havia tido uma visão bem aproximada, bem literal do futuro. Sob sua orientação mística, o *Shaya* tinha realizado a viagem impossível.

O bergantim entrou na baía e recolheu as velas, mas não havia muito o que fazer além daquilo, pois Derek havia despachado os refugiados para Baldúria sem expectativa de conseguir avisar as autoridades locais. O enviado de Krispínia apenas aconselhou Lenor que se identificasse para o Barão Baldur, que possivelmente estaria guerreando com orcs no reino vizinho, ou para um svaltar. Aquilo não inspirava muita confiança no líder da Insurreição, mas o homem tinha que admitir que sua maior preocupação era o possível reencontro com Agnor. Lenor acreditava que tinha se concentrado nas previsões em relação à jornada para ocupar a mente, a fim de evitar lançar um sortilégio que indicasse como seria a reunião com o irmão desaparecido havia tanto tempo. Agora, naquele momento de expectativa, parado na amurada, vendo ao longe uma vila de pescadores, o korangariano se viu pensando em Agnor, incapaz de indicar para Nimor e os refugiados o que fazer.

— Olhem ali! No canto esquerdo da vila! — chamou o vigia, apontando para aquela direção.

No castelo de proa, Lenor e Nimor voltaram o olhar para aquele ponto específico e notaram uma pedra gigante que parecia flutuar acima das águas. A distância tinha provocado um golpe de vista, havia escondido a rocha no cenário geral como se fosse um morro, mas agora, olhando com atenção, foi possível notá-la *pairando* em um canto da orla, como uma sentinela. Os korangarianos tinham vindo de um reino extremamente mágico, e estavam acostumados com os feitos das Torres de Korangar, mas nem mesmo Lenor, que fora educado entre a elite de feiticeiros do Império dos Mortos, tinha visto algo parecido com aquilo na vida. Ele aventou que uma pedra flutuante como aquela devia envolver aeromancia e geomancia, mas seu conhecimento a respeito de magia elemental era bem básico. E havia um crânio gigante pendurado na rocha, de um *dragão* ainda por cima, uma coisa que certamente a Torre de Necromancia teria feito. Aquela estrutura impressionante, que ainda contava com um castelete no topo, distraiu o líder da Insurreição dos pensamentos em relação ao irmão, enquanto os demais refugiados apontavam e comentavam entre si a respeito da pedra flutuante.

Um novo chamado do vigia desviou a atenção dos korangarianos para uma movimentação nas águas. Cinco botes esguios, com lugares para oito remadores, foram se aproximando do *Shaya* lentamente, pois havia apenas três homens no comando dos remos em cada um. Indivíduos empoleirados na ponta das lanchas, donos de um equilíbrio surpreendente, sinalizavam para o bergantim descer escadas de corda e começar a desembarcar os passageiros. Krispinianos e korangarianos não falavam a mesma língua, mas ficou clara a intenção dos recém-chegados de terra firme. Lenor e Nimor se entreolharam; eles estavam sendo esperados. De alguma forma, Derek havia conseguido avisar Baldúria a respeito da vinda dos refugiados.

O líder da Insurreição tomou a iniciativa de descer primeiro, na frente da massa de refugiados. Nimor e os tripulantes do bergantim aguardaram a vez deles como determinou Lenor. Nas águas vermelhas da baía, mais lanchas se aproximavam para retirar os korangarianos da embarcação, cruzando com a primeira leva que passava na direção oposta, a caminho dos píeres. Os refugiados foram postos para remar mediante gestos dos salvadores, e Lenor, sentindo o cansaço da viagem, dos feitiços e do primeiro trabalho braçal na vida, mal pôde contribuir com muita força nos remos. Ao chegar perto da terra firme, ele e os korangarianos nas primeiras lanchas ficaram mais impressionados ainda com a visão da imensa rocha que pairava sobre um trecho de areia. O crânio do dragão lá em cima parecia lançar um olhar ameaçador para os recém-chegados. O líder da Insurreição sentiu um mau agouro no fundo da mente, e a visão persistente do mar de sangue se fez presente outra vez. Se a sensação ruim era fruto da imagem da cabeça do monstro ou algo nascido de uma vida fazendo premonições, ele não saberia dizer.

A leva inicial de lanchas finalmente chegou aos píeres, onde era aguardada por um grupo de pescadores dispostos a ajudar no desembarque e trocar de lugar com os remadores krispinianos. Era uma operação nitidamente bem organizada e metódica. Lenor foi conduzido junto com os demais até a praia, cuja areia refletia a claridade do sol de maneira incômoda. Ele apertou a vista e viu quem o aguardava ao lado de homens armados: o svaltar de quem Derek Blak havia falado. Era impressionante e intrigante ver aquela criatura que não deveria estar sobrevivendo à luz do dia; porém o *mais* impressionante e intrigante era o fato de ele estar usando a capa de um vulturi. Aquele detalhe distraiu o líder da Insurreição a ponto de ele não notar o círculo de pescadores segurando azagaias junto ao corpo, em volta dos refugiados.

Kalannar observou o primeiro grupo de korangarianos ser reunido diante dele e da Guarda Negra. Foi relativamente fácil notar Lenor, o tal irmão de Agnor que Derek Blak havia comentado, no meio daqueles desmazelados. Todos os humanos eram iguais, possuíam as mesmas orelhas redondas e pequenas, mas o svaltar era um matador treinado para notar minúcias. Desde que estabeleceu residência em Tolgar-e-Kol como assassino, ele vinha basicamente matando humanos, muito mais do que qualquer integrante de outra raça. Kalannar considerava que possuía um bom olho para rostos da espécie, e certamente a face daquele korangariano era muito parecida com a de Agnor. Se o sujeito raspasse a penugem facial que o idioma humano chamava de cavanhaque, daria para ser confundido com o irmão. A observação fez o feitor-mor svaltar pensar em Regnar e no pouco que saboreou a morte do próprio irmão. Aquela era, definitivamente, a maior frustração da vida de Kalannar. Regnar e ele nunca foram fisicamente parecidos como Agnor e Lenor; ainda que fosse mais velho, Kalannar sempre teve um semblante mais jovem que o irmão, que fora criado para ser um guerreiro e crescera atormentado por ter que acatar um papel literalmente secundário dentro da linhagem Alunnar... até que se cansou da falta de protagonismo e decidiu matar Kalannar. Um ato que fez Regnar pagar com a própria vida e que levou o irmão àquele momento bizarro na história: ser o anfitrião svaltar de um bando de foragidos de Korangar, recém-chegados a uma comunidade de Krispínia. Kalannar não teria imaginado uma coisa dessas nem que tivesse consumido todas as drogas usadas nos rituais de Zenibar.

Ele deu um passo à frente e se dirigiu para o korangariano parecido com Agnor.

— Eu sou Mestre Kalannar, feitor-mor da Praia Vermelha e alcaide de Baldúria. Lenor, eu presumo?

O líder da Insurreição apenas reconheceu os nomes que o elfo das profundezas falou, mas agora se deu conta de que o svaltar estava armado com muitas facas e duas espadas finas e curtas, além de estar protegido por uma loriga de couro negro. Os guardas em volta usavam uniformes e armamentos similares. Derek havia informado que a criatura era o segundo em comando do baronato, uma espécie de administrador de província, mas ele mais parecia um chefe militar ou mesmo um assassino... *E por que o svaltar estava usando a capa de um vulturi tão ali ao sul de Korangar?*

Lenor apontou para si e repetiu o próprio nome, concordando com a cabeça, mas respondeu em uma língua que a criatura branca não compreendeu.

— Você fala svaltar? — indagou Kalannar, trocando de idioma a cada pergunta. — Alfar? Anão?

Diante da ausência de resposta, o feitor-mor deu um sorriso cruel e fez um gesto com o braço indicando para onde os korangarianos deveriam prosseguir, uma área livre a uns cem passos dali. Alguns guardas e pescadores conduziram os primeiros refugiados, dando espaço para a chegada da segunda leva, enquanto a população geral da armação observava à distância a aglutinação dos estranhos recém-chegados.

Lenor não estava gostando daquela situação, mas não conseguiu se fazer entender ao ser levado pelos baldurianos. Ele berrou o nome de Derek Blak, e o svaltar apenas reagiu com um aceno do rosto anguloso e extremamente branco, muito mais pálido do que um korangariano, exibindo um sorriso perturbador. Algo lhe dizia que a criatura estava gostando daquilo. Os refugiados perguntavam o que estava acontecendo para Lenor, que tentou confortá-los e pediu paciência. Os costumes daquela terra eram outros, afinal de contas. Devia estar acontecendo alguma falha na comunicação, especialmente devido à barreira do idioma.

Aos poucos todos os passageiros do bergantim foram trazidos, e finalmente chegaram Nimor e os marujos, com expressões um pouco confusas e ao mesmo tempo revoltadas nos rostos. Quando todos os korangarianos estavam reunidos, sutilmente cercados pelos pescadores com azagaias, o svaltar deu alguma espécie de ordem em voz alta. Os baldurianos se aproximaram e apontaram as lanças de arremesso para os refugiados, enquanto os guardas de uniforme negro indicavam, aos berros, um caminho a ser seguido. Lenor foi à frente tirar satisfações, mas um rapaz sacou a espada curta, deteve o avanço do líder korangariano com a arma e apontou incisivamente com a outra mão para a direção que eles deveriam seguir.

Lenor olhou para os compatriotas reunidos e cercados como animais. Em todos os anos da Insurreição, o líder rebelde sempre conseguiu eludir a perseguição dos agentes do Triunvirato, muitas vezes à custa da vida de correligionários fiéis como Edvor e tantos outros, mas aqueles foram sacrifícios conscientes em nome da causa e do que ela representava. Agora Lenor havia se entregado de bom grado, e qualquer resistência representaria um massacre de jovens, mulheres e crianças, familiares de rebeldes que ficaram para trás acreditando que o líder da Insurreição os conduziria ao sol da liberdade. Ele pensou na visão do corvo sussurrando para Jadzya a mensagem de reunificação de Zândia, enviada pelo Velho Inimigo. Será que havia se equivocado na interpretação? Derek Blak era o agente do Velho Inimigo, afinal de contas. Todo aquele "resgate" dos korangarianos seria uma armadilha, então?

Lenor desceu o olhar para a espada apontada para o peito. Pelo visto, ele teria muito tempo em cativeiro para ponderar a respeito das previsões. O líder da Insurreição recuou e mandou que os refugiados obedecessem; em seguida, deu o exemplo e seguiu pelo caminho indicado pelos algozes de Krispínia. Famintos, cansados e amedrontados, os korangarianos seguiram seu profeta, alguns chorando baixinho, outros ainda olhando com esperança para o grande salvador, sem entender o que estava acontecendo direito.

Assim que os recém-chegados foram conduzidos para o destino desconhecido que os aguardava, o Capelão Bideus, o sacerdote de Be-lanor, saiu do meio da população e foi até Kalannar, meio exasperado.

— Feitor-mor, com todo o respeito, mas para onde estão sendo levadas essas pessoas?

Kalannar nem se dignou a olhar para o homem, apenas se manteve observando a coluna de refugiados sendo conduzida pela Guarda Negra e seus pescadores de confiança.

— Para um cativeiro, logicamente — respondeu o svaltar, mal contendo a alegria.

— Mas... por que isso, senhor? — disse Bideus, indignado. — Eles chegaram em paz, desarmados. Parecem famintos.

O alcaide agora se voltou para o capelão, que tinha um semblante confuso no rosto em formato de cunha. O homem não fazia sentido no que dizia.

— Esses refugiados vieram de *Korangar*, sacerdote. As expressões "Nação-
-Demônio" e "Império dos Mortos" guardam o mesmo significado no idioma
de Krispínia, imagino. Até que saibamos que não há nenhum espião ou feiticeiro no meio deles, os korangarianos permanecerão isolados da Praia Vermelha.
Eu mesmo os interrogarei... quando tiver tempo.

Algo no tom de voz de Kalannar fez Bideus perceber que o feitor-mor ar-
rumaria tempo para interrogar os pobres coitados... e que estava ansioso para
fazê-lo. Ele se sentiu no dever de confrontá-lo e endureceu a voz.

— O Barão Baldur não vai gostar nada disso.

— Até onde eu sei, o barão ainda não foi informado a respeito dos korangarianos. Logo, *eu* determino o que deve ser feito com eles, até disposição em
contrário, sacerdote. — O svaltar fez uma pausa e indicou o grupo que desa-
parecia ao longe. — Em vez de questionar minhas ordens, a *sua* obrigação é ver
se essa gente desnutrida e maltrapilha não trouxe doenças para Baldúria. Eu
não quero que nossa brava gente trabalhadora fique doente.

E não deixe de pescar baleias e enriquecer os cofres do baronato, quase completou
Kalannar.

— Eles receberão as bênçãos de Be-lanor para curá-los de qualquer enfer-
midade — prometeu o capelão antes de se retirar, resignado.

Contente com o que viu, o alcaide deu meia-volta com um meneio da capa
encantada e tomou o rumo da Casa Grande, passando pelo caminho aberto
pela população da Praia Vermelha, que ainda comentava aos cochichos o que
havia acontecido na areia. Sem saber, Kalannar passou por Jenor, misturado
ao povo, o único e verdadeiro espião de Korangar que agia livremente em
Baldúria.

Mais tarde, no quarto alugado no Recanto da Ajuda, Jenor ficou encarando
fixamente o mostruário de vendas, onde estava escondido o espelho encantado
que usava para se comunicar com Korangar. Um espião devia cultivar a paciência, deixar as situações se desenvolverem a seu favor para tirar o maior proveito
possível, mas ali, naquela terra maldita de Baldúria, tudo parecia ir velozmente
contra ele. Mal Jenor estava traçando o plano para realizar a missão impossível
de invadir a torre de Agnor, e eis que um navio de Korangar havia chegado
com refugiados — e ainda por cima trazendo *Lenor*, o homem mais procurado

da Nação-Demônio depois do próprio Foragido. Ele já conhecia a descrição física do líder da Insurreição e obteve a confirmação de que era mesmo Lenor através da conversa entre o recém-chegado e o alcaide svaltar. Ironicamente, Kalannar havia conseguido fazer o que o Triunvirato vinha tentando há anos. O insurgente agora estava trancafiado em um cercado montado no limite da armação, sob vigia dos guardas armados como svaltares. Jenor precisou fingir que era um estrangeiro perdido para se aproximar da área e testemunhar o que havia acontecido com os korangarianos; ele torcia que não tivesse levantado suspeitas.

Infelizmente, Lenor se encontrava muito bem preso para ser solto e interrogado, como o vulturi gostaria de poder fazer. Era até possível, se Jenor tivesse mais tempo em Baldúria, se a missão fosse de longo prazo como foi entre os orcs de Dalgória, mas a invasão de Korangar já estava em andamento, e o espião tinha que considerar uma realidade desagradável: o líder da Insurreição devia saber dos planos da Nação-Demônio, pois a hipótese era bem mais crível do que a mera coincidência de Lenor ter simplesmente chegado à Praia Vermelha do nada. E não havia coincidências na guerra e na espionagem. Assim que fosse interrogado pelas autoridades de Baldúria, o líder da Insurreição contaria o que sabia.

Jenor precisava se comunicar com Korangar e tentar novamente acelerar a cadeia de informações para que o Triunvirato fosse informado o quanto antes que Krispínia estava prestes a saber da vinda da frota. O destino do império dependia de seus relatórios.

Ele retirou o espelho do fundo falso do mostruário e começou a evocar a presença demoníaca dentro do objeto.

CAPÍTULO 28

DISTRITO DAS MANSÕES, TOLGAR-E-KOL

No impressionante distrito de mansões de Tolgar-e-Kol, lar dos mestres-mercadores mais ricos das Cidades Livres, uma antiga casa nobre se destacava entre as vizinhas de porte magnífico. Era uma construção decrépita, caindo aos pedaços, que misteriosamente nunca foi vendida ou reconstruída por quem quer que fosse o proprietário. Na verdade, ainda que se sobressaísse ao lado dos casarões, ela detinha o estranho poder de desviar a atenção de quem olhasse a fachada decadente. O passante que vencesse a compulsão de virar o rosto não se lembrava instantes depois da presença da mansão. E assim o casarão permanecia inconspícuo, paradoxalmente invisível à vista de todos, abandonado e esquecido, exatamente como era o desejo de seu único habitante.

Ambrosius estava sentado na escuridão absoluta do interior cavernoso da construção arruinada. O vulto de capa preta, que era um borrão ainda mais negro naquele poço de trevas, passava horas, até dias assim, ponderando a respeito dos fatos que sabia e não sabia, considerando as jogadas feitas por ele e por outros jogadores, de menor e maior importância, no grande tabuleiro do destino de Zândia. O tempo passava de maneira diferente na percepção de Ambrosius, e isso era tanto uma bênção quanto uma maldição, pois ele às vezes perdia certas urgências por conta desse lapso cognitivo, enquanto em outras ocasiões Ambrosius agia antes mesmo de um problema sequer surgir. Ele já estava acostumado e conformado a viver sob essa condição, ainda que lamentasse quando ela atrapalhava seus planos. *Eu sou meu próprio inimigo*, costumava confessar a figura soturna para as paredes.

A sociedade de Tolgar-e-Kol, da ralé à elite mercantil, o considerava o homem mais poderoso das Cidades Livres, ainda que não soubessem nada a respeito de seu passado ou sequer desconfiassem de seu endereço. As pessoas temiam Ambrosius porque ele conhecia seus segredos e sabia explorá-los para tirar alguma vantagem que nunca parecia clara ou, se dava a impressão de ser óbvia, via de regra não era o que elas achavam. Planos dentro de planos, já havia escrito um bardo vindo das distantes areias de Nerônia, e a expressão mal servia para explicar a complexidade da teia de intrigas e conspirações que Ambrosius tecia dentro daquela antiga casa nobre.

E naquele momento particular da história, tanto dele quanto de Zândia, os fios da teia pareciam chegar ao fim.

Ele havia embarcado em uma jornada pessoal de revisitar o próprio passado a fim de tentar compreender melhor o presente. O futuro ao vidente pertence, como dizia o velho adágio adamar. O presente já era nebuloso o suficiente para ser entendido, ainda que as jogadas estivessem às claras no tabuleiro que Ambrosius enxergava na mente: a Grande Sombra estava à beira do Colapso; Korangar enviou uma frota invasora para Dalgória que estava descendo a costa da Caramésia; Krispinus, seu Deus da Guerra, estava mais interessado em conquistar a Faixa de Hurangar ao norte do que ajudar o reino do Sul; Baldur e seus Confrades do Inferno eram a última esperança na região.

Ele refletiu a respeito do cavaleiro que agora era barão. Baldur nunca esteve em seus planos originais; o bronco grandalhão fora trazido de surpresa por Od-lanor, no início da crise de poder em Fnyar-Holl, que revelou ser um mero apêndice da crise dos Portões do Inferno. Um desertor ferido encontrado na estrada era agora o único líder no caminho da poderosa Nação-Demônio, que na verdade estava tão decrépita quanto a própria mansão de Ambrosius. Império dos Mortos, de fato. Ainda assim, como diria qualquer necromante, até o morto-vivo mais apodrecido podia desferir um golpe letal. E Krispínia estava de guarda aberta, por uma série de erros que Ambrosius julgava ter cometido.

Erros, não, ponderou o velho manipulador, em um raro momento de benevolência consigo mesmo. As coisas perdiam o valor e a utilidade com o tempo; Krispinus, como Grande Rei de Krispínia, parecia ter chegado ao fim de seu ciclo, não como monarca, mas como aquela *determinada* espécie de monarca. Zândia precisou de guerras para sobreviver, mas agora dependia de uma única batalha para ter paz. E quem travaria esse combate era o improvável cavaleiro de pouca instrução, mas com uma boa dose de compaixão no coração. A peça estranha no tabuleiro, colocada pelo Destino, cujos planos costumavam interferir com os de Ambrosius, para sua irritação.

Ele decidiu que veria essa jogada acontecer de perto, que testemunharia a última puxada de linha em sua teia.

PINÁCULO DE RAGUS, RAGÚSIA

Uma das vantagens de realizar o simpósio do Colégio de Arquimagos de Krispínia em Ragúsia era a proximidade com Nerônia, na opinião de Danyanna. O reino vizinho era conhecido pelos vinhos excelentes, e aquela era uma ótima ocasião para renovar o estoque de sua adega particular no Palácio Real. Os vinhos de Nerônia demoravam a chegar à Morada dos Reis, e Danyanna ficava de mau humor sem as suas taças diárias. A aeromante agora degustava um mimo enviado pelos vinicultores neronianos, um rótulo dedicado a ela, chamado "Mageia". Era ótimo ser a rainha em ocasiões como essa. Fazia valer a pena toda luta, preocupação e outros sacrifícios que os cidadãos comuns jamais sonhavam. Danyanna ergueu a taça na direção de Nerônia, como um brinde pelo presente, e Od-lanor, que estava com ela na varanda dos aposentos da rainha no Pináculo de Ragus, repetiu o gesto e desandou a contar a história da tradição vinicultora do reino vizinho.

— Eu não sei por que ainda converso com você e a Sindel — disse a Suma Mageia, quando o adamar terminou a palestrinha. — Devo ser a única imortal que não se lembra nem do vinho que bebeu ontem, quanto mais a história dele.

— É uma questão de natureza, Danyanna — falou o bardo, sem protocolos; no Colégio de Arquimagos não se usavam títulos de nobreza e, ademais, ambos eram amigos desde a crise dos Portões do Inferno. — Eu sou adamar, a Sindel é alfar e, sem ofensas, nascemos com uma mente imortal e uma memória ancestral, já você... não.

— Eu sei, mas é *frustrante*. Vocês se lembram de tudo, de detalhes bobos de séculos atrás. Eu não tiro a cara dos livros porque, se fizer isso, não consigo nem evocar uma brisa.

— Que exagero! — disse Od-lanor. — As proteções dos Portões do Inferno não saíram de uma mente esquecida.

— Eu estava com todos os meus livros presentes, Od-lanor, nas duas ocasiões em que encantei a fortaleza — confessou Danyanna, torcendo o rosto.

— Falando na Sindel, ela está atrasada para nosso convescote.

Ambos olharam por reflexo para a porta de entrada, no interior dos aposentos de Danyanna. Os três haviam marcado uma comemoração pelo fim de uma etapa particularmente exigente do simpósio, em especial porque Sindel vinha se aborrecendo com Taníria, que estava movendo uma campanha de perseguição à salim nos bastidores do Colégio. Sempre que podia, a arquimaga de Dalínia discriminava a elfa, menosprezava seus conhecimentos, causava desentendimentos e semeava o preconceito e a discórdia entre os outros integrantes que ainda não haviam aceitado a presença da antiga inimiga entre os maiores feiticeiros do reino. Pela vontade de Danyanna, ela catava Taníria com um vento e jogava aquela vadia do alto do Pináculo, juntamente com os outros calhordas, mas até dentro do próprio grupo fundado por ela a rainha tinha que ser minimamente diplomática, por mais que quisesse agir com a típica falta de sutileza do marido. Krispinus sentia as frustrações do trono, e Danyanna, ali dentro de seu Colégio de Arquimagos, entendia muito bem o esposo. As exigências da política irritavam a Suma Mageia, mas ela precisava dar vaga e voz para Dalínia, o reino mais forte do Sul.

Pensando bem, talvez aquela condição não durasse muito tempo para os dalinianos.

— E falando na Sindel — disse a rainha, repetindo as palavras do bardo —, imagino que você saiba de Baldúria. Que o marido dela, e *seu* amigo, Baldur, unificou Dalgória e o baronato, e agora manda nos orcs que ameaçavam o ducado. A Sindel me contou cheia de orgulho... daquele jeito élfico dela, é claro.

— Estou sabendo. Não tenho como me comunicar diretamente com o Baldur, mas a Sindel vem me mantendo informado. Pretendo visitar Baldúria assim que o simpósio acabar, se me permitir. Imagino que governar alfares *e* orcs seja muito para meu amigo cavaleiro.

Danyanna se serviu de mais vinho. Por onde Baldur passava, ele conquistava e pacificava, porém, a primeira intenção parecia ser sempre poupar os derrotados e integrá-los sob seu comando. De fato, o barão agora era o *líder* dos orcs, o primeiro humano a assumir tal posto na história daquelas criaturas beligerantes, segundo o relato da memória prodigiosa de Sindel. E ele também comandava os elfos de Baldúria, igualmente o primeiro humano a realizar tal feito. A Suma Mageia tinha considerado Baldur uma versão mais jovem do marido, apenas mais um fiel Irmão de Escudo grandalhão e barbudo como os guarda-costas e amigos de Krispinus, outro guerreiro devoto do Deus-Rei como existiam aos milhares. Essa percepção começou a mudar no momento em que ele suplicou a misericórdia do monarca diante de uma Sindel humildemente rendida, e agora Danyanna certamente considerava o barão um líder superior ao próprio Krispinus. Que o marido não lesse seus pensamentos.

Ou talvez fosse aquele magnífico vinho de Nerônia pensando por ela, naturalmente.

— Sem problema algum, Od-lanor — respondeu a Suma Mageia. — Assim que o simpósio terminar, todos vamos querer um afastamento das questões do Colégio de Arquimagos. Nós merecemos.

Ela brindou com o bardo adamar e sentiu o despertar de uma curiosidade.

— Diga-me, em relação à unificação de Dalgória e Baldúria, como ficam os reinos? Essa parte eu nunca soube acompanhar e, como disse, quem tem grandes memórias e conhecimentos aqui é você.

— Bem — disse Od-lanor, se ajeitando na cadeira —, tudo depende do senhor seu marido, o Grande Rei. Dalgória é um ducado por conta do finado Duque Dalgor, e Baldúria é um baronato por causa do Baldur. Ambos os títulos foram dados pelo Deus-Rei, visto que eram territórios sem monarcas estabelecidos, e a situação desse novo reino unificado reside exclusivamente no título do Baldur, segundo costumes que remontam a antes mesmo de haver um Grande Reino de Krispínia. Se ele for mantido como barão, Dalgória será reduzida a um baronato. Se o Grande Rei Krispinus promover o Baldur a duque, Baldúria virá um ducado. Mas o título de duque é comumente dado aos homens de maior confiança do monarca, e desde a paz com os elfos a relação entre meu amigo e o Deus-Rei anda... estremecida. Ter feito um acordo com orcs não deve melhorar essa situação. Eu posso tentar intervir diplomaticamente na corte para uma solução de meio-termo... quem sabe o Baldur seja sagrado *conde*, e assim teríamos um único Condado de Baldúria, integrando a antiga Beira Leste e o que foi um dia o reino-livre de Blumenheim. Ou talvez *você* convença o Grande Rei, Danyanna...

Uma voz surgiu do interior dos aposentos da Suma Mageia, se dirigindo para a varanda.

— O título do meu marido é a última preocupação que tenho com Baldúria — disse Sindel.

Od-lanor e Danyanna se voltaram para ela ao mesmo tempo. Os dois estiveram tão entretidos com a conversa e o vinho que não ouviram Sindel entrar e esperar para falar. Ela se aproximou do bardo adamar e da feiticeira humana e recusou a oferta de assento feita pelo gesto do bardo. O belo rosto de Sindel, bem mais redondo que as feições angulosas das outras alfares, era uma máscara de seriedade e de preocupação. Sem delongas, até porque não tinha o talento dos grandes poetas élficos para contar histórias, ela repassou o relato que recebeu de Baldur a respeito da invasão de Korangar, o que deixou os dois amigos estupefatos.

— Eu preciso voltar para Bal-dael, para Baldúria, e defender minhas terras ao lado do meu marido — encerrou a salim.

— Assim como eu tenho que estar ao lado do meu amigo — disse Od-lanor para as duas mulheres e, a seguir, se voltou para Danyanna. — Infelizmente, minha participação no simpósio chegou ao fim.

A Suma Mageia tomou o resto da taça de um gole só. Ela vinha estranhando os últimos anos de tranquilidade no reino. Krispínia parecia não gostar de paz. Danyanna imaginou a alegria do esposo quando recebesse a notícia — isso se já não soubesse, pois os dois não se falavam desde o início do encontro do Colégio de Arquimagos. Mais uma grande guerra para Krispinus, e logo contra os desmortos e demônios de Korangar. Algo épico, majestoso, com o futuro das nações em jogo. Dava para ouvir a empolgação de Krispinus lá da Faixa de Hurangar, onde ele estava agora com Caramir e as tropas reais travando um mero conflito de fronteira para apaziguar a sede de sangue dos dois.

— O *simpósio* chegou ao fim, Od-lanor — falou a rainha enquanto se levantava, com as pernas não tão firmes quanto imaginava que estivessem. — E vocês não irão sozinhos. O Colégio de Arquimagos irá para o front. Estamos falando da Nação-Demônio, cuja magia intriga Krispínia há anos. Não sabemos o que as Torres de Korangar prepararam para essa invasão, mas o inimigo vai ter a surpresa de encarar o melhor que o Grande Reino tem a oferecer em poderio místico.

O ar ao redor começou a se agitar e se encher de eletricidade. Od-lanor e Sindel foram tomados pela empolgação de Danyanna.

— Convoquem todos os arquimagus e arquimageias — ordenou ela, assumindo a postura de Rainha de Krispínia da qual havia se despido naquela reunião entre iguais. — A Suma Mageia vai liderá-los à guerra.

Antes mesmo que ela se servisse de outra taça para ponderar os fatos, o bardo e a elfa já haviam saído do recinto.

CAPÍTULO 29

PRAIA VERMELHA, BALDÚRIA

A volta para casa estava na mente de cada soldado assim que ele partia para o estrangeiro. O retorno era um momento de comemoração se tivesse havido vitória, de luto pela perda de irmãos de armas, de carinho nos entes queridos, e de agradecimento por não ter morrido. A pequena tropa de Baldúria sabia que esse momento seria breve, pois os homens estavam voltando não só para travar outra guerra como também para defender o próprio lar. Havia ansiedade no ar, em especial para os três Confrades do Inferno na vanguarda, que sentiam uma inquietação um pouco maior.

Baldur finalmente reveria a esposa e o filho, e desta vez, ao contrário do conflito na vizinha Dalgória, o poder de Sindel seria fundamental contra um inimigo que vinha por mar. Ele considerava deixar Baldir sob a proteção dos elfos de Bal-dael, no interior da Mata Escura, enquanto travava o combate com Korangar na costa. Ainda não havia um plano em mente, tudo dependia da reunião com os comandantes das forças envolvidas e também com o líder dos revoltosos korangarianos, o tal Lenor, que Derek Blak calculava estar chegando ou já ter chegado à Praia Vermelha — isso se a embarcação sequestrada por eles tivesse conseguido concluir a viagem por mares desconhecidos. Infelizmente, o guerreiro de Blakenheim teve os planos de invasão inutilizados durante a chegada, em uma presepada que Baldur não tinha entendido muito bem, mas pelo menos Derek garantia ter guardado na mente o suposto ponto de desembarque, o que possibilitaria organizar um contra-ataque. De qualquer forma, antes de partir da futura mina de prata nas colinas, o barão enviou uma mensagem ao Capitão Sillas, o comandante das forças de Dalgória, para deslocar as defesas do reino até o local indicado pelo guerreiro de Blakenheim.

Infelizmente, Baldur não tinha como saber que o inimigo já havia alterado o local da invasão.

No cavalo ao lado, acompanhado pela montaria de Jadzya, Derek Blak ansiava por rever Kyle, com quem não tinha conseguido se encontrar na Praia Vermelha dada à urgência de informar os planos do Império dos Mortos para o barão. Durante a conversa com Kalannar, ele soube que o amigo tinha virado não só um homem feito como um pai de família, após ter colocado um pequeno Derek no mundo. Ele havia contido a emoção diante do svaltar insensível, mas sabia que ficaria comovido ao ver Kyle novamente e conhecer a criança que levava seu nome. Perdido nesses pensamentos, o guerreiro de Blakenheim notou o olhar curioso de Jadzya e desconversou, continuando a ensinar algumas expressões e frases básicas do idioma comum para que a korangariana não ficasse tão perdida.

Atrás deles, tentando não se concentrar no sotaque ruim de Derek ao falar korangariano, Agnor vinha sentado em uma carriola puxada não por um cavalo, mas sim por Brutus. O veículo não era adequado para aquele terreno irregular e selvagem, e muitas vezes precisava ser erguido pelo ogro, mas o geomante se recusava a andar a pé ou montado. Ele não parava de pensar no reencontro com o irmão e na vinda de Korangar. Após anos fugindo, o passado o alcançou. O fantasma da Nação-Demônio tinha mostrado sua face terrível em duas ocasiões anteriores: quando o Magistrado Tirius soube da presença de Agnor em Tolgar-e-Kol e esteve prestes a deportá-lo, e no momento em que Kalannar apareceu na Praia Vermelha usando uma capa de vulturi — retirada, segundo ele, do cadáver de um elfo de Bal-dael. Um mistério que nunca se resolveu e não dera em nada, mas agora o perigo de Korangar era real e imediato, e ainda por cima tinha as feições do próprio irmão, que Agnor julgava morto. Justo agora, quando ele havia se instalado a contento em Baldúria e estava diante de uma fortuna em prata para aumentar seu poder. Quanto mais pensava nisso, mais a ansiedade se transformava em mau humor e revolta contra o próprio destino.

A coluna não conseguia seguir em marcha acelerada pela trilha da Mata Escura, mas andava no ritmo mais rápido possível para uma tropa que carregava um acampamento desmontado. À frente iam os batedores alfares, embrenhados na floresta e abrindo caminho para o deslocamento dos soldados e cavaleiros; Baldur tinha permitido que os rapineiros retornassem a Bal-dael primeiro, a fim de preparar a comunidade élfica como um ponto de recuo caso a Praia Vermelha caísse para os invasores. Era uma hipótese que ele odiou ter que considerar, mas que o bom senso como líder mandava levar em conta. A retaguarda da coluna era fechada por uma surpresa que o barão pretendia revelar na cara dos korangarianos: cerca de oitenta orcs guerreiros, com Hagak à frente, insuflados para lutar em nome do novo kanchi. Baldur sabia que as criaturas estavam ressentidas pela derrota sofrida em Dalgória, e um conflito agora lhes daria moral e afastaria qualquer ideia de rebelião. Um conflito *vitorioso*, naturalmente, como torcia o cavaleiro. Se Baldúria perdesse para Korangar, a recém-fundada colônia orc nas colinas estaria igualmente perdida.

Desde os tempos do Império Adamar que uma coluna composta por orcs, humanos e elfos não avançava junta; a única diferença era que ali todos eram indivíduos relativamente livres, presos apenas à estrutura de poder nobiliárquico dos reinos de Zândia, mas nenhum era *escravo* de Baldúria. Korangar, sim, escravizaria todos os orcs, humanos e elfos, em vida e na morte, se o baronato fosse derrotado. Baldur já tinha deixado isso bem claro para Hagak, para Kendel e para Sir Barney, corroborado pelos relatos de Derek Blak a respeito do Império dos Mortos. Aquilo redobrou o comprometimento e ímpeto guerreiro de todas as facções que compunham as forças de Baldúria.

Eles chegaram ao Rio da Lua e cruzaram a nova ponte construída no ponto mais estreito, feita com a ossada gigantesca do Primeiro Dragão e chamada, muito apropriadamente, de Ponte Amaraxas. Ela servia para dinamizar o comércio entre a Praia Vermelha e Vaeza, na fronteira de Dalgória, e indicava que o destino final da tropa estava próximo. Quando a coluna entrou nos arredores do vilarejo baleeiro, os olhos de Baldur se arregalaram ao ver um grande cercado com um bando de pessoas presas, a maioria sentada ou deitada, com aspecto sofrido.

— Os korangarianos! — exclamou Derek Blak.

Ao lado dele, Jadzya vasculhou com o olhar o amontoado de compatriotas maltrapilhos, mas não identificou Lenor entre eles. Atrás, com a visão um pouco tapada pelo ogro e os demais à frente, Agnor tentou fazer o mesmo, sem sucesso.

O barão ergueu o punho cerrado para conter a coluna, olhou de lado para o guerreiro de Blakenheim, e ambos foram à frente, em galope rápido. Eles pararam diante de um guarda totalmente de preto, com duas espadas finas na cintura. Enquanto Derek tentava reconhecer o líder da Insurreição no meio dos refugiados, Baldur se dirigiu para o homem vestido como um guerreiro svaltar.

— O que está acontecendo aqui? — perguntou ele, já imaginando muito bem dada a presença da "Guarda Negra".

— Senhor Barão — respondeu o homem, surpreso com a chegada inesperada de Baldur, que ainda deveria estar no front. — Uma determinação do sardar, senhor. Prendemos essa gente até segunda ordem.

Baldur nem prestou atenção ao termo svaltar, apenas olhou o homem com raiva, de cima do cavalo.

— Pois a segunda ordem está dada. Liberte esses pobres coitados. — Ele olhou para os prisioneiros e depois se voltou novamente para o guarda. — E chame o feitor-mor.

— O sardar...

— Se eu tiver que repetir o que disse, vai ser *você* aí dentro no lugar deles — falou Baldur.

O homem se apressou a chamar um colega, e juntos os dois soltaram as correntes que fechavam o portão do cercado improvisado. Logo na primeira leva de refugiados assustados, saiu um sujeito que se destacava dos demais pelo porte altivo e aparência mais saudável.

— Lenor! — berrou Derek ao identificá-lo, fazendo um gesto para que o korangariano se aproximasse, e depois se voltou para o barão. — Deixe comigo.

Baldur notou imediatamente a semelhança do homem com Agnor. A não ser pelo cavanhaque pontudo e um pouco mais de calva, os dois tinham traços parecidos, e os olhos miúdos guardavam a mesma personalidade forte. Ele torceu que o recém-chegado não fosse intragável como o irmão, pois não havia paciência dentro do cavaleiro para dois Agnors.

— Lenor, esse é o Barão Baldur. Ele pede desculpas pelo mal-entendido — falou o guerreiro de Blakenheim em korangariano, se adiantando ao que o amigo certamente diria. — Nós temos um alcaide... zeloso demais.

— O svaltar. Sim. — Lenor fez uma pausa. — É bom vê-lo, Derek Blak. Por um instante, duvidei de minhas visões, mas no final elas se cumpriram. Estamos todos aqui, eu, você e...

O líder da Insurreição lançou o olhar por entre os dois homens a cavalo diante de si, na direção da vanguarda da coluna, e localizou Jadzya. Antes mesmo que ele pudesse expressar a alegria por vê-la e citar o nome da rebelde korangariana, Lenor viu um ogro enorme atrás dela, e depois do monstro...

Agnor, sentado em uma carriola.

— ... meu irmão — completou ele, passando pelos dois baldurianos.

— O Lenor viu o Agnor — explicou Derek.

— Deu para entender — respondeu Baldur, mais preocupado com o estado dos refugiados que não paravam de sair do cercado, e se voltou para as tropas com uma voz trovejante. — Tragam água e comida para essas pessoas!

O guerreiro de Blakenheim desceu do cavalo e permaneceu ali, para ajudar no entendimento entre as tropas baldurianas e os refugiados de Korangar, ao lado de Baldur. Ele preferiu não participar da reunião familiar, pois conhecia bem o ego dos envolvidos. Aquilo não acabaria bem, e, ao olhar para trás, Derek sentiu pena de Jadzya, que estava sendo testemunha do reencontro. Na verdade, pelo mau humor de Baldur, a situação também não acabaria bem para Kalannar, que certamente ouviria poucas e boas. Entre o drama dos irmãos korangarianos e o arranca-rabo entre o cavaleiro e o assassino, Derek preferia assistir ao segundo. Seria bem mais divertido.

Lenor foi na direção de Agnor, respondeu ao sorriso de boas-vindas de Jadzya com a cabeça e mal registrou a presença do ogro, pois a visão estava concentrada na figura do homem que ele não via havia quase uma década, que para todos os efeitos devia estar tão morto quanto os pais. O irmão havia se levantado da carriola, estava usando o mesmo robe de mestre em geomancia do décimo-segundo grau com que sempre ia às Torres de Korangar, e parecia mais jovem, bronzeado e saudável do que quando o líder da Insurreição o viu pela última vez. O tempo em Krispínia fez bem para Agnor, enquanto os anos se rebelando contra o Triunvirato e fugindo de seus agentes envelheceram demais Lenor.

Os dois ficaram parados um diante do outro, em silêncio dramático, enquanto soldados passavam por eles para acudir os refugiados.

— Você deveria ter previsto tudo o que aconteceu — disse Agnor secamente. — O resultado da expedição, o impasse no Parlamento, o ataque contra mim... Em vez disso, sua vidência teve a utilidade de sempre: não prestou para nada.

Lenor gostaria de dizer que ficou chocado com a reação do irmão, mas seria mentira. Era o mesmo Agnor de sempre, como se eles tivessem se separado ontem.

— Eu sempre expliquei como a presciência arcana funciona; você que não quis escutar. Infelizmente, a visão veio a mim tarde demais...

— Muito conveniente — interrompeu o geomante.

— A visão veio a mim tarde demais — repetiu Lenor —, e só previ nossa família sendo atacada pelo Triunvirato. Corri para salvar nossos pais e você... mas não te vi com eles.

O líder da Insurreição fez uma pausa e imitou o tom do irmão:

— Muito conveniente.

— Eu escapei a tempo, assim como você, pelo que vejo. Logo, não me culpe por querer ter salvado a minha pele.

— Quem começou com acusações foi você, Agnor. Penso todo dia no que fui incapaz de fazer por nossa família, mas talvez eu tivesse conseguido prever alguma coisa se você tivesse comentado o que ocorreu na expedição com o Arquimestre Gregor. Fatos do presente alimentam as visões do futuro, como todo bom feiticeiro sabe.

— "Bom feiticeiro" — debochou Agnor. — Você nunca passou do sétimo grau de Vidência...

— Hoje as Torres teriam me conferido o título de mestre do décimo grau se o Triunvirato não tivesse tentado me matar, "arquimago-geomante de Baldúria". *Pfff*... você nem se formou como arquimestre.

O rosto e a calva de Agnor ficaram vermelhos, as mãos se crisparam, e da boca começaram a sair algumas palavras de poder em ritmo crescente. Lenor chamou à memória um contrafeitiço, com a noção de que não tinha nada em seu repertório que pudesse anular o que o irmão parecia estar evocando, pelo texto do sortilégio. Subitamente, a terra em volta deles se ergueu e se compactou junto com as pedras, formando uma parede circular que encerrou os dois, deixando de fora Jadzya, Brutus e os guerreiros que passavam, que levaram um susto.

— Você não faz ideia do que fiz e passei para escapar de Korangar — rosnou o geomante com lágrimas nos olhos miúdos, apontando para Lenor —, enquanto você brincava de líder rebelde e profeta do povo. Eu falei com sua fiel seguidora. Você ficou alimentando seu *ego*, enquanto outros morriam em seu nome.

— Eu não quero comparar sacrifícios, Agnor, mas não fiz nada disso por mim. — Agora foi a vez de Lenor sentir os olhos umedecerem. — Eu me rebelei para honrar a morte de nossos pais... e a sua, que eu julgava como certa. Liderei a Insurreição por conta das visões que tive e porque o Triunvirato destruiu nossa família por causa disso aqui...

Ele retirou do bolsão alguns papiros com um gesto de reverência e carinho. Agnor começou a reconhecer o que o irmão estava oferecendo com a mão.

— Suas anotações a respeito das descobertas da expedição do Arquimestre Gregor — falou Lenor. — A revelação de que o Império dos Mortos estava condenado pelo Colapso. Eu lutei para tirar nosso povo de lá, graças ao seu sacrifício e ao de nossos pais. E ao meu sacrifício também. Não foi fácil. E é uma luta extremamente dolorosa para quem consegue vislumbrar o futuro e, mesmo assim, é incapaz de evitar tragédias ou a perda de quem amamos.

Agnor não deu resposta, apenas pegou os papiros e guardou no próprio bolsão de viagem. Ele limpou as lágrimas e viu o irmão fazer o mesmo. Ambos ficaram em silêncio, se encarando, contendo emoções e recriminações, remoendo dores e frustrações, a meio passo de um gesto de carinho que tanto um quanto o outro sabia que não se completaria. Os dois eram orgulhosos, frios e *korangarianos* o suficiente para fazer algo do gênero.

— O Triunvirato vai pagar por ter nos perseguido — disse Agnor finalmente, propondo o único gesto de união possível entre os irmãos naquele momento.

Lenor concordou, e o geomante desfez com um gesto o paredão de terra e pedra que os cercava.

Baldur observava os refugiados serem cuidados pelos soldados de Baldúria, enquanto Derek Blak auxiliava na comunicação entre os dois grupos. Assim que viu Kalannar se aproximando, o barão se afastou da confusão para não ter que passar uma descompostura no svaltar diante dos subordinados; não era correto desautorizar o alcaide à vista de todos, ainda que a vontade fosse sacudir o elfo das profundezas ali mesmo até ele adquirir bom senso.

Notando a cara amarrada do amigo ao chegar perto, Kalannar dispensou Bale e o outro Guarda Negra que tinha ido buscá-lo. Não cabia aos subalternos ouvi-lo retrucar as sandices do barão e chamá-lo à razão. Baldur nitidamente não tinha aprovado a forma sensata como ele havia cuidado daquela situação.

Após acalmar uma idosa korangariana que não entendia o que estava acontecendo, Derek se aproximou em passo apressado do barão e do alcaide, que se esforçavam para não elevar a voz, sem muito sucesso.

— Por que você mandou prender os refugiados, Kalannar? — indagou Baldur, cruzando os braços enormes diante do peitoral blindado.

— Eles não estavam presos, estavam contidos para averiguação posterior — respondeu Kalannar, sem paciência.

— Averiguar o quê, cacete?

— Pode haver espiões entre eles, feiticeiros, até doentes — argumentou o svaltar. — Já viu o aspecto dessa gente?

— Já. Isso se chama fome e sede.

O guerreiro de Blakenheim chegou nesse momento, mas nenhum dos dois pareceu registrar a presença dele, tão comprometidos que estavam em discutir.

— Queria ver você tão indignado assim se os korangarianos levassem doenças para suas putas do Recanto da Ajuda — disse Kalannar.

— Eles são refugiados passando fome, não estão pensando em *foder*! — vociferou o barão.

— Sei lá, vocês humanos só pensam nisso — retrucou o svaltar, finalmente reconhecendo Derek com uma olhadela de soslaio para ele. — Imaginei que depois de um tempo no mar os korangarianos fossem correndo para o bordel. Ademais, confinamento é o procedimento padrão em Zenibar em relação a escravos.

— Não estamos na porra de Zenibar e eles não são escravos! — explodiu Baldur, agora atraindo a atenção dos soldados mais próximos.

— Umas mãos a mais cairiam bem no processamento das baleias — insistiu o feitor-mor.

— Ótimo — falou o barão, acenando com a cabeça para Derek —, os korangarianos podem ser empregados nisso.

— Mas aí teríamos que *pagá-los* — sibilou Kalannar, muito irritado. — Caridade não é uma palavra que exista no vocabulário svaltar.

— Mas existe no meu. E no de Baldúria.

Dito isso, Baldur deu o assunto por encerrado e chamou o guerreiro de Blakenheim para ajudá-lo a conversar com o líder dos refugiados e oferecer a hospitalidade de Baldúria, depois daquele tratamento desumano e vexaminoso. Antes que Derek conseguisse acompanhar o barão, Kalannar se colocou diante dele e o encarou de cima, com os olhos completamente negros.

— Da última vez que você veio aqui, trouxe um dragão no seu rastro. Agora é essa laia de refugiados, sem falar na invasão de Korangar. Eu sugiro que você pare de visitar Baldúria.

Derek não se deixou intimidar. Perto dos horrores que ele testemunhou na Nação-Demônio, as bravatas do assassino svaltar eram apenas isso mesmo: bravatas.

— Você é da mesma *laia* que eles — respondeu o guerreiro de Blakenheim, sem paciência. — Um refugiado de Zenibar, que nem esses pobres korangarianos desterrados. Sugiro que estenda a mesma cortesia para os recém-chegados que estendemos para você.

Kalannar quase sacou uma faca por instinto, enquanto o humano insolente ia atrás do humano teimoso, mas se controlou. No fim das contas, como sempre, os acontecimentos mostrariam que ele estava certo — e aqueles dois guerreiros simplórios dependeriam do velho e bom svaltar para dar jeito na situação em que se meteram. *Havia* um espião de Korangar ali, Kalannar tinha certeza. Nenhum reino empreendia uma ação de guerra sem se informar a respeito dos inimigos, especialmente uma nação isolada como o Império dos Mortos. O svaltar viu agentes korangarianos em Tolgar-e-Kol quando viveu nas Cidades Livres; certamente havia espiões em todas as cortes de Krispínia, e sem sombra de dúvida aquele bando de miseráveis abrigava um infiltrado do Triunvirato. Derek Blak não tinha competência para ter libertado sozinho os refugiados. Talvez a mulher que ele trouxe fosse a espiã, ou talvez fosse o próprio "líder" revolucionário, Lenor, o irmão de Agnor — outro suspeito que até hoje nunca tinha revelado o motivo e o método da fuga da Nação-Demônio. Seriam figuras evidentes demais, porém. Ainda que os humanos fossem desprovidos de imaginação e sutileza, seria muito óbvio se um dos dois recém-chegados se revelasse ser o agente infiltrado. O espião devia ser um desmazelado anônimo, que perambularia por Baldúria observando os pontos fracos e fortes do baronato.

O svaltar deu um sorriso cruel para si mesmo. Ele estava um passo à frente do inimigo.

Kalannar fez um gesto para convocar Bale, que se aproximou prontamente.

— Sim, sardar?

— Fique de olho nessa gente — ordenou o feitor-mor. — Há um espião entre eles. Revele-o o quanto antes.

O líder da Guarda Negra fez a saudação em xis com os braços, típica dos svaltares, e saiu para passar a ordem aos demais, enquanto o alcaide continuou ali, agora observando Jadzya e Lenor à distância.

Sem querer descartar qualquer hipótese, Kalannar decidiu que ele próprio vigiaria aqueles dois.

CAPÍTULO 30

PRAIA VERMELHA, BALDÚRIA

Derek Blak acordou com a cabeça do tamanho do crânio de Amaraxas pendurado no castelo voador. Ou pelo menos essa era a sensação após a comemoração no Recanto da Ajuda pelo retorno vitorioso das forças de Baldúria na campanha contra os orcs de Dalgória. Com ou sem a ameaça iminente de Korangar, Baldur havia decidido que seus oficiais e os Dragões de Baldúria mereciam a noite de festa, ainda que houvesse uma reunião do conselho de guerra marcada para a manhã seguinte. O próprio barão considerou que tinha direito a uma celebração e não se fez de rogado na farra. Em um quarto da hospedaria, ao lado de uma moça que ele não reconhecia, o guerreiro de Blakenheim se lembrou de ter visto Baldur arremessando uma acha orc contra uma coluna do estabelecimento para em seguida a arma retornar magicamente à própria mão. Aquilo provocou uma gritaria tão grande que Derek sentiu uma pontada no crânio só de lembrar do volume do agito no salão. Imagens da noite anterior iam e vinham juntamente com a ânsia de vômito: ele próprio ensinando xingamentos em korangariano para Barney, que pretendia invadir os navios da frota inimiga bradando palavrões; Baldur outra vez, agora falando aos berros a respeito da azagaia com que o Homem das Águas matou uma bruxa orc que ia enfeitiçá-lo; um *orc* presente devorando meio porco em questão de instantes e esvaziando uma ânfora de vinho em seguida com a mesma voracidade.

Aquela lembrança fez Derek vomitar ao lado da cama. Os anos em Korangar se alimentando mal derrubaram sua resistência ao álcool.

A mulher apenas reagiu com um grunhido e puxou as cobertas para si, sem dar outra demonstração de estar consciente. O guerreiro de Blakenheim pensou em Jadzya e fez um esforço mental até lembrar que ela tinha ficado com Lenor e os korangarianos, a fim de ajudá-los a se acomodar no vilarejo. Ele se levantou para beber água da jarra em cima do aparador, ainda confuso com a visão do orc na festa, e considerou que não se lembrava de ter visto Kyle. Alguém havia dito — Carantir? Baldur? — que ele abria o chaveiro da Praia Vermelha bem cedo e era um homem de família, que não frequentava o Recanto da Ajuda.

Homem de família! Era verdade: Kyle era pai de um menino chamado Derek que ele precisava conhecer o quanto antes, pois logo os assuntos da guerra tomariam todo o tempo das forças de Baldúria e não haveria mais ocasião para reencontros. Mesmo se sentindo mal, Derek Blak decidiu visitar Kyle antes da reunião do conselho, pois não tinha como prever o que seria decidido e que missão receberia na defesa de Baldúria.

Ele passou pelo salão comunal, viu os estragos da noite anterior — mesas viradas, o talho da acha encantada de Baldur na coluna, comida caída no chão molhado de vinho e cerveja, o tal orc roncando em um canto, alguns soldados caídos que não tiveram prata ou ânimo para subir e receber uma "ajuda" — e foi agredido pela claridade do dia lá fora. Talvez a vista tivesse se acostumado à escuridão da Grande Sombra, ou talvez fosse simplesmente a ressaca. Derek enfiou a cabeça em um coche, deixou a água fria fazer efeito, e perambulou pelo vilarejo de pescadores até encontrar uma casinha com uma placa em cima da porta dizendo "Trancas Kyle". Foi impossível não abrir um sorriso. O guerreiro de Blakenheim se lembrou de ter duvidado que o amigo fosse de fato um chaveiro, lá atrás em Tolgar-e-Kol, pois o termo se aplicava aos pivetes da cidade, como Kyle *claramente* era na ocasião. Ele entrou na penumbra acolhedora da loja, abrigado do sol inclemente, e viu um rapagão do outro lado do balcão, cujo rosto, que ainda apresentava traços levemente infantis, se iluminou ao vê-lo.

— Derek! — exclamou Kyle, que saiu para recebê-lo de braços abertos.

Os dois deram um abraço forte em meio a risadas, e o recém-chegado afastou o chaveiro com as mãos nos ombros para melhor vê-lo.

— O moleque de Tolgar-e-Kol finalmente cresceu e apareceu! Não acredito! E olha que foram muitos pratos de comida, hein.

— Não mais do que os do Baldur! Você já viu o tamanho dele? Daqui a pouco o castelo não voa mais.

Eles riram da provocação como se não se vissem desde ontem.

— Por onde você andou? — perguntou Kyle, subitamente sério. — Eu mandei várias mensagens para a Morada dos Reis. Achei que estivesse viajando com a Rainha Danyanna, ou talvez se esquecido de mim...

— Nunca! Que besteira. Nada chegou aos meus ouvidos, Kyle. Eu andei viajando, mas não com a rainha. Fiquei incomunicável, mas isso é um assunto para daqui a pouco. Agora, que história é essa de um outro *Derek* que ouvi falar?

O chaveiro voltou a sorrir e berrou para o interior da loja, chamando a esposa. Logo surgiu uma jovem bonita, trazendo um menino pelo braço. A criança tinha os traços brejeiros da mãe, era mais parecida com ela do que com Kyle, mas Derek conseguiu enxergar as feições do amigo naquele garoto que estava tendo uma infância nitidamente melhor do que a do pequeno órfão que ele conheceu nas masmorras das Cidades Livres. Um pensamento rápido passou pela mente ainda ressacada: Korangar não colocaria as garras podres em Baldúria, não arruinaria a vida daquele pequeno Derek. Ele percebeu que também teve a infância destruída juntamente com Blakenheim, que ele e Kyle tinham essa tragédia em comum, e que qualquer sacrifício valeria a pena para que o filho do chaveiro não tivesse o mesmo destino.

Derek passou a mão no olho rapidamente. Ele estava virando um bêbado chorão.

Kyle fez a gentileza de fingir que não viu e correu com as apresentações.

— Derek, essa é a Enna, minha esposa, e esse é o meu filho... Derek — falou ele, rindo bobamente da situação.

A moça fez uma mesura e levou a criança até o recém-chegado. Ela comentou algo ao pé do ouvido do marido, que concordou com a cabeça.

— Eu ouço falar do senhor há anos, Capitão Blak — disse Enna.

— Por favor, apenas Derek, a não ser que seja mais fácil para distinguir desse rapazote forte aqui — respondeu ele, enquanto se abaixava para saudar o menino.

— Esse é o tio Derek? — perguntou o menino para o pai.

— É ele, sim — concordou Kyle, que se voltou para o amigo. — Ele chama todos vocês de "tio". Quer dizer, os Confrades do Inferno.

— Até o Agnor? — riu Derek.

— Até o Agnor! Com um pouco de medo, mas chama.

— O Agnor não morde, Derek — disse o guerreiro de Blakenheim para o menino, com alegria por repetir o próprio nome. — É apenas um bobão com uma roupa ridícula. Mas cuidado com o "tio" Kalannar.

— Isso eu aconselho sempre — falou o chaveiro. — Mas o Kalannar tem sido bom para a gente. Digo, para toda a Praia Vermelha.

— Quem diria. Mas ele sempre foi um chato com aquelas histórias de "planejamento". Pelo menos, acho que deram certo para a vila. Pelo que vi, parece que dobrou de tamanho.

— Estamos prosperando bastante — concordou Enna. — No início, foi difícil, o senhor... *você* pode imaginar. Um elfo, um *svaltar* ainda por cima... meu pai conta que a vila perdeu muita gente para os elfos da floresta. Agora estamos em paz, graças ao barão.

Aquele comentário inocente da esposa de Kyle encobriu a alegria de Derek com uma mortalha. A paz de Baldúria estava ameaçada, e ele se sentia um pouco culpado por ter trazido a guerra àquelas praias, como Kalannar o acusou. Não era verdade, Korangar passaria pela costa do baronato de qualquer forma, a caminho de Dalgória... mas ainda assim, por causa do seu alerta, Baldúria tentaria deter os invasores.

Derek Blak mudou de assunto para desanuviar a mente.

— Meu amiguinho aqui já voou no Palácio dos Ventos, imagino?

— Estou só esperando que ele tenha tamanho e idade para conduzir comigo o castelo voador — respondeu Kyle.

— Você com certeza vai ser um condutor melhor que o papai, Derek — disse o guerreiro de Blakenheim desmanchando o cabelo do menino. — Pelo menos não teremos colisões e solavancos.

— Ei, foram todos justificáveis! — reclamou o chaveiro, fingindo indignação. — Queria ver *você* ter feito melhor ao invadir uma fortaleza e lutar contra um dragão!

— Eu ainda tenho as dores das presepadas do seu pai, Derek. Não faça o que ele diz quando for controlar o castelo.

— Mas o papai matou o *dagão*! — falou o menino com voz firme. — Um dia eu vou matar um que nem ele.

— Vai, sim, você vai ser um defensor de Baldúria como o seu pai — concordou Derek, que se voltou para Kyle. — Falando nisso, eu preciso...

Ele foi interrompido por um guincho familiar. Ao lado da porta de entrada, sem ter sido visto pelo guerreiro de Blakenheim em meio à confusão visual de correntes e cadeados à venda, uma criaturinha reptiliana rosnou para fora da loja.

— Você ainda mantém o *kobold*? — perguntou Derek, indignado. — E morando com vocês?

— O Na'bun'dak é da família — argumentou o chaveiro, ao que Enna reagiu revirando os olhos. — E ele... ei, Na'bun'dak, pare com isso!

O kobold começou a guinchar quando alguém entrou na loja. Derek se virou e notou um sujeito esperando ser atendido, um homem magro e muito pálido, oriundo de Dalgória, pelas roupas. A criatura continuava a destratá-lo; pelo visto não era uma boa estratégia de negócios manter o kobold ali dentro.

— Bem — disse ele —, não quero atrapalhar seu dia. Você está com cliente. Eu volto depois, tenho uma reunião com o Baldur e o Kalannar.

— Para falar dos korangarianos que chegaram? — perguntou Kyle, sentindo uma forte empolgação por estar com *dois* grandes amigos na loja, ao mesmo tempo.

O dalgoriano pareceu subitamente interessado no assunto, e Derek resolveu ir embora o quanto antes. O rapaz não tinha perdido a curiosidade infantil e era bem capaz de sair comentando certos assuntos com quem não devia.

— Não, é outra coisa... nada importante, você conhece os dois — desconversou ele. — Enfim, volto mais tarde. Enna e pequeno Derek, foi um prazer conhecer vocês.

O guerreiro de Blakenheim saiu do chaveiro e pareceu subitamente perdido, sem saber se voltava para o Recanto da Ajuda, se procurava Jadzya ou se chegava mais cedo à reunião na Casa Grande. A ressaca ainda o incomodava. Ele decidiu pelo conforto dos aposentos na hospedaria até o momento do conselho de guerra. Os "planejamentos" de Kalannar certamente aumentariam sua dor de cabeça.

Acossado pelo kobold, Jenor observou o estranho sair da loja. Ele parecia ser alguém importante, pois havia tratado o barão e o alcaide como conhecidos, e o espião ainda não tinha registrado a presença daquele sujeito no vilarejo. Kyle deu a entender que o homem saberia a respeito dos korangarianos que haviam chegado — aquele vinha sendo o assunto da Praia Vermelha havia dias.

— Bom sol, Kyle, Enna. Desculpe se interrompi algum negócio com aquele cliente...

— Que nada, Jenek — respondeu o chaveiro. — Aquele é o Derek Blak, meu amigo de quem te falei. Pena que não consegui apresentar vocês dois.

Então a Confraria do Inferno está quase completa em Baldúria, pensou o enviado de Korangar. Mas aquela aparição surpresa teria que esperar, pois Jenor havia recebido ordens urgentes do Império dos Mortos, e implementá-las exigiria todo o poder que ele exercia sobre Kyle.

— Isso ficará para outra ocasião, tenho certeza, meu amigo. Agora, eu venho lhe pedir um grande favor. — O espião fez um gesto para fora da loja, longe da esposa e daquele maldito kobold que continuava a rosnar. — Se pudermos dar uma volta...

O chaveiro se despediu da esposa e do filho, ralhou novamente com Na'bun'dak, e acompanhou seu grande amigo de Dalgória.

— Desculpe retirá-lo da loja — disse Jenor assim que os dois estavam em um ponto discreto —, mas o assunto é de foro íntimo. Eu tenho uma mãe muito doente na Caramésia. Eu já havia adquirido uma beberagem em Dalgória que poderia curá-la, mas meu retorno não era urgente. Até hoje. Recebi notícias de que seu estado de saúde piorou muito: infelizmente, ela está às portas da morte.

Kyle fez uma expressão consternada e ia comentar alguma coisa, mas foi calado pela mão do homem em seu ombro. O caixeiro-viajante conteve lágrimas e continuou a falar, agora com a voz embargada.

— Não há cavalo ou barco que me leve rápido o suficiente para entregar a poção que a salvaria. O que venho lhe pedir é muito importante, e eu não exigiria isso de um amigo se não fosse questão de vida ou morte... eu preciso que você me leve no castelo voador até a Caramésia.

O chaveiro arregalou os olhos e começou a fazer um gesto negativo com a cabeça.

— Não, Jenek... eu não posso. Eu gostaria muito, mas...

— Pense na minha mãe, Kyle. Pense no que o pequeno Derek faria se fosse a Enna na mesma situação. Ele moveria o mundo para salvá-la.

— N-n-não é isso — gaguejou o rapaz. — Eu não tenho autoridade para...

— Você tem, sim! Você é o condutor do Palácio dos Ventos, um Confrade do Inferno, *um herói*! Seja um herói de novo, agora em nome de uma velha senhora que está morrendo sem ver o filho. A vida dela está em suas mãos!

Uma compulsão por ajudar o amigo tomou conta de Kyle, reforçada pela causa desesperada que o caixeiro-viajante apresentou. Ele não podia recusar ajuda a alguém tão especial quanto Jenek, que estava sofrendo tanto. Amigos não deixavam amigos na mão, porém...

— Eu não posso simplesmente tirar o castelo voador daqui sem avisar os outros, pelo menos — argumentou ele. — Com certeza o Baldur vai querer te ajudar, quem sabe ele não cede também o Capelão Bideus. O sacerdote salvou a minha vida uma vez, te contei?

— Ó, Kyle. — Agora o vulturi não segurou mais o choro. — Adoraria ter tempo para suas histórias fantásticas, mas minha mãe precisa de mim. E apesar de você ter me contado coisas maravilhosas a respeito do Barão Baldur, eu vi a festa que ele deu ao retornar vitorioso de Dalgória, lá no Recanto da Ajuda. Você não foi chamado, não é?

— Bem, eu tenho minha vida de casado... — respondeu o chaveiro, sem jeito.

— O barão está com outras coisas na cabeça, com certeza. Vai receber seu amigo Derek e falar com o alcaide, pelo que ouvi. É um homem ocupado, e não vai poder ajudar um pobre caixeiro-viajante, um estrangeiro sem amigos nessa terra, a não ser você. *Você*, o herói que pode salvar uma velha enferma, que precisa tanto do filho.

Algo na mente de Kyle passou a considerar como um raciocínio lógico e sólido aqueles argumentos um pouco esfarrapados. O apelo emocional e a força do encantamento do pingente fizeram ruir as dúvidas e os receios do jovem rapaz, que começou a concordar com a cabeça.

— Bem, só fico preocupado se eles precisarem do Palácio dos Ventos...

— Ah, Kyle, eu vi a comemoração de perto. Baldúria está em paz, nada ameaça o baronato. Eu só preciso ser deixado com minha mãe. Ficarei na Caramésia cuidando dela; você pode voltar assim que eu descer. Mas prometo, é claro, retornar quando puder, quando ela estiver bem, para lhe agradecer e festejar. Porque amigos agradecem e festejam as grandes conquistas com os amigos, não é mesmo?

Jenor colocou novamente a mão no ombro do chaveiro, reforçando a intimidade e amizade com Kyle. Com o toque, o vulturi sentiu a vibração psíquica que emanava do pingente no pescoço do rapaz, facilitando a argumentação a seu favor.

— Eu só preciso falar com o pessoal que alimenta as caldeiras e chamar o Na'bun'dak.

O espião se conteve para não fechar o rosto e manteve a expressão de sofrimento pela "mãe".

— Eles são mesmo necessários? — perguntou o korangariano, sem fazer ideia de como o Palácio dos Ventos operava.

— Sim, sem eles o castelo voador não sai do chão. Mas é coisa rápida, pois eu tenho autoridade sobre os carvoeiros — respondeu Kyle, orgulhoso. — E o Na'bun'dak está sempre disposto a voar comigo. Separe suas coisas e vá para perto do Palácio dos Ventos o quanto antes que eu encontro você lá e subimos.

O espião reagiu com um sorriso aliviado, esse, sim, genuinamente sincero. Ele estava prestes a capturar a presa mais valiosa de todas para o Império dos Mortos; mais do que o líder da Insurreição, mais do que o Foragido.

Jenor capturaria a única defesa de Baldúria capaz de se opor à Frota de Korangar.

CAPÍTULO 31

PRAIA VERMELHA,
BALDÚRIA

O mesmo salão da Casa Grande que tinha sido convertido em sala de guerra pelo Grande Rei Krispinus quando ele esteve na Praia Vermelha após o despertar do Primeiro Dragão agora servia ao mesmo propósito para o senhor de Baldúria. A mesma mesa elegante comprada pelo ex-alcaide Janus ainda exibia a rachadura na madeira de lei provocada pelo soco que o Deus-Rei desferiu com a mão nua, irritado por ter tido que ceder ao pedido de rendição de Sindel, com a condição de que ela se casasse com Baldur. O barão nunca mandou reformar a mesa nem permitiu que Kalannar o fizesse; aquela marca simbolizava muitas coisas para ele, da ruptura da fé em Krispinus até o nascimento de Baldúria em si. Instintivamente, sem perceber, Baldur passou a mão na rachadura enquanto avaliava os presentes.

Alguns estiveram com ele na comemoração da noite anterior, o que era possível notar pelas expressões de ressaca. Baldur quis que a celebração fosse a melhor possível no curto espaço de tempo que eles tiveram; pelo gosto do barão, as festividades teriam durado até o retorno da esposa, vindo de Ragúsia, quando aí sim ele se recuperaria da farra ao lado de Sindel no cenário bucólico de Bal-dael. Mas o inimigo estava chegando pela costa, e a retomada da comemoração teria que ficar para depois. Se Baldúria vencesse, logicamente.

Baldur esperou a criadagem terminar de servir comida, água e vinho. Notou que, assim como ele, Barney e Derek tomaram apenas água, enquanto Hagak secou a caneca de vinho como se não tivesse acabado de ser trazido semiacordado do Recanto da Ajuda. O barão invejou a estâmina do jovem orc. Os demais presentes à reunião — Kalannar, Agnor, Kendel, Lenor e Jadzya —, que não participaram da festividade no bordel, provaram do vinho com educação. O svaltar, o feiticeiro korangariano, o líder dos rapineiros e o oficial de ligação orc estavam sentados à direita de Baldur; do outro lado da mesa estavam acomodados o comandante dos Dragões de Baldúria, o guerreiro de Blakenheim, o líder da Insurreição e sua tenente. Antes de o barão entrar, ainda nos corredores da Casa Grande, Kalannar tinha dado um chilique por causa da presença dos dois korangarianos recém-chegados, alegando que havia boas chances de eles serem espiões. Os argumentos de Baldur, baseados no que Derek relatou a respeito da história de Lenor e Jadzya na luta contra o Triunvirato, não bastaram para apaziguar o alcaide, que continuou insistindo nas diferenças culturais com Korangar ("eles não agem e pensam como vocês, krispinianos") e numa discutível incompetência do guerreiro de Blakenheim como espião ("que espécie de idiota rouba planos para perdê-los logo a seguir?"). Por fim, o barão teve que silenciá-lo com uma voz de comando, já sem paciência e com a ressaca incomodando.

A bem da verdade, com os dois refugiados à mesa, os procedimentos demorariam bem mais, uma vez que Derek teria que traduzir tudo para Lenor e Jadzya. Pensar naquilo provocou uma dor de cabeça em Baldur antes mesmo de o conselho de guerra começar a deliberar. Ele sentiu falta de Od-lanor, pois a presença do bardo sempre trazia temperança e calma ao ambiente, e a sabedoria aparentemente infinita do adamar seria bem-vinda contra Korangar.

Sem muitas delongas, o barão abriu logo os trabalhos, pois todos ali já sabiam que a Nação-Demônio estava vindo. Após as apresentações gerais e a consideração inicial, ele se dirigiu para Derek:

— Qual é o tamanho dessa frota inimiga?

— Inicialmente, pelos planos que vi — o guerreiro de Blakenheim evitou dizer "que roubei e arruinei na fonte do Velho Palácio", mas sentiu o olhar de recriminação de Kalannar —, seriam em torno de vinte navios. Não sei quantas tropas deixaram de embarcar por conta da sabotagem feita pela Jadzya nos suprimentos. Korangar é uma terra infértil, e não imagino que eles tivessem como repor o estoque rapidamente. Ou a invasão foi adiada, o que duvido muito por causa da urgência da situação do solo korangariano, ou eles foram obrigados a vir com um número reduzido de invasores.

Ele se virou para Lenor e Jadzya e traduziu o mais rápido possível, enquanto os demais absorviam a informação e trocavam comentários entre si.

— A invasão não foi adiada — disse o líder da Insurreição, que esperou que Derek traduzisse para a mesa antes de continuar: — Eu venho concentrando minha vidência na frota, e por mais que haja defesas mágicas, garanto que Korangar está vindo.

Agnor deu um muxoxo ao ouvir o irmão falando de previsões, mas Lenor não se abalou e prosseguiu:

— Eu vi uma sombra no mar, encobrindo navios, e imagens de desmortos em porões, cujo ódio pelos vivos pulsava nas órbitas vazias. O Embalsamador se reencontrando com o Velho Inimigo.

Derek traduziu quase tudo, ignorando a última frase enigmática, e olhou brevemente para Agnor, que notou a censura e concordou com a cabeça. Era uma sandice fora de lugar, naquele momento.

— Essas... "previsões" costumam ser corretas? — perguntou Baldur.

Todas as diferentes culturas presentes ali tinham alguma crença em visões sobrenaturais; algumas mais, outras menos. Os orcs deixavam as babachis entrar em transe e enxergar o futuro; os alfares interpretavam a disposição de folhas em um córrego como agouros; as sacerdotisas svaltares se deitavam nuas ao luar, após ingerir cogumelos das profundezas; e os feiticeiros humanos usavam os conhecimentos adquiridos dos adamares para ter presságios.

— Eu acredito nessas coisas — disse Sir Barney. — Tem dias que o voo dos pássaros indica que não vai ter baleia no mar.

— O Lenor garantiu a sobrevivência da Insurreição e a nossa fuga graças a elas, Barão Baldur — respondeu Jadzya, após o guerreiro de Blakenheim traduzir a pergunta para ela.

Ele comunicou a Baldur o que a korangariana disse e acrescentou:

— Seja como for, eu contei nove dromundas prontas para partir, que foram abastecidas de guerreiros esqueletos, pelos necromantes. Desmortos não precisam de água ou comida, e como estavam em alto-mar, imagino que as belonaves já estivessem com provisões para a tripulação viva, antes da sabotagem de Jadzya.

— O Triunvirato não enviaria só os desmortos — comentou Kalannar. — É como se usássemos apenas tropas compostas por escravos. Basta matar os feitores que o Exército debanda. Uma faca no pescoço dos necromantes e adeus invasão.

— E o Triunvirato tende a agir mantendo o equilíbrio entre os três poderes — explicou Agnor. — O Krom-tor, as Torres e o Parlamento precisam estar presentes em qualquer operação, ainda que o comando da invasão seja naturalmente responsabilidade do Krom-tor e do Senhor da Guerra.

Diante da expressão confusa de Baldur, o guerreiro de Blakenheim correu a explicar a estrutura de poder de Korangar e resumir os meandros burocráticos do Império dos Mortos. A dor de cabeça do barão aumentou ao fim da explanação.

— Muito bem — falou ele, massageando a têmpora sem perceber. — Podem ser vinte navios, sendo que nove são embarcações cheias de esqueletos. Essas estão garantidas. E Korangar teria enviado magos juntamente com os guerreiros, só que esses são humanos que precisam comer e beber... até onde sabemos, pelo menos... mas as provisões foram sabotadas, e por isso esse número tem chance de ter sido reduzido. É isso? É tudo que sabemos?

— Infelizmente, sim — disse Derek Blak, visivelmente decepcionado.

— É muito pouco para montarmos uma defesa eficiente — reclamou o svaltar. — Essa espionagem foi realizada de forma muito amadora.

— Queria ter visto *você* fazer melhor — retrucou o guerreiro de Blakenheim.

— Ah, *com certeza* eu teria feito melhor — disse Kalannar, encarando o humano do outro lado da mesa. — Eu matei um monarca anão e um rei elfo. Comigo em Korangar, o Triunvirato estaria morto, sem chance de reanimação.

O comentário provocou indignação em Kendel, ressentido pelo assassinato do ex-salim Arel, mas o rapineiro se conteve diante da explosão de Baldur.

— Essa picuinha entre vocês nem vai começar! — trovejou ele, dando um soco na mesa no mesmíssimo ponto que Krispinus dera no pobre móvel.

Agnor notou que Lenor e Jadzya ficaram confusos, sem ter quem traduzisse o diálogo anterior, e resumiu para os dois em voz baixa, sempre se divertindo quando Baldur, Derek e Kalannar batiam cabeça.

— Sir Barney — continuou Baldur, se voltando para o arpoador à esquerda —, a ameaça vem do mar. O que a Praia Vermelha pode fazer contra a Frota de Korangar?

— Com o que temos, muito pouco, barão. Os barcos de pesca e as lanchas não foram feitos para enfrentar belonaves. As lanchas são até ágeis para fazermos ações de abordagem, e nossos pescadores são valentes, mas não são guerreiros treinados.

— Mas nós somos — interrompeu Hagak, se manifestando pela primeira vez. — Kanchi, os orcs são um povo do mar. Nenhum de nós esqueceu como se luta em cima de um barco. Coloque a gente nas lanchas, e essas águas vão ficar vermelhas mesmo, agora com sangue de korangariano!

O orc encerrou a fala imitando o líder humano e dando um soco na mesa, que estalou alto. Barney olhou a criatura, que era do tamanho de Baldur, e um pouco mais larga. Ele se lembrou da campanha recente em Dalgória, da ferocidade dos inimigos em campo, e a imagem de uma lancha cheia de orcs com ímpeto de combate foi ao mesmo tempo assustadora e fascinante. Havia, porém, um problema de logística que o Homem das Águas infelizmente teve que reportar para Baldur.

— Barão, a ideia é boa, mas as lanchas talvez não suportem o peso dos orcs...

— Não é preciso enchê-las — falou Hagak. — Três de nós remamos mais rápido que o dobro de vocês com esses bracinhos. E se a tripulação inimiga for composta por feiticeiros korangarianos que nem esses dois aqui, basta um orc por navio! A invasão vai acabar antes de começar!

— Vocês podem encher as lanchas de orcs, elfos ou kobolds que dará no mesmo — resmungou Agnor. — Os aquamantes das Torres jamais deixarão que elas se aproximem, lançando ondas contra os barcos.

— Os remadores da Praia Vermelha sabem se virar contra mares revoltos — disse Barney, em tom de orgulho.

— A gente não tem medo de onda também — falou o orc.

— Seus simplórios ignorantes! — vociferou o feiticeiro de Korangar. — Isso é *magia*! Não pode ser anulada por mera força bruta!

Antes que o arpoador e Hagak se manifestassem, Baldur ergueu a mão e se dirigiu para Agnor, do lado direito de Kalannar.

— É por isso que eu convoquei a Salim Sindel. Espero que a baronesa chegue a tempo de reverter a magia marinha do inimigo.

— A feitiçaria de Korangar não será anulada por meras simpatias élficas — retrucou o geomante, e novamente Kendel se ajeitou na cadeira, irritado.

— Minha esposa acabou de ser sagrada *arquimaga* de Krispínia, Agnor — rosnou o barão, esquecendo a própria ordem de parar com a picuinha.

— Mais um motivo para eu desprezar aquele clube de animadores de salão. Aceitam qualquer tipo de gente.

Kalannar interveio antes que Baldur explodisse, mas não sem antes saborear o desconforto do líder dos rapineiros com um olhar de soslaio.

— Não podemos traçar planos contra as forças de Korangar sem termos informações concretas e precisas a respeito delas. Uma missão de reconhecimento resolveria isso.

— O senhor sugere usar o Palácio dos Ventos, feitor-mor? — perguntou Barney.

— Não. Ele chama muita atenção, é lento, e acabaríamos revelando nossa maior vantagem antes do tempo. — O svaltar se voltou com um sorriso cruel para o alfar presente à mesa. — Um *rapineiro* serviria para isso. À distância, poderia ser confundido com uma ave marinha local. Os korangarianos não teriam como saber. E descobriríamos o tamanho exato da frota do inimigo.

O elfo da superfície não quis se sujeitar à sugestão do svaltar e se voltou para Baldur.

— Isso é uma perda de tempo, Senhor Barão. Os rapineiros de Bal-dael poderiam atacar em massa os navios de Korangar. Rasgaríamos as velas, destruiríamos os mastros e flecharíamos oficiais, soldados e feiticeiros nos conveses antes que eles soubessem o que estava acontecendo.

— *Vocês não escutam o que eu digo?* — berrou Agnor. — Os aeromantes impediriam que os elfos se aproximassem pelo ar, da mesma forma que os aquamantes fariam com os orcs pelo mar.

— Por isso vamos mandar *um único rapineiro*, como falei — devolveu Kalannar, olhando feio para os dois sujeitos sentados à direita, enquanto Derek se esforçava para traduzir para Lenor e Jadzya a sucessão de discussões. — Ele passará despercebido e voltará com as informações, se não for indolente como todo alfar.

Baldur foi tomado de vez pela dor de cabeça, acentuada pela troca de farpas e pela problemática da magia. Ao menos o conflito em Dalgória não tinha sido assim — bastaram algumas cargas de cavalaria, umas revoadas dos rapineiros, e o combate se desenrolou de forma franca e aberta. Ele já estava ficando farto daquilo tudo, com uma raiva enorme de Korangar e uma vontade de mandar todo mundo à merda. O barão bufou e interrompeu a briga com seu vozeirão.

— Vamos partir para cima do inimigo com o castelo voador — disse ele. — Usar as balistas lá de cima, colidir com a pedra gigante nos costados e mastros.

Não importa o número de navios; a esquadra de Korangar terá afundado antes de a gente voltar para o jantar na Praia Vermelha.

Hagak vibrou e urrou na ponta da mesa, assustando Kendel, ao lado dele. Barney também se empolgou porque gostava quando Baldur tomava a iniciativa de combater o adversário como se fosse uma baleia a ser arpoada. Baldúria havia derrotado um dragão gigantesco — com um golpe *dele*, Barney — e um levante orc; não seria uma dúzia de navios de Korangar que meteria medo no baronato. Derek traduziu o plano do barão para os dois korangarianos, mas não tirou os olhos de Agnor, diante dele do outro lado da mesa, pois o geomante estava ficando mais vermelho na calva.

— É, vocês realmente não me dão ouvidos — resmungou o feiticeiro, canalizando a raiva para um tom de desprezo. — A rocha flutuante sofreu um abalo na integridade mística com os sopros do Primeiro Dragão. Eu estudei e relatei o caso, fiz apontamentos a respeito da inconsistência de coesão elemental, pelo menos em caráter geomântico, mas vocês não só insistem em voar por aí com o Palácio dos Ventos como ainda *adicionaram o peso do crânio do Amaraxas*.

Baldur não entendeu muita coisa do que Agnor havia falado e por dentro realmente desejava que Od-lanor e Sindel estivessem ali para auxiliá-lo nas questões arcanas. Mas o castelo voador era apenas uma ferramenta de guerra, como uma espada. Se perdesse o fio ou caísse da mão, ele usaria outra arma em combate.

— Se esse for o último voo do Palácio dos Ventos — falou o barão —, que assim seja. Vai ser um sacrifício justo para determos Korangar. Esses desgraçados não passarão por nós para atacar Dalgória. Já não passariam antes quando aquele era apenas um reino vizinho e amigo, muito menos agora que Dalgória *é* Baldúria.

O cavaleiro grandalhão se levantou e pareceu crescer de tamanho ao encarar todos os presentes, não buscando aprovação, mas sim obediência. Baldur sabia que Kalannar insistiria na ideia do batedor rapineiro e admitiu, por dentro, que o svaltar estava certo. Ele acataria a ideia, mas o castelo voador já estaria de prontidão para partir e enfrentar a frota inimiga, não importando o tamanho da esquadra. Os subalternos imediatos — Sir Barney, Hagak e Kendel — ficaram de pé e aquiesceram prontamente, tão ansiosos pela conclusão do conselho de guerra e por entrar em ação quanto o senhor de Baldúria. A reação do resto da Confraria do Inferno foi diferente: Agnor deu de ombros, cansado de não ser escutado; Kalannar fez uma expressão azeda no rosto anguloso, de quem queria dar a última palavra, mas teria que esperar; e Derek Blak simplesmente ergueu as sobrancelhas enquanto traduzia a decisão de Baldur para Lenor e Jadzya, que se levantaram após a explicação. O Homem das Águas, o jovem orc e o elfo rapineiro saíram, seguidos pelos refugiados de Korangar, até que os quatro indivíduos reunidos por Ambrosius lá atrás em Tolgar-e-Kol permaneceram no salão da Casa Grande da Praia Vermelha.

O quarteto de Confrades do Inferno se entreolhou em silêncio por um breve momento, até que o svaltar fez menção de falar e parou, com a mão branca erguida. Alguém se aproximava pelo corredor, do outro lado da porta fechada, com passos apressados, sem usar a furtividade que lhe foi ensinada. A audição apurada de Kalannar notou que Bale, o líder da Guarda Negra, vinha com urgência, e isso nunca era bom sinal. O alcaide se adiantou, abriu a porta e recebeu o homem, que lhe cochichou alguma coisa ao pé do ouvido, enquanto Baldur, Derek e Agnor aguardavam com expressões fechadas.

Kalannar mandou Bale aguardar um instante lá fora, fechou a porta e se voltou para o trio.

— O castelo voador saiu voando em direção ao mar e sumiu de vista.

CAPÍTULO 32

LITORAL DE BALDÚRIA

A maioria dos korangarianos vivia confinada dentro das fronteiras do Império dos Mortos, e muitas vezes os cidadãos eram limitados às próprias províncias, sem direito de ir e vir. Os vulturii, a classe de espiões, assassinos e agentes de informações do Triunvirato, possuíam o privilégio raro de não apenas circular por toda a Nação-Demônio como até, em casos especiais, agir em terras estrangeiras. Essas missões em reinos do exterior exigiam que o vulturi aprendesse outros idiomas, dominasse sotaques e costumes, e se habituasse com visões que seriam fantásticas até mesmo para os padrões de Korangar. Jenor se considerava um vulturi experiente, um agente selecionado pelo talento e pela vivência fora do império, um espião que já tinha visto de tudo na vida.

Isso até voar no Palácio dos Ventos.

Ele estava dentro de um fortim anão, uma estrutura circular que seguia o padrão arquitetônico da raça subterrânea, construído em cima de uma gigantesca rocha flutuante, um feito mágico impossível até mesmo para os padrões de Korangar. Kyle explicou que a pedra era uma "fusão elemental de ar e terra", expressão que tinha ouvido da boca do arquimago adamar, sem entender muito bem. Jenor não podia culpar o rapaz simplório, pois era realmente difícil conceber aquilo, mesmo com os estudos básicos de arcanismo que todo vulturi tinha que ter. Cada momento ali proporcionava um novo deslumbre para o agente do Império dos Mortos: a visão lá de cima da beirada da pedra, entre as balistas; o crânio de Amaraxas despontando da rocha; o salão comunal com outras cabeças de dragões penduradas como troféus; o complexo aparato externo ao castelo, que girava e impulsionava a estrutura; a chamada Sala de Voo, cujas gaiolas suspensas acionavam as pás giratórias lá fora; e os mapas de

Zândia dentro daquele cômodo de controle, tanto os pendurados nas paredes quanto o grande mapa abaixo do nível do chão, com marcadores e réguas deslizantes que brotavam das laterais. Os territórios marcados em detalhes representavam o Império Adamar como era há quase 450 anos, antes de ruir, ainda que Korangar já existisse havia cerca de quarenta anos quando o Palácio dos Ventos foi construído em Fnyar-Holl para combater dragões. Aquilo fez Jenor refletir não só a respeito do isolamento dos anões como dos próprios korangarianos. Ele era, de fato, um privilegiado por ter conhecido parte do mundo — mundo esse que seria conquistado com a sua ajuda.

Jenor considerou que o Triunvirato poderia lhe conceder um território nas novas terras como recompensa. Com Korangar ocupando Dalgória, quem sabe a Praia Vermelha não ficasse para ele, rebatizada como Jenória, segundo os costumes locais. Era justo. Afinal, que korangariano na história do império tinha conseguido roubar um artefato lendário dos anões usado para matar dragões?

O devaneio do espião foi interrompido por um guincho do kobold. Sempre que possível, a criatura tentava ofendê-lo com sua forma de comunicação primitiva. Jenor queria matá-lo, mas sabia que não podia: o kobold era parte indissociável da condução do castelo voador, encarapitado dentro de uma gaiola ao lado de Kyle. O rapaz estava enfiado em um modelo maior, que dissera ter sido reformado especialmente para ele. O vulturi teve que admitir que aquela era uma visão curiosa e por vezes hipnotizante: humano e kobold acionando alavancas feitas por anões, realizando movimentos sincronizados, às vezes frenéticos, às vezes delicados.

Será que o Triunvirato confiscaria o Palácio dos Ventos ou deixaria o artefato com ele, como espólio de guerra? Jenor teria que manter ambos vivos, o rapaz e a criatura, se tivesse esperanças de que isso acontecesse. Os dois seriam seus escravos-condutores.

Ele deu sorte com Kyle. O rapaz era ingênuo na medida certa para ceder ao encantamento do pingente e à força de seus argumentos, mas não era exatamente um bobo inútil. O chaveiro rapidamente reunira os responsáveis por trabalhar nas caldeiras que moviam o aparato anão e entrara no Palácio dos Ventos com a autoridade de quem comandava o castelo voador há anos. Ele sequer foi interpelado pelo vigia, que apenas o cumprimentou com um aceno de cabeça. Eles provavelmente teriam horas de vantagem até que alguém de fato fosse se importar com sua partida, e então seria tarde demais. O castelo voador poderia ter ido para qualquer lugar, e Jenor torceu que eles logo se reunissem com a Frota de Korangar. Para isso, o espião contou que sua mãe doente morava em um vilarejo à beira-mar na Caramésia, a fim de garantir que Kyle seguisse subindo ao norte pela costa, e pediu urgência no voo em nome da "saúde de sua mãe". Como vulturi, ele sabia que a paciência era uma virtude do ofício, mas Jenor sentia a ansiedade de estar às portas da grande glória da carreira.

E, se tudo desse certo, haveria conquistas ainda maiores no futuro.

CASA GRANDE, PRAIA VERMELHA

A notícia trazida por Kalannar, de que o Palácio dos Ventos tinha voado em direção ao mar e sumido de vista, provocou expressões consternadas em Baldur e Agnor. Derek Blak, que não visitava a Praia Vermelha havia oito anos e desconhecia se havia sido estabelecida alguma dinâmica de uso do castelo voador, ficou confuso e decidiu se informar antes que os Confrades do Inferno começassem a discutir.

— O Kyle costuma fazer isso, digo, sair com o Palácio dos Ventos sem avisar? Ele continua sendo o responsável pelos voos, correto?

— Sim, o Kyle é o responsável — respondeu o svaltar, se voltando para o barão. — Isso porque o Baldur não deixou que meus homens aprendessem a controlá-lo.

— Eu não permitiria que aqueles seus cupinchas assumissem um cargo de confiança desses — retrucou o cavaleiro grandalhão.

— E continuando a responder à sua pergunta — disse Kalannar para Derek —, o Kyle só sai com o castelo voador a mando do baronato. A última vez aconteceu agora mesmo, para Dalgória, mas ele não recebeu mais nenhuma ordem de nós, a não ser que... você por acaso não *comentou* com o Kyle a respeito de Korangar, não é? Ele pode ter querido bancar o herói ou cedido à curiosidade humana...

O guerreiro de Blakenheim foi enfático no gesto negativo com a cabeça tanto para o alcaide quanto para o barão.

— Não, nem pensar, não antes de realizarmos o conselho de guerra. Pode ser coincidência, mas... — ele olhou enfaticamente para Baldur.

— Mas não acreditamos em coincidência — completou o barão. — Não na vida que levamos. Eu vou atrás do Kyle. Vou requisitar uma águia gigante com o Kendel.

— Não, Baldur, você tem que ficar aqui e coordenar as defesas de Baldúria — argumentou Derek —, especialmente agora, *sem* o castelo voador. *Eu* vou atrás dele, se um rapineiro puder me levar.

— Você sabe voar numa águia gigante? — perguntou o svaltar com ironia.

— Eu voo melhor que você anda a cavalo. Pelo menos não caio de bunda no chão.

— Já chega! — trovejou o cavaleiro grandalhão. — Eu vou então falar com o Kendel e arrumar uma águia para você.

— Enquanto isso — falou Kalannar —, vou mandar a Guarda Negra indagar se alguém viu para onde foi o castelo exatamente.

— Isso é desnecessário — disse Agnor, que havia permanecido calado até aquele momento, ouvindo o falatório inútil. — Depois de anos estudando a composição elemental da pedra flutuante, eu tenho uma relação bem íntima com ela. Um simples encantamento de localização me colocará em sintonia com a rocha, e poderei dizer onde o Palácio dos Ventos se encontra.

Dito isso, o korangariano foi embora da sala de reunião. Os demais se entreolharam, até que Baldur finalmente quebrou o silêncio.

— O Agnor sendo prestativo foi a grande surpresa do dia. Venham, temos um castelo voador para recuperar e uma guerra a travar.

Eles saíram com pressa, e Derek só teve tempo de pensar que voar em uma águia gigante após a bebedeira da noite anterior não seria uma boa ideia.

Pouco tempo depois, Baldur, Agnor e Derek estavam na areia observando o mar de águas vermelhas, acompanhados pelo líder dos rapineiros ao lado de sua montaria alada. Kalannar chegou com Bale, que lançou um olhar de desprezo para Kendel antes de falar:

— Barão Baldur, duas lanchas informaram que o castelo voador foi visto subindo a costa, em direção ao norte.

— Como meu feitiço já havia informado... — disse o geomante korangariano em tom azedo.

— Pelo visto, nosso bravo chaveiro resolveu enfrentar Korangar sozinho — falou Baldur, olhando feio para o guerreiro de Blakenheim. — Ele deve ter sabido de alguma forma.

— Só se o Kyle conversou com algum dos korangarianos; eu já disse que não contei nada para ele. — Derek olhou para o elfo da superfície e para a águia gigante, tentando esconder o desânimo e a ressaca na voz. — Bem, estou pronto. Vamos nessa.

Kendel se voltou para o barão e, após receber um aceno da cabeça, montou na grande ave e ofereceu a mão delicada para auxiliar o guerreiro humano a subir. Baldur se lembrou do momento em que voou junto com Sindel, os dois montados em Delimira, e sentiu falta da esposa. Desde o último contato com ela, em que avisou a respeito da invasão de Korangar, o barão não recebera mais nenhum recado da parte da elfa, mas ele entendia — ou *não* entendia, na verdade — que magia não era a mesma coisa que aguardar a chegada de um mensageiro a cavalo. Baldur ficou com Sindel na mente ao ver a águia gigante se lançar ao céu, com Kendel aprumando o corpo rente ao pescoço da montaria alada enquanto Derek sentia o tranco da subida, se agarrando com força à sela.

O guerreiro de Blakenheim teve que admitir que a experiência foi mais suave do que quando voou na garupa de Kianlyma, a famosa égua trovejante da Rainha Danyanna. Na ocasião, o estranho deslocamento da criatura, que galopava pelo céu como se estivesse tocando no solo, embrulhou o estômago de Derek; isso sem levar em conta o incômodo provocado pelos clarões e trovoadas emitidos pelos cascos de Kianlyma. Em comparação, a águia gigante do rapineiro apenas batia asas vigorosamente de vez em quando e planava com graça e elegância por longos espaços de tempo, em silêncio. A ânsia que Derek Blak sentiu se limitou a isso mesmo, apenas uma vontade de vomitar que não se concretizou, felizmente.

Juntos, os dois guerreiros se tornaram um ponto distante no céu à caça do Palácio dos Ventos de Baldúria.

LITORAL DE BALDÚRIA

O castelo voador continuava o deslocamento moroso e constante seguindo a linha da costa, rumo ao norte. Jenor já estava ficando impaciente e ao mesmo tempo preocupado com a Frota de Korangar. Ele tinha enviado uma mensagem confirmando a captura do Palácio dos Ventos, como fora ordenado, mas não obteve resposta imediata. A cadeia de troca de informações continuava lenta, e o espião temia que o castelo voador fosse considerado uma ameaça e atacado por feitiços lançados das embarcações. Como não havia um estandarte vermelho de Korangar para desfraldar, com os grilhões rompidos e as três torres embaixo de uma estrela negra, Jenor fez o melhor possível para ser identificado — trocou os trajes dalgorianos pelo uniforme de vulturi, juntamente com a capa mágica que tornava sua silhueta difusa quando acionada. Kyle tinha ficado curioso em relação às roupas novas e à semelhança com a capa usada pelo alcaide svaltar, mas bastou uma simples mentira dizendo que aquelas eram peças típicas da Caramésia para convencê-lo. O rapaz nunca tinha visitado o reino do Norte e acreditou piamente. Ludibriá-lo a respeito da Frota de Korangar exigiria uma farsa mais elaborada, até que Kyle pudesse ser efetivamente capturado e colocado a serviço da Nação-Demônio. O espião usou o tempo de espera para pensar em opções de ardil.

Jenor se mantinha fazendo o circuito entre a beirada da rocha flutuante e a Sala de Voo, mascarando a ansiedade de enxergar algum sinal da esquadra com um sentimento de preocupação pela "mãe enferma". Finalmente as preces para Exor, o Libertador, foram atendidas quando o chaveiro anunciou estar vendo uma nuvem negra no horizonte, um estranho fenômeno isolado que vinha descendo a costa, enquanto o resto do céu permanecia claro. O espião desconhecia os pormenores do avanço da Frota de Korangar, até por motivos de segurança caso fosse descoberto e capturado, mas aquilo tinha toda a cara da Nação-Demônio.

— Vou desviar e tirar a gente daquela tempestade — avisou Kyle, já acionando os controles necessários.

— Não, meu amigo, precisamos seguir em frente! — disse o espião, gesticulando para a abóbada de vidro e metal em cima do fortim, de onde o rapaz e o kobold comandavam o voo da estrutura. — Certamente essa robusta construção anã resistirá a um mau tempo. Qualquer desvio pode custar a vida da minha mãe.

Jenor fez a melhor expressão possível de coitado, enquanto Kyle virava a cabeça em todas as direções, à procura de outra rota ou de mais nuvens como aquela, que indicassem uma frente de tempestade inescapável. O kobold começou a guinchar, apontando para o homem lá embaixo, e fazendo um gesto negativo com a cabeça reptiliana, imitando o que aprendeu com os humanos. O rapaz ignorou a criatura e continuou esticando o pescoço para o céu, com os olhos treinados apertados. O rosto apreensivo de Kyle subitamente ficou intrigado ao espiar alguma coisa em um ponto *atrás* do Palácio dos Ventos.

— Ai, droga — resmungou ele.

— O que foi? — perguntou o korangariano, apreensivo.

— Acho que descobriram minha boa ação — respondeu o chaveiro. — Tem uma águia gigante no céu, vindo atrás da gente.

— Uma apenas? — indagou Jenor, temendo que fosse uma revoada de elfos para recuperar o castelo voador, logo agora que eles deviam estar perto da Frota de Korangar... se aquela nuvem negra fosse o que ele imaginava.

— Sim, é um rapineiro apenas, pelo que dá para ver daqui. Vou ter que parar — disse Kyle, se voltando para o kobold e indicando as alavancas.

— Não! Minha mãe...

— Vai ser rápido, Jenek. Eu vou me justificar, e eles vão entender — falou o rapaz com um sorriso amarelo.

Era preciso tomar uma decisão urgente; Jenor não podia permitir que Baldúria recuperasse o Palácio dos Ventos, nem que soubesse da aproximação da esquadra. Ele daria conta de um rapineiro solitário, e, caso Kyle se rebelasse, coagiria aquele tolo simplório a conduzir o castelo voador adiante. A farsa da amizade entre os dois estava com os momentos contados, de qualquer forma, pois acabaria assim que as belonaves da Nação-Demônio fossem avistadas. Jenor não podia arriscar que o rapineiro visse a Frota e desse meia-volta.

— Kyle, fui eu que arrumei esse problema para você. Sou eu que devo me explicar. Deixe-me falar com o rapineiro, enquanto seguimos em frente. É a atitude mais justa com você, que está sendo um ótimo amigo. Por favor.

O rapaz considerou as palavras do sujeito e compreendeu que seria melhor se justificar *após* a situação ter sido esclarecida. Ou pelo menos sentiu uma compulsão em concordar com Jenek, o pobre caixeiro-viajante cuja mãe dependia dele. Kyle concordou com a cabeça e viu o amigo deixar a Sala de Voo, depois fez um gesto para Na'bun'dak continuar mantendo o Palácio dos Ventos no rumo anterior enquanto acompanhava a aproximação do rapineiro. De repente, o chaveiro notou que havia *duas* pessoas em cima da águia gigante... e uma delas era Derek Blak! Os outros deviam estar bem zangados com ele...

mas Kyle torceu que eles entendessem que o roubo do castelo voador tinha sido um favor para um amigo. *Roubo?* Subitamente, sem a presença de Jenek, o ato pareceu errado. Ele deveria ter informado aos outros Confrades do Inferno que pegaria *emprestado* o Palácio dos Ventos. *Mas, mas...* a compulsão voltou; ele agiu certo, afinal de contas. E tudo se explicaria, como Jenek tinha dito.

Ele estava sendo um ótimo amigo.

Na gaiola elevada ao lado de Kyle, o kobold percebeu o jovem humano suando frio, com o rosto contraído, as mãos crispadas nas alavancas. Uma delas começou a acionar o controle de parada total, e Na'bun'dak fez o mesmo gesto, soltando um guincho de apoio. Ambos puxaram a alavanca, e o Palácio dos Ventos interrompeu o voo, flutuando parado sobre o oceano.

Lá fora, a águia gigante se aproximou da abóbada de vidro e metal e começou a circundá-la. Derek viu Kyle nos controles, como deveria ser, e fez uma expressão de indagação para o amigo, mas imediatamente notou que o chaveiro parecia estar passando mal. O castelo voador parou de maneira repentina, e a grande ave continuou em frente, deixando o fortim anão para trás.

— Pouse no pátio! — disse ele para Kendel, que obedeceu.

Elfo e humano desceram da montaria alada e entraram correndo no castelete. Do salão comunal, bastava uma subida pela grande escadaria para ter acesso ao corredor que levava à Sala de Voo. Nesse mesmo corredor, aguardava uma figura furtiva escondida nas sombras de uma reentrância, auxiliada pelo encantamento da capa de vulturi. Jenor esperava que viesse apenas um rapineiro, mas se surpreendeu ao ver o tal Derek de Blakenheim, o Confrade do Inferno amigo de Kyle. O korangariano era capaz de dar conta do elfo em combate, estava em absoluto silêncio e imobilidade para não ser notado pelos sentidos aguçados do alfar, mas dois contra um era uma situação difícil de reverter, considerando que ambos eram guerreiros de ofício, e ele era apenas um espião com algum treinamento em assassinato. Mas um espião não era ninguém sem seus apetrechos, e ele tinha as ferramentas certas para eliminar os dois invasores.

Jenor deixou o humano seguir em frente correndo e, assim que o rapineiro passou, ele surgiu das sombras dando um golpe no pescoço do elfo com uma pequena faca curva na mão direita, acima da linha da letiena, a armadura alfar de folhas endurecidas alquimicamente. O próprio movimento de Kendel agravou o ferimento, e o ímpeto fez com que ele tombasse atrás de

Derek, esguichando sangue para todo lado. O som da queda fez o guerreiro de Blakenheim se virar, e a visão do companheiro caído daquela forma ativou os instintos afiados em centenas de combates — Derek já estava encarando o fundo do corredor com os gládios na mão, em posição de defesa, vasculhando o cenário. Os olhos notaram uma figura obscura na penumbra, sem feições ou detalhes perceptíveis, mas que obviamente era o responsável por ter abatido o rapineiro. Ele resolveu esperar pelo ataque do agressor, pois entre os dois havia o corpo de Kendel se estrebuchando no chão, e aquilo atrapalharia o deslocamento do oponente e abriria uma brecha nas defesas da silhueta difusa. Derek torceu para que o inimigo fosse mais fácil de enxergar de perto, mas a figura não avançou; em vez disso, pareceu levar a mão esquerda ao rosto. O guerreiro de Blakenheim mudou de estratégia e se preparou para atacar, deu um passo para desviar do alfar agonizando...

... e foi tomado por uma confusão mental que o fez cambalear no corredor, sem entender onde se encontrava e o que pretendia fazer. Em seguida, veio uma sensação forte de desesperança, agravada pela imagem do companheiro se esvaindo em sangue, que começara a tentar se levantar em um gesto inútil. Era tudo inútil, na verdade. Não adiantava lutar. Sequer valia a pena continuar vivendo, diante de uma derrota tão iminente. A mão segurando um gládio começou a tremer, enquanto Derek considerava levar a lâmina ao próprio pescoço e cortá-lo. Sortudo era o rapineiro, que já estava morrendo e não teria mais que suportar aquela existência fadada à ruína. Sim, era melhor se matar.

Do outro lado do corredor, Jenor não parava de soprar a orlosa, e o som estridente da pequena trompa do desespero enlouquecia aos poucos o Confrade do Inferno. O alfar era naturalmente imune ao encantamento, mas estava praticamente liquidado; ele tentou se erguer, mas caiu de novo, agora aparentemente morto de vez. Já o guerreiro humano estava prestes a se matar, que era o efeito final do encantamento angustiante da orlosa. O korangariano conteve um sorriso de vitória para não deixar de soprá-la, mas sabia que o triunfo era inevitável. O vulturi manteve os olhos na reação do oponente, que encostou a lâmina na própria jugular, e assim sendo, não viu a pequena criatura que surgiu detrás de Derek, passou por cima do elfo caído e se lançou contra ele, guinchando e atacando com selvageria. As pequenas presas de Na'bun'dak se fecharam na mão que segurava a trompa; o alvo do kobold tinha sido o pescoço, mas a imagem difusa do humano provocou o erro, que na verdade teve a mesma consequência.

Jenor parou de soprar a orlosa.

O korangariano se recuperou da surpresa e revidou com uma facada, mas a criaturinha desprezível já não estava mais pendurada em sua mão. O kobold se soltou, caiu na linha da cintura do homem e deu outra mordida violenta, agora nas partes baixas. O urro de dor de Jenor provavelmente foi ouvido nas belonaves do Império dos Mortos, lá fora. As pernas cederam enquanto o ser reptiliano continuava a destroçar a virilha com mordidas violentas. O espião tentou esfaqueá-lo mais uma vez, debilmente, mas o golpe foi interrompido por um gládio que varou seu torso. Outra arma igual se juntou à primeira, mas Jenor nem conseguiu vê-la, pois já estava morto.

Derek Blak caiu sobre o oponente, ainda mentalmente abalado, custando a acreditar que sentia vontade de viver. A morte tinha parecido um alívio tão seguro havia poucos momentos. Ele respirou fundo e, pela primeira vez na vida, conseguiu sorrir para Na'bun'dak, que havia desistido dos genitais do morto e estava empenhado em arrancar a mão que tinha mordido, a fim de garantir o ingrediente de uma das iguarias prediletas dos kobolds: sopa de mão. O guerreiro de Blakenheim se levantou e somente então enxergou com clareza os trajes do inimigo caído: ele era um vulturi de Korangar. O reconhecimento confundiu ainda mais a mente fragilizada de Derek, cujos olhos passaram do homem ao lado dele no chão para o pobre elfo morto no corredor e, finalmente, para uma figura conhecida que acabara de surgir.

— Kyle... — balbuciou ele.

— Derek, você matou... o meu amigo — disse o rapaz, em tom hesitante e confuso. — Não, o Jenek... o Jenek *não* era meu amigo.

O chaveiro veio se aproximando tropegamente, sofrendo de uma confusão mental diferente daquela que atormentava Derek, porém oriunda de uma manipulação igualmente mágica. Enquanto o guerreiro de Blakenheim afastava pensamentos de desesperança e suicídio, Kyle sofria com a sensação de ter sido usado e traído por uma falsa amizade. Tudo estava ficando claro, agora que Jenek estava morto e que havia passado a estranha compulsão em acreditar em tudo o que ele dizia, em concordar com seus pedidos, em se desdobrar para ajudá-lo. Uma onda de vergonha tomou conta do rapaz, que conteve as lágrimas ao olhar para o fiel kobold que, ele percebeu agora, vinha tentando alertá-lo a respeito de Jenek várias vezes.

— Obrigado, Na'bun'dak. E me desculpe.

Derek ganhou controle sobre a mente e foi verificar Kendel antes de tomar qualquer outra providência; infelizmente, o líder dos rapineiros realmente havia morrido. Ele se ergueu e colocou a mão no ombro do amigo.

— Kyle, o que aconteceu aqui? Esse sujeito é um *espião* de Korangar. Por que você o chamou de amigo?

— Mentiras... — sussurrou o rapaz. — Ele me disse um monte de *mentiras*. Fingiu ser meu amigo.

Ao sentimento de vergonha e perfídia se somou uma raiva sem tamanho. Kyle olhou para o elfo morto, para Derek, para o castelo voador que ele tinha roubado, pensando nos amigos *de verdade* que havia traído.

— Derek, me desculpe. Eu não queria...

O guerreiro de Blakenheim lhe deu um abraço compreensivo.

— Calma. Foi magia korangariana. Eu conheço bem — falou ele, lembrando de ter tido a alma arrancada por uma sovoga, além dos pensamentos suicidas que o acometeram havia meros instantes.

Tudo aquilo fez Derek odiar Korangar ainda mais. *A Nação-Demônio não podia vencer.*

Ele esperou que o chaveiro se recuperasse, aproveitou aquele tempo para colocar as ideias no lugar, e disse:

— Kyle, temos que voltar para Baldúria. Uma esquadra de navios de guerra de Korangar está se aproximando, e nós precisamos do castelo voador para defender o baronato. Precisamos de *você*, de novo, para defender o baronato. — Derek ouviu um guincho e completou, com um sorriso: — Precisamos de você e do kobold para defender Baldúria.

— Não havia mãe alguma enferma... então era isso... — disse Kyle, ainda em voz baixa, olhando para o corpo no chão, e depois se voltou para a direção da Sala de Voo. — Vamos logo, então. Há uma nuvem negra à frente, pode ser uma tempestade grande. Eu queria desviar de qualquer forma, mas... não conseguia. Só queria ajudar esse desgraçado.

Algo despertou na mente cansada e desconfiada do guerreiro de Blakenheim. Ele tinha voado até ali com o pobre Kendel em um céu limpo, sem sinal de mau tempo, e a expressão "nuvem negra" alertou seus instintos. Lenor dissera na reunião do conselho que tinha visto "uma sombra no mar, encobrindo navios". *Talvez fosse isso...* Derek olhou para o alfar morto, pensou no plano de Kalannar de enviar um rapineiro como batedor, considerou o argumento de não usar o castelo voador, pois seria chamativo demais. Porém, eles já estavam ali, e seria uma perda de tempo voltar para Baldúria e só então despachar um novo batedor. Não custava nada averiguar. *E dane-se o svaltar*, pensou ele com gosto.

— Kyle, antes de irmos... você poderia me mostrar essa nuvem e, quem sabe, se aproximar mais dela?

Ainda abalado, o chaveiro concordou com a cabeça e chamou o kobold, que havia terminado de arrancar as duas mãos de Jenek e se apegava a elas como um tesouro. A criatura fez menção de arrancar as de Kendel, mas desistiu diante do olhar severo de Derek. Chateado, Na'bun'dak seguiu Kyle, enquanto o guerreiro de Blakenheim dava uma olhada no cadáver do korangariano e continha os últimos impulsos suicidas, com um arrepio.

CAPÍTULO 33

FROTA DE KORANGAR, LITORAL DE BALDÚRIA

Encoberto pela Pequena Sombra, o *Exor* singrava o mar com uma velocidade sobrenatural, impelido por ventos e ondas de origem mística, puxando a Frota de Korangar rumo a uma nova terra prometida que abrigasse a Nação-Demônio. No castelo da popa, o Comodoro Miranor observava o trabalho dos magos elementalistas que impulsionavam não só a nau capitânia como o resto da esquadra, enquanto considerava a distância que o *Potenkor*, a carraca onde se encontravam Konnor e seus bralturii, havia tomado do grupo de belonaves. O Senhor da Guerra tinha ficado para trás, fora da cobertura da nuvem negra, e Miranor teve que justificar aquele posicionamento insólito para o Sumo Magus Trevor, o comandante das forças korangarianas, como se fosse parte de alguma estratégia naval de combate — o que era uma sonora mentira. O lich necromante, porém, aparentemente havia sido convencido, ainda que as expressões no rosto cadavérico fossem difíceis de interpretar. Trevor pouco vinha ao convés do galeão, apenas quando precisava confabular com os feiticeiros das Torres, em especial os elementalistas que garantiam o avanço ligeiro da frota. Sua última ordem direta para o comodoro tinha sido para ficar de olho no céu, pois deveria chegar um "castelo voador" sequestrado das forças de defesa de Krispínia por um agente infiltrado do Triunvirato, sob suas ordens. O líder desmorto simplesmente deixou avisado que ainda havia dúvida quanto ao sucesso daquela missão — não chegara confirmação alguma do gabinete do Sumo Vulturi, por enquanto — e depois se recolheu aos porões da embarcação para se reunir aos seus pares, o contingente de Reanimados que o *Exor* levava para conquistar Dalgória, parte dos quase 5 mil guerreiros desmortos transportados pela Frota de Korangar.

Nas entranhas da belonave, o silêncio era literalmente sepulcral. Deitado dentro do sarcófago contendo o solo de sua terra natal, Trevor meditava a respeito de questões de caráter arcano da campanha de invasão. O lich se sentia mentalmente fortalecido pela terra trazida com muita dificuldade da Morada dos Reis, onde ele nascera como escravo, sua única conexão com o tempo em que era vivo. O estado de consciência dos desmortos superiores — aqueles que mantinham as faculdades mentais — exigia esse equilíbrio entre vida e morte, e o tempo de reclusão no sarcófago permitia que Trevor mantivesse essa estabilidade e a mente aguçada. No momento, ele tinha que considerar os augúrios trazidos pelos videntes. Todos enxergavam um futuro com korangarianos estabelecidos em um território iluminado por um sol implacável — portanto, a vitória de Korangar —, mas um deles havia profetizado o reencontro do Embalsamador com o Velho Inimigo. Aquele pobre mago da Torre de Vidência não tinha como saber, mas o Embalsamador em questão deveria ser o próprio Trevor, se o presságio pudesse ser interpretado dessa forma. Como o Sumo Magus havia sido o escravo-assistente de um embalsamador adamar na vida pregressa na Morada dos Reis, então o próprio Trevor *poderia* ser considerado um embalsamador, visto que os adamares estavam extintos havia séculos. Na verdade, só havia um adamar circulando por aí de quem o necromante estava ciente, um arquimago subordinado à rainha de Krispínia, segundo informações recentes dos vulturii, mas o Embalsamador da visão profética não deveria ser esse sujeito, pois o vidente havia vislumbrado escuridão, e as trevas eram a antítese de criaturas solares como os adamares. Foi exatamente por isso que o território da Grande Sombra era considerado proscrito na época do império; os adamares não puderam perseguir os escravos foragidos que se abrigaram na terra sem sol.

O que mais intrigava o lich no augúrio era a expressão Velho Inimigo, visto que todos os antigos adversários de Trevor tinham sido destruídos sem chance de reanimação — eles não existiam nem como desmortos inferiores, pois não mereceram essa honra. Quem seria, então, a figura prevista pelo mago vidente? O Ministro Pazor poderia ser considerado o Velho Inimigo? Ele certamente estava há anos no cargo e já havia antagonizado o Sumo Magus, mas foram divergências corriqueiras dentro do jogo de poder do Triunvirato. Ademais, o líder do Parlamento tinha ficado em Korangar para cuidar da logística do novo êxodo após a conquista de Dalgória, e a visão indica que o Velho Inimigo reencontraria o Embalsamador durante a campanha.

Trevor considerou então que o Velho Inimigo deveria ser o Grande Rei Krispinus, o humano sentado no Trono Eterno dos adamares. Ainda que os espiões garantissem que ele guerreava na distante Faixa de Hurangar, o monarca podia ter deixado um general qualquer em seu lugar e vindo combater Korangar em Dalgória. O homem era conhecido pela impetuosidade e por não seguir regras — a única tentativa de uma conversa de paz entre o Império dos Mortos e Krispínia tinha sido encerrada pelo fio da espada mágica de Krispinus, que destruiu a comitiva de Korangar enviada a Tolgar-e-Kol. O Grande Rei odiava desmortos e, por conseguinte, o lich necromante odiava o Grande Rei. Sim, essa era a interpretação mais correta.

Resolvida a questão profética que o atormentava, graças ao equilíbrio mental trazido pela imersão no solo natal dentro do sarcófago, Trevor resolveu entrar em conexão com a energia necromântica que unia todos os mortos-vivos naquele estado inatural de reanimação. O Sumo Magus contaria com os outros feiticeiros da Torre de Necromancia para auxiliá-lo no comando dos mortos-vivos durante o combate vindouro, mas nem todos eram desmortos como ele e, portanto, não tinham a mesma sintonia plena com os Reanimados que Trevor possuía. Cabia ao Sumo Magus ser o regente daquela orquestra macabra, como nas óperas de Korangar. Ele seria o tenor, a voz mais alta que indicaria o caminho para as tropas de desmortos. O lich expandiu a percepção e o contato com os cadáveres e as ossadas dentro do porão e abrangeu toda a Frota de Korangar; depois, instintivamente, ele foi além, sentindo os espécimes mortos da fauna marinha nas profundezas. O encantamento saiu naturalmente da garganta seca, localizou e reconheceu os mortos como o som de uma trompa sendo ouvido e saudado por soldados. Uma resposta inesperada, porém, abalou a concentração de Trevor na conexão. O feitiço havia localizado uma criatura esperando fazer a transição para a reanimação; esperando, não, *ansiando* pela oportunidade de retornar em outro estado de existência. Era um filamento de ódio e de vontade de vingança que vibrava na teia de energia necromântica e se estendia até um ponto distante, muito além da Frota de Korangar.

Um ser gigantesco querendo ganhar vida novamente, uma criatura que Trevor nunca sonhou reanimar em sua longa carreira como necromante.

Intrigado, fascinado e empolgado, o Sumo Magus reviu na mente o extenso repertório de magias necromânticas para compreender melhor e vencer aquele desafio repentino.

* * *

No castelo de proa do *Potenkor*, Konnor não tirava os olhos do céu cintilante, tentando enxergar além da Pequena Sombra, ver alguma coisa adiante do resto da Frota de Korangar que seguia à frente, já distante. O Senhor da Guerra sabia que seria impossível localizar alguma coisa, que aquilo era tarefa do homem no alto da casa do caralho, de posse de uma luneta, mas ele estava ansioso para testemunhar a aproximação do castelo voador de Baldúria, que um agente no local tinha recebido ordens de Trevor para sequestrar. Pela vontade de Konnor, se ele ainda fosse o líder da invasão, aquele comando jamais teria sido dado, mas o Sumo Magus pelo visto considerou que seria uma grande oportunidade estratégica roubar o tal "Palácio dos Ventos". Aquilo demonstrava que Trevor era bom em interpretar pergaminhos mágicos, mas não relatórios de espionagem — as comunicações enviadas pelo gabinete do Sumo Vulturi, em Korangar, indicavam que o baronato também possuía uma tropa de elfos montados em águias gigantes. Na avaliação do Senhor da Guerra, os baldurianos despachariam os elfos para recuperar o castelo voador, o que colocaria em risco a aproximação sigilosa da esquadra.

Ou não tão sigilosa assim, levando em conta que os planos de invasão sumiram da minha tenda, pensou o Senhor da Guerra, a contragosto. De qualquer forma, se o inimigo ainda não soubesse, agora a tática amadora do lich tornava real o risco de Baldúria descobrir a intenção de Korangar caso enviasse a tropa alada — ou se o vulturi fosse capturado no ato de roubar o Palácio dos Ventos e posteriormente interrogado. E com a anexação da vizinha Dalgória, o baronato certamente faria de tudo para deter a invasão da Nação-Demônio. Konnor tinha certeza de que Baldúria se prontificaria a enfrentá-los no oceano antes que eles chegassem ao objetivo, em vez de permitir que Korangar passasse para só depois atacar, tanto com as tropas dalgorianas em terra firme quanto pelo ar com as forças aéreas baldurianas, espremendo os invasores. Com certeza o inimigo faria o primeiro movimento de agressão; o Senhor da Guerra estava para conhecer o líder militar com nervos e a coragem de deixar um adversário passar incólume por suas terras para só depois atacá-lo.

Os instintos de Konnor gritavam que era isso que aconteceria. E ele deu ouvidos aos argumentos internos, frustrado pela sensação de impotência de ter uma carraca cheia de cavaleiros infernais sem ter o que fazer, caso a conquista de Krispínia começasse a ser travada no ar e no mar. Trevor certamente acreditava no poderio mágico das Torres para debelar o ataque aéreo de Baldúria; o próprio Senhor da Guerra, mesmo não gostando de admitir, considerava que a feitiçaria do Império dos Mortos seria suficiente nesse caso. Mas os bralturii tinham um papel mais estratégico para cumprir, uma função que aquele necromante jamais pensaria pois nunca deveria ter assumido um comando militar. Konnor estava empenhado em realizar o que fosse necessário para garantir a vitória, mesmo que fosse considerado um ato de traição. O triunfo de Korangar era tudo que importava.

Se o Barão Baldur concentrar seu ataque no ar, o baronato ficará menos protegido em terra firme.

O Senhor da Guerra deu uma última olhada para o céu azul, tão diferente do firmamento eternamente nublado, eternamente morto da Nação-Demônio, e até desejou que o castelo voador do inimigo fosse sequestrado com sucesso. Seria menos um obstáculo para a ideia que brotou em sua mente. Ele foi até o castelo de popa falar com o comandante da carraca.

— Grajda Bastor, leve o *Potenkor* para o litoral no primeiro ponto de desembarque que encontrar. Eu e os bralturii vamos seguir pela linha da costa, por terra.

O comandante, um homem de confiança do Comodoro Miranor, apenas aquiesceu e repassou a ordem para o timoneiro.

Com um sorriso no rosto largo, Konnor foi cuidar da preparação de sua tropa de elite e informar a Comandante Razya dos novos planos. Ela daria jeito de informar aos outros oficiais leais na esquadra o que o *verdadeiro* líder militar de Korangar pretendia fazer.

PRAIA VERMELHA, BALDÚRIA

Assim que a notícia da aproximação do Palácio dos Ventos chegou através das lanchas baleeiras, Baldur convocou Kalannar, Agnor e a esposa de Kyle, Enna, para aguardar na praia a chegada do castelo voador. A Guarda Negra recebeu ordens para manter afastados os curiosos, pois o alcaide sabia que os ânimos se exaltariam e que a Confraria do Inferno não mantinha um tom de voz baixo e a temperança ao discutir problemas.

O barão não tirou os olhos da pedra flutuante no céu, nem arredou pé da areia até a estrutura parar perto do chão. Uma gaiola metálica brotou da parte inferior da rocha gigante com um rangido alto e revelou Kyle e Derek Blak, que segurava Kendel nos braços, embrulhado em um cobertor. Enna berrou o nome do marido e correu para abraçá-lo; o rapaz parecia cabisbaixo, muito abatido e um pouco doente. Baldur nem se dignou a dar atenção para Kalannar — o svaltar exibia um sorriso cruel no rosto ao ver o alfar morto — e foi à frente para ajudar o guerreiro de Blakenheim com o corpo do líder dos rapineiros e apurar o que aconteceu.

Antes mesmo que o barão abrisse a boca, Derek já estava explicando.

— Um espião de Korangar. Ele enfeitiçou o Kyle e emboscou o Kendel. O puto está morto lá em cima.

O chaveiro olhou tristemente para Baldur enquanto acalmava a esposa, que o abraçava aos prantos.

— Eu sabia! — exclamou o assassino svaltar em um tom exultante que não combinava com o clima de luto do ambiente. — Temos que prender aquela laia toda de novo.

— Não — disparou Derek, bem irritado —, o sujeito já estava aqui desde antes de os refugiados chegarem. Ficou na Praia Vermelha espionando bem debaixo do seu nariz.

— E da Guarda Negra — disse Baldur.

Enquanto Kalannar torcia a cara, Kyle se dirigiu ao barão:

— Ele se fez passar por meu amigo. Eu fui acreditando, não sei como, até ele me pedir para levá-lo no castelo voador... com uma mentira qualquer... Desculpe.

A mão pesada de Baldur pousou suavemente no ombro do rapaz para apoiá-lo. Ele nunca tinha encontrado alguém com tanta coragem e um coração tão bom quanto Kyle; não seria aquele incidente, especialmente por ter sido causado pela perfídia de Korangar, que alteraria a confiança e o carinho que o barão tinha pelo jovem chaveiro.

Antes que Baldur dissesse alguma palavra de apoio, Agnor se aproximou.

— Dominar sua mente simplória foi fácil para um vulturi — falou o geomante. — Especialmente se valendo de uma verzoga, como a que você está usando no pescoço.

Kyle baixou o olhar para o pingente e ficou assustado.

— Tenha calma, moleque, a gema está inerte — disse Agnor. — Ele não está vivo para acioná-la.

Ainda assim, o chaveiro arrancou o pendurilcalho do pescoço e fez o mesmo com o da esposa, ao se lembrar do presente duplo dado por Jenek.

— E o da Enna? — perguntou Kyle, temeroso.

— Uma simples bijuteria — respondeu o feiticeiro de Korangar, que mal olhou para o pingente da moça.

Baldur deixou de acompanhar a conversa e ficou observando o cadáver do elfo rapineiro, agora pousado no chão, pensando no que fazer com a tropa alada. Derek deixou o chaveiro contar o que aconteceu com as próprias palavras para Enna e se aproximou do barão, não sem antes lançar um olhar feio para Kalannar.

— Baldur — disse ele —, aproveitando que já estávamos no litoral, o Kyle e eu fomos em frente com o castelo voador e avistamos a Frota de Korangar encoberta por uma nuvem negra. Não achei prudente nos aproximarmos para contar.

Agnor conteve um calafrio, enquanto o cavaleiro dava toda atenção ao relato com uma expressão de urgência e preocupação. A reação do feitor-mor foi diferente.

— Vocês desobedeceram ao meu plano — ralhou Kalannar, sibilando de raiva. — Eu disse para despachar um batedor rapineiro, ao invés de se aproximar com essa pedra voadora nada discreta!

O guerreiro de Blakenheim se virou para o elfo das profundezas com o rosto vermelho de raiva e a voz alterada.

— Nós vimos a esquadra de longe e, francamente, Korangar já sabe do Palácio dos Ventos por conta do vulturi que *você* deixou agir livremente na Praia Vermelha, ou o desgraçado não teria roubado o castelo voador. Ou seja, *foda-se* se eles nos viram ou não. Dá no mesmo: Korangar está chegando.

Antes que o svaltar pudesse retrucar, Baldur o silenciou com um olhar severo. Com o baronato sob perigo real e imediato e um soldado fiel morto aos seus pés, a paciência dele para picuinhas e discussões mesquinhas estava mais do que esgotada.

— Vamos defender o que é nosso atacando esses filhos da puta primeiro — disse o barão. — Eu vou reunir as lideranças de nossas defesas, ver quem os elfos apontam como novo comandante para os rapineiros e partir com tudo contra Korangar.

Ele colocou novamente a mão no ombro de Kyle e falou:

— Baldúria precisa de você. Eu não queria pedir algo assim depois do que aconteceu, mas você consegue conduzir o castelo voador para nós?

O rapaz se empertigou, olhou Enna nos olhos e depois encarou os amigos um por um, os Confrades do Inferno, com quem ele invadiu cavernas com vermes gigantes e svaltares, lutou contra uma horda de demônios, invadiu o Fortim do Pentáculo e enfrentou Amaraxas, o Primeiro Dragão. De repente, encarar uma simples esquadra de navios pareceu um passeio pela praia.

— Para a Enna, para o pequeno Derek e para todos nós — respondeu Kyle, recuperando o ar juvenil e inabalável de sempre. — Vamos mostrar para Korangar que aqui é Baldúria.

Dito isso, cada um foi para seu canto, a fim de resolver os preparativos de guerra. Baldur foi o último a sair; ele mesmo levantou o corpo do elfo e lançou um olhar para o mar, repetindo mentalmente a última frase do rapaz.

Eles mostrariam para Korangar que ali era Baldúria.

CAPÍTULO 34

PRAIA VERMELHA, BALDÚRIA

A pequena vila baleeira estava tendo o dia mais agitado de sua história desde que um castelo voador surgiu no meio da praça com a notícia de que um dragão estava a caminho. A Praia Vermelha tinha virado uma praça de guerra, com um contingente de orcs de um lado, refugiados de Korangar de outro, cavaleiros e soldados se preparando para o combate por toda a parte, e com a população correndo de um lado para o outro, prestando os serviços necessários para que os defensores de Baldúria pudessem efetivamente proteger o baronato. A única ausência notável era a dos elfos rapineiros, que já haviam voltado para Bal-dael a fim de realizar os preparativos de defesa da comunidade élfica e alimentar as águias gigantes antes de partir; Baldur enviou o corpo de Kendel acompanhado por um mensageiro para dizer que aceitaria quem quer que fosse nomeado o novo líder da tropa alada por indicação interna, mas deixou claro que não havia tempo para dias de saraus com leituras de poemas épicos ou danças celebratórias em homenagem ao morto.

O barão andava preocupado com a ausência de notícias da esposa. Ele dependia de estar diante de água parada no momento certo para receber uma mensagem de Sindel, mas a correria recente fez com que Baldur perdesse alguns possíveis contatos. Agora mesmo, depois de passar meia hora olhando impacientemente para uma bacia d'água em seus aposentos na Casa Grande, ele teve que se ausentar para resolver pendências do conflito vindouro. O barão já havia determinado que Sir Barney e Hagak coordenariam a operação conjunta das lanchas, com o refugiado Nimor como apoio ao ataque — segundo Derek, o rebelde korangariano tinha combatido ao lado das criaturas anteriormente e conhecia bem as embarcações do inimigo. Aquela parte vital da ação contava com três elementos experientes e estava bem encaminhada, mas ainda havia muita coisa para resolver antes que Baldúria se lançasse por mar e por ar contra o Império dos Mortos.

Como informar a Kalannar seus planos em relação ao papel do assassino svaltar no conflito.

Baldur sabia que o amigo era orgulhoso, mas também conhecia seu apreço pela lógica. Ele torcia que Kalannar enxergasse a racionalização por trás do que decidira, sem ter que apelar para a autoridade como barão.

Para amenizar o golpe, Baldur decidiu visitar o svaltar no gabinete do feitor-mor em vez de mandar chamá-lo, como forma de ele se sentir mais prestigiado. O cavaleiro grandalhão tinha um talento natural para lidar com personalidades distintas e fortes, e talvez por isso tivesse conseguido unir orcs, elfos e humanos sob seu comando. Casado com uma alfar, amigo de um svaltar, idolatrado por orcs... nem nos devaneios mais loucos como jovem escudeiro Baldur pensou que chegaria àquele ponto na vida.

Quando deu por si, o barão já havia passado pelo guarda à porta do gabinete do alcaide e se viu lá dentro, diante da mesa de Kalannar. O svaltar estava com os olhos negros fixos na papelada que esmiuçava a logística da operação, e com uma expressão invejável de regozijo no rosto branco em formato de cunha. Baldur sentiu pena de ter que encerrar aquela alegria com más notícias.

— Kalannar, temos que conversar a respeito do que você fará durante o ataque à esquadra de Korangar.

— Eu já tenho algo em mente — respondeu o svaltar, empolgado. — Após a confusão criada pelas lanchas com os orcs e os humanos, eu e a Guarda Negra invadiremos a nau capitânia e mataremos os líderes do inimigo. O refugiado que trouxe aqueles maltrapilhos para cá, o tal de Nimor, me confirmou que a frota contaria com uma embarcação de comando. O Agnor me ajudou na conversa... quem diria que ele se mostraria tão prestativo agora que finalmente não tem mais onde se esconder de Korangar!

— Eu tenho outra missão para você — disse o barão em tom amigável, sem que parecesse uma ordem. — Quero que proteja a Praia Vermelha. Se nós viermos a perder, que o Deus-Rei não permita, você levaria a população para a segurança de Bal-dael e depois até a colina onde vamos estabelecer as minas. Os korangarianos não nos perseguiriam assim tão no interior, caso almejem mesmo a tomada da costa de Dalgória.

De fato, o deleite no rosto de Kalannar partiu para algum ponto distante de Zândia; provavelmente foi parar em Tolgar-e-Kol. As delicadas feições élficas se contorceram.

— Eu não vou bancar a ama-seca de humanos, como vocês mesmo dizem, e muito menos vou me refugiar em uma comunidade alfar — falou ele em um sibilo inamistoso.

— Kalannar, uma batalha naval... — Baldur pretendia dizer que o svaltar seria inútil naquele contexto, mas mudou o discurso. — Você é um assassino e não um soldado, e não digo isso como crítica. Suas facadas já resolveram muitas questões para nós, inclusive devo a vida a uma delas. A minha própria *alma*. Mas... uma batalha naval não é lugar para você. O Agnor garante que perderemos muita gente no mar por causa dos aquamantes do inimigo. Baldúria não pode perder seu alcaide. Eu não posso perder meu amigo assim.

O barão observou Kalannar considerando o argumento, ainda com uma expressão contrariada, e tentou aliviar o tom entre os dois.

— Eu não imagino você dando um pulinho para escapar de uma onda — disse Baldur com um sorriso.

— Eu posso flutuar até o castelo voador.

— Kalannar, convenhamos, esse combate vai ser um caos. Você realmente vai querer que eu mande um *elfo rapineiro* te resgatar boiando no mar?

— Vai fazer sol em Zenibar no dia em que eu precisar da ajuda de um alfar — rosnou o feitor-mor.

Baldur olhou para a papelada em cima da mesa, depois para a garra de Amaraxas em exibição ostentosa. Há cerca de uma década, eles foram pegos de surpresa com a urgência de enfrentar o Primeiro Dragão e quase foram derrotados, se não fosse a intervenção de surpresa dos elfos de Bal-dael. Agora havia mais tempo e recursos para se preparar — mas também muito mais coisa em jogo. Sempre parecia haver, na verdade. O barão não conseguia pendurar a espada e simplesmente aproveitar a paz que ele vinha conquistando.

O alcaide também aproveitou aquele momento de silêncio para ponderar a respeito da incursão aos Portões do Inferno, que ele planejou por anos a fio, mas cuja liderança cabia naturalmente ao irmão, um guerreiro de ofício. O jovem e orgulhoso Kalannar, porém, decidiu assumir o controle da campanha militar, exercendo a prerrogativa como primogênito da família, e incorreu no ciúme de Regnar. O irmão mais novo realmente levava jeito para a coisa, enquanto Kalannar apenas queria se tornar o mestre dos assassinos da Casa Alunnar. Baldur estava certo: combates eram um caos. O svaltar odiava as incertezas e a volatilidade da guerra. Por mais que se planejasse, nunca havia como cobrir todas as possibilidades — como demonstraram os anos de preparação para invadir os Portões do Inferno. Kalannar preferia assassinatos, uma experiência mais íntima e pessoal, um conflito em escala menor, por assim dizer. Era ali que ele se destacava. Não em um barco à mercê do oceano e de magias desconhecidas, contra inimigos sobre quem o svaltar sequer possuía informações.

Kalannar gostava de saber tudo a respeito de quem ele pretendia matar. E, naquela situação, o assassino svaltar tinha que admitir que não sabia quase nada.

Baldur notou o conflito no rosto do amigo, sem saber que ele já havia chegado a uma conclusão, e rompeu o silêncio revelando parte do que vinha pensando.

— Eu nunca participei de uma batalha naval; francamente, eu preferia enfrentar csses putos em terra firme, a cavalo, sem magia, sem desmortos ou demônios, somente no aço. Mas é raro escolher as condições ideais para uma guerra, e mesmo assim elas fogem ao controle logo que a primeira espada é desembainhada. Korangar tem tudo a seu favor; até o elemento-surpresa nós perdemos por causa do espião deles. — O barão ergueu a mão. — Eu não estou te culpando, mas aconteceu. Agora é lança para a frente e esporear o cavalo.

— Em Zenibar, a expressão é "o si-halad que passou não volta atrás".

— Verme gigante? — perguntou Baldur, sentindo um arrepio e uma antiga dor no corpo.

— Sim, si-halad, o mesmo bicho que te mastigou — respondeu Kalannar com um sorriso cruel. — Está combinado. Eu e a Guarda Negra ficaremos na Praia Vermelha para proteger a população. Afinal, se vocês todos morrerem e Korangar seguir adiante para Dalgória, eu vou ter muitas dívidas para pagar, e não vai ser fácil sem ter quem trabalhe e pague impostos.

O barão concordou com a cabeça e um sorriso, achando graça da lógica perversa do amigo svaltar.

Baldur passou o resto do dia no Palácio dos Ventos, que seria a arma principal de Baldúria no combate. Como as novas balistas ao redor do pátio e os modelos originais nos torreões precisavam ser guarnecidos, o barão selecionou alguns soldados para operar as primeiras e confabulou com Carantir e Sir Barney a respeito de quem ficaria responsável pelas balistas anãs. O meio-elfo e Brutus assumiriam uma delas, como fizeram durante o combate com Amaraxas, enquanto arpoadores de confiança do Homem das Águas assumiriam a outra balista anã, visto que ele próprio, que disparou o quadrelo que matou o Primeiro Dragão, estaria no mar com as lanchas que atacariam a Frota de Korangar. Levando em conta que os orcs ocupariam boa parte dos lugares nas lanchas, atuando como força de abordagem, Sir Barney estava com alguns homens sobrando e pôde selecionar três pescadores bons de mira para a segunda arma. O barão cumprimentou todos eles e esperou que a sacerdotisa anã Samuki, a companheira de Agnor, abençoasse as duas balistas nos torreões em nome de Midok, o Mão-de-Ouro. Lá embaixo, nos píeres da Praia Vermelha, o Capelão Bideus faria o mesmo com cada lancha, oferecendo as bênçãos de Be-lanor, o Navegante.

— Nunca imaginei que fosse viver para ver um meio-elfo, um ogro e três humanos operando armas anãs — resmungou Samuki.

— Eles fizeram bonito da última vez — disse Baldur. — E certamente vão se superar agora que contam com a proteção de Midok.

A sacerdotisa ergueu o olhar para o cavaleiro grandalhão, e a atenção se concentrou no cinturão com a fivela de vero-ouro que o identificava como um grão-anão, a maior honraria que um humano poderia receber de Fnyar-Holl... e que Agnor também usava. Samuki também jamais havia imaginado que viveria um romance com alguém de outra raça, mas nem sempre o caminho que o Mão-de-Ouro indicava para a riqueza — a medida de felicidade na cultura anã — era o túnel reto que um fiel esperava; às vezes o caminho para o tesouro passava por uma caverna tortuosa que dava muitas voltas surpreendentes.

— Só batam mais e apanhem menos, é o que peço — falou a sacerdotisa. — Não quero passar o dia inteiro rezando para Midok curá-los.

Dito isso, ela se afastou para ir ao encontro do geomante korangariano, que estava pendurado em uma cadeirinha dobrável de metal, presa aos suportes do crânio gigante de Amaraxas, lançando encantamentos de proteção na rocha flutuante. Baldur se encolheu ao imaginar aqueles dois rabugentos, Agnor e Samuki, convivendo como casal. Kyle contava que eles viviam aos gritos na "Torre de Alta Geomancia", sempre que os visitava. O barão bufou, pois o próprio relacionamento com Sindel também não era dos mais fáceis, ainda que fosse bem amoroso. Talvez esse fosse o preço de escolher alguém de outra raça como companheiro. Ele considerou voltar para os aposentos, a fim de esperar um contato da esposa, quando viu Derek Blak subindo às ameias do castelo voador.

— Ei, essa não é a capa do Kalannar? — perguntou Baldur ao ver o guerreiro de Blakenheim ostentando uma capa negra com símbolos arcanos nos ombros.

— É igual, mas não é a mesma — respondeu o recém-chegado. — É a capa do vulturi... do espião de Korangar. Tirei do cadáver do desgraçado. O resto dos itens dele eu entreguei para o Lenor identificar.

— Passou por cima do Agnor?

— Meu mago korangariano de estimação é mais fácil de lidar que o seu — disse Derek, rindo. — Falando nele, o que o Agnor está fazendo?

— Disse que cuidaria de reforçar o castelo voador como fez no combate com o Amaraxas — respondeu o barão. — Falando francamente, até eu que não entendo porra nenhuma de magia acho que será meio inútil termos um geomante em uma guerra travada no ar e no mar. Queria que a Sindel estivesse aqui.

— Sim, e a Rainha Danyanna também cairia bem. Eu avisei o Ambrosius das intenções de Korangar. Ele no mínimo deve ter despachado alguma mensagem para a Morada dos Reis, espero eu.

— Vamos presumir que estamos sozinhos — disse Baldur.

— Já somos mais do que éramos quando invadimos os Portões do Inferno. Temos orcs, alfares e até korangarianos conosco, Baldur. Se eu fosse o Od--lanor, diria que isso nunca aconteceu antes.

— Se você fosse mesmo o Od-lanor, saberia de alguma outra ocasião na história em que isso aconteceu antes. Aquele adamar falastrão vai fazer falta... mas vamos lutar com o que temos e torcer para que seja o suficiente — falou o barão olhando para a Praia Vermelha inteira lá de cima, observando a movimentação nas lanchas, os soldados que se dirigiam para o Palácio dos Ventos, os que montavam defesas para proteger a vila na ausência das forças do baronato.

Baldúria estava quase pronta para ir ao encontro de Korangar. Faltava apenas a tropa alada de Bal-dael.

Baldur vasculhou o céu e notou um movimento que indicou que não faltava mais nada: uma revoada de águias gigantes se aproximava da Praia

Vermelha. O bando circulou até pousar no pátio da rocha flutuante, mas duas delas se desgarraram e se empoleiraram nas ameias do fortim anão, próximo ao torreão guarnecido por humanos. Do torreão oposto, Brutus grunhiu em direção aos recém-chegados, com fome. Carantir precisou chamar sua atenção, e o ogro reagiu ficando quieto. Depois de anos de condicionamento mental através de magia, a criatura estava bem mais dócil, mas de vez em quando os velhos instintos bestiais afloravam, como agora. Carne de alfar era uma de suas iguarias prediletas nos tempos de ogro selvagem.

Uma das águias no torreão veio sem rapineiro; da outra, desceu um elfo arqueiro que se dirigiu para o barão. Era Miriel, veterano do combate com Amaraxas e da campanha contra os orcs de Dalgória. Baldur meio que imaginava que ele seria o escolhido entre os alfares para liderá-los. Um combatente excelente, que não fugia de nenhuma luta.

— Barão Baldur, consorte da Salim Sindel, os rapineiros de Bal-dael se apresentam para a defesa do lar ancestral do ramo Gora-lovoel.

— Bom Sol, Miriel, e que a luz do Surya guie seu voo e suas flechas — respondeu o cavaleiro, misturando a saudação de Krispínia com o cumprimento élfico que aprendeu com a esposa.

— Os rapineiros de Bal-dael reconhecem o Barão Baldur como seu novo líder — disse o alfar, gesticulando para a grande ave ao lado da própria montaria. — Aquela é Amithea, que serviu ao nosso bravo comandante Kendel, e agora é a *sua* águia gigante.

Derek, ao lado do amigo, se divertiu com a expressão de susto no rosto barbudo de Baldur e reconheceu o animal que o transportou na garupa durante o último voo do pobre elfo, que morreu pelas mãos do espião de Korangar.

— Ela já levou dois indivíduos fortes nas costas, Senhor Barão — falou o guerreiro de Blakenheim, usando o tratamento de nobreza diante de um subordinado, mas rindo mesmo assim. — Acho que aguenta o senhor.

— Não, mas eu não posso... Meu lugar é aqui no Palácio dos Ventos, liderando o ataque.

— Nós vimos como o senhor conduzia a Delimira. Poucos alfares voam como o senhor. O lugar do consorte da Salim Sindel é nos céus, liderando os rapineiros de Bal-dael.

— Senhor Barão, se me permite... — disse Derek, puxando o cavaleiro grandalhão pelo braço, e continuou a falar quando ficaram mais afastados do elfo, ainda que ele pudesse ouvi-los com a audição aguçada da raça. — Baldur, você não pretende ficar aqui em cima parado, dando ordens para as balistas, não é?

— Eu ainda não tinha pensado... — começou o barão, que de fato percebeu que ainda não havia se encaixado no plano de ataque, a não ser no papel de comandante.

Mas Baldur sabia que era um homem de ação, do tipo que avançava em carga ao lado dos companheiros. Ele não tinha lugar nas lanchas lá embaixo no mar, por uma série de motivos óbvios; ademais, aquele era o domínio de Sir Barney, o Homem das Águas. E ficar berrando das ameias não apenas não combinava com Baldur, como seria um desperdício de suas capacidades marciais. Ele era mais efetivo em cima de um cavalo, indo de encontro ao inimigo, de espadão em punho. E na falta de um cavalo em um combate como aquele...

— Tem razão — concordou Baldur. — Derek, você pode assumir o comando do Palácio dos Ventos durante a operação?

— Só se você disser para o Kyle que ele e eu dividiremos o comando, porque ele não mudou nada em relação ao castelo voador — respondeu o guerreiro de Blakenheim com um sorriso, olhando para a abóboda de vidro e metal, onde o chaveiro examinava os controles acompanhado pelo kobold, como parte dos preparativos para a guerra.

— Combinado — disse o barão, devolvendo o sorriso.

Baldur cumprimentou o amigo e se virou na direção de Miriel, que fingiu não ter ouvido nada como bom subordinado. Os elfos da tropa alada eram excelentes guerreiros e donos de uma coragem sem igual. O barão se lembrava muito bem do próprio rapineiro diante de si, que havia arremetido contra Amaraxas para tentar arrancar uma das presas do monstro, a fim de refazer a Trompa dos Dragões. O crânio do Primeiro Dragão se encontrava ali mesmo no Palácio dos Ventos, símbolo da derrota de Amaraxas, enquanto Miriel permanecia vivo e vitorioso, empertigado em frente a Baldur.

— Miriel, é com muita honra que assumo o comando dos rapineiros de Bal-dael — disse ele, se aproximando de Amithea para montar nela.

— Levamos a vingança em nossas asas! Levamos a morte em nossas flechas! — bradou o elfo, repetindo o lema da tropa alada criada por Sindel.

Baldur, que achava arco e flecha uma arma desonrosa, ergueu a acha encantada ao subir na águia gigante.

— E eu levo a vingança e a morte nisso aqui também — falou ele, alçando voo e sendo seguido por Miriel.

Os dois seguiram voando enquanto Baldur se acostumava com Amithea e o elfo soprava uma trompa a fim de chamar o resto dos rapineiros para acompanhá-los. Derek observou o bando de guerreiros alados com o olhar e, a seguir, se voltou com um sorriso para Kyle. Ele desconfiava que aqueles eram os últimos momentos de paz antes de a tempestade de Korangar cair sobre eles. *Não*, pensou o guerreiro de Blakenheim.

Era Korangar que sentiria a tempestade de Baldúria.

CAPÍTULO 35

LITORAL DE BALDÚRIA

Sob o céu azul do litoral da costa leste de Zândia, três formas aladas horrendas avançavam bem à frente da Frota de Korangar. As criaturas tinham asas e cabeças similares às de morcegos, mas o focinho chifrudo era tomado por olhos insectoides, que enxergavam em todas as direções. Os corpos esguios como cobras ondulavam pelas correntes de ar entre as batidas das asas, enquanto dois membros com garras se mantinham recolhidos ao tronco para facilitar o voo. Os demônios vultushaii, evocados e controlados pelos demonologistas a bordo do *Exor*, vasculhavam os arredores em busca das defesas áreas de Baldúria, sob ordens do Sumo Magus.

Durante a meditação no sarcófago, nos porões do galeão, Trevor havia recebido a mensagem mística de Korangar relatando que o espião não se comunicou mais com seus superiores; a recomendação do gabinete do Sumo Vulturi era que o líder das forças do Império dos Mortos considerasse um fracasso a missão de roubar o castelo voador de Baldúria. O baronato, pelo visto, manteve suas forças intactas, que ainda contavam com a tropa de elfos alados, segundo relatos anteriores do vulturi no local. E diante da informação de que o vigia no alto do cesto da gávea tinha visto algo estranho no céu, um único objeto grande que surgiu e desapareceu, o lich necromante desconfiou que poderia ser o castelo voador e mandou que a Torre de Demonologia despachasse os vultushaii. Os demônios voadores-observadores transmitiriam o que vissem para os feiticeiros em transe no convés do galeão korangariano, onde Trevor aguardava no momento.

As criaturas eram a antítese daquele cenário composto pelo mar azul-escuro embaixo, o verde intenso da costa ao lado, e a cobertura ensolarada do firmamento azul-celeste. Os vultushaii voavam com ódio de estar naquele ambiente radiante, preferindo singrar os céus negro-arroxeados da dimensão demoníaca de onde foram retirados, onde eram predadores vorazes. Por isso, eles estavam caçando com empenho redobrado o que os mestres mandaram, movidos pela fome de almas e pela expectativa da libertação.

Um dos demônios se agitou quando avistou um grupo de pássaros enormes ao longe. Os vários olhos insectoides captaram a imagem com uma acuidade impressionante, como se o bando de criaturas aladas estivesse a apenas um terço da distância — e essa mesma imagem foi vista na mente da demonologista em sintonia com o vultushai. Sendo observada por Trevor com a infinita paciência de um desmorto, a mulher se dirigiu ao lich.

— Grajda Sumo Magus, avistei os elfos em suas montarias aladas — disse a feiticeira, com os olhos revirados, falando como se estivesse a léguas de distância. — Eles estão se aproximando, em breve nos verão.

— Grajda Sumo Magus — chamou outro demonologista no controle de um dos vultushaii —, há um *humano* entre eles. Voando à frente. De armadura reluzente.

O terceiro mago confirmou as informações quando o vultushai sob seu comando finalmente avistou o que os outros dois tinham visto.

Os olhos sem vida do necromante observaram o céu azul fora da penumbra da Pequena Sombra que avançava juntamente com a esquadra; foi um ato reflexo apenas, sem a mínima esperança de ver a tropa alada de Baldúria. Pelas informações que obteve do Sumo Vulturi, Trevor considerou que o humano deveria ser Baldur, o impetuoso barão que unificou humanos, elfos e orcs naquele canto irrelevante do mundo, e que agora seria o senhor tanto do próprio baronato quanto de Dalgória, o reino que Korangar pretendia tomar para si. Se o tolo estivesse se oferecendo daquela maneira para o inimigo, seria um desperdício não o matar de uma vez e deixar a região sem seu líder militar. E se não fosse ninguém relevante, de qualquer forma aqueles elfos voadores poderiam vir a atrapalhar, ainda que o lich considerasse que os aeromantes jamais deixariam que eles se aproximassem.

O trio de feiticeiros continuou em transe, enxergando através dos olhos dos demônios distantes, esperando uma decisão do líder, que não tardou a vir:

— Mandem um vultushai prosseguir até localizar o castelo voador; os outros dois devem atacar o humano prioritariamente, e depois quantos elfos conseguirem matar.

Os três demonologistas continuaram com expressões impassíveis, apenas concordaram com um "sim, Grajda Sumo Magus" e repassaram a ordem para as criaturas subjugadas. Duas delas foram contra os alvos avistados, enquanto a terceira desceu para passar por baixo do bando de pássaros gigantes e encontrar o que lhe mandaram. Nas mentes bestiais dos demônios voadores-observadores, a raiva pela condição de submissão aos humanos foi canalizada para as futuras presas. Almas seriam devoradas em breve.

Voando em cima de Amithea, Baldur julgou ter visto três pontinhos ao longe que talvez fossem aves marinhas no céu. Ele não sabia dizer se aquela altitude ou distância em relação à costa eram normais para os albatrozes ou pelicanos da Praia Vermelha, e ficou apertando os olhos a fim de conseguir identificá-los, até que a visão apurada do alfar que voava ao seu lado elucidou a questão.

— Senhor Barão, ali — apontou Miriel. — Três rushalins, dois deles acelerando na nossa direção. O terceiro mudou de rumo.

Baldur mal conseguiu enxergar tantos detalhes assim, mas o termo élfico para "demônio" o deixou alerta. *Claro que não seriam apenas alguns albatrozes perdidos.* Ao menos aquilo indicava que as forças de Baldúria estavam no caminho certo e logo encarariam o inimigo. Aqueles demônios deviam ser batedores ou a primeira linha de defesa.

— Há mais do que aqueles três? — perguntou ele.

— Não que eu veja, Senhor Barão. — O alfar nitidamente contraiu os olhos e observou o céu ao longe com mais atenção. — Não mesmo, senhor.

Baldur se voltou para trás e viu ao longe o Palácio dos Ventos em seu avanço lento e constante. As criaturas deveriam ser detidas antes que o avistassem. Os últimos demônios alados que atacaram o castelo voador deram muito trabalho. O barão se lembrou de algum alerta que Agnor ou Od-lanor deram a respeito de monstros daquele tipo, de que eram necessárias armas encantadas ou feitas de aço nobre para machucá-los, mas ele não tinha muita cabeça para detalhes do gênero.

— Eu acho que tenho comigo a única arma capaz de matar aqueles bichos — disse Baldur. — A acha do Rosnak é mágica.

— As pontas de nossas antigas flechas eram feitas de ossos tratados por alquimia, assim como as folhas das nossas letienas — explicou Miriel. — Desde a morte do Amaraxas, as *novas* flechas têm pontas feitas dos ossos do Primeiro Dragão, por orientação da Salim Sindel. São mágicas por natureza, segundo ela.

Um sorriso surgiu no rosto barbudo de Baldur, que se voltou para os demônios, agora finalmente visíveis dentro de seu limitado alcance de visão. Mesmo distante, a esposa feiticeira lutava ao lado dele, de certa forma. Armas desonrosas ou não, aquelas criaturas infernais provariam o poder das flechas dos rapineiros de Baldúria.

— Então ataquem aqueles dois que estão vindo para cima de nós — ordenou ele. — Eu cuido do que está se desgarrando.

Miriel prontamente obedeceu e gesticulou para os treze arqueiros alados que os seguiam. Todos passaram a controlar as águias gigantes com as pernas, enquanto os braços sacavam e preparavam os arcos e flechas. Baldur também se desgarrou da tropa e mergulhou atrás do demônio isolado, a fim de interceptá-lo.

Assim que os inimigos iniciaram os procedimentos de agressão, os vultushaii notaram os gestos, registraram instintivamente como perigo e deram uma última batida vigorosa de asas antes de recolhê-las junto aos corpos serpentiformes e começar a ondular no ar. Os elfos reconheceram que as criaturas se tornaram alvos mais difíceis de ser atingidos, mas não impossíveis. Em superioridade numérica, os rapineiros se espalharam para tentar cercar os rushalins no ar, com o cuidado de não criar uma área de fogo cruzado, mas sim um perímetro de morte para as presas. A primeira saraivada de flechas serviu para medir a distância e compensar a velocidade relativa entre eles, bem como mirar no corpo delgado e agitado dos demônios. Algumas passaram raspando, outras se cravaram nas asas recolhidas, e apenas uma deixou um monstro ferido, mas não gravemente. Quando os rapineiros começaram a executar a segunda revoada, os vultushaii atacaram. As grandes asas de morcego se abriram, e os dois escaparam da zona de morte instantaneamente, indo em direção aos inimigos em meio à manobra de retorno. Os membros que funcionavam ao mesmo tempo como pernas e braços se estenderam, e as garras rasgaram violentamente dois rapineiros. Um foi arrancado da sela com o torso já dividido ao meio, enquanto outro teve a águia abatida com um golpe letal. Um colega rapidamente corrigiu o curso para salvar o alfar cuja montaria morta despencava com ele.

Tão rápido quanto reagiram, os vultushaii novamente bateram as asas e repetiram a manobra de recolhê-las junto ao corpo para em seguida ondulá-lo ao sabor das correntes de ar.

Miriel e os arqueiros alados de Bal-dael não esperavam uma movimentação como aquela; a tropa de rapineiros tinha sido criada e treinada para travar um possível conflito com a Garra Vermelha de Caramir, o genocida de estimação do Grande Rei Krispinus, quando humanos e elfos ainda estavam em guerra. Os alvos teriam sido cavaleiros presos a selas, fáceis de derrubar, e éguas trovejantes sem asas, pouco ágeis. Já aqueles rushalins...

— Fechem o cerco — berrou Miriel. — Não deem espaço para eles!

— Mas vamos nos acertar! — disse o rapineiro mais próximo.

— Então apenas um de nós dispara!

Os demônios tomaram a iniciativa de ataque e partiram para cima das presas mais próximas. Um rapineiro reagiu com uma flechada que acertou a asa de uma criatura antes que ela varasse seu tronco com a garra; o outro alfar preferiu se concentrar em desviar do ataque e foi bem-sucedido.

— Eles estão contra-atacando, *fechem o cerco!* — repetiu Muriel, lançando o olhar no céu à procura de Baldur.

Longe do embate entre o resto da tropa alada e os vultushaii, o barão se aproximou em alta velocidade do alvo e sacou a acha de barba. Assim como os outros dois, o monstro captou a intenção de agressão com a vista aguçada e executou a mesma manobra, abrindo uma distância ainda maior do inimigo, obedecendo a contragosto à ordem da demonologista de continuar em frente, rastreando. Em cima de Amithea, o cavaleiro humano praguejou por não possuir uma arma de arremesso... até se lembrar da propriedade mágica da acha que tinha sido de Rosnak. Ela tinha voltado para a mão de Baldur quando foi lançada contra um orc abusado, que desejou desafiar sua liderança, e de novo na comemoração no Recanto da Ajuda. Mas ali, naquela imensidão do vazio do céu, com o mar gigantesco embaixo, parecia temerário arremessar a arma encantada e arriscar perdê-la.

E naquele momento, o barão se questionou: *quando foi que eu envelheci e me tornei esse guerreiro prudente?*

Com um urro de irritação pelo inimigo ter escolhido fugir em vez de enfrentá-lo, Baldur impeliu a águia gigante mais à frente e, quando considerou estar alinhado ao corpo ondulante do demônio, arremessou a acha com toda a força possível. A arma passou longe do demônio por um cavalo de distância...

... e felizmente retornou para a mão de um Baldur ainda mais irritado.

— Eu não levo jeito para essa *merda* — resmungou ele para a ave gigante e para si mesmo. — Vamos, Amithea.

A águia tinha sido a montaria de Kendel, o antigo líder dos rapineiros, e era a predadora mais experiente do bando. Ela também sabia singrar as correntes de ar e foi atrás da presa com a mesma irritação do humano em suas costas, indignada por conta de a vítima estar escapando. Amithea entrou no vácuo do demônio e começou a tirar a vantagem da distância e velocidade entre eles. Da parte do vultushai, o demônio finalmente localizou o que havia sido mandado encontrar — havia uma estrutura flutuando no céu, relativamente perto.

No convés da nau capitânia da Frota de Korangar, a demonologista em transe enxergou imediatamente o que o demônio voador-observador viu pairando no ar. Com a voz distante por conta da conexão mística, a feiticeira descreveu a estrutura para o Sumo Magus, que reconheceu o castelo voador de Baldúria.

Enquanto isso, no combate aéreo, Amithea finalmente colou no vultushai, e uma das patas agarrou o rabo ondulante do corpo do inimigo. Por instinto, o demônio abriu as grandes asas e usou a guinada para se soltar, mas isso fez com que ele passasse rente à águia gigante... e rente à acha de barba empunhada por Baldur, que desceu a arma com toda a violência possível entre os chifres da criatura, bem no meio de vários olhos insectoides, cuja última imagem foi o rosto raivoso e barbudo de um humano que a baniu de volta para o inferno.

Foi a mesma última imagem vista pela maga korangariana antes de desmoronar com o impacto do rompimento do elo sobrenatural entre ela e o vultushai.

O corpo do demônio nem chegou a se desmanchar no ar, e Baldur já estava girando o rosto a fim de localizar os rapineiros no céu, que ainda tentavam derrotar os monstros. O som do combate ajudou o barão a encontrá-los bem no alto, e antes mesmo de impeli-la, Amithea já havia começado a voar até as companheiras. A montaria e o cavaleiro já agiam como um ser só; por dentro, Baldur sorriu ao considerar a águia gigante embaixo dele. Os dois subiram em direção à luta encarniçada.

Os elfos alados finalmente tinham conseguido implementar a estratégia certa para conter os demônios, apenas se aproximando e se concentrando em desviar do alcance das garras compridas, enquanto um único rapineiro se responsabilizava por flechá-los. Uma das criaturas já tinha três flechas cravadas no corpo, mas nenhuma que causasse um ferimento letal; a outra encontrou uma brecha para escapar e abriu as grandes asas de morcego no vazio, porém esbarrou com a chegada repentina de Baldur e, quando mudou de curso, levou uma flechada certeira na cabeça. O projétil, com a ponta feita de osso do Primeiro Dragão, rompeu a resistência mística da couraça e matou o demônio — ou, na verdade, destruiu sua manifestação terrena e devolveu o vultushai para a dimensão de onde fora evocado.

A criatura sobrevivente ainda tentou um último ataque, mas continuou cercada e foi atingida por um rasante de Amithea, que permitiu que o barão passasse rasgando com a acha encantada pelo dorso do demônio até a cabeça chifruda e cheia de olhos. Quando a arma saiu do corpo, o vultushai já estava se desfazendo no ar.

Os rapineiros se reagruparam; aquele que ficou sem montaria assumiu a águia gigante de um dos dois combatentes mortos na luta. Miriel se aproximou do líder humano e deu o relatório das baixas, com pesar visível no rosto élfico delicado. Acostumado ao convívio com os alfares e ciente da necessidade natural que soldados de qualquer espécie — fossem humanos, elfos, orcs ou anões — tinham de honrar companheiros caídos, Baldur aguardou que Miriel completasse uma pequena elegia aos rapineiros abatidos. O lamento em forma de poema declamado durou o suficiente para o Palácio dos Ventos ser visto a olho nu no horizonte.

— Temos que continuar caçando a frota inimiga — disse o barão ao fim da homenagem. — Aqueles demônios eram claramente batedores, e quem os controlava não deve estar longe.

Pouco tempo de voo depois, o rapineiro que voava no outro flanco de Baldur alertou:

— Vejo uma nuvem negra sobre o mar, destacada do céu.

— Não era o que procurávamos, Senhor Barão? — perguntou Miriel, ao lado do humano.

— Pelo que o Capitão Blak informou, sim. Agora vamos nos aproximar e ver o tamanho do problema. — Ele se dirigiu para um rapineiro. — Retorne ao castelo voador e mande que ele pare até voltarmos com as informações. Chegou o momento de ver a fuça feia de Korangar e saber como vamos bater nela.

Enquanto o elfo obedecia à ordem, os outros onze rapineiros e o líder humano rumaram em direção à nuvem escura que contrastava com o céu claro da região, afastando das mentes a ideia de que já haviam perdido combatentes antes mesmo de a guerra começar.

No convés do *Exor*, Trevor deu uma última olhada para um ponto distante do céu, deixou os demonologistas caídos atrás dele, desmaiados por causa da interrupção do contato místico com os vultushaii, e se aproximou do comandante da esquadra.

— Grajda Comodoro, os inimigos foram avistados e estão a caminho — disse o lich em uma voz pigarrosa e sem emoção. — Dê ordem de parada total para as dromundas. O *Exor* seguirá em frente para enfrentar as forças de Krispínia com o poder das Torres de Korangar.

Miranor estranhou o comando e se viu sem jeito de contradizer uma ordem direta do líder da invasão, mas não teve escolha.

— Grajda Sumo Magus, o *Exor* ficaria sem o apoio da frota...

— Os videntes previram que as dromundas sofrerão um ataque por mar — explicou Trevor com os olhos mortos voltados para as belonaves lá atrás. — Elas carregam o exército de Reanimados que vai nos garantir um reino. São nosso bem mais precioso e devem ser preservadas. O *Exor* bastará para conter o inimigo sem arriscar nossas tropas.

A seguir, o necromante se virou para o comandante lentamente, e a voz dessa vez saiu assertiva, imbuída de um vigor sobrenatural.

— Que essa seja a última vez que o senhor refuta uma ordem minha, Grajda Miranor. Ao menos *em vida*, logicamente.

— Salve, Exor — disse o Comodoro, prontamente.

— Salve, Exor — respondeu o lich, voltando à calma gélida anterior.

O Exor, *de fato, vai nos salvar*, pensou Trevor.

CAPÍTULO 36

LITORAL DE BALDÚRIA

A tropa de rapineiros se aproximou do que tinha sido apenas uma grande nuvem negra no céu, mas que agora se apresentava como um gigantesco nevoeiro escuro sobre o mar, como uma campânula de neblina encobrindo alguma coisa — e Baldur bem sabia que a Frota de Korangar estava escondida ali, embaixo daquela cobertura que com certeza era oriunda de feitiçaria, mesmo para seus olhos leigos. Mas os defensores do baronato não chegaram até ali com duas baixas para voltar sem ter visto nada. Magia ou não, o barão saberia o tamanho e a composição da esquadra inimiga.

Ele estava prestes a ordenar que os rapineiros circundassem o nevoeiro antes de penetrá-lo quando um deles notou e apontou para uma silhueta quase invisível surgindo na borda da bruma negra. Somente a visão aguçada de um elfo conseguiria discernir alguma coisa naquela massa turva, mas subitamente começaram a surgir pontos brilhantes na névoa que chamaram a atenção de Baldur.

E os pontos brilhantes viraram relâmpagos que saltaram na direção dos guerreiros de Baldúria.

O raio cegante passou perto do cavaleiro humano e atingiu mortalmente um elfo na fila detrás; outros dois tiveram o mesmo fim enquanto alguns relâmpagos cruzaram o vazio, sem fazer vítimas. Imediatamente, a tropa alada inteira se dispersou em manobras evasivas, mas o voo começou a ser prejudicado quando o ar em volta da neblina ganhou força e o vento passou a açoitá-los com selvageria. As águias estavam tendo dificuldade para bater asas e foram arremessadas para longe, com os alfares em cima lutando para se manter nas selas.

Baldur e Miriel gesticularam para os companheiros mais próximos, uma vez que estava impossível ouvir ou ser ouvido. A tropa tinha sido espalhada e subjugada pelos elementos, e novos pontos de luz surgiram no convés do navio que agora havia saído completamente do nevoeiro escuro — um imenso galeão de velas negras e entalhes prateados que cintilavam em contraste com a madeira escurecida. Os relâmpagos não foram certeiros desta vez, pois o vento forte tornava os rapineiros alvos muito erráticos, mas o recado de Korangar tinha sido passado, recebido e assimilado.

Os defensores de Baldúria seriam dizimados se continuassem ali.

Quando recuperou o controle de Amithea, o barão sacou a trompa de comando presa à sela, tomou fôlego e soprou a plenos pulmões o comando de retirada. Ele se sentia irritado, derrotado, humilhado, triste — uma sucessão de sentimentos ruins dentro do peito de quem esperava ter dado um simples rasante pela esquadra inimiga, causado algum salseiro e voltado com as informações necessárias para implementar um plano de ataque. Agora, Baldur estava retornando com o rabo entre as pernas, com sete baixas na tropa de rapineiros sob seu comando, e com a certeza de que ela seria inútil no combate vindouro, pelo menos até que o poderio mágico de Korangar fosse neutralizado. Ele pensou em Sindel, mas, sem contato com a esposa feiticeira, teria que se contentar com Agnor.

Fugir com esse pensamento na mente foi mais frustrante do que ver a missão de reconhecimento fracassar.

Na nau capitânia de Korangar, Trevor observou os aeromantes apoiados na amurada. Os feiticeiros elementalistas do ar estavam exaustos por causa do esforço de moldar a Pequena Sombra a fim de esconder as dromundas e depois atacar a tropa aérea inimiga. O necromante gesticulou para que os alquimistas se aproximassem com beberagens fortificantes, com o intuito de recuperar os aeromantes para o conflito; ele sabia que aquela tinha sido uma mera incursão para espiar as forças da Nação-Demônio e que em breve o famoso "castelo voador de Baldúria" chegaria de fato. Para conter o ataque por mar previsto pelos videntes, o Sumo Magus mandou que os aquamantes ficassem a postos. Como a esquadra se encontrava em parada total, os feiticeiros elementalistas da água estavam relativamente descansados em comparação com os colegas que controlavam o ar.

Os recursos das Torres de Korangar tinham que ser usados com parcimônia e sabedoria, e isso Trevor tinha de sobra. Ele contemplou os magos à disposição no convés, mas interrompeu o raciocínio estratégico ao sentir novamente o contato intruso da mesma emanação de ódio que havia percebido anteriormente, quando esteve meditando dentro do sarcófago no porão do galeão, só que agora com mais intensidade. O sentimento vinha de criaturas que estavam mortas e desejavam ser reanimadas para se vingar. E a emanação não somente estava mais forte, como mais *próxima*. Visto que as belonaves korangarianas estavam paradas, isso significava que a fonte do rancor e da ânsia por revanche estava a caminho.

O lich necromante deu as últimas ordens necessárias para os magos e o Comodoro Miranor, e a seguir se retirou a fim de realizar um ritual que elucidasse aquele mistério — e que o permitisse usar as criaturas a favor do Império dos Mortos, se fosse o caso.

PALÁCIO DOS VENTOS, LITORAL DE BALDÚRIA

Ao se aproximar do castelo voador, Amithea deu um rasante e pousou diante da entrada do fortim, juntamente com o que sobrou da tropa dos rapineiros. Do alto das ameias, Derek Blak viu o gesto de Baldur, que apontou a grande abóbada de vidro e metal atrás dele, indicando que haveria uma reunião na Sala de Voo. Era curioso, visto que as discussões de combate geralmente se davam no salão comunal, no térreo, sob o olhar das cabeças de dragões abatidos havia séculos pelo Palácio dos Ventos. O barão provavelmente queria envolver Kyle, que continuava no comando da rocha flutuante ao lado do kobold, na conversa. Pela maneira com que Baldur desceu intempestivamente da águia gigante e entrou no fortim anão com passos largos e pesados, ele não trazia boas notícias. O rapineiro Miriel já havia retornado com o relato de duas baixas no primeiro encontro com as defesas de Korangar, e o guerreiro de Blakenheim notou o número ainda mais reduzido de elfos arqueiros que voltaram da incursão — outro mau sinal. Derek olhou para o interior da abóbada e, antes de sair das ameias, abriu um sorriso para o rapaz compenetrado na gaiola de controle do Palácio dos Ventos, com a suspeita de que o ambiente ficaria pesado em breve.

Baldur entrou na Sala de Voo acompanhado por Agnor, que ele catou no meio do caminho, e contou o que ocorreu. Assim que ouviu o relato, Derek confirmou sua desconfiança anterior: o ambiente ficou soturno, ainda que o salão dos mapas estivesse exposto ao brilho do sol.

— Os aeromantes devem estar muito cansados por controlar a natureza daquela forma — opinou o geomante, quebrando o silêncio.

— Mesmo assim, pretendo poupar os rapineiros para um momento de maior necessidade — disse Baldur. — Não vou arriscá-los novamente. Aqueles magos filhos da puta quase destruíram a tropa mais rápido do que o Amaraxas. Vou mandar o Sir Barney abordar a nau capitânia e matar os feiticeiros para termos uma chance.

— Aí os aquamantes farão com as lanchas o mesmo que os aeromantes fizeram com os rapineiros — falou Agnor. — Eu *disse* que isso aconteceria na última reunião, e você não me deu ouvidos. O sangue dos elfos mortos está nas suas mãos, Baldur, e você terá o sangue dos pescadores e orcs também se não me escutar outra vez.

O barão pareceu ficar com o dobro do tamanho, bufou, olhou feio para o korangariano... mas não disse nada. Por dentro, ele sabia que o feiticeiro irritante estava certo. Baldur tinha sido superado pelo inimigo no primeiro confronto e não estava lidando bem com isso, especialmente por causa das baixas. *Talvez esse fosse o motivo de a reunião só envolver os Confrades do Inferno; ele quis se sentir à vontade para admitir erros e pedir ajuda*, pensou Derek.

— Isso vai me atormentar para sempre, mas é um lamento para outra ocasião — disse Baldur, igualmente incomodado por ter que dar o braço a torcer para Agnor. — Vou manter as lanchas na reserva também. Não sei o que nos aguarda sob a cobertura do nevoeiro. Se essa fosse uma guerra tradicional em terra firme, eu diria que aquilo seria como uma floresta que esconde uma tropa reserva de cavaleiros. Já estive presente em muitos combates vencidos assim, surgindo como elemento-surpresa.

— Pelo que vi em Kangaard, suponho que eles estejam escondendo as dromundas com desmortos lá dentro — falou Derek —, mas não há como saber *o que mais* possa estar encoberto. É possível neutralizar aquela névoa, Agnor?

— Se fosse evocada por um único aeromante, ainda que seja outro elemento, eu teria boa chance de conseguir — respondeu Agnor. — Seria apenas o embate de um feiticeiro contra outro, mas, no caso, pela descrição do Baldur, eu calculo que haja pelo menos dez aeromantes em ação coordenada, tendo realizado um grande ritual. Até para mim é impossível.

A expressão azeda do korangariano se juntou ao semblante frustrado do barão. Ambos estavam admitindo limitações e erros e não estavam gostando, especialmente diante de um revés que apontava para uma futura derrota. O inimigo parecia invencível.

— E aquela sua ideia de usar o castelo contra os barcos, Baldur? — disse Kyle, se manifestando pela primeira vez. — As ondas não nos atingem aqui em cima, e duvido que eles conjurem uma ventaria tão poderosa capaz de deter uma pedra gigante. Não comigo e o Na'bun'dak no controle.

O kobold soltou um guincho animado do alto da gaiola de controle, que se somou ao semblante radiante do rapaz. Para aqueles dois, não havia má notícia que tirasse a confiança deles no Palácio dos Ventos e na própria condução da estrutura. Ter enfrentado e derrotado um dragão dava esse tipo de firmeza e otimismo. Derek não evitou um sorriso.

— Também considerei isso no caminho para cá — falou o barão em tom raivoso, apontando para fora, com um ar de decisão tomada. — Sim, isso mesmo. Vamos usar o castelo voador como um cravo no casco de um cavalo. Vamos martelar em cima daquele navio cheio de magos desgraçados até ele se despedaçar e afundar. Depois, vamos repetir isso com todas as outras embarcações, não importa quanto tempo leve, até que eles voltem correndo para Korangar ou estejam todos no fundo do mar. Cansei dessa merda.

Baldur lançou um olhar desafiador para Agnor, que foi contra um plano parecido com esse na última reunião, como se o provocasse a contestá-lo novamente. Em vez disso, porém, o feiticeiro mudou de tom.

— A integridade elemental da pedra *deve* aguentar, segundo minhas últimas análises místicas. E eles terão um número reduzido de geomantes a bordo, se é que trouxeram algum para uma operação naval... e eu certamente sou mais poderoso que qualquer outro ex-colega das Torres de Korangar.

— Você consegue fazer essa manobra, Kyle? — perguntou o barão.

— Sem problema algum — respondeu ele, empolgado. — É como se eu fosse pousar na praia, só que vou pousar no mar esmagando um navio embaixo da gente.

Baldur e o rapaz deviam ter compartilhado a mesma imagem mental da belonave inimiga sendo feita em pedaços pelo peso descomunal da pedra flutuante, porque abriram um sorriso ao mesmo tempo.

— Ótimo, vamos dar início então à Operação Cravo — disse o barão. — Eu vou voar até o Barney para informá-lo de que as lanchas ficarão na reserva. Sei que ele e os orcs não vão gostar de ficar de fora da ação, mas ninguém mais vai morrer inutilmente contra Korangar. Eles e os rapineiros terão sua chance matando os korangarianos que estiverem tentando sobreviver a nado.

Baldur olhou para os três Confrades do Inferno presentes com uma expressão decidida e saiu da Sala de Voo com os mesmos passos largos e pesados com que entrou. Kyle subiu a escada de quebra-peito que levava à gaiola circular de onde dividia o comando do castelo voador com o kobold e começou a trocar ideias com a criatura a respeito das manobras necessárias para realizar a tal "Operação Cravo". Ele fechou o punho e desceu sobre a mão espalmada, para explicar melhor o conceito para Na'bun'dak, que reagiu com o que devia ser uma risada em kobold, com os olhos reptilianos brilhando.

Derek deixou o recinto meio taciturno, uma reação que não escapou à observação de Agnor, que o seguiu pelo corredor.

— Você não parece depositar muita fé no plano do nosso "barão"... — comentou o mago em korangariano, aproveitando a oportunidade.

O guerreiro de Blakenheim sentiu que precisava desabafar; preferia que Jadzya estivesse ali com ele em vez de ter ficado com os refugiados, e certamente não escolheria *Agnor* como ombro amigo. Mas o geomante era parte daquela história desde o início, por bem e por mal, e entenderia melhor do que ninguém.

— Não muita, na verdade. Acho que... — Derek pensou em comentar que a sabedoria e temperança de Od-lanor estavam fazendo falta, mas tinha noção do desprezo que Agnor nutria pelo bardo — ... que o Baldur é um ótimo líder, isso já está mais do que provado, mas falta agir com a cabeça de vez em quando...

— É para isso que o svaltar serve — falou Agnor. — Aqueles dois se complementam. O Kalannar só pensa no resultado; o Baldur só pensa nas pessoas. Não sou um admirador em especial do elfo das profundezas, e ele se dá mais importância do que merece, mas o Kalannar funciona como o contraponto à inocência daquele ignorante simplório. É como um encantamento, um encadeamento ritmado de palavras arcanas de poder. E agora alguma coisa está faltando para a magia dar certo...

O guerreiro de Blakenheim ficou surpreso, não só pelas palavras de Agnor como por ele ter falado tanto a respeito de outro assunto que não fosse a própria pessoa ou o próprio poder. E se viu obrigado a concordar com o korangariano rabugento e mesquinho, o que o deixou novamente abismado. Todos os momentos de triunfo da Confraria do Inferno nasceram de um plano em conjunto do cavaleiro humano e do assassino svaltar... com Od-lanor agindo como fiel da balança entre os dois.

Agora ele temeu que aquele desequilíbrio levasse Baldúria à derrota.

— Então só nos resta torcer — respondeu Derek Blak — para que a nossa magia seja mais forte que a do inimigo.

Ele se retirou para coordenar a ação dos soldados nas balistas, sentindo a cabeça mais quente do que no início da reunião.

CAPÍTULO 37

PALÁCIO DOS VENTOS, LITORAL DE BALDÚRIA

A grande redoma de neblina finalmente já estava visível por todos os ocupantes do Palácio dos Ventos. Kyle havia anunciado pelos tubos de comunicação assim que avistou o inimigo, e Baldur e Derek correram para deixar as defesas a postos. Os rapineiros, não querendo ficar ociosos, pediram uma função ao líder, e o barão colocou os elfos arqueiros na operação das balistas ao redor do pátio, dividindo o serviço com os soldados. Os alfares certamente tinham mais precisão e acuidade visual que os humanos, que por sua vez eram mais fortes no municiamento e acionamento das balistas. Juntas, as duas raças trabalhariam melhor nas armas, e os rapineiros se sentiriam úteis. O plano era que os quadrelos conseguissem atingir os magos korangarianos no convés da nau capitânia para impedir que lançassem encantamentos contra o castelo voador.

Mas as defesas de Baldúria tiveram que entrar em ação bem antes disso.

Foi Agnor que alertou a respeito do perigo, minutos antes de os olhos élficos nas balistas perceberem o problema que se aproximava. Acompanhado por Samuki, ele foi procurar Baldur nas ameias, onde o cavaleiro blindado vasculhava o oceano com um olhar fixo e ansioso.

— Uma horda de demônios da espécie gamenshai está vindo em nossa direção — disse o feiticeiro.

— Do tipo que atacou os rapineiros antes? — perguntou o barão, sem entender as nomenclaturas arcanas.

— Pelo que você descreveu, não. Esses são demônios alados maiores, criados para combate. Pela quantidade de criaturas a caminho, os demonologistas devem estar exauridos. Eu consigo banir alguns, mas não todos, e ficarei igualmente exausto para cuidar da rocha flutuante.

— Eu preparei um queijo especial para você que o levantaria dos mortos — disse Samuki para Agnor. — E um mingau fortificante também, abençoado por Midok.

— Poupe suas forças — falou Baldur. — Pelo jeito, vou ter que decolar com os rapineiros outra vez.

— Vocês serão *massacrados* — rosnou o korangariano. — Flechas são armas delicadas contra a couraça e o tamanho dos gamenshaii, não importa que estejam com ossos de dragão na ponta. Nem essa sua acha orc, aí na cintura, faria grande estrago.

A sacerdotisa indicou com o rosto as duas armas anãs ancestrais que guarneciam os torreões e falou:

— Midok abençoou as balistas. Elas darão cabo dos demônios.

— Eles são muitos para... — começou Agnor, que foi interrompido por dois alertas, quase simultâneos.

— Rushalins! — berrou Miriel lá embaixo, no comando de uma balista.

— Tem um bando de monstros no céu! — irrompeu a voz de Kyle por um tubo de comunicação. — Estão vindo rápido para cá!

Baldur olhou para o conjunto de balistas comuns lá embaixo, as "mata-cavalaria", e se voltou para a anã.

— Você pode, digo, *Midok* pode abençoar aquelas armas? — perguntou o barão, apontando para elas.

Samuki torceu o rosto miúdo e delicado, com uma leve penugem facial, sem o buço farto que outras anãs ostentavam. Ela tinha um pouco de vergonha da aparência, um dos motivos de ter escolhido uma vida fora da sociedade de Fnyar-Holl e um companheiro humano que não a julgasse por isso.

— A benção do Mão-de-Ouro não deve ser concedida a objetos de manufatura inferior, a não ser que haja uma *compensação* que...

— Senhor Barão, suas ordens? — gritou Miriel no pátio.

— Baldur, vou para cima ou recuo? — A voz de Kyle saiu novamente pelo tubo nas ameias.

Agora a massa de silhuetas demoníacas estava visível até para Baldur. As criaturas eram *grandes* mesmo. O barão nem parou para ver os detalhes, apenas mandou que Kyle recuasse. Eles precisavam ganhar tempo para que a anã gananciosa fizesse o que tinha que fazer. Ela e Agnor realmente faziam um casal perfeito.

— Samuki — disse Baldur impaciente, passando a manopla pelo rosto barbudo —, pelo amor que Midok tem por ouro, desça e conceda a bênção de seu deus às nossas balistas.

Agnor posicionou o corpo para que o barão não o visse e se virou para ela com um olhar de súplica. A sacerdotisa entendeu que ele também corria risco — que *os dois* corriam risco, na verdade. Ela ergueu o rosto para o humano blindado que era, afinal de contas, um grão-anão reconhecido e abençoado por seu deus.

— Está bem — falou Samuki. — Apenas avise ao svaltar que ele vai abrir os cofres depois dessa.

A sacerdotisa de Midok desceu das ameias com o máximo de rapidez que as pernas curtas permitiam, seguida pelo geomante de Korangar. Baldur permaneceu ali em cima, a fim de coordenar os disparos das duas balistas anãs dos torreões; mesmo que elas fossem insuficientes para deter a horda alada, era melhor do que simplesmente recuar. O barão ficou dando ordens na balista manejada por arpoadores da Praia Vermelha, homens de confiança de Sir Barney, enquanto Carantir e Brutus, mais experientes, operavam a outra arma sozinhos. Os quadrelos saíram deixando um rastro dourado no céu, sinal da benção de Midok, em direção ao bando de demônios que se preparava para mergulhar contra o castelo voador. Baldur viu dois gamenshaii serem trespassados e morrerem na mesma hora. Com a proximidade, o barão teve que admitir que as flechas realmente teriam dificuldade em derrubá-los, pois os monstros eram parrudos e revestidos por uma carapaça ossuda grudada à pele grossa sobre músculos protuberantes. Ele agradeceu por essa espécie não ter saído dos Portões do Inferno durante o primeiro voo do Palácio dos Ventos, pois, na ocasião, eles não conseguiriam matar demônios tão fortes apenas com espadas. Mas os quadrelos das armas anãs tinham varado a pele de Amaraxas, o Primeiro Dragão, e as balistas lá embaixo — já sendo freneticamente encantadas por Samuki, como o barão percebeu — foram feitas para derrubar cavalos e cavaleiros blindados.

Korangar podia ter surpreendido Baldúria no primeiro confronto, mas o pequeno baronato também guardava surpresas para o inimigo.

— Kyle — disse Baldur pelo tubo de comunicação, enquanto a equipe de pescadores remuniciava a balista, em sincronia com a arma do torreão oposto

—, recue mais e suba o castelo. Alinhe o pátio com os demônios, para mantê-los no alcance das armas.

Balistas eram pesadas e tinham ângulo de disparo limitado; a mira não podia ser corrigida com a rapidez e o alcance de um arco e flecha. Se os monstros se espalhassem ou viessem muito por cima, elas não teriam como disparar. Felizmente, não apenas Kyle era hábil no controle do Palácio dos Ventos, como aqueles gamenshaii eram tão estúpidos quanto fortes. Ainda que mais outros dois companheiros acabassem de ter sido alvejados e mortos pelas armas do castelo voador, eles não alteraram o mergulho inicial, apenas rugiram com mais ódio e bateram as asas triplas que sustentavam o voo dos corpanzis.

Sob o comando de Miriel, as primeiras balistas abençoadas pela sacerdotisa anã efetuaram disparos contra a massa de demônios que já estava prestes a alcançar o Palácio dos Ventos. A mira dos rapineiros foi precisa, como se esperava deles. Um por um, os gamenshaii foram sendo abatidos. Derek e Agnor deram segurança para Samuki e os rapineiros, atraindo para si os primeiros monstros que chegaram. O feiticeiro de Korangar terminou um cântico mágico na língua infernal, e as palavras nefastas de poder chamaram a atenção de um gamenshai que havia passado pela zona de abate antes que ele atacasse uma equipe de rapineiros. A criatura, mentalmente confusa pelo encantamento de Agnor, ensejou um rasante para cima dele, mas o guerreiro de Blakenheim estava de prontidão com os gládios encantados nas mãos. Ele se adiantou e abriu dois talhos no ventre carnudo do demônio, mas sentiu a resistência do couro grosso e não penetrou em nada vital. O gamenshai, ainda aturdido e tentando se concentrar em Agnor, desferiu um golpe a esmo, que teria dividido Derek ao meio se tivesse acertado. Ele se esquivou da pata, entrou na guarda do monstro e cravou um gládio na garganta exposta, embaixo da bocarra. Quando o guerreiro puxou a lâmina, o demônio já estava em processo de se desmanchar.

Ao redor de Agnor e Derek, a revoada de demônios tinha sido contida pela ação das duas balistas anãs no alto dos torreões e pelas mata-cavalaria no entorno do pátio do Palácio dos Ventos. O rastro dourado dos últimos projéteis ainda cintilava no ar enquanto os gamenshaii abatidos por eles eram banidos para a dimensão demoníaca de onde foram convocados pelos korangarianos. Da boca dos defensores de Baldúria saíram manifestações de comemoração, indo de uma canção élfica de vitória aos simples impropérios berrados pelos humanos.

Eles conseguiram a primeira vitória no exato momento em que o castelo voador finalmente avistou a Pequena Sombra que escondia a Frota de Korangar. Empolgado, Kyle alertou Baldur, que recebeu a confirmação dos rapineiros na borda da pedra flutuante, ainda em meio à celebração pela derrota dos demônios, desta vez sem baixas para o lado do baronato.

O barão se virou para o chaveiro e desceu a manopla blindada no ar, num gesto simulando uma martelada, dando o sinal para o início da Operação Cravo. Como que em resposta ao golpe, o Palácio dos Ventos tremeu e sofreu um solavanco sem sentido, uma vez que Kyle ainda não havia alterado o curso para realizar o ataque.

O castelo voador sacolejou uma segunda vez, e um rangido metálico acompanhou as exclamações de susto de quem tentava se equilibrar. Em seguida ao ruído agudo, veio o som ensurdecedor de um urro gutural que ecoou como se contivesse todo o ódio do mundo e desse voz a um sentimento de vingança imensurável.

Os defensores de Baldúria não ouviam aquele rugido sobrenatural há quase uma década, mas era inesquecível.

Era o urro de Amaraxas, o Primeiro Dragão.

O Comodoro Miranor retirou novamente o *Exor* da cobertura da Pequena Sombra como havia sido instruído pelo Sumo Magus Trevor. No convés, o lich necromante continuava em transe, com os braços esqueléticos apontados para o céu, realizando um gestual arcano. O comandante da nau capitânia da Frota de Korangar ergueu o olhar e acompanhou a direção para onde Trevor apontava. O que ele viu impressionou até mesmo um homem nascido e criado em um reino onde o convívio com desmortos era natural, onde feitos mágicos eram lugar-comum: um crânio gigantesco de dragão se debatia furiosamente em uma estrutura de metal presa a uma rocha voadora de proporções monumentais. A visão de Miranor, apurada em anos de navegação, custou a absorver todos os detalhes da cena, e ele se permitiu uma exclamação de surpresa. O comodoro havia sido informado de que eles iam contra um "castelo voador", mas não espera ver *aquilo* — e muito menos a cabeça descarnada de um dragão do tamanho do *Exor* ganhando vida graças aos poderes do Sumo Magus.

Trevor também nunca havia sonhado reanimar uma criatura daquela magnitude. Séculos de estudo necromântico confluíram para aquele momento apoteótico, e o lich necromante se encontrava dividido entre o êxtase e a exaustão. Conduzir a transição da morte para aquele novo estado de existência estava exigindo tudo que o Sumo Magus tinha para oferecer, e havia mais criaturas querendo fazer a mesma passagem...

Na Sala de Voo, Kyle levou um susto sem tamanho quando o Palácio dos Ventos estremeceu como se tivesse colidido. Mas não havia *como* o castelo voador ter batido em alguma coisa em pleno ar, sem nada ao redor. A mente logo imaginou algum efeito mágico lançado pelos korangarianos, algo que ele não conseguia enxergar de dentro da abóbada no topo do fortim, do alto da gaiola de controle. Ele trocou um olhar intrigado com o kobold e observou os indicadores darem sinal de que havia algo de errado com o sistema de condução. O rapaz se voltou para os tubos de comunicação, dividido entre perguntar para Baldur o que estava acontecendo lá fora ou entrar em contato com alguém na sala das caldeiras, a fim de averiguar se havia algum problema lá embaixo, mas o gesto foi interrompido por um som que ele torceu para nunca mais ouvir na vida.

O urro de Amaraxas fez tremer novamente toda a estrutura de vidro e metal que protegia os dois operadores do Palácio dos Ventos. Ao se recuperar do susto, Kyle se virou imediatamente para Na'bun'dak, que da última vez que ouviu o som do monstro havia entrado em pânico e abandonado o posto. O kobold dava sinais de que novamente cederia ao temor primal que sentia em relação ao Primeiro Dragão e estava começando a sair do assento, mas foi detido pelo tom de voz do amigo humano.

— Na'bun'dak! — gritou Kyle. — Não saia daí!

A criaturinha soltou um guincho assustado e se encolheu, olhando nervosamente para a saída da gaiola e a porta da grande câmara, por onde ainda pretendia escapar.

— Na'bun'dak! Aqui é o melhor lugar para se proteger — disse o chaveiro, com a voz firme, mas em tom amigável, ainda que não acreditasse que Amaraxas pudesse ter voltado dos mortos. — Nada aconteceu com você da última vez, lembra?

Enquanto o kobold concordava com a cabecinha reptiliana, para alívio do companheiro, Kyle decidiu chamar Baldur, a quem conseguia enxergar nas ameias, mas outro solavanco forte fez com que ele se agarrasse às alavancas e tentasse estabilizar o castelo voador. Por instinto, Na'bun'dak repetiu o mesmo gesto, e a necessidade de manter o Palácio dos Ventos sob controle abrandou o medo ancestral que o atormentava. Juntos, humano e kobold lutaram para manter estável o castelo voador, que aparentemente estava colidindo com alguma coisa. Eles sentiam a estrutura inteira tremer, mas nada daquilo fazia sentido.

— Baldur! — chamou ele pelo tubo de comunicação, finalmente. — O que está acontecendo? Que *rugido* foi esse?

— Eu não sei — respondeu Baldur, parecendo atônito. — Não dá para ver daqui de cima. Vou descer.

O barão notou que Derek e Miriel passaram pelas balistas e foram para o limite do pátio rochoso. Era de lá que vinha o rugido de Amaraxas, e a mente de Baldur se negava a acreditar no que estava considerando. Ele precisava ver para crer, ou pelo menos tirar a dúvida com Agnor. O korangariano estava correndo para o interior do fortim, acompanhado por Samuki. *Ótimo*, pensou o barão. Eles se encontrariam no salão comunal. Um novo abalo quase derrubou a forma blindada de Baldur, que se apressou a sair das ameias.

Fora do castelete anão, os dois solavancos iniciais surpreenderam os humanos e elfos que ainda comemoravam a vitória contra os gamenshaii. O rugido assustou os defensores de Baldúria; apenas Samuki, que não esteve presente quando Amaraxas enfrentou o Palácio dos Ventos, não reconheceu o som do monstro. A impressão geral era de que um pesadelo do passado havia retornado, e muitos ali haviam perdido amigos e parentes no combate contra o Primeiro Dragão. O urro sobrenatural trouxe à tona medos e traumas, e somente o estado de alerta causado pelo combate que mal havia se encerrado fez com que Derek, Agnor e os demais guerreiros operando as balistas mata--cavalaria se recuperassem da surpresa. Eles se entreolharam, incrédulos, ainda que o mago de Korangar fizesse uma boa ideia do que poderia estar acontecendo. Antes que começasse a falar alguma coisa, Agnor viu a companheira anã correr na direção da porta do fortim, de onde brotava a criadagem, em pânico. Do interior do castelo voador ecoavam outros rugidos semelhantes, ainda que abafados. O feiticeiro também fazia uma boa ideia do que estava ocorrendo lá dentro.

— Samuki, não! — gritou ele, mas a sacerdotisa já estava quase entrando, e Agnor se viu obrigado a segui-la, praguejando em korangariano.

Derek viu o geomante indo embora, tentou chamá-lo, mas preferiu descobrir por conta própria o que estava acontecendo do lado de fora do Palácio dos Ventos. Dali do céu, era possível ver um galeão de Korangar em frente ao nevoeiro em formato de redoma, mas ele estava mais preocupado com o urro de Amaraxas que acabara de ecoar. A mente fez a conexão entre o Império dos Mortos e o crânio do Primeiro Dragão pendurado na rocha flutuante — e o guerreiro de Blakenheim não gostou da conclusão a que chegou. Ele e Miriel passaram pelas balistas, pelos alfares e humanos, chegaram ao limite do pátio rochoso... e testemunharam um milagre terrível.

O crânio de Amaraxas estava se mexendo, lutando contra os suportes de ferro que o prendiam à face rochosa da pedra flutuante. A cada movimento, a força descomunal da cabeça descarnada abalava as estruturas e reverberava por todo o Palácio dos Ventos, que acusava os golpes como se estivesse colidindo com o próprio monstro vivo. O Primeiro Dragão estava irritado por não conseguir se soltar, furioso pelo estado de impotência, agitado por estar sentindo uma emanação especial, vindo de uma criatura agora tão desmorta quanto ele. Após tanto tempo hibernando, e depois morto, Amaraxas finalmente estava muito próximo de sua parceira ancestral, Neuralas.

Neuralas, cuja cabeça pendurada como troféu no salão comunal do castelo voador também havia sido reanimada pelos poderes necromânticos de Trevor, juntamente com os outros crânios de dragão que decoravam o ambiente.

Agnor já desconfiava que isso havia acontecido, mas confirmou da pior forma possível quando entrou no recinto e viu Samuki sendo acossada pelos espólios da Grande Guerra dos Dragões. As cabeças rugiam, rosnavam e mordiam no ar, também impotentes, sem conseguir se soltar, sem possuir um corpo para se locomoverem — e extremamente furiosas por isso. Preservadas pela alquimia dos anões, servindo como troféus de Fnyar-Holl, as cabeças eram imensas, mas nem de longe gigantescas como a de Amaraxas, o mais poderoso da espécie. Elas não conseguiam morder ninguém, mas algumas estavam a ponto de se soltar, e o que seriam capazes de fazer uma vez que caíssem no chão era uma incógnita.

E a sacerdotisa anã não pretendia obter a resposta para essa pergunta.

Samuki ergueu a manopla dourada que representava a mão de ouro milagrosa de seu deus e começou a evocar o nome de Midok em uma prece sagrada, com o intuito de banir as forças necromânticas que reanimavam aqueles restos de monstros e pervertiam a ordem natural das coisas. A voz da anã ecoou acima dos sons inaturais das criaturas desmortas, uma reza forte movida pela devoção na luz purificante do ouro, capaz de expurgar as energias das trevas. O rosto de Samuki ficou vermelho, lágrimas saíram dos olhos, e o punho cerrado na manopla tremeu enquanto dela se irradiava uma força purgatória que agitou ainda mais as cabeças reanimadas.

Baldur chegou ao salão comunal naquele momento e franziu os olhos diante da luz cegante. Ele conseguiu apenas discernir silhuetas no brilho intenso: os monstros na parede urrando e estalando as mandíbulas imensas, o mago gesticulando e entoando um cântico místico, a anã com o bracinho estendido berrando uma prece. Uma cacofonia arcana e divina que atingiu o barão com força, mesmo que ele não fosse o alvo direto, e que provocou um efeito neutralizante nas cabeças de dragão. Elas retornaram ao estado natural, perderam a aparência profana de vida uma vez que as forças necromânticas foram expurgadas pela fé de Samuki, que serviu como conduto para o poder de Midok, o Mão-de-Ouro.

A pequena sacerdotisa desmoronou em seguida nos braços do amante humano, que correu para ampará-la, um pouco menos enfraquecido que ela. Baldur cruzou o salão comunal para ajudá-los, sem acreditar no que acabara de ver.

Lá fora, Amaraxas sentiu que tinha perdido a parceira novamente, que jamais se reuniria com Neuralas, nem mesmo naquele estado pervertido de existência. O crânio gigantesco se debateu com mais força ainda, os suportes rasgaram a pedra flutuante, e o Palácio dos Ventos reagiu como se tivesse sido gravemente ferido em sua composição elemental de terra e ar. O castelo voador sofreu um dos baques mais violentos de sua história e tremeu com um rangido sobrenatural, em um abalo que foi do fortim anão construído no topo até a ponta da rocha lá embaixo.

E, para piorar as coisas, no auge do ímpeto colérico, o Primeiro Dragão cuspiu fogo e fúria.

CAPÍTULO 38

PALÁCIO DOS VENTOS,
LITORAL DE BALDÚRIA

Amaraxas não estava mais vivo, pelo menos não da forma como se compreendia o que era a vida. Não possuía mais o corpanzil gigantesco, nem sequer as barbelas salientes que geravam a energia destruidora por trás de seu sopro de dragão. Porém, reanimado pelos poderes necromânticos do Sumo Magus Trevor, o crânio que agora era a nova encarnação de Amaraxas conseguiu gerar um jato flamejante, não mais composto por chamas arroxeadas, mas sim por um fogo negro que saltou da bocarra ossuda com um destino impensado pelo lich.

O sopro do Primeiro Dragão passou pelo *Exor*, varou o nevoeiro que protegia o resto da Frota de Korangar e atingiu uma dromunda cheia de soldados desmortos. O pouco que restou da belonave foi rapidamente engolido pelo mar.

O som da destruição ecoou um instante depois que a luz negra do jato de energia necromântica dissipou parte das brumas escuras convocadas pelos aeromantes korangarianos, revelando a existência das outras embarcações para quem estava no Palácio dos Ventos. Só que os defensores de Baldúria estavam mais preocupados em ficar de pé do que em observar os detalhes da cena que ocorria no oceano. O sopro e a agitação do crânio forçaram ainda mais a estrutura que o prendia à pedra flutuante, que foi lançada para trás por uma propulsão centenas de vezes mais forte do que a gerada pelas comparativamente modestas caldeiras no subsolo do fortim. Tudo tremeu, cada pedaço do Palácio dos Ventos balançou, o conjunto inteiro parecia que ruiria no ar. Dentro das duas gaiolas de comando, Kyle e Na'bun'dak nem tiveram tempo para absorver o susto causado pelo disparo do Primeiro Dragão — eles se sentiram esmagados contra os assentos de ferro construídos pelos anões e lutaram para recuperar o controle, acionando alavancas freneticamente, berrando um com o outro, se entreolhando em pânico. Lá fora, o caos foi generalizado, com humanos e elfos se segurando onde foi possível, enquanto as águias gigantes se lançaram ao ar em uma revoada assustada. No mar, acompanhando o castelo voador de longe, como força de reserva, os pescadores e orcs torceram o pescoço para acompanhá-lo, sem acreditar no que viram.

— O que foi isso? — perguntou Baldur, dentro do salão comunal, ainda sem saber o que estava acontecendo lá fora.

— Vocês trouxeram *ossadas* para uma festa de necromantes — vociferou Agnor. — Um golpe de mestre, como sempre.

Com a expressão consternada, o korangariano se voltou para a anã praticamente desfalecida em seus braços. Ela notou a preocupação do companheiro e balbuciou:

— Só preciso... de uma lasca de queijo... Você devia comer uma... também.

Agnor se apressou a procurar o que ela pediu no bolsão da sacerdotisa e ofereceu um pedaço para Samuki, que só aceitou quando ele arrancou uma lasca para si também. Enquanto os dois se beneficiavam das capacidades restauradoras daquela cepa dos famosos queijos de Fnyar-Holl, o barão finalmente saiu do fortim, se equilibrando por causa da tremedeira da estrutura. Derek Blak e Miriel o encontraram no meio do caminho e contaram o que aconteceu, mas Baldur precisou ver para crer. Tomando o devido cuidado ao parar na borda do pátio rochoso, ele observou o crânio gigante se debatendo e, agora mais longe, a cobertura de névoa se reformando em torno da esquadra inimiga. O barão havia chegado tarde e não conseguiu enxergar detalhes, mas o rapineiro o informou que um navio de Korangar havia sido atingido; infelizmente, não tinha sido a nau capitânia, que continuava à frente da redoma de bruma negra que novamente abraçava a frota.

Em contraste com os semblantes abalados de todos ao redor, o rosto de Baldur se iluminou com um sorrisão no meio da barba farta acobreada.

— Será que podemos usar *isso* aqui contra *aquilo* lá? — perguntou ele, empolgado, apontando para o crânio de Amaraxas pendurado na pedra e depois para o único navio de Korangar visível.

Ao lado, o guerreiro de Blakenheim torceu o rosto.

— Não acho que essa... *coisa* vá funcionar como uma balista, Senhor Barão — respondeu Derek, usando o tratamento por conta da proximidade do rapineiro.

Como que para reforçar o argumento, Amaraxas soltou um rugido baixo, se recuperando do sopro e das tentativas de se soltar.

Agnor chegou amparando Samuki e viu a mesma cena que os dois outros Confrades do Inferno. Ela fez um gesto negativo com a cabeça, como se calculasse o fervor da reza capaz de banir o poder necromântico que reanimava o crânio de Amaraxas, e flexionou a manopla dourada de Midok enquanto o korangariano se abaixava e tocava no chão. Com algumas palavras arcanas em tom gutural, ele estabeleceu contato com a pedra flutuante, um híbrido elemental de terra e ar que não se entregava por completo ao poder do geomante. Ainda assim, Agnor conseguiu avaliar o que estava acontecendo com ela e não gostou do que descobriu.

— Eu vou explicar em termos simples para que vocês, ignorantes, entendam — disse ele para Baldur e Derek. — A rocha está perdendo a coesão mística entre os dois elementos que a compõem, terra e ar. Ela não aguenta mais os trancos da cabeça do Amaraxas, que alguém teve a ideia de *gênio* de pendurar como decoração. Mais alguns solavancos ou um sopro ou dois, e vamos todos despencar no oceano quando a pedra flutuante ruir.

— Dá para usar a Trompa dos Dragões e fazê-lo dormir de novo? — perguntou Baldur.

O korangariano passou a mão no rosto antes de responder. A Ka-dreogan estava muito bem guardada em sua Torre de Alta Geomancia, distante dali, e pelo que ele entendia de necromancia, não faria efeito em um morto-vivo.

— Ele não é mais um dragão com necessidade de hibernar — falou Agnor com impaciência. — O Amaraxas, ou *isso* que sobrou dele, é um desmorto que não segue as leis naturais dos vivos.

Derek e Baldur se entreolharam, não vendo muita saída para a situação.

— Temos que soltar logo essa porcaria — falou o guerreiro de Blakenheim.

O barão olhou com tristeza para o crânio, que começou a se debater de novo. As botas de cavaleiro sentiram o tremor imediatamente. Korangar havia tentado dominá-los e inadvertidamente tinha fornecido uma arma para Baldúria; agora os defensores do baronato teriam que abrir mão dela ou seriam destruídos, o que afinal havia sido a intenção do inimigo desde o início. Como bom líder guerreiro, Baldur sabia que não havia tempo para lamentos diante de um revés no combate. Ele apenas bufou e se virou para concordar com Derek... até ter uma nova ideia.

— E se a gente soltasse a cabeça do dragão *em cima* do navio daqueles desgraçados?

O feiticeiro coçou a calva e deu de ombros.

— Soltá-la vai ser uma operação demorada, de qualquer maneira, visto que *algum idiota* resolveu decorar a pedra com o crânio do Amaraxas.

— Então faremos isso enquanto voltamos para cima deles — disse Baldur, já se virando para retornar ao fortim e falar com Kyle.

Naquele momento, o Primeiro Dragão se debateu com muito vigor novamente, como se estivesse apenas recuperando as forças para tentar se soltar. Um tênue brilho escuro voltou a emanar entre os dentes. Toda a estrutura do Palácio dos Ventos estremeceu como se passasse por um terremoto em terra firme e começou a adernar um pouco. Quem conseguiu, se amparou na pessoa ou objeto mais próximo para não cair.

— *Kyle!* — berrou Derek, tomando a dianteira e correndo para o interior do castelete anão.

— Baldur, eu preciso ser levado até lá embaixo — falou Agnor. — Posso pedir para a pedra soltar o dragão, mas só vai ser possível no ponto onde ela sente dor. É como um animal ferido precisando de ajuda. Por enquanto, a rocha flutuante está apenas reagindo... e *sofrendo*.

O cavaleiro grandalhão preferiu nem tentar entender os argumentos do korangariano, pois ouvia as mesmas loucuras em casa, quando Sindel afirmava que conversava com as águas do Rio da Lua. Mas havia um jeito de levá-lo até o crânio de Amaraxas, e ambos sabiam qual era.

— Eu vou pegar a Amithea — disse ele. — Você vai comigo na garupa. Espere aqui.

Enquanto Baldur ia atrás da águia gigante, Samuki se voltou para o companheiro, com uma expressão de preocupação no rosto exausto.

— O Mão-de-Ouro pode te ajudar com suas bênçãos. E eu sei de uma prece que vai manter o desmorto sob controle até você conseguir soltá-lo.

— Você mal consegue ficar de pé, Samuki — argumentou Agnor. — Não vale o sacrifício.

Ela conseguiu forças para responder com irritação, de mãos cerradas.

— Eu não quero despencar no oceano só porque fiquei de braços cruzados me poupando enquanto *você* se arrisca! Midok está comigo, e eu *vou* dominar esse monstro enquanto você salva a gente!

Amaraxas pareceu ter ouvido o desafio e soltou um novo rugido de raiva antes de tentar se soltar novamente. Desta vez, a força foi tamanha que o pátio rochoso começou a rachar aqui e ali.

— Comece a rezar, então — disse o korangariano

Ele olhou desesperado ao redor, à espera do retorno de Baldur, ciente de que o Palácio dos Ventos estava prestes a ser destruído.

Trevor nunca tinha visto tanto poder em estado bruto em séculos de existência. Apoiado na amurada do *Exor*, exausto de uma forma que não concebia ser possível, o lich admirava Amaraxas com um misto de fascínio e medo. Ele jamais havia trazido da morte um ser com tamanha vontade de viver de novo e ao mesmo tempo tão incontrolável. Naquele momento, o Sumo Magus percebeu que havia subestimado o Primeiro Dragão. A certeza veio quando um sopro do monstro destruiu uma dromunda — exatos 540 desmortos e sessenta necromantes foram parar no fundo do oceano. Trevor conhecia todos aqueles feiticeiros, oriundos da Torre de Necromancia, e sabia da importância dos Reanimados para a conquista de Krispínia. Porém, na intenção de destruir o inimigo, ele talvez tivesse condenado os dois lados do conflito. Caso Amaraxas soprasse de novo, outras embarcações ou o próprio *Exor* poderiam ter o mesmo destino; ao mesmo tempo, a criatura não parava de se debater, e o castelo voador estava sendo visivelmente abalado. A estrutura flutuante tinha sido levada para longe e agora parecia um barco à deriva.

Mesmo com o Primeiro Dragão como elemento irrefreável, mesmo com a possibilidade de colocar a nau capitânia em risco, Trevor considerou uma manobra que valeria a pena. Baldúria estava com a guarda baixa, ferida, e Korangar poderia acabar com a resistência do inimigo com um único golpe. Com esforço, o Sumo Magus se reuniu com os feiticeiros elementalistas e, em seguida, chamou o Comodoro Miranor.

O *Exor* partiria para o ataque.

* * *

Dentro da Sala de Voo, Derek Blak encontrou Kyle e o kobold mexendo nos controles de uma forma que nunca tinha visto antes. Pareciam desesperados como pescadores tentando tirar água de um bote furado com um balde. Ele precisou se apoiar em um dos mapas pendurados na parede para se equilibrar diante dos constantes solavancos provocados pelo crânio de Amaraxas. Ironicamente, a mão tocou na representação do território que abrigou Blakenheim, seu reino de origem, destruído na primeira abertura dos Portões do Inferno. Derek afastou o pensamento de que aquilo era um sinal de que o ciclo de sua vida estaria chegando ao fim; ele tinha que se livrar do fatalismo korangariano que adquiriu nos anos passados na Nação-Demônio.

— Precisa de ajuda? — perguntou o recém-chegado ao notar o estado de tensão no kobold; a criatura repetia os gestos do humano, mas estava encolhida com muito medo.

— Já é alguma coisa ter alguém para me contar o que está acontecendo — disse o chaveiro, tentando controlar o nervosismo na voz. — É o Amaraxas de volta? Eu ouvi daqui, mas não consegui ver muita coisa, só um rastro de energia na direção do nevoeiro.

— Korangar conseguiu reanimar o crânio lá fora, que está se debatendo e cuspindo uma chama negra para todos os lados. O que você viu foi um sopro do Primeiro Dragão destruindo um navio inimigo.

— Isso é bom, não é?

— É você quem me diz — respondeu Derek. — Esse sacolejo todo parece *bom*?

— Não — admitiu Kyle. — E o jato jogou a gente longe e forçou demais o sistema de condução e propulsão. Não sei mais se vamos conseguir executar a Operação Cravo.

— Então eu preciso passar essa informação para o Baldur.

— Cadê ele? Achei que viesse me informar o que estava ocorrendo ou entraria em contato por um dos tubos.

O guerreiro de Blakenheim havia tomado a iniciativa de verificar a situação na Sala de Voo e, de fato, não sabia o que o barão estava fazendo, mas tinha uma desconfiança.

— Não sei, mas ele disse que pretendia soltar o crânio do Amaraxas em cima do galeão de Korangar. Mas se o castelo voador está longe e não tem condições de ir até o inimigo...

O rapaz lançou o olhar para o oceano lá fora, do ponto de vista privilegiado do alto da gaiola de controle, e se voltou para o amigo com uma expressão consternada.

— Não precisamos ir até o inimigo. Korangar está vindo com tudo até nós.

No piso da Sala de Voo, sem acesso à vista que Kyle tinha, Derek olhou para o ponto imaginário onde estaria a nau capitânia do Império dos Mortos e torceu que o plano maluco de Baldur funcionasse.

CAPÍTULO 39

PALÁCIO DOS VENTOS,
LITORAL DE BALDÚRIA

Com Agnor devidamente instalado na garupa de Amithea, Baldur decolou com a águia gigante para levar o feiticeiro até o crânio de Amaraxas, que continuava se debatendo freneticamente. Ele fez um rápido sobrevoo pela abóbada de vidro e metal no topo do fortim e viu de relance Derek Blak no interior, enquanto Kyle e o kobold se esforçavam para manter o castelo voador sob controle. Ali do céu, com a perspectiva da altura, a situação não era nada boa. A gigantesca pedra flutuante dava a impressão de estar caindo e se desfazendo; a esquadra inimiga continuava encoberta pelo nevoeiro negro, sendo uma ameaça misteriosa que até agora somente contabilizava a perda de uma embarcação; e o grande galeão de velas e casco escuros desistiu de ficar parado em frente à bruma sobrenatural como uma sentinela e estava se locomovendo.

O Palácio dos Ventos precisava se livrar urgentemente da cabeça do Primeiro Dragão para poder enfrentar a nau capitânia de Korangar, que claramente vinha com a intenção de atacar a presa ferida.

— Como faremos isso? — perguntou o barão para Agnor.

— Você me deixa em um dos suportes que prendem o crânio à rocha, e eu ajudo o elemental híbrido a soltar a estrutura. É mais complexo do que isso, mas essa é a explicação simples que sei que você entenderá.

— E aí você *cai* com todo o conjunto? Não me parece um bom plano... — disse Baldur.

— A pedra pode me abrigar nesse momento, mas não garanto — explicou o geomante. — Se o pior acontecer, você fica de sobreaviso, circulando no ar, para me resgatar. Não é o ideal, mas sinto que o elemental não vai durar muito tempo com esse monstro se agitando assim.

— Certo. Você me indica então o ponto — falou o barão, um pouco incrédulo, iniciando o mergulho em direção aos suportes.

Eles se aproximaram do crânio de Amaraxas pela lateral. Daquele ponto de vista, o espetáculo de destruição era mais impressionante do que a visão limitada que a borda do pátio permitia. A cabeça, com um chifre na ponta do focinho e outros dois praticamente brotando das órbitas vazias, mordia no vazio e se sacudia com o intuito de se soltar, provocando um rangido ensurdecedor. Agnor precisou berrar no ouvido de Baldur enquanto os dois chegavam perto do suporte que o geomante havia apontado.

— Agora é o momento de revermos aquele valor para comandar a extração de prata em Baldúria. Eu quero o *quádruplo* do que o Kalannar calculou como minha quota, e não apenas o dobro que combinamos.

O barão não acreditou no que ouviu e quase perdeu o controle de Amithea.

— Porra, Agnor, é *sério* isso?

— Muito sério. Já chega de *sempre* salvar o dia e sequer ganhar o devido reconhecimento.

— Você também vai salvar a *própria* pele, seu mesquinho canalha. E a da Samuki! — vociferou Baldur. — Ou solta o crânio, ou morremos todos.

— Ela concorda comigo e está pronta para fazer o sacrifício. É o *quádruplo* ou nada.

— Vocês dois se merecem — rosnou ele. — Certo, o quádruplo. Eu falo com o Kalannar.

— E eu continuo no comando da...

— Mais *uma* palavra sua e agora quem faz um sacrifício *sou eu* — gritou o barão, conduzindo Amithea até a estrutura e pousando com a águia. — Desça aqui ou te jogo na boca do dragão.

Com um olhar audacioso de vitória para Baldur, que decolou com Amithea ao deixá-lo, o feiticeiro se apoiou na armação, que tremia a cada solavanco do crânio reanimado. Agnor se agarrou com firmeza no suporte e tocou no ponto onde o arrimo de ferro estava cravado na rocha elemental. Sendo um geomante, ele conseguia enxergar os ferimentos na composição mística da pedra flutuante e sabia que ela não duraria muito mais se Amaraxas continuasse se debatendo. No meio da cacofonia, entre o estalo da ossada, o rangido do ferro e o lamento da rocha, Agnor ouviu um som ainda mais perturbador — uma emanação necromântica ganhava força dentro dos gigantescos maxilares ossudos.

Todo aquele conjunto emitia uma energia fortíssima, e ele não teve dúvidas de quem havia reanimado o Primeiro Dragão, de quem deveria estar no galeão lá embaixo: Trevor, o Sumo Magus do Triunvirato, o maior necromante de Korangar. Mas o monstro desmorto não parecia estar sob controle do inimigo. Agnor balançou a cabeça, ciente das ambições comuns a todos os magos que imaginavam deter poder sobre os elementos do mundo, da vida à morte, da água e terra ao ar e fogo. A presunção e o orgulho eram péssimos conselheiros, como ele bem sabia. Agnor passou boa parte da vida dando ouvidos aos dois.

Como tinha que trabalhar rápido, o geomante silenciou outros sons e distrações. Apenas a rocha flutuante importava. Ela era o símbolo de paz entre os senhores dos elementais do ar e da terra, que haviam entrado em conflito havia séculos e criado aquela pedra para selar suas diferenças. Um elemental híbrido, meio terra, meio ar, um ser único em toda Zândia, com quem Agnor conseguia manter uma comunicação limitada por entender apenas de geomancia. Mas o korangariano conversava com a criatura há anos, até sabia seu nome impronunciável, que misturava assopros com sons guturais. Era esse nome que Agnor agora repetia dentro de um encantamento poderoso, com o intuito de guiar a pedra ancestral a se livrar da estrutura de ferro que a machucava. Como ele havia comparado, o elemental era como um animal ferido que precisava de ajuda para tirar a flecha do torso sem morrer no ato. O geomante sabia que o tempo de resposta de um elemental de terra normal era longo, que as pedras geralmente não tinham pressa, mas ele precisava apelar para o senso de urgência e o instinto de sobrevivência daquele ser ancestral. Agnor recorreu a um sentimento de amizade entre os dois — era difícil colocar em termos humanos a relação sobrenatural entre criaturas tão díspares — e lançou mão da lembrança de que tinha sido *ele* que resguardou a pedra flutuante com feitiços de proteção quando ela foi atacada por Amaraxas pela primeira vez.

Era um trabalho demorado, e o Primeiro Dragão estava prestes a soprar sua fúria novamente.

Fúria, aliás, era algo que Amaraxas e Baldur compartilhavam no momento. O barão estava dando voltas no crânio gigante, evitando as mordidas no ar, à espera de que o monstro e o korangariano caíssem. A ideia de deixar Agnor despencar junto com a cabeçorra estava ganhando força na sua mente. O geomante mesquinho e toda aquela laia desgraçada do Império dos Mortos bem que podiam se encontrar no fundo do oceano. Ele subiu com Amithea e viu a anã na beirada da rocha, com a manopla apontada para a cabeça de Amaraxas, como se puxasse uma rédea invisível, tentando domar a fera. Talvez por isso o monstro não tivesse soprado de novo, mas ele não parava de se debater — e o Palácio dos Ventos estava adernado, com todo mundo se segurando como podia, enquanto as pás do sistema de propulsão soltavam uma fumaça preocupante. Os rapineiros circulavam no céu, pois as águias gigantes não ficaram quietas com todos aqueles solavancos. Baldur olhou para os elfos arqueiros, fez um gesto para que continuassem a manobra no ar, depois verificou Agnor ainda se segurando na estrutura de ferro e desceu para ficar mais próximo dele, ainda com vontade de deixá-lo cair no mar. O barão aproveitou para ver a situação do galeão que se aproximava lá embaixo e viu que o que já estava ruim ficaria pior em instantes.

Não apenas a nau capitânia adiante da esquadra estava se aproximando, impelida por uma massa de água inatural, como a névoa escura que abrigava a frota inimiga havia mudado de forma e se aglutinado mais ainda em uma massa brumosa, que começou a se deslocar na direção do castelo voador em grande velocidade. Korangar tinha resolvido atropelar Baldúria como um cavaleiro que havia caído da montaria.

Baldur precisava tomar uma decisão rápida: arriscar um golpe ousado e perder o Palácio dos Ventos ou sofrer o ataque e, muito provavelmente, perdê-lo da mesma forma. Os defensores do baronato contavam com um feiticeiro apenas — um geomante, ainda por cima —, e o poderio mágico do adversário não parecia ter limites. O barão subiu, pousou com Amithea perto de Samuki e bradou:

— Pare o que você está fazendo! Deixe o dragão descontrolado!

— Ele *já está* descontrolado! — berrou a anã de volta, interrompendo a prece para seu deus e irritada por isso. — Só Midok impede o Amaraxas de soprar e matar o Agnor!

— Eu cuido do Agnor — disse Baldur, completando na mente com "mesmo que ele não mereça". — Solte o dragão!

A sacerdotisa encerrou de vez a reza fervorosa para o Mão-de-Ouro e, sinceramente, se sentiu aliviada. Ela não possuía mais forças para manter a energia necromântica sob controle, por mais fé que tivesse em Midok.

O Palácio dos Ventos sentiu imediatamente o tranco provocado pelo crânio do monstro, que agora não estava mais sendo contido pelo poder divino canalizado por Samuki. O barão decolou com a águia gigante e mergulhou na direção do feiticeiro korangariano, ao mesmo tempo de olho em Agnor e no nevoeiro vivo que estava quase chegando ao castelo voador, bem mais rápido do que ele esperava.

No suporte de ferro, Agnor se segurou pela própria vida quando Amaraxas se sacudiu com o maior golpe de força até então. O geomante sentiu a agonia do elemental híbrido, enxergou o rasgo da coesão mística entre ar e terra, e mandou um último apelo para que a rocha expurgasse a estrutura de ferro que estava dilacerando seu cerne sobrenatural. Gravemente ferida, a consciência ancestral reagiu à dor e à oferta de ajuda daquele humano que ela reconhecia como amigo e se abriu nos pontos onde os arrimos tinham sido instalados. Imediatamente, o peso colossal do crânio reanimado pendeu e se soltou, juntamente com o korangariano, que estendeu a mão para que a rocha se fechasse em volta do braço e o impedisse de cair — como já fizera antes, no combate contra a versão viva do Primeiro Dragão. Mas a queda tinha sido brusca demais, e a pedra flutuante não ouviu Agnor, tomada pela agonia. A mão espalmada do feiticeiro se contraiu no vazio, em desespero, enquanto a superfície rochosa se afastava em uma velocidade vertiginosa.

Caindo junto com a estrutura de ferro, Agnor teve o braço quase arrancado do ombro quando Amithea fechou a garra em torno dele e arremeteu para longe dos arrimos e da cabeça gigante em queda livre.

— O dobro *e olhe lá*, seu filho de puta! — berrou Baldur, com um olhar desesperado para tudo ao redor: o korangariano, o castelo voador, Amaraxas, o galeão, o nevoeiro.

Solta no ar, livre das amarras físicas que a prendiam à rocha flutuante e das amarras divinas que continham a energia necromântica dentro dela, a cabeça descarnada do Primeiro Dragão cuspiu um jato de fúria e fogo negro. O sopro saiu a esmo, enquanto o crânio despencava em direção ao mar, e rasgou o céu. O barão acompanhou com o olhar, torcendo que o nevoeiro vivo fosse atingido, mas o jato passou longe, assim como a cabeçorra ossuda nem sequer caiu perto do navio korangariano. Os planos e as esperanças de Baldur afundaram junto com Amaraxas, novamente consumido pelo oceano, onde tinha sido posto para hibernar havia quatrocentos anos pelo som da Ka-dreogan, a Trompa dos Dragões, soprada pelo herói elfo Jalael.

Atrás dele, a tropa de rapineiros veio se juntar ao líder, enquanto o castelo voador adernava mais ainda e perdia o rumo, também descendo em direção ao mar, com menos ímpeto que o crânio de dragão que ostentava como enfeite havia poucos instantes, porém, mesmo assim, realizando uma queda constante. Baldur viu o desespero de Kyle dentro da estrutura abobadada de vidro e metal, mas teve a atenção chamada por um berro de Agnor e pelo repentino sumiço do sol.

O Barão de Baldúria virou o rosto barbado e viu o nevoeiro negro gigante prestes a engoli-lo.

CAPÍTULO 40

LITORAL DE BALDÚRIA

Montado em Amithea, com Agnor pendurado pelo braço na águia gigante, Baldur sentiu o ímpeto de fugir, de largar tudo, como fez lá atrás no Vale do Rio Manso, na Faixa de Hurangar, quando a derrota era iminente para as forças do General Margan Escudo-de-Chamas, que o empregava como cavaleiro mercenário. Não havia motivo para continuar lutando quando o dia estava irremediavelmente perdido, ele pensou na ocasião, e o mesmo pensamento visitou sua mente agora. Baldur podia muito bem sinalizar a retirada, mandar as lanchas retornarem e os rapineiros resgatarem quem as montarias conseguissem carregar, deixando para trás o Palácio dos Ventos aparentemente condenado, desertando do combate. Foi assim que a história do barão começou: como um desertor. Sir Darius, o Cavalgante, havia dito que a honra fazia fronteira com a estupidez, que seria uma idiotice morrer defendendo um conceito sem sentido de coragem. Ele chegou a cogitar dar a ordem enquanto olhava para o cenário de fracasso ao redor.

Não.

O Baldur do passado era um cavaleiro sem responsabilidades; o Baldur do presente era um barão em defesa de seu reino. Se ele fugisse, o inimigo o venceria de novo depois, com consequências ainda mais graves. Baldur era o portão diante do aríete de Korangar, protegendo Baldúria e Dalgória, e o inimigo não passaria.

Nem que ele e os defensores do baronato tivessem que morrer para impedir a Nação-Demônio.

— Meu braço! Meu braço, seu idiota! Ponha-me no chão! — berrou Agnor, chamando a atenção do barão.

Baldur olhou para o feiticeiro pendurado embaixo de si, procurou por Miriel no céu, que começava a ser tomado pelo nevoeiro, e foi até o rapineiro.

— Leve o Agnor para o castelo — ordenou ele. — Eu volto já para enfrentarmos esse monstro.

Assim que a águia gigante de Miriel pegou o korangariano, que continuava reclamando e xingando, Baldur mergulhou com Amithea na direção do mar, deixando para trás a enorme massa brumosa. Com um rasante diante das lanchas da Praia Vermelha, que vinham seguindo o combate como força de reserva, o barão berrou suas ordens.

— Sir Barney, ataque com tudo o navio daqueles filhos da puta! — Ele sacou o eskego encantado que fora de Rosnak, ergueu a acha de barba e repetiu o mesmo comando em orc para Hagak e os outros guerreiros de sua raça, a fim de incentivá-los.

A comemoração veio em dois idiomas, mas a compreensão foi universal. Gritos de guerra saíram de gargantas ansiosas por combate, após tanta espera. Movidas pelo vigor e experiência dos pescadores humanos e pela força descomunal dos orcs, as lanchas dispararam na direção do grande galeão de velas negras.

Baldur nem precisou voar muito alto para chegar ao Palácio dos Ventos, pois a rocha flutuante estava pairando baixo agora, bem perto do mar. O sistema de propulsão dos anões insistia que ela se mantivesse no ar, mas era como se a pedra estivesse gravemente ferida e apenas agonizasse. Pelo menos Kyle havia conseguido de alguma forma reverter a inclinação da estrutura toda. O barão pousou ao lado de Agnor, Miriel e Samuki e olhou para trás, para a sombra ominosa do nevoeiro gigante que agora se fechava em torno do castelo não-tão-voador.

— Que porra é essa? — perguntou ele para o feiticeiro.

— Um senhor dos elementais do ar... — respondeu Agnor, sentado no piso rochoso e alisando o braço que a anã estava benzendo. — Odeio admitir, mas a Torre de Aeromancia se superou. Eles não estavam apenas controlando a natureza, como supus. *Se* conseguirmos neutralizar os aeromantes no galeão, talvez tenhamos uma chance, mas não garanto que ele seja banido com isso... ou com quaisquer ataques da nossa parte.

— Bem, *aqui* ninguém vai se entregar sem luta — rugiu Baldur para ser ouvido por todos, dos soldados nas balistas mata-cavalaria aos rapineiros, até os arpoadores e Brutus e Carantir no alto dos torreões. — Nossos irmãos e nossos aliados orcs estão atacando Korangar por mar, e nós aqui em cima vamos dar até a última gota de suor e sangue para derrotar o inimigo. Pela Praia Vermelha, por Bal-dael, por Baldúria!

— Por Baldúria! — ecoaram todos, erguendo armas.

— Somos uma terra de bravos e valentes, e vamos mostrar isso para Korangar! — gritou o barão com a acha de barba erguida. — Vamos bater nesses desgraçados até expulsá-los!

Como se tivesse ouvido o desafio, o elemental composto por brumas negras finalmente chegou e deu um golpe de ar que levantou duas balistas e jogou para o alto oito bravos e valentes defensores de Baldúria, entre humanos e alfares. Alguns caíram como bonecas de pano no chão rochoso, se estatelando mortalmente, enquanto outros foram lançados para fora do castelo voador como se fossem feitos de folhas. As águias gigantes sem rapineiros decolaram por instinto assim que veio a lufada de vento, e Baldur lutou para manter Amithea pousada. Uma das balistas passou rolando por ele e quase atingiu Agnor e Samuki.

— Temos que entrar no fortim — disse o korangariano para a sacerdotisa. — Eu tenho um pentagrama lá, vamos nos abrigar até eu pensar no que fazer.

Não que houvesse o que fazer, considerou Agnor. Ele poderia tentar banir o elemental, mas não tinha o vigor nem o conhecimento arcano de aeromancia para despachar aquela criatura para o plano de existência de onde saiu.

O monstro de névoa se agigantou para dar outro golpe a esmo em quem estivesse no pátio, mas recuou subitamente, atingido por um risco de energia que partiu de um dos torreões. Baldur ergueu o rosto e viu Carantir preparando outra flecha encantada, com a ponta próxima à boca, aumentando o poder de destruição do projétil com a magia típica de um erekhe — como seu filho Baldir queria ser. O meio-elfo havia matado Amaraxas com um quadrelo enfeitiçado da mesma forma, mas quase tinha morrido no processo, e certamente devia ter decidido que seria mais seguro e efetivo trabalhar apenas com flechas. A balista anã no outro torreão, operada por arpoadores, começou a ser armada e mirada desesperadamente contra a criatura. O barão torceu para que a arma, abençoada por Midok, fosse capaz de ferir aquele nevoeiro vivo.

Os ataques mágicos surtiram efeito, mas os contra-ataques, também. O quadrelo com o poder divino do Mão-de-ouro e as flechas encantadas de Carantir deixaram rastros de ferimentos na estrutura enevoada do elemental, que reagiu contra os algozes. Os arpoadores que operavam a balista anã em um torreão foram varridos com a força de um ciclone, e o outro torreão onde se encontravam Carantir e Brutus foi açoitado por uma rajada de ar violenta. O arqueiro conseguiu pular para as ameias a tempo, mas o ogro foi colhido pelo vento e jogado contra a abóbada de vidro e metal no topo do fortim. Pelo tamanho, ele não conseguiu entrar na Sala de Voo, apenas quebrou o vidro e se agarrou à estrutura de ferro, do lado de fora, o que provocou um grande susto em Kyle e no kobold. A dupla lutava bravamente para conduzir o castelo voador, agora não apenas abalado pelas consequências dos solavancos de Amaraxas, como também sob ataque de um elemental imenso. Eles certamente não precisavam de uma chuva de ogros para piorar a situação que já estava ruim. Vendo aquilo, Derek Blak se despediu do chaveiro e decidiu sair da câmara dos mapas e correr para as ameias, a fim de substituir os operadores abatidos. Enquanto corria, pensou se aquela não teria sido a última troca de palavras com o jovem amigo.

Lá fora, Baldur testemunhou o ataque devastador às duas principais armas do Palácio dos Ventos, que continuava descendo rumo ao mar. Ele se sentiu impotente e resolveu não arriscar voar com Amithea, pois os rapineiros estavam sendo jogados de um lado para o outro nas águias gigantes que, por instinto, tentavam fugir da área de ação do nevoeiro elemental. Os elfos arqueiros não possuíam armas que pudessem ferir efetivamente a criatura e simplesmente morreriam tentando, e apenas a acha encantada na mão do barão parecia fazer a bruma viva recuar a cada golpe dado a esmo. Mas era questão de tempo até que a forma blindada de Baldur fosse colhida pelo vento e arremessada longe.

Subitamente, o elemental avançou contra a rocha flutuante e engoliu toda a estrutura, mergulhando na penumbra os defensores de Baldúria. O nevoeiro encobriu todo o pátio rochoso e o fortim, e a visibilidade dos ocupantes ficou limitada a poucos passos ao redor de cada um. Perdidos na névoa, humanos e elfos foram atingidos e colhidos pelo vento, que dispersava a bruma e permitia ver o destino das vítimas dos ataques, para logo depois se fechar novamente como uma tenda escura.

Baldur ouviu o grito de agonia de um combatente alfar e apenas atacou o vazio adiante com o eskego mágico de Rosnak. O elemental acusou o golpe e abriu um espaço na névoa; o barão não parou, sabendo que estava ferindo o monstro, mas igualmente ciente de que aquilo era muito pouco para matar uma criatura tão gigante e imaterial. Ele evocou o nome de Krispinus, gritou por Baldúria, pela esposa e pelo filho, e continuou batendo com a acha encantada, sabendo que seriam seus últimos gestos em vida.

Lá embaixo, no mar, as lanchas levando os pescadores humanos e guerreiros orcs de Baldúria lutavam com as águas revoltas para alcançar a nau-capitânia de Korangar. Bem atrás dela, ainda sem causar preocupação, estavam paradas as oito dromundas do resto da esquadra inimiga. O que *causava* preocupação em Sir Barney, o líder da operação naval, era a rocha flutuante em queda lenta em direção ao mar e o fato de ela estar sendo atacada pelo que parecia ser um nevoeiro vivo. Eles tinham que matar rapidamente os magos korangarianos, mas o oceano não estava colaborando — na verdade, ele estava ativamente antagonizando o avanço dos baldurianos, como se tivesse consciência própria. Ondas ferozes tentavam afastar as lanchas e virá-las, enquanto tentáculos de água açoitavam humanos e orcs como criaturas vivas. Apenas as bênçãos de Be-lanor, o Navegante, e a perícia dos baldurianos — os melhores selecionados pelo Homem das Águas — tinham evitado uma tragédia maior, mas as baixas começaram a diminuir o moral e a capacidade ofensiva daquela operação; as embarcações simplesmente não conseguiam se aproximar do galeão com águas tão hostis quanto aquelas.

Sir Barney, o Certeiro, dava instruções com uma voz que conseguia ser ouvida acima do mar revolto, e Hagak traduzia os comandos para os orcs a bordo, mas ele sabia que era questão de tempo até que todas as lanchas virassem ou as tripulações fossem mortas por aquele estranho oceano vivo. O Homem das Águas lançou um olhar raivoso para o enorme galeão de velas negras protegido pelas ondas, parado como uma baleia zombeteira, que desafiava a aproximação das lanchas com um ar de superioridade. Na mesma embarcação que Barney, o Capelão Bideus intensificava as preces para o antigo imperador-deus adamar da navegação. A proteção de Be-lanor vinha salvando parte da frota balduriana, e estava imbuindo os humanos fiéis de mais força, coragem e resistência, porém o poder de Korangar parecia sobrepor-se ao do baronato no mar, como estava fazendo no ar.

O Homem das Águas estava prestes a indicar um caminho entre as ondas ferozes, uma oportunidade de se aproximar da presa, quando percebeu que o mar revolto na verdade estava se acalmando apenas para se aglutinar em um imenso vagalhão diante da belonave korangariana, como se fosse um cão de guarda contido por uma correia curta, esperando para ser solto e pular na jugular do inimigo. Uma onda daquele tamanho colheria todas as lanchas de Baldúria e daria um fim rápido àquele ataque. Sir Barney lamentou mais decepcionar o Barão Baldur, sem ter cumprido sua parte na missão, do que a morte iminente; quem vivia do mar sabia que era normal morrer no mar, mesmo que o oceano estivesse se comportando de maneira incomum. O Homem das Águas olhou rapidamente para Bideus, que já estava entoando os ritos fúnebres de Be-lanor, para que o Navegante os recebesse nas profundezas do oceano, e se voltou para o Palácio dos Ventos no céu, onde estava o líder que ele havia deixado na mão. Que Be-lanor julgasse seus feitos.

Barney abriu os braços na ponta da lancha, berrou o nome do deus e ouviu o eco dos colegas baleeiros, juntamente com os orcs que certamente gritavam por alguma divindade ou cumpriam suas tradições diante da morte. O vagalhão se agigantou e rugiu, pronto para engoli-los...

... e o mar ficou subitamente plácido, como um lago.

O Homem das Águas pestanejou e não acreditou no que viu, depois se virou para as lanchas e encontrou as mesmas expressões de surpresa, até nas faces brutas dos orcs. Adiante deles, o galeão de Korangar estava a uma centena de remadas de distância. Agora a belonave não parecia mais com uma baleia zombeteira, e, sim, uma presa fácil. Era um milagre do Navegante, com certeza.

— Remem! — gritou Barney. — Be-lanor nos salvou! Que ele abençoe nossos arpões e dê força aos nossos braços!

Os humanos responderam em uníssono, os orcs acompanharam com as próprias expressões de incentivo e luta, e as lanchas de Baldúria dispararam contra o galeão de Korangar.

Nas ameias do castelo voador, Derek Blak foi envolvido por uma muralha de névoa escura que encobria tudo ao redor. Ele discerniu a silhueta dos torreões com dificuldade e percebeu que era impossível assumir um posto ali. Como já havia enfrentado antes um elemental de fogo e visto um elemental de ar em ação, o guerreiro de Blakenheim reconheceu a senciência e malevolência sobrenaturais daquela bruma viva e simplesmente começou a golpeá-la freneticamente com os gládios encantados, como um gesto desesperado para mantê-la longe e tentar feri-la. Ele não sabia mais o que fazer e como ajudar; não conseguia localizar Baldur e apenas ouvia os gritos das vítimas do nevoeiro monstruoso.

Entre um ataque e outro, Derek olhou para trás e para cima, para a silhueta da abóbada, ciente de que era questão de tempo até que a bruma assassina entrasse pelo vidro quebrado pelo ogro e atacasse Kyle. No meio da névoa escura, ele viu clarões de relâmpagos e temeu que o elemental fosse lançar raios nos defensores de Baldúria. Era só o que faltava, para se somar ao ataque constante das lufadas de ar que jogavam longe os ocupantes do castelo voador. E não deu outra: em seguida à luz que iluminou a bruma escura vieram os estrondos inconfundíveis de relâmpagos. O guerreiro de Blakenheim se encolheu, na expectativa de ser atingido por um raio do elemental, quando a mente, por fim, entendeu o que estava vendo e ouvindo — os clarões e trovões eram ritmados, como um galope. A cabeça dele se ergueu novamente para ver Kianlyma irromper da bruma.

A égua trovejante trazia a Rainha Danyanna nas costas e, na garupa, Od-lanor.

CAPÍTULO 41

PALÁCIO DOS VENTOS, LITORAL DE BALDÚRIA

Como uma estudante de aeromancia no Pináculo de Ragus durante a juventude, Danyanna havia aprendido a respeito dos senhores dos elementais do ar. Existia uma longa e complexa hierarquia entre eles, e os "elementais anciões" eram praticamente impossíveis de evocar, a não ser através de um ritual difícil que exigia um grande investimento de talento e energia. A Suma Mageia jamais imaginou que se veria diante de um deles, mas ali estava Zi-zzz--iz, o Senhor da Bruma, não só plenamente materializado no plano terreno como sendo controlado pelos feiticeiros que o evocaram. Ela o reconheceu pelos antigos textos adamares da Morada dos Reis e também enxergou as correntes místicas em torno do elemental ancião; cada uma representava o aeromante que o subjugava. Danyanna sabia que os elementais do ar eram os que mais apreciavam a liberdade entre seus pares, e que um ser poderoso como Zi-zzz-iz ansiava por se livrar do jugo de criaturas inferiores como os humanos. A Suma Mageia apenas tinha que se apresentar como aliada e convencê-lo a deixá-la ajudar a soltar grilhão por grilhão.

Para isso, ela buscou dentro de si todo o conhecimento acumulado nos anos de estudo no Pináculo de Ragus e na Morada dos Reis e começou a entoar um encantamento poderoso, enquanto Kianlyma se aproximava do Palácio dos Ventos — ironicamente, uma pedra flutuante criada por outro senhor dos elementais do ar em conjunto com um elemental ancião da terra. Essencialmente, Danyanna pensou com certa dose de ironia, Zi-zzz-iz estava agredindo um sobrinho mestiço mais jovem. Ela decidiu colocar essa informação dentro do sortilégio original, para reforçá-lo. A voz da Suma Mageia era como o assobio de uma ventania forte, soprando em meio às trovoadas de Kianlyma no ar.

Na garupa atrás de Danyanna, Od-lanor ouviu pela segunda vez o feitiço inteiro e somou sua voz à da rainha quando ela entoou o encantamento pela terceira oportunidade. Uma a uma, as correntes místicas em volta do elemental ancião foram se rompendo. O gigantesco nevoeiro negro que havia consumido o castelo voador começou a se afastar, ainda que tivesse que obedecer aos comandos de Korangar e atacar os defensores de Baldúria — mas as ordens estavam enfraquecendo, assim como os grilhões arcanos que prendiam Zi-zzz-iz aos algozes. Por sua vez, a Suma Mageia também sentia que os aeromantes korangarianos estavam perdendo o controle do elemental ancião, não apenas por causa de seu contrafeitiço, mas pelo esgotamento físico de terem evocado e dominado um ser daquela magnitude. Ela também investiu boa parte das próprias energias no sortilégio para vencer aquele cabo de guerra místico e agradeceu mentalmente pelo vigor sobrenatural que estava obtendo do bardo adamar.

Quando Kianlyma rompeu a muralha de névoa e se aproximou das ameias do fortim anão, a Rainha Danyanna deu tudo de si ao repetir as palavras de poder no idioma assoprado do elemental ancião, em coro com Od-lanor. A grande massa escura de brumas finalmente largou o Palácio dos Ventos e flutuou no céu; Zi-zzz-iz teve um ímpeto de se vingar dos carrascos de Korangar, mas se sentiu ferido e exausto demais e apenas aproveitou a oportunidade para voltar ao plano original de existência.

A Pequena Sombra, que tinha abrigado a Frota de Korangar do sol, escondido as belonaves da esquadra e atacado o castelo voador dos inimigos do Império dos Mortos, havia sido finalmente dissipada.

Os olhos de Derek Blak custaram a acreditar no que viam, especialmente agora, tomados de assalto pela claridade assim que o nevoeiro vivo foi embora. A égua trovejante passou em um rasante pelas ameias, e ele conseguiu enxergar de relance o sorrisão de Od-lanor em seu rosto moreno e maquiado. Kianlyma levou a rainha e o bardo para o pátio, onde o guerreiro de Blakenheim localizou Baldur. Exausto pela luta contra a bruma, com o corpo dolorido por ter apanhado do elemental, Derek simplesmente se apoiou nas ameias; ele sabia que deveria tomar alguma atitude, voltar a ajudar Kyle na Sala de Voo ou verificar o estado das equipes nas balistas, mas aquilo tudo ficaria para daqui a alguns instantes, dependendo do que o barão e a rainha decidissem fazer. Em momentos como esse, Derek agradecia por não ter títulos ou estar em posição de poder. Eles que lutassem.

Baldur teve quase a mesma reação de surpresa que Derek Blak. Ele podia não ter reconhecido o galope estrondoso de Kianlyma por não estar acostumado à égua trovejante, mas ter ouvido o chamado de Od-lanor vindo do céu era a última coisa que o barão esperava escutar assim que a névoa se dissipou do nada. Ele olhou para o alto, igualmente incomodado com o retorno súbito da claridade, e viu a montaria voadora da Rainha Danyanna com seu amigo adamar na garupa.

— Real Presença! — exclamou Baldur, ainda bufando de tanto golpear o elemental.

— Barão Baldur — disse a Suma Mageia, também um pouco ofegante —, o Colégio de Arquimagos de Krispínia se coloca à disposição de Baldúria. Estamos todos aqui.

— Viemos de barco, Senhor Barão — falou Od-lanor, usando o tratamento por conta da presença da rainha.

— Então a minha esposa...

— Está lá embaixo, controlando o mar — respondeu Danyanna com um sorriso cansado. — Aconselho que vá vê-la o mais rápido possível. Aquela elfa falou do senhor a viagem inteira, barão.

As informações foram demais para a cabeça de Baldur, que somente agora, passada a surpresa, começou a ter noção dos arredores. Havia vários corpos quebrados dos defensores de Baldúria e algumas ausências que indicavam que humanos e elfos deviam ter sido varridos pelo monstro de bruma para fora do pátio rochoso; no céu, as águias gigantes estavam retornando para os rapineiros sobreviventes, e a própria Amithea pousou ao lado dele.

Od-lanor pareceu ler os pensamentos do cavaleiro grandalhão, estampados no rosto barbudo e arfante.

— Pode ir, Senhor Barão. Eu ajudo com as coisas aqui em cima. Pelo visto os sistemas do fortim foram avariados, e eu posso auxiliar com meus conhecimentos. Ainda é o Kyle no comando das coisas?

A voz de Od-lanor, sempre modulada, sempre melódica, foi como um braço amigo oferecido para que Baldur se levantasse. Imediatamente ele passou a ver a situação com clareza, e a mente de guerreiro começou a tomar decisões.

— Sim, vá até o Kyle. O que for possível fazer pelo castelo voador, faça. Ainda pretendo descer com a pedra em cima do galeão inimigo e afundá-lo.

O adamar desceu de Kianlyma, segurando o riso. As "soluções Baldur" continuavam as mesmas; ele se perguntou o que Kalannar achava do plano e considerou indagar a respeito dos outros Confrades do Inferno, mas o cavaleiro blindado já estava no ar com a águia gigante, dando ordens para os rapineiros de Sindel. As coisas haviam mudado por ali... mas não tanto, pensando bem — Baldur sempre teve um talento nato para liderança e comandar indivíduos que não se bicavam. Atrás de Od-lanor, Danyanna também ganhou os céus, enquanto o bardo corria para o interior do fortim. E falando em indivíduos que não se bicavam, ele passou por Agnor, que estava protegido dentro do velho pentagrama gravado no piso, juntamente com uma... anã? Ambos estavam de olhos fechados, concentrados em algum encantamento; ela era obviamente uma sacerdotisa de Midok, com as vestes do cargo e a manopla dourada que simbolizava o Mão-de-Ouro.

Od-lanor se apressou a cruzar o salão comunal antes que o korangariano terminasse o sortilégio, ainda que quisesse saber o que aconteceu no local, todo revirado com as cabeças de dragão em desalinho, mas ele tinha coisas mais urgentes para fazer do que se antagonizar com Agnor. O bardo foi logo para a sala da caldeira, no subsolo, e entrou no ambiente escaldante que agora contava com duas caldeiras, uma melhoria que ele mesmo ajudou a negociar com Fnyar-Holl em nome de Baldúria. O adamar em pessoa havia supervisionado parte das instalações, visto que possuía conhecimento do sistema original quando a Confraria do Inferno ganhou o Palácio dos Ventos lá atrás.

Os carvoeiros, cansados e amedrontados, levaram um susto quando entrou aquela figura de torso nu e saiote, com apenas uma capa esvoaçante nos ombros, cheia de símbolos arcanos. O mais velho presente reconheceu Od-lanor e acalmou os demais, enquanto o adamar passava os olhos freneticamente nos medidores para entender o que estava acontecendo. A situação não era nada boa, mas o bardo esperava que alguns ajustes da parte dele e a colaboração com Kyle salvassem o dia. Ele começou a trabalhar nos controles das caldeiras e acionou o tubo de comunicação que levaria sua voz à Sala de Voo.

Em um curto espaço de tempo, Kyle passou de uma queda às cegas dentro de um nevoeiro que havia engolido o Palácio dos Ventos para uma queda lenta em um céu cristalino. A bruma foi dispersada em um piscar de olhos, e o rapaz jurava ter visto um cavalo voando e descendo em direção ao pátio. As águias gigantes estavam retornando, Derek Blak havia se apoiado para descansar nas ameias lá fora, mas a situação ainda não estava nada boa. Ele e Na'bun'dak se esforçavam para manter o castelo voador flutuando, e não descendo paulatinamente para o mar, mas o sistema de propulsão não respondia como antes, e Kyle sentia, por instinto, que a rocha em si estava diferente. O rapaz imaginava se aquela era a ligação que Agnor tanto alegava ter com as pedras quando o devaneio foi interrompido por uma voz saindo do tubo de comunicação com a sala das caldeiras.

Era uma voz maviosa, tranquilizadora. Aquela que Kyle sempre considerou a voz mais bonita do mundo, até mais do que a da própria esposa.

— Oi, Kyle, é o Od-lanor aqui embaixo. Cheguei agora mesmo, e imagino que queira saber como e por que, mas peço que contenha a curiosidade até controlarmos nosso querido Palácio dos Ventos.

As palavras do bardo imbuíram o chaveiro e o kobold, que também ouviu a mensagem, de uma calma e confiança inabaláveis. Subitamente, o fato de o castelo voador estar prestes a tocar no mar não parecia desesperador e muito menos sem solução.

O adamar esperou que o tom sobrenatural de sua voz fizesse efeito e voltou a falar:

— Fiz alguns ajustes nas caldeiras para compensar a nossa queda e sugiro que você e o Na'bun'dak acionem os sistemas secundários. Ele está aí com você, não está?

— Sim, está — respondeu Kyle. — Mas eu achava que o sistema secundário só devia ser acionado em caso de falha do primeiro. Nós ainda estamos obtendo resposta do sistema principal, mesmo que não seja suficiente.

— É para casos assim que o segundo sistema existe também, mas é preciso uma ação em conjunto aqui embaixo nas caldeiras — explicou o adamar, mantendo o tom instigante e calmante. — Confie em mim. Eu estudei com os construtores anões que consertaram e atualizaram o Palácio dos Ventos. Acione o sistema secundário ao meu sinal.

Kyle se voltou para o kobold, que concordou com a pequena cabeça reptiliana, e ambos pegaram as alavancas do sistema secundário, até então deixadas de lado. Quando Od-lanor indicou, eles acionaram os controles — e o castelo voador pareceu ganhar uma sobrevida. Os dois imediatamente começaram a interromper o deslocamento para a superfície do oceano. Assim que conseguiu respirar aliviado, o chaveiro se voltou para o tubo de comunicação.

— O Baldur quer que eu use a pedra como se fosse um martelo batendo no navio de Korangar, ou algo assim, tipo pregar um cravo em uma ferradura, entende? Você viu a embarcação, não? Estava um nevoeiro desgraçado até agora...

O adamar revirou os olhos maquiados. De fato, uma "solução Baldur". Enfurnado no interior do castelo voador, no ambiente esfumaçado e quente da sala das caldeiras, ele imaginou o amigo lá fora, montado na águia gigante e arremetendo contra o galeão de Korangar, de arma em punho, como se estivesse em uma carga de cavalaria. Até agora, esse jeito de agir tinha salvado o barão e Baldúria, mas era inevitável que chegaria o dia em que a solução não daria certo. Od-lanor torceu que aquele dia não fosse hoje.

— Vi, sim — respondeu ele —, mas primeiro vamos tentar não afundar com o Palácio dos Ventos. Depois a gente vê se consegue atender ao nosso amigo.

De fato, Baldur pretendia mergulhar contra a belonave inimiga, mas antes considerou se devia pegar Derek e Carantir para realizar o ataque. Infelizmente, havia águias gigantes sobrando, cujos rapineiros tinham morrido no combate contra os demônios e o nevoeiro vivo; porém, o barão ponderou se devia deixá-los para trás, a fim de defender o castelo voador. Baldur descartou a ideia assim que ela surgiu na mente: aquele era o momento do tudo ou nada, de avançar contra Korangar com todas as forças possíveis, ou não haveria mais Baldúria. Era preciso aproveitar o golpe de sorte da chegada inesperada do Colégio de Arquimagos — à disposição dele, ainda por cima! — e surpreender o inimigo.

Antes de descer e reencontrar Sindel, algo que provocou uma pontada de empolgação e felicidade dentro de seu peitoral blindado, Baldur reuniu os rapineiros no ar, mandou que catassem duas águias sem montaria e foi até as ameias onde estavam Derek e Carantir, um pouco afastados um do outro. O humano e o meio-elfo já tinham visto melhores dias. Ambos estavam com uma aparência exausta e surrada, com escoriações nos corpos sujos, como se tivessem saído de um campo de batalha — o que, de certa forma, era verdade.

O barão e o que restou da tropa alada pousaram nas ameias. Montado em Amithea, ele soltou o vozeirão para ser ouvido por Derek e Carantir.

— Vamos atacar agora o navio daqueles desgraçados. Sei que nenhum de vocês tem experiência em montar em águias gigantes, mas admito que é mais fácil do que andar a cavalo. Derek, preciso que você venha comigo no ataque às velas com alguns rapineiros; Carantir, você ficaria com outros alfares flechando os feiticeiros e dando cobertura para nossa investida. Todos prontos?

Miriel e os demais rapineiros torceram os rostos delicados diante da ideia de que um mestiço se juntaria a eles, mas aquela era uma ordem do barão, e Baldur era o líder da tropa alada de Bal-dael — e nem alfar ele era, na verdade. A primeira reação foi de fato preconceituosa, mas Miriel e alguns dos elfos da superfície se entreolharam como se questionassem aquele modo de pensar. Sem encarar os alfares, que nunca foram muito receptivos a ele desde que passou a morar em Baldúria, Carantir apenas concordou com a cabeça na direção do barão e montou na águia mais próxima. O grande pássaro estava acostumado a levar um passageiro e não parecia fazer distinção se ele era alfar, mestiço ou humano. *Certamente*, pensou Carantir, *o animal é mais nobre que os presentes.*

Derek olhou meio desanimado para a águia gigante. Ele só tinha voado antes na garupa do finado Kendel, mas a experiência havia sido menos traumática que a carona na égua trovejante da Rainha Danyanna. O guerreiro de Blakenheim se virou para o cenário de destruição provocado pelo elemental a serviço da Nação-Demônio... Um mergulho em direção ao navio lá embaixo não seria tão difícil de executar... E seria bom, muito bom mesmo, matar uns korangarianos depois de tudo que ele passou.

— Nunca estive tão pronto, acredite — respondeu Derek, com vigor renovado na voz, segurando com força os cabos dos gládios encantados.

Ele montou em uma águia gigante livre, aceitou a ajuda de Baldur para se ajustar corretamente em cima da ave de rapina, e decolou junto com os rapineiros de Bal-dael e o Barão de Baldúria.

Na proa do *Exor*, com os olhos fixos no castelo voador do inimigo, Trevor se sentiu exausto. Aquela era uma sensação estranha ao lich, pois a condição de morto-vivo o resguardava de fragilidades mundanas como esgotamento físico. Talvez ele tivesse dado um passo maior do que as pernas ao reanimar Amaraxas, cujo grande crânio desmorto agora jazia no fundo do oceano. O Sumo Magus tentou cancelar o encantamento que lançou no Primeiro Dragão, mas a vontade de existir da criatura milenar era intensa demais até para um necromante do poder de Trevor. Ele não conseguia recuperar o que cedeu para Amaraxas e estava atônito diante daquela situação inusitada. O lich precisava de um tempo dentro do sarcófago no porão do *Exor*, cercado da tropa pessoal de Reanimados, não para refletir e entrar em sintonia com as energias necromânticas, mas sim para reavê-las.

Trevor foi deixando o convés da nau capitânia da Frota de Korangar sem falar com ninguém, sem dar ordens para os feiticeiros das Torres ou mesmo para o Comodoro Miranor. O Sumo Magus simplesmente desceu para o porão enquanto a batalha contra Baldúria ocorria no céu e no mar ao redor do galeão.

Descoordenados e também cansados pela evocação e controle dos senhores dos elementais, os aquamantes e aeromantes da Nação-Demônio viram as criaturas serem banidas por poderosas forças arcanas opositoras, recém-chegadas ao combate. No mar, o ser que protegia o entorno do *Exor*, Luglulublub, foi despachado para o plano de existência de origem, e o mesmo aconteceu com Zi-zzz-iz, o elemental ancião que havia se manifestado como a Pequena Sombra e estava atacando o castelo voador de Baldúria. O impacto do cancelamento de ambos os feitiços deixou os korangarianos ainda mais abalados.

E sem a liderança de Trevor, os demais magos das Torres, entre eles videntes, piromantes, demonologistas e fisiomantes, começaram a bater cabeça em relação a como agir contra o inimigo. Arquimagos passaram a discutir com rivais, arquimestres quiseram mostrar serviço e foram silenciados por seus superiores, enquanto Miranor, um militar de carreira, tentava se impor como comandante do navio, mas alguns dos feiticeiros possuíam demônios ameaçadores como guarda-costas e pareciam estar bem reticentes em obedecê-lo. Por dentro, o comodoro lamentou a ausência de Konnor e que o comando daquela operação tivesse saído das mãos do Krom-tor para as Torres; ele considerou convocar reforços na tripulação para controlar à força o caos quando viu que os problemas do *Exor* iam além dos elementais banidos e da ausência de liderança entre os feiticeiros.

O grupo de lanchas que esteve sendo contido pelas ondas sobrenaturais agora avançava com a nítida intenção de abordar o galeão, e ao longe, por trás da grande pedra flutuante que caía lentamente em direção ao oceano, surgiu uma carraca com uma bandeira desconhecida, com a proa apontada para o *Exor*.

Korangar estava prestes a ser atacada, e suas forças estavam em desordem.

CAPÍTULO 42

EXOR,
LITORAL DE BALDÚRIA

Parado no mar misteriosamente calmo, que há instantes abrigara um vagalhão capaz de colher as lanchas de Baldúria, o imenso galeão inimigo parecia ser uma presa fácil, mas o aspecto sobrenatural do navio dava outra impressão, e conjurava os piores temores na mente de quem o via. Barney nunca havia se deparado com uma embarcação horripilante como aquela — ela ostentava velas negras; uma madeira escura com símbolos prateados que o humilde arpoador da Praia Vermelha não tinha como reconhecer; e uma figura de proa demoníaca, logo abaixo do gurupés também prateado. Se o Homem das Águas não estivesse tão tomado pelo ímpeto de ataque, ele teria cedido ao medo, assim como os companheiros nas lanchas. Mas o canto dos remadores, os urros ritmados dos orcs e a prece fervorosa que o Capelão Bideus rezava em voz alta para o deus Be-lanor imbuíram de coragem os baldurianos e os ajudaram a vencer o sortilégio amedrontador encantado na madeira do costado. Eles passaram pela primeira barreira de defesa do *Exor*.

Na ponta da lancha, Barney estava com um arpão preparado para a primeira movimentação hostil no convés. Os olhos aguçados do Homem das Águas notaram uma silhueta no castelo de proa: um korangariano, usando uma capa um pouco parecida com a de Agnor, começou a realizar um gestual voltado para a carranca, com o rosto contraído enquanto emitia um vozeirão gutural. O sujeito nem terminou a segunda frase, pois o arpão lançado por Barney interrompeu o encantamento que visava despertar o demônio preso na figura de proa. De outras lanchas também partiram arpões certeiros em quem se aproximava da amurada, antes que sequer um sortilégio saísse da boca dos korangarianos.

Enquanto os arpoadores detinham os feiticeiros, os orcs giraram e lançaram ganchos de abordagem para dar início à tomada do galeão. Os humanos ao lado, meros baleeiros sem vocação para a pirataria, admiraram a perícia e coordenação das criaturas que, em questão de instantes, já estavam escalando o costado, movidas por sua força física descomunal. Foi aí que a madeira encantada reagiu à invasão, queimando com energia demoníaca os orcs pendurados. Poucos foram contidos, no entanto, pois o couro grosso, o vigor físico e o estado de frenesi fizeram os guerreiros suportarem o ataque mágico e continuarem a galgar a nau capitânia. No momento em que o último orc abatido pelo encantamento de defesa caiu no mar, os primeiros que passaram pela amurada já estavam atacando ferozmente quem quer que estivesse ao alcance das achas de barba.

Diante das cordas, os humanos liderados por Sir Barney, o Certeiro, em menor número que os orcs, começaram a subir fortalecidos pelas preces de Bideus. As bênçãos lançadas pelo sacerdote protegeram os arpoadores das inscrições arcanas cujo poder já estava parcialmente esgotado. Nenhum baleeiro foi perdido na tomada do costado e da amurada, ainda que alguns tivessem chegado levemente chamuscados. Eles avançaram contra os korangarianos que ainda não estavam sendo selvagemente massacrados pela massa de orcs em fúria.

Miranor viu horrorizado o *Exor* ser tomado pela força invasora. Os feiticeiros estavam sem liderança e, em sua maioria, esgotados — aquamantes, aeromantes e demonologistas não tinham mais forças para lançar sortilégios depois de tantas evocações. Sem o elemento da terra para trabalhar, os geomantes eram praticamente inúteis, e apenas os piromantes começavam a dar combate usando tochas e braseiros no convés para disparar línguas de chamas nos inimigos, o que colocava o galeão em risco. Um mago mentalista recitou um encantamento para confundir a mente dos orcs, mas o estado de cólera das criaturas apenas aumentou a brutalidade dos ataques, ainda que um ou outro invasor tenha se voltado contra os próprios companheiros. O feiticeiro preferiu desistir e dissuadir os colegas de empregar sortilégios semelhantes ao ver um compatriota ser derrubado no convés e ter a cabeça esmagada com pisões furiosos. Dentre as forças das Torres de Korangar, os fisiomantes eram os que estavam causando o maior estrago; alguns conseguiam ferver o sangue dos adversários, enquanto outros paralisavam corpos com encantamentos.

Do alto do castelo de popa, o comodoro passou a ter esperanças de que a maré do combate viraria a favor do Império dos Mortos no momento em que alguns arquimagos, mesmo cansados, liberaram seus demônios guarda-costas para enfrentar a massa de invasores, enquanto os tripulantes do galeão se posicionaram para soprar orlosas e induzir os baldurianos ao suicídio. Miranor até chegou a sorrir e desdenhar de Trevor, pensando que seria capaz de vencer o conflito sem o Sumo Magus presente. Konnor se orgulharia dele. A mão se contraiu nas bandeirolas que o comandante considerou usar para convocar as dromundas e dar suporte às defesas da nau capitânia. Ele sorriu mais ainda quando um invasor que tentava subir ao castelo de popa foi queimado por um piromante e ao ver o corpo de um orc ser quebrado ao meio pelo gestual de um fisiomante.

O *Exor* ia vencer aquele ataque desesperado de Baldúria.

O sorriso do comodoro sumiu do rosto pálido quando uma saraivada de flechas vinda do céu abateu os tripulantes que levaram as orlosas à boca. Miranor ergueu o olhar e viu águias gigantes atacando as velas; uma delas deu um rasante, pegou o piromante que defendia a escada para o castelo de popa e jogou no mar o homem meio dilacerado pelas garras. Um traçado luminoso brotou de outro grande pássaro — na verdade, do arco do elfo que estava em cima —, e o projétil simplesmente explodiu um dos demônios que acossava invasores perto do mastro principal. Duas águias pousaram no convés, de onde pularam um guerreiro com duas espadas curtas na mão e um enorme cavaleiro blindado, com escudo e uma acha de barba, que prontamente foram enfrentar os demônios que sobraram. Ao vê-los, os baldurianos irromperam em comemoração e ganharam um ímpeto de combate renovado.

Miranor se voltou para as dromundas e agitou nervosamente as bandeirolas para os comandantes das belonaves distantes, enquanto os gritos de "Baldur, Baldur" ecoavam de seu navio.

Assim que partiu do castelo voador, Baldur não rumou imediatamente para atacar o galeão inimigo adiante. Ele resolveu seguir o conselho da Rainha Danyanna e rever a esposa o quanto antes. O barão e os rapineiros, juntamente com Derek e Carantir, saíram das ameias e mergulharam em direção ao mar, onde Sindel se encontrava gesticulando para o oceano, empoleirada em uma coluna d'água que girava para sustentá-la. O rosto rechonchudo da salim, tão diferente das feições delicadas e ossudas das outras elfas da superfície, estava contraído pelo esforço de ter acabado de banir Luglulublub, um dos senhores dos elementais de água.

Baldur chegou a tempo de testemunhar o feito impressionante e viu Sir Barney liderar as lanchas dos defensores de Baldúria em um assalto contra a nau capitânia do Império dos Mortos. Ele pretendia seguir o Homem das Águas dali a instantes, mas antes queria ver a mulher e saber de Baldir. O barão girou a manopla para indicar que os companheiros dessem uma volta em torno de Sindel.

Após realizar o encantamento poderoso, a arquimaga aquamante suspirou e abriu os olhos para ter a grata surpresa de ver o marido sobrevoando o oceano, acompanhado pela tropa alada de Bal-dael. Sindel sorriu diante da figura imponente daquele humano que ela jamais imaginava que um dia fosse amar, quanto mais gerar um filho com ele, mas alguma coisa ali estava fora da ordem...

— Essa não é a Delimira! — exclamou a baronesa, apontando para a águia gigante do esposo. — Essa é a Amithea, a águia do Kendel. Onde está ela? Onde está ele?

Aquela não era a reação que Baldur esperava após tanto tempo de afastamento entre os dois, mas ele não podia dizer que era exatamente uma surpresa. Sindel era geniosa e mudava de humores como as marés das águas que controlava. Eles viviam um relacionamento tempestuoso, mas ambos tinham certo prazer de viver às turras e depois descontar tudo na mesa e na cama.

— Os dois deram a vida em combate, meu amor — respondeu o barão ao passar. — Infelizmente, são más notícias para outro momento. Onde está o Baldir?

Sindel fez um esforço para conter as emoções. A aquamante conhecia Kendel há décadas; foi com a colaboração dele que ela criou a tropa dos rapineiros de Bal-dael, como forma de defender o último refúgio dos alfares contra as forças humanas, especialmente em oposição à odiosa Garra Vermelha, comandada pelo meio-elfo de estimação de Krispinus, o rei-genocida. E Delimira... a salim viu a águia gigante sair do ovo, adestrou o belo pássaro, voou em sua garupa contra Amaraxas. E ela sequer pôde se despedir de Kendel, de Delimira... e de outros tantos rapineiros, pelo visto, pois o número de alfares que passava diante de seus olhos era muito menor do que quando Sindel deixou Baldúria.

— No navio dos arquimagos, em segurança — disse a salim, ainda atônita, acompanhando o voo das águias gigantes e recebendo a saudação dos rapineiros, que entoaram o lema da tropa para a líder alfar. — Vá, Baldur, mas depois temos muita coisa para conversar.

Ele sobrevoou a coluna d'água mais uma vez, querendo falar tantas coisas para a esposa, querendo saber mais a respeito do filho que não via há tanto tempo, querendo agradecer por ela ter salvado as lanchas que agora se aproximavam do inimigo. Mas Korangar estava sem defesas, e era o momento de Baldúria finalmente partir para o ataque. Baldur fez um gesto de cabeça para Sindel, acatando que eles teriam uma discussão em breve, se sobrevivessem; com um cumprimento final dos rapineiros, a força alada partiu de vez contra o galeão.

Montada em Kianlyma, Danyanna acompanhou a revoada da tropa de Baldúria até o ponto onde a amiga estava empoleirada no oceano e, ao ver a tensão emocional no rosto da alfar, algo que ia além do cansaço provocado pelo sortilégio de banimento, resolveu ficar para trás. Como uma elfa da superfície com uma forte ligação com a natureza, cada morte dos seus era sentida com profundo pesar por Sindel. Ela queria lamentar a perda de Delimira, de Kendel e dos outros rapineiros, mas sabia que aquele não era o momento nem o lugar. A salim apenas deixou que o sentimento fosse a correnteza do rio de emoções por dentro, e o oceano à volta começou a reagir e encrespar. Assim como o humor de Danyanna se refletia nas condições do céu, as águas respondiam ao estado de espírito da aquamante. Acima de Sindel, os trovões do galope de Kianlyma anunciaram a chegada da rainha.

— Está tudo bem, amiga? — perguntou a aeromante humana ao ver a elfa nitidamente abalada.

— Não — respondeu Sindel. — Mas vai ficar bem pior para Korangar.

Ao se voltar para a frota inimiga, a Suma Mageia lembrou-se do vitral que tanto admirava no Pináculo de Ragus, mostrando um rei-mago aeromante atacando navios piratas com o poder de uma tempestade, e teve a exata noção de como a situação poderia piorar muito para a Nação-Demônio. Enquanto Baldur e os rapineiros de Bal-dael se distanciavam em direção ao galeão korangariano, as duas rainhas consideraram o próximo passo para ajudá-los no combate.

* * *

Agora que os defensores de Baldúria deixaram Sindel e Danyanna para trás, Derek Blak se sentiu à vontade para se aproximar de Baldur e provocá-lo.

— Ih, alguém vai dormir de armadura hoje à noite.

— Nem começa — respondeu o barão. — A vida de casado é uma guerra. Enfrentar Korangar parece um galope no prado perto de ter que "discutir relacionamento", como diz a Sindel. Você deveria tentar. O casamento torna qualquer outro combate mais fácil.

— Não, obrigado — disse o guerreiro de Blakenheim, enquanto tentava manter a águia gigante voando lado a lado com Baldur, com certa dificuldade. — Sossegar e engordar não são para mim. Eu gosto de experiências novas.

— Se eu fosse você, me preocupava mais em voar melhor e não cair no mar. Seria uma experiência nova e tanto, mas eu não volto atrás para pegar engraçadinhos.

— Barão Baldur — interrompeu Miriel, que se aproximou do outro flanco do líder humano. — Vejo daqui que há rushalins no convés e feiticeiros atacando os homens de Sir Barney e os orcs.

Baldur ainda não havia enxergado nada disso, mas confiava na visão aguçada do alfar. Agora que Miriel comentou, era possível ver clarões mágicos espocando no navio. Ele olhou para os elfos que voavam atrás e soltou o vozeirão de comando para dar as ordens de ataque.

— Atenção, rapineiros de Bal-dael: eu e o Capitão Blak vamos atacar os rushalins; Carantir, seu alvo principal são os demônios que estiverem desgarrados e os magos que estiverem causando o maior estrago. Primeira Revoada, o mesmo padrão que adotamos na guerra contra os orcs: flechem grupos de inimigos concentrados, depois os indivíduos que se destacarem. Afinal...

— Cravo que se destaca leva marretada! — respondeu em uníssono o grupo de arqueiros batizado de Primeira Revoada, repetindo um dos lemas prediletos de Baldur.

— Isso mesmo — concordou o barão com um sorriso. — Segunda Revoada, ataquem as velas e o cordame e depois auxiliem os humanos e orcs em combate.

— Nenhum inimigo de Bal-dael sai vivo. Nenhum inimigo de Baldúria sai vivo! — gritaram os integrantes da Segunda Revoada.

A seguir, todos os rapineiros berraram o lema da tropa, "levamos a vingança em nossas asas, levamos a morte em nossas flechas", e até mesmo as vozes de Carantir, Derek e Baldur se uniram às dos elfos.

Quando já estava dentro do alcance dos projéteis, a Primeira Revoada disparou uma saraivada que abateu os tripulantes korangarianos reunidos em um ponto do convés, prontos para acionar uma espécie de trompa. A Segunda Revoada se concentrou em rasgar as velas e o cordame do navio, enquanto um integrante atacava um feiticeiro que disparava línguas de fogo contra os defensores de Baldúria. O primeiro grupo de arqueiros renovou o ataque de flechas, enquanto o segundo arriava o velame e os cabos, contribuindo para o caos e deixando os korangarianos mais confusos ao serem sistematicamente flechados do céu e atacados pelos humanos e orcs no convés.

Houve reação, logicamente. Muitos feiticeiros realizaram encantamentos rápidos de defesa que desviaram os projéteis, mas a distração os deixou suscetíveis ao ataque da massa de invasores que tomaram o *Exor*. Outros magos partiram para a ofensiva com sortilégios de destruição e controle de multidão, mas tiveram que escolher entre os agressores em cima do navio ou os recém-chegados no céu, e sem experiência em combate e uma liderança firme para coordenar o ataque, eles desperdiçaram feitiços ou simplesmente erraram os alvos. A chuva de flechas, velas e cabos certamente não ajudou na tentativa de resistência de Korangar.

Por ter sido avisado da presença de demônios, Carantir retirou uma flecha de uma aljava especial, contendo projéteis com gemas nas pontas para potencializar o efeito mágico que ele, como um erekhe, conseguia imbuir nelas. As pontas das flechas normais, feitas com os ossos de Amaraxas, já serviriam para penetrar no couro sobrenatural e ferir as criaturas infernais, mas o meio-elfo precisava de uma solução mais rápida e letal para o combate. Na onda inaugural de ataque dos rapineiros, ele disparou no primeiro demônio que viu um tiro preciso que varou o torso grotesco do monstro e o explodiu por dentro. Enquanto realizava o sobrevoo de retorno, Carantir já estava encantando o segundo projétil com a mesma intenção.

Assim que viu demônios atacando os orcs e os homens sob comando de Sir Barney, Baldur indicou o ponto de pouso para Derek e mergulhou na direção do convés. O companheiro não executou a manobra com a mesma facilidade, mas conseguiu parar ao lado do barão e prontamente pulou da águia gigante, mais feliz por ter que enfrentar um ser do inferno do que voar. Os dois foram saudados pela massa de humanos e orcs com gritos evocando o nome do cavaleiro, que já estava avançando contra um demônio, brandindo a acha de barba e berrando "Baldúria" para que o inimigo soubesse quem estava no ataque agora. Derek seguiu Baldur e, para aproveitar a viagem, matou um mago korangariano no caminho até se colocar diante de uma criatura com o dobro de seu tamanho, tentáculos saindo do torso e uma cabeçorra em formato de bigorna sem olhos aparentes. Na visão periférica, ele notou que o barão já havia entrado em combate com um demônio similar.

De posse de um escudo novo, feito apenas de aço comum, depois de ter perdido o modelo de vero-aço no combate com Rosnak, Baldur ergueu a proteção para evitar golpes que não vieram, pois a criatura preferiu agarrá-lo com os tentáculos e puxá-lo na direção de uma bocarra que até então esteve escondida na cabeça. Não era uma tarefa fácil mover a massa blindada do cavaleiro grandalhão, mas o demônio tratou Baldur como se fosse um fardo de feno. Dentro da guarda do inimigo, sem espaço para desferir um golpe cortante, o barão mudou a pegada no eskego, segurando logo abaixo da cabeça da acha, e prontamente enfiou a arma dentro da boca imensa que pretendia morder seu crânio. Com uma puxada violenta, Baldur arrancou meia cabeça do demônio e tombou ao lado da criatura, que agonizou brevemente até se desfazer.

Quando os tentáculos de seu alvo se projetaram para pegá-lo, Derek recuou enquanto golpeava com os gládios para cortá-los. Mesmo com aquele corpanzil, o demônio era rápido demais e diminuiu a distância para prender o oponente e levá-lo até a bocarra faminta. O guerreiro de Blakenheim achou que a capa de vulturi o protegeria, mas de alguma forma a criatura conseguia enxergá-lo; uma vez agarrado, ele se debateu, mas estava irremediavelmente preso. Com a proximidade, Derek ainda conseguiu estocar entre os tentáculos, mas aquilo não foi suficiente para deter o ser infernal, que apenas ficou mais furioso e com vontade de devorar a presa humana. Ele viu a cabeçorra se aproximando para mordê-lo, mas o monstro não chegou a completar o gesto. Uma acha de barba surgiu voando entre o rosto dos dois e se cravou no demônio, para em seguida retornar à mão de Baldur enquanto a criatura soltava Derek ao se desfazer.

— Manter um casamento é mais difícil que isso — disse o barão, ofegante, de olho em um terceiro demônio que se aproximava.

— Você me deu um ótimo motivo para continuar solteiro — retrucou o guerreiro de Blakenheim chegando perto de Baldur para enfrentar a criatura.

Um traço luminoso cortou o céu e destruiu o último monstro infernal sem que ele desse mais um passo na direção dos dois humanos aliados. Finda a ameaça sobrenatural, Carantir realizou mais um sobrevoo e trocou de aljava para se concentrar no perigo representado pelos humanos adversários.

Em volta de Baldur e Derek Blak, as forças de Baldúria estavam sobrepujando com folga os korangarianos, agora que os magos sobreviventes estavam sendo flechados pelos elfos rapineiros, enquanto guerreiros orcs e arpoadores sob a liderança de Sir Barney terminavam de matar os feiticeiros que estiveram exaustos demais para se juntar ao combate. Entre lágrimas e ganidos, os inimigos imploraram por clemência e não receberam nenhuma.

No convés da nau capitânia da Frota de Korangar, o conflito foi finalmente vencido por parte dos baldurianos. O Capelão Bideus tentava salvar os gravemente feridos com preces a Be-lanor, enquanto os combatentes machucados recebiam apoio dos sobreviventes relativamente ilesos. Havia mais mortos do que Baldur gostaria de ter visto, mas ele sabia que todo combate cobrava esse preço terrível. A atenção do barão se voltou para Sir Barney e Hagak, que se aproximavam dele; o orc trazia pelo braço, sem nenhuma delicadeza, um korangariano com trajes diferentes dos usados pela maioria dos invasores mortos.

— Esse aqui tem todo o jeito de ser o comandante, Senhor Barão — falou o Homem das Águas, apontando para o cativo.

Enquanto Baldur e Derek se entreolhavam, Nimor, o marinheiro refugiado que participou do ataque das lanchas, chegou perto e confirmou a identidade do sujeito, reconhecendo a patente de comodoro pelo uniforme. Irritado com as baixas, sem paciência para sutilezas, o barão simplesmente se voltou para o outro Confrade do Inferno e disse:

— Mande que ele ordene a rendição do resto da frota ou o que aconteceu aqui vai parecer um ato de misericórdia.

O guerreiro de Blakenheim assentiu com a cabeça e transmitiu a mensagem, acompanhada por dois golpes no estômago do korangariano com o pomo de um gládio. Ele sabia que Baldur não se oporia ao reforço no argumento e viu que tinha razão quando o amigo apenas cruzou os braços, esperando uma resposta do prisioneiro.

Curvado e cuspindo sangue diante dos algozes, Miranor só conseguiu lançar um olhar furtivo e esperançoso para o porão do *Exor*, torcendo para que Trevor finalmente surgisse das entranhas do navio com uma legião de desmortos para salvar Korangar.

CAPÍTULO 43

PORÃO DO *EXOR*,
LITORAL DE BALDÚRIA

O interior cavernoso do galeão korangariano acolheu Trevor como uma tumba. Aquele breu e silêncio completos eram um alívio em contraste com a claridade e a confusão do combate do lado de fora. O Sumo Magus precisava daquele momento confinado na quietude do sarcófago para se harmonizar com as energias necromânticas, depois do esforço sem precedentes em reanimar os dragões mortos no castelo voador, em especial Amaraxas. Cada passo dos pés cadavéricos nas sandálias ao estilo adamar era pesado, sem o vigor sobrenatural de lich com que Trevor estava acostumado. Era como se ele estivesse *morrendo* de verdade, pela segunda vez.

O necromante se dirigiu ao sarcófago em meio à tropa pessoal de desmortos, que aguardavam um comando do mestre para entrar em ação e defender o *Exor*. Contudo, Trevor estava confiante de que os feiticeiros das Torres de Korangar fossem capazes de rechaçar os baldurianos e, ademais, ele precisava recuperar as forças que apenas o solo de sua terra natal lhe devolveria assim que desse início ao ritual de reparação. O Sumo Magus estendeu a mão na direção do túmulo, selado com poderosos sortilégios de proteção, e interrompeu o gesto antes de pronunciar a palavra de poder que o abriria.

O sarcófago já estava aberto, e a valiosa terra da Morada dos Reis estava espalhada por toda parte, incapaz de abrigá-lo.

O lich não era dado a ataques de pânico, pois emoções mundanas havia muito tempo não faziam parte de seu repertório de sentimentos, mas ele sentiu um frio na barriga que não funcionava mais. Era possível atribuir o pico de medo ao cansaço, mas a cena diante de si não possuía explicação fácil. O porão do *Exor* só continha o sarcófago do Sumo Magus e os fiéis Reanimados que o seguiam, mais nada. Os olhos sem vida de Trevor vasculharam a escuridão na qual conseguiam enxergar, mas se detiveram em um ponto envolto em trevas que até sua visão preternatural não era capaz de penetrar.

Era uma ausência de luz tão grande que o negrume ao redor parecia claro. Daquele lugar isolado no interior da nau capitânia, surgiu o cacarejo de um velho moribundo.

— Estou admirado, admito, ao ver a que ponto você chegou, Trevus. Para um *escravo*, você foi longe demais, ainda que aqui seja o proverbial fundo do poço.

A escuridão começou a se condensar em um vulto negro destacado do ambiente, na forma de uma capa preta com um capuz que não permitia ver o rosto do interlocutor, aparentemente mergulhado nas mesmas trevas impenetráveis de onde ele saiu.

— Am-bronor! — exclamou a voz seca do lich.

Trevor reconheceu quem era a silhueta escura mais pela voz do que pela imagem diante dos olhos mortos. Aquele borrão escuro, trajando uma capa simplória, estava longe de ser o adamar esplendoroso que o Sumo Magus conheceu na Morada dos Reis, quando ainda era um escravo-assistente do embalsamador-mor da realeza, mas o tom das palavras e a rispidez do discurso eram inconfundíveis. O susto deu lugar à compreensão final da profecia dos magos da Torre de Vidência — o Velho Inimigo estava diante dele. O Embalsamador do augúrio era realmente Trevor, o pobre servo que fazia o trabalho pesado enquanto aquele tirano escravagista apenas supervisionava os cuidados aos cadáveres dos imperadores-deuses; Am-bronor era um adamar opressor e representava o inimigo de todos os korangarianos livres.

— Há séculos que não me importo mais com títulos — continuou falando o recém-chegado —, mas para você eu sempre fui Mestre Am-bronor. Eu agradeceria a cortesia, *Sumo Magus*.

Mesmo exausto, o lich sentiu uma pontada de energia, um ardor provocado pelo ódio àquela criatura e ao que ela representava.

— Você não é mais meu mestre — retrucou ele com o sentimento de raiva na voz seca —, e eu não sou mais Trevus, e sim *Trevor*, o Sumo Magus das Torres de Korangar. O que você faz aqui?

— Eu vim colocá-lo no seu devido lugar, coisa que devia ter feito há muito tempo. Dar fim a esse "experimento Korangar" que eu deixei seguir sem controle além da conta. Acabou, Trevus.

Se o rosto de pele e osso do necromante conseguisse demonstrar alguma reação, certamente teria se contorcido com desprezo. O adamar continuava o mesmo, não importavam a passagem dos séculos ou a aparência estranhamente alterada. Am-bronor continuava prepotente, arrogante, se achando o dono do mundo.

— Você não era ninguém no seu império arruinado e continua não sendo ninguém agora — sibilou Trevor. — É a literal sombra de um passado de glórias que não existe mais. Um mero embalsamador. Já eu controlo a transição da vida para a desmorte como arquimago necromante.

O vulto negro soltou uma longa e incômoda gargalhada cacarejante.

— Vocês, korangarianos, sempre com essa fixação em títulos. Eu já disse que não tenho interesse neles, mas uma vez que insiste... Infelizmente, você fugiu da Morada dos Reis antes de um certo... *progresso* em minha carreira. Pois então, "Sumo Magus Trevor", você está diante do Imperador-Deus Am-bronor, o último imperador adamar.

Ao dizer aquilo, o vulto negro jogou os braços para trás e irradiou uma luz solar dentro do porão da belonave. Por um breve momento, ele deixou de ser aquela figura decrépita encoberta por uma escuridão impenetrável e voltou a ser um adamar resplandecente, um deus na terra, um ser cujo poder não podia ser medido ou compreendido segundo padrões humanos. Então, tão rápido quanto surgiu, o vislumbre passou, mas foi o suficiente para queimar os olhos de Trevor. O lich soltou um grito agudo de dor que fez a pele morta e repuxada em volta da boca e da garganta se rasgar. Ao redor do necromante, vários Reanimados haviam sido destruídos, e só sobraram armas, armaduras e pó.

O adamar, novamente reduzido à forma de um vulto negro, se aproximou de Trevor, que ainda gania de desespero, agora de joelhos.

— Eu me arrependo de muita coisa no meu governo, Trevus. Ter visto o Império ruir, ainda que fosse inevitável, foi doloroso. E pensar que prendemos o pobre Ta-lanor por ter previsto que o despertar dos dragões selaria o nosso fim. E ele falou outras coisas às quais não demos ouvidos, deixou previsões que foram ignoradas ou proscritas, como o tal augúrio a respeito de um "império dos mortos, a tirania dos oprimidos que virariam opressores". Na ocasião, nós não entendemos, mas quem diria que o Profeta Louco estava falando de Korangar? Quem diria que nossos escravos se revoltariam e escapariam para simplesmente erigir o mesmo tipo de sociedade da qual fugiram? Eu nunca deveria ter permitido que você, um mero escravo, tivesse acesso aos conhecimentos proibidos de necromancia... Os humanos costumam dizer que os filhos são fruto da criação que recebem dos pais, e tendo a concordar. Os adamares foram maus pais, e o resultado foi Korangar. *Eu* fui um mau pai. Krispínia se saiu bem melhor, pelo menos até onde pude ajudar... e vou continuar ajudando.

O vulto negro tocou no desmorto, que ainda se debatia ajoelhado, de fato morrendo uma segunda vez, após ter sido banhado pela luz solar divina de um deus. Ainda assim, havia séculos de poder acumulado dentro daquele cadáver ambulante, uma profusão de energia de trevas capaz de lutar contra aquele efeito, um conhecimento a respeito de vida e morte inigualável. Trevor era o Sumo Magus da Torre de Necromancia de Korangar, capaz de extinguir a vida de qualquer ser com apenas uma palavra.

A boca descarnada parou de gemer de dor e começou a concentrar todo o poder necromântico do lich em um único sortilégio.

— Am-bronor, MOR...

— MORRA você, Trevus.

A centelha de energia nefasta que habitava o corpo desmorto se apagou. A existência de Trevor foi negada, o paradoxo do ente foi repudiado. Por um átimo, o Sumo Magus esteve, ao mesmo tempo, vivo, morto e desmorto. E a seguir, não esteve, não era. O pó que Trevor virou se misturou ironicamente à terra da Morada dos Reis, que estava espalhada pelo piso do porão após o selo místico do sarcófago ter sido rompido. O último imperador-deus olhou para aquela tumba com sarcasmo; um sarcófago adamar, feito pelas mãos do próprio Trevus, foi a causa da ruína do ex-escravo, que no subconsciente jamais havia deixado de venerar o velho inimigo, ainda que o odiasse. O objeto tinha sido usado como condutor do encantamento que trouxe Am-bronor até ali, ao refúgio do necromante. O servo do embalsamador que se achava um embalsamador de verdade. Dentro do capuz indevassável, o adamar sorriu com ironia cáustica. Ele se abaixou para recolher os itens de poder de Trevus — uma tiara, alguns anéis e pulseiras —, que não deveriam cair em mãos gananciosas e erradas.

Durante aquele gesto, subitamente, o vulto negro sentiu o impacto de toda aquela empreitada até então. O deslocamento, a revelação da divindade, a destruição do lich... Todos eram feitos que normalmente consumiriam um poder incalculável, mas que *somados*, então, sugavam até o último lampejo da existência. A manga da capa preta se estendeu para os mortos-vivos ao redor, que começaram a desmoronar. Um por um, os Reanimados tiveram a energia necromântica que os sustentava consumida pelo último imperador-deus. A onda de absorção se espalhou para além dos limites do galeão, passou por cima do mar e encontrou as dromundas, repletas de desmortos, com quase 5 mil soldados e monstros Reanimados que seriam usados para invadir Krispínia. Todos foram reduzidos a pilhas de ossos e carne podre nos porões de belonaves cuja missão agora havia perdido o sentido.

O poder do imperador-deus também localizou Amaraxas no fundo do oceano. Aquela foi uma redescoberta inesperada, ao contrário do reencontro com Trevus. O último contato entre os dois ocorrera quando o Primeiro Dragão estava destruindo a Morada dos Reis, sob o olhar impotente de Am--bronor. Agora, o adamar se sentiu da mesma forma. O crânio reanimado se recusou a devolver a energia que o despertara e que o mantinha naquele estado inatural de existência. Assim como o lich havia percebido anteriormente, o vulto negro, agora fortalecido outra vez, compreendeu que Amaraxas era um ser com uma força de vontade imensurável e inigualável, que não abriria mão do poder recém-adquirido.

Felizmente para Krispínia, o Primeiro Dragão parecia estar outra vez confinado a um túmulo subaquático, pelo menos por agora.

Aquela preocupação ficaria para depois. No momento, a Frota de Korangar estava derrotada, pelo menos no tocante aos mortos-vivos. E, de acordo com os gritos de comemoração que vinham do convés, uma mistura de vozes de elfos, orcs e humanos, algumas delas berrando o nome do Barão Baldur, pelo visto a ameaça dos korangarianos vivos também tinha chegado ao fim.

O homem da capa preta se permitiu um novo riso cacarejante que ecoou no vazio do porão da embarcação. Ele teria que agradecer ao Destino, ou mais especificamente, a Od-lanor por ter trazido o cavaleiro grandalhão àquela reunião em Tolgar-e-Kol, algo que nunca estivera em seus planos originais. A ironia não lhe escapou à percepção: os rumos das raças de Zândia sempre foram traçados pelos adamares, fossem eles um sábio buscante ou o último imperador-deus.

Ainda rindo, Ambrosius começou os preparativos arcanos para sair dali.

CAPÍTULO 44

EXOR,
LITORAL DE BALDÚRIA

Miranor continuava apanhando do invasor que falava korangariano com um sotaque quase perfeito e usava a capa de um vulturi. Se não soubesse que ele era um granej — e não estivesse levando socos no estômago e no rosto, obviamente —, o comodoro diria que o sujeito era oriundo da província de Karaya e que provavelmente tinha matado um espião. Ele se fixou nesses pensamentos fora de propósito para não sentir a dor da tortura, nem a agonia da espera para ver se Trevor finalmente surgiria do porão do navio com seus vastos poderes de Sumo Magus e a tropa pessoal de Reanimados. Infelizmente, o comandante do *Exor* viu uma força armada de baldurianos descer ao interior da embarcação e voltar ilesa, fazendo sinais negativos com a cabeça. Ele nem teve tempo de lamentar internamente, pois recebeu uma joelhada no estômago.

— Mande o resto da frota se render ou vamos queimar os navios um por um! — ameaçou o guerreiro baixo e troncudo.

Miranor não conseguiu responder, porque a atenção de todos a bordo — inclusive a dele, que estava sendo contido por trás por um invasor muito alto — se voltou para uma comoção em alto-mar, uma mistura de estrondos e clarões, como se o céu e o oceano estivessem furiosos. E realmente estavam: o comodoro virou o rosto ensanguentado para onde todos olhavam e viu duas mulheres, obviamente duas *feiticeiras*, uma montada em um cavalo voador e outra em cima de uma onda, comandando um ataque às dromundas que ele havia sinalizado para se aproximar durante a invasão ao *Exor*, como reforços que não chegariam mais a tempo. Elas vinham adiante de uma frente de tempestade que havia se formado no céu claro, e as nuvens cuspiam relâmpagos que atingiam os mastros da Frota de Korangar, enquanto o mar revolto açoitava e destruía as duas ordens de remos de cada lado das belonaves que guardavam o contingente de soldados mortos-vivos.

Para piorar, de uma carraca inimiga no encalço das mulheres brotaram finas línguas de fogo que desenharam um arco no céu até caírem nos conveses das dromundas mais próximas, provocando explosões de chamas que jogaram tripulantes e madeira para o alto. Na amurada da nau recém-chegada, Miranor viu silhuetas gesticulando, e em resposta os cascos dos navios da Nação-Demônio começaram a empenar e se deformar. Havia apenas necromantes nas dromundas, para comandar a tropa de Reanimados no desembarque, e eles não pareciam muito versados em feitiços que anulassem encantamentos daquela magnitude. Por conta própria, as três dromundas da retaguarda ensejaram mudar de curso — *sábia decisão de seus comandantes*, pensou Miranor —, mas logo foram alcançadas pelas magas e ficaram à deriva, perdendo velas, mastros e remos sob o ataque incessante dos elementos sob controle das duas mulheres.

Diante dos olhos do comodoro — um deles inchando e se fechando —, pouco a pouco a vitória contra a Frota de Korangar estava sendo sacramentada. Restava a esperança de que Konnor lograsse êxito com a estratégia de invasão por terra firme. Ainda que morresse pelas mãos desses bárbaros, Miranor teria a satisfação de saber que eles retornariam para um reino sob ataque do Senhor da Guerra do Império dos Mortos. Ele só não sorriu porque o maxilar doía demais.

Enquanto se desenrolava o espetáculo de destruição nas águas próximas, Derek Blak se aproximou de Baldur, que olhava admirado o empenho do Colégio de Arquimagos de Krispínia em neutralizar a esquadra inimiga.

— Se a sua esposa faz *aquilo* com remos, eu nunca mais andaria fora da linha, Baldur — disse o guerreiro de Blakenheim em voz baixa, apontando para o mar. — Essa sua coluna não aguenta o primeiro olhar feio da parte da Sindel.

O barão pestanejou e finalmente conseguiu desgrudar os olhos da cena lá fora. Ele virou o corpanzil para responder ao amigo:

— Bem, pelo visto o seu bonitão ali atrás perdeu a utilidade. Não há mais como dar ordem de rendição para esses navios condenados.

— Discordo — respondeu Derek. — Ele tem muitas informações a revelar por ser o comandante da frota. Pode haver uma segunda onda de ataque, ainda que eu duvide, por conta da sabotagem que a Jadzya fez lá atrás em Korangar.

Ou talvez haja algum segredo místico que não estamos vendo, um ritual secreto em andamento, sei lá. O instinto me diz que ainda não derrotamos por completo a Nação-Demônio.

A desconfiança do guerreiro de Blakenheim tirou um pouco do alívio e da alegria de Baldur por aquele combate ter chegado ao fim. Mas era exatamente assim que uma vitória aparente virava uma derrota concreta; em anos de guerra, ele já tinha visto muitos comandantes comemorarem antes do tempo apenas para serem surpreendidos por uma tropa reserva vindo de um flanco desprotegido.

O Barão de Baldúria não queria ser lembrado como esse tipo de comandante.

— Tudo bem, então. Melhor levá-lo para o Od-lanor, Derek. Ele sempre foi bom com as palavras e para convencer as pessoas a cooperar.

— E se o comandante continuar reticente? Entregamos o sujeito para o Kalannar?

O guerreiro de Blakenheim se lembrou do estado do cadáver de um elfo que ele achou na Casa Grande da Praia Vermelha havia alguns anos, um pouco antes do ataque de Amaraxas à Beira Leste; foi o corpo de um alfar que Kalannar dissera ter interrogado a respeito do despertar dos dragões causado pelo então Salim Arel. Foi uma das visões mais revoltantes que Derek teve na vida, e isso considerando que ele viveu em Korangar.

— Vamos esperar que isso não seja necessário — respondeu Baldur, que também tinha noção dos aspectos menos louváveis da personalidade do amigo svaltar. — O korangariano é um prisioneiro de guerra. Se o Od-lanor não tirar nada dele, o desgraçado vai trabalhar com os kobolds na armação ou com o Agnor no garimpo de prata. Não penso em castigo maior que ter que conviver e receber ordens do Agnor. Vamos levá-lo para o castelo voador, que é o melhor lugar para fazer esse tipo de coisa.

Derek concordou com a cabeça e voltou, juntamente com o barão, ao ponto onde o comandante amarrado ainda estava sendo vigiado por Barney, que vibrava com os amigos arpoadores a cada nau inimiga sendo destruída.

— Sir Barney, o comando do navio é seu — disse Baldur ao agarrar o cativo pelo braço a fim de levá-lo até a águia gigante.

Ele montou em Amithea, que pegou o korangariano surrado e sangrando com as garras sem muita delicadeza, enquanto o guerreiro de Blakenheim rumava para a própria montaria alada. Os dois ganharam os ares em meio aos últimos clarões e estrondos provocados pelos feitiços dos arquimagos de Krispínia.

A devastação também tinha um espectador especial, alguém que possuía conhecimento místico suficiente para analisar melhor o que estava vendo. Da borda da rocha flutuante, acompanhado por uma abismada Samuki, Agnor observava o poderio do Colégio de Arquimagos contra as Torres de Korangar. Não estava sendo um combate honesto, era verdade: os ex-colegas do geomante chegaram cansados pela evocação de vários demônios e dos dois senhores dos elementais, isso sem contar o embate contra os guerreiros de Baldúria. Agnor se perguntou por que não viu soldados ou mesmo bralturii guarnecendo os feiticeiros, tirando os poucos demônios que foram rapidamente abatidos. O Triunvirato teria que estar agindo em conjunto na operação, a não ser que... Ele xingou a própria inocência. Obviamente havia um jogo de poder envolvido. Todo o fracasso da expedição de Gregor tinha sido causado pelas disputas políticas entre o Parlamento e as Torres — e Korangar saiu perdendo. Como agora, novamente.

— O que foi, Agnor? — perguntou a anã, sentindo a inquietação do companheiro e ouvindo os impropérios murmurados.

— Eu fico irritado quando vejo a estupidez vencer a inteligência e a capacidade. Korangar tinha tudo para ser o maior reino de todos, mesmo com a adversidade do Colapso, mas deixou que imbecis tomassem decisões. Fosse outra a liderança, a instabilidade geomística do subsolo poderia até ter sido contornada. Tínhamos conhecimento geomântico para isso. *Eu* poderia ter resolvido a questão, se tivesse tempo, como fiz com os Portões do Inferno e o Amaraxas para os imbecis *daqui*, ainda que eles não me deem o devido crédito. Mas o Império dos Mortos preferiu seguir o caminho da mesquinharia, da ignorância e da ganância. Korangar merece essa ruína.

— Mesquinharia e ganância são qualidades aos olhos de Midok, mas não são bem aconselhadas pela ignorância — disse Samuki. — Só não lamento mais o que aconteceu com você em Korangar porque, do contrário, jamais teríamos nos conhecido.

— E duvido que no império eu conseguisse uma mina de prata com uma colônia de orcs como garimpeiros — comentou o mago.

— Louvado seja o Mão-de-Ouro pelas riquezas adquiridas. "A bênção de Midok começa pela prata e termina no ouro." Você será um humano próspero, um grão-anão bem-sucedido, Agnor. Eu não estaria com você se não acreditasse nisso.

Ele sorriu para a sacerdotisa e voltou os olhos miúdos para o combate no oceano — ou melhor, para o massacre, visto que as forças místicas de Krispínia agrediam Korangar sem revide. Aqueles pretensos "arquimagos" até que sabiam um ou dois truques, Agnor teve que admitir, a contragosto. A elfa gorda de Baldur e a rainha bunduda com ares de deusa estavam provocando um estrago, mas deram sorte, pois o campo de batalha escolhido pela Nação-Demônio favorecia a magia das duas. O sorriso do korangariano logo virou uma expressão de desprezo. Longe de uma fonte de água, Sindel era inútil; e Danyanna, sozinha, não seria páreo para um geomante como ele.

O humor de Agnor piorou quando ele notou Od-lanor em outra ponta da borda da pedra flutuante. O menestrel não tirava os olhos maquiados da cena; com certeza estava guardando os detalhes e se inspirando para compor uma ode à conquista de Krispínia, e sem dúvida reservaria um papel de destaque para si, apesar de ter sido um mero observador. O geomante korangariano não estava completamente errado na avaliação maldosa. De fato, Od-lanor queria absorver o máximo de detalhes daquele momento histórico, mas não possuía nenhuma intenção musical por trás, e certamente não se colocaria como protagonista dos fatos. Uma sensação estranha, porém, atrapalhava o testemunho do poderio do Colégio de Arquimagos do qual ele fazia parte (ainda que, ironicamente, seu conhecimento mágico não chegasse perto dos colegas lá embaixo, que desmantelavam a Frota de Korangar com feitiço atrás de feitiço). O bardo havia sentido uma presença que sumiu tão rápido quanto surgiu, como uma vela que foi acesa repentinamente na escuridão e apagada no instante seguinte. Naquele breve clarão, Od-lanor teve a percepção de outro adamar na área, alguém da mesma raça que ele, considerada em extinção pelos estudiosos humanos. Havia pouquíssimos adamares espalhados por Zândia, e fazia muito tempo que Od-lanor não encontrava outro do mesmo sangue. Aquela proximidade repentina e momentânea era inexplicável e estava impedindo que o bardo assimilasse o evento histórico diante dos olhos.

Ele conjecturou se haveria algum adamar a bordo dos navios de Korangar — era o único lugar *lógico* — e temeu que o indivíduo tivesse sido destruído em meio ao ataque arcano dos arquimagos krispinianos, mas os pensamentos foram interrompidos pela chegada de Baldur e Derek Blak em águias gigantes;

a montaria do barão depositou no chão, sem o menor cuidado, um indivíduo com trajes de Korangar e a aparência de que fora espancado. Pelo rabo de olho, Od-lanor notou que Agnor tinha visto aquilo e se aproximava com a sacerdotisa de Midok.

— Você está bem? — indagou o barão ao desmontar de Amithea e ver o estado do adamar.

— A mim ninguém pergunta como estou — reclamou Agnor. — O charlatão mal chegou, enquanto eu soltei o crânio do Amaraxas no mar e mantive a pedra flutuante coesa, mas quem se importa?

— Já vi que goza de plena saúde para ser irritante como sempre — disse Baldur, que sentiu o toque de Od-lanor no braço para contê-lo.

— Eu... estou bem — respondeu o bardo. — Apenas senti uma presença... que não sentia há muito tempo.

— Você não levou fama por ter feito algo que eu fiz, deve ser isso. Está lhe fazendo mal — falou o geomante, e Samuki riu ao lado dele.

— Já chega disso! — trovejou o barão, e a seguir se voltou para o adamar. — Od-lanor, precisamos interrogar esse sujeito aqui. Ele era o comandante da esquadra inimiga, e o Derek desconfia que Korangar ainda reserva surpresas para nós.

Todos se voltaram para o pobre coitado caído no chão, sendo vigiado pelo guerreiro de Blakenheim.

— Vocês não capturaram o Senhor da Guerra? — perguntou Agnor.

— Quem seria esse sujeito? — falou Baldur.

— Eu expliquei antes, quando tivemos o conselho de guerra — respondeu Derek. — É o chefe militar de Korangar, mas ele comanda a infantaria e a cavalaria, e as dromundas apenas levavam os desmortos, como vi em Kangaard.

— Isso não importa, seu apedeuta. O Senhor da Guerra está sempre presente nas operações militares, especialmente numa desse porte. Como Korangar nunca invadiu outro reino fora da Grande Sombra, acho impossível que ele não estivesse no galeão. Deve estar entre os mortos ou magicamente oculto.

— Não vi nenhum corpo de alguém que fosse guerreiro de ofício, você viu, Derek? — perguntou Baldur, que recebeu uma negativa do amigo. — Então o bonitão aí vai esclarecer para nós. Od-lanor, por favor...

— Os truques de salão do menestrel não vão funcionar — disse o geomante, em tom ríspido. — Os feiticeiros e militares de Korangar passam por rigoroso condicionamento mental contra influência sobrenatural. Por isso o som de orlosas, orotushaii e outros efeitos...

— Calado, Agnor, deixe o Od-lanor se concentrar — falou Baldur, recebendo um muxoxo de volta tanto do mago quanto da sacerdotisa anã, que se afastaram reclamando.

O bardo adamar se ajoelhou perto do homem surrado e começou a falar em korangariano com ele, no estranho tom de voz convincente que Baldur e Derek conheciam bem. O guerreiro de Blakenheim entendeu o diálogo, ouviu Od-lanor prometer que nada de ruim aconteceria se o sujeito colaborasse, que ele era o único amigo que o cativo possuía entre aqueles homens violentos — sempre escolhendo bem as palavras, que saíam da boca em uma irresistível cadência hipnótica. Derek quase se convenceu daquilo tudo... e nem era o alvo do discurso. O semblante do korangariano foi mudando, da resistência estoica de um prisioneiro orgulhoso para a colaboração sincera de um preso esperançoso, e foi nesse momento que o bardo atacou, por assim dizer, perguntando a respeito dos planos de Korangar e a localização do Senhor da Guerra.

A resposta do comandante korangariano tirou o guerreiro de Blakenheim do pequeno transe hipnótico e deixou um pouco pálido o rosto bronzeado do adamar. Ambos se entreolharam e se voltaram para Baldur, que aguardava de braços cruzados, sem entender patavina do interrogatório, e não gostou da reação dos dois amigos.

Od-lanor, sempre dado a rodeios e a explicar demais as situações, foi o mais sucinto possível, em nome da urgência e da gravidade da informação.

— Baldur, havia uma outra embarcação na frota, uma carraca, que ficou para trás há alguns dias. Ela levava Konnor, o tal "Senhor da Guerra", e um contingente de bralturii, cuja melhor tradução seria "cavaleiros infernais". O plano do sujeito era desembarcar e rumar para Baldúria a fim de nos atacar de surpresa, pois ele tinha certeza de que nós tomaríamos a iniciativa de enfrentar Korangar no oceano com as forças aéreas do baronato. Esse homem aqui era de confiança do Senhor da Guerra e apenas ele sabia do plano.

— Esses bralturii são coisa séria, Baldur — disse Derek Blak. — A tropa de elite de cavaleiros de Korangar, que atacam com apoio de demônios parecidos com cachorros.

— Zoltashaii — corrigiu Agnor, que se aproximou ao ouvir o relato.

O barão cerrou o punho na manopla com um rangido audível.

— Temos que voltar para a Praia Vermelha imediatamente. Vou convocar os sobreviventes dos rapineiros e do grupo de lanchas do Sir Barney. Derek, avise ao Kyle.

— O Palácio dos Ventos está bem avariado, Baldur... — falou Od-lanor.

— A rocha flutuante está com a integridade elemental comprometida — disse o geomante. — Eu não aconse...

A forma blindada do Barão de Baldúria pareceu se agigantar, e o rosto ficou mais vermelho do que a barba acobreada.

— Então vamos em águias gigantes, vamos no navio dos arquimagos, vamos em cima de uma *onda* com a Sindel. Não importa. Eu deixei um lado exposto e agora o inimigo tem uma chance de vitória *na minha casa*. Vamos com tudo *e com* o castelo voador.

Baldur deu por encerrada a discussão, e o tom de voz colocou os demais em ação. Uma tropa reserva vinda de um flanco desprotegido. Parecia que ele tinha previsto. *Não*, o barão sacudiu a cabeça. *Vulnerável, sim, mas não desprotegido*.

Ele havia deixado Kalannar cuidando de Baldúria.

CAPÍTULO 45

PRAIA VERMELHA, BALDÚRIA

O som de machadadas era constante na Praia Vermelha. Sem parar, os refugiados de Korangar e os escravos kobolds talhavam estacas compridas e pontiagudas que estavam sendo unidas por cordas e fincadas na areia da armação, sob o olhar atento de Kalannar e da Guarda Negra. De vez em quando, no meio do barulho incessante das lâminas de ferro na madeira, surgiam os gritos dos algozes e o estalo no ar do flagelo do alcaide, cobrando empenho no serviço. O svaltar estava diante de um desafio inusitado; como primogênito da família mais poderosa de Zenibar, ele tinha recebido alguma educação militar, ainda que o irmão mais novo, Regnar, fosse o soldado de ofício da linhagem, criado para assumir o papel de comandante das tropas da Casa Alunnar. No entanto, mesmo com seus conhecimentos, as escaramuças nos túneis cavernosos da Cordilheira dos Vizeus com as quais Kalannar estava acostumado representavam um desafio diferente de uma guerra campal em um espaço aberto e ensolarado. Dessa forma, caso os invasores korangarianos viessem a desembarcar, o alcaide de Baldúria pretendia limitar o terreno do inimigo, criando corredores com as estacas para contê-los enquanto eram fustigados por uma linha formada pelos arpoadores que não foram para o combate naval (a fim de ceder o lugar para os orcs). Assim como era prática em Zenibar, os indesejáveis, as formas de vida inferior — no caso de Baldúria, os kobolds e os refugiados —, ficariam na linha de frente, seriam os primeiros a morrer para impedir o avanço adversário e, com sorte, diminuir o número de invasores.

Recriar as condições de combate nas cavernas subterrâneas que ele tanto conhecia era o melhor plano possível dentro das circunstâncias, ainda que

Kalannar estivesse tomado por incertezas. Baldur e os demais haviam partido para defender Baldúria e Dalgória sem saber quase nada a respeito do inimigo, e ele tinha ficado para trás com o intuito de defender o baronato caso Korangar derrotasse os baldurianos e decidisse invadir a Praia Vermelha — o que seria improvável, uma vez que o objetivo final da Nação-Demônio era o reino vizinho. Ainda assim, os korangarianos poderiam parar ali para tomar o território teoricamente indefeso com o objetivo de lamber as feridas, reabastecer as tropas, enfim, por uma série de motivos, antes de prosseguir para Dalgória. O assassino svaltar odiava enfrentar uma situação sem estar de posse de todas as informações, detestava se planejar sem considerar todas as possibilidades. Só lhe restava tentar minimizar o caos da guerra.

Kalannar caminhou pela areia, supervisionando ao lado de Bale a colocação das estacas, tentando explicar para os refugiados inúteis por meio de gestos o que eles tinham que fazer. Pelo menos os kobolds o entendiam; eles eram um fardo menos pesado que aquela legião de maltrapilhos que Derek Blak mandou para sua armação. Teria sido melhor se aquele espadachim de segunda classe tivesse trazido informações mais precisas a respeito de Korangar do que aqueles estorvos. Na pior das hipóteses, os refugiados serviriam como um tampão contra o avanço inimigo. Daquele ponto, o alcaide ficou olhando o mar, imaginando como o amigo humano estaria se saindo, se o castelo voador tinha contido a Frota de Korangar, cujo tamanho e capacidade ofensiva eles desconheciam (*obrigado, Derek, por nada*). Pensar em Baldur levou a atenção do svaltar para o bosque próximo ao vilarejo pesqueiro, a mesma mata por onde ele chegou pela primeira vez, sorrateiro, a fim de investigar o então alcaide Mestre Janus, acusado de desviar recursos da Coroa. Naquele momento, o arvoredo escondia os Dragões de Baldúria, a tropa pessoal do barão, um bando de bufões enlatados que serviriam como uma força reserva, como soldados svaltares à espreita em um túnel lateral, à espera da passagem do inimigo. *Quem dera que eles fossem* de fato *soldados svaltares*, pensou Kalannar, mas ele só podia trabalhar com o material que tinha à mão.

Durante a ronda, o feitor-mor passou pelos dois líderes korangarianos, a amante de Derek e o tal "profeta", que ele ainda desconfiava que fossem pelo menos informantes de alguma espécie. Destacado para ficar de olho nos dois, Bale havia contado que o sujeito andava entrando em transe e fazendo gestos no ar enquanto falava palavras incompreensíveis. Kalannar lamentou que

Baldur tivesse dado ordens expressas para que Lenor não fosse interrogado (e interrogado sob tortura, para deixar claro), mas pelo menos não disse nada em relação a colocá-lo para realizar trabalhos forçados. Isso deveria deixá-lo exausto a ponto de inibir qualquer nova feitiçaria de espionagem.

No meio da massa de korangarianos que construíam o labirinto sob uma claridade inclemente e ameaças ríspidas de violência, Jadzya, ao ver o alcaide svaltar ir embora, se virou para falar com o líder da Insurreição, que verificava as cordas das estacas fincadas na areia.

— Essa criatura odiosa novamente se aproveita da ausência do barão para nos maltratar. Maldito svaltar!

— Ele é o menor dos problemas em nosso futuro — respondeu Lenor, visivelmente cansado. — Um grande perigo se aproxima, mas não chegará pelo mar. Eu previ uma nuvem de poeira sendo rompida pelo Último Demônio, que veio seguindo nosso rastro até aqui como um zoltashai.

— Precisamos contar isso para aquele elfo monstruoso! — disse a korangariana.

— Mesmo que consigamos nos comunicar, não creio que ele vá acreditar no que digo.

— E quanto ao combate no mar? — perguntou ela.

— Eu senti uma grande confluência mágica, o tipo de coisa que confunde um vidente, mas vi o Velho Inimigo brilhar como esse sol acima de nós e se apagar. Depois disso, a presença do Embalsamador também sumiu, e tive o vislumbre de uma águia e um corvo voando juntos.

— Um corvo? Ou seja, o Derek como Asa Negra?

— Sim, foi como interpretei a figura dele ainda em Korangar — respondeu Lenor. — Eles devem ter triunfado.

O desânimo na voz do líder da Insurreição não passou muita confiança para Jadzya. Mesmo sem verbalizar, era nítido que ele vinha se questionando se a decisão de vir para Baldúria tinha sido a mais acertada, em meio aos maus-tratos nas mãos do alcaide, ao reencontro com o irmão perdido e às incertezas do fluxo de eventos futuros. Ela tentou se colocar no lugar de Lenor e estremeceu, considerando a vidência mais como uma maldição do que um talento. A korangariana rebelde já considerava difícil viver tendo acesso às possibilidades que o profeta vislumbrava, que dirá se *de fato* as enxergasse na mente. Ainda assim, o que Lenor previu não podia ser ignorado. Jadzya resolveu insistir.

— Conte-me a respeito desse Último Demônio... Se é um novo perigo, os baldurianos *precisam* saber.

O líder da Insurreição olhou em volta, para os pobres coitados que acreditaram em sua palavra e sacrificaram tudo para escapar do Triunvirato. Mesmo explorados e cansados, vivendo momentaneamente sob o jugo do svaltar, os compatriotas trabalhavam com afinco, sem esmorecer, para erigir as defesas daquela nova terra que os acolheu, ainda que com severidade. Lenor tinha previsto um lugar ao sol para os korangarianos e não podia lhes negar esse futuro. O homem voltou o rosto para Jadzya, cuja confiança nele sempre foi inabalável; mesmo quando Lenor duvidou de si, como naquele momento e em vários outros, ela jamais deixara de acreditar no profeta da Insurreição.

Ele recuperou a pose altiva, procurou pelo alcaide com o olhar e fez menção de chamá-lo, quando o estrondo prologado de uma galopada ecoou pela armação. Lenor virou o rosto para a direção do som e viu a realidade terrível que dava sentido à imagem confusa de sua visão.

Em meio a uma nuvem de poeira, surgiu um tropel de bralturii, liderados por Konnor, o Último Demônio de Korangar.

À frente da tropa blindada, que vinha montada em cavalos desmortos e acompanhada por demônios-farejadores, o Senhor da Guerra era uma imagem saída de um pesadelo, enfiado em uma armadura infernal de placas que exalava poder sobrenatural. Com o espadão em riste, deixando no ar um rastro de fumaça arroxeada, ele comandava a carga de mais de duzentos bralturii que passavam pelas casas, casebres e pequenos negócios da Praia Vermelha matando e atropelando quem estivesse pela frente. Parte do povo humilde, paralisado de medo, se tornou presa fácil da primeira onda do ataque relâmpago; quem conseguiu recobrar os sentidos a tempo começou a correr em desespero, alguns para a própria morte, outros para a segurança das quatro paredes.

— Semeiem caos primeiro! — gritou Konnor. — Zoltashaii, fogo nas casas! Brigadas Draknaas e Dranauss, comigo! Atrás dos defensores!

Ele se destacou da massa galopante acompanhado por sessenta cavaleiros infernais e foi em direção aos soldados de Baldúria, concentrados no mercado à espera do combate que viria por mar, guarnecidos nas defesas que Baldur mandara erigir. Os demônios-farejadores cuspiam línguas de fogo por onde passavam, enquanto o restante dos bralturii simplesmente continuava a onda de destruição e morte, perseguindo os baldurianos em fuga desesperada. Alguns conseguiram se trancar nas moradias modestas, mas a maioria dos moradores correu para se abrigar dentro da maior construção da Praia Vermelha, o prédio onde a gordura da baleia era processada para virar azeite de peixe e que o alcaide havia designado como refúgio em caso de uma invasão. A onda de aflitos avançou enquanto a carga da cavalaria korangariana passava por eles como foice em um campo de trigo.

A audição apurada de Kalannar ouviu imediatamente o estrondo da chegada dos inimigos pela floresta no litoral leste da Praia Vermelha, no caminho que levava à torre de Agnor, exatamente *o ponto oposto* ao bosque onde ele escondeu os Dragões de Baldúria como tropa reserva. Quando se recuperou da surpresa, o svaltar praguejou baixinho para si mesmo enquanto os olhos completamente negros acompanhavam a carga de cavalaria e tentavam compreender o tamanho do problema. Assim como os cavaleiros de Baldur dentro da mata, os soldados reunidos no mercado não estavam em plena prontidão e levariam tempo para se preparar e formar uma defesa coesa. Além disso, os homens de Baldúria estavam em número menor do que a tropa que começava a chacinar quem encontrava pela frente. Demônios parecidos com cachorros estavam ateando fogo a esmo; eles seriam um problema, pois só o aço svaltar das roperas de Kalannar furaria aquela couraça sobrenatural. Ninguém na vila tinha poderes ou armas encantadas para detê-los. Ele viu cavaleiros blindados perseguindo os infelizes que corriam para a usina de azeite de peixe e identificou um destacamento obviamente comandado pelo líder — o sujeito de espada fumegante em riste dando ordens — avançando contra os soldados. Esse seria o alvo do alcaide assassino, que se virou para Bale.

— Mande chamar os Dragões e reúna a Guarda Negra! Vamos ao mercado — ordenou Kalannar, já em movimento e passando pelos arpoadores, a quem se dirigiu: — Não parem de lançar azagaias!

Os pescadores de baleia, que estavam reunidos atrás da linha de estacas olhando o mar, foram igualmente surpreendidos pelo ataque de Korangar e saíram do estado de choque com a voz de comando do feitor-mor, que passou por eles como um vulto negro de espadas finas em punho. Os homens se voltaram para dentro da vila e começaram a arremessar as lanças curtas contra a massa blindada que perseguia seus amigos e familiares; a precisão não era importante, pois a quantidade de alvos compactos da tropa korangariana lembrava uma baleia feita de aço. Acostumados a lançar arpões muito mais pesados a uma distância curta, os arpoadores transformaram as azagaias em projéteis letais capazes de varar a proteção dos cavaleiros infernais e derrubá-los. Movidos pelo desespero de salvar as próprias casas e os entes queridos, eles arremessaram uma onda atrás da outra das lanças curtas, que rasgaram o ar da armação e se cravaram nas armaduras dos invasores. O estrago foi considerável e rompeu a formação de várias brigadas dos bralturii, o que permitiu que muitos baldurianos encontrassem abrigo em suas moradias ou na grande construção com chaminés.

Kalannar chegou ao mercado a tempo de ver os soldados do baronato, menos de cem homens, enfrentando uma brigada de cavaleiros em menor número, porém com a vantagem das montarias desmortas — eram cavalos-zumbis em avançado estado de putrefação — e da blindagem das armaduras de placas. Os homens de Baldúria usavam lorigas de couro e cotas de malha, uma proteção bem inferior, mas felizmente Baldur tinha sido sábio em insistir que, além de azagaias e gládios, eles portassem maças — a arma ideal para combater cavaleiros no corpo a corpo. Já as roperas do svaltar, infelizmente, eram inadequadas para aquele tipo de conflito caótico com inimigos blindados; Kalannar e a Guarda Negra começaram a desviar dos golpes e atacar os cavalos desmortos para derrubar os bralturii, que uma vez no chão foram atacados pelas maças dos soldados. Mas o assassino sabia que era questão de tempo até que eles fossem sobrepujados; espalhadas pela vila, as outras brigadas começavam a convergir contra os arpoadores e se deslocar para o mercado, a fim de reforçar os korangarianos sob ataque dos baldurianos.

Era preciso matar o líder. O homem — se é que *era* um humano embaixo daquela carapaça de metal em forma de demônio — continuava dando ordens, incentivando os companheiros e derrubando balduriano atrás de balduriano com o espadão nitidamente encantado. Kalannar tinha que chegar até aquele comandante. Ele rodopiou entre os cavalos, pulou e desviou de espadas, usando a agilidade natural de svaltar e o poder sobrenatural da capa de vulturi para se tornar um alvo quase impossível de ser acertado. O korangariano não fugia do combate, mas era um guerreiro veterano, sempre mantinha aliados nos flancos, não se desgarrava desnecessariamente; quando via uma aglomeração maior de oponentes, recuava para a segurança e só investia novamente com a certeza de estar acompanhado. No caos do combate, com gente da vila morrendo à volta e golpes sendo desferidos contra ele, Kalannar tinha dificuldade em enxergar uma brecha para o golpe letal. O svaltar trincou os dentes e contorceu o rosto branco e anguloso, sentindo raiva por aquela situação toda, por ter sido surpreendido por Korangar, irritado por aquilo não ser uma simples missão de assassinato, tão mais fácil de conter e controlar as variáveis.

Os sons de combate atacavam sua audição élfica com a mesma violência dos golpes sendo trocados ao redor, mas Kalannar conseguiu discernir um clangor que se aproximava: a trompa dos Dragões de Baldúria estava soando ao longe, sinalizando a chegada da ordem de cavalaria de Baldur. Já não era sem tempo que aqueles indolentes cheios de si aparecessem. Falando em indolência, o svaltar novamente praguejou contra o ataque-surpresa do inimigo, que o impediu de usar a massa preguiçosa de kobolds e refugiados para conter a tropa de Korangar. Ao menos a aproximação dos Dragões chamou a atenção do líder dos invasores, e Kalannar viu a brecha que tanto aguardava finalmente se abrir a poucos passos de si. Um sorriso cruel surgiu no rosto branco. Ele avançou na direção de dois defensores de Baldúria que estavam derrubando um cavaleiro inimigo e deu uma pirueta no ar, pisou no korangariano sendo arrancado da montaria, pegou impulso e girou até pousar no pequeno espaço entre o comandante adversário e um aliado. O companheiro do líder tentou acertá-lo com uma espada, mas o efeito difuso da capa fez com que ele errasse Kalannar e atingisse a montaria do comandante, cuja atenção estava voltada para a chegada surpresa dos reforços de Baldúria. O homem girou o corpanzil blindado e revidou por instinto, descendo o espadão encantado, e acabou ferindo e derrubando o aliado. Na confusão, o sujeito não enxergou a silhueta obscura do svaltar colada ao cavalo, mas sentiu uma estocada entre as placas da costela que simulavam a carapaça de um gamenshai e novamente reagiu por instinto. O elfo das profundezas escapou por pouco de ser cortado da clavícula até a cintura e se afastou com um giro do corpo e da capa preta, mas deixou a ropera presa no grandalhão, que não pareceu se abalar com o golpe. O líder devia estar protegido por sortilégios ou beberagens alquímicas para continuar lutando como se nada tivesse acontecido. Na verdade, ele *avançou* contra Kalannar, que outra vez escapou por estar ligeiramente fora de foco, mas o desvio de corpo o fez colidir com outro korangariano em combate.

O espaço estava ficando apertado para o svaltar aplicar seu estilo de combate.

Kalannar tentou usar a proximidade a seu favor, sacou uma faca envenenada com a mão desarmada e cravou por trás da greva do oponente, uma área impossível de atingir se ambos estivessem lutando no corpo a corpo, um em pé em frente ao outro, mas vulnerável agora que o assassino se aproximou novamente da montaria para não ser golpeado. Em seguida, ele pegou a ropera presa à armadura, torceu com gosto e puxou a arma. O korangariano grandalhão finalmente sentiu os efeitos dos ataques e desabou do cavalo-zumbi, porém do lado oposto ao do svaltar; Kalannar se viu cercado por aliados do inimigo, que prontamente acudiram o líder e não deixaram que o elfo das profundezas avançasse para desferir o golpe fatal.

Ele travou as roperas em xis e aparou um ataque, desviou de outro, escapou de mais um graças ao efeito difuso da capa, mas o espaço diminuiu drasticamente. Havia um korangariano montado e dois a pé, eram três massas blindadas e mais a montaria zumbi fustigando Kalannar, que finalmente foi golpeado. A armadura feita de couro de ogro-das-cavernas tratado alquimicamente impediu que o ferimento fosse fatal, mas o alcaide de Baldúria desmoronou, sem ar, entre os inimigos. No próximo instante, fosse ou não uma silhueta obscura, Kalannar seria estocado por três espadas contra o solo da vila pesqueira que ele governava e tinha jurado defender.

Um alarido que misturou gritos de guerra, guincho de águia, baque de carne contra aço e choque de metal contra metal eclodiu diante dos ouvidos e olhos do elfo das profundezas. O korangariano montado foi arrancado da sela pelas garras afiadas de um águia gigante, enquanto os outros dois a pé foram derrubados pelo corpanzil de vero-aço de um cavaleiro grandalhão que saltou da ave de rapina em cima deles. Kalannar entrou em ação imediatamente, ficou de pé e enfiou uma ropera na garganta exposta de um oponente e a outra arma svaltar na fresta da viseira do segundo inimigo, garantindo que Baldur se levantasse em segurança. O barão ergueu o escudo para aparar o ataque de outro adversário chegara e sentiu o svaltar colar as costas nas suas a fim de guarnecer a retaguarda exposta.

— Você não planejou isso direito, não é? — perguntou Kalannar, ofegante, enquanto evitava golpes com as roperas.

— Combate se trava, não se planeja — disse Baldur, rachando o elmo do inimigo com a acha de barba.

— Onde estão os outros? — indagou o svaltar, aproveitando o erro de um adversário para despachá-lo com duas estocadas nas juntas da placa do peitoral.

— AQUI!

A resposta veio seguida de uma palavra de poder em adamar erudito berrada a plenos pulmões por Od-lanor, que havia descido de uma águia gigante acompanhado por Derek Blak. A voz do bardo provocou um estrondo no meio de três cavaleiros que avançavam contra os dois amigos e lançou os korangarianos e suas montarias no ar, no meio da massa de baldurianos e invasores em combate. O guerreiro de Blakenheim veio correndo, entrou no espaço aberto por Od-lanor e se lançou com violência contra um zoltashai, que se preparava para cuspir fogo no barão e no assassino. A chegada do adversário pegou o demônio de surpresa, que perdeu a cabeça para um dos gládios de Derek. Após auxiliar dois soldados de Baldúria lançando nos oponentes um pó de cor vermelho-alaranjada retirado do bolsão, o adamar se juntou a Baldur e Kalannar, de khopisa em punho. Os korangarianos atingidos pelo pó recuaram aos berros quando as armaduras começaram a derreter e foram prontamente abatidos pelos defensores do baronato.

— Pó-de-alfonsia, sempre eficiente, ainda que muito difícil de obter. Felizmente, em Ragúsia... — explicou o bardo.

— Agora não é o momento, Od-lanor — falou o barão, procurando pelo comandante das forças inimigas enquanto rechaçava outro inimigo.

— Você não estava com seus colegas arquimagos? — perguntou o svaltar, dando espaço para Derek, que se aproximou do círculo.

— Exatamente pelo menestrel *não ser* um arquimago que ele não está com os "colegas" — respondeu Agnor.

O geomante surgiu calmamente no combate, acompanhado por Brutus e um imenso elemental de pedra que vinham abrindo caminho para seu mestre com golpes vigorosos nos cavaleiros infernais. Atrás dele, os zoltashaii não se atreviam a se aproximar, contidos por uma prece de Samuki.

Ao redor da Confraria do Inferno, quase completa à exceção de Kyle, flechas lançadas pelos rapineiros de Bal-dael abatiam os inimigos aos montes, enquanto rasantes das águias arrancavam os invasores das montarias e os destroçavam no ar. Em meio ao clangor do aço, uma explosão ecoou após uma flechada de Carantir abrir uma clareira e espalhar caos entre as fileiras dos korangarianos; o meio-elfo passou então a mirar as flechas encantadas sistematicamente nos demônios parecidos com cachorros que sua visão aguçada avistava. Em seguida, veio um estrondo realmente ensurdecedor quando o campo de batalha pareceu ganhar vida e ondular como o oceano, jogando pedaços do solo, pedras e dezenas de cavalos desmortos e bralturii para o céu em meio a uma nuvem de terra que turvou o ambiente. Agachado com a mão espalmada contra o chão, com o outro braço apoiado na sacerdotisa anã por conta do esforço, Agnor balbuciou:

— *Geomancia* é que é sempre eficiente, bardo — disse ele, sentindo o vigor físico voltar com o toque da companheira, que rezava a Midok.

Baldur aproveitou o caos para lançar a acha de barba em um ponto do combate ainda visível e continuou olhando ao redor enquanto esperava o retorno da arma ensanguentada à mão.

— Onde está o filho da puta? Não vejo nada direito com essa poeira toda — rosnou Baldur ao receber de volta o eskego.

— Se por *filho da puta* você se refere ao comandante dos inimigos, é aquele grandalhão ali — apontou Kalannar.

Em meio à muralha de terra levantada pelo feitiço de Agnor, o svaltar localizou o líder korangariano, miraculosamente recuperado dos ferimentos e do veneno, e de novo em cima de um cavalo desmorto, parecendo atônito com a reviravolta do combate. Kalannar acompanhou o olhar do homem e viu o castelo voador pousado próximo ao mercado, com a gaiola usada para subir e descer pelo interior da pedra flutuante quase tocando o solo. Da estrutura anã brotou Kyle, que sabiamente não correu para a batalha campal, mas sim em direção à própria casa, acompanhado pelo fiel kobold. Aquele ponto da vila ainda estava sob ataque dos invasores.

— O Kyle vai se meter em perigo — avisou o assassino, preocupado em perder o único condutor humano do Palácio dos Ventos, apontando para o problema.

— Eu vou lá — disse Derek.

Havia uma brecha aberta pelo massacre provocado por Brutus e pelo elemental evocado por Agnor, e o guerreiro de Blakenheim aproveitou para passar pelas hostes inimigas enquanto o ogro e a criatura de pedra matavam um bralturi a cada golpe que distribuíam. O couro grosso de Brutus estava cheio de ferimentos, havia duas espadas presas no ombro e na parte superior do peito, mas ele continuava avançando em fúria, enquanto o elemental permanecia ao lado do geomante, protegendo não apenas o feiticeiro korangariano como também a anã e um flanco dos outros Confrades do Inferno. Com aqueles dois fazendo um estrago por perto, Derek ficou mais sossegado de abandonar os amigos para salvar Kyle.

O condutor do castelo voador correu mais rápido ao notar a quantidade de mortos na vila e os moradores ainda sendo acossados pelos invasores a cavalo, que passavam matando quem viam pela frente. Acostumado a uma infância nas ruas fugindo da guarda de Tolgar-e-Kol, Kyle desviou e escapou dos korangarianos no meio do caminho, que logo se interessaram por vítimas mais indefesas. Do Palácio dos Ventos às proximidades da própria moradia, o rapaz só levou uma espadada de raspão que rasgou mais a roupa do que a pele. Ele interrompeu a correria quando viu duas silhuetas conhecidas caídas perto da loja, com o sogro ajoelhado ao lado, alheio à matança ao redor. Kyle ficou estupefato e atônito, o corpo ágil travado sem conseguir se mexer, enquanto a mente tentava absorver o maior horror que um pai de família podia sofrer: ao longe estavam Enna e Derek, ensanguentados e esparramados no chão sem esboçar reação. Ele berrou o nome dos dois... e atraiu a atenção de um cavaleiro infernal, que disparou na direção do rapaz paralisado.

Correndo também, Derek Blak se desesperou ao ver que jamais venceria a velocidade da montaria desmorta do inimigo. *A montaria desmorta!* Ele se lembrou do apito que havia adquirido ao sequestrar o bergantim que trouxe os refugiados para a Praia Vermelha, o item usado por guardas de Korangar para obter controle momentâneo de mortos-vivos, e procurou freneticamente na bolsinha presa ao cinturão de grão-anão. O guerreiro de Blakenheim achou o apito, levou à boca e soprou quando o bralturi estava a poucos galopes de alcançar Kyle, e sem saber muito o que fazer, apenas desejou que o cavalo-zumbi *parasse*. A conexão mística estabelecida entre o humano vivo e o animal desmorto transmitiu aquele desejo, que foi interpretado como uma ordem e prontamente obedecida. A montaria simplesmente parou em pleno galope, o que lançou o bralturi longe. O sujeito caiu muito mal e nem teve tempo de levantar o próprio corpo pesado e blindado, pois Derek já estava em cima dele para finalizá-lo com os gládios encantados.

Deixando o cavalo-zumbi parado onde estava, aparentemente incapaz de causar algum mal naquele estado sob controle, ele viu Kyle se aproximando de corpos no chão com passos curtos, meio que arrastando as pernas, nitidamente em choque. Ao lado dele, o kobold guinchava um lamento agudo. O rosto do guerreiro de Blakenheim se contorceu quando os olhos reconheceram a esposa e o filho do rapaz, abatidos sem misericórdia pelas forças do Império dos Mortos. Kyle se juntou a um idoso ajoelhado ao lado dos cadáveres e desmoronou em lágrimas desesperadas, levando Enna e o pequeno Derek sem vida ao peito. Ele e o velho estavam alheios ao perigo ao redor, ficaram apenas chorando e lamentando, sem conseguir absorver a tragédia; Derek correu até os dois, também emocionado, para retirá-los dali. Quando viu a criança que levava seu nome abatida como uma lebre, o calor do conflito não foi suficiente para conter seu pranto. Ele abraçou o jovem amigo, tentando removê-lo dali, mas se viu igualmente incapaz de se mexer. Os dois Confrades do Inferno ficaram assim por alguns instantes, com o rapaz começando a se debater de desespero, até que o guerreiro de Blakenheim notou um aumento da violência nas proximidades.

— Kyle, temos que sair daqui, vamos — disse ele com a voz sumida e embargada, levantando o amigo.

Derek vasculhou os arredores à procura de um ponto seguro para levar o chaveiro e o velho e viu uma estrutura de estacas na areia, como se fossem corredores, onde os refugiados vindos da Nação-Demônio estavam abrigados, longe do conflito campal que tomava conta da vila pesqueira. Ele localizou Jadzya na multidão de maltrapilhos e resolveu deixar Kyle e o idoso sob seus cuidados. O rapaz foi levado à força, ainda gritando o nome da esposa e do filho, sendo seguido pelo velho aturdido e pelo kobold em estado de aflição, ganindo sem parar.

Alheios ao drama de Kyle e Derek Blak, os outros Confrades do Inferno ainda estavam no epicentro do combate com os bralturii, em meio à devastação provocada pelo feitiço de Agnor. Assim que viu o líder inimigo, Baldur olhou para o céu encoberto pela poeira sendo rasgado pelos rasantes dos rapineiros, que mantinham a chuva de morte sobre os invasores, com as ocasionais flechadas explosivas de Carantir. Ele pensou em chamar Amithea para atacar o comandante adversário, mas a águia gigante estava longe, e o sujeito já estava se aproximando com outros dois aliados, berrando seu nome em desafio. Não havia tempo. O barão decidiu que "Baldur" era a última palavra que aquele desgraçado diria na vida. Ele olhou para Kalannar e Od-lanor, acenou com a cabeça para os dois amigos e partiu para cima dos korangarianos.

 O svaltar e o adamar correram atrás do cavaleiro grandalhão, que realizava mais uma de suas famosas cargas a pé, agora gritando "Baldúria". O nome do baronato também surgiu da garganta de Kalannar e Od-lanor; o bardo imbuiu a voz de um poder sobrenatural a fim de criar outra onda de impacto, agora trocando a palavra adamar de poder por "Baldúria", que atingiu um dos cavaleiros ao lado do líder korangariano como um aríete. Od-lanor chegou ao lado da massa blindada que caiu do cavalo-zumbi, aproveitou que o adversário perdeu o elmo na queda e o decapitou com sua khopisa, para em seguida abater a montaria desmorta com outro golpe. O segundo aliado do comandante das forças do Império dos Mortos ficou a cargo de Kalannar, que aproveitou um corpo caído no campo de batalha para tomar impulso e se lançar no ar. Agora com espaço para desenvolver seu estilo de combate, o svaltar desenhou um longo arco no meio da poeira, conteve o ímpeto e flutuou por um instante, terminando o movimento com uma pirueta e caindo atrás da sela do oponente. Na garupa do korangariano, o assassino deu duas facadas rápidas nas axilas desprotegidas com pequenas adagas envenenadas e pulou do cavalo-zumbi, que continuou à frente, levando o moribundo no lombo.

 Simultaneamente aos ataques de Od-lanor e Kalannar, Baldur investiu contra o líder inimigo, que vinha em um galope feroz. O sujeito era enorme, basicamente do mesmo tamanho que o barão, estava coberto por aço com adereços demoníacos e cadavéricos e brandia em apenas uma única mão um espadão que emanava fumaça e um brilho arroxeado; no entanto, para quem se lançou com o mesmo ímpeto suicida contra Bernikan e Rosnak, a visão não intimidou Baldur. Ainda com o nome do baronato nos lábios, ele lançou o eskego encantado, não no korangariano, mas sim nas patas do cavalo-zumbi em carga. O oponente, no entanto, era um cavaleiro experiente e tirou a montaria da reta; a acha de barba só voltaria para as mãos do barão quando perdesse o ímpeto do arremesso. Baldur rapidamente puxou o próprio espadão, firmou os pés e ergueu o escudo a fim de aparar o golpe, mas foi derrubado mesmo assim pela passagem do adversário, que era bem mais forte do que ele esperava. O pobre escudo de aço comum, muito mais frágil do que o modelo de vero-aço destruído no duelo com Rosnak, não resistiu ao poder demoníaco da arma do korangariano e rachou completamente.

— *Druv-amaki vilevi* Baldur! — gritou o sujeito ao dar a volta com o cavalo desmorto.

— Sua mãe também, desgraçado! — respondeu Baldur enquanto se levantava a tempo de se proteger de uma nova investida.

Quando o korangariano desceu o espadão lerdo e pesado, o barão soltou a própria arma para receber o eskego na mão e contra-atacou rapidamente, golpeando a manopla do inimigo. A metalurgia infernal de Korangar enfrentou os sortilégios de magia orc contidos na acha de barba... e perdeu. O ataque, que teria sido inofensivo se a arma de Baldur fosse normal, acabou por quebrar o pulso direito do comandante dos invasores, que imediatamente largou o espadão. No entanto, ele não pareceu sentir a dor do contragolpe e usou a mão esquerda para tentar jogar a montaria contra o oponente. O Barão de Baldúria foi mais rápido e decepou uma das patas da frente do animal desmorto; agora o adversário não teve como controlá-lo e finalmente desabou.

A cabeça do Senhor da Guerra mal havia batido no solo que ele almejava conquistar e já estava sendo esmagada repetidas vezes pelos golpes selvagens de Baldur, que ficou descendo o eskego encantado no elmo do inimigo sem parar, até tudo virar uma polpa de aço, carne e ossos.

Tamanho foi o frenesi de vingança que o barão nem percebeu que, de fato, a última palavra que o sujeito disse na vida foi "Baldur".

CAPÍTULO 46

PRAIA VERMELHA, BALDÚRIA

As águas rubras da Praia Vermelha pareciam um cenário macabro para um ritual fúnebre, mas o povo humilde e corajoso da vila de pescadores já estava acostumado a entregar seus mortos aos braços de Bel-anor, o Navegante, bem antes de a Beira Leste virar Baldúria e se envolver em conflitos com dragões e reinos de necromantes. Os corpos dos defensores humanos caídos no combate naval e no ataque covarde ao vilarejo estavam reunidos em jangadas amarradas ao píer juntamente com os restos mortais dos inocentes abatidos pela cavalaria korangariana; em uma lancha baleeira, o Capelão Bideus acompanharia as balsas rústicas que seriam soltas ao sabor das ondas até serem engolidas pelo mar. Na areia da praia, corpos de elfos e orcs estavam dispostos para receber o devido funeral de acordo com os costumes de cada raça; os alfares seriam enterrados nas raízes das árvores da Mata Escura que representassem a linhagem complexa e ancestral de cada falecido, enquanto os orcs seriam colocados sob pilhas de pedras, dispostas de forma especial que também indicasse a família de cada um.

Humanos, elfos e orcs. Baldur estava de costas para aqueles que deram a vida pelo sonho de Baldúria, em um palanque improvisado voltado para dentro da Praia Vermelha, a fim de se dirigir aos outros humanos, elfos e orcs que estavam vivos graças ao sacrifício dos que seriam homenageados naquele momento. Od-lanor havia se oferecido para ajudar o amigo com o discurso, visto que havia dois monarcas na plateia, mas o barão dispensou a oferta. Ao longo dos anos, infelizmente, ele se acostumara com esse tipo de elegia.

— Bom sol à Rainha Danyanna, do Grande Reino de Krispínia, ao Rei-Mago Beroldus, de Ragúsia, e à Salim Sindel, de Bal-dael, aos integrantes do

Colégio de Arquimagos, e aos demais presentes. Estamos aqui reunidos para honrar os bravos cidadãos deste baronato que lutaram e deram a vida para defender seu lar.

Ele fez uma pausa e leu a longa lista de vítimas do conflito contra Korangar e tentou segurar a emoção ao final, quando citou Enna e o pequeno Derek, mas não deixou de encarar Kyle na primeira fila, ao lado de Od-lanor e Derek Blak. O adamar vinha acompanhando o rapaz e dando sábios conselhos para ele, ditos no estranho tom de voz reconfortante, para tirá-lo do desespero em que se encontrava mergulhado. De todos os sacrifícios feitos para que Baldúria saísse triunfante, nenhum havia abalado Baldur tanto quanto a morte do filho e da esposa de Kyle. Os dois não mereciam aquele fim trágico, assim como o rapaz não merecia ter perdido a família. De todos os Confrades do Inferno, Kyle era o único genuinamente bom, um ser de coração puro que o próprio barão considerava o mais corajoso de todo o sexteto. Sempre com um sorriso no eterno rosto de menino, o chaveiro de Tolgar-e-Kol nunca se recusou a enfrentar desafio algum: encarou uma fortaleza cheia de svaltares e demônios, conduziu o Palácio dos Ventos com um ferimento grave, voou na direção de um dragão e de uma frota inimiga. Podia ter se acovardado e ficado de fora em todas essas ocasiões, e ninguém poderia culpá-lo se tivesse feito isso, mas Kyle foi em frente, como criança e adulto, e fez tanto ou mais do que qualquer outro integrante da Confraria do Inferno. E agora tinha sofrido a maior tragédia que um pai de família podia encarar.

Baldur lançou um olhar para Baldir, ao lado da mãe, entre os dignitários dos outros reinos, e decidiu ali, naquele exato momento, que deixaria o filho ser o que bem quisesse da vida. Se o menino meio-elfo desejasse mesmo ser arqueiro, não importava. Que ele seguisse seu caminho e fosse feliz.

— Todas essas perdas são trágicas — continuou o barão —, não só para os familiares e amigos desses humanos, alfares e orcs, como também para mim, no papel de comandante dos combatentes e protetor dos inocentes. E é em nome de todos que perderam a vida aqui que faço um juramento: nunca mais alguém sob minha proteção morrerá por uma guerra alheia. Baldúria é uma terra de bravos e valentes, mas também é uma terra de paz. Podemos não saber direito a língua do companheiro ao nosso lado, seja ele humano, alfar, svaltar, orc ou anão, e não entender os costumes de cada um, mas somos todos irmãos aqui. Aqui somos os *verdadeiros* Irmãos de Escudo um do outro. Lutamos para nos defender, a partir de agora. Nenhuma outra guerra nos interessa. Nenhuma outra guerra *me* interessa. Baldúria acima de tudo!

Baldur teria levantado o espadão infernal do comandante korangariano ou mesmo a acha de barba do líder orc, ambos derrotados em combate pessoal por ele, mas em vez do gesto explicitamente marcial, ergueu a manopla aberta, como se oferecesse a mão aos presentes naquela inesperada oferta de paz.

A congregação explodiu ao fim do discurso: os combatentes vitoriosos celebraram o comandante com gritos de seu nome e de "Baldúria"; os amigos e parentes dos mortos que aguardavam os ritos fúnebres choraram e se abraçaram; e os dignitários se entreolharam, confusos e intrigados diante das palavras pouco ortodoxas daquele líder militar que colecionava conquistas com o mesmo afinco que parecia buscar a paz. Sindel se emocionou ao lado de Baldir, feliz e agitado com a comoção provocada pelo pai. Dentre os Confrades do Inferno, Derek Blak consolou Kyle, Agnor e Kalannar trocaram um olhar de sarcasmo e desprezo, e Od-lanor encarou com admiração o cavaleiro grandalhão que ele havia encontrado ferido na estrada. Um sorrisão radiante se abriu no rosto moreno e maquiado do bardo ao pensar no que o Destino desencadeou para Zândia naquele dia.

Na escuridão da Casa Grande, com uma vista privilegiada para a cerimônia na armação, um vulto negro também sorriu dentro do capuz de trevas. O adamar compartilhou os mesmos pensamentos que o compatriota perto do píer, avaliando a jogada heterodoxa feita por aquela peça estranha colocada em seu tabuleiro pelo Destino.

Novas tramas surgiriam daquele ato, e Ambrosius continuou sorrindo ao planejar como manipulá-las a favor de Krispínia.

Mais tarde houve uma recepção na Casa Grande com toda a pompa e circunstância possíveis para os integrantes do Colégio de Arquimagos. Como não levava jeito para falar diretamente com aquela gente estudada, Baldur deixou que Od-lanor e Sindel se dirigissem aos colegas após fazer um breve agradecimento à ajuda prestada pelos maiores feiticeiros de Krispínia, em especial à Rainha Danyanna e ao Rei-Mago Beroldus. Embora seu reino estivesse no outro extremo sul do continente, o monarca de Ragúsia se ofereceu para ajudar

Baldúria no que fosse preciso e demonstrou interesse em estreitar laços com o barão, justamente agora que ele havia se tornado senhor de Dalgória também. O Rei-Mago estava impressionado com o poder do pequeno baronato, que foi capaz de derrotar Korangar praticamente sozinho, e fez questão de lembrar em discurso diante dos companheiros que Krispínia devia a Baldur o fechamento dos Portões do Inferno e a morte de Amaraxas.

— Acho que o Grande Reino tem diante de si um *monarca* tão heroico quanto nosso Deus-Rei — disse Beroldus. — Falo apenas por Ragúsia, naturalmente, mas creio que os soberanos de Santária, Nerônia e Dalínia hão de reconhecer a dívida que temos com o Barão Baldur e que ele merece um lugar à mesa no Conselho Real.

Baldur e Sindel se surpreenderam com aquela declaração, mas o barão notou o olhar dissimulado de Od-lanor e o sorriso brejeiro da Suma Mageia, como se os dois já soubessem das intenções de Beroldus. Havia alguma coisa em andamento nos bastidores do poder que o barão não fazia ideia e, sinceramente, era algo com que ele pouco se preocupava no momento, visto tudo que ainda precisava ser resolvido após a pacificação de Dalgória e o ataque repentino de Korangar. Kalannar, presente à cerimônia ainda que a salim tivesse se oposto, notou que Taníria, a arquimaga de Dalínia, havia lançado "olhares com facas" na direção de Sindel quando a elfa discursou e perguntou se ele devia tomar alguma providência na forma de um "acidente infeliz com uma adaga" envolvendo a feiticeira daliniana, mas Baldur recusou. Ele tinha noção da animosidade entre o amigo svaltar e a esposa alfar e se perguntou se aquele zelo era alguma forma de compensação pelo que Kalannar considerava uma falha na defesa de Baldúria. O cavaleiro grandalhão jamais entenderia o jeito estranho do elfo das profundezas de encarar os fatos e expressar amizade, mas agradeceu e sugeriu que ele ficasse de olho na situação, se suspeitasse de algo que pudesse prejudicar Sindel.

Outro que desafiava a compreensão de Baldur era Agnor, que deveria ter comparecido à recepção para pleitear a entrada no Colégio de Arquimagos diante dos feiticeiros ali reunidos. O geomante, no entanto, preferiu esnobá-los e se concentrar nas embarcações à deriva que sobraram da Frota de Korangar. Os sobreviventes das tripulações das dromundas e do galeão tinham sido recolhidos como prisioneiros pela Guarda Negra, e Agnor exigiu para si a tarefa de investigar os corpos dos feiticeiros das Torres e seus pertences. O brilho nos olhos dele ao pleitear o saque arcano foi perturbador.

Mesmo não sendo mago, Derek Blak foi outra ausência sentida na cerimônia, visto que ele era o ex-guarda-costas da Rainha Danyanna; porém, os dois mal tiveram contato desde que o conflito se encerrou. Baldur desconfiava que a situação de Kyle tinha afetado o guerreiro de Blakenheim além do óbvio luto pelo amigo. Derek havia comentado alguma coisa a respeito de "se ajeitar com Jadzya" e não desgrudava da korangariana. Ele aceitou o papel de intermediário dos refugiados para assentá-los em Baldúria, visto que o barão desconfiava que, pelo gosto de Kalannar, aqueles pobres infelizes ficariam relegados a trabalhos forçados. Derek aproveitou a estadia na Praia Vermelha para se reaproximar de Kyle e apoiar o amigo naquele momento difícil.

Assim que foi possível, quando os combatentes se recuperaram, Baldur despachou lanchas atrás da carraca korangariana que havia se desgarrado da esquadra e trazido a cavalaria que invadiu a Praia Vermelha, mas não havia mais sinal da embarcação, como esperado. Rapineiros e batedores alfares se juntaram à missão de encontrá-la, igualmente sem êxito. As nações vizinhas do Sul foram avisadas, bem como a Caramésia, ao norte de Baldúria, mas, de qualquer forma, o navio fujão estaria levando apenas algumas dezenas de tripulantes teoricamente inofensivos, segundo o ex-comandante da Frota de Korangar — também mantido como prisioneiro a ser enviado para as minas de prata junto com os outros marinheiros inimigos. Mesmo assim, o Império dos Mortos já havia aplicado um golpe surpresa no baronato, e Baldur achou melhor tomar todas as precauções possíveis.

O Palácio dos Ventos permaneceu parado na armação. Pelo menos por enquanto, Kyle não esboçava vontade de voltar a conduzi-lo, ainda que Derek Blak insistisse que lhe faria bem. De qualquer maneira, Od-lanor alertou que os sistemas de voo precisavam de manutenção, e Kalannar destacou o fato de que Baldúria ainda estava pagando a Fnyar-Holl pelos últimos serviços prestados ao castelo voador. Além disso, segundo Agnor, o elemental híbrido estava ferido e levaria tempo para se reabilitar — tempo medido na existência de um ser daquela natureza, que poderia envolver séculos. O feiticeiro disse que tentaria recuperar a rocha flutuante assim que somasse o conhecimento arcano dos aeromantes presentes na esquadra invasora à própria sabedoria de geomancia, visto que a Torre de Aeromancia havia evocado um elemental ancião, mas Baldur falou que não havia pressa. O Palácio dos Ventos fora a arma usada em três campanhas envolvendo os Portões do Inferno, o Despertar dos Dragões e o Império dos Mortos, e merecia um descanso, como todos os Confrades do Inferno.

Na mente e no coração, Baldur, Od-lanor, Derek, Kyle, Agnor e Kalannar só queriam desfrutar da paz que derramaram tanto sangue para conquistar.

EPÍLOGO

SALA DO CONSELHO REAL, MORADA DOS REIS

A capital do Grande Reino de Krispínia estava em festa, em uma celebração que rivalizava com a recepção dada ao Deus-Rei Krispinus quando ele retornou após fechar os Portões do Inferno pela segunda vez. Agora o soberano guerreiro estava de volta depois de uma ausência bem maior, ao fim de uma longa campanha na Faixa de Hurangar com o intuito de proteger a Morada dos Reis e o Norte da ganância de tiranos revoltosos. Esses aspirantes a monarcas foram sumariamente derrotados e tiveram seus territórios conquistados e anexados a Krispínia, na forma de novos baronatos que foram confiados aos generais das forças krispinianas e rebatizados com seus nomes, como era a tradição de Zândia.

E outra tradição de Zândia também estava sendo cumprida nesse momento de comemoração nas ruas da capital — a sagração de um rei por apoio popular. O Conselho Real de Krispínia, formado pelos monarcas de Santária, Ragúsia, Nerônia e Dalínia, estava reunido não só para dar boas-vindas ao vitorioso Grande Rei Krispinus e participar do festejo pela anexação da Faixa de Hurangar, como também para reconhecer o mais novo recém-chegado às suas fileiras: Rei Baldur, do Reino Unido de Dalgória e Baldúria.

Enquanto Krispinus guerreava no Norte e unia os territórios contestados se valendo de sua lendária fúria divina em combate, uma onda de aclamação pelos feitos de Baldur varria o Sul, levada pelas palavras dos menestréis, com o apoio explícito do Rei-Mago Beroldus, o Jovem — que, na verdade, era o mais velho dos monarcas do Conselho Real, com o dobro de tempo no trono do segundo soberano mais longevo, Rican, o Baxá de Nerônia, e muito influente em relação aos regentes mais novos, que assumiram o poder há poucos anos, como o Rei Masantar, de Santária, e a Rainha-Augusta Aníria, de Dalínia. Todos no Grande Reino, dos plebeus aos nobres, ouviram as histórias que contavam como o Barão Baldur esmagou um levante orc em Dalgória para, em seguida, derrotar uma frota invasora de Korangar que pretendia tomar o Sul enquanto o Deus-Rei estava isolado lutando no Norte. Aquele era o mesmíssimo barão que lutou ao lado de Krispinus nos Portões do Inferno e abateu Amaraxas, o Primeiro Dragão, que havia devastado meia Bela Dejanna e matado o Duque Dalgor, um soberano querido e amado por todos os vizinhos.

À exceção talvez da finada Rainha-Augusta Nissíria, que tinha sido fundamental na guerra contra as forças élficas do Salim Arel havia mais de uma década, ninguém no Sul colecionava tantas proezas heroicas responsáveis por salvar os reinos como Baldur. E ele realizou tudo isso não apenas derrotando inimigos como também estendendo a mão aos vencidos para que se juntassem às forças vitoriosas. Os elfos agora eram súditos de Krispínia e responsáveis pela temível tropa alada de Baldúria, que enfrentou o Primeiro Dragão e destruiu a nau capitânia de Korangar; os orcs que pilharam Dalgória foram convertidos em defensores e colaboraram para proteger a própria Dalgória do ataque do Império dos Mortos. Os cidadãos de Dalínia a Santária estavam cientes de todos esses feitos; até as ruas da Morada dos Reis comentavam a respeito de Sir Baldur, ainda que em menor volume. Já no antigo ducado, os dalgorianos pediam ruidosamente que ele não fosse apenas sagrado um mero "novo duque" subordinado ao Trono Eterno de Krispínia — os súditos salvos pelo Barão Baldur exigiam que seu herói governasse como um rei independente.

Ao Conselho Real, só bastava obedecer à voz do povo; ao Grande Rei Krispinus, colocado no trono pela mesma adoração popular que agora clamava por Baldur, só restava reconhecer o Irmão de Escudo como o mais novo monarca de Krispínia.

Não foi uma aceitação imediatamente unânime; a vizinha Dalínia, o reino mais militarizado do Sul, via com desconfiança o aumento do poder do território unido de Dalgória e Baldúria e com maus olhos a aceitação dos elfos praticada do outro lado da fronteira, em especial o fato de Sir Baldur ser casado com a irmã do antigo maior inimigo de Krispínia, o líder alfar Arel, e de ela estar fazendo parte do Colégio de Arquimagos. O novo rei logicamente havia trazido a Salim Sindel para a cerimônia na capital, e a alfar ainda por cima gozava do apoio incondicional da própria Rainha Danyanna e do Rei-

-Mago Beroldus. A Rainha-Augusta Aníria fez cara feia, mas teve que ouvir do soberano de Ragúsia que a tal "elfa terrorista" — palavras da monarca de Dalínia — havia incapacitado a esquadra de Korangar que podia muito bem ter desembarcado nas praias controladas por Aníria. A mesma dívida que os reinos de Krispínia tinham com Sir Baldur devia ser estendida à esposa dele, a maior aquamante que o velho e poderoso Rei-Mago Beroldus já tinha visto.

Da parte do Grande Rei, a ideia de perder politicamente Dalgória e Baldúria — essencialmente territórios sem linhagem nobiliárquica que eram controlados por vassalos da Coroa — para o Irmão de Escudo também não era fácil de engolir, porém não havia como negar o clamor do povo, o mesmo que conduziu o próprio Krispinus ao Trono Eterno. A maior irritação do Deus-Rei residia no fato de não ter podido dar o golpe final nos oponentes pela segunda vez seguida por causa de Baldur. A guerra contra os elfos tinha sido essencialmente vencida pelo então jovem cavaleiro — que ainda por cima firmou um acordo de paz com os desgraçados! —, e agora Baldur não havia deixado sequer um korangariano imundo para Krispinus matar com Caliburnus. Para piorar, assim como fez com os alfares, o Irmão de Escudo também deu abrigo aos derrotados e aceitou refugiados de Korangar em Baldúria.

Mas, verdade seja dita, as proezas de Sir Baldur eram tão inegáveis quanto as do próprio Krispinus. Talvez, considerou o Grande Rei, vendo o reflexo do rosto barbudo na taça de prata em cima da mesa diante de si, ele simplesmente estivesse com um pouco de inveja da juventude e das realizações do Irmão de Escudo. Krispinus levou a manopla até a taça para pegá-la. Desde que Baldur não começasse a ser adorado como um deus, estaria tudo certo. O integrante da Confraria do Inferno, aquela estranha trupe reunida por Ambrosius (*que ainda incluía um svaltar e um korangariano...*), tinha feito por merecer. E Krispínia estava mais forte por contar agora com o Reino Unido de Dalgória e Baldúria nas mãos de um guerreiro tão competente e fiel.

O Grande Rei se ergueu da cabeceira da mesa do Conselho Real com a taça na mão. Os demais presentes — a Rainha Danyanna e os monarcas de Santária, Ragúsia, Nerônia e Dalínia — repetiram o gesto na direção de Baldur e Sindel, na outra ponta do móvel. Ainda haveria a cerimônia formal mais tarde, diante da corte, mas a partir daquele momento o cavaleiro desertor havia se tornado rei, sob o olhar de uma enorme tapeçaria na parede com a imagem do último imperador-deus adamar, Am-bronor.

APÊNDICE I

TERMINOLOGIA DE ZÂNDIA

Em um mundo coabitado por várias raças, o excesso de termos particulares e sua apropriação indevida por uma ou por outra cultura podem confundir qualquer um, do viajante ocasional ao erudito da corte. Essas são definições com as quais a maioria dos bardos, magos e estudiosos concorda, ainda que haja distorções e inverdades, dependendo da fonte.

AEROMANTE
Feiticeiro que controla o elemento ar.

ALFAR
Elfo da superfície. Ver "Elfo".

AMARAXAS
O primeiro de todos os dragões, descoberto no Atol de Amara durante as viagens do Imperador-Deus De-lanor, o Expansionista (2620 a.K. — 2334 a.K.). Seu rugido controla o estado de hibernação dos outros dragões, sendo capaz de fazê-los dormir ou despertar. Teve o sono induzido pela Trompa dos Dragões, em 430 a.K., no ato que é considerado como o fim da Grande Guerra dos Dragões. Ver "Grande Guerra dos Dragões" e "Trompa dos Dragões".

AQUAMANTE
Feiticeiro que controla o elemento água.

ARQUIMAGUS
Termo arcaico para arquimago, derivado do adamar erudito, que representa um título ou cargo arcano abaixo de Sumo Magus. O feminino é "arquimageia".

AZEITE DE PEIXE
Óleo de baleia.

BABACHI
Sacerdotisa de uma tribo orc.

BOM SOL
Saudação matinal em Krispínia, adotada desde o Império Adamar, quando era "bom sol que irradia do Imperador-Deus" em sua versão completa no antigo idioma. Em Korangar a saudação é tida como ofensa grave.

BRALTURI
Cavaleiro infernal, plural "bralturii". Tropa de elite da cavalaria de Korangar, sob comando pessoal do Senhor da Guerra do Triunvirato.

BRALVOGA
Pedra ígnea formada pela lava elemental do subsolo de Korangar. Essas rochas negras contêm veios vermelhos pulsantes e emitem um vapor quente sutil. O potencial explosivo é ainda maior que as gemas-de-fogo dos alfares. A coleta e o manuseio são perigosos, um reflexo da instabilidade geomística do terreno da Nação-Demônio. A tradução livre seria "pedra do inferno".

BRON-TOR
A temida ilha-prisão da Morada dos Reis, desde os tempos do Império Adamar até o Reinado de Krispinus. Algumas celas têm proteção contra magia e outras são capazes de conter seres de outros planos de existência. O Imperador-Deus Ta-lanor, o Profeta Louco (1830 a.K. — 1791 a.K.), foi o mais ilustre prisioneiro de Bron-tor, retirado do Trono Eterno e condenado à prisão perpétua após alegar ter previsto a queda do Império Adamar quando os dragões despertassem.

BUSCANTE
Integrante da ordem de sábios adamares que exploram Zândia à procura de Mon-tor, a biblioteca perdida do império. Ver "Mon-tor".

CALENDÁRIO
Na cultura humana de Krispínia, a contagem do tempo oficial toma como Ano Um a sagração de Krispinus como Grande Rei. O calendário anterior seguia a contagem determinada pelos adamares, cujo império ruiu 430 anos antes da posse de Krispinus. Por mais de quatro séculos, a civilização humana, na forma de novos reinos e regiões, simplesmente deu continuidade à contagem adamar. O atual calendário é dividido em a.K. (antes de Krispinus) e d.K. (depois de Krispinus). Ver Apêndice II, "Linha do Tempo".

CALIBURNUS
O montante de Zan-danor, o primeiro imperador-deus adamar, e desde então a espada dos monarcas adamares. Também conhecida como Corta-Aço, Relíquia das Relíquias, Fúria do Rei, a arma estava desaparecida desde a queda do Império Adamar junto com a Morada dos Reis.

COLAPSO
Fenômeno de instabilidade geomística do subsolo da Grande Sombra, descoberto pela expedição do arquimestre geomante Gregor em 29 d.K. (ano 503 pelo Calendário Exoriano) e que provoca a formação de sumidouros capazes de engolir cidades inteiras e até grandes regiões.

CONFRARIA DE AVENTURA
Uma companhia de mercenários ou "soldados livres". Um integrante de tal força militar é um "confrade de aventura".

CONFRARIA DO INFERNO
O trio de heróis responsável pelo fechamento dos Portões do Inferno em 30 d.K., composto oficialmente pelo Arquimago Od-lanor e os guerreiros Sir Baldur e Capitão Derek de Blakenheim. O korangariano Agnor, o svaltar Kalannar e o humano Kyle também fazem parte do grupo, mas jamais tiveram seus nomes cantados pelos menestréis ou reconhecidos pelas autoridades do Grande Reino de Krispínia.

CONSAGRADO COLEGA
Tratamento usado entre os integrantes do Colégio de Arquimagos de Krispínia como forma de abolir os títulos nobiliárquicos de cada um.

DAWAR
"Aquele que aguarda", em anão. É o título dado ao monarca dos anões, basicamente um rei em exercício que espera o retorno de Midok Mão-de-Ouro, considerado o único e verdadeiro rei dos anões.

DENAFRIN
Célula da Insurreição de Lenor, operante em Kangaard, o principal porto da Nação-Demônio.

DESMORTO
Morto-vivo.

DESMORTO INFERIOR
Classe de morto-vivo que perde as faculdades mentais ao ser reanimado por um necromante. Entre os mais comuns estão zumbis e esqueletos.

DESMORTO SUPERIOR
Classe de morto-vivo que mantém as faculdades mentais ao ser reanimado por um necromante. O topo da espécie é o lich. Ver "Lich".

ELFO
É o termo humano que engloba, no mesmo conceito, tantos os alfares (os elfos da superfície) quanto os svaltares (os elfos das profundezas). Estudiosos humanos reconhecem as duas espécies, mas o grosso da população usa apenas "elfo" de maneira pejorativa. Curiosamente, o termo svaltar acabou virando sinônimo de assombração ou de "elfo mau", ainda que a sociedade humana considere mau qualquer tipo de elfo, seja originalmente alfar ou svaltar.

EREKHE
Arqueiro élfico capaz de imbuir flechas com encantamentos e aumentar o poder de destruição dos projéteis.

ERVA-DAS-NOVE-SANGRIAS
Planta cujo chá é usado pelas mulheres de Krispínia para não engravidar.

ESKEGO
Acha de barba típica de orcs com uma lâmina de extremidade larga e uma ponta curva para baixo, similar a uma barba, que serve de gancho para desarmar o adversário.

EXILARCO
Oficiais da justiça de Korangar que coletam as almas dos condenados usando sovogas; o corpo do réu é reanimado por necromantes e posto a serviço da família prejudicada por ele ou entregue ao Triunvirato. Ver "Sovoga".

FACÃO
Em uma armação, o responsável por arrastar a carcaça de uma baleia para os estrados onde ela deve ser fatiada.

FEITOR DA PRAIA
Em uma armação, o gerente de operações de todo o processo da pesca da baleia.

FEITOR-MOR
O administrador de uma armação.

FISIOMANTE
Feiticeiro que controla o elemento corpo.

FNYAR-HOLL
Reino anão a noroeste de Unyar-Holl, também na Cordilheira dos Vizeus. Regido pelo Dawar Bramok, reposto no trono pela Confraria do Inferno após uma tentativa de golpe de Estado.

FUMAROLAS
Emissão de gases e vapores por fendas no solo, geralmente com muita pressão. Alguns gases são tóxicos. O maior terreno de fumarolas em Korangar fica a leste de Karmangar, a capital do império, e é conhecido como Planície de Khazestaya.

GAMENSHAI
Demônio voador-guerreiro, plural gamenshaii.

GARRA VERMELHA
A tropa de caçadores de elfos comandada por Caramir, que usa éguas trovejantes como montarias. Os integrantes são chamados de garranos. "Minha mão não vacila/Minha mira não erra/Enquanto houver um elfo sobre a terra" é a sua canção de batalha.

GEMA-DE-FOGO
Pedra preciosa imbuída de forte magia piromântica, capaz de criar uma grande explosão mediante uma palavra de comando e um choque físico. Usada como arma terrorista por alfares por ser facilmente camuflada entre joias comuns. Rubis são as pedras preferidas graças ao maior poder de destruição.

GEOMANTE
Feiticeiro que controla o elemento terra.

GRAJDA
"Pessoa livre" em korangariano, termo de tratamento comumente usado no Império dos Mortos entre todos os escalões sociais.

GRANDE SOMBRA
Região ao norte da Faixa de Hurangar, assim chamada por causa do céu eternamente nublado e da claridade crepuscular. Abriga o reino de Korangar.

GRANEJ
"Pessoa vinda de fora" em korangariano; estrangeiro.

GRÃO-ANÃO
Título concedido pelos anões a um estrangeiro como honraria por um grande feito ou colaboração com a sociedade anã.

GRÃO-PRECEPTOR
Professor de magia no Pináculo de Ragus, mestre de sua matéria. Ver "Pináculo de Ragus".

INSURREIÇÃO
Movimento revolucionário contra o Triunvirato de Korangar, liderado por Lenor, um mago da Torre de Vidência considerado um misto de pregador e messias por seus fiéis seguidores. A Insurreição adota o "sol da liberdade" como símbolo para expressar o desejo de, ao mesmo tempo, escapar do véu da Grande Sombra e também de jogar luz sobre as mentiras do Triunvirato.

IRMÃO DE ESCUDO
A guarda pessoal do Grande Rei Krispinus, formada apenas por cavaleiros. "Somos o escudo do Deus-Rei para que suas mãos estejam livres para empunhar Caliburnus" é o lema da tropa.

KA-DREOGAN
O nome élfico para a Trompa dos Dragões. Ver "Trompa dos Dragões".

KANCHI
"Líder" em orc.

KHOPISA
Espada com lâmina de meia-lua usada pelos adamares.

KIANLYMA
Égua trovejante pessoal da Rainha Danyanna.

KORANGAR
Reino fundado em 474 a.K. após o êxodo de escravos da Morada dos Reis, em 507 a.K., no interior da região que ficou conhecida como "Grande Sombra". Korangar também é chamado de Império dos Mortos e Nação-Demônio, pela quantidade de desmortos e pelos pactos mantidos com criaturas infernais.

KROM-TOR
"Fortaleza central" em adamar erudito. O pilar militar dos três poderes do governo de Korangar, o Triunvirato. Ver "Triunvirato".

LENÇO BALSÂMICO
Artigo de luxo vendido em Korangar para ajudar a suportar o cheiro de carne pobre dos desmortos do império. Também usado em expedições pelas planícies tomadas por fumarolas. Ver "Fumarolas."

LETIENA
Armadura de folhas endurecidas alquimicamente usada pelos alfares.

MERIX
Parente menor e mais ágil dos nossorontes usado como montaria pelos orcs. É um quadrúpede de couro grosso e chifres pequenos na cabeça atarracada, que passa dias sem comer, vivendo apenas da grama curta e dura que nasce na Grande Sombra. Ver "Nossoronte".

MOCHI
Espécie de porta-voz ou oficial de ligação na sociedade orc.

MON-TOR
A biblioteca perdida do Império Adamar. O Imperador-Deus Romu-lanor (525 a.K. — 506 a.K.) retirou sua coleção de livros da Morada dos Reis para um local secreto antes de abandonar o Trono Eterno.

NECROMANTE
Feiticeiro que controla o elemento morte.

NOMARGUL
"Desmorto aberrante" em korangariano.

NOSSORONTE
Grande quadrúpede de couro blindado e chifres compridos na ponta do focinho. O corpanzil pesado e as pernas curtas conseguem ser surpreenden-

temente velozes em pequenas arrancadas, geralmente usadas para chifrar a presa. Nossorontes são usados como montarias por orcs. O parente menor é o merix. Ver "Merix".

ORLOSA
Pequeno instrumento de sopro, produzido em Korangar, conhecido como "trompa do desespero" por induzir o ouvinte ao suicídio por meio de sons infernais. É usado para condicionamento de estudantes de demonologia contra a influência sonora de demônios. O encantamento musical pode ser modificado, sob risco de afetar o próprio usuário.

OROTUSHAI
Demônio voador-guinchador, plural "orotushaii".

PALÁCIO DOS VENTOS
Fortim anão criado pelo Dawar Tukok para ser usado como arma na Grande Guerra dos Dragões, em 430 a.K. Foi instalado em uma grande rocha flutuante criada em conjunto pelos senhores elementais da terra e do ar para celebrar a paz entre eles, mediada pelo Dawar Bokok em 748 a.K.

PARLAMENTO
Centro do poder legislativo da Nação-Demônio, composto por duas casas, a Câmara dos Vivos e a Câmara dos Mortos. O pilar político dos três poderes do governo de Korangar, o Triunvirato. Ver "Triunvirato".

PEGA-SEIXO
Variante korangariana do conhecido jogo de azar saco-de-ossos, praticado nos quatro cantos do Grande Reino de Krispínia. Ver "Saco-de-ossos".

PENDANTI
Pingente encantado de comunicação contendo camafeus com imagens de pessoas que podem receber uma breve mensagem mística, enviada uma vez por dia. Para que haja uma comunicação de mão dupla, é necessário que ambas as pessoas possuam pendantis com representações artísticas uma da outra. Nem sempre um camafeu é usado para o encantamento; Ambrosius, por exemplo,

utiliza um ônix negro para representá-lo nos pendantis que distribui para seus agentes.

PINÁCULO DE RAGUS
Escola de feitiçaria fundada pelo primeiro Rei-Mago de Ragúsia, Ragus, nos arredores de Adenesi, a capital do reino. Cada pavimento da torre gigante abriga um salão dedicado ao aprendizado de uma vertente diferente da magia. Feiticeiros de outros reinos podem se matricular para estudar, desde que tenham ouro suficiente para os cursos ministrados pelos preceptores e grão-preceptores. O Colégio de Arquimagos de Krispínia se reúne ali de três em três anos.

PIROMANTE
Feiticeiro que controla o elemento fogo.

PÓ-DE-ALFONSIA
Substância alquímica de cor vermelho-alaranjada que provoca derretimento instantâneo em contato com metal.

RAPINEIRO
Arqueiro de elite do povoado élfico de Bal-dael que monta em águias gigantes. A tropa de rapineiros foi criada pela então Salinde Sindel como uma força capaz de se opor à Garra Vermelha do Grande Rei Krispinus. "Levamos a vingança em nossas asas, levamos a morte em nossas flechas" é o seu lema.

RASAFRIN
Célula da Insurreição de Lenor, operante em Kora-nahl, a segunda maior cidade de Korangar.

RAUCHI
"Recitante" em orc; o contador de histórias da tribo.

REANIMADO
Inicialmente sinônimo para qualquer tipo de desmorto em Korangar, o termo vem sendo usado modernamente para designar um morto-vivo voltado para combate, como guerreiros zumbis ou esqueletos.

REINO-LIVRE
Termo usado para designar os primeiros reinos humanos fundados após o fim do Império Adamar, como Blakenheim, Blumenheim e Redenheim.

ROPERA
Espada fina e curta dos svaltares, feita essencialmente para estocar nos ambientes confinados do subterrâneo.

RUSHALIN
"Demônio" em élfico.

SACO-DE-OSSOS
Jogo de azar em que ossos de dedos, pintados ou decorados com números e símbolos, são retirados às cegas de dentro de uma bolsinha de couro ou pano pelos jogadores, mediante apostas entre eles. Cada região ou cultura favorece um tipo de regra ou combinação de dedos, mas todas as variações contêm um elemento em comum: a falange premiada, que vence todas as demais. "Tirar a falange premiada" é uma expressão que significa ter extrema sorte em uma empreitada.

SALIM
"Aquele que guia" em alfar. É o mais alto título entre os alfares, sempre conferido ao líder, e, portanto, equivale ao rei dos humanos.

SALINDE
"Aquele que comanda" em alfar. O líder de um povoado dos elfos da superfície.

SARDAR
"Aquele que lidera" em svaltar. O comandante.

SARDERI
"Ao lado de quem lidera" em svaltar. O segundo em comando, o subcomandante.

SOVOGA
Gema necromântica de Korangar capaz de sugar almas. Usada pelos exilarcos. Ver "Exilarcos".

SUMO VULTURI
Líder do gabinete de informações do Triunvirato e seus agentes, os vulturii. Ver "Vulturi".

SVALTAR
Elfo das profundezas. Ver "Elfo".

TORRES DE KORANGAR
O conjunto de torres-escola dedicadas ao estudo da magia em suas várias manifestações, cada uma especializada em um ramo de feitiçaria, da conjuração à necromancia. O pilar arcano dos três poderes do governo de Korangar, o Triunvirato. Ver "Triunvirato".

TRIUNVIRATO
Estrutura de governo de Korangar, baseada na divisão igualitária entre três poderes: um político, um militar e um arcano. As decisões executivas são tomadas por um consenso entre as três casas: o Parlamento (composto pela Câmara dos Vivos e Câmara dos Mortos), o Krom-tor e as Torres de Korangar, na figura de seus líderes, respectivamente o Ministro, o Senhor da Guerra e o Sumo Magus. A origem da tríplice liderança remonta aos três tenentes de Exor, o Libertador, o escravo do Império Adamar que liderou uma revolta contra seus algozes e um êxodo até a Grande Sombra.

TROMPA DOS DRAGÕES
Relíquia élfica feita a partir de uma presa de Amaraxas, o Primeiro Dragão, e usada para forçá-lo a hibernar. Foi criada pelo feiticeiro alfar Jalael, que encantou um dente perdido por Amaraxas durante o conflito contra Godaras, outro dragão. Ver "Ka-dreogan".

TRONO ETERNO
O trono dos imperadores-deuses do Império Adamar consiste em uma grande plataforma de mármore, sustentada por estátuas que representam as raças subjugadas pelos adamares, com um assento do mesmo material sobre ela. Desde que assumiu como Grande Rei, Krispinus mandou colocar outro assento para Danyanna e substituir as estátuas que representavam humanos por estátuas de elfos.

UNYAR-HOLL
Reino anão a sudeste de Fnyar-Holl, também na Cordilheira dos Vizeus.

VASSAI
Pequeno demônio-serviçal convocado e usado como criado em Korangar, plural "vassaii".

VERO-AÇO
Liga metálica tratada com elementos alquímicos na fundição, de conhecimento exclusivo dos anões, cujo resultado é um aço mais leve e muito mais resistente, com propriedades mágicas.

VERO-OURO
Liga de ouro puro tratada com elementos alquímicos na fundição, de conhecimento exclusivo dos anões, que o tornam condutor de magia.

VERZOGA
Gema hipnótica de Korangar capaz de facilitar a dominação da mente do usuário. Utilizada pelos vulturii para conquistar aliados, tirar informações e outros atos do ofício da espionagem. Ver "Vulturi".

VIDENTE
Feiticeiro que controla a magia premonitória.

VULTURI
Classe de espiões, assassinos e agentes de informações do Triunvirato que possui o privilégio raro de circular por toda a Nação-Demônio e até, em casos

especiais, agir em terras estrangeiras. Eles recebem equipamento mágico especial das Torres de Korangar de acordo com a natureza de cada missão, mas um item específico é considerado praticamente parte do uniforme: uma capa com símbolos arcanos nos ombros capaz de ofuscar a silhueta do vulturi, servindo como elemento de defesa em combate e auxílio à furtividade. O plural é "vulturii".

VULTUSHAI
Demônio voador-observador capaz de transmitir o que vê para o feiticeiro evocador, plural "vultushaii".

ZOLTASHAI
Demônio farejador que lembra um cachorro, plural "zoltashaii".

APÊNDICE II

LINHA DO TEMPO DE ZÂNDIA

Os humanos de Zândia, com suas vidas finitas, sentem uma grande necessidade de marcar o tempo. Seus calendários geralmente assumem algum fato histórico determinante como seu marco zero. Nações culturalmente fortes como Krispínia e Korangar promulgam seus calendários, que são aceitos por reinos vassalos e províncias como forma de facilitar o relacionamento entre eles. Em Krispínia, a antiga contagem de tempo feita pelos critérios adamares foi abolida quando o Grande Rei Krispinus ascendeu ao Trono Eterno. Na Nação-Demônio, a fundação de Korangar dá início ao Calendário Exoriano, chamado assim em homenagem a Exor, o Libertador, o ex-escravo que fugiu do Império Adamar e se assentou com outros refugiados na Grande Sombra. Para facilitar os negócios, os anêos incorporam o calendário da cultura com quem estão negociando, seja o Krispiniano ou Exoriano, ainda que mantenham uma contagem própria de tempo baseada na ida de Midok em busca da lendária cidade de Eldor-Holl. Já os alfares, apenas recentemente incorporados ao Grande Reino de Krispinus, ainda sentem dificuldade com a confusa forma humana de contagem de anos.

As datas abaixo seguem o Calendário Krispiniano, cujos anos se dividem em a.K. (antes de Krispinus) e d.K. (depois de Krispinus). Alguns fatos podem ser contestados, pois não há fontes seguras para confirmá-las, como o ano exato da rebelião de Exor na Morada dos Reis ou o lançamento da maldição que tornou o sol letal para os svaltares.

3000-430 a.K.	Duração do Império Adamar;
2420 a.K.	Banimento dos svaltares para o subterrâneo;

507 a.K.   Rebelião de Exor e fuga dos escravos para a Grande Sombra;
474 a.K.   Fundação de Korangar na Grande Sombra;
430 a.K.   Grande Guerra dos Dragões/Destruição da Morada dos Reis/Fim do Império;
387 a.K.   Fundação dos primeiros reinos humanos livres, Redenheim e Blakenheim;
12 a.K.   Descoberta da Morada dos Reis por Krispinus;
9 a.K.   Êxodo humano para a Morada dos Reis guiado por Krispinus;
5 a.K.   Caramir é enviado para pacificar o Oriente.

Ano 1   Ascensão de Krispinus ao Trono Eterno após fechar os Portões do Inferno;

2 d.K.   Dalgor é enviado para pacificar a antiga Blumenheim;
3 d.K.   Fundação da Caramésia;
7 d.K.   Fundação de Dalgória, antiga Blumenheim;
29 d.K.   Expedição de geomantes korangarianos descobre o Colapso;
30 d.K.   Segunda abertura dos Portões do Inferno, Despertar de Amaraxas;
36 d.K.   Derek Blak é enviado para espionar Korangar;
38 d.K.   Korangar invade Krispínia.

AGRADECIMENTOS

Se alguém tivesse me dito, lá atrás nos anos 1990, por exemplo, que eu conseguiria encerrar uma trilogia de livros baseada nas minhas aventuras de RPG, eu teria tido uma certa dificuldade para acreditar. Mas se esse profeta, tal e qual o Lenor de Korangar, tivesse incluído a informação de que o encerramento ocorreria durante uma *pandemia mundial*, aí eu teria chamado a ambulância do hospício para levar o sujeito embora. Desafio a imaginação de qualquer colega escritor de que ele ou ela teria sonhado em escrever um livro nessas condições em 2020. Mas cá está o fim da trilogia das *Lendas de Baldúria*, nascido em alguns meses trancafiado em casa, vendo a rua uma vez por semana, em saídas rápidas e furtivas, tomando cuidados como se fossem visitas a Chernobyl. O isolamento e a concentração certamente me ajudaram a concretizar o projeto (e o tempo tedioso higienizando compras foi bem utilizado para deixar a mente vagar e pensar na trama).

Como estamos todos juntos nessa loucura, agradeço, antes de tudo, aos leitores dos primeiros volumes da saga, tanto aos que estiveram comigo desde o início da caminhada, lá em 2015, quando lancei *Os portões do inferno*, até a quem aproveitou a pandemia para dar uma chance às obras. Muito obrigado pelas cobranças a respeito do fim da trilogia, pelas mensagens, presença em eventos (ah, saudades de eventos!) e divulgação. Espero que o encerramento tenha divertido e emocionado você aí, com o livro nas mãos, nesses tempos sombrios.

E como falei do começo, um obrigado especialíssimo a Mariana Rolier, a editora original de *Os portões do inferno*, que contratou o livro para a Editora Rocco e tornou essa jornada maluca possível. Valeu por ter acreditado naquele escritor então iniciante. Devo esse sonho a você.

A gênese de tudo ocorreu, como já contei algumas vezes, na mesa de RPG onde Baldúria nasceu. Aquela parecia ser mais uma simples campanha sugerida pelo mestre Zander Catta Preta... e deu no que deu: a criação do grupo original de anti-heróis, as primeiras aventuras, a passagem de bastão para mim como mestre do jogo. Obrigado, Zander, pela inspiração e pela generosidade (e, novamente, pela licença do software Scrivener, que não canso de elogiar como uma ferramenta poderosa de escrita).

Um muito obrigado amoroso a Barbara Bieites Dawes, que conviveu comigo de ponta a ponta da produção da trilogia, vibrou com cada conquista e me apoiou em cada revés. Nós podemos não ser mais um casal, mas o carinho e a amizade ficam para sempre, especialmente agora que você está eternizada nas histórias de Baldúria como Samuki, a companheira do Agnor.

Aos meus pais, seu Fernando e dona Neumara, eterno amor e gratidão por tudo que fizeram e ainda fazem por mim. Cada frase que escrevo é movida pelo amor por histórias fantásticas de aventura que ambos me passaram. Meu pai teria visto *O império dos mortos* ser lançado se não fosse a pandemia, mas sei que está de olho em um plano superior. Como o pai de Kalannar, seu Fernando está curtindo o *kilifi*, o Sono Sagrado dos anciões svaltares.

Agradeço ao Oswaldo Chrispim, o leitor-beta que foi o alicerce de todas as tramas que construí, sempre com o olhar atento para meus desvarios e presepadas de narrativa, me colocando no caminho certo com sugestões e críticas. Infelizmente o processo criativo desse terceiro volume foi limitado ao contato virtual por conta da pandemia, sem as conversas regadas a bebida e charuto, mas obrigado por toda a atenção às mensagens e aos capítulos enviados.

Um grande abraço aos companheiros de mesa de RPG que estiveram presentes em várias encarnações de Baldúria: Nei Caramês, Ronaldo Fernandes, Luiz Guilherme, Rodrigo Zeidan, Felipe Diniz, Nino Carlos, Ricardo Gondim, João Pereira, Antero Neto, Daniel Lustosa, Afonso 3D, Luiz Eduardo Ricon, Tito Arcoverde, Cláudio Solstice, Victor Apocalypse, Marcelo Tapajós, Viktor Barreiro, Ricardo Herdy e — mais uma vez — Oswaldo e Zander.

Um salve para os irmãos Felipe e Ricardinho, que não vejo há décadas, mas que plantaram a semente do que viria a ser Korangar.

Agradeço aos ilustradores Júlio Zartos, Daniel Lustosa, Manoel Magalhães e Daniel de Almeida que colocaram seu imenso talento e tempo precioso a serviço de Baldúria, com artes lindas que retratam meu mundo melhor do que as humildes palavras que sofro para escrever. Vocês fazem parecer fácil demais! A arte deles vira e mexe está nas minhas redes sociais, mas aconselho buscar o nome de cada um na internet para ver outros exemplos de ilustrações fantásticas dessas feras.

Um obrigado a Rafael Amon e Lucas Dressler, respectivamente dos canais *Perdidos no Play* e *QuestCast*, pela oportunidade de apresentar Baldúria em sua forma original de RPG em duas aventuras distintas que servem de prólogo para *Os portões do inferno*. O agradecimento se estende aos jogadores e a quem viu/ouviu as sessões. Procurem pelos dois canais na internet que o conteúdo é de qualidade, seja em vídeo ou podcast.

Obrigado a Alessandra Ruiz, minha agente literária na Authoria Agência Literária & Studio, por cuidar dos trâmites burocráticos por trás da produção dessa obra, me deixando livre e despreocupado para fazer o que um escritor deve fazer: escrever.

Além do agradecimento aos meus ídolos literários — Robert E. Howard, Michael Moorcock, Fritz Leiber e Frank Herbert —, um obrigado especial, no caso específico de *O império dos mortos*, às lições e inspirações que obtive de Nicholas Meyer e da dupla Lawrence Kasdan e George Lucas, responsáveis respectivamente por *Jornada nas estrelas VI — A terra desconhecida* e *O retorno de Jedi*, que são exemplos perfeitos de como dar fim à saga de grandes heróis. Espero ter chegado perto ao encerrar (por enquanto) as aventuras de Baldur, Od-lanor, Derek, Kyle, Agnor e Kalannar.

Pazor tinha dado ordens para ser interrompido apenas se chegasse alguma notícia da Frota de Korangar. No mais, o Ministro do Parlamento só almejava ter uma noite tranquila com suas guarda-costas concubinas, as três criaturas demoníacas vagamente humanoides que o serviam em todos os aspectos. Ali, na privacidade de seus aposentos no complexo do Parlamento, o próprio Pazor se permitia revelar a natureza híbrida de ser infernal e humano, sem magias para escondê-la. Ele se aproximou das formas lânguidas na cama, rosnou levemente para elas, mostrando as pequenas presas, e começou a tirar o robe quando um vassal surgiu no ambiente, acanhado, trazendo um pergaminho nas patinhas. A visão preternatural do Ministro notou o selo de sua secretaria de comunicações no documento que ele pegou com um gesto ansioso, esquecendo as concubinas, pois já previa o conteúdo: o anúncio do desembarque em Dalgória, o reino de Krispínia a ser conquistado.

Mas o que o pergaminho informou foi o exato oposto disso.

As garras de Pazor começaram a rasgar o documento em reação à notícia, enviada misticamente pela Comandante Razya e transcrita por seus secretários, de que a Frota de Korangar jazia em ruínas. Não havia sinal do Senhor da Guerra ou do Sumo Magus. O *Potenkor* estava retornando para Kangaard.

O Ministro tinha cogitado que era possível que um ou até mesmo os dois dos outros líderes do Triunvirato morressem na campanha, mas sinceramente torceu que ambos saíssem vitoriosos. Ou que pelo menos morressem *após* a conquista. Mas não desse jeito, não sem sequer colocar o pé na terra prometida. Agora só restava o que Pazor mais temia: abandonar Korangar, apagando a última tocha da nação grandiosa, em um êxodo sem glória para o Chifre de Zândia, levando a elite de afortunados do Parlamento, despido de todo o poder sobre uma população que ficaria para trás e morreria no Colapso.

Ele trocaria um vasto império por um canto do mundo.

Não, não seria assim, *pensou Pazor ao terminar de esfacelar o pergaminho. Aquele revés tinha solução. O Ministro era um político, e políticos sabiam que uma crise para uns era uma oportunidade para outros. Ele era o único líder que sobrou e comandaria o êxodo dos korangarianos mais poderosos da Nação-Demônio. Aqueles não eram os escravos maltrapilhos e foragidos que Exor trouxe para a Grande Sombra; eram seres com recursos a serem dominados e explorados em uma terra fértil, ainda que pequena.*

Único líder.

A expressão martelou na cabeça de Pazor. As leis exigiam que o Triunvirato fosse reformado; certamente o General Zardor almejaria o posto de Senhor da Guerra, e o Ministro desconfiava que a Arquimaga Elizya, convenientemente ausente da força de invasão a Dalgória, desejaria o posto de Suma Mageia. Não, ele seria o único líder do novo governo. Pazor detinha o poder da logística do êxodo e só permitiria embarcar quem fosse leal a ele. A oportunidade estava ali, diante de seus olhos infernais, dentro da crise. O Ministro do Parlamento conduziria a elite korangariana para o novo destino, coordenaria o assentamento e prosperaria até conseguir se expandir e fundar um novo império ao finalmente tomar Krispínia, sob seus termos.

Ele tornaria Korangar grandiosa de novo.

Impressão e Acabamento:
BMF GRÁFICA E EDITORA